Bourbon Sins

Die Bourbon-Kings-Saga
Band 1: Bourbon Kings
Band 2: Bourbon Sins
Band 3: Bourbon Lies

J. R. Ward hat mehr als 20 Romane geschrieben, darunter die Nummer-1-New-York-Times- und Spiegel-Bestsellerreihe *Black Dagger*. Ihre Bücher wurden weltweit mehr als 15 Millionen Mal verkauft und erscheinen in 25 Ländern. Sie lebt mit ihrer Familie im Süden der USA.

*In Liebe für
LeElla Janine Scott
xxx*

ANMERKUNG DER AUTORIN

Der »Engelsanteil« ist ein Begriff aus der Kunst der Bourbonherstellung. Der frisch gebrannte Bourbon wird in angekohlte Eichenfässer gefüllt, um bis zu zwölf Jahre zu reifen, manchmal sogar länger. Da die Fässer in nicht isolierten Gebäuden gelagert werden, sorgen die natürlichen Temperaturschwankungen während der vier Jahreszeiten in Kentucky dafür, dass das Holz sich bei Hitze und Kälte ausdehnt oder zusammenzieht und so mit dem Bourbon interagiert und ihm mehr Geschmack verleiht. In dieser Umgebung und unter Einwirkung von Zeit findet die finale Alchemie statt, durch die das unverkennbare, bekannteste und beliebteste Produkt des Staats entsteht. Dabei kommt es auch zu einer beträchtlichen Verdunstung und Absorption. Dieser Verlust, der jährlich etwa zwei Prozent des Originalvolumens betragen kann und unter anderem je nach Luftfeuchtigkeit, Temperaturschwankungen und Dauer der Reifung variiert, wird Engelsanteil genannt.

Obwohl dieser Schwund einen völlig einleuchtenden Grund hat, sozusagen eine logische Erklärung, gefällt mir die romantische Vorstellung, dass es in den Lagerhäusern dieser altehrwürdigen Destillerien in Kentucky Engel gibt, die auch gern ein Schlückchen trinken, wenn sie über die Erde flattern. Vielleicht einen Mint Julep während des Derbys, wenn es warm ist, und einen puren Bourbon in den kalten Wintermonaten. Vielleicht nutzen sie ihn auch für Pecan Pie oder Pralinen.

Die Einsatzmöglichkeiten für einen guten Bourbon sind, wie ich immer wieder feststelle, endlos.

Ich glaube, der Begriff kann auch den Einfluss der Witterung beschreiben, die uns alle im Lauf der Zeit verändert. Durch die Hitze oder Kälte unserer Erfahrungen und Lebenswege, die unsere Gefühle, Gedanken und Erinnerungen enger oder weiter machen, sind wir, wie edler Bourbon, am Ende ein anderes Produkt – und dafür müssen wir ein Opfer bringen. Wir bestehen aus denselben Kernelementen, aus denen wir zu Beginn zusammengesetzt wurden, aber wir sind später nie wieder dieselben. Wir verändern uns unablässig. Wenn wir Glück haben und klug sind und zur richtigen Zeit befreit werden, verbessern wir uns. Wenn wir zu lange lagern, sind wir für immer ruiniert.

Timing, genau wie Schicksal, ist alles.

PERSONENVERZEICHNIS

Virginia Elizabeth Bradford Baldwine, genannt »Little V.E.«: Witwe von William Baldwine, Mutter von Edward, Max, Lane und Gin Baldwine und direkte Nachkommin von Elijah Bradford, dem Begründer von Bradford Bourbon. Lebt völlig zurückgezogen und nur mithilfe ihrer Medikamente. Für ihre Tablettenabhängigkeit gibt es zahlreiche Gründe, von denen einige das Grundgerüst der Familie bedrohen.

William Wyatt Baldwine: Verstorbener Ehemann von Little V.E. und Vater ihrer Kinder Edward, Max, Lane und Gin Baldwine. Außerdem Vater eines ungeborenen Kindes von Chantal, der zukünftigen Exfrau seines Sohnes Lane. Zu Lebzeiten Chef der Bradford Bourbon Company. Ein Mann niederer Moral, hoher Ziele und geringer Skrupel, dessen Leiche kürzlich am Ohio-Wasserfall gefunden wurde.

Edward Westfork Bradford Baldwine: Ältester Sohn von Little V.E. und William Baldwine. Rechtmäßiger Erbe der Bradford Bourbon Company. Nur noch ein Schatten seiner selbst infolge einer tragischen Entführung und Folterung, die sein eigener Vater veranlasst hatte. Hat seiner Familie den Rücken gekehrt und sich auf das Red-&-Black-Gestüt zurückgezogen.

Maxwell Prentiss Baldwine: Zweitältester Sohn von Little V.E. und William Baldwine. Schwarzes Schaf der Familie. Seit Jahren fort von Easterly, dem historischen Anwesen der Bradfords in Charlemont, Kentucky. Sexy, schockierend und rebellisch. Seine Rückkehr bedeutet Probleme für eine Reihe von Leuten inner- und außerhalb der Familie.

Jonathan Tulane Baldwine, genannt »Lane«: Jüngster Sohn von Little V.E. und William Baldwine. Ehemaliger Playboy und großartiger Pokerspieler. Steckt mitten in der Scheidung von seiner ersten Frau. Da das Vermögen der Familie in Gefahr ist und immer gravierendere Veruntreuungen in der Bradford Bourbon Company ans Licht kommen, ist er gezwungen, die Rolle des Familienoberhaupts zu übernehmen. Muss sich nun mehr denn je auf seine große Liebe Lizzie King verlassen.

Virginia Elizabeth Baldwine, zukünftige Pford, genannt »Gin«: Jüngster Spross und einzige Tochter von Little V.E. und William Baldwine. Eine widerspenstige, aufmerksamkeitssüchtige Rebellin, die sich nie besonders um den Ruf ihrer Familie geschert hat, vor allem, als sie in ihren College-Jahren ein uneheliches Kind bekam und kaum ihren Abschluss schaffte. Steht kurz davor, Richard Pford zu heiraten, den Erben einer Spirituosen-Vertriebsgesellschaft und eines immensen Vermögens.

Amelia Franklin Baldwine: Tochter von Gin und Gins großer Liebe Samuel T. Lodge. Besucht die Hotchkiss School und steht ihrer Mutter in nichts nach.

Lizzie King: Gartenbauexpertin, die schon fast zehn Jahre auf Easterly arbeitet und dafür sorgt, dass die Gärten ihrer landesweiten Berühmtheit für seltene Pflanzen und Blumen gerecht werden. Liebt Lane Baldwine und würde für ihre Beziehung alles tun. Ist jedoch weniger begeistert von den Dramen der Familie.

Samuel Theodore Lodge III.: Anwalt, sexy Südstaaten-Gentleman und stets stilvoll gekleideter, privilegierter Bad Boy mit Stammbaum. Der einzige Mann, der je wirklich an Gin herankommen konnte. Hat keine Ahnung, dass Amelia seine Tochter ist.

Sutton Endicott Smythe: Frisch eingesetzte Chefin der Sutton Distillery Corporation, der größten Konkurrenz der Bradford Bourbon

Company auf dem Markt. Seit Jahren in Edward verliebt. Hat es beruflich weit gebracht, aber ihr Privatleben auf Eis gelegt – hauptsächlich, weil niemand mit Edward vergleichbar ist.

Shelby Landis: Tochter einer Legende des Galopprennsports. Von ihrem Vater Jeb hat Edward sein Wissen über Pferde. Nun kümmert sich die fleißige, starke Frau um Edward – auch gegen seinen Willen.

Miss Aurora Toms: Seit Jahrzehnten Chefköchin von Easterly. Serviert mit starker Hand und warmem Herzen Soul Food ebenso wie Haute Cuisine. Leidet an Krebs im Endstadium. Mütterliche Kraft in Lanes, Edwards, Max' und Gins Leben und der wahre moralische Kompass für die Kinder.

Edwin »Mack« MacAllan: Master Distiller der Bradford Bourbon Company. Züchtet neuen Hefestamm, kämpft gegen die Zeit und begrenzte Ressourcen, um die Destillierapparate weiterlaufen zu lassen. Hatte lange keine Liebesbeziehung mit einer Frau, vielleicht nie. Verheiratet mit seinem Job.

Chantal Blair Stowe Baldwine: Lanes zukünftige Exfrau. Schwanger mit William Baldwines unehelichem Kind. Die Schönheitskönigin mit dem Tiefgang einer Untertasse droht, die Vaterschaft ihres ungeborenen Babys öffentlich zu machen, um im Scheidungsprozess mehr Geld von Lane zu erpressen.

Rosalinda Freeland: Frühere Rechnungsprüferin auf dem Bradford Family Estate. Beging mit einer Dosis Schierling Selbstmord in ihrem Büro in der Villa. Mutter des achtzehnjährigen Randolph Damion Freeland.

Charlemont Courier Journal

TODESANZEIGEN

WILLIAM W. BALDWINE

Vor zwei Tagen ist Mr William Wyatt Baldwine ins Reich seines Herrn und Erlösers eingegangen. Der weltbekannte Geschäftsmann, Wohltäter und engagierte Bürger war sechsunddreißig Jahre lang Chef der Bradford Bourbon Company. Als solcher läutete er für den Bourbon eine neue Erfolgsära ein und verhalf dem Unternehmen zu einem Jahreseinkommen von über einer Milliarde Dollar.

Der liebevolle Familienvater hinterlässt seine ihm treu ergebene Ehefrau Virginia Elizabeth Bradford Baldwine, seine geliebten Kinder Edward Westfork Bradford Baldwine, Maxwell Prentiss Baldwine, Jonathan Tulane Baldwine und Virginia Elizabeth Baldwine sowie seine geliebte Enkelin Amelia Franklin Baldwine.

Totenwache und Trauerfeier auf Einladung der Familie. Anstelle von Blumen sind Spenden in Mr Baldwines Namen an die University of Charlemont erbeten.

1

Big-Five-Brücke
Charlemont, Kentucky

Jonathan Tulane Baldwine lehnte sich über das Geländer der neuen Brücke, die Charlemont in Kentucky mit seinem nächsten Nachbarn New Jefferson in Indiana verband. Fünfzehn Meter unter ihm in den schlammigen Fluten des Ohio spiegelten sich die bunten Lichter, die die fünf Brückenbögen schmückten. Als Lane sich auf die Spitzen seiner Slipper stellte, hatte er fast das Gefühl zu fallen.

Er stellte sich vor, wie sein Vater von genau diesem Rand in den Tod gesprungen war.

William Baldwines Leiche war vor genau zwei Tagen unterhalb des Ohio-Wasserfalls gefunden worden. Nach all seinen geschäftlichen Leistungen, nach all seinen hochfliegenden Zielen zu Lebzeiten hatte dieser Mann sein irdisches Dasein selbst verstümmelt und entstellt an einem armseligen Bootsliegeplatz beendet. Direkt neben einem alten Fischfangschiff. Das einen Wiederverkaufswert von zweihundert Dollar hatte. Dreihundert, höchstens.

Welch eine Schande.

Wie hatte es sich wohl angefühlt zu fallen? William musste eine scharfe Brise im Gesicht gespürt haben, als ihn die Schwerkraft erfasst und zum Wasser hinuntergezogen hatte. Seine Kleider mussten wie Fahnen geflattert und ihm gegen den Oberkörper und die Beine geklatscht sein. Die Augen mussten ihm geträht haben vom Wind – oder vielleicht sogar vor Gefühlen?

Nein, ganz sicher Ersteres.

Der Aufprall hatte bestimmt wehgetan. Und was dann? Ein schockiertes Einatmen, bei dem er das schmutzige Flusswasser eingesogen hatte? Ein würgendes Gefühl des Erstickens? Oder hatte er durch einen Knock-out gnädigerweise nichts mehr wahrgenommen? Oder ... vielleicht hatte durch den Adrenalinüberschuss beim Absturz auch alles mit einem Herzinfarkt geendet, mit einem stechenden Schmerz in der Mitte der Brust, der in den linken Arm ausstrahlte und so einen lebensrettenden Schwimmzug verhinderte. War er noch bei Bewusstsein gewesen, als er gegen den Kohlekahn stieß und die Schiffsschraube ihn erfasste? Als er den Wasserfall hinunterstürzte, war er höchstwahrscheinlich schon tot.

Lane wünschte, er wüsste sicher, dass der Mann gelitten hatte.

Zu wissen, dass er Schmerzen gehabt hatte, fürchterliche, qualvolle Schmerzen, und auch Angst, eine durchdringende, überwältigende Angst, wäre eine mächtige Erleichterung gewesen, eine Besänftigung des Gefühlsstrudels, in den das Ertrinken seines Vaters ihn hineinzog, obwohl er auf trockenem Boden stand.

»Über achtundsechzig Millionen Dollar hast du gestohlen«, sprach Lane in den gefühllosen Wind, den gleichgültigen Abgrund, den gelangweilten Strom unter ihm. »Und das Unternehmen hat sogar noch mehr Schulden. Was zur Hölle hast du mit dem Geld gemacht? Wo ist es hingekommen?«

Natürlich bekam er keine Antwort. Und das wäre auch nicht anders gewesen, wenn der Mann noch gelebt und Lane ihn persönlich zur Rede gestellt hätte.

»Und meine Frau«, donnerte er. »Du hast *meine Frau* gevögelt. Unter dem Dach, das du mit meiner Mutter geteilt hast – und du hast Chantal *geschwängert*.«

Wobei Lanes Ehe mit Chantal, einer geborenen Blair Stowe, nichts weiter gewesen war als eine Heiratsurkunde, die er gegen seinen Willen unterschrieben hatte. Aber wenigstens stand er zu diesem Fehler und kümmerte sich darum, ihn auszumerzen.

»Kein Wunder, dass Mutter tablettenabhängig ist. Kein Wunder, dass sie sich versteckt. Sie muss von den anderen Frauen gewusst haben, muss gewusst haben, wer und was du warst, du Bastard.«

Als Lane die Augen schloss, sah er eine Leiche vor sich – aber nicht die aufgedunsenen, verdreckten Überreste seines Vaters auf dem Seziertisch, die er im Leichenschauhaus identifiziert hatte. Nein, er sah eine Frau, die aufrecht in ihrem Büro in der Familienvilla saß. Ihr professionelles, schlichtes Kostüm war perfekt zurechtgerückt, ihr zu einem Bob geschnittenes Haar nur leicht zerzaust, und an den Füßen trug sie grasbefleckte Turnschuhe statt ihrer üblichen Ballerinas.

Ihr Gesicht war eine entsetzliche Grimasse gewesen. Das irre Grinsen des Jokers.

Von der Dosis Schierling, die sie genommen hatte.

Zwei Tage bevor sein Vater gesprungen war, hatte Lane ihre Leiche gefunden.

»Du bist schuld, dass Rosalinda tot ist, du Dreckskerl. Sie hat dreißig Jahre lang in unserem Haus für dich gearbeitet, und du hättest sie genauso gut selbst umbringen können.«

Ihr war es zu verdanken, dass Lane von dem fehlenden Geld erfahren hatte. Die frühere Rechnungsprüferin der Haushaltskonten der Familie hatte eine Art Abschiedsbrief hinterlassen, einen USB-Stick mit Excel-Tabellen, die die alarmierenden Abbuchungen und Überweisungen an WWB Holdings enthielten.

William Wyatt Baldwine Holdings.

Es gab gut achtundsechzig Millionen Gründe, warum sie sich vergiftet hatte. Die alle darauf zurückzuführen waren, dass Lanes Vater sie zu Rechtsverstößen gezwungen hatte, bis ihr Anstandsgefühl sie zerstörte.

»Und ich weiß, was du Edward angetan hast. Ich weiß, dass du auch daran schuld warst. Du hast deinem *eigenen Sohn* in Südamerika eine Falle gestellt. Sie haben ihn deinetwegen gekidnappt, und du hast dich geweigert, das Lösegeld zu zahlen, damit sie ihn töten. Ein Konkurrent weniger, während du als der trauernde Vater dastehen kannst. Oder hast du es getan, weil auch er den Verdacht hatte, dass du stiehlst?«

Edward hatte überlebt, aber Lanes älterer Bruder war jetzt nur noch ein Wrack, nicht mehr der Unternehmenserbe, der Thronfolger, der Kronprinz.

William Baldwine hatte so viele Verbrechen begangen.

Und das waren nur die Dinge, von denen Lane wusste. Was hatte er wohl sonst noch getan?

Was sollte Lane nun tun? Was *konnte* er tun?

Er hatte das Gefühl, am Steuer eines großen Schiffs zu stehen, das auf eine felsige Küste zufuhr – kurz bevor das Ruder abbrach.

Er stemmte sich kraftvoll hoch und schwang die Beine über das robuste Stahlgeländer, bis seine Slipper auf dem fünfzehn Zentimeter breiten äußeren Brückenrand aufkamen. Sein Herz hämmerte, seine Hände und Füße wurden taub, sein Mund trocknete aus, sodass er kaum noch schlucken konnte, während er sich hinter den Hüften festhielt und sich noch weiter über den Abgrund beugte.

Wie hatte es sich angefühlt?

Er könnte springen – oder einfach einen Schritt nach vorne gehen ... und fallen, fallen, fallen, bis er sicher wusste, was sein Vater durchgemacht hatte. Würde er am selben Bootsliegeplatz ankommen? Würde sein Körper auch in der Schiffsschraube eines Kohlekahns landen und im schmutzigen Wasser des Ohio zerstückelt werden?

In Gedanken hörte er ganz deutlich seine Momma in ihrem tiefen Südstaatenakzent sagen: *Gott bürdet uns nicht mehr auf, als wir tragen können.*

Miss Auroras Glaube hatte ihr zweifellos über mehr Schicksalsschläge hinweggeholfen, als die meisten Normalsterblichen verkraften konnten. Sie war in den Fünfzigern als Afroamerikanerin in den Südstaaten aufgewachsen und hatte Diskriminierungen und Ungerechtigkeiten erlebt, die er sich gar nicht vorstellen konnte. Und doch hatte Miss Aurora das alles nicht nur ertragen, sondern auch mit Auszeichnung die Kochschule abgeschlossen und die Gourmetküche auf Easterly geführt wie ein französischer Sternekoch oder sogar besser – und gleichzeitig war sie für ihn und seine Geschwister eine Mutter gewesen wie niemand sonst, die Seele von Easterly, die moralische Instanz für so viele.

Der Leuchtturm, der für ihn das einzige Licht am Horizont gewesen war, bis er Lizzie kennengelernt hatte.

Lane wünschte sich, er könnte glauben wie seine Momma. Und

Miss Aurora vertraute sogar auf ihn, vertraute darauf, dass er alles zum Guten wenden, die Familie retten und der Mann werden würde, den sie in ihm sah.

Der Mann, der sein Vater niemals gewesen war, trotz all seines äußerlichen Reichtums und Erfolges.

Springen, er könnte einfach springen. Und es wäre vorbei.

Waren das die Gedanken seines Vaters gewesen? War William, nachdem die Lügen und Veruntreuungen aufgeflogen waren, nachdem Rosalindas Tod das Ende der Heimlichkeiten angekündigt hatte, hierhergekommen, weil nur er das wahre Ausmaß seiner Taten und die Tiefe seiner Schuld kannte? Hatte er begriffen, dass das Spiel aus war, dass seine Zeit abgelaufen war und dass er, selbst bei all seinem finanziellen Geschick, das von ihm verursachte Problem nicht lösen konnte?

Oder hatte er beschlossen, seinen eigenen Tod vorzutäuschen – und war dabei versehentlich umgekommen?

Lag vielleicht alles, was abgezweigt worden war, irgendwo da draußen auf einem Schwarzgeldkonto oder in einem Tresorraum in der Schweiz – unter seinem oder einem anderen Namen?

So viele Fragen. Und die fehlenden Antworten, zusammen mit dem Druck, das alles wieder in Ordnung bringen zu müssen, konnten einen in den Wahnsinn treiben.

Lane konzentrierte sich wieder auf das Wasser. Aus dieser Höhe konnte er es kaum sehen. Eigentlich sah er nichts als Schwärze und ein schwaches Schimmern.

Es hatte in der Tat etwas Verlockendes, einen feigen Abgang zu machen, stellte er fest. Etwas zog ihn wie die Schwerkraft zu einem Ende hin, das er unter Kontrolle hatte: Ein einziger harter Aufprall, und alles wäre aus und vorbei, die Todesfälle, der Betrug, die Schulden. Er wäre frei von alldem, müsste sich keine Sorgen mehr machen über die eiternde Infektion, die sich ausbreiten und sich bald nicht mehr vor der Öffentlichkeit verstecken lassen würde.

Hatte sein Vater schlaflose Nächte gehabt? Reuegefühle? Hatte William wohl, als er hier stand, gezweifelt, ob er ein paar Augenblicke lang fallen und mit dem schrecklichen Unheil abschließen sollte, das er angerichtet hatte? Hatte der Mann auch nur ein einziges Mal an die Folgen seiner Taten gedacht, während er ein zweihundert Jahre altes Vermögen nicht innerhalb einer Generation, sondern in nur ein, zwei Jahren vernichtete?

Der Wind pfiff Lane in den Ohren wie ein Lockruf.

Edward, sein ältester, früher einmal perfekter Bruder, würde nicht alles wieder in Ordnung bringen. Gin, seine einzige Schwester, war unfähig, an irgendwas anderes als an sich selbst zu denken. Maxwell, sein anderer Bruder, hatte nun schon seit drei Jahren nichts mehr von sich hören lassen.

Seine Mutter war bettlägerig und betäubt von ihren Medikamenten.

Also lag alles in den Händen eines Pokerspielers und ehemaligen Womanizers ohne finanztechnische, betriebswirtschaftliche oder sonstige nötige Erfahrungen.

Letztendlich hatte er nichts als die Liebe einer wunderbaren Frau.

Aber in dieser grausamen Realität würde nicht einmal das ihm helfen.

Toyota-Trucks sollten keine hundertzwanzig Stundenkilometer fahren. Erst recht nicht, wenn sie zehn Jahre alt waren.

Aber wenigstens war die Fahrerin hellwach, obwohl es vier Uhr morgens war.

Lizzie King umklammerte das Lenkrad mit eisernem Griff und hatte das Gaspedal ganz durchgetreten, während sie auf eine Steigung im Highway zufuhr.

Sie war in ihrem Farmhaus allein im Bett aufgewacht. Lange Zeit wäre das nichts Besonderes gewesen, aber das hatte sich geändert, seit Lane in ihr Leben zurückgekehrt war. Der reiche Playboy und die Gärtnerin des Anwesens hatten endlich zueinandergefunden, und die Liebe verband das ungleiche Paar enger und fester als die Moleküle eines Diamanten.

Und sie würde bei ihm bleiben, egal was die Zukunft bringen sollte.

Schließlich war es so viel leichter, einen unglaublichen Reichtum aufzugeben, wenn man ihn nie gekannt, nie erstrebt hatte – und erst recht, wenn man die traurige, öde Wüste hinter seinem glitzernden Vorhang von Glamour und Luxus gesehen hatte.

Gott, auf Lane lastete wirklich ein unheimlicher Druck.

Also war sie aus dem Bett aufgestanden. War die knarrenden Stufen hinuntergelaufen. Und hatte das ganze Erdgeschoss ihres kleinen Hauses abgesucht.

Dann hatte Lizzie hinausgeschaut und festgestellt, dass sein Auto nicht da war. Sein Porsche, den er immer neben dem Ahornbaum vor der Veranda parkte, war nirgends zu sehen. Und mit der Überlegung, warum er wohl weggefahren war, ohne etwas zu sagen, hatte sie angefangen, sich Sorgen zu machen.

Erst wenige Nächte zuvor hatte sein Vater sich umgebracht, erst zwei Tage zuvor war William Baldwines Leiche am Ohio-Wasserfall gefunden worden. Und seither hatte Lane immer einen abwesenden Gesichtsausdruck gehabt, hatten sich seine Gedanken ständig um das fehlende Geld gedreht, um seine Scheidung von der habgierigen Chantal, die unbezahlten Haushaltsrechnungen, die unsichere Zukunft der Bradford Bourbon Company, den erschreckenden Gesundheitszustand seines Bruders Edward, Miss Auroras Krankheit.

Aber er hatte über all das kein Wort verloren. Seine Schlaflosigkeit war das einzige Anzeichen der Belastung gewesen, und genau das machte ihr Angst. Lane gab sich immer Mühe, in ihrer Gegenwart ruhig zu bleiben, fragte sie nach ihrer Arbeit in den Gärten von Easterly, massierte ihr die schmerzende Schulter, kochte ihr ein Abendessen – wobei er nicht sehr talentiert war, aber wen kümmerte das schon. Nachdem die beiden sich ausgesprochen und sich wieder ganz auf die Beziehung eingelassen hatten, war er sozusagen bei ihr eingezogen – und obwohl sie es genoss, ihn bei sich zu haben, hatte sie doch die ganze Zeit auf eine Explosion gewartet.

Es wäre fast leichter gewesen, wenn er vor Wut ausgerastet wäre.

Und nun fürchtete sie, dass es passiert war – und irgendein sechster Sinn ließ sie erschaudern, während sie überlegte, wohin er gefahren sein könnte. Easterly, das Bradford Family Estate, war der erste Ort, der ihr einfiel. Oder vielleicht die alte Brennerei, wo der Bourbon seiner Familie immer noch hergestellt und gelagert wurde? Oder sogar Miss Auroras baptistische Kirche?

Ja, Lizzie hatte versucht, ihn auf dem Handy zu erreichen. Und als es auf dem Nachttisch an seiner Seite des Betts klingelte, hatte sie nicht länger gewartet. Anziehen. Schlüssel. Raus zum Auto.

Niemand sonst war auf der I-64 unterwegs, als Lizzie auf die Brücke zufuhr, um den Fluss zu überqueren, und sie trat weiter aufs Gas, auch als sie die Hügelspitze erreichte und zum Flussufer, das noch zu Indiana gehörte, hinunterrollte. Ihre alte Kiste wurde dabei nicht nur immer schneller, sondern verfiel auch in ein Todesröcheln, sodass das Lenkrad und der Sitz bebten, aber der verdammte Toyota durfte jetzt nicht den Geist aufgeben, denn sie *brauchte* ihn.

»Lane ... wo bist du?«

Gott, wie oft hatte sie ihn gefragt, wie es ihm gehe, und er hatte »gut« geantwortet. Wie oft hatte er die Gelegenheit verstreichen lassen, mit ihr zu reden. Wie oft hatte sie ihn beobachtet, ohne dass er es merkte, hatte nach Zeichen für Anspannung oder Druck gesucht. Und doch hatte er kaum Gefühle gezeigt nach jenem gemeinsamen Moment im Garten, jenem unvergesslichen Moment, der nur ihnen beiden gehörte, als sie ihn unter den blühenden Obstbäumen gefunden und ihm gesagt hatte, sie habe ihn missverstanden, habe ihn falsch eingeschätzt und sei bereit, ihm das Einzige zu schenken, was sie hatte: die Besitzurkunde ihres Farmhauses – damit er es verkaufen konnte, um die Anwälte zu bezahlen, wenn er darum kämpfte, seine Familie zu retten.

Lane hatte sie in die Arme geschlossen und ihr gesagt, dass er sie liebe – und ihr Geschenk abgelehnt. Er wollte alles allein wieder in Ordnung bringen, er würde irgendwie das gestohlene Geld wiederfinden, die gigantische Schuld zurückzahlen, das Unternehmen sanieren und das Vermögen seiner Familie zurückgewinnen.

Und sie hatte ihm geglaubt.

Sie glaubte ihm immer noch.

Aber seither? Seither war er so warm und verschlossen gewesen wie ein Heizofen, körperlich anwesend und gleichzeitig völlig unbeteiligt.

Lizzie machte ihm nicht die geringsten Vorwürfe.

Trotzdem war es auf eine seltsame Art beängstigend.

In der Ferne, jenseits des Flusses, strahlte und glitzerte das Geschäftsviertel von Charlemont, die schöne Lüge eines irdischen Sternenhimmels, und die Brücke zwischen den beiden Ufern war zur Feier des Derbys noch in Frühlingsgrün und Hellrosa beleuchtet, fast wie ein Regenbogen in jenes gelobte Land. Zum Glück gab es keinen Verkehr, sodass Lizzie auf der anderen Seite direkt vom Highway auf die River Road abbiegen und nach Norden zum Hügel von Easterly fahren könnte, um zu sehen, ob Lanes Wagen vor der Villa parkte.

Was sie dann tun würde, wusste sie noch nicht.

Die neu gebaute Brücke hatte je drei Spuren in beide Richtungen und in der Mitte aus Sicherheitsgründen eine breite hohe Betonmauer. Parallel dazu strahlten Reihen von weißen Lichtern, und alles glänzte nicht nur von der Beleuchtung, sondern auch, weil das Wetter der Brücke noch nicht zugesetzt hatte. Der Bau war erst im März abgeschlossen geworden, und die ersten Autos hatten sie Anfang April überquert, sodass es nun weniger Stau während der Stoßzeiten gab ...

Vor ihr, eigentlich auf der »Kriechspur«, parkte ein Fahrzeug, das ihr Gehirn erkannte, noch bevor sie die Augen bewusst darauf richtete.

Lanes Porsche.

Lizzie trat noch heftiger auf die Bremse als zuvor aufs Gas, und ihr Wagen begann den Übergang von »volle Kraft voraus« zu absolutem Stillstand so anmutig wie ein Sofa, das aus einem Fenster im ersten Stock fällt: Alles vibrierte und zitterte, als würde er gleich auseinanderbrechen, schlimmer noch, die Geschwindigkeit änderte sich kaum, als hätte sich der Toyota beim Beschleunigen zu sehr angestrengt, um den Schwung nun kampflos aufzugeben.

Da war eine Gestalt am Rand der Brücke. Ganz am äußersten Rand. An der Kante über dem tödlichen Abgrund.

»Lane«, schrie Lizzie. »Lane!«

Ihr Wagen drehte sich, vollführte eine solche Pirouette, dass sie sich den Hals verrenken musste, um Lane im Blick zu behalten. Dann sprang sie hinaus, noch bevor der Toyota ganz zum Stehen kam, und ließ den Schalthebel auf Neutral, den Motor laufen und die Tür offen.

»Lane. Nein. *Lane!*«

Lizzie rannte über die Fahrbahn und stieg über Absperrgitter, die ihr mangelhaft erschienen, zu schwach in Anbetracht der Entfernung bis hinunter zum Fluss.

Lane drehte ruckartig den Kopf – und verlor mit einer Hand den Halt am Geländer hinter ihm.

Während seine andere Hand abrutschte, drückte sein Gesicht Schrecken aus, ein kurzes Aufblitzen von Überraschung, die sofort blankem Entsetzen wich – als er einfach ins Nichts hinunterstürzte.

Lizzie konnte den Mund gar nicht weit genug aufreißen, um zu schreien.

2

Poker.

Als Lane plötzlich nichts mehr zwischen seinen Füßen und dem Ohio hatte, als sein Körper in den freien Fall stürzte, als ein heftiger Adrenalinschub – zu spät – durch seine Adern schoss, musste er an ein Pokerspiel denken, das er vor sieben Jahren im Bellagio in Las Vegas gespielt hatte.

Gut, dass er den Sturz wie in Zeitlupe erlebte.

Sie hatten zu zehnt um den High-Stakes-Tisch gesessen, und das Startkapital hatte fünfundzwanzigtausend betragen. Zwei waren Raucher gewesen, acht Bourbon-Trinker, drei hatten Sonnenbrillen getragen, einer einen Bart, zwei Baseballmützen und ein sogenannter Prediger einen merkwürdig geschnittenen weißen Seidenanzug, den Elvis in den Achtzigern hätte anziehen können – wenn der King noch mehr Erdnussbutter-Bananen-Sandwiches gegessen und lang genug gelebt hätte, um die Entstehung des Punk mitzubekommen.

Noch wichtiger, wie sich nun herausstellte, war jedoch die Anwesenheit eines ehemaligen Navy-Offiziers gewesen. Er hatte zwei Plätze von Lane entfernt gesessen, und nachdem immer mehr Leute ausgestiegen waren, spielten die beiden schließlich nur noch gegeneinander. Der frühere Soldat hatte ein echtes Pokerface, was vermutlich daran lag, dass er sich seinen Lebensunterhalt in weit bedrohlicheren Situationen verdient hatte, als auf einem gepolsterten Hocker an einem grünen Filztisch zu sitzen. Außerdem hatte er sonderbare hellgrüne Augen und ein täuschend bescheidenes Auftreten gehabt.

Und es war merkwürdig, dass dieser Typ, den Lane schließlich mit zwei Königen gegen ein Ass besiegt hatte, die letzte Person war, an die er dachte.

Na ja, die vorletzte.

Lizzie. Oh Gott, er hatte nicht damit gerechnet, dass Lizzie ihn hier draußen finden würde, und die Überraschung hatte ihn einen fatalen Fehler machen lassen.

Oh Gott, *Lizzie* ...

Zurück zum Pokerspieler. Der Typ hatte von seinen Erfahrungen auf einem Flugzeugträger draußen auf dem Ozean erzählt. Wie man ihnen beigebracht hatte, aus neun, zwölf, fünfzehn Metern Höhe ins Wasser zu springen. Wie man, wenn man das überleben wollte, seinen Körper in eine bestimmte Position bringen musste, bevor man auf der Oberfläche aufkam.

Das Entscheidende war der Widerstandsbeiwert. Der sollte so nah wie möglich an der Null liegen.

Mit den Füßen zuerst aufzutreffen war ein Vorteil, die Knöchel zu kreuzen eine Notwendigkeit – wobei Letzteres besonders wichtig war, damit die Beine nicht auseinandergerissen werden konnten wie das Gabelbein eines Truthahns an Thanksgiving. Außerdem sollte man einen Arm vor den Oberkörper legen und mit der Hand den Ellbogen gegenüber festhalten. Der andere Arm sollte in der Mitte der Brust nach oben gehen und die Handfläche Mund und Nase bedecken. Der Kopf musste mit dem oberen Ende der Wirbelsäule eine Linie bilden, sonst riskierte man eine Gehirnerschütterung oder ein Schleudertrauma.

Man tauchte ein wie ein Messer.

Ansonsten hatte Wasser, wenn man mit hoher Geschwindigkeit darauf aufkam, mehr mit Zement gemeinsam als mit einer Flüssigkeit.

Man musste so starr sein wie möglich.

Wie ein Klippenspringer.

Und hoffen, dass die inneren Organe in einem Tempo abgebremst wurden, das irgendwie mit ihrer Verankerung im Skelett kompatibel war. Denn sonst, hatte der Navy-Typ gesagt, würden sich die Eingeweide im Brustkorb verteilen wie ein Käse-Omelett, das man in die Pfanne goss.

Lane spannte seinen Körper an, nutzte jeden Muskel, um sich in dünnen starken Stahl zu verwandeln wie eine Messerklinge. Der Wind, Gott, der Wind rauschte in seinen Ohren wie das Grollen eines Tornados. Da war kein Flattern, zumindest bemerkte er keins. Der Sturz fühlte sich eigentlich eher an wie eine Sandstrahlerbehandlung, als würden Wellen winziger Teilchen über ihn hinwegbrausen.

Und die Zeit stand still.

Er hatte den Eindruck, endlos in dem Nimmerland zwischen seinem letzten festen Halt und dem nassen Grab zu schweben, das ihn erwartete – genau wie auch schon seinen Vater.

»Ich liebe dich!«

Zumindest hatte er das sagen wollen. Was aus seinem Mund kam, bevor er aufprallte? Keine Ahnung.

Er spürte den Aufschlag in den Hüften, in den Hüften und Knien, als seine Beine in den Oberkörper gerammt wurden. Und dann war da nur noch Kälte. Der Schmerz durchzuckte sein Inneres, und alles wurde kalt, kalt, kalt.

Der Fluss verschluckte seine Brust und seinen Kopf wie ein Leichensack, dessen Reißverschluss zugezogen wird. Die schwarze Hülle schloss sich, sperrte frische Luft, Licht und Geräusche aus.

Dumpf. Düster. Erstickt.

Schwimmen, dachte er. *Schwimmen.*

Die Arme gehorchten ihm nicht, aber als er langsamer wurde, trat er mit den Beinen um sich, und dann, ja, dann drückte er mit den Händen das nun weiche Wasser weg. Er öffnete die Augen, vielleicht hatte er sie auch gar nicht geschlossen gehabt – aber er fühlte plötzlich ein Stechen, ein Brennen an den Pupillen.

Nicht atmen. Obwohl er am liebsten seinem Instinkt gefolgt wäre und nach dem Schock tief ausgeatmet hätte, bewahrte er sich den kostbaren Sauerstoff.

Treten. Wegdrücken.

Er kämpfte.

Um sein Leben.

Damit er zu der Frau zurückkehren konnte, die er beim ersten Mal schon nicht hatte verlassen wollen – und die er auch diesmal nicht verlassen wollte.

Damit er beweisen konnte, dass er anders war als sein Vater.

Und damit er den bevorstehenden Bankrott abwenden konnte, der seine Familie in den Ruin zu treiben drohte.

Als Lane von der Brücke fiel, war Lizzies erster Gedanke, ihm zu folgen. Sie wollte sich schon über das Geländer schwingen und selbst in den Fluss springen.

Doch sie hielt inne, denn auf diese Weise konnte sie ihm nicht helfen. Verdammt, womöglich würde sie sogar auf ihm landen, wenn er gerade hochkam, um nach Luft zu schnappen. Vorausgesetzt, er kam hoch. Oh Gott ...

In die Tasche greifen. Handy. Handy, sie brauchte ihr ...

Sie hörte das Quietschen der Reifen direkt neben ihr kaum. Und sie sah denjenigen, der da angehalten hatte, nur an, weil ihr das Handy aus der Hand rutschte und in seine Richtung flog.

»Ist er gesprungen?« schrie der Mann. »Ist er gesprungen?«

»Gefallen ...« Sie fing das Handy gerade noch auf, bevor es auf dem Asphalt landete. »Er ist gefallen!«

»Mein Bruder ist Polizist ...«

»Neun-eins-eins.«

Sie wählten beide gleichzeitig, und Lizzie drehte sich weg, stellte sich auf die Zehenspitzen und blickte übers Geländer. Sie konnte dort unten nichts sehen wegen all der Lichter um sie herum und der Tränen, die sie wegblinzelte. Ihr Herz raste und setzte immer wieder aus, und sie nahm vage wahr, dass ihre Hände und Füße allmählich taub wurden. Heiß, ihr Körper war heiß wie an einem Hochsommertag, und der Schweiß rann ihr in Strömen über die Haut.

Es klingelte dreimal. Was, wenn niemand ranging ...?

Als sie sich wieder umdrehte, stand der Mann vor ihr, der von seinem Auto herbeigeeilt war – und sie hatte das seltsame Gefühl, dass sie sich noch ihr Leben lang an diesen Augenblick erinnern würde. Er vielleicht auch.

»Hallo!« rief sie. »Ich bin auf der Brücke, der Big-Five-Brücke. Jemand ist ...«

»Hallo!« sagte der Mann. »Ja, wir haben einen Springer ...«

»Er ist nicht gesprungen! Er ist gefallen – was? Wen interessiert denn mein Name? Schicken Sie jemanden – nicht zur Brücke. Weiter nach unten – am Fluss entlang ...«

»... der sich gerade von der neuen Brücke gestürzt hat. Ich weiß, dass du im Dienst bist – du bist unter der Brücke? Kannst du jemanden ...«

»... um ihn rauszuholen. Nein, ich weiß nicht, ob er überlebt hat!« Dann hielt Lizzie sogar trotz ihrer Panik inne und wiederholte die Frage, die man ihr gestellt hatte. »Wer es war?«

Auch noch in diesem Schreckensmoment zögerte sie, den Namen preiszugeben. Alles, was die Bradfords betraf, kam in die Schlagzeilen, nicht nur in Charlemont, sondern landesweit, und diesen Sprung – *Sturz*, verdammt noch mal – würde Lane bestimmt nicht in den Nachrichten haben wollen. Vorausgesetzt, er überlebte ...

Egal. Es ging hier um Leben und Tod.

»Sein Name ist Lane Bradford – er ist mein Freund. Ich bin hergekommen, weil ...«

Sie redete wirr drauflos und drehte sich zurück zum Abgrund. Und dann beugte sie sich wieder übers Geländer und hoffte, sie würde seinen Kopf auf der Wasseroberfläche entdecken. Gott, sie sah überhaupt nichts!

Nachdem Lizzie ihren Namen, ihre Nummer und alles angegeben hatte, was sie wusste, legte sie auf. Inzwischen hatte der Mann seinen Anruf ebenfalls beendet und redete auf sie ein, sagte ihr, dass sein Bruder oder sein Cousin oder auch der Weihnachtsmann kommen würde. Lizzie hörte nicht zu. Ihr einziger Gedanke war, dass sie zu Lane musste, sie musste ...

Sie blickte zu ihrer Klapperkiste.

Und dann zu Lanes 911-Turbo-Cabrio.

Einen Sekundenbruchteil später saß sie am Steuer des Porsches. Zum Glück hatte Lane den Schlüssel stecken lassen, und der Motor sprang an, sobald sie die Kupplung trat und die Pferdchen herumriss. Gas zu geben war etwas völlig anderes als bei ihrem alten Toyota. Sie drehte den Sportwagen mit schlitternden Reifen um die eigene Achse und brauste davon – in die falsche Richtung.

Na und? Sollten die Cops sie doch festnehmen. Wenigstens würden sie ihr dann hinunter ans Wasser folgen.

Ein entgegenkommendes Scheinwerferpaar zwang sie, mit dem Porsche nach rechts auszuweichen, und die Hupe des anderen Fahrzeugs dröhnte in ihrem Kopf wie ein Schrei, der sie möglicherweise aus der Bahn geworfen hätte, wenn sie nicht so hundertprozentig darauf konzentriert gewesen wäre, zu Lane zu gelangen.

Lizzie nahm die Ausfahrt mit knapp hundertdreißig Stundenkilometern, und wie durch ein Wunder fuhr gerade niemand herauf auf den Highway. Unten wendete sie noch einmal ordnungswidrig, sodass sie nun in die richtige Richtung unterwegs war, brach aber weitere Verkehrsregeln, indem sie über den Bordstein fuhr und einen Grünstreifen überquerte, bevor sie eine zweispurige Straße erreichte, die hinunter zum Fluss führte.

Lizzie beschleunigte den Porsche auf fast hundertsechzig Stundenkilometer.

Und machte dann eine Vollbremsung.

Am Ufer, in einem viktorianischen Haus mit Geschichte, befand sich eine der beliebtesten Eisdielen der Region – und dort konnte man sich nicht nur erfrischen, sondern auch Fahrräder ausleihen – und Boote.

Sie parkte den 911 nicht richtig, sondern ließ ihn einfach schief auf dem Rasen am Straßenrand stehen, sodass die eingeschalteten Scheinwerfer aufs Wasser gerichtet waren. Dann sprang sie über einen Zaun und rannte über eine flache Liegewiese zu den Schwimmdocks. Dort fand sie einige Motorboote, in denen natürlich keine Schlüssel steckten, und einen schäbigen, wackeligen Kahn mit Außenbordmotor und Seilzugstarter.

Der glücklicherweise nicht an den Pfosten angekettet war.

Lizzie sprang hinein und startete den Motor mit zwei kräftigen Rucks. Dann löste sie die Leinen und fuhr auf den Fluss hinaus, wobei der Blechkahn gegen die Wellen klatschte und ihr die Gischt ins Gesicht spritzte. In dem schwachen Licht konnte sie nur wenig erkennen – und ihre größte Sorge war, Lane zu überfahren.

Sie war erst etwa hundert Meter weit auf den Fluss gefahren – der ihr groß wie ein Ozean erschien –, als sie etwas Wunderbares am Horizont erblickte.

Ein Wunder.

Es war ein Wunder.

3

Der Ohio war viel kälter, als Lane es sich je hätte vorstellen können. Und das Ufer war so weit weg, als wollte er den Armelkanal durchschwimmen. Sein Körper war so schwer, als hätte er Zementblöcke an den Füßen. Und seine Lungen würden nicht mehr lange mitmachen.

Die Strömung riss ihn mit, aber das war nur hilfreich, wenn er den Wasserfall hinunterstürzen wollte wie sein Vater. Und wie das Glück so spielte, zerrte ihn ein erbarmungsloser Sog in die Mitte des Flusses, noch weiter weg vom Festland, und er musste dagegen ankämpfen, wenn er irgendeine Chance haben wollte zu ...

Als ein greller Lichtstrahl hinter ihm auftauchte, dachte er für einen Sekundenbruchteil, der Glaube seiner Momma wäre Wirklichkeit geworden und ihr Jesus wäre erschienen, um ihn zum Himmelstor zu bringen.

»Ich hab ihn! Ich hab ihn!«

Okay, diese Stimme klang viel zu ruppig für einen Heiligen – und der Südstaatenakzent deutete darauf hin, dass es wahrscheinlich ein Sterblicher und nicht Gott war.

Lane spuckte Wasser aus, drehte sich auf den Rücken und musste sich mit einem Arm die Augen abschirmen, weil der Scheinwerfer ihn blendete.

»Er lebt!«

Das Boot, das neben ihm hielt, war zehn Meter lang und hatte eine Kajüte. Der Motor wurde abgeschaltet, als sich das Heck zu ihm drehte.

Ein Greifarm mit einem Netz packte ihn, und dann kletterte er aus dem Fluss und auf die Plattform über den Schiffsschrauben. Dort ließ er sich auf den Rücken fallen und blickte hinauf in die Nacht. Er sah keine Sterne. Die Stadt strahlte zu hell. Oder vielleicht war sein Blick zu getrübt.

Das Gesicht eines Mannes erschien über ihm. Grauer Bart. Struppiges Haar. »Wir haben dich springen sehen. Zum Glück waren wir gerade unter ...«

»Da kommt jemand von Steuerbord.«

Lane wusste, ohne hinzuschauen, wer es war. Er wusste es einfach. Und tatsächlich sah er, sobald der Scheinwerfer in jene Richtung gedreht wurde, seine Lizzie in einem Kahn herankommen. Das schwache Metallding schaukelte auf dem Wasser, während sie neben dem Außenbordmotor kauerte und das schrille Heulen der überstrapazierten kleinen Maschine den perfekten Soundtrack für ihren panischen Gesichtsausdruck abgab.

»Lane!«

»Lizzie!« Er setzte sich auf und hielt sich die triefenden Hände an den Mund. »Mir geht's gut. Ich hab's geschafft.«

Sie fuhr profimäßig bis direkt ans Heck heran, und obwohl er nasse Kleider hatte und fror bis auf die Knochen, stürzte er sich auf sie. Oder vielleicht stürzte sie sich auf ihn. Wahrscheinlich beides.

Er drückte sie fest an sich, und sie drückte ihn. Und dann riss sie sich los und boxte ihn so kräftig in den Oberarm, dass sie ihn fast wieder in den Fluss gestoßen hätte.

»Aua!«

»Was zur Hölle hast du da oben gemacht ...?«

»Ich wollte nicht ...«

»Bist du wahnsinnig ...?«

»Ich hab nicht ...«

»Du hättest dich fast umgebracht!«

»Lizzie, ich ...«

»Ich bin total wütend auf dich!«

Der Blechkahn schwankte, als Lane zu Lizzie hinübersprang und sie sich schließlich gegenüberstanden. Er nahm vage wahr, dass drei Fischer vom größeren Boot aus zuschauten wie im Kino.

»Ich könnte dich echt ohrfeigen!«

»Okay, wenn du dich dann besser fühlst ...«

»Nein!«, erwiderte Lizzie. »Werd ich nicht ... Ich dachte, du bist tot.«

Als sie anfing zu weinen, fluchte er. »Es tut mir leid. Es tut mir so leid.«

Er zog sie wieder an sich und hielt sie fest, streichelte ihr über den Rücken und murmelte irgendwas, woran er sich später nicht erinnern würde, obwohl der Augenblick selbst unvergesslich war.

»Es tut mir so leid ... Es tut mir so leid ...«

Doch Lizzie brauchte wie immer nicht lange, bis sie sich zusammenriss und zu ihm aufsah. »Ich würde dir echt am liebsten noch eine reinhauen.«

Lane rieb sich den Oberarm. »Und ich würde es immer noch verdienen.«

»Alles in Ordnung bei euch?« rief einer der Fischer und warf ihnen ein ausgeblichenes Handtuch zu, das nach Fischköder roch. »Braucht ihr einen Rettungsdienst? Einer von euch?«

»Haben wir schon angerufen«, antwortete Lizzie.

Und genau jetzt blitzten oben auf der Brücke rote und blaue Lichter auf und schossen auch auf der Seite, die zu Indiana gehörte, zum Flussufer herunter.

Na großartig, dachte Lane, als er sich in das Handtuch hüllte. Wirklich verdammt großartig.

»Uns geht's gut.« Lane streckte dem Fischer die Hand entgegen. »Danke.«

Der Mann mit dem grauen Bart schüttelte ihm die Hand. »Ich bin froh, dass niemand verletzt ist. Wisst ihr, die Leute springen von da oben. Erst letzte Woche ist wieder einer gesprungen und hat sich umgebracht. Sie haben ihn unter dem Wasserfall gefunden. An einem Bootsliegeplatz.«

Ja, das war mein Vater, dachte Lane.

»Ach wirklich?«, log er. »Es stand gar nichts in der Zeitung.«

»Der Bootsliegeplatz gehört meinem Cousin. Der Kerl war wohl ein hohes Tier oder so. Da wird nicht drüber geredet.«

»Üble Sache. Tut mir leid für seine Familie, wer auch immer das ist.«

»Danke«, sagte Lizzie zu den Männern. »Vielen Dank, dass Sie ihn rausgeholt haben.«

Es folgte noch ein kurzes Gespräch, von dem Lane jedoch nicht viel mitbekam – nur dass er das Handtuch behalten sollte. Er dankte ihnen, setzte sich dann auf die Mittelbank und schlang die Arme um seinen Brustkorb, um möglichst viel Körperwärme zu speichern. Währenddessen startete Lizzie mit ein paar kräftigen Zügen den Außenbordmotor erneut und steuerte vom Fischerboot weg. Der süßliche Geruch von Benzin und Öl lag in der Luft und erinnerte Lane an die Sommer seiner Kindheit. Als Lizzie den Kahn wendete, blickte er zurück zum größeren Boot.

Und dann lachte er.

»Was ist?«, fragte sie.

»Der Name des Boots.« Er deutete auf den Schriftzug am Heck. »Unglaublich.«

Aurora stand dort in goldenen Buchstaben.

Jepp, auch wenn sie nicht da war, wurde er immer irgendwie von seiner Momma beschützt, gerettet, unterstützt.

»Das ist unheimlich«, sagte Lizzie, während sie Gas gab und sie zurück zum Ufer schaukelten.

Jedes Mal, wenn Lane blinzelte, sah er wieder den Abgrund unter der Brücke und erlebte noch einmal den Augenblick, als er hinunterstürzte. Obwohl er nun mit der Frau, die er liebte, aufs Festland zufuhr, fühlte er sich, als wäre er wieder in jenem Niemandsland, ohne jede Sicherheit, mit nichts als Luft zwischen sich und einem harten, harten Aufprall, der ihn ziemlich sicher umbringen würde.

Er konzentrierte sich auf Lizzie, betrachtete ihre entschlossenen Gesichtszüge, ihre wachsamen Augen, ihr blondes Haar, das in der Brise wehte. Sie hatte sich nicht darum gekümmert, dass sie nass wurde, als sie einander umarmt hatten.

»Ich liebe dich«, sagte er.

»Was?«

Er schüttelte nur den Kopf und lächelte vor sich hin. Der Name seiner Momma auf jenem Bootsheck ... seine Liebste hier am Steuer ...

»Hast du dieses Boot geklaut?«, rief er lauter.

»Ja«, schrie sie zurück. »Mir war alles egal. Ich musste zu dir.«

Als sie an den Anlegesteg zurückkamen, manövrierte sie das Boot ganz ohne Probleme, lenkte den Außenborder, indem sie mit dem Griff entgegen der Richtung steuerte, in der sie den Bug haben wollte, und fuhr dann so geschickt rückwärts, dass die metallene Nussschale die Pflöcke trotz der Strömung nur ganz sanft berührte.

Lane band den Bug mit einer Leine fest, Lizzie sicherte das Heck, und dann streckte er ihr die Hand entgegen, um ihr auf den Steg zu helfen. Doch sie kam nicht zu ihm, sondern steckte eine Hand in die Tasche ihrer leichten Jacke. Dann nahm sie etwas heraus und klemmte es an den Tankdeckel.

Als sie ohne Hilfe auf den Anlegesteg sprang, fragte er: »Was war das?«

»Ein Fünf-Dollar-Schein. Ich hab Benzin verbraucht.«

Einen Augenblick lang stand Lane einfach vor ihr, obwohl er immer noch fror bis auf die Knochen und sie sich auf einem fremden Grundstück befanden und er soeben ein Bad im Ohio genommen hatte.

Ach, und dann waren da noch die Cops, die gerade ankamen.

Und dieser kleine Vorfall mit dem Sturz und der Quasi-Nahtoderfahrung.

Im Licht der Scheinwerfer umfing er ihr schönes Gesicht mit beiden Händen. Lizzie war alles, was seine Familie nicht war. Und zwar in vielerlei Hinsicht.

Das war einer der vielen Gründe, warum er sie liebte. Und es war seltsam, aber er hatte plötzlich das Bedürfnis, mit ihr eine Verbindung für die Ewigkeit einzugehen.

»Was ist?«, flüsterte sie.

Er begann, auf ein Knie zu sinken. »Lizzie ...«

»Oh nein, wirst du ohnmächtig?« Sie zog ihn wieder hoch und rieb ihm über die Arme. »Du wirst ohnmächtig. Komm, lass uns einen Krankenwagen rufen ...«

»Hände hoch«, befahl jemand. »Auf der Stelle!«

Lane sah zu all den Lichtern und fluchte. Es gab geeignete Momente, um einer Frau einen Heiratsantrag zu machen. Im Fadenkreuz der Charlemont Metro Police, mit Dreckwasser durchtränkt und zwei Minuten nach einem beinahe tödlichen Sturz in den Ohio?

Wohl eher nicht.

»Hey«, sagte einer der Cops. »Den kenne ich. Das ist Lane Bradford.«

»Halt die Klappe«, zischte jemand.

»Es gab doch diesen Artikel über ihn ...«

»Hicks, sei still.«

Als Hicks schwieg, hob Lane beide Arme und blickte in die grellen Lampen. Er konnte nichts von dem sehen, was vor ihm war. Eigentlich ganz passend.

»Kann ich verhaftet werden, weil ich das Boot genommen habe?«, flüsterte Lizzie und hob ebenfalls die Hände.

»Ich kümmere mich darum«, sagte Lane leise. »Mach dir keine Sorgen.«

Shit.

4

Easterly, das Bradford Family Estate

»Ich hasse dich!«

Gin Baldwine, zukünftige Pford, die jüngste der noch lebenden Virginia Elizabeths der Familie Bradford, stürzte sich auf eine Lampe, erreichte sie aber nicht. Wahrscheinlich besser so. Sie bestand aus einer Imari-Vase, die Gin eigentlich immer gemocht hatte, und der seidene Schirm war handgearbeitet und trug ihre mit echtem Goldfaden eingestickten Initialen.

Es wäre schade gewesen, etwas so Schönes zu zerstören – denn es würden gewiss nur Scherben und Fetzen übrigbleiben, wenn sie sie einmal durch den Raum geworfen hatte.

Was sie davon abhielt, war die Hand ihres Verlobten, der sie an den Haaren packte und sie von ihren Stilettos schleuderte. Nach einem kurzen Augenblick der Schwerelosigkeit, der sogar ganz nett war, folgte eine harte Landung, bei der ihre Schulterblätter aufprallten, ihre Zähne aufeinanderschlugen und ihr wieder bewusst wurde, dass das Steißbein eigentlich ein sehr überflüssiger Körperteil war.

Und der pochende Schmerz dort unten erinnerte sie daran, wie ihr Vater ihr als Kind mit einem seiner Ledergürtel den Hintern versohlt hatte.

Selbstverständlich hatte sie sich strikt geweigert, aus jenen Erziehungsmaßnahmen irgendwas zu lernen oder ihr Verhalten in irgendeiner Weise zu ändern. Schon allein um zu beweisen, dass er keine Kontrolle über ihr Leben hatte.

Und seither war ja alles so wunderbar gelaufen.

Richard Pfords schmales, kantiges Gesicht erschien über ihrem Kopf. »Du kannst mich hassen, so viel du willst, aber du wirst dich *nicht* noch mal so respektlos verhalten. Ist das klar?«

Er zog sie immer noch an den Haaren, sodass sie seiner Kraft mit dem Hals und der Wirbelsäule standhalten musste, damit er ihr nicht den Kopf abriss.

»Was ich tue oder nicht«, fauchte sie, »wird nichts daran ändern, was andere über dich denken. Und daran hat sich auch nie irgendwas geändert.«

Sie funkelte ihn an und lächelte. Ein Blick in seine Rattenaugen verriet ihr, dass er sich gerade an die alten Zeiten erinnerte und sein niedriges Selbstwertgefühl die Liste der Beleidigungen durchging, die er hatte einstecken müssen, als sie Klassenkameraden an der Charlemont Country Day gewesen waren. Gin hatte zu den Lautesten gehört, eine richtige Rotzgöre, die die anderen angeführt hatte. Richard hingegen war ein dürrer, pickeliger Junge mit einer Stimme wie Donald Duck gewesen, der sich eindeutig für etwas Besseres hielt. Nicht mal der außerordentliche Reichtum seiner Familie hatte ihn beliebter machen können – auch nicht bei den Mädchen.

Und hatte die Jugendsprache der Neunziger nicht großartige Ausdrücke hervorgebracht? Loser, Weichei, Lusche, Warmduscher, Memme.

Richard schüttelte sich und konzentrierte sich wieder auf sie. »Ich will, dass meine Frau zu Hause auf mich wartet, wenn ich einen Geschäftstermin habe, bei dem sie nicht erwünscht ist.« Er zerrte sie an den Haaren. »Ich will *nicht*, dass sie in einem Jet nach Chicago sitzt ...«

»Du wohnst in *meinem* Haus ...«

Richard packte sie wieder fester, als würde er einen Hund mit einem Würgehalsband abrichten. »*Erst recht* nicht, nachdem ich ihr gesagt habe, dass sie keins von meinen Flugzeugen benutzen darf.«

»Aber wenn ich ein Bradford-Flugzeug genommen hätte, wie hätte ich dann sicher sein können, dass du davon erfährst?«

Sein verwirrter Gesichtsausdruck war alles wert, was passierte – und was nun folgen würde.

Gin riss sich los und stand wieder auf. Ihr Gucci-Kleid war ganz verrutscht, und sie überlegte, ob sie es so lassen oder zurechtziehen sollte.

So lassen, beschloss sie.

»Die Party war himmlisch«, hauchte sie. »Genau wie die beiden Piloten. Du hast wirklich ein Händchen dafür, die richtigen Männer einzustellen.«

Als Richard wutentbrannt eine Hand über seine Schulter hob, lachte sie. »Sei vorsichtig mit meinem Gesicht. Meine Visagistin ist gut, aber Concealer haben auch ihre Grenzen.«

In ihrem Kopf und ihrem ganzen Körper sang der Wahnsinn wie ein Chor am Altar der Zügellosigkeit. Und für einen Sekundenbruchteil musste sie an ihre Mutter denken, die am anderen Ende des Flurs in ihrem Bett lag, so hilflos wie irgendeine obdachlose Drogenabhängige auf der Straße.

Aber wenn eine Bradford von Beruhigungsmitteln abhängig wurde, bekam sie sie von ihrem Leibarzt. Sie schlief in Porthault-Bettwäsche statt auf Pappkarton und wurde von Privatpflegerinnen statt in einer Notunterkunft betreut. Sie nahm »Medikamente« statt »Drogen«.

Doch wie man es auch nennen wollte – dass es besser und leichter sein konnte als die Realität, leuchtete ein.

»Du brauchst mich«, zischte Richard. »Und wenn ich etwas kaufe, erwarte ich, dass es ordnungsgemäß funktioniert. Sonst werfe ich es weg.«

»Wer einmal Gouverneur von Kentucky werden will, sollte wissen, dass seine Frau zu schlagen ganz miese PR ist.«

»Du wirst dich noch wundern. Ich bin Republikaner, vergiss das nicht.«

Der ovale Spiegel über einer ihrer zwei italienischen Kommoden im Stil Ludwig XV. aus dem achtzehnten Jahrhundert zeigte ihr hinter Richards Schulter ein perfekt eingerahmtes Bild von ihnen beiden: sie mit verschmiertem Lippenstift wie Blut am Kinn, das blaue Kleid bis zu den Spitzensäumen ihrer halterlosen Strümpfe hochgeschoben, ihr braunes Haar in unordentlichen Wellen wie der Heiligenschein der Hure, die sie war; er in seinem altmodischen Nachthemd, dazu ein Wall-Street-Seitenscheitel im Stil der Achtzigerjahre, sein Ichabod-Crane-Körper bis in die letzte Faser angespannt. Und um sie herum?

Üppige Seidenvorhänge vor deckenhohen Fenstern, Antiquitäten wie aus dem Victoria and Albert Museum, ein Bett von der Größe einer Empfangshalle, mit monogrammbestickten Bezügen.

Richard und sie in ihrer nachlässigen Kleidung, mit ihrer Missachtung höflicher Umgangsformen, waren der falsche Ton in einer Sonate, der Riss in der Mitte eines Vermeer-Gemäldes, die Reifenpanne bei einem Phantom Drophead.

Oh ja, Gin liebte es, nicht ins Bild zu passen. Richard und sie zusammen zu sehen, beide zitternd am Rand des Wahnsinns, verschaffte ihr eine gewisse Befriedigung.

Doch sie hatten beide recht. Aufgrund der plötzlich völlig geänderten finanziellen Situation ihrer Familie und seiner Ambitionen auf das Gouverneursamt profitierten sie gegenseitig voneinander. Sie waren gefangen in einer explosiven Beziehung, die auf seiner jahrzehntelangen Schwärmerei für die begehrteste Debütantin von Charlemont und ihrer unerwarteten materiellen Notlage beruhte.

Aber Ehen waren auch schon aus viel nichtigeren Gründen geschlossen worden. Zum Beispiel der Illusion von Liebe, der Lüge von Treue, dem giftigen Glauben an das »Schicksal«.

Auf einmal wurde sie müde.

»Ich gehe ins Bett«, verkündete sie und drehte sich weg, um sich in ihr Bad zu begeben. »Dieses Gespräch langweilt mich.«

Er packte sie wieder, doch diesmal nicht an den Haaren. »Aber ich bin noch nicht fertig mit dir.«

Als er sie herumdrehte und an sich zog, gähnte sie ihm ins Gesicht. »Aber beeil dich. Ach, bei dir geht es ja immer schnell – das ist das Einzige, was gut ist am Sex mit dir.«

5

Lizzies Farmhaus
Madisonville, Indiana

»Du hast doch nicht im Ernst gedacht, ich wäre dort gewesen, um zu springen, oder?«

Als der Mann, den Lizzie liebte, am anderen Ende ihres Sofas zu sprechen begann, versuchte sie, sich zusammenzureißen. Da ihr das nicht gelang, strich sie stattdessen über den handgenähten Quilt, den sie sich über die Beine gezogen hatte. Ihr kleines Wohnzimmer lag an der Vorderseite des Farmhauses und hatte ein großes sechsteiliges Fenster zur Veranda, dem Vorgarten und der unbefestigten Einfahrt. Die Einrichtung war rustikal und gemütlich: An den Wänden hing ihre Sammlung altertümlicher Landwirtschaftsgeräte, gegenüber stand ihr altmodisches Klavier und davor lagen bunte geflochtene Teppiche, um die Farbe der Holzböden zur Geltung zu bringen.

Normalerweise gab ihr diese Umgebung immer Ruhe. Doch an diesem Morgen war das schwierig.

Was für eine Nacht. Sie hatten etwa zwei Stunden gebraucht, um der Polizei zu erklären, was passiert war, sich zu entschuldigen, beide Autos zu holen und zurückzufahren.

Ohne Lanes Freund, den Deputy Sheriff Mitchell Ramsey, wären sie wohl immer noch draußen am Flussufer bei der viktorianischen Eisdiele – oder vielleicht auf der Polizeiwache. In Handschellen. Für eine Leibesvisitation.

Mitch Ramsey hatte ein Händchen für schwierige Situationen.

Und jetzt saßen sie also hier auf ihrer Couch, Lane geduscht und in seinem Lieblings-Sweatshirt von der Uni, sie in einem seiner Buttondown-Hemden und einer Leggings. Aber obwohl es ein Maimorgen im Süden war, fror sie bis auf die Knochen. Was im Prinzip Lanes Frage beantwortete.

»Lizzie? Dachtest du, ich wollte springen?«

»Natürlich nicht.«

Gott, sie würde niemals das Bild von ihm an der Außenseite des Geländers vergessen, wie er sich zu ihr umdrehte ... den Halt verlor ... ins Dunkel stürzte ...

»Lizzie.«

Sie griff sich an den Kopf und versuchte, ihre Stimme unter Kontrolle zu halten. Vergeblich. »Wenn du nicht springen wolltest, was zur Hölle hast du da gemacht? Du hast dich über den Abgrund gebeugt, Lane. Du hast ...«

»Ich wollte wissen, wie es sich anfühlt.«

»Weil du dich umbringen wolltest«, schloss sie mit zugeschnürter Kehle.

»Nein, weil ich ihn verstehen wollte.«

Lizzie runzelte die Stirn. »Wen? Deinen Vater?« *Wen denn sonst?* »Lane, es gibt da wirklich andere Möglichkeiten, diese Sache zu verarbeiten.«

Er könnte zum Beispiel zu einem Psychotherapeuten gehen und sich auf eine andere Couch als diese hier setzen. Das würde die Gefahr, dass er in den Tod stürzte, während er versuchte, sein Leben wieder in den Griff zu bekommen, gleich bedeutend verringern.

Und es hätte den Vorteil, dass sie sich dann keine Sorgen machen müsste, wegen Missachtens der Wasserstraßenverordnung bestraft zu werden.

Ob der Fünf-Dollar-Schein wohl noch an dem Tankdeckel steckt?, überlegte sie.

Lane streckte einen Arm, als wäre er steif geworden, und fluchte, als sein Ellbogen, oder auch die Schulter, dabei knackte. »Weißt du, jetzt, wo Vater tot ist, werde ich nie mehr Antworten bekommen. Ich sitze hier fest und muss sein verfluchtes Chaos in Ordnung bringen, und ich bin total wütend und kapiere es einfach nicht. Jeder kann sagen, dass er ein Dreckskerl war, und das stimmt, aber das ist keine Erklärung für das Wie und Warum. Und ich konnte nicht schlafen, habe immer nur an deine Zimmerdecke gestarrt, bis ich es nicht mehr ausgehalten habe. Ich bin zur Brücke gefahren und über das Geländer geklettert, um da zu stehen, wo er gestanden hat, weil ich sehen wollte, was er gesehen hat, als er dort war. Ich wollte eine Ahnung davon bekommen, was er gefühlt hat. Ich wollte Antworten. Woanders werde ich sie nicht finden – und nein, ich war *nicht* dort, um mich umzubringen. Das schwöre ich bei Miss Auroras Seele.«

Ein Augenblick verging, dann beugte sich Lizzie vor und nahm seine Hand. »Es tut mir leid. Ich dachte nur – na ja, ich hab nun mal gesehen, was ich gesehen habe, und du hast mir nichts von alldem gesagt.«

»Was hätte ich denn sagen sollen? In meinem Kopf dreht sich alles, sodass ich schreien könnte.«

»Aber dann wüsste ich wenigstens, was in dir vorgeht. Dein Schweigen macht mir Angst. Deine Gedanken drehen sich im Kreis? Tja, meine auch.«

»Es tut mir leid.« Er schüttelte den Kopf. »Aber ich werde kämpfen. Für meine Familie. Für uns. Und glaub mir, wenn ich Selbstmord begehen würde, dann würde ich mein Leben ganz sicher nicht auf die gleiche Weise beenden wie er. Ich will mit dem Mann nichts gemeinsam haben. Seine DNA hab ich schon, da kann ich nichts machen. Aber ich werde bestimmt nicht für weitere Ähnlichkeiten sorgen.«

Lizzie holte tief Luft. »Kann ich dir irgendwie helfen?«

»Wenn du etwas tun könntest, würde ich es dir sagen. Versprochen. Aber jetzt gerade muss ich mich selbst um alles kümmern. Ich muss das fehlende Geld finden, die Schulden an Prospect Trust zurückzahlen und hoffen, dass ich das Geschäft am Laufen halten kann. Bradford Bourbon gibt es schon über zweihundert Jahre – das kann jetzt nicht aufhören. Das geht einfach nicht.«

Als Lane den Kopf drehte, um durch das große Fenster hinauszuschauen, betrachtete sie sein Gesicht. Er war, wie ihre Großmutter gesagt hätte, wirklich eine Augenweide. Klassisch schön, mit blauen Augen in der Farbe eines klaren Herbsthimmels, dunklem Haar, das sich zwischen ihren Fingern dick anfühlte, und einem Körper, der garantiert in jedem Raum alle Blicke auf sich zog.

Aber bei ihr war es keine Liebe auf den ersten Blick gewesen. Ganz und gar nicht. Der aufsässige jüngste Sohn der Familie Bradford war ihr viel zu oberflächlich erschienen – doch in Wahrheit hatte sich hinter ihrer Geringschätzung eine leidenschaftliche Anziehung verborgen, und sie hatte mit aller Kraft versucht, ihre Gefühle zu ignorieren. Und dann waren sie zusammengekommen ... und sie hatte sich in ihn verliebt, genau wie in »Sabrina«.

Na ja, nur in ihrem Fall war die »Bedienstete« eine Gartenbauexpertin mit einem Master in Landschaftsarchitektur der Cornell University.

Aber dann hatte Chantal vier Wochen später in der Presse verkündet, sie sei mit Lane verlobt und erwarte ein Kind von ihm. Damit war die Sache für Lizzie beendet gewesen, und Lane hatte die Frau geheiratet.

Nur um kurz darauf in den Norden zu verschwinden.

Schrecklich. Was für eine schreckliche Zeit das gewesen war. Nach der Trennung hatte Lizzie ihr Bestes getan, um weiter auf Easterly arbeiten zu können und sich nicht aus der Bahn werfen zu lassen. Aber alle bekamen es mit, als Chantal plötzlich nicht mehr schwanger war.

Später stellte sich heraus, dass sie das Baby nicht »verloren« hatte. Sie hatte sich in einer Privatklinik oben in Cincinnati »darum gekümmert«.

Unglaublich. Gott sei Dank ließ Lane sich nun von ihr scheiden.

Und Gott sei Dank hatte Lizzie schließlich die Wahrheit erkannt und sich überwunden, dem Mann selbst zu glauben, nicht seinem Ruf. Auch wenn es sie einiges gekostet hatte.

»Die Sonne geht auf«, murmelte Lane. »Ein neuer Tag fängt an.«

Er streichelte von ihrem nackten Fuß hinauf zum Knöchel und ließ dann die Hand auf ihrer Haut liegen, aber Lizzie war nicht sicher, ob er das überhaupt merkte. Das machte er oft; er berührte sie unbewusst, wenn seine Gedanken abschweiften, als spürte er einen Drang, die geistige Entfernung durch körperliche Nähe auszugleichen.

»Ich bin so gerne hier draußen.« Er lächelte in das goldene Licht, das lange Schatten auf ihren Rasen und über die frisch bestellten Felder zeichnete. »Es ist so still.«

Das stimmte. Zwischen dem Anwesen seiner Familie und Lizzies Farmhaus mit dem zugehörigen Grundstück und den entfernten Nachbarn lagen Welten. Die einzigen Störungen hier draußen waren ferne Ackergeräusche und ab und zu mal eine ausgerissene Kuh.

Auf Easterly herrschte niemals Ruhe, selbst wenn es in den Zimmern still war. Besonders jetzt.

Die Schulden. Die Todesfälle. Das Chaos.

»Ich wollte nur wissen, was er gefühlt hat, als er gestorben ist«, sagte Lane leise. »Ich will, dass es wehgetan hat. Ich will, dass es *ihm* ... wehgetan hat.«

Lizzie streckte die Zehen, um ihm über den Unterarm zu streichen. »Du musst dich deswegen nicht schlecht fühlen. Deine Wut ist ganz natürlich.«

»Miss Aurora würde sagen, ich soll stattdessen für ihn beten. Für seine Seele beten.«

»Weil deine Momma ein Engel ist.«

»Genau.«

Lizzie lächelte und dachte an die Afroamerikanerin, die viel mehr Lanes Mutter war als die Frau, die ihn geboren hatte. Gott sei Dank hatte er Miss Aurora. In dem riesigen historischen Haus, in dem er aufgewachsen war, gab es so wenige sichere Orte, aber jene Küche voller Soul Food und französischer Feinkost war für Lane eine Zufluchtsstätte.

»Ich dachte wirklich, du wolltest springen«, platzte sie heraus.

Er sah ihr in die Augen. »Ich habe zu viel, wofür es sich zu leben lohnt. Ich habe uns.«

»Ich liebe dich auch«, flüsterte sie.

Gott, er wirkte so viel älter als erst vor einer Woche, als er mit einem Privatjet aus seinem Versteck in Manhattan zurückgekehrt war. Er hatte Easterly besucht, weil Miss Aurora zusammengebrochen war und er sich vergewissern musste, dass es ihr gut ging. Und dann war er geblieben, weil kurz darauf so viel passiert war: Seine Familie war mit einem Eisberg zusammengestoßen, der im Fluss der Vorsehung versteckt gewesen war, und das scheinbar unzerstörbare Schiff der zweihundertjährigen Geschichte der Bradfords, ihrer außerordentlichen finanziellen und gesellschaftlichen Position, hatte einen so tiefen Riss bekommen, dass eine erneute Wende des Schicksals zurück zum Guten nun ... unmöglich schien.

»Wir können fortgehen.« Lizzie bog ihren Fuß wieder. »Wir können dieses Haus verkaufen und mit dem Geld weit weg von alldem hier ein schönes Leben führen.«

»Glaub nicht, dass ich darüber nicht schon nachgedacht hätte. Und hey, ich könnte unseren Lebensunterhalt mit Pokerspielen finanzieren. Das ist zwar nicht vornehm, aber inzwischen ist mir klar geworden, dass es den Rechnungen egal ist, woher das Geld kommt, mit dem sie bezahlt werden.« Er lachte auf. »Außerdem lebt meine Familie seit so vielen Jahren vom Alkoholverkauf, das ist auch nicht unbedingt besser.«

Einen Augenblick lang hüpfte ihr Herz, als sie sich vorstellte, wie sie beide in einem anderen Staat auf einer anderen Farm lebten und ein kleines Stück gute, saubere Erde pflegten, auf dem sie Mais und Karotten und Tomaten und grüne Bohnen anbauten. Lizzie würde in einer Kleinstadt arbeiten und sich um die kommunalen Grünanlagen kümmern. Und Lane würde Lehrer an der örtlichen Highschool werden und vielleicht die Basketball- oder Footballmannschaft trainieren, oder beide. Sie würden sich gegenseitig zusehen, wie ihre Gesichter Falten bekamen vom Lachen und der Liebe, und ja, sie würden auch Kinder haben. Kinder mit flachsblonden glatten Haaren: Jungen, die Kaulquappen nach Hause brachten, und Mädchen, die auf Bäume kletterten. Sie würden Führerscheine machen und auf Highschool-Abschlussbälle gehen. Es würde Tränen geben, wenn alle aufs College fortgingen, und Freude, wenn sie in den Ferien zurückkamen und sich das Haus wieder mit Chaos füllte.

Und wenn sich schließlich ihr Lebensabend näherte, würden sie in zwei Schaukelstühlen nebeneinander auf einer Veranda sitzen. Wenn der eine starb, würde der andere bald folgen. Genau wie in einem Nicholas-Sparks-Roman.

Keine Privatjets mehr. Keine Juwelen und Ölgemälde vom Urururgroßvater des Soundso. Kein Easterly mit seiner siebzigköpfigen Belegschaft und seinen riesigen Barockgärten und seiner zermürbenden Plackerei. Keine Partys und Bälle, keine Rolls-Royces und Porsches, keine aufgedonnerten, seelenlosen Leute mehr, die mit leeren Augen lächelten.

Keine Bradford Bourbon Company mehr.

Obwohl das Produkt an sich nie das Problem gewesen war.

Vielleicht würde er sogar ihren Nachnamen annehmen, sodass niemand in ihrem neuen Leben wüsste, wer er war und wer seine Familie war.

Er wäre, wie sie selbst, ein ganz normaler Mensch, der ein bescheidenes Leben führte – denn in ihrer Fantasie wirkte es in der Tat nicht unbedingt glamourös. Aber sie würde jederzeit die einfachen Freuden der Mittelmäßigkeit gegen den substanzlosen Glanz des großen Geldes eintauschen. Ohne zu zögern.

»Weißt du, ich kann nicht glauben, dass er sich umgebracht hat«, murmelte Lane. »Das passt einfach nicht zu ihm. Er war viel zu arrogant dafür – wenn der große William Baldwine Selbstmord begangen *hätte*, hätte er sich viel eher eine Duellierpistole in den Mund gesteckt und abgedrückt. Aber von einer Brücke zu springen, die er ›protzig‹ fand? In Wasser, das er nicht mal einer streunenden Katze vorgesetzt hätte? Das ergibt einfach keinen Sinn.«

Lizzie holte tief Luft und wagte es dann, ihren Verdacht in Worte zu fassen: »Glaubst du ... dass er vielleicht ermordet wurde?«

6

Red-&-Black-Gestüt
Ogden County, Kentucky

Süßer Duft von Heu.

Oh, der süße Duft von Heu und das Stampfen der Hufe – und der eiskalte Betongang zwischen den Boxen mit Mahagonitüren.

Als Edward Westfork Bradford Baldwine vor dem mit Sägemehl eingestreuten Schlafzimmer seines Vollbluthengsts unsanft auf seinem knochigen Hinterteil landete, staunte er, dass der Stein sogar im Mai so kalt war. Es war zwar noch früh am Morgen, aber draußen war es auch ohne Hilfe der Sonne schon einundzwanzig Grad warm. Man hätte meinen können, dass der späte Frühling seine klimatischen Vorzüge großzügiger verteilen würde.

Leider nicht.

Zum Glück war Edward betrunken.

Als er die Flasche mit – was war es noch mal? Ach ja, Wodka. Na gut – an seine Lippen hob, stellte er enttäuscht fest, wie leicht sie war. Auf dem Grund waren nur noch ein paar Zentimeter übrig, und sie war zu drei viertel voll gewesen, als er hierhergehumpelt war. Hatte er schon so viel davon intus? Und der Rest seiner Vorräte war so verdammt weit weg – auch wenn das wohl relativ war. Das Verwaltercottage, das er auf dem Red-&-Black-Gestüt bewohnte, war gerade mal hundert Meter entfernt, aber es hätten genauso gut Kilometer sein können.

Er betrachtete seine Beine. Selbst unter der Jeans verborgen wirkten seine zusammengeflickten, unzuverlässigen Gehwerkzeuge nur wie ein entsetzlich dünnes Paar wackelige Stelzen, an denen seine bescheidenen Schuhe in Größe fünfundvierzig so überdimensional aussahen wie die eines Clowns. Und dazu kamen noch sein Rausch und die Tatsache, dass er hier schon eine ganze Weile saß – wie lange eigentlich?

Um an noch mehr Wodka zu gelangen, blieb ihm wohl nichts anderes übrig, als zu kriechen und den Unterkörper hinter sich herzuziehen wie eine umgekippte Schubkarre.

Aber nicht alles an ihm war völlig kaputt. Sein Verstand blieb leider wach genug, um ihn ständig mit Bildern zu bombardieren, die sich anfühlten, als würde sein schwacher Körper mit Paintball-Kugeln beschossen.

Er sah seinen Bruder Lane vor sich stehen und hörte ihn sagen, dass ihr Vater tot war. Er sah seine schöne, verrückte Schwester Gin den dicken Diamanten eines grausamen Mannes an ihrer eleganten Hand tragen. Er sah seine schöne, verrückte Mutter, die von alldem nichts mitbekam, betäubt im Bett liegen.

Er sah seine Sutton, die eigentlich nicht die Seine war und das auch nie sein würde.

Das war die Hauptschleife seines mentalen Wiederholungsfilms. Denn alles aus der Zeit, bevor Edward gefoltert und nicht freigekauft worden war, wirkte ein bisschen unscharf.

Vielleicht war das die Lösung gegen seine inneren Dämonen. Alkohol reichte nicht – aber acht Tage im Dschungel geschlagen, ausgehungert und mit dem Tod bedroht zu werden hatte erfolgreich Erinnerungen von vor seiner Entführung gelöscht. Und das Gute daran war, dass er eine zweite Runde solch liebevoller Fürsorge sehr wahrscheinlich nicht überleben würde ...

Als er ein kleines Paar Stallstiefel in seine Richtung kommen hörte, verdrehte er die Augen. Sie blieben vor ihm stehen, aber er machte sich nicht die Mühe hochzuschauen.

»Du schon wieder«, sagte er.

Im Vergleich zu seinem freundlichen Gruß klang Shelby Landis' Antwort wie aus einem Zeichentrickfilm – zumindest die weibliche Stimmlage. Ihr Tonfall ähnelte wie gewöhnlich eher einem Feldwebel als Cinderella. Aber immerhin hatte sie inzwischen aufgehört, Edward zu siezen.

»Na los, steh sofort auf.«

»Lass mich hier sitzen, für immer – und das ist ein Befehl.«

Hoch über Edwards Kopf, hinter den Eisenstangen, die den Hengst davon abhielten, nach Teilen menschlicher Anatomie zu schnappen, ließ Nebekanzer ein Wiehern vernehmen, das merkwürdig ähnlich wie ein Hallo klang. Normalerweise stieß der gigantische schwarze Hengst gegen jeden außer Edward tierische Morddrohungen aus.

Und nicht einmal seinem Besitzer begegnete er jemals freundlich.

»Wir können das hier auf die harte oder auf die noch härtere Tour machen«, erwiderte Shelby standhaft.

»Na, das sind ja tolle Auswahlmöglichkeiten. Wie großzügig von dir.«

Und der Rebell in ihm wollte aufmüpfig sein, nur um herauszufinden, was die »noch härtere Tour« bedeutete. Die meisten Frauen von kleiner Statur wie sie hätten Mühe gehabt, sogar in seinem geschwächten Zustand mit ihm fertigzuwerden, und das hätte ihn zusätzlich amüsieren können. Doch Shelbys Körper war gestählt von lebenslanger Knochenarbeit mit Vollblutpferden.

Diesmal würde sie gewinnen. Was auch immer das hieß.

Und sein Stolz war das Letzte, was von seiner Männlichkeit noch übrig war.

Auch wenn er keine Ahnung hatte, warum er sich überhaupt darum scheren sollte.

Schon allein sich aufzurichten war eine Herausforderung, bei der er innerlich brutale, hämmernde Schmerzen empfand, trotz des ganzen Alkohols in seinem Körper. Sein Stöhnen war ihm peinlich, besonders vor einer Angestellten – die zufällig eine gute christliche Abneigung gegen Gotteslästerung, kein Gefühl für Grenzen und einen toten Erzeuger hatte, dem Edward zu viel verdankte.

Deswegen hatte er Shelby einstellen müssen, als sie auf der Schwelle des Cottages erschienen war, mit nichts als einem überhitzten Pick-up, einem ehrlichen Gesicht und einem durchdringenden Blick.

Edward verlor das Gleichgewicht, taumelte und fiel wieder auf den Betonboden. Sein Körper brach zusammen wie ein Klapptisch, und einer seiner Knöchel krachte erschreckend.

Aber Shelby fing ihn auf, bevor er sich den Kopf aufschlug. Sie streckte ihre starken Arme aus, packte ihn und zog ihn an sich. »Komm schon.«

Er wollte sich ihr widersetzen, weil er sich selbst und seinen Zustand so sehr hasste. Das hier war nicht er, dieser Krüppel, dieser Säufer, dieser fiese Griesgram. In seinem früheren Leben, bevor sein eigener Vater ihn hatte kidnappen lassen und sich dann geweigert hatte, das Lösegeld zu bezahlen, wäre so etwas nie passiert.

»Ich glaube, du solltest lieber nicht rumlaufen.«

Während Shelby sprach, schwang er sein »gutes« krankes Bein vorwärts, weil er das Knie nicht beugen konnte, und stützte sich dann mit seinem ganzen Gewicht auf sie, da der Knöchel, den er sich gerade verletzt hatte, nichts davon tragen wollte. »Natürlich sollte ich das nicht. Du hast mich nackt gesehen. Du weißt, wie schlimm ich aussehe.«

Denn sie hatte ihn einmal im Bad überrascht – nachdem sie die Tür aufgerissen hatte, eindeutig in der Annahme, ihn tot in der Badewanne zu finden.

»Ich mache mir Sorgen um deinen Knöchel.«

Er biss die Zähne zusammen. »Die barmherzige Samariterin.«

»Ich werde den Arzt rufen.«

»Nein, wirst du nicht.«

Als sie ins Sonnenlicht hinaustraten, blinzelte er, aber nicht, weil er einen Kater hatte. Dafür musste man nüchtern sein. Verglichen mit der Kühle im Stall fühlte sich die goldene Morgenluft auf seiner juckenden Haut wirklich wie Kaschmir an, und oh, dieser Ausblick. Die hügeligen Rispengraswiesen mit den Holzzäunen und vereinzelten Ahornbäumen um ihn herum waren Balsam für die Seele, wie ein Versprechen, dass hier auch in Zukunft Zuchtpferde mit tadellosem Stammbaum über die Koppeln laufen und weiden und weitere Generationen von Derby-Siegern hervorbringen würden.

Sogar Triple-Crown-Gewinner.

Auf die Erde und ihre Gaben war Verlass, dachte Edward. Man konnte darauf vertrauen, dass Bäume in der Sommerhitze Schatten spendeten, Gewitterwolken brachten immer Regen, und Bäche konnten im Frühling anschwellen und im Herbst austrocknen, aber der Mensch konnte ihre Veränderungen vorhersehen. Verdammt, sogar wütende Tornados und Schneestürme hatten einen Rhythmus, der nicht persönlich und nie, niemals skrupellos war.

Wie zornig einem der Himmel auch erscheinen mochte, der Groll war nie gegen eine bestimmte Person gerichtet: Auch wenn man sich manchmal angegriffen fühlen konnte, war das nie der Fall.

Das Gleiche galt für Pferde und Hunde, Katzen und Waschbären, sogar für das widerliche, hässliche Opossum und die Schlangen, die ihre eigenen Jungen fraßen. Gewiss, sein Hengst Neb war ein gemeines Biest, aber das Tier täuschte niemals vor, irgendetwas anderes zu sein, als es war. Es lächelte einen nicht an und attackierte einen dann, sobald man ihm den Rücken kehrte.

Menschen waren so viel gefährlicher als sogenannte »unberechenbare« Tiere und Naturgewalten.

Und ja, das verbitterte ihn.

Allerdings verbitterte ihn zurzeit fast alles.

Als Shelby und er beim Verwaltercottage ankamen, waren seine innerlichen Hasstiraden vom Schmerz gemäßigt worden, der seinen Rausch verdrängt hatte. Als hätte Edwards überfordertes Nervensystem so viele elektrische Impulse in sein Gehirn gejagt, dass seinen Synapsen schließlich nichts anderes übrig geblieben war, als den Pessimismus herunterzufahren.

Die alte Tür knarrte, als Shelby sie aufstieß. Im Inneren war es stockdunkel, die schweren Wollvorhänge waren zugezogen, nur in der schmalen Küche brannte ein Licht wie die Lampe an einem Bergmannshelm, trübe und zu schwach, um alles auszuleuchten. Die Möblierung war spärlich, billig und alt, das Gegenteil der kostbaren Dinge, mit denen Edward in Easterly aufgewachsen war – obwohl die

Regale voller Renntrophäen aus Sterlingsilber an der einen Wand wohl eine gewisse Gemeinsamkeit darstellten.

Er riss sich von seiner menschlichen Krücke los, schlurfte zu seinem Lehnstuhl und ließ sich in den schäbigen Großvatersessel fallen. Dann legte er den Kopf in den Nacken und atmete durch den Mund, um seinen Brustkorb nicht mehr als absolut notwendig zu bewegen.

Ein Zerren an seinem rechten Fuß zwang ihn hinunterzuschauen. »Was machst du da?«

Shelbys blonder Schopf war über seinen Schuh gebeugt, und ihre Arbeiterhände bewegten sich so viel schneller über die Schnürsenkel, als seine es jemals gekonnt hätten. »Ich zieh dir den aus, damit ich sehen kann, was mit deinem Knöchel los ist.«

Edward öffnete den Mund, da ihm bereits etwas Sarkastisches auf der Zunge lag.

Doch er musste sich seine Grobheit verkneifen und konnte nur noch brüllen, als sie ihn von dem Schuh befreite. »Verdammt noch mal!«

»Ich glaube, du hast ihn dir gebrochen.«

Er umklammerte die Sessellehnen, während ihm das Herz wild gegen die Rippen schlug. Als der Schmerz nachließ, sackte er zusammen.

»Ich hole meinen Pick-up ...«

»Nein!«, stieß er zwischen zusammengebissenen Zähnen hervor. »Kommt nicht infrage.«

Als Shelby vom Fußboden zu ihm aufschaute, wurde ihm bewusst, wie selten sie ihm in die Augen sah. Sie war immer bereit, seine verbalen Sticheleien zu parieren, aber sie begegnete fast nie seinem Blick.

Ihre Augen waren ... ziemlich außergewöhnlich. Sie waren von dichten, dunklen, natürlichen Wimpern umrahmt und hatten Flecken der Morgendämmerung in ihrer himmelblauen Farbe.

»Wenn du nicht ins Krankenhaus willst, wie heißt dann dein Leibarzt? Und jetzt behaupte bloß nicht, du hättest keinen. Du bist ein Bradford.«

»Nicht mehr, meine Liebe.«

Sie zuckte bei der Anrede zusammen, als wäre ihr bewusst, dass sie nicht die Art Frau war, die jemals so genannt werden würde, erst recht nicht von jemandem mit seiner Ahnentafel. Und er schämte sich, es zuzugeben, aber er hatte sie grundlos verletzen wollen.

Nein, das stimmte eigentlich nicht. Es gab einen Grund.

Shelby hatte ein echtes Talent dafür, ihn in verletzlichen Augenblicken zu überraschen, und seine defensive Seite hasste sie deswegen.

»Wie lange hast du deinen Vater gepflegt?«, fragte er.

»Mein Leben lang.«

Jeb Landis war ein übler Trinker, Spieler und Weiberheld gewesen. Aber er hatte sich mit Pferden ausgekannt. Und er hatte Edward alles beigebracht, was er wusste, zu einer Zeit, als Edward den Pferderennsport noch ausschließlich als ein Hobby für reiche Leute gesehen hatte – und sich ganz sicher niemals hätte vorstellen können, die Tochter des Mannes bei sich einzustellen.

Verdammt, er hatte ja nicht mal gewusst, dass Jeb überhaupt ein Kind hatte.

Edward fragte sich unwillkürlich, wie viele sarkastische Hiebe Shelby im Lauf der Jahre wohl hatte einstecken müssen. Ihr abscheulicher Erzeuger hatte ihr einen Hindernislauf bereitet, der ihr Ego zerstört und sie gut trainiert hatte – um weiter einen genau solchen Mann zu pflegen, wie Edward einer geworden war.

Es schien, als wäre Jeb, indem er sie hergeschickt hatte, entschlossen gewesen, seine Grausamkeit über seinen Tod hinaus weiterleben zu lassen.

Edward beugte sich vor. Er streckte eine zitternde Hand aus und berührte Shelbys Gesicht. Er hatte erwartet, dass ihre Haut rau wäre. Aber das war sie nicht.

Als sie zurückwich, betrachtete er ihre Lippen. »Ich möchte dich küssen.«

Lane saß in Lizzies Farmhaus und blickte hinaus in die aufgehende Sonne, während ihre Worte in der stillen Luft zwischen ihnen hingen.

Glaubst du, dass er vielleicht ermordet wurde?

Schwer zu sagen, besonders für ihn, der sich betrogen fühlte, weil er den Mann nicht selbst umgebracht hatte. Und daran hatte er ganz schön zu knabbern, während er über der flachen Landschaft von Indiana einen neuen Tag heraufziehen sah.

Angesichts von so viel strahlender Schönheit erschienen ihm seine düsteren Gedanken wie Gotteslästerungen vor einem Altar.

»Also?«, hakte Lizzie nach. »Glaubst du das?«

»Ich weiß nicht. Es gibt auf jeden Fall einige Leute, die ein Motiv hätten. Und mit den meisten davon bin ich verwandt.« Er runzelte die Stirn, als ihm etwas einfiel, was Deputy Ramsey ihm unten am Fluss gesagt hatte. »Weißt du, die Sicherheitskameras auf der Brücke wurden noch nicht eingeschaltet.«

»Was?«

Lane zeichnete Halbkreise in die Luft. »An den Brückenbögen sind Kameras montiert, und die hätten in jener Nacht laufen sollen. Aber als die Polizisten sich die Aufnahmen ansehen wollten, haben sie festgestellt, dass die Kameras noch nicht aktiviert waren.«

»Dann weiß also niemand, was wirklich passiert ist?«

»Anscheinend nicht. Aber die Metro Police ist der Meinung, *wenn* er gesprungen ist, dann von dort. Bei der anderen Brücke ist es zu schwierig, an den Abgrund ranzukommen – und Mitch hat gesagt, das wird sich bei der Big-Five-Brücke jetzt auch ändern.« Lane schüttelte den Kopf. »Aber von wegen ermordet? Nein, ich denke schon, dass er gesprungen ist. Ich glaube, dass er sich umgebracht hat. Die Schulden, die Veruntreuungen – jetzt bricht alles zusammen, und mein Vater wusste das. Wie hätte er denn jetzt noch erhobenen Hauptes durch diese Stadt gehen können? Oder auch durch irgendeine andere?«

»Weißt du schon, wann die Leiche freigegeben wird?«

»Ramsey hat gesagt, sobald die Obduktion abgeschlossen ist. Es ist also nur eine Frage der Zeit.« Er blickte wieder zu ihr. »Eigentlich gibt es doch etwas, womit du mir helfen könntest.«

»Du musst es nur sagen. Was auch immer es ist.«

»Es geht um die Totenwache für meinen Vater. Sobald seine sterblichen Überreste freigegeben sind, müssen wir Leute nach Easterly einladen, und ich will ... Ich meine, ich will, dass alles so ist, wie es sein sollte.«

Lizzie nahm seine Hand und drückte sie. »Ich kümmere mich darum, dass alles richtig ist. Selbstverständlich.«

»Danke.« Er beugte sich hinunter und gab ihr einen Kuss auf die Innenseite ihres Handgelenks. »Weißt du, es ist seltsam ... Mir geht es nicht darum, sein Andenken zu ehren. Ich mache das nicht für meinen Vater. Sondern für den Namen der Familie Bradford – und ja, das ist oberflächlich, aber ich fühle mich dazu verpflichtet. Die Leute, die kommen, werden nach Anzeichen für Skandale und Schwächen suchen, und ich werde ihnen nicht den Gefallen tun, dass sie welche finden. Außerdem fürchte ich, dass Mutter bei einer solchen Gelegenheit erscheinen will.«

Ja, die »junge« Virginia Elizabeth Bradford Baldwine, die inzwischen über sechzig war, hatte in den letzten drei Jahren zwar ausschließlich für ihre Haarpflege das Bett verlassen, aber es gab einige Pflichten, die sogar eine Suchtkranke wie sie wahrnahm, und dazu gehörte auch die Totenwache für ihren Ehemann. Und es hatten bereits Leute im Haus angerufen und gefragt, wie alles ablaufen würde. Aber auch dabei ging es natürlich nicht um Lanes Vater. Die High Society von Charlemont war so wettbewerbsorientiert wie die NFL, und ein Ereignis wie eine Totenwache bei den Bradfords war der Superbowl.

Jeder wollte einen guten Platz an der Mittellinie.

Es war nur alles so unecht. Das hatte Lane zwar immer gewusst, aber die Leere des Ganzen störte ihn erst, seit Lizzie in sein Leben getreten war.

»Ich verspreche dir etwas«, murmelte er. »Wenn das hier alles vorbei ist ... Wenn ich all das hier in Ordnung gebracht habe, dann gehen wir beide fort. Dann verschwinden wir. Aber ich muss noch bleiben, um dieses Chaos aufzuräumen. Sonst kann ich mich nie von dieser Familie befreien. Die Verbrechen meines Vaters wiedergutzumachen ist für mich der einzige Weg, mir meine Freiheit zu verdienen – und deine Liebe zu verdienen.«

»Die hast du schon.«

»Komm her.«

Er streckte die Arme nach ihr aus, zog sie auf seinen Schoß und suchte ihren Mund im Morgenlicht. Sie auszuziehen dauerte nur einen Augenblick, und dann saß sie auf ihm und er schob seine Jogginghose hinunter.

»Oh Lizzie«, stöhnte er an ihrem Mund.

Ihre Brüste lagen voll in seinen Händen, und sie schnappte nach Luft, als er sie umfasste. Sie war immer eine Offenbarung, immer neu für ihn ... jeder Kuss, jede Berührung wie eine Heimkehr und gleichzeitig eine Reise zum Mond.

Perfekt.

Als sie sich auf den Knien aufrichtete, rückte er in die passende Stellung, und dann waren sie zusammen, sie bewegte sich auf ihm, er drückte sie an sich. Sie nahm ihn ganz auf, in genau dem richtigen Rhythmus und mit fest geschlossenen Augen, als wollte sie auf keinen Fall von ihren Gefühlen abgelenkt werden.

Er ließ die Augen offen.

Oh, sie war schön, wie sie sich zurücklehnte, den Kopf nach hinten fallen ließ, wie ihre Brüste sich hoben und das Morgenlicht sich über ihre wunderbare Nacktheit und ihr blondes Haar ergoss.

Auch daran würde er sich erinnern, nahm er sich vor. An diesen Augenblick nach dem Sturz, dem Beinahe-Ertrinken, der Panik ... an diesen wundervollen lebendigen Augenblick mit der Frau, die er liebte, in dem sie beide am Leben waren und zusammen und allein, geschützt in einer Intimität, die niemand sonst berühren und niemand ihnen wegnehmen konnte. Daran würde er sich erinnern, zusammen mit allem anderen, was in dieser Nacht passiert war.

Ja, dachte er. Er musste seine Stärke, seine Hoffnung und sein Herz wieder aufladen mit genau solchen Momenten und Erinnerungen mit seiner Lizzie.

Vor ihm lagen Kämpfe, die er ausfechten musste, Fragen, denen er sich stellen musste, und Sorgen über das, was kommen würde. Aber sie gab ihm die Kraft, der Krieger zu sein, der er sein wollte und sein musste.

Wen kümmerte schon das Geld, dachte er.

Alles, was er im Leben wirklich brauchte, war genau hier in seinen Armen.

»Ich liebe dich«, stöhnte er. »Ich liebe dich ...«

7

Edward wunderte sich, als Shelby nicht aufsprang und beleidigt zur Tür hinausmarschierte. Schließlich neigten gute Christinnen zu Recht dazu, sauer zu werden, wenn ihr Arbeitgeber ihnen sagte, er wolle sie küssen. Aber je länger sie sich nicht rührte, sondern nur mit seinem Schuh in den Händen zu ihm hochstarrte, desto schüchterner wurde er.

So sollte es nicht laufen, dachte er. Er hatte erwartet, dass sie zurückweichen, ihn in Ruhe lassen und den verdammten Arzt vergessen würde.

»Manchmal muss das Land den Sturm über sich ergehen lassen«, flüsterte Shelby.

»Was?«

Sie schüttelte nur den Kopf und bewegte sich an seinem Körper nach oben. »Nichts Wichtiges.«

Und sie hatte recht. Überhaupt nichts war wichtig, denn sie war diejenige, die ihn küsste, mit sanften, scheuen Lippen, als wüsste sie nichts über Verführung.

Damit hatte er kein Problem.

Edward übernahm die Führung und war bei ihr unwillkürlich vorsichtiger als bei jeder anderen Frau in ... na ja, vielleicht überhaupt jemals. Er umfing mit den Händen ganz leicht ihren Oberkörper, zog sie zwischen seine Beine und hoch an seine Brust. Unter ihrem Sweatshirt war ihr Körper genauso hart wie seiner, aber aus einem anderen Grund. Ihre Muskeln waren straff von all den körperlichen Tätigkeiten, gestählt durch ihre Gesundheit und ihre anstrengende Arbeit mit Tieren, die fünfhundert Kilo mehr wogen als sie, für die man zig Liter Futter und Schubkarren voll Sägemehl heranschaffen und kilometerweit von Stall zu Stall, von Weide zu Weide laufen musste.

Sie trug keinen BH.

Das merkte er, als er ihr das Sweatshirt hochschob und über den Kopf zog. Sie trug auch kein T-Shirt. Und ihre Brüste waren perfekt, so klein und fest wie alles andere an ihr. Die Tatsache, dass ihre Brustwarzen so mädchenhaft rosa waren, überraschte ihn ...

Und genau dann bremste er sich.

Sogar als eine köstliche Begierde sein Inneres durchzuckte, leuchtete ein Warnsignal in seinem Hinterkopf auf.

»Bist du noch Jungfrau?«, fragte er.

»Nein.«

»Ich glaube, du lügst.«

»Es gibt nur eine Möglichkeit, das herauszufinden, oder?«

Ein sonderbares ungewohntes Zögern ließ ihn erstarren, und er schaute weg. Nicht, weil ihm nicht gefiel, was er sah – sondern gerade weil es ihm gefiel. Ihre ganze Bescheidenheit und Verlegenheit weckte in ihm das Verlangen, sich auf sie zu stürzen und sie zu nehmen, sie für sich zu beanspruchen wie ein Mann, der etwas fand, was noch kein anderer besessen hatte.

Und ihre ganze Widerstandslosigkeit sagte ihm, dass sie ihm genau das und noch so viel mehr erlauben würde.

Er wandte den Blick ab und nahm sich einen Moment Zeit, um darüber nachzudenken, in einer Weise, die typisch für sein früheres Selbst war, nicht für den Menschen, zu dem er geworden war – und genau dann sah er das Geld.

Eintausend Dollar.

Zehn Einhundert-Dollar-Scheine, das Bündel in der Mitte gefaltet und leicht aufgefächert.

Drüben auf dem Sideboard neben der Tür.

Er hatte das Geld am vorherigen Freitag für eine der Prostituierten hingelegt, die er regelmäßig bezahlte, damit sie zu ihm kamen. Auch an jenem Abend war eine Frau erschienen – aber sie hatte nicht mit ihrem Verhalten und ihrer Kleidung diejenige imitiert, die er eigentlich wollte ... sondern es war genau die Frau zu ihm gekommen, die er begehrte.

Seine Sutton.

Sie hatten Sex gehabt, aber nur, weil er annahm, dass er endlich die perfekte Doppelgängerin von Sutton Smythe aufgespürt hatte. Der erste Hinweis, dass etwas nicht stimmte? Als es vorbei war, hatte die Frau das Geld liegen lassen. Der zweite? Am nächsten Morgen hatte Edward auf dem Tisch neben seinem Sessel eine Tasche gefunden. Und darin hatte er Suttons Führerschein entdeckt.

Dennoch war er sich immer noch nicht absolut sicher, ob das wirklich passiert oder nur ein Traum gewesen war. Aber die Spannung zwischen ihnen, als er ihr die Tasche am nächsten Abend zurückgegeben hatte, war explosiv gewesen – also musste es wohl wirklich geschehen sein.

Und ja, er wusste genau, warum er mit ihr geschlafen hatte. Sutton war eine stilvolle, elegante, brillante Geschäftsfrau, in die er seit unzähligen Jahren verliebt war. Warum hatte sie ihm erlaubt, sie zu berühren, sie zu küssen, in ihr zu kommen?

Ja, sie hatte ihm gesagt, dass sie glaubte, ihn auch zu lieben. Aber das konnte doch wohl unmöglich wahr sein?

Edward wandte sich wieder Jebs Tochter zu. Er nahm ihr Sweatshirt und streifte es ihr sanft über, um ihre Nacktheit zu bedecken.

»Keinen Arzt«, sagte er geistesabwesend. »Ich brauch keinen.«

»Oh doch.«

Die Art, wie sie ruhig aufstand und zum Telefon hinüberging, als wäre nichts gewesen, verstörte ihn. Und als sie den Hörer von dem altmodischen Gerät an der Wand abnahm, runzelte er die Stirn und ärgerte sich über ihren Eigensinn.

»Moe hat mir die Nummer gegeben«, erklärte sie und begann, die Wählscheibe mit dem Zeigefinger zu drehen. »Er heißt Dr. Qalbi, stimmt's?«

»Ach, verdammt noch mal, wenn du das alles wusstest, warum hast du mich dann damit belästigt?«

»Ich habe dir die Chance gegeben, vernünftig zu sein. Ich hätte es besser wissen müssen.«

»Herrgott noch mal.«

Sie hielt sich den Hörer ans Ohr und drehte sich zu Edward. »Ich hab's dir schon mal gesagt: Ich lasse nicht zu, dass du in meiner Anwesenheit den Namen des Herrn missbrauchst oder fluchst. Nicht vor mir. Und ja, ich weiß, dass du mich nie lieben wirst. Es wird immer nur sie geben.«

»Wovon zur Hölle redest du?«, erwiderte er bissig.

»Du sagst im Schlaf ihren Namen. Wie war er noch mal? Sut... Sutter?«

Edward ließ den Kopf zurückfallen und schloss entnervt die Augen. Vielleicht träumte er das hier nur. Ja, vielleicht war er einfach vor Nebs Stall umgekippt, und das hier war alles nur eine Einbildung aufgrund des Wodkastroms, der zurzeit anstelle von Blut durch seine Adern floss.

Die Hoffnung starb ja bekanntlich zuletzt.

»Miss Smythe? Noch etwas Kaffee?«

Sutton zuckte zusammen, sammelte sich und lächelte die uniformierte ältere Frau an, die mit einer Kanne in der Hand neben ihr stand. Ellyn Isaacs arbeitete schon, seit Sutton denken konnte, auf dem Anwesen ihrer Familie. Sie hatte etwas Großmütterliches und erinnerte sie immer an Hannah Gruen aus den Nancy-Drew-Büchern.

»Nein danke, Mrs Isaacs. Ich muss los, so leid es mir tut.«

»Ihr Wagen wartet schon.«

Sutton tupfte sich mit einer monogrammbestickten Damastserviette den Mund ab und stand auf. »Ich hole Daddy.«

Mrs Isaacs lächelte und strich über die frisch gebügelte weiße Schürze vor ihrem grauen Kleid. »Ihr Vater ist in seinem Arbeitszimmer. Ich sage Don Bescheid, dass Sie kommen.«

»Danke.«

Das Familienspeisezimmer war ein bezaubernder, kleiner lichtdurchfluteter Anbau zwischen der Hauptküche und dem offiziellen Speisezimmer des Herrenhauses. Der am Morgen besonders helle Raum gab den Blick frei auf die efeubewachsenen Backsteinmauern und die sorgfältig gepflegten Rosenbeete im französischen Garten und war mit dazu passenden Stoffen in klassischen Pflanzenmotiven von

Colefax and Fowler ausgestattet. Es war eins der Lieblingszimmer ihrer Mutter gewesen. Früher, als sie noch gelebt hatte, hatten Sutton und ihr Bruder vor der Schule immer hier gefrühstückt, und die ganze Familie hatte sich angeregt unterhalten. Nachdem ihre Mutter gestorben und Winn ein Studium an der University of Virginia begonnen hatte, waren nur ihr Vater und sie übrig geblieben.

Und als Sutton schließlich nach Harvard ging, war nur noch ihr Vater da. Damals hatte Mrs Isaacs angefangen, ihm die Morgenmahlzeit an seinem Schreibtisch zu servieren.

Diese Gewohnheit hatte er beibehalten, auch nachdem Sutton ihr Wirtschaftsstudium an der University of Chicago abgeschlossen und ihre Karriere in der Sutton Distillery Corporation begonnen hatte.

Als sie ihre Serviette zusammenfaltete und sie neben die ausgehöhlte Grapefruithälfte, den mit Muffinkrümeln bestreuten Teller und den leeren Eierbecher legte, fragte sie sich, warum sie darauf bestand, jeden Morgen allein hier zu sitzen.

Vielleicht aus Verbundenheit mit der Vergangenheit. Oder war es der Traum von einer Zukunft?

Das riesige Haus, in dem sie nun allein mit ihrem Vater wohnte – außer wenn Winn zu Besuch kam –, umfasste über zweitausend Quadratmeter historischer, pflegeintensiver Pracht. All die Antiquitäten darin wurden seit Generationen weitervererbt, die Kunstgegenstände waren museumswürdig, und die Teppiche stammten aus Persien oder waren in Frankreich handgewebt worden. Es war ein strahlender Palast, in dem Messinggeländer und vergoldete Installationen auf Hochglanz poliert waren, in dem Kristall an Decken und Wänden funkelte und in dem über die Jahre gealtertes Holz Wärme spendete wie ein Kaminfeuer.

Aber es war einsam.

Ihre Stilettos verursachten beim Gehen kein Geräusch, ganz wie man es ihr beigebracht hatte. Der ruhige Rhythmus ihrer Schritte hallte durch die schöne Leere, während Sutton in den vorderen Teil des Hauses ging, vorbei an Wohn- und Lesezimmern, Empfangsräumen und Toiletten. Nichts lag herum, nirgends herrschte Unordnung, alles war mit ehrfürchtigen Händen gereinigt, nirgendwo gab es Flusen oder Staub.

Die Türen zum Arbeitszimmer ihres Vaters standen offen, und er blickte von seinem Schreibtisch auf. »Da ist sie ja.«

Er umklammerte die Sessellehnen aus der Gewohnheit, immer aufzustehen, wenn eine Frau den Raum betrat oder verließ. Aber es war eine wirkungslose Geste, denn ihm fehlte die Kraft, den Impuls in die Tat umzusetzen. Sutton ignorierte diese Erkenntnis mit Entschlossenheit.

»Dann fährst du jetzt also los?«, fragte er und ließ die Hände in den Schoß fallen.

»Wir fahren los.« Sie lief um den Schreibtisch herum und gab ihrem Vater einen Kuss auf die Wange. »Lass uns gehen. Das Finanzkomitee fängt in einer Dreiviertelstunde an.«

Reynolds Winn Wilshire Smythe IV. nickte zu dem gebundenen Buch an der Ecke des Schreibtischs. »Ich habe die Unterlagen gelesen. Es läuft gut.«

»Wir sind etwas schwach in Südamerika. Ich glaube, wir müssen ...«

»Sutton. Bitte setz dich.«

Sie nahm stirnrunzelnd gegenüber von ihm Platz, verschränkte die Beine unter dem Stuhl und zupfte ihr Kostüm zurecht. Wie gewöhnlich trug sie Armani, und der Pfirsichton gehörte zu den Farben, die ihr Vater besonders an ihr mochte.

»Ist irgendwas nicht in Ordnung?«

»Es wird Zeit, die Dinge bekanntzugeben.«

Als er die Worte aussprach, vor denen sie sich gefürchtet hatte, blieb ihr das Herz stehen.

Später sollte sie sich an jede Einzelheit erinnern, während sie beide einander im Arbeitszimmer gegenübergesessen hatten: Wie gut er aussah mit dem vollen weißen Haar und dem perfekt gebügelten Nadelstreifenanzug – und wie ihre Hände, die genau wie seine waren, sich in ihrem Schoß verknotet hatten.

»Nein«, entgegnete sie ausdruckslos. »Wird es nicht.«

Als Reynolds ihr einen Arm entgegenstrecken wollte, fiel seine Hand auf die lederne Schreibtischunterlage, und einen Augenblick lang wollte Sutton einfach nur schreien. Stattdessen verbarg sie ihre Gefühle und kam ihm mit ihrer Hand entgegen, indem sie sich über den breiten Schreibtisch beugte und dabei die Papierstapel durcheinanderbrachte.

»Mein Liebling.« Er lächelte sie an. »Ich bin so stolz auf dich.«

»Lass das.« Sie drehte demonstrativ ihr Handgelenk und sah auf ihre goldene Armbanduhr. »Wir müssen jetzt los, damit wir uns noch mit Connor treffen können, bevor wir anfangen ...«

»Ich habe es Connor, Lakshmi und James schon gesagt. Die Pressemitteilung wird an die ›Times‹ und das ›Wall Street Journal‹ verschickt, sobald dein Arbeitsvertrag angepasst wurde. Lakshmi arbeitet jetzt gerade daran. Das hier ist nicht mehr nur eine Sache zwischen dir und mir.«

Sutton spürte kalte Angst, die einen im Nacken packt und unter den Armen schwitzen lässt. »Nein. Das ist nicht rechtmäßig. Es muss vom Vorstand genehmigt werden ...«

»Das ist gestern Abend geschehen.«

Sie lehnte sich zurück und ließ die Hand ihres Vaters los. Und als sie mit den Schultern den harten Stuhl berührte, musste sie aus irgendeinem Grund an die vielen Angestellten denken, die sie weltweit hatten. Tausende und Abertausende. Und wie viel Umsatz sie machten mit der Bourbon-Destillation, dem Wein-Unternehmen und schließlich den Wodka-, Gin- und Rum-Produktlinien. Zehn Milliarden jährlich, mit einem Bruttogewinn von fast vier Milliarden. Sie dachte an ihren Bruder und fragte sich, wie er die Nachricht wohl aufnehmen würde.

Aber Winn war schon vor zwei Jahren informiert worden, dass es so kommen würde. Und selbst er musste einsehen, dass sie von ihnen beiden den Geschäftssinn hatte.

Sutton sah ihren Vater an – und vergaß das Unternehmen auf der Stelle.

Ihre Augen füllten sich mit Tränen, und sie warf alle Etikette über Bord.

Sie fühlte sich wieder wie damals, als sie ihre Mutter verloren hatte.
»Ich will nicht, dass du stirbst.«

»Ich auch nicht. Und ich habe auch keine Lust zu gehen.« Er lachte wehmütig. »Aber wenn ich sehe, wie dieser Parkinson voranschreitet, fürchte ich, dass ich bald auch nicht mehr gehen kann.«

»Bin ich denn in der Lage zu all dem hier?«, flüsterte sie.

Er nickte. »Ich gebe dir diese Position nicht, weil du meine Tochter bist. Liebe hat ihren Platz in der Familie. Sie gehört nicht ins Geschäft. Du wirst meine Nachfolgerin, weil du die Richtige bist, um uns in die Zukunft zu führen. Alles ist so anders als damals, als mein Vater mir das Eckbüro überlassen hat. Jetzt ist alles ... so global, so unbeständig, so wettbewerbsorientiert. Und du verstehst das alles.«

»Ich brauche noch ein Jahr.«

»Das kannst du nicht haben. Tut mir leid.« Er versuchte wieder, seinen Arm zu bewegen, und biss dann frustriert die Zähne zusammen – was bei ihm einem Fluch gleichkam. »Aber denk daran: Ich habe nicht die letzten vierzig Jahre meines Lebens damit verbracht, alles für das Unternehmen zu geben, nur um es dann an jemanden abzutreten, der für den Job nicht geeignet ist. Du kannst das. Und du *wirst* es machen. Es gibt keine andere Option, als dass du meine Nachfolgerin wirst.«

Sutton senkte den Blick und betrachtete seine Hände. Er trug noch immer seinen einfachen goldenen Ehering. Ihr Vater hatte nicht wieder geheiratet, nachdem ihre Mutter gestorben war. Er hatte sich nicht mal mit anderen Frauen verabredet. Er schlief mit ihrem Bild neben seinem Bett, während ihre Nachthemden noch immer in ihrem gemeinsamen Kleiderschrank hingen.

Die romantische Erklärung dafür war echte Liebe. Die Wahrheit war vermutlich zum Teil die Treue und Verehrung gegenüber seiner toten Frau und zum Teil seine fortschreitende Krankheit.

Seine Parkinson-Erkrankung hatte sich als kraftraubend, deprimierend und beängstigend erwiesen. Und sie war ein Beweis dafür, dass auch reiche Leute den Launen des Schicksals ausgeliefert waren.

Ihr Vater hatte in den letzten Monaten in der Tat deutlich abgebaut, und es würde alles nur noch schlimmer werden, bis er schließlich gar nicht mehr aus dem Bett würde aufstehen können.

»Ach, Daddy ...«, sagte sie erstickt.

»Wir wussten beide, dass dieser Tag kommen würde.«

Als Sutton tief Luft holte, war ihr bewusst, dass sie sich nur dieses einzige Mal verletzlich zeigen durfte. Dies war ihre einzige Chance, ehrlich zuzugeben, wie erschreckend es war, mit achtunddreißig an der Spitze eines Weltkonzerns zu stehen, auf dem der Wohlstand ihrer Familie beruhte – und gleichzeitig dem Tod ihres Vaters ins Auge zu sehen.

Sie wischte sich eine Träne weg, blickte auf ihre nasse Fingerspitze und ermahnte sich, dass sie nicht mehr weinen durfte, nachdem sie das Haus verlassen hatte. Sobald sie beim Unternehmenssitz ankam, würden alle sie beobachten, um zu sehen, wie sie sich als Chefin machte. Und ja, es würden auch Neider auftauchen, um ihr Steine in den Weg zu legen, und Leute, die sie nicht ernst nahmen, weil sie eine Frau war und zur Familie gehörte. Auch ihr eigener Bruder würde verärgert sein.

Genauso wichtig war es, dass sie auch vor ihrem Vater später keine Schwäche mehr zeigte. Sonst würde er sich Sorgen machen, ob er das Richtige getan hatte, und womöglich sogar an seiner Entscheidung zweifeln – und Stress war nicht gut für Menschen in seinem Zustand.

»Ich werde dich nicht enttäuschen«, sagte sie und sah ihm in die Augen.

Die Erleichterung, die sich sofort auf seinem würdevollen Gesicht zeigte, rührte sie wieder zu Tränen. Aber er hatte recht, sie konnte sich den Luxus von Gefühlen nicht mehr leisten.

Liebe gehörte in die Familie.

Sie hatte im Geschäft nichts zu suchen.

Sutton stand auf, ging zu ihm und umarmte ihn kurz, dann richtete sie sich wieder auf und bemühte sich, die Schultern zu straffen.

»Ich zähle auch weiterhin auf deine Unterstützung«, kündigte sie an. Und es war seltsam, diesen Ton in ihrer Stimme zu hören: Es war keine Bitte und eigentlich nicht etwas, was sie zu ihrem Vater sagte. Es war ein Satz von einer Firmenchefin an ihren Vorgänger.

»Selbstverständlich«, murmelte er und neigte den Kopf. »Es wird mir eine Ehre sein.«

Sie nickte und wandte sich ab, bevor ihre Fassade Risse bekam. Sie war schon fast an der Tür, als er sagte: »Deine Mutter lächelt gerade.«

Sutton blieb stehen und konnte nur mit Mühe ein Schluchzen unterdrücken. Ach, ihre Mutter. Sie hatte sich schon leidenschaftlich für die Frauenrechte eingesetzt, als das im Süden, in Familien wie ihrer, noch nicht gern gesehen war.

Oh ja, das hier hätte sie sicher glücklich gemacht. Genau dafür hatte sie gekämpft, demonstriert und sich engagiert.

»Aber ich habe dich nicht deshalb deinem Bruder vorgezogen«, fügte er hinzu.

»Ich weiß.« Sie wussten alle, warum Winn keine echte Option war. »Ich werde dich bei den Finanzsitzungen zuschalten, auch wenn du keine offizielle Funktion hast. Ich erwarte, dass du dich wie bisher beteiligst.«

Wieder keine Bitte.

»Natürlich.«

»Du wirst weiterhin als Ehrentreuhänder dem Vorstand angehören. Ich selbst werde dich dazu ernennen, als meine erste offizielle Amtshandlung bei der nächsten Vorstandssitzung. Und du wirst beim Exekutivausschuss und allen Treuhändersitzungen zugeschaltet, bis du nicht mehr atmen kannst.«

Während sie all das sagte, blickte sie ins Foyer.

Das Lachen, mit dem ihr Vater antwortete, enthielt so viel väterlichen Stolz und Respekt von Geschäftsmann zu Geschäftsfrau, dass sie wieder stark blinzeln musste.

»Wie du möchtest.«

»Ich werde heute um sieben zum Abendessen zu Hause sein. Wir essen in deinem Zimmer.«

Gewöhnlich war er dann schon wieder im Bett, sein Wille erschöpft von der Rebellion seines Körpers.

»Ich freue mich darauf.«

Sutton schaffte es bis zur Tür des Arbeitszimmers, bevor sie stehen blieb und zurückschaute. Reynolds wirkte so klein hinter dem Schreibtisch, obwohl sich weder die Maße des Mannes noch die der Möbel verändert hatten. »Ich hab dich lieb.«

»Und ich liebe dich fast so sehr, wie ich deine Mutter geliebt habe.«

Das brachte Sutton zum Lächeln. Und dann brach sie auf, ging hinüber zum Konsolentisch neben der Eingangstür, nahm ihre Aktentasche und trat hinaus in den warmen Maimorgen.

Ihre Beine zitterten, als sie allein auf den Bentley Mulsanne zuging. Sie war es gewohnt, dass ihr Vater vor ihr dort war, und hatte das leise *Whrrrrr* seines motorisierten Rollstuhls immer entschlossen ignoriert.

»Guten Morgen, Miss Smythe.«

Der uniformierte Fahrer, Don, war seit zwei Jahrzehnten der Chauffeur ihres Vaters. Und als er die hintere Tür öffnete, schaffte er es nicht, ihr in die Augen zu sehen – jedoch nicht aus Abneigung oder Misstrauen.

Er war natürlich informiert worden.

Sie drückte ihn am Arm. »Sie können bleiben. Solange Sie den Job haben wollen.«

Der Mann atmete erleichtert auf. »Ich stehe zu Ihren Diensten.«

»Ich werde ihn stolz machen.«

Nun sah Don sie an. In seinen Augen schimmerten Tränen. »Ja, das werden Sie.«

Sie stieg mit einem Nicken hinten ein und zuckte zusammen, als die Tür mit einem gedämpften Schlag zufiel. Einen Augenblick später fuhren sie sanft aus dem Hof hinaus und verließen das Anwesen.

Normalerweise besprachen sie und ihr Vater auf dem Weg ins Stadtzentrum, was gerade anstand. Als sie auf den leeren Sitz neben sich blickte, wurde ihr bewusst, dass am Vortag das letzte Mal gewesen war, dass sie beide zusammen zum Firmensitz gefahren waren. Die letzte Fahrt ... Sie hatte stattgefunden, ohne dass Sutton es in jenem Moment gewusst hatte.

Das war nun mal der Lauf der Dinge.

Sie hatte angenommen, dass noch viele Fahrten vor ihnen lagen, zahllose Beratungen und Wege Seite an Seite.

Die Illusion war schön, solange man sich ihr hingeben konnte. Doch wenn man ihren warmen See der Selbsttäuschung verließ, ließ die Realität einen vor Kälte zittern. Und ja, wenn die Trennwand zwischen dem vorderen und dem hinteren Teil des Wagens nicht unten gewesen wäre, hätte Sutton wohl so heftig geweint, als wäre sie unterwegs zur Beerdigung ihres Vaters.

Stattdessen legte sie eine Hand auf seinen früheren Sitz und schaute durch die getönte Scheibe hinaus. Sie kamen jetzt an die River Road und reihten sich in den Verkehr ein, der schließlich wie durch oberirdische Adern unter den Highways und Brücken des Geschäftsviertels von Charlemont hindurchströmen würde.

Ihr fiel nur ein Mensch ein, den sie gern angerufen hätte. Ein Mensch, dessen Stimme sie hören wollte. Ein Mensch, der wirklich verstehen würde, was sie gerade empfand.

Doch Edward Baldwine interessierte sich nicht mehr für die Spirituosenbranche. Er war nicht mehr der designierte Nachfolger ihres Konkurrenten, ihr Gegenpart, der sarkastische, sexy, herausfordernde Freund, den sie so lange begehrt hatte.

Und selbst wenn er noch die Nummer zwei in der Bradford Bourbon Company gewesen wäre – er hatte eindeutig klargestellt, dass er an einer persönlichen Beziehung mit ihr nicht interessiert war.

Trotz der ... verrückten Begegnung, die sie im Verwaltercottage draußen auf dem Red & Black gehabt hatten.

Von der sie immer noch nicht glauben konnte, dass sie tatsächlich stattgefunden hatte.

Nach all den sehnsuchtsvollen Jahren hatte sie endlich mit ihm geschlafen ...

Sutton entfernte sich von dem schwarzen Loch, das zu nichts führte, indem sie sich an ihr letztes Gespräch erinnerte. Es war in einem Farm-Pick-up gewesen, der vor ihrem Haus parkte, und Edward und sie hatten wegen einer Hypothek gestritten, die sie seinem Vater ausgestellt hatte. Kurz bevor der Mann gestorben war.

Nicht gerade der Stoff für Glückwunschkarten.

Und doch, trotz alldem, war Edward immer noch derjenige, mit dem sie sprechen wollte, der einzige Mensch außer ihrem Vater, dessen Meinung ihr wichtig war. Und vor seiner Entführung hätte sie ihn ohne zu zögern angerufen, und er wäre beim ersten Klingeln rangegangen. Er hätte sie unterstützt und ihr gleichzeitig ihre Rolle bewusst gemacht.

Denn so war er.

Die Tatsache, dass auch er nicht mehr da war?

Nur ein weiterer Verlust.

Noch etwas, das fehlte.

Noch etwas, das es zu betrauern galt.

Sie lehnte den Kopf zurück, blickte auf den Fluss und wünschte, die Dinge wären so, wie sie früher und immer gewesen waren.

»Ach, Edward ...«

8

Samuel Theodore Lodge III. fuhr in seinem Oldtimer-Jaguar-Cabrio mit armseligen fünfundzwanzig Stundenkilometern die River Road entlang. Der Verkehr floss nicht langsamer oder schneller als üblich, aber Samuel T. ärgerte sich weniger als sonst über die Verzögerung, denn an diesem Morgen musste er nicht den ganzen Weg bis in seine Anwaltskanzlei im Zentrum von Charlemont fahren. Nein, heute machte er zuerst einen Abstecher zu einem seiner Mandanten.

Obwohl Lane eigentlich eher ein Familienmitglied war.

Die großen Anwesen auf den Hügeln lagen zu seiner Linken, das schlammige Wasser des Ohio zu seiner Rechten, und über ihm versprach der milchig blaue Himmel einen weiteren heißen, schwülen Maitag. Da er das Verdeck geöffnet hatte, strich ihm die sanfte Brise durch die Haare, und er drehte den lokalen Klassik-Sender auf, um Chopins Nocturne opus 9, 2 besser hören zu können.

Auf seinem Schenkel spielte er die linke Hand. Auf dem Lenkrad begann er die rechte.

Wenn er nicht Anwalt geworden wäre wie sein Vater, seine Onkel und sein Großvater, hätte er eine Karriere als klassischer Pianist gewählt. Leider hatte es sein Schicksal nicht so gewollt – und zwar nicht nur aufgrund seines juristischen Erbes. Er konnte sich gerade gut genug auf den Tasten zurechtfinden, um auf Cocktailpartys und zu Weihnachten ein paar Laien zu beeindrucken, war aber nicht ausreichend talentiert, um es mit professionellen Musikern aufzunehmen.

Er blickte auf den Beifahrersitz zu der alten Aktentasche, die schon seinem Großonkel T. Beaumont Lodge Jr. gedient hatte. Wie das Auto war auch die Tasche ein Klassiker aus einer früheren Zeit, das braune Leder hatte Gebrauchsspuren, war sogar abgewetzt an ein paar Stellen am Griff und an der Klappe mit den in Gold geprägten Initialen. Aber sie war von einem ausgezeichneten Handwerker aus Kentucky gefertigt worden, um zu überdauern und auch im Alter ihre Schönheit zu bewahren – und wie zur Zeit seines Onkels war sie prall gefüllt mit Dokumenten, Notizen und Gerichtsakten.

Anders als zu T. Beaumonts Zeit befanden sich darin außerdem ein MacBook Air und ein Handy.

Samuel T. würde die Aktentasche eines Tages an einen entfernten Cousin weitervererben. Und vielleicht auch etwas von seiner Liebe zum Klavierspielen.

Aber nichts an ein eigenes Kind. Nein, für ihn würde es weder eine Ehe noch uneheliche Kinder geben – aber nicht aus religiösen Gründen und auch nicht, weil »Lodges so etwas einfach nicht tun«, auch wenn Letzteres durchaus zutraf.

Sondern weil er haargenau wusste, dass er sich nicht als Vater eignete, und sich weigerte, etwas zu tun, worin er nicht brillant war.

Dank dieses eisernen Grundsatzes war er ein großartiger Strafverteidiger. Ein fantastischer Liebhaber. Ein anspruchsvoller Genießer der feinsten Spirituosen.

Womit er alle Kriterien für den Titel »Papa des Jahres« erfüllte, nicht wa...

»Wir unterbrechen diese Sendung aufgrund einer Eilmeldung. Der fünfundsechzigjährige William Baldwine, Geschäftsführer der Bradford Bourbon Company, hat anscheinend Selbstmord begangen. Mehrere anonyme Quellen berichten, dass seine Leiche im Ohio gefunden wurde ...«

»Ach ... *verdammt*«, murmelte Samuel T., während er die Hand ausstreckte und das blecherne Radio noch lauter drehte.

Der Bericht war eher aufgeblasen als informativ, aber die Fakten stimmten alle, soweit Samuel T. informiert war. Seine und Lanes Bemühungen, die Story unter Verschluss zu halten, bis sie bereit waren, damit an die Öffentlichkeit zu treten, waren offensichtlich erfolglos gewesen.

»... nachdem Jonathan Tulane Baldwine nur wenige Tage zuvor von seiner Noch-Ehefrau Chantal Baldwine wegen häuslicher Gewalt angeklagt wurde. Mrs Baldwine war mit blauen Flecken im Gesicht und

Würgespuren an der Kehle in die Notaufnahme des Bolton Suburban Hospital eingeliefert worden. Anfangs hatte sie ihren Ehemann der Verletzungen beschuldigt. Sie widerrief ihre Vorwürfe jedoch, nachdem sich die Polizei aufgrund mangelnder Beweise geweigert hatte, Mr Baldwine festzuhalten ...«

Während Samuel T. den Bericht zu Ende hörte, blickte er hinauf auf den höchsten Hügel vor ihm.

Easterly, das historische Zuhause der Familie Bradford, war ein prachtvoller Anblick auf der Spitze der Erhebung. Das weiß getünchte Anwesen im Federal Style thronte wie eine Grande Dame über dem Ohio. Es hatte gut hundert Fenster mit glänzenden schwarzen Fensterläden, unzählige Schornsteine und einen so beeindruckenden Eingang, dass die Bradfords ihn für ihr Firmenlogo verwendet hatten. In alle Richtungen erstreckten sich Terrassen und gepflegte Gärten voller prachtvoller Blumen, Obstbäume und riesiger Magnolien mit dunkelgrünen Blättern und weißen Blüten so groß wie der Kopf eines Mannes.

Die Bradfords hatten das Herrenhaus erbauen lassen, als sie zu Geld gekommen waren. Jetzt war es, wie die entsprechenden Bankkonten, mit der Patina des Alters überzogen – aber auch die Vorfahren von Königen hatten klein angefangen, und alle ehrwürdigen Dynastien waren einmal neureich gewesen. Der Begriff »Aristokrat« war nur ein Maß dafür, wie weit man zurückgehen musste, um zu den Emporkömmlingen zu gelangen.

Er hing auch davon ab, wie lange man seinen Status in Zukunft noch aufrechterhalten konnte.

Zumindest um Geld mussten sich die Bradfords keine Sorgen machen.

Das weitläufige Bradford-Anwesen hatte zwei Zufahrten. Eine fürs Personal, die sich durch die Schnittblumen- und Gemüsebeete schlängelte und zu den Garagen hinter dem Herrenhaus hinaufführte, und eine offizielle Ehrenzufahrt mit einem Tor für die Familie und ihre Gäste. Er nahm letztere, wie alle Lodges seit hundert Jahren, und warf dabei einen Blick auf sein Gesicht im Rückspiegel.

Gut, dass er eine Sonnenbrille trug. Manchmal wollte man sich selbst nicht in die Augen sehen.

Gin würde jetzt beim Frühstück sitzen, dachte er, als er vor dem Haus anhielt. Mit ihrem neuen Verlobten.

Während er ausstieg, strich er sich mit einer Hand die Haare zurecht und griff dann nach der Aktentasche seines Großonkels. Sein blau-weißer Seersucker-Anzug nahm auf seinem Körper von selbst wieder Form an, und um seine Fliege musste er sich keine Gedanken machen. Er hatte sie ordentlich gebunden, bevor er seine Schlafzimmersuite verlassen hatte.

»Guten Morgen!«

Er drehte sich auf seinem handgefertigten Slipper um und winkte der blonden Frau zu, die von hinter dem Haus hervorkam. Lizzie King schob eine Schubkarre voll Efeupflanzen und hatte eine Ausstrahlung, die die beste Empfehlung für einen gesunden Lebenswandel war, die er je gesehen hatte.

Kein Wunder, dass Lane in sie verliebt war.

»Dir auch einen guten Morgen«, antwortete Samuel T. mit einer leichten Verbeugung. »Ich wollte zu deinem Schatz.«

»Er müsste bald hier sein.«

»Ah ... Kann ich helfen? Als Gentleman und Farmer fühle ich mich verpflichtet, dir meine Hilfe anzubieten.«

Lizzie lachte verneinend und deutete auf die Schubkarre. »Greta und ich haben alles im Griff. Aber danke.«

»Und ich hab deinen Schatz im Griff«, erwiderte Samuel T. und hob seine Aktentasche an.

»Danke«, antwortete sie sanft.

»Keine Sorge. Ich werde ihn von Chantal befreien – mit dem größten Vergnügen.«

Er winkte noch einmal und schritt dann hinüber zum Eingang des Herrenhauses. Easterlys helle Steinstufen waren flach und breit und führten ihn hinauf zu der glänzenden schwarzen Tür mit Löwenkopf-Klopfer, die von korinthischen Säulen umrahmt war.

Samuel T. hielt sich nicht mit Formalitäten auf. Er trat direkt in ein Foyer, das so groß war, dass man darin hätte Bowling spielen können.

»Sir«, ertönte eine Stimme mit britischem Akzent. »Werden Sie erwartet?«

Newark Harris war der neuste in einer langen Reihe von Butlern. Der aktuelle Amtsinhaber war in Bagshot Park jenseits des großen Teichs ausgebildet worden, zumindest hatte Samuel T. das gehört. Der Engländer erinnerte stark an David Suchet in der Rolle des Hercule Poirot: übereifrig, steif wie eine feine Hose und leicht abfällig gegenüber den Amerikanern, denen er diente. In seinem schwarzen Anzug, dem weißen Hemd und der schwarzen Krawatte sah er aus, als könnte er auf seinem Posten sein, seit das Haus erbaut wurde.

Leider war das nur der äußere Schein. Und der Mann hatte noch einiges zu lernen.

»Immer.« Samuel T. lächelte. »Ich werde hier immer erwartet. Wenn Sie mich also entschuldigen würden.«

Die dunklen Augenbrauen des Engländers schossen nach oben, aber Samuel T. drehte sich bereits weg. Der Speisesaal lag zu seiner Rechten, und von dort stieg ihm ein vertrautes Parfüm in die Nase.

Er nahm sich vor, sich fernzuhalten. Aber wie gewöhnlich schaffte er es nicht.

Von der jüngsten Virginia Elizabeth Baldwine, zukünftige Pford, hatte er sich nie sehr lange fernhalten können.

Das war seine einzige Schwäche.

Oder eher die einzige Schwäche, die ihm etwas ausmachte.

Er schritt über den schwarz-weißen Marmor und betrat den langen schmalen Raum mit derselben Selbstsicherheit, mit der er den Butler abgewiesen hatte. »Ach, wie romantisch. Die Verlobten beim gemeinsamen Morgenmahl.«

Richard Pford hob schlagartig den Kopf von seinem Rührei mit Toast. Gin hingegen zeigte keine Reaktion – zumindest nicht absichtlich. Aber Samuel T. lächelte, als er sah, wie ihre Fingerknöchel an ihrer Kaffeetasse weiß wurden – und um es für sie noch schmerzhafter zu machen, erlaubte er sich fast das Vergnügen, sie darüber zu informieren, dass der Selbstmord ihres Vaters allgemein bekannt geworden war.

Aber sie war in Grausamkeit besser als er.

Und während Richard irgendwas faselte, bemerkte Samuel T. nur Gins lange dunkle Haare, die auf ihre geblümte Seidenbluse fielen, und den Hermès-Schal um ihren Hals und das perfekte Arrangement ihres eleganten Körpers auf dem Chippendale-Stuhl. Das ganze Ensemble sah aus, als hätte ein großer Künstler sie so platziert. Aber was man auch über die moralischen Vorstellungen der Frau sagen mochte, sie wirkte immer stilvoll. Es war der Knochenbau. Die Bradford'sche Erhabenheit. Die Schönheit.

»... bald eine Einladung«, sagte Richard. »Wir erwarten, dass du kommst.«

Samuel T. blickte zu dem Besenstiel, der ihr gegenübersaß. »Ach, zu eurer Hochzeit? Oder zur Beerdigung ihres Vaters? Irgendwie verwechsle ich die beiden Feierlichkeiten dauernd.«

»Zu unserer Vermählung.«

»Nun, ich fühle mich sehr geehrt, auf einer Einladungsliste zu stehen, die sicher so exklusiv sein wird wie Wikipedia.«

»Du musst nicht kommen«, sagte Gin leise. »Ich weiß, dass du ziemlich beschäftigt bist.«

Er blickte auf den Diamantring an ihrem Finger und dachte, ja, sie hatte ausgesorgt. Er hätte sich einen Klunker dieser Größe bestimmt nicht leisten können, und er war nicht gerade arm. Aber Pfords Vermögen konnte sich mit dem der Bradfords messen.

Sie hatte sich da in der Tat ein ganz erstaunliches Rettungsboot ausgesucht. Es wäre sicherer für sie gewesen, mit den Haien zu schwimmen.

»Das würde ich mir niemals entgehen lassen«, murmelte Samuel T. »Und deine Tochter ist bestimmt überglücklich, endlich einen Vater zu bekommen.«

Als Gin erbleichte, weigerte er sich, Reue zu empfinden. Gins Tochter Amelia war ein Fehler wie so vieles in ihrem Leben; das Ergebnis eines ihrer One-Night-Stands, nachdem sie aufs College gekommen war, eine lebende, atmende schlechte Entscheidung, der sie, soweit er wusste, keine richtige Mutter war und die sie kaum anerkannte.

Warum konnte er sie nicht einfach hassen?, fragte sich Samuel T. Es gab weiß Gott genug Gründe dafür.

Aber Hass war nie das Problem gewesen.

»Wisst ihr«, sagte Samuel T. gedehnt, »ich beneide euch so sehr. Eine Hochzeit ist etwas Wunderbares.«

»Wie läuft Lanes Scheidung?«, fragte Richard. »Deshalb bist du doch hier, oder?«

»Unter anderem. Ihr wisst ja, dass jede dritte Ehe geschieden wird. Aber euch wird das nicht passieren. Es ist so rührend, wenn man wahre Liebe hautnah miterleben kann. Ihr seid uns allen ein leuchtendes Vorbild.«

Richard zog eine Augenbraue hoch. »Ich hätte gar nicht gedacht, dass du der Typ für was Festes bist.«

»Nein, im Moment nicht. Aber meine Traumfrau ist irgendwo da draußen. Das weiß ich einfach.«

Das war keine Lüge. Nur leider heiratete sie dieses Arschloch, das gerade mit ihr frühstückte – und der Begriff, der besser zu Gins Rolle in Samuel T.s Leben passte, war »Albtraumfrau«. Aber seine Antwort auf die Einladung hatte er ernst gemeint. Er würde dabei sein, wenn Gin mit diesem Idioten vor den Traualtar trat, nur um sich vor Augen zu führen, dass diese Beziehung real war.

Als das Dröhnen eines starken Motors durch die alten, einfach verglasten Fenster drang, nickte Samuel T. dem glücklichen Paar zu. »Mein Mandant ist erschienen. Das Schnurren eines Porsches würde ich überall erkennen. Das ist wie mit dem Orgasmus einer Frau – einen solchen Ton vergisst man nie wieder.«

Er drehte sich um und blieb unter dem Torbogen stehen. »Darauf solltest du mit ihr hinarbeiten, Richard. Viel Glück damit. Und melde dich, wenn du eine Anleitung brauchst. Ihren ersten hatte sie mit mir.«

Lane kam mit seinem 911 in Easterly an und parkte neben dem klassischen kastanienbraunen Jaguar seines Anwalts.

»Was für ein Anblick«, sagte er, sobald er ausgestiegen war.

Lizzie schaute von dem Efeubeet auf, vor dem sie kniete. Sie wischte sich mit dem Unterarm über die Stirn und lächelte. »Ich hab erst vor etwa fünf Minuten angefangen. In einer Stunde wird es noch besser aussehen.«

Er betrat den kurz geschnittenen Rasen. Aus der Ferne hörte er das Brummen eines Rasenmähers, das Schnappen einer elektrischen Heckenschere, das dumpfe Surren eines Laubbläsers.

»Ich meinte nicht den Garten.« Er bückte sich und küsste sie auf den Mund. »Wo ist ...«

»Guten Morgen.«

Lane richtete sich auf und unterdrückte eine Grimasse. »Greta. Wie geht es Ihnen?«

Als Lizzies Kollegin hinter dem Magnolienbaum hervorkam, machte er sich auf etwas gefasst. Die Deutsche Greta von Schlieber mit dem kurzen blonden Haar, der Schildpattbrille und ihrer burschikosen Art war zu gärtnerischen Meisterleistungen fähig – und zu tiefem, anhaltendem Groll.

Den Wortschwall Deutsch, der ihm daraufhin entgegenschwappte, verstand er zwar nicht, aber er war ziemlich sicher, dass ihre Wünsche für einen guten Tag beinhalteten, dass ihm ein Klavier auf den Kopf fallen sollte.

»Ich treffe mich mit Samuel T.«, sagte er zu Lizzie.

»Viel Glück.« Lizzie küsste ihn noch einmal. »Ich bin hier, wenn du mich brauchst.«

»Ich brauche dich.«

Gretas Schnauben klang zum Teil wie eine wütende Stute, zum Teil wie eine Glucke – und zum Teil wie eine Bazooka, die auf seinen Kopf gerichtet war. Er interpretierte es als Aufforderung zu gehen. Obwohl dies das Haus seiner Familie war, wollte er sich mit der Deutschen lieber nicht anlegen – und er konnte nicht sagen, dass er ihre Abneigung nicht verdient hätte.

Aber es war auch an der Zeit, die Dinge richtigzustellen.

»Es geht um die Scheidung«, erklärte er Greta. »Meine Scheidung. Von Chantal.«

Giftpfeile schossen aus ihren eisblauen Augen. »Wurde auch Zeit. Wir reden weiter, wenn die Tinte getrocknet ist, ja?«

»Greta«, sagte Lizzie ärgerlich. »Er ist ...«

»So machen wir's.« Lane deutete mit einem Finger auf Gretas Gesicht. »Sie werden schon sehen.«

Er war froh, dass keine Pflanzschaufel in seinem Hinterkopf landete, während er zum Vordereingang von Easterly ging. Aber er würde Wort halten. Er kümmerte sich um seine Altlasten.

Als die prächtige Tür aufging, war er bereit, am Butler vorbeizustürmen. »Ich habe einen Termin ...«

Aber Samuel T, nicht der gefürchtete Mr Harris, hatte ihm die Ehre erwiesen.

Sein Anwalt lächelte wie ein Tom-Ford-Model. »Pünktlichkeit ist eine göttliche Tugend.«

»Was erklärt, weshalb ich immer zu spät komme.«

»Ich persönlich glaube an keine andere Religion.«

Die beiden begrüßten einander mit Handschlag und Schulterklopfen. »Ich brauch einen Drink, Sam.«

»Deshalb liebe ich es, Freunde zu vertreten. Vor allem welche, die Alkohol verkaufen.«

Lane ging voraus in den Salon. »Freunde? Wir sind fast eine Familie.«

»Nein, sie heiratet einen anderen.« Als Lane sich umwandte, winkte Samuel T. ab. »Ich hab's nicht so gemeint.«

Bullshit, dachte Lane. Aber er hütete sich, die schmerzliche Beziehung zwischen seiner Schwester Gin und Samuel T. anzusprechen. Die beiden waren Scarlett und Rhett, aber mit zwei Handys anstelle von Schnurrbart und Haarbürste. Und wer weiß, wenn es mit den Finanzen so weiterging, würde sich Gin vielleicht auch noch ein Kleid aus den üppigen Vorhängen in diesem Raum nähen müssen. Immerhin waren sie hellgelb – eine Farbe, die sie mochte.

Lane griff nach einer Flasche Family Reserve, goss den Bourbon in zwei Waterford-Tumbler und reichte einen davon Samuel T. Beide tranken ihre Gläser in einem Zug aus, weshalb Lane gleich noch einmal nachschenkte.

Und er nahm die Flasche mit, als er sich auf ein seidenbezogenes Sofa fallen ließ. »Also, wie sieht's aus, Samuel T.? Wie schlimm wird es? Wie viel wird mich das Ganze kosten?«

Sein Anwalt setzte sich ihm gegenüber auf die andere Seite des Marmorkamins. Von über dem Sims schien der zweite Elijah Bradford, der Vorfahre, der Easterly erbaut hatte, um das Vermögen der Familie zur Schau zu stellen, finster auf sie herunterzublicken.

»Hast du heute Morgen schon Radio gehört?«, fragte Samuel T.

»Nein.«

»Es ist raus.« Samuel T. hob beschwichtigend die Hand. »Der Selbstmord deines Vaters. Nicht Chantals Schwangerschaft. Ich hab's auf dem Weg hierher auf dem NPR-Sender gehört. Sorry – und ich schätze, morgen wird es in allen Zeitungen stehen. Die Nachricht ist bestimmt schon überall im Internet.«

Lane rieb sich die Augen. »Verdammt. Hat Chantal das ausgeplaudert?«

»Keine Ahnung. Es wurden ›anonyme‹ Quellen zitiert. Ich werde mit Deputy Ramsey reden und versuchen, irgendwas rauszufinden.«

»Es war keiner von Mitchs Leuten, das kann ich dir sagen. So etwas würde er nie zulassen.«

»Stimmt. Und ich glaube nicht, dass es deine Ex war. Wenn es Chantal gewesen wäre, warum hätte sie dann die Schwangerschaft verschwiegen? Wenn sie uns wirklich hätte schaden wollen, wäre sie schon längst damit herausgerückt – obwohl die Wahl ihrer Anwältin eindeutig zeigt, dass sie keinen leisen Abgang machen will.«

»Wen hat sie engagiert?«

»Rachel Prather.«

»Wer ist das?«

»Eine Mischung aus Gloria Allred und Hulk – wobei Letzterer nicht auf ihre körperliche Erscheinung hindeuten soll, sondern eher darauf, was passiert, wenn sie sauer wird. Sie ist aus Atlanta unterwegs und hat mich gestern Abend um zehn angerufen. Ich war im Pyjama. Die Frau in meinem Bett nicht.«

Das konnte sich Lane gut vorstellen. »Wie ich sehe, verschwenden sie keine Zeit mit ihren Forderungen. Wie viel wollen sie?«

Samuel T. hob sein Glas. »Weißt du, das hier ist wirklich der beste Bourbon, den ich je getrunken habe. So vollmundig und ...«

»Wie viel?«

Samuel T.s Blick schoss über den niedrigen Couchtisch. »Die Hälfte. Von allem, was dir gehört. Also um die achtzig Millionen Dollar.«

»Ist sie wahnsinnig?«

»Ja, aber vergiss nicht: Chantal hat Informationen, die nicht in die Presse gelangen sollten.« Als Lane schwieg, wiederholte Samuel T. das Offensichtliche: »Diese Schwangerschaft ist ein echtes Problem – obwohl ich sie normalerweise sogar hätte benutzen können, um den Unterhalt zu reduzieren.«

»Ihre gesegneten Umstände sind nur eine meiner Sorgen.«

»Hat sich dein Vater deswegen umgebracht?«, fragte Samuel T. leise.

»Ich weiß es nicht.« Lane zuckte die Achseln. Verdammt, er konnte bald eine Liste der möglichen Gründe erstellen. »Jedenfalls kriegt sie von mir keinen solchen Scheck, Samuel. Das kommt nicht infrage.«

»Hör zu, mein Rat, besonders, wenn man ... ihre Umstände und den Todes deines Vaters in Betracht zieht ...« Samuel T. nippte noch einmal genussvoll an seinem Bourbon. »Ich denke, du solltest ihr das Geld geben – auch wenn ich selbst kaum fassen kann, dass ich das sage. Ich war bereit, mit ihr um alles zu kämpfen bis auf den Verlobungsring. Aber du musst an den Ruf deiner Familie denken. Und ja, ich weiß, dass es eine ganz schöne Summe für dich ist, aber so, wie Bourbon sich zurzeit verkauft, hast du das Geld in drei Jahren oder auch schneller wieder drin. Jetzt ist nicht der richtige Zeitpunkt, um auf Prinzipien herumzureiten, und zwar aus etlichen Gründen – erst recht nicht, wenn du's ernst meinst mit deiner Gärtnerin.«

»Sie ist Landschaftsarchitektin«, knurrte Lane.

Samuel T. hob beschwichtigend die Hand. »Verzeihung. Was Chantal angeht, werde ich eine wasserdichte Geheimhaltungsvereinbarung formulieren, die sie zwingt, den Vater zu verleugnen, und garantiert, dass weder sie noch das Kind jemals wieder mit irgendjemandem unter diesem Dach in Kontakt treten.«

»Selbst wenn Chantal so etwas unterschreiben würde, kriegt sie von mir trotzdem keinen Scheck.«

»Lane. Sei nicht dumm. Die Frau hat eine Anwältin, die dich und deine Familie in der Presse fertigmachen wird, dass dir Hören und Sehen vergeht. Und deine Mutter weiß nichts von der Schwangerschaft, oder?« Als Lane den Kopf schüttelte, senkte Samuel die Stimme. »Dann sollten wir es auch dabei belassen.«

Lane sah die Frau vor sich, die ihn geboren hatte, wie sie im Obergeschoss feierlich aufgebahrt in ihrem Satinbett lag. Er glaubte nicht, dass sie von der ganzen Sache etwas mitbekommen würde, aber die Pflegerinnen, die sich rund um die Uhr um sie kümmerten, lebten alle in dieser Welt, lasen Zeitung, hörten Radio, benutzten Smartphones.

Aber gab es da nicht ein noch größeres Problem?

Es kam ihm absurd vor, sich Family Reserve einzuschenken, während er sagte: »Wir haben das Geld nicht.«

»Ich weiß, dass es in deinem Treuhandfonds eine Verschwendungsklausel gibt. Mein Vater hat sie da reingeschrieben. Aber die tritt nur in Kraft, wenn du von einer Drittpartei verklagt wirst. Doch auf deine Anweisung hin kann deine Treuhandgesellschaft einen Zahlungsplan erstellen. Chantals Schweigen wird dich vermutlich weniger kosten als die negativen Konsequenzen. Du hast da ein paar sehr pingelige alte Herren im Vorstand, die der Ansicht sind, von Mätressen sollte man nichts sehen oder hören und Selbstmord wäre eine unverzeihliche Schwäche ...«

»Wir haben größere Probleme als diese Schwangerschaft, Samuel T. Was glaubst du, warum Gin Richard heiratet?«

»Weil sie einen Mann braucht, den sie kontrollieren kann.«

»Weil sie das Geld braucht.«

Unter anderen Umständen wäre es amüsant gewesen zuzusehen, wie seinem alten Freund plötzlich ein Licht aufging und er erblasste.

»Was meinst du ...? Wie bitte, was?«

»Mein Vater hatte viele Gründe zu springen, und einige davon sind finanzieller Art. Auf den Haushaltskonten fehlt ein ganzer Batzen Geld, und ich fürchte, die Bradford Bourbon Company ist auch knapp bei Kasse. Ich kann es mir ernsthaft nicht leisten, Chantal zu bezahlen, weder sofort noch in Raten.«

Samuel T. schwenkte seinen Bourbon und trank ihn dann aus. »Sorry, aber ... Mein Gehirn hat Schwierigkeiten, das zu verarbeiten. Was ist mit dem Aktienpaket deiner Mutter? Was ist mit ...«

»Wir stehen aktuell mit achtundsechzig Millionen in der Kreide. Privat. Und ich glaube, das ist nur die Spitze des Eisbergs.«

Samuel T. blinzelte. Dann streckte er Lane sein leeres Glas entgegen. »Ich brauche dringend noch einen Schluck.«

Lane schenkte ihm nach und goss sich dann auch noch etwas ein. »Ein Kumpel von mir aus New York ist hier, um die Sache zu klären. Jeff Stern, du kennst ihn aus der Uni.«

»Guter Kerl. Zwar nicht trinkfest wie ein Südstaatler, aber ansonsten ganz okay.«

»Er ist oben und durchkämmt die Unternehmensfinanzen, um herauszufinden, wie schlimm das Ganze ist. Es wäre ein Fehler anzunehmen, dass mein Vater nicht fast alles veruntreut hat. Schließlich hat er meine Mutter vor etwa einem Jahr für geschäftsunfähig erklären lassen und ihre Treuhandfonds übernommen – weiß der Himmel, ob überhaupt irgendwo noch etwas übrig ist.«

Samuel T. schüttelte eine Weile den Kopf. »Soll ich dich bemitleiden oder dir ehrlich sagen, was ich denke?«

»Ehrlich. Sei immer ehrlich.«

»Schade, dass dein Vater nicht ermordet wurde.«

»Wie bitte? Obwohl ich dir da nicht widerspreche – und ich wünschte, ich hätte es selbst getan.«

»Bei den meisten Policen steht dir nach einem Selbstmord nichts zu, aber wenn ihn jemand umgebracht hat? Solange keiner der Anspruchsberechtigten der Mörder war, würde das Geld dir gehören.«

Lane lachte. Er konnte nicht anders. »Weißt du, das hier ist nicht das erste Mal, dass der Mann bei mir Totschlagsfantasien ausgelöst hat ...«

Vor dem Haus ertönte ein fürchterlicher Schrei. Er durchschnitt den Morgen wie ein Gewehrschuss.

»Was zur Hölle war das?«, rief Samuel T., während sie beide aufsprangen.

9

»Scheiße! Meine Güte, ein Finger. Ein Finger ...«

Als Lane, dicht gefolgt von Samuel T., aus dem Haus stürmte, schwappte Bourbon aus seinem Whiskyglas, und er schüttete den Rest ins Gebüsch, während er die Steinstufen hinuntersprang. Rechts von ihm kauerte Lizzie über einem Loch im Efeubeet. Sie stützte sich mit einer Hand auf die Erde und drängte mit der anderen ihre Kollegin zurück, während Greta weiter auf Deutsch schrie und gestikulierte.

»Was ist los?«, fragte Lane, während er auf sie zu rannte.

»Es ist ein ...« Lizzie nahm ihren Schlapphut ab und schaute zu ihm auf. »Lane, wir haben ein Problem.«

»Was ist?«

»Es ist ein Finger.« Lizzie nickte zu dem Flecken nackter Erde im Efeu. »Ich glaube, da ist ein Finger.«

Lane schüttelte den Kopf, als würde das helfen, ihren Worten Sinn zu geben. Seine Knie knackten, als er in die Hocke ging. Er beugte sich vor, um in die Mulde zu sehen.

Heilige *Scheiße*. Es war ein Finger. Ein menschlicher Finger.

Die Haut war dreckverkrustet, aber man sah, dass er rundum noch intakt war – und das Ding war ganz dick, als wäre es aufgedunsen, seit es abgeschnitten worden war oder abgerissen oder was auch immer. Der Fingernagel war gepflegt und genauso mattweiß wie das Fleisch, und unten am Ansatz war der Finger mit einem sauberen Schnitt von der Hand abgetrennt worden, das Fleisch im Inneren grau, der helle kreisrunde Punkt ganz unten der Knochen.

Aber nichts davon interessierte Lane wirklich.

Vielmehr war der schwere Goldring, der daran steckte, das Problem.

»Das ist der Siegelring meines Vaters«, sagte er ausdruckslos.

»Scheiße«, flüsterte Samuel T. »Bittet, so wird euch gegeben.«

Lane klopfte seine Tasche ab und zog sein Handy heraus, wählte aber nicht.

Stattdessen sah er hinauf, immer weiter hinauf, zum Schlafzimmerfenster seiner Mutter direkt über der Stelle, wo der Finger in der Erde vergraben gewesen war. Als Lizzie Lane eine Hand auf die Schulter legte und ihn drückte, blickte er zu ihr.

Während er ihr weiter in die Augen sah, stellte er seinem Anwalt die rhetorische Frage: »Wir müssen die Polizei rufen, stimmt's?«

In dem Moment traten Gin und Richard Pford heraus ins Sonnenlicht, und Samuel T. hob eine Hand. »Zurück ins Haus, alle beide.«

Gin funkelte den Mann an. »Was ist los?«

Lane nickte. Ihm war egal, ob seine Schwester das hier sah, aber Pford sollte es nicht mitkriegen. Man konnte ihm nicht trauen. »Richard, bitte bring sie wieder nach drinnen.«

»Lane?« Als Gin herunterkommen wollte, packte ihr Verlobter sie immerhin am Arm. »Lane, was läuft hier?«

»Ich komme gleich rein und erkläre euch alles.« Was nicht einfach werden würde – denn er hatte selbst keinen Schimmer, in welchem Film er war. »Richard, bitte.«

Pford begann, sie wieder hineinzuzerren, aber Gin riss sich los und lief in ihren High Heels über den Rasen. Als sie herankam und in das Loch blickte, verzog sich ihr schönes Gesicht vor Entsetzen.

»Was ist denn *das*?«, fragte sie.

Samuel T. stützte Gin und sprach beruhigend auf sie ein. Während er sie wieder ins Haus führte, blickte er über seine Schulter. »Rufst du an, oder soll ich das machen?«

»Ich rufe an.«

Als Lane in seinem Smartphone zu Deputy Mitch Ramseys häufig gewählter Nummer scrollte, bemerkte er nebenbei, dass seine Hände nicht zitterten. Er wurde wohl langsam ein Profi, wenn es um böse Überraschungen, schlechte Nachrichten und einen Besuch der Polizei im Haus seiner Familie ging.

Oh, hey Cops, lange nicht gesehen. Damit ihr euch noch willkommener fühlt, haben wir euch jetzt direkt vor dem Haus ein paar Parkplätze reserviert.

Es klingelte einmal. Zweimal ...

»Ich wollte dich gerade anrufen«, sagte der Deputy zur Begrüßung. »Morgen wird die Leiche deines Vaters zur Einäscherung freigegeben ...«

»Nein, wird sie nicht.«

»Wie bitte?«

Lane konzentrierte sich auf das bleiche Stück Fleisch, das ganz mit feiner Kentucky-Erde verschmiert war. »Wir haben etwas gefunden, das direkt unter dem Fenster meiner Mutter vergraben war. Du musst mit deinen Jungs aus dem Morddezernat noch mal hier vorbeikommen.«

»Worum geht's?«

»Ein Stück von meinem Vater. Soweit ich das beurteilen kann.«

Darauf folgte ein Moment der Stille. »Fass nichts an. Ich bin unterwegs. Hast du schon die Metro Police verständigt?«

»Nein.«

»Ruf sie an ...«

»Damit es offiziell protokolliert wird.«

»... damit es offiziell protokolliert wird.«

Lane lachte bitter. »Inzwischen kenne ich das Prozedere.«

Nachdem sie beide aufgelegt hatten, ließ sich Lane im Gras nieder, sodass Lizzie, Greta und er im Halbkreis um das Loch herumsaßen wie um ein Lagerfeuer. Nur ohne Marshmallows. Aber es könnte eine Gruselgeschichte folgen, dachte er.

Einen Augenblick später drang ein Streit durch die offene Eingangstür des Herrenhauses hinaus in den lieblichen Morgen, wobei Gins Stimme am lautesten war, dicht gefolgt von Samuel T.s.

Schade, dass er nicht ermordet wurde.

Lane erinnerte sich an Samuel T.s Hypothese und wünschte, er hätte den restlichen Inhalt seines Glases nicht in die Buchsbaumhecke neben dem Haupteingang gekippt.

Das hier konnte alles ändern, überlegte er. Ob das gute Nachrichten waren oder schlechte, blieb abzuwarten.

»Edward«, flüsterte er. »Edward, was hast du getan ...«

Draußen in Ogden County lehnte sich Edward in seinem Großvatersessel zurück und weigerte sich, seinen Besucher richtig zu begrüßen. »Sie haben hier nichts verloren.«

Dr. Michael Qalbi lächelte auf seine sanftmütige Art. Der Kerl war fünfunddreißig, wirkte aber zumindest seinem Äußeren nach wie zwölf, wobei sein ebenmäßiges Gesicht und sein pechschwarzes Haar von seinen halbirakischen Wurzeln zeugten. Aus seinen aufmerksamen braunen Augen schoss die Warnung, sich ja nicht von dem Gedanken täuschen zu lassen, seine Freundlichkeit ließe sich manipulieren. Er hatte einen so brillanten Verstand, dass er sein Medizinstudium und seine Facharztausbildung wie das Wunderkind Doogie Howser gemeistert hatte, um dann in die Praxis seines Vaters hier in der Stadt einzusteigen.

Edward war seit Jahren dort registriert, hatte aber, seit er nach Charlemont zurückgekehrt war, seine Gebühren nicht mehr bezahlt. Qalbi, die gute Seele, schien sich nicht darum zu scheren.

»Ich brauche Sie wirklich nicht«, fuhr Edward fort. »Und tragen Sie da etwa eine Scrabble-Krawatte?«

Dr. Qalbi blicke hinunter auf den bunten, mit Buchstaben dekorierten Seidenstreifen an seinem Hals. »Ja, das tue ich. Also, wenn Sie mich nicht brauchen, dann stehen Sie doch auf und bringen Sie mich zur Tür wie ein Gentleman.«

»Heutzutage ist politische Korrektheit das oberste Gebot. Ich würde es nicht wagen, Ihre Männlichkeit infrage zu stellen. Das könnte zu einer Lawine von Hasskommentaren im Internet führen.«

Dr. Qalbi nickte Shelby zu, die mit vor der Brust verschränkten Armen im Hintergrund stand wie ein MMA-Kämpfer vor dem Wiegen. »Sie hat gesagt, Sie wären im Stall gestolpert und gestürzt.«

»Das klingt fast wie ein Zungenbrecher.« Edward deutete auf die altmodische schwarze Tasche in der Hand des Arztes. »Ist die da echt oder Teil der Show?«

»Sie hat meinem Großvater gehört. Und es sind lauter leckere Sachen drin.«

»Ich mag keine Lollis.«

»Sie mögen gar nichts, wie ich gehört habe.«

Der Arzt trat näher und kniete sich vor Edwards monogrammierte Pantoffeln, das Einzige, in was sein Fuß mit dem verfluchten angeschwollenen Knöchel noch hineinpasste.

»Schicke Schuhe.«

»Sie haben meinem Großvater gehört. Man sagt, Männer in Kentucky kaufen nie irgendwas neu außer Ehefrauen. Mit unserer Garderobe allerdings läuft es wie bei der wundersamen Brotvermehrung.«

»Tut das weh?«

Edwards geschundener Körper zuckte auf dem Stuhl, sodass er sich mit beiden Händen an die Armlehnen klammern musste. »Kein bisschen«, stieß er hervor.

»Und jetzt?«

Als der Arzt seinen Knöchel in die andere Richtung bewegte, zischte Edward: »Ist das die Strafe für meinen frauenfeindlichen Kommentar?«

»Also geben Sie zu, dass Sie Schmerzen haben.«

»Nur wenn Sie sich dazu bekennen, dass Sie Demokrat sind.«

»Das sage ich mit Stolz.«

Edward hatte Lust, das Geplänkel fortzusetzen, aber seine Neuronen waren von zu vielen sensorischen Informationen überrannt worden, und keine davon war gut. Und während er stöhnte und fluchte, war ihm allzu deutlich bewusst, wie Shelby an der Seite stand und die Vorstellung finster verfolgte.

»Können Sie ihn biegen?«, fragte Qalbi.

»Ich dachte, das tue ich bereits.«

Nach zwei weiteren Stunden Folter – okay, wahrscheinlich eher zwei Minuten, höchstens – ging Dr. Qalbi in die Hocke. »Ich glaube nicht, dass er gebrochen ist.«

Edward warf Shelby einen Blick zu. »Ach, tatsächlich?«
»Er ist verrenkt.«
Als Shelby die rechte Augenbraue hochzog, wie um anzudeuten: »Na, was hab ich gesagt?«, konzentrierte sich Edward wieder auf den Arzt. »Dann renken Sie ihn wieder ein.«
»Sie sagten, das hier wäre im Stall passiert? Wie sind Sie hierher zurückgekommen?«
»Ich bin gelaufen.«
»Unmöglich.«
»Ich bin betrunken.«
»Na, das erklärt einiges. Wir müssen Sie zu einem Orthopäden bringen ...«
»Ich gehe in kein Krankenhaus. Entweder bringen Sie meinen Knöchel hier in Ordnung oder Sie lassen mich in Ruhe.«
»Ein solches Vorgehen würde ich nicht empfehlen. Sie müssen ...«
»Dr. Qalbi, Sie wissen verdammt gut, was ich durchgemacht habe. Ich habe für mein ganzes Leben schon genug Tage in Krankenhäusern verbracht. Eigentlich ziemlich praktisch. Deshalb werde ich ganz sicher nicht in einem Krankenwagen irgendwo hinfahren.«
»Es wäre besser, wenn ...«
Primum non nocere.
»Genau deshalb will ich Sie ja in die Stadt bringen.«
»Und übrigens, der Kunde hat immer recht.«
»Sie sind aber kein Kunde, Sie sind mein Patient. Mein Ziel ist nicht Ihre Zufriedenheit. Sondern eine angemessene Behandlung.«
Doch Qalbi verstummte und sah Edward durchdringend an – wobei jedoch nicht klar war, ob er weitere medizinische Beurteilungen anstellte oder nur darauf wartete, dass sein »Patient« Vernunft annahm.
»Allein kann ich es nicht«, schloss der Mann.
Edward nickte zu Shelby. »Sie ist stärker als Sie. Und sie würde mir jetzt gerade sicher gerne wehtun, stimmt's, meine Liebe?«
»Wobei kann ich helfen, Doktor?«, fragte sie nur und kam herüber.

Qalbi sah Edward direkt ins Gesicht. »Wenn Sie danach keinen *Dorsalis-pedis-* oder *Tibialis-posterior*-Puls haben, fahren Sie ins Krankenhaus.«

»Ich verstehe kein Wort.«

»Sie sind doch derjenige, der mit den lateinischen Sprüchen angefangen hat. Und das ist meine Bedingung. Wenn Sie sie nicht annehmen, gehe ich, aber ich melde Sie auch als gescheiterten Fall beim Sozialamt – und dann wünsche ich Ihnen viel Spaß mit den wohltätigen Helfern.«

»Das würden Sie nicht wagen.«

»Sie werden ja sehen«, konterte er ruhig.

Von wegen Babyface, dachte Edward.

»Sie sind ein harter Verhandlungspartner, Doktor.«

»Nur weil Sie sich so albern aufführen.«

Und so saß Edward kurz darauf mit der Jeans bis zu seinem mageren Schenkel aufgerollt da. Sein lädiertes Bein blieb am Knie gebeugt, und Shelby hockte rittlings auf ihm, um seine jämmerlichen Oberschenkelmuskeln festzuhalten. Aufgrund der Hüftverletzungen würde es mit geradem Bein nicht funktionieren, wie der gute Doktor meinte.

»Ich ziehe bei drei.«

Während Edward sich darauf gefasst machte, blickte er geradeaus – direkt auf Shelbys ziemlich beeindruckenden Hintern. Aber kein Wunder, wenn man Anfang zwanzig war und seinen Lebensunterhalt mit körperlicher Arbeit verdiente.

Drüben an der Küchenwand begann das altmodische Telefon zu klingeln.

»Drei ...«

Edward schrie, und es knackte laut. Aber die Schmerzen ließen bald nach bis auf ein dumpfes Pochen. Und während er noch heftig atmete, untersuchte ihn Dr. Qalbi.

»Der Puls ist stabil. Sieht aus, als hätten Sie noch mal Glück gehabt.« Der Doktor stand beneidenswert mühelos auf. »Aber dieser Vorfall führt zu der wichtigeren Frage, wo Sie mit Ihrer Genesung sind.«

»Auf diesem Stuhl«, brummte Edward. »Ich bin auf diesem Stuhl, wie Sie sehen.«

»Sie sollten sich inzwischen besser bewegen können. Und Sie sollten keine Selbstbehandlungen mit Alkohol durchführen. Und Sie sollten ...«

»Ist das Wort ›sollen‹ nicht eine moderne Verfluchung? Ich dachte, es gibt kein ›Sollen‹ mehr.«

»Ich interessiere mich nicht für Küchenpsychologie. Aber dafür, wie schwach Sie tatsächlich sind.«

»Dann habe ich wohl keine Chance auf ein Rezept für Schmerzmittel. Haben Sie Angst, ein zweites Mitglied meiner Familie von Betäubungsmitteln abhängig zu machen?«

»Ich bin nicht der behandelnde Arzt Ihrer Mutter. Und ich kann Ihnen versichern, dass ich die Dinge an seiner Stelle anders handhaben würde.« Dr. Qalbi bückte sich nach seiner Tasche. »Ich rate Ihnen dringend, über einen weiteren kurzen Aufenthalt in einer Rehaklinik nachzudenken ...«

»Ausgeschlossen ...«

»... damit Sie wieder zu Kräften kommen. Außerdem empfehle ich Ihnen ein Alkoholentzugs ...«

»... denn ich halte nichts von Ärzten ...«

»... programm. Das Letzte, was Sie tun sollten, ist ...«

»... und ich habe kein Problem ...«

»... auch noch unkontrolliert zu trinken.«

»... mit meinem Alkoholkonsum.«

Dr. Qalbi zog eine Visitenkarte aus seiner hinteren Hosentasche. Er reichte sie Shelby mit den Worten: »Bitte sehr. Da steht meine Handynummer drauf. Wenn Sie weiter mit ihm zusammenleben, werden Sie mich noch mal brauchen, und dann können wir auch die Sprechstundenhilfen da raushalten.«

»Ich lebe nicht mit ihm zusammen«, erwiderte sie leise. »Ich arbeite hier.«

»Entschuldigen Sie meine voreilige Schlussfolgerung.« Dr. Qalbi blickte zu Edward. »*Sie* können mich auch anrufen. Und nein –

sparen Sie sich die Mühe, mir zu sagen, dass Sie das nicht tun werden.«

Die Cottagetür schlug zu, und kurz darauf hörte man ein Auto wegfahren. In der darauffolgenden Stille blickte Edward auf seinen Fuß, der nun in der richtigen Position und nicht mehr zur Seite verdreht war. Aus irgendeinem Grund dachte er an den Weg von den Ställen hierher, als er sich auf Shelby gestützt und sein geschundenes Fleisch auf ihrem drahtigen Körper gehangen hatte wie mit dem Gewicht eines Toten.

Als das Telefon wieder zu klingeln begann, sah Shelby zu dem Apparat. »Soll ich ...«

»Tut mir leid«, sagte er mürrisch. »Du lernst mich zu einer Zeit meines Lebens kennen, in der ich genauso bin, wie dein Vater war.«

»Du hast mich nicht gebeten, mich um dich zu kümmern.«

»Warum machst du es dann?«

»Irgendjemand muss es ja machen.«

»Nicht unbedingt. Vielleicht willst du lieber wieder verschwinden.«

»Ich brauche diesen Job ...«

Er sah ihr in die Augen, und etwas an seinem Gesichtsausdruck brachte sie zum Schweigen. »Shelby. Ich muss ehrlich zu dir sein. Die Dinge ... werden ab jetzt nur schlimmer werden. Schwerer.«

»Dann trink nicht mehr so viel. Oder hör ganz damit auf.«

»Das meine ich nicht.«

Na, war er denn kein Gentleman? Er versuchte noch, ihr das Leben zu retten, während seins zur Hölle fuhr. Und er wünschte, dieses verfluchte Klingeln würde endlich aufhören.

»Edward, du bist betrunken.«

Als das Telefon endlich verstummte, konnte er nur den Kopf schütteln. »In meiner Familie sind Dinge passiert. Dinge, die herauskommen werden. Es wird nicht mehr besser, als es jetzt gerade ist.«

Sein Knöchel wäre da noch das kleinste Problem.

Als draußen ein Auto vorfuhr, verdrehte er die Augen. »Qalbi hat wohl seine Manieren im Umgang mit Kranken vergessen.«

Shelby ging zur Tür und öffnete sie. »Es ist jemand anderes.«

»Wenn es eine lange schwarze Limo ist, in der hinten eine Frau in einem rosa Chanel-Kostüm drinsitzt, sag ihr, sie kann ...«

»Es ist ein Mann.«

Edward lächelte kühl. »Wenigstens weiß ich, dass mein Vater mir keinen Besuch mehr abstatten wird. Diese Sorge bin ich ein für alle Mal los.«

Edward blickte zur offenen Tür und runzelte die Stirn, als er sah, wer davorstand. »Shelby. Würdest du uns bitte einen Moment allein lassen?«

10

Auf Easterly, draußen im Sonnenschein, beendete Lane den Anruf bei der Metro Police und blickte zu Samuel T., der durch die prächtige Eingangstür wieder herausgekommen war.

»Okay, Kumpel«, sagte Lane. »Wir haben fünfzehn, zwanzig Minuten, bis die Mordkommission hier ist. Mittlerweile bin ich mit den Leuten schon per Du.«

»Also genug Zeit, um Beweise verschwinden zu lassen, falls du es warst.« Als Lizzie und Greta ihn entgeistert anstarrten, verdrehte Samuel T. die Augen. »Das war ein Witz.«

Genau in jenem Augenblick stürmte Jeff Stern aus der Villa. Lanes alter College-Zimmergenosse und Verbindungsbruder an der University of Virginia wirkte so entspannt und ausgeschlafen, wie man nun mal aussah, wenn man zu viele Nächte nacheinander durchgemacht, sich nur von Kaffee ernährt und über Finanztabellen gebrütet hatte.

Ein Statist aus »The Walking Dead« hatte bessere Chancen, in die »GQ« zu kommen.

»Wir haben ein Problem«, sagte Jeff, während er über den Rasen torkelte.

Unter anderen Umständen war er eigentlich ein attraktiver Mann, ein entschiedener WASP-Gegner, der stolz auf seine jüdische Abstammung und seinen New-Jersey-Akzent war. Er hatte sich an der University of Virginia aus mehreren Gründen hervorgetan – vor allem durch seine mathematischen Fähigkeiten – und war anschließend an die Wall Street gegangen, um als Investmentbanker Unsummen zu verdienen.

Lane hatte die letzten zwei Jahre oben im Big Apple auf seiner Couch verbracht. Und er hatte sich dafür revanchiert, indem er Jeff angefleht hatte, »Urlaub« zu nehmen und herauszufinden, was zur Hölle sein Vater mit dem ganzen Geld gemacht hatte.

»Hat es noch Zeit?«, fragte Lane. »Ich muss ...«
»Nein.« Jeff blickte zu Lizzie und Greta. »Wir müssen reden.«
»Tja, wir haben fünfzehn Minuten, bis die Polizei hier ist.«
»Also weißt du es? Verdammt noch mal! Warum hast du mir nicht gesagt ...«
»Was soll ich wissen?«
Jeff warf wieder einen Blick zu den beiden Frauen, aber Lane beruhigte ihn: »Was auch immer du zu sagen hast, kannst du mir vor ihnen sagen.«
»Bist du dir da sicher?« Doch bevor es zu einer Diskussion kommen konnte, hielt Jeff beschwichtigend die Hände hoch. »Na schön. Im Unternehmen wird auch Geld veruntreut. Es geht nicht nur um die Haushaltskonten. Der Bradford Bourbon Company fließt das Geld in Strömen davon, und wenn du willst, dass noch irgendwas davon übrig bleibt, solltest du am besten sofort das FBI einschalten. Es laufen alle möglichen Banküberweisungen, eine Menge Korruption – das hier müssen die Feds in die Hand nehmen.«
Lane blickte zu Lizzie, und als sie nach seiner Hand griff, fragte er sich, was er nur ohne sie machen würde. »Bist du sicher?«
Sein alter Freund warf ihm einen entnervten Blick zu. »Und ich bin noch nicht mal mit allem durch. So schlimm ist es. Du musst den Führungsstab dazu bringen, jegliche Aktivitäten zu stoppen, dann das FBI anrufen und dieses Business-Center hinter dem Haus schließen.«
Lane drehte sich zu der Villa um. Nachdem seine Mutter »erkrankt« war, hatte sein Vater die ehemaligen Ställe hinter dem Herrenhaus zu einem voll funktionsfähigen, hochmodernen Bürokomplex direkt auf dem Grundstück umgebaut. William hatte den Führungsstab dorthin versetzt, alles hermetisch abgeriegelt und den riesigen Hauptsitz des Unternehmens in der Innenstadt in einen zweitrangigen, nebenbei geführten Verwahrungsort für stellvertretende Vorsitzende, Verwaltungsmitglieder und die mittlere Führungsebene verwandelt. Vordergründig war der Beraterstab umgezogen, damit der Mann zu Hause bei seiner Frau bleiben konnte, aber wer glaubte das schon, nachdem die beiden sich kaum je im selben Zimmer aufgehalten hatten.

Nun erkannte Lane den wahren Grund. Es ließ sich leichter stehlen, wenn weniger Leute in der Nähe waren.

»Exkursion«, verkündete er.

Damit ließ er Lizzies Hand los und marschierte um das Herrenhaus herum zum fußballfeldgroßen Hinterhof, auf dem das Business-Center lag. Die anderen riefen ihm etwas hinterher, aber er blendete alles aus.

»Lane«, fragte Samuel T., als er ihn einholte, »was hast du vor?«

»Strom sparen.«

»Ich glaube, wir sollten die Polizei verständigen ...«

»Das habe ich gerade getan. Hast du den Finger schon vergessen?«

Die Hintertür des Business-Centers war mit einem dicken Riegel verschlossen, der mit einem Code gesichert war. Zum Glück hatte sich Lane, als er vor ein paar Tagen mit Edward eingedrungen war, um die Finanzunterlagen zu besorgen, die korrekte Zahlenfolge eingeprägt.

Nachdem er sie eingetippt hatte, öffnete sich der Eingang, und er betrat das stille, luxuriöse Innere. Jeder Zentimeter des eingeschossigen, fast zweitausend Quadratmeter großen Gebäudes war mit weinrot-goldenem Teppichboden ausgelegt, der die Dicke einer Matratze hatte. Schallisolierte Mauern sorgten dafür, dass Stimmen, Telefonklingeln und Tippgeräusche in den jeweiligen Räumen blieben. Und an den Wänden hingen so viele Porträts, wie es Selfies in den meisten Handys gab.

Mit Privatbüros für den Führungsstab, einer Gourmetküche und einem Empfangsbereich, der dem Oval Office des Weißen Hauses ähnelte, repräsentierte das Gebäude genau das, wofür die Bradford Bourbon Company stand: höchste Qualitätsstandards, älteste Traditionen und ausnahmslos das Beste vom Besten.

Aber Lane begab sich nicht zu den hohen Tieren und ihren Privatbüros. Er ging nach hinten, wo sich die Lagerräume und die Küche befanden.

Und die Hausanschlüsse.

Er drückte eine Doppeltür auf und betrat eine heiße, fensterlose Kammer mit Heizungs- und Lüftungsanlagen, einem Boiler ... und dem Elektroverteilerschrank.

Ein Bewegungsmelder schaltete das Licht ein, und Lane lief quer über den Betonboden direkt auf den Sicherungskasten zu. Er packte einen roten Griff daneben und zog ihn nach unten, sodass im gesamten Gebäude der Strom unterbrochen wurde.

Alles wurde dunkel, dann leuchteten schwach ein paar Sicherheitsschilder auf.

Als Lane wieder hinaus in den Flur trat, kommentierte Samuel T. trocken: »Tja, so kann man's auch machen.«

Die Führungskräfte schwirrten umher wie Wespen, die man aus dem Nest gescheucht hatte. Die drei Männer, eine Frau und die Empfangsdame strömten alle gleichzeitig in den engen Korridor. Sobald sie Lane sahen, blieben sie abrupt stehen.

Der Finanzvorstand, ein sechzigjähriger Elitehochschul-Absolvent und notorischer Besserwisser mit manikürten Händen und in seinem privaten Club auf Hochglanz polierten Schuhen, wich zurück. »Was machen *Sie* denn hier?«

»Ich schließe diese Büros.«

»Wie bitte?«

Während sich ein weiterer Anzugträger zu der Gruppe gesellte, deutete Lane nur auf die Hintertür, durch die er selbst hereingekommen war. »Raus. Alle zusammen.«

Der Finanzvorstand plusterte sich auf und schimpfte: »Sie haben kein Recht ...«

»Die Polizei ist unterwegs.« Was in der Tat der Wahrheit entsprach. »Sie haben die Wahl, ob Sie sich abführen lassen oder in Ihrem eigenen Mercedes verschwinden. Oder fahren Sie einen Lexus?«

Lane beobachtete die Gesichter genau. Und war nicht im Geringsten überrascht, als der Finanzvorstand eine weitere »Sie haben kein Recht«-Offensive startete.

»Das hier ist ein Privatgrundstück«, erklärte Samuel T. gelassen. »Dieses Gebäude steht nicht auf einem Firmengelände. Der Besitzer hat Sie gerade darüber informiert, dass Sie nicht willkommen sind. Sie wirken alle so gebildet, dass Sie wissen müssten, was das Gesetz in Kentucky beim widerrechtlichen Betreten eines Grundstücks vorsieht, aber ich kann Sie sehr gern je nach Bedarf aufklären oder daran erinnern. Allerdings mithilfe einer Schrotflinte und ...«

Lane versetzte seinem Anwalt einen Stoß in die Rippen, um ihn zum Schweigen zu bringen.

In der Zwischenzeit hatte sich der Finanzvorstand wieder gefasst und strich mit einer Hand über seine rote Krawatte. »Von hier aus werden entscheidende Abläufe gesteuert.«

Lane baute sich vor dem Kerl auf und war bereit, ihn bei seinen Brooks-Brothers-Klamotten zu packen und hinaus auf den Rasen zu schleifen. »Halten Sie die Klappe und verschwinden Sie.«

»Ihr Vater wäre entsetzt.«

»Er ist tot, schon vergessen? Also hat er nichts zu sagen. Gehen Sie jetzt friedlich, oder soll ich ein Gewehr holen, wie mein Anwalt vorgeschlagen hat?«

»Wollen Sie mir drohen?«

Samuel T. meldete sich zu Wort. »Ihre Anwesenheit hier gilt als widerrechtlich in drei ... zwei ... eins ...«

»Ich werde den Vorstandsvorsitzenden darüber informieren.«

Lane verschränkte die Arme auf der Brust. »Solange Sie hier kein Telefon mehr benutzen, ist es mir egal, ob Sie den Präsidenten der Vereinigten Staaten oder Ihre gute Fee anrufen.«

»Moment«, wandte Jeff ein, der nun auch hinzugekommen war. »Einer von uns wird Sie jeweils in Ihre Büros begleiten, damit Sie Ihre Autoschlüssel holen können. Es ist Ihnen nicht gestattet, irgendwelche Geräte, USB-Sticks, Dokumente oder Akten aus den Räumlichkeiten zu entfernen.«

Lane nickte seinem Kumpel anerkennend zu. »Gute Idee.«

Draußen im Verwaltercottage des Red-&-Black-Gestüts lächelte Edward seinem Besucher zu, nachdem Shelby die beiden allein gelassen hatte. Ricardo Monteverdi war der Generaldirektor von Prospect Trust, der größten privaten Treuhandgesellschaft im mittleren Teil des Landes, und so sah er auch aus. Sein schlanker Körper und seine adrette Erscheinung in dem Nadelstreifenanzug erinnerten Edward an eine Broschüre der Wharton Business School von etwa 1985. Die Wand mit den Silbertrophäen glänzte hinter ihm wie ein Heiligenschein und erweckte den trügerischen Eindruck, er könnte ein Überbringer guter Nachrichten sein.

Doch Edward ließ sich nicht täuschen.

»Sind Sie hier, um mir Ihr Beileid zum Tod meines Vaters auszusprechen?«, fragte Edward gedehnt. »Die Mühe hätten Sie sich sparen können.«

»Oh … aber selbstverständlich«, antwortete der Bankier und deutete eine Verbeugung an. »Ich bedaure Ihren Verlust sehr.«

»Was ich von mir nicht behaupten kann.«

Es folgte eine Pause, und Edward überlegte, ob der Mann wohl nach einer Antwort auf diese Bemerkung oder einer Einleitung für den Grund suchte, weshalb er unangekündigt hergekommen war. Vermutlich Letzteres.

»Sonst noch was?«, drängte Edward.

»Diese Sache ist mir sehr unangenehm.«

»Offensichtlich.«

Es folgte ein weiteres Schweigen, als wäre es dem Mann viel lieber gewesen, Edward hätte das Thema angesprochen. Aber das würde nicht passieren. Edward wusste aus seiner Erfahrung als Geschäftsmann längst, dass bei einer Verhandlung immer derjenige verlor, der den ersten Schritt machte.

Und ja, er wusste, warum der Mann zur Farm herausgefahren war.

Monteverdi hüstelte. »Nun ja, also. In der Tat. Nach dem Tod Ihres Vaters müssen gewisse … Vereinbarungen, die er getroffen hat, eingehalten werden, und in meinem Fall unverzüglich. Obwohl ich weiß, dass Sie in Trauer sind, gibt es da leider eine bestimmte Angelegenheit, die nicht aufgeschoben werden kann, sondern die sofort fällig ist. Demzufolge, und um den Namen und den Ruf Ihrer Familie zu schützen, komme ich zu Ihnen, damit die Dinge diskret abgewickelt werden können.«

»Ich habe keine Ahnung, wovon Sie sprechen.« *Lüüügner, Lüüügner.*

»Also müssen Sie leider deutlicher werden.«

»Ihr Vater hat mich vor einigen Monaten um ein privates Darlehen gebeten. Ich habe ihm seinen Wunsch bereitwillig erfüllt, musste bei der Finanzierung aber, sagen wir mal, kreativ werden. Die Rückzahlung ist jetzt fällig und muss vor der vierteljährlichen Vorstandssitzung von Prospect Trust erfolgen, sonst ...«

»Sonst stecken Sie in Schwierigkeiten?«

Monteverdis Gesicht verhärtete sich. »Nein, ich werde gezwungen sein, Ihre Familie in Schwierigkeiten zu bringen.«

»Ich kann Ihnen nicht helfen.«

»Ich glaube, Sie verstehen mich nicht. Wenn das Geld nicht zurückgezahlt wird, muss ich gerichtliche Schritte unternehmen, und die werden sehr schnell sehr öffentlich werden.«

»Dann verklagen Sie uns. Rufen Sie die ›New York Times‹ an und erzählen Sie, dass wir Ihrer Treuhandgesellschaft dreiundfünfzig Millionen Dollar schulden. Bezeichnen Sie uns als Versager, Lügner, Diebe. Mich kümmert das nicht.«

»Ich dachte, Sie hätten gesagt, Sie wüssten von nichts.«

Der verdammte Alkohol floss Edward immer noch durch die Adern. Und er war aus der Übung, was verbale Kämpfe anbelangte.

»Ich glaube, es geht darum«, erklärte Edward lächelnd, »dass Sie sich selbst schützen müssen. Sie wollen mich unter Druck setzen, damit Sie Ihrem Vorstand nicht eröffnen müssen, dass Sie heimlich ein riesiges ungesichertes Darlehen vergeben und die Zinsen dafür selbst eingesteckt haben. Meine Antwort ist, dass es mich einen Dreck interessiert. Tun Sie, was auch immer Sie tun müssen. Mir ist das egal, denn es ist nicht mein Problem.«

»Ihre Mutter ist in einem heiklen Zustand.«

»Sie liegt praktisch sowieso schon im Koma.«

»Ich hätte gedacht, dass ihr Wohlergehen Ihnen als ältestem Sohn mehr am Herzen liegt.«

»Ich bin hierher gezogen, in diesen unglaublichen Luxus«, Edward deutete auf die schäbigen Möbel um ihn herum, »um von all den Machenschaften und all den Leuten wegzukommen, und zwar aus gutem Grund. Also versenken Sie ruhig das große schicke Schiff dort auf dem Hügel. Schießen Sie mit Ihren Kanonen auf das Anwesen meiner Familie, bis alles auf dem Meeresgrund endet. Ich habe damit nichts mehr zu tun.«

Monteverdi zeigte mit dem Finger auf Edward. »Sie sind es nicht wert, sich einen Sohn zu nennen.«

»Wenn man bedenkt, wer meine Eltern sind, bin ich stolz, dass ich es überhaupt so lange unter ihrem Dach ausgehalten habe. Und tun Sie uns beiden einen Gefallen. Versuchen Sie nicht, Ihren Eigennutz als Selbstlosigkeit darzustellen, während Sie meiner Familie drohen. Sagen Sie, wie viel haben Sie an Zinsen abgeschöpft? Zehn Prozent? Fünfzehn? Wenn es ein Darlehen für sechs Monate war, haben Sie damit mindestens zweieinhalb Millionen verdient. Nicht schlecht, vorausgesetzt, Sie kriegen das Geld, was?«

Monteverdi zupfte an seinen schneeweißen Umschlagmanschetten. »Ich betrachte dies als eine Kriegserklärung. Was als Nächstes passiert, ist Ihre Schuld.«

»Sie wollen mich da reinziehen.« Edward deutete auf seinen Körper. »Aber ich wurde acht Tage lang von Leuten gefoltert, die vorhatten, mich umzubringen, und in meinem Fall ist das keine Übertreibung. Wenn Sie glauben, Sie könnten irgendwas tun, um meine Aufmerksamkeit zu erregen, dann täuschen Sie sich.«

»Warten Sie's ab. Sie kümmern sich vielleicht nicht um Ihre Mutter, aber ich frage mich, ob Sie bei Ihren Geschwistern auch so gelassen bleiben. Soweit ich das mitbekommen habe, sind Sie seit jeher eine Art Beschützer für sie.«

»Das war ich.«

»Wir werden ja sehen.«

Der Mann drehte sich um und war einen Augenblick später zur Tür hinaus verschwunden. Und während das altmodische Telefon wieder zu klingeln begann, starrte Edward hinunter auf seine ruinierten Beine ... und überlegte nicht zum ersten Mal, wie es hätte sein können.

Wie es hätte sein sollen.

Doch nun war es zu spät für all das.

Er legte den Kopf schief und sah zu dem Apparat, der an der Wand neben der schmalen Küche hing. Schon der Gedanke hinüberzugehen, erschöpfte ihn, jedoch vor allem, weil er wusste, worum es bei dem Anruf wahrscheinlich gehen würde.

Aber wenn sie etwas von ihm wollten, würden sie schon herkommen müssen.

11

Edwin MacAllan, der Master Distiller der Bradford Bourbon Company, kam nicht weiter. Mack saß in seinem Büro, der Kommandozentrale seines Vaters, bis dieser vor zehn Jahren unerwartet verstorben war, und versuchte verzweifelt, irgendjemanden im Business-Center zu erreichen. Fehlanzeige. Überall nur Anrufbeantworter – das hatte es noch nie gegeben, und dabei wählte er die direkten Durchwahlen des Führungsstabs ohne den Umweg über die Empfangsdame.

Der Finanzvorstand, der leitende Geschäftsführer und drei Senior-Vizepräsidenten antworteten nicht.

Lane ging auch nicht an sein Handy.

Als Mack den Hörer wieder auflegte, war ihm durchaus bewusst, dass die Leute dank Anruferkennung bei den Firmentelefonen wussten, wer dran war. Und es hätten zwar einer oder zwei nicht rangehen können, aber alle fünf? Ja, der Firmenboss war gestorben, und es herrschte Chaos, aber das Geschäft musste weiterlaufen.

»Hey, mache ich das hier ...«

Bevor Mack beim Wort »richtig« ankam, verstummte er und erinnerte sich, dass seine Chefassistentin, die schon mit seinem Vater zusammengearbeitet hatte, nicht mehr dort saß. Und zwar, seitdem ihr Bruder vorgestern einen Herzinfarkt erlitten hatte. Als hätten ihm all die Vorstellungsgespräche, die er heute geführt hatte, den Verlust nicht vor Augen geführt ...

Offensichtlich hatten sie nur dafür gesorgt, dass er die Tatsache nicht wahrhaben wollte.

Er stützte die Ellbogen auf die gestapelten Unterlagen und massierte sich den Kopf. Einstellungsgespräche hatten viel mit Dating gemeinsam. Die Personalabteilung hatte ihm eine Reihe von Kandidatinnen geschickt, die er alle nicht wiedersehen wollte. Verwöhnte, hirnlose Beautyqueens, neurotische, rachsüchtige Kletten à la Glenn

Close oder defensive Männerhasserinnen eigneten sich nun mal nicht als Chefassistentinnen.

»Shit.«

Er stand auf, umrundete den abgenutzten alten Schreibtisch und spazierte langsam durch den Raum, um die Erinnerungsstücke hinter Glas und in den Setzkästen zu betrachten. Das erste Fass, das mit No. 15 gekennzeichnet worden war, dem Markennamen der relativ erschwinglichen Bourbon-Sorte. Eine Sammlung besonderer Flaschen zur Siegesfeier des University-of-Charlemont-Basketballprogramms im NCAA-Turnier 1980, 1986 und 2013. Historische Revolver. Landkarten. Briefe von Abraham Lincoln und Andrew Jackson an diverse Bradfords.

Doch die Tapete selbst war die wahre Zeugin des Produkts, der Langlebigkeit und des Stolzes der Firma. Jeder Zentimeter der flachen Wand war beklebt mit den Etiketten unzähliger Flaschen, sodass die verschiedenen Schriftarten und Farben und Bilder die Entwicklung des Marketings, des Wertversprechens und des Preises widerspiegelten.

Während das abgepackte Produkt immer gleich blieb.

Bradford Bourbon wurde noch genauso hergestellt wie im späten achtzehnten Jahrhundert, nichts wurde verändert, nicht die Zusammensetzung der Getreidemaische, nicht der Hefestamm, nicht die spezielle, durch Kalkstein geleitete Wasserquelle, nicht das angekohlte Eichenholz der Fässer. Und weiß Gott, die Jahreszeiten in Kentucky und die Anzahl der Tage im Kalenderjahr hatten sich auch nicht verändert.

Während Mack so über die Firmengeschichte nachdachte, erschien es ihm unvorstellbar, dass eine über zweihundert Jahre alte Tradition unter seiner Führung enden könnte. Aber die hohen Tiere im Unternehmen hatten noch vor William Baldwines Tod beschlossen, den Maiseinkauf auf Eis zu legen, was bedeutete, dass es keine Maische mehr gab, was wiederum bedeutete, dass Mack die Produktion hatte stoppen müssen.

So etwas war noch nie vorgekommen. Selbst während der Prohibition hatte die BBC weiter Alkohol produziert, wenn auch nach einer zeitweiligen Umsiedlung nach Kanada.

Nachdem Mack sich erfolglos mit den Anzugträgern herumgestritten hatte, war er zum Whistleblower von Easterly geworden und hatte Lane in die Stilllegung eingeweiht – und dann hatte Mack dem verlorenen Sohn Zugang zu einigen Finanzaufstellungen des Unternehmens verschafft. Aber danach? Seither hatte er nichts mehr gehört.

Es war, als würde man auf die Ergebnisse einer Biopsie warten, und die Anspannung machte ihn wahnsinnig. Wenn er diesen Job verlor, diesen Lebensinhalt? Dann verlor er auch seinen Vater, so einfach war das.

Und das war beim ersten Mal schon nicht schön gewesen.

Unruhig und frustriert ging er hinaus in den Empfangsbereich. Der scheunenartige leere Raum war zu still und zu kühl, die heiße Luft stieg zu den freigelegten Balken unter dem spitzen Dach der umgebauten Hütte auf und tropfte dann dank der Klimaanlage wieder auf die Dielenbretter. Das Büro des Master Distillers befand sich wie der Rest der alten Brennerei, wie dieses Gelände genannt wurde, in einem renovierten Originalgebäude. Die alte Mörtel- und Balkenkonstruktion war im Nachhinein so unauffällig wie möglich mit allem Nötigen von fließendem Wasser bis WLAN ausgestattet worden.

An der überdimensionalen Tür angekommen, trat er hinaus und schlenderte über den kurz geschnittenen Rasen. Die alte Brennerei war nicht nur eine funktionierende Bourbon-Produktionsstätte, sondern auch eine Touristenattraktion, um Laien und Liebhabern gleichermaßen beizubringen, warum genau Bradford Bourbon der beste war. Dementsprechend war das Gelände in eine Art Disney World, im besten Sinne, verwandelt worden, die Gebäude alle urig und schwarzrot gestrichen, und kleine Pfade führten vom Getreidesilo zum Maischehaus und weiter zu den Destillierapparaten und Lagerscheunen. Und normalerweise wären Touristengruppen mit Reiseleitern hier, die Parkplätze wären voll, und im Souvenirladen und den Empfangsgebäuden würde reges Treiben herrschen.

Nach William Baldwines Tod war aus Respekt für die nächste Woche alles geschlossen und unnötiges Personal gestrichen worden.

Zumindest hatte der Führungsstab das behauptet. Wahrscheinlicher war, dass sich die Einsparungen nicht auf den Getreidenachschub beschränkten.

Schließlich stand Mack vor einer der drei Lagerscheunen. In den siebengeschossigen, nicht isolierten Holzgebäuden lagen Hunderte alternde Bourbonfässer in schweren hölzernen Regalsystemen, wobei die Temperaturschwankungen der Jahreszeiten die Kulisse boten für den Zauber, wenn der Alkohol flirtete, sich verliebte und die angekohlten Fasern seines zeitweiligen hölzernen Zuhauses heiratete.

Als Mack die getäfelte Tür öffnete, quietschten die handgefertigten Angeln, und der intensive erdige Duft, der ihm beim Eintreten entgegenkam, erinnerte ihn an seinen Vater. Im Inneren war es dunkel, die Reihen um Reihen von Fässern wurden von groben, abgewetzten Balken gestützt, und die schmalen Durchgänge zwischen den Regalen waren zwei Bretter breit und neun Meter lang.

Der Mittelgang war viel geräumiger und aus Beton. Mack steckte die Hände in die Taschen seiner Jeans, während er immer weiter ins Gebäude hineinschritt.

»Lane, was soll das hier nur werden?«, fragte er laut.

Bourbon brauchte Zeit. Es lief nicht wie bei der Herstellung von Wodka, den man nach dem Brennen einfach abfüllen konnte, und das war's. Wenn das Unternehmen in sieben Jahren, zehn Jahren, zwölf Jahren etwas verkaufen wollte, dann mussten die Destillierapparate jetzt weiterlaufen.

»Ähm ... Entschuldigung?«

Mack drehte sich um. In der offenen Tür stand eine Frau mit Wespentaille und langem dunklem Haar. Das Licht strömte hinter ihr herein, sodass sie wie eine Erscheinung aus einer Sexfantasie wirkte. Gott ... in der frischen Luft, die an ihrem Körper vorbei und zwischen die Regale wehte, roch er sogar ihr Parfüm oder ihre Seife oder was auch immer.

Sie wirkte ebenso überrascht, während sie ihn musterte.

»Tut mir leid«, sagte sie mit ruhiger, akzentfreier Stimme. »Ich suche Edwin MacAllan. Ich habe ein Vorstellungsgespräch mit ihm, aber es ist niemand im Büro.«

»Sie haben mich gefunden.«

Es folgte eine Pause. »Oh.« Sie schüttelte den Kopf. »Verzeihung. Ich dachte ... Also, mein Name ist Beth. Beth Lewis. Möchten, ähm, möchten Sie, dass ich ein anderes Mal wiederkomme?«

Nein, dachte er, als ihr die Brise durchs Haar strich und die Strähnen ihre Schultern umspielten. Ehrlich gesagt ... möchte ich nicht, dass du gehst.

»Ich kann Edward nicht erreichen.«

Als Lane den Empfangsbereich des Business-Centers durchquert hatte und ins Büro seines Vaters schritt, hatte er das Gefühl, einen Raum voller geladener Waffen zu betreten, die auf ihn gerichtet waren. Seine Haut kribbelte unheilvoll, er ballte die Fäuste und wäre am liebsten umgekehrt und hinausgerannt.

Aber es war hier auch verdammt unheimlich. Seit er den Strom abgeschaltet hatte, tauchte die schwache Sicherheitsbeleuchtung alles in eine gespenstische Stimmung, und William Baldwines Geist schien in den Schatten zu lauern.

Lane hatte keine Ahnung, warum er hier hereingekommen war. Wahrscheinlich fuhr die Polizei jetzt gerade vor Easterlys Haupteingang vor.

Kopfschüttelnd betrachtete er den majestätischen Schreibtisch und den riesigen geschnitzten Sessel, der an einen Thron erinnerte. Alles daran sah aus wie eine Kulisse aus einem Humphrey-Bogart-Film: eine Kristallkaraffe voller Bourbon. Ein Silbertablett mit Kristallgläsern. Ein Foto von Little V.E. in einem Silberrahmen. Ein Humidor mit den Lieblingszigarren seines Vaters in der anderen Ecke bei der Tiffany-Lampe. Eine Packung Dunhill-Zigaretten und ein goldenes Feuerzeug neben einem sauberen Cartier-Aschenbecher. Kein Computer. Kein Papierkram. Und das Telefon war nur ein High-Tech-Zusatz, der verschwand neben den Lifestyle- und Machtsymbolen.

»Ich bin erst zum zweiten Mal in diesem Büro«, raunte Lane Lizzie zu, die bei der Tür stehen geblieben war. »Ich habe Edward nie beneidet.«

Während sie sich umsah und die ledergebundenen Bücher, Urkunden und Fotos von William mit nationalen und internationalen Prominenten betrachtete, konzentrierte er sich auf sie: ihr von der Sonne blondiertes Haar, ihre vollen Brüste in dem schwarzen Poloshirt, ihre langen, muskulösen Beine, die in den Shorts zur Geltung kamen.

Lust durchzuckte seinen Unterleib.

»Lizzie ...«

Jeff erschien in der offenen Tür. »Okay, sie sind alle weg. Das Gebäude ist leer, und dein Anwalt ist zurück ins Haus gegangen, um die Polizei zu empfangen. Weißt du, wie man den Code für die Tür ändert? Denn das würde ich an deiner Stelle tun.«

Lane blinzelte, um die Vorstellung loszuwerden, wie er alles vom Schreibtisch fegte und stattdessen Lizzie nackt daraufsetzte.

»Ähm, nein, das weiß ich nicht, aber wir werden's schon rausfinden.« Lane streckte seinen verspannten Rücken. »Hör mal, kannst du mir kurz sagen, was genau du in den Firmenunterlagen gefunden hast?«

Jeff sah sich um und schien nicht besonders beeindruckt von dem Prunk. »Auf den ersten Blick wirken die Überweisungen, die mir aufgefallen sind, wie ganz normale Zinszahlungen an verschiedene Banken. Aber dann sind da noch diese riesigen Abschlusszahlungen – und die haben mich als Erstes stutzig gemacht. Als ich die Geldtransfers verfolgt habe, habe ich Vermerke für irgendwas namens WWB Holdings entdeckt – was sich als William Wyatt Baldwine Holdings herausgestellt hat. Ich vermute, es ist ein Fall von außerbilanzieller Finanzierung, der außer Kontrolle geraten ist, und wenn das stimmt, handelt es sich ganz sicher um Veruntreuung. Bei meinen Internetrecherchen und auch, als ich die UBS um einen Gefallen gebeten habe, konnte ich nirgends irgendwas darüber erfahren, was genau WWB Holdings ist oder wo sich der Firmensitz befindet, aber du darfst dreimal raten, wer der Chef war.«

»Dreckskerl«, knurrte Lane. »Dort ist auch das Haushaltsgeld hingegangen. WWB Holdings. Und um wie viel geht es hier?«

»Zweiundsiebzig Millionen. Bisher.«

Während Lizzie nach Luft schnappte, schüttelte Lane den Kopf. *Verdammt.«

»Moment mal, was ist außerfinanz...«, begann Lizzie.

»Außerbilanzielle Finanzierung.« Jeff rieb sich die Augen, als hätte er ebensolche Kopfschmerzen wie Lane. »Im Prinzip bedeutet das, man benutzt das Vermögen einer Firma, um die Schulden einer anderen abzusichern. Wenn das zweite Unternehmen pleitegeht, erwartet die Bank oder der Kreditgeber, dass das erste zahlt. In diesem Fall würde ich wetten, dass die Gelder, die WWB Holdings erhalten hat, veruntreut waren, und als die Darlehensbedingungen nicht erfüllt werden konnten, wurden die Verpflichtungen mit dem Geld der Bradford Bourbon Company beglichen. Es ist eine Art zu stehlen, die ein bisschen weniger auffällt, als wenn man sich einfach einen Firmenscheck ausstellt und ihn einlöst.«

»Mehr als einhundertvierzig Millionen?« Lane verschränkte die Arme vor der Brust, während ihn eine solche Wut packte, dass er am liebsten das ganze Büro kurz und klein geschlagen hätte. »Das ist die Gesamtsumme? Du machst wohl Witze.«

»Und diese über siebzig Millionen sind nur die Überweisungen von den Geschäftskonten bis Februar. Es wird noch mehr geben. Das Ganze hat ein ansteigendes Muster.« Jeff zuckte die Achseln. »Ich sag's dir, Lane, es ist Zeit, das FBI einzuschalten. Das hier ist eine Nummer zu groß für mich – vor allem, weil ich zurück nach New York muss. Aber es war ein unvergesslicher Urlaub.«

Lanes Handy begann zu klingeln, und als er es herausholte und sah, dass Samuel T. anrief, nahm er das Gespräch an mit den Worten: »Sind sie da? Ich komme ...«

»Was tun Sie hier!«

Die Frau, die ins Büro stürmte, war sechzig und gebaut wie das schwere Geschütz, das sie war. Von ihrem metallisch-anthrazitfarbenen Kostüm bis zu ihrem strengen grauen Dutt strahlte Ms Petersberg, die fast zwanzig Jahre lang William Baldwines Geschäftsleben organisiert hatte, perfekte Kontrolle aus. Aber sie hatte ihre übliche Beherrschung verloren. Ganz rot im Gesicht, die Augen weit aufgerissen, zitterte sie so sehr, dass die Lesebrille, die ihr an einer dünnen Kette um den Hals hing, auf ihrer flachen Brust bei jedem Keuchen auf und ab wippte.

»Holen Sie Ihre Sachen und gehen Sie«, erwiderte Lane mit ruhiger Stimme.

»Sie haben kein Recht, in seinem Büro zu sein!«

Die Frau kreischte hysterisch und war überraschend stark, als sie sich auf ihn stürzte, die Finger nach seinem Gesicht ausstreckte, mit den Knien und Füßen nach ihm trat und die Attacke mit schrillen Flüchen und Beschimpfungen begleitete. Lizzie und Jeff eilten herbei, um sie von ihm wegzuzerren, aber Lane schüttelte den Kopf. Er hielt ihre Hände fest und ließ sie weiter schreien, während er sie so sanft wie möglich gegen die Bücherregale drückte.

Als sie schließlich erschöpft war, sah der ordentliche Dutt auf ihrem Kopf aus wie ein gemischter Salat, und sie atmete so schwer, dass Lane befürchtete, sie brauchte eine Sauerstoffzufuhr, sonst würde sie in Ohnmacht fallen.

»Sie können ihn nicht retten«, sagte Lane düster. »Dafür ist es schon seit einer Weile zu spät. Und ich weiß, dass Sie einiges wissen. Sie müssen sich überlegen, wie viel Ihnen Ihre Loyalität zu einem Toten wert ist. Ich finde immer mehr von dem heraus, was hier gelaufen ist, und ich weiß, dass Sie daran beteiligt waren. Sind Sie bereit, für ihn ins Gefängnis zu gehen? Sind Sie so wahnsinnig?«

Er sagte das, obwohl er noch nicht wusste, ob er tatsächlich die Feds rufen würde. Aber Gefängnis war normalerweise ein gutes Druckmittel, und er hatte momentan keine Skrupel, es einzusetzen.

Und außerdem, dachte er, wenn der Betrug wirklich so groß war, wie Jeff gesagt hatte? Dann würden diese Kreditgeber Druck machen, sobald weitere Zahlungen ausblieben – und ja, manche würden Anwälte einschalten. Und wenn das Vermögen noch weiter schrumpfte?

Dann würde die BBC in einem Schuldensumpf versinken.

»Er war ein guter Mann«, zischte Ms Petersberg. »Ihr Vater war immer gut zu mir.«

»Weil Sie ihm nützlich waren. Nehmen Sie es nicht persönlich und zerstören Sie nicht Ihr Leben für die Illusion, dass Sie für ihn etwas anderes waren als jemand, den er manipulieren konnte.«

»Ich werde *niemals* verstehen, warum Sie Jungen ihn so sehr hassen.«

»Dann wachen Sie auf.«

Als sie ihn wegstieß, ließ er sie los, damit sie sich die Haare glatt streichen und ihre Kleidung zurechtschieben konnte.

»Ihr Vater hat immer nur im Interesse seiner Familie und des Unternehmens gehandelt. Er war ein ...«

Lane schaltete ab, während die Frau weiter von Tugenden predigte und sie einem Mann zuschrieb, der keine nennenswerten gehabt hatte. Aber all das war nicht sein Problem. Man konnte eine Fanatikerin nicht bekehren, man konnte niemanden retten, der nicht ins Rettungsboot steigen wollte. Also würde diese stets tüchtige Frau zusammen mit ihrem ehemaligen Chef untergehen.

Nicht Lanes Problem.

Als sein Handy wieder zu klingeln begann, schloss sie: »Er war immer da, wenn ich ihn gebraucht habe.«

Lane erkannte die Nummer nicht und leitete den Anrufer an die Mailbox weiter. »Tja, dann genießen Sie hoffentlich die schönen Erinnerungen – wenn Sie im Gefängnis sitzen.«

12

»Möchten Sie von mir noch irgendwas wissen?«

Nachdem Mack die Frage gestellt hatte, lehnte er sich auf seinem Bürostuhl zurück und blickte wieder auf den Ringfinger der Kandidatin. Noch frei. Was darauf hindeutete, dass diese Beth Lewis so unverheiratet war, wie sie zu Beginn des Gesprächs gesagt hatte.

Wow. Sehr professionell, MacAllan.

»Muss ich oft Überstunden machen?« Beth hob entschuldigend die Hände. »Ich meine, die Kandidatin. Muss die Kandidatin das? Und ich frage nicht, weil ich mich vor der Arbeit scheue. Aber ich muss meine Mutter pflegen und brauche ab fünf Uhr eine Betreuung für sie. Ich kann mich darum kümmern, ich muss es nur etwas im Voraus wissen.«

»Es tut mir sehr leid zu hören, dass Sie, Sie wissen schon, jemanden ...« Er kannte sich mit Personalpolitik nicht aus, aber er war sicher, dass er nicht zu persönliche Fragen stellen durfte. »Dass Ihre Mutter ...«

»Sie hatte vor zwei Jahren einen Autounfall. Sie wurde monatelang künstlich am Leben erhalten und hat jetzt große kognitive Schwierigkeiten. Ich bin bei ihr eingezogen, um mich um sie zu kümmern, und, wissen Sie, es funktioniert. Aber ich brauche einen Job, um uns über die Runden zu bringen und ...«

»Sie sind eingestellt.«

Beth wich zurück und zog ihre dunklen Augenbrauen hoch. Dann brach sie in Gelächter aus. »Was? Ich meine, wow. Ich dachte nicht ...«

»Sie haben vier Jahre Erfahrung am Empfang einer Immobilienfirma. Sie sind freundlich, wortgewandt und professionell. Mehr brauche ich eigentlich nicht.«

»Wollen Sie sich nicht mal meine Referenzen ansehen?«

Er blickte hinunter auf den Lebenslauf, den sie ihm gegeben hatte. »Doch. Selbstverständlich.«

»Warten Sie, das klingt jetzt, als wollte ich Sie davon abbringen – aber ich freue mich *so sehr*. Danke. Ich werde Sie nicht enttäuschen.«

Als sie aufstand, tat er das Gleiche und zwang sich, ihr in die Augen zu sehen – denn wenn er seine Augen wandern ließ, war ihnen zuzutrauen, dass sie sich weiter nach unten verirrten. Mann, war sie groß – und das war sehr attraktiv. Ebenso wie diese langen Haare. Und diese Augen, die ...

Mist. Sie gefiel ihm wahrscheinlich zu gut, um sie einstellen zu können. Aber sie eignete sich großartig für den Job.

Er streckte ihr über den Tisch die Hand entgegen und sagte: »Willkommen im Team. Wir können uns gerne duzen.«

Sie erwiderte den Händedruck. »Danke«, hauchte sie. »Du wirst es nicht bereuen.«

Gott, er konnte nur hoffen, dass das stimmte. Er war Single, sie war vielleicht auch Single, sie waren beide erwachsen ... Aber ja, vermutlich war es keine gute Idee, eine »sexuelle Beziehung zwischen Arbeitgeber und Arbeitnehmer« anzufangen.

»Ich bringe dich hinaus.« Er ging voraus zum Ausgang seines Büros und durch den Empfangsbereich und hielt ihr dann die Tür auf. »Wann kannst du anfangen? Mo...«

»Morgen? Ja, kann ich.«

»Gut.«

Das Auto, das sie auf dem seitlichen kleinen Kiesparkplatz abgestellt hatte, war ein in die Jahre gekommener Kia, aber als er sie dorthin begleitete, sah Mack, dass er innen ordentlich und außen sauber war und weder Dellen noch Kratzer an seiner silbernen Karosserie hatte.

Bevor Beth sich ans Steuer setzte, sah sie zu Mack auf. »Warum ist es heute so still? Ich meine, ich war schon mal hier zu Besuch – erst letztes Jahr. Da sind so viele Leute herumgelaufen.«

»Wir sind in Trauer. Du hast es sicher mitbekommen.«

»Was denn?« Sie griff sich an die Stirn. »Ach, warte, ja, wie peinlich. Natürlich. William Baldwines Tod. Es tut mir so leid.«

»Mir auch. Dann sehen wir uns morgen früh um neun?«

»Ja, um neun. Und danke noch mal.«

Mack hätte ihr beim Wegfahren gerne hinterhergeschaut, aber so etwas machte man bei einem Date, nicht wenn man signalisieren wollte: »Ich habe dich gerade eingestellt und bin kein Freak.« Er ging zurück und war schon halb am Ziel, als er beschloss, dass ihm noch mehr Zeit am Schreibtisch nicht guttun würde.

Er wechselte die Richtung und lief zu einem fensterlosen Nebengebäude, das von einer hohen Hecke umgeben war und dessen Wände aus modernen Stahlplatten bestanden, nicht aus Balken und Mörtel. Er holte eine Zugangskarte heraus, schob sie durch ein Lesegerät und hörte die luftdichte Tür zischen. Drinnen gab es einen Vorraum mit Schutzausrüstung, aber damit hielt er sich nicht auf. Hatte er nie, obwohl alle anderen sie benutzten.

Herrgott noch mal, hatte er immer gedacht. Als die ersten Bradfords ihren Bourbon herstellten, hatten sie auch keine »Ausrüstung« gebraucht. Sie hatten mit ganz einfachen Mitteln gearbeitet, und es hatte alles wunderbar funktioniert.

Eine zweite Glastür zischte ebenfalls. In dem schmalen Raum dahinter befand sich ein Labor, wie man es auch in den Centers for Disease Control hätte finden können. Aber hier erforschten sie keine Krankheiten und deren Heilmethoden.

Hier arbeitete Mack an Züchtungen. Geheimen Züchtungen, von denen niemand sonst etwas wissen durfte.

Dabei ging es um Folgendes: Zwar waren alle Bourbon-Zutaten notwendig und wichtig, aber es gab nur ein einziges Element, das man eigentlich nicht ersetzen konnte. Solange man die Anteile der Maische konstant hielt, war Mais Mais, Gerste Gerste und Roggen Roggen. Die spezielle Kalksteinquelle, die sie benutzten, war einzigartig in diesem Teil von Kentucky, aber ihr Wasser blieb jahrein, jahraus dasselbe, der unterirdische Fels veränderte sich nicht. Sogar die Fässer, die aus verschiedenen Bäumen gemacht waren, wurden letztlich immer aus derselben Eichenart gebaut.

Mit der Hefe jedoch war das anders.

Obwohl Destillierhefe immer einer Art namens *Saccharomyces cerevisiae* angehörte, gab es in jener Familie doch viele verschiedene Stämme, und je nachdem, welchen man für die Fermentation der Maische benutzte, konnte der Geschmack des Bourbons deutlich variieren. Ja, Ethanol war immer ein Nebenerzeugnis des Stoffwechselvorgangs, aber es wurden noch unzählige andere Komponenten freigesetzt, während die Zucker der Maische von der Hefe aufgenommen wurden. Manche nannten es Alchemie, manche nannten es Magie, manche nannten es den Beitrag von Engeln; je nachdem, welchen Stamm man benutzte, konnte das Produkt von gut über großartig bis zu buchstäblich göttlich reichen.

Die BBC benutzte in ihren Marken No. 15, Family Reserve, Black Mountain und Bradford I seit jeher die gleichen Stämme.

Aber manchmal war eine Veränderung nichts Schlechtes.

Schon bevor sein Vater gestorben war, hatte Mack an neuen Hefestämmen gearbeitet, hatte Pilze von Nüssen und Rinde und Erde aus dem gesamten Süden gekratzt, die kostbaren Organismen in seinem Labor gezüchtet und unter anderem ihre DNA analysiert. Nach der Isolierung der richtigen Arten hatte er dann mit Fermentationsproben herumexperimentiert, um möglichst verschiedene Endergebnisse zu testen.

Als er den Job als Master Distiller übernahm, hatte sich das Projekt bedeutend verzögert, aber in den letzten drei Monaten war ihm ein Durchbruch gelungen – endlich, nach so langer Zeit, war er mit einem Ergebnis zufrieden gewesen.

Wie er so all die Glasbehälter mit Aludeckeln betrachtete, die Petrischalen, die Proben, die Mikroskope und Computer, fand er es schwer vorstellbar, dass an einem so sterilen Ort solche Schönheit entstehen konnte. Andererseits ähnelte es irgendwie auch einem Labor, in dem künstliche Befruchtungen durchgeführt wurden und menschliche Wunder ein wenig Hilfe von der Wissenschaft erhielten.

Mack ging hinüber zum Arbeitstisch und stellte sich vor sein Baby, die Flasche mit dem ersten neuen Stamm seit zweihundert Jahren, der in einem Fermentationsprozess von Bradford Bourbon verwendet werden würde. Denn er war so gut, so besonders und ergab eine unvergleichliche Milde ganz ohne Schwefelnoten im Geschmack. Und niemand sonst, kein anderer Bourbonhersteller, hatte ihn sich bisher gesichert.

Er würde den Stamm patentieren lassen.

Das war der andere Grund, weshalb die BBC jetzt nicht pleitegehen durfte.

Die verdammte Firma musste überleben, bis dieses Produkt auf den Markt kam.

Seine kleine Hefe-Entdeckung würde alles verändern.

»Du musst was essen.«

Es war nach fünf Uhr, als die Polizei Easterly endlich wieder verlassen hatte, und Lanes erster Gedanke, als er die Küche betrat, war eher, dass er einen Drink brauchte. Doch Miss Aurora war da anderer Meinung.

Als sie ihm mit ihrem kräftigen Körper den Weg versperrte und ihre schwarzen Augen zu ihm hochfunkelten, fühlte er sich augenblicklich wieder, als wäre er fünf Jahre alt. Merkwürdig – sie sah genauso aus wie immer, die Haare fest um den Kopf geflochten, ihre U-of-C-rote Schürze in der Taille um die weite Kochuniform gebunden, ihre gebieterische Haltung nichts, womit sich spaßen ließ.

Ihre Unsterblichkeit war, besonders in Anbetracht ihrer Krankheit, eine Illusion, aber in diesem Augenblick klammerte er sich an die Vorstellung.

Und als sie ihn in den Personalflur scheuchte, widersetzte er sich nicht. Nicht, weil er zu müde war, obwohl das auch zutraf, und nicht, weil er etwas essen wollte, denn das wollte er nicht, sondern weil er ihr noch nie irgendwas hatte abschlagen können. Sie war eine Naturgewalt, so unanfechtbar wie die Schwerkraft, die ihn von der Brücke hinuntergezogen hatte.

Es war kaum zu glauben, dass sie sterben würde.

Im Gegensatz zu den vornehmen Speise- und Frühstücksräumen der

Familie bestand der Pausenraum des Personals nur aus weißen Wänden, einem Holztisch für zwölf Leute und einem Dielenboden. Er hatte zwar Fenster, die auf eine schattige Ecke des Gartens hinausgingen, aber die Glasscheiben hatten eher den Zweck, die Symmetrie der Hausrückseite zu bewahren, als den Angestellten einen schönen Ausblick zu bieten.

»Ich habe eigentlich keinen Hunger«, sagte Lane zu Miss Auroras Rücken, während er sich setzte und sie schon wieder hinauseilte.

Eine Minute später landete ein Teller mit etwa zweitausend Kalorien Soul Food vor ihm. Und als er tief einatmete, dachte er ... hm. Miss Aurora könnte recht haben.

Lizzie setzte sich mit ihrem Teller neben ihn. »Das sieht toll aus, Miss Aurora.«

Seine Momma nahm ihren Platz am Kopf der Tafel ein. »Auf meinem Herd steht noch mehr davon.«

Gebratenes Hähnchen aus einer gusseisernen Pfanne. Blattkohl. Echtes Maisbrot. Hoppin John. Okra.

Und natürlich hatte seine Momma recht. Mit dem ersten Bissen bemerkte Lane, dass er am Verhungern war, und dann folgte lange Stille, während er sich Gabeln voll des Essens, mit dem er aufgewachsen war, in den Mund schaufelte.

Als das Handy in seiner hinteren Hosentasche klingelte, fühlte es sich an wie ein Elektroschock an seinem Po. Aber dieses Klingeln war in letzter Zeit wie ein Tornadoalarm gewesen: nichts als schlechte Nachrichten. Die Frage war nur, was als Nächstes zerstört wurde.

Er ging ran und hörte Deputy Mitch Ramseys ozeantiefen Südstaatenakzent in der Leitung. »Du solltest die sterblichen Überreste in spätestens achtundvierzig Stunden haben. Trotz des neuen Funds hat die Gerichtsmedizinerin ihre Arbeit abgeschlossen.«

»Danke. Irgendwas Überraschendes im vorläufigen Bericht?«

»Ich bekomme noch eine Kopie davon. Sobald ich irgendwas weiß, melde ich mich.«

»Die Mordkommission ist vor etwa einer halben Stunde gegangen.

Sie glauben, dass mein Vater ermordet wurde, stimmt's? Die Ermittler wollten mir nichts Eindeutiges sagen, aber ich meine, es war der beschissene Ring meines Vaters ...«

Als Miss Aurora sich laut räusperte, verzog er das Gesicht. »Sorry, Ma'am.«

»Was?«, fragte Ramsey.

»Meine Momma ist hier.« Ramsey antwortete mit einem »Aha«, als wüsste er haargenau, was es bedeutete, wenn man sich vor Miss Aurora Toms unpassend ausdrückte. »Ich meine, Detective Merrimack hat gesagt, er würde Leute verhören. Wie lange dauert es, bis sie herausfinden, was passiert ist?«

»Schwer zu sagen.« Es folgte eine Pause. »Hast du eine Ahnung, wer ihn umgebracht haben könnte?«

Ja. »Nein.«

»Nicht mal den leisesten Verdacht?«

»Du klingst schon wie der Detective.«

»Sorry, das ist eine Berufskrankheit. Also kennst du jemanden, der ein Motiv hatte?«

»Du weißt ja, wie mein Vater war. Er hatte überall Feinde.«

»Es ist aber was ziemlich Persönliches, diesen Ring abzuschneiden. Und ihn vor dem Haus zu vergraben.«

Erst recht unter dem Schlafzimmerfenster seiner Mutter. Aber das würde Lane nicht erwähnen.

»Es gab auch eine Menge Geschäftsleute, die ihn gehasst haben.« Mann, das klang jetzt aber defensiv. »Und er hat Leuten Geld geschuldet, Mitch. Viel Geld.«

»Warum hat der Täter den Ring dann nicht behalten und verpfändet? Massives Gold.«

Lane klappte den Mund auf. Klappte ihn wieder zu. »Ich glaube, wir kommen vom Thema ab.«

»Da bin ich mir nicht so sicher.«

»Was soll das heißen?«

»Sagen wir mal, ich habe auch früher schon Mitglieder deiner Familie geschützt. Und das wird sich nicht ändern.«

Lane schloss die Augen und dachte an Edward. »Wie kann ich dir je dafür danken?«

»Ich bin derjenige, der eine Schuld abzahlt. Aber lassen wir das jetzt. Ich habe noch aus einem anderen Grund angerufen. Rosalinda Freelands Leiche wurde heute abgeholt.«

Lane schob seinen Teller weg. »Von ihrer Mutter?«

»Von ihrem Sohn. Er ist gerade achtzehn geworden, also durfte er das.«

»Und?«

Es folgte eine weitere, diesmal längere Pause. »Ich war da, als er vorbeigekommen ist. Hast du ihn schon mal gesehen?«

»Ich glaube, ich wusste noch nicht mal, dass sie ein Kind hatte.«

»Sein Foto wird morgen auf der Titelseite erscheinen.«

»Warum? Ich meine, abgesehen von der Tatsache, dass seine Mutter Selbstmord begangen hat, direkt bevor die Leiche meines Vaters gefunden wurde.«

»Na ja, ich schick dir gleich ein Bild und ruf dich später noch mal an.«

Nachdem Lane das Gespräch beendet hatte, sah er hinüber zu Miss Aurora. »Du kennst Mitch Ramsey, stimmt's?«

»Oh ja. Schon sein Leben lang. Und wenn er dir erzählen will, woher, wird er das tun. Das ist seine Sache, nicht meine.«

Lane legte das Handy auf den Tisch und wechselte das Thema – als hätte er eine andere Wahl. Er blickte zu Lizzie und fragte: »Hältst du es für machbar, dass wir am Donnerstag hier die Totenwache abhalten?«

»Klar.« Lizzie nickte. »Die Gärten und Außenanlagen sind vom Derby-Brunch noch in einem sehr guten Zustand. Alles andere lässt sich kurzfristig organisieren. Was genau stellst du dir vor?«

»Donnerstagnachmittag von vier bis sieben Uhr. Die Beerdigung kann dann im kleinen Kreis am Freitag oder Samstag stattfinden. Aber ich will diese Totenwache hinter mich bringen.«

Miss Aurora beugte sich herüber und schob seinen Teller wieder vor ihn. »Iss.«

Er kam nicht dazu. Noch bevor er widersprechen konnte, öffnete Mr Harris, der Butler, die Tür. »Mr Baldwine, Sie haben einen Gast im vorderen Salon. Soweit ich mitbekommen habe, wird er nicht erwartet, aber er weigert sich zu gehen.«

»Wer ist es?«

»Mr Monteverdi von der Prospect Trust Company.«

Lane stand auf und griff nach seinem Handy und seinem Teller. »Bin schon unterwegs.«

Miss Aurora nahm ihm den Teller aus der Hand. »Und das hier wartet auf dich, bis du fertig bist. In jenem Teil des Hauses wird nicht gegessen.«

»Ja, Ma'am.«

Lane drückte Lizzie einen Kuss auf den Mund, verließ den Raum und eilte durch den kahlen Korridor vorbei an Mr Harris' Suite, Rosalinda Freelands Büro – in dem sie sich umgebracht hatte – und einer der drei Waschküchen des Herrenhauses. Er trat gerade hinaus in die vornehmen öffentlichen Räume, als auf seinem Handy eine Nachricht einging.

Während er weiter über den schwarz-weißen Marmorboden des Foyers lief, gab er seinen Code ein und war gerade am Torbogen zum Salon, als das Bild erschien, das Mitch Ramsey ihm geschickt hatte.

Lane blieb abrupt stehen.

Er konnte nicht glauben, was er da sah.

Der Sohn, der Rosalindas Leiche abgeholt hatte ... hätte sein Zwillingsbruder sein können.

13

Überall ausgedruckte Tabellen. Mehrere Laptops mit Excel-Dateien im Halbkreis um ihn herum. Gelbe Notizblöcke voll mit schwarzem Gekrakel.

Für Jeff Stern war das alles Alltag. Als Wall-Street-Investmentbanker verdiente er seinen Lebensunterhalt damit, über Zahlen zu brüten und nach Mustern und Lücken in Firmenbilanzen zu suchen. Er war ein Meister in genau der Art obsessiver, detailorientierter, todlangweiliger Arbeit, die nötig war, um die oftmals absichtliche Vertuschung und die zwielichtigen, kreativen Abrechnungsverfahren zu durchschauen, mit denen riesige multinationale Unternehmen evaluiert wurden.

»Ich bin hier, um Ihnen frische Handtücher zu bringen.«

Er war es bei der Arbeit allerdings *nicht* gewohnt, dass eine blonde Frau Mitte zwanzig in einer Zimmermädchenuniform in der Tür der Four-Seasons-würdigen Suite stand, die ihm als Büro diente.

Na ja, zumindest keine Frau, die nicht irgendein misogynes Arschloch aus dem Drecksladen, in dem er arbeitete, bei einem Escort-Service bestellt hatte.

Mit ihrem starken Südstaatenakzent hatte das ungefähr geklungen wie »Ach bän hiea, um Ihnän frischä Handtücha zu bringän«.

Der Stapel weiße Handtücher in ihren Armen war wie eine Sommerwolke, die auf der Erde hängen geblieben war, und die Frau roch fantastisch. Der Duft eines mädchenhaften Parfüms drang zu Jeff herüber und umschmeichelte ihn, als würde sie ihn streicheln. An ihrem Gesicht war ihre Jugend das Attraktivste, aber sie hatte beeindruckend kornblumenblaue Augen – und ihr Körper verwandelte diese echte Uniform in etwas, was an Halloween als Sexy-Zimmermädchen-Kostüm hätte durchgehen können.

»Sie wissen, wo das Bad ist«, murmelte er.

»Ja, allerdings.«

Er sah ihr nach, während sie vorbeischlenderte, als wäre sie nackt – und sie ließ die Tür weit offen, als sie an seinem Waschbecken herumhantierte ... dann bückte sie sich tief hinunter, um im Schränkchen etwas zu suchen. Ihr Rock rutschte so weit hoch, dass die Spitzensäume ihrer halterlosen Strümpfe zum Vorschein kamen.

Sie drehte den Kopf und sah ihn an. »Ich heiße Tiphanii. Mit *ph* in der Mitte und zwei *i* am Ende. Reisen Sie ab?«

»Was?«

Sie richtete sich auf und lehnte sich nach hinten gegen den Marmortisch, wobei sie die Hände neben den Hüften abstützte, sodass ihre Uniform oben aufklaffte. »Packen Sie Ihre Sachen?«

Jeff blickte hinüber zum Bett. Die Reisetaschen, in die er seine Sachen gestopft hatte, lagen mit hervorquellenden Klamotten offen darauf wie Soldaten mit aufgeschlitzten Bäuchen. Und das würde auch so bleiben. Sein Ordnungsfimmel beschränkte sich auf Tabellen und Zahlenreihen. Ihm war egal, in welchem Zustand sein Zeug wieder zu Hause in Manhattan ankam. Dafür gab es schließlich Reinigungen.

Jeff konzentrierte sich wieder auf das Zimmermädchen. »Ich muss zurück zur Arbeit.«

»Stimmt es, dass Sie aus Manhattan kommen? New York City?«

»Ja.«

»Da war ich noch nie.« Sie rieb die Beine aneinander, als hätte sie ein Verlangen, das sie ihm mitteilen wollte. »Aber ich wollte schon immer mal hin.«

Und dann starrte sie ihn einfach an.

Das hier war keine gute Idee, dachte Jeff, als er aufstand und den Orientteppich überquerte. Das hier war *wirklich* keine gute Idee.

Er trat ins Bad und schloss die Tür hinter sich. »Ich bin Jeff.«

»Ich weiß. Wir wissen alle, wer du bist. Du bist dieser Freund von Lane.«

Er legte einen Zeigefinger ans untere Ende ihrer Kehle. »Das hat sich ja schnell rumgesprochen.«

Mit einer langsamen Bewegung strich er über ihre weiche Haut nach unten bis zum V zwischen den Aufschlägen der Uniform. Daraufhin begann sie schwer zu atmen, und ihre Brüste hoben sich.

»Ich bin hier, um mich um dich zu kümmern«, flüsterte sie.

»Ach ja?«

Die Uniform war grau, hatte einen weißen Kragen und weiße perlmuttartige Knöpfe – und als er die Fingerspitze auf den obersten legte, drückte seine Erektion gegen den Hosenschlitz. Er hatte brutale zweiundsiebzig Stunden mit nichts als Zahlen, Kopfschmerzen und schlechten Nachrichten hinter sich. Dieses sehr eindeutige Angebot war für ihn wie Regen, der auf ausgedörrte Erde fiel.

Jeff öffnete den ersten Knopf. Den zweiten. Den dritten. Ihr BH war schwarz, genau wie die halterlosen Strümpfe.

Er beugte sich hinunter und küsste sie auf den Hals, und als sie sich nach hinten bog, legte er einen Arm um ihre Taille. Kondom. Er brauchte ein Kondom – und da er wusste, welchen Ruf Lane früher gehabt hatte, musste hier irgendwo eins sein ...

Er zog das Oberteil der Uniform auseinander, öffnete den Vorderverschluss des BHs, und schon waren ihre festen Brustwarzen frei, und ja, sie waren perfekt. Gleichzeitig spähte er an ihr vorbei und öffnete die erste Schublade.

Bingo, dachte er, als er ein Dreierpack Gummis in leuchtend blauer Folie fand.

Im Nullkommanichts war das Zimmermädchen nackt bis auf die halterlosen Strümpfe. Sie war großartig, mit echten Brüsten und guten Hüften, gelenkigen Schenkeln und süßem Fleisch. Er blieb angezogen und streifte sich ohne innezuhalten eins der Kondome über.

Tiphanii mit zwei *i* am Ende wusste genau, wie sie die Beine um ihn schlingen und hinter seinen Hüften die Knöchel verschränken musste, und oh ja, wie sie ihm ins Ohr stöhnte. Er stützte sich mit einer Hand neben dem antiken Spiegel an der Wand ab, hielt mit der anderen ihre Taille fest und begann zu stoßen. Als sie sich an seinen Schultern festklammerte, schloss er die Augen.

Es war so verdammt gut. Obwohl das hier anonym und offensichtlich nur deshalb zustande gekommen war, weil er als Fremder exotisch wirkte. Aber manchmal musste man nutzen, was einem über den Weg lief.

Sie kam vor ihm. Zumindest zog sie eine entsprechende Show ab; er war nicht sicher und interessierte sich auch nicht dafür, ob es gespielt war.

Sein Orgasmus jedoch war echt, heftig und durchdringend, eine Erinnerung daran, dass, zumindest für ihn, Fleisch und Blut jedes Mal besser war als die Alternative.

Als er fertig war, schmiegte sich Tiphanii an seine Brust, während er keuchend Atem schöpfte.

»Mmm«, flüsterte sie ihm ins Ohr. »Das war gut.«

Ja, das war es, dachte er, während er sich aus ihr zurückzog.

»Dann lass es uns noch mal machen«, stöhnte er, hob sie hoch und trug sie zum Bett.

Unten im Salon ließ sich Lane von Ricardo Monteverdi alles erklären, obwohl er ganz genau wusste, wie hoch die Schulden waren und in welcher Notlage Monteverdi sich befinden würde, wenn die Millionen nicht zurückgezahlt wurden.

Ein Glas Family Reserve half ihm, sich die Zeit zu vertreiben – und verwischte das Bild von Rosalindas Sohn, das sich in seine Netzhaut eingebrannt hatte. Die Haare, die Augen, die Form des Gesichts, der Körperbau ...

»Und Ihr Bruder war nicht hilfsbereit.«

Okay, also ging der Vortrag langsam zu Ende. »Edward hat mit der Familie eigentlich nichts mehr zu tun.«

»Und so was nennt sich Sohn ...«

»Passen Sie auf, was Sie sagen«, wies Lane ihn zurecht. »Jede Beleidigung meines Bruders ist ein Angriff gegen mich.«

»Stolz kann ein teurer Luxus sein.«

»Ebenso wie professionelle Integrität. Besonders, wenn sie auf Falschheit beruht.« Lane prostete dem Mann mit seinem Bourbon zu. »Aber wir schweifen ab. Ich war seit zwei Jahren nicht mehr hier und habe mit einigen Dingen zu kämpfen im Zusammenhang mit dem unglücklichen Ableben meines Vaters.«

Es folgte eine Pause, in der Monteverdi eindeutig sein weiteres Vorgehen abwog. Als er schließlich fortfuhr, klang seine Stimme schmeichelnd und aggressiv zugleich. »Sie müssen verstehen, dass dieses Darlehen jetzt zurückgezahlt werden muss.«

Komisch, vor nur einer Woche hatte es noch zwei Wochen Zeit gehabt. Wahrscheinlich witterte der Vorstand von Prospect Trust etwas, oder jemand war dem Darlehen auf die Spur gekommen.

Lane hatte sich schon gefragt, wie der Typ es angestellt hatte, bei diesem Deal nicht erwischt zu werden.

»Das Testament wird noch gerichtlich bestätigt«, sagte Lane, »und ich habe keinen Zugang zu irgendwelchen Konten der Familie außer meinem eigenen, da ich keine Vollmacht von meiner Mutter habe und mein Vater seinen persönlichen Anwalt Babcock Jefferson zum Vollstrecker ernannt hat. Wenn Sie bezahlt werden wollen, sollten Sie sich an Mr Jefferson wenden.«

Als Monteverdi sich räusperte, dachte Lane: Ahhhh, dort hatte der Kerl es also auch schon vergeblich versucht.

»Ich hätte gedacht, Lane, dass Sie es vorziehen würden, diese Sache privat zu regeln.«

»Und warum sollte ich das?«

»Sie haben auch so schon genug, was nicht an die Presse dringen sollte.«

»Der Tod meines Vaters ist bereits in den Nachrichten.«

»Darauf beziehe ich mich nicht.«

Lane lächelte, stand auf und ging noch einmal zu dem Servierwagen aus Messing. »Sagen Sie mir eins, wie wollen Sie die Information herausgeben, dass meine Familie bankrott ist, ohne sich damit selbst zu schaden?« Er blickte über seine Schulter. »Ich meine, lassen Sie uns doch ganz offen sein, ja? Sie drohen mir da mit irgendeiner Enthüllung, und selbst wenn es von Ihrer Seite nur ein anonymer Tipp ist, wie genau wird es Ihnen ergehen, wenn Ihr Vorstand von diesem Darlehen erfährt, das Sie zusammen mit meinem Vater ausgeheckt haben? Wir sind zurzeit kein verlässlicher Geschäftspartner, und das müssen Sie gewusst haben, als Sie dem Darlehen zugestimmt haben. Sie haben

Zugang zu allen Treuhandinformationen. Sie wussten verdammt gut, was von unseren Konten zu holen war und was nicht.«

»Nun, ich dachte, Sie würden Ihrer Mutter die Schande ersparen wollen zu ...«

»Meine Mutter ist seit fast drei Jahren nicht mehr aus dem Bett aufgestanden. Sie liest keine Zeitung, und die einzigen Leute, die sie besuchen, sind ihre Pflegerinnen – die alle ein Redeverbot meinerseits respektieren werden, sonst verlieren sie ihren Job. Sagen Sie, haben Sie es bei meinem Bruder auch mit dieser Masche versucht, als Sie mit ihm gesprochen haben? Ich vermute, damit sind Sie nicht sehr weit gekommen.« Lane kochte vor Wut.

»Ich habe nur einem alten Freund ausgeholfen. Aber Ihre Familie wird den Skandal nicht überleben – und Sie wissen sicher, dass der Treuhandfonds Ihrer Mutter beträchtlich geschrumpft ist. Ihr Vater hat einen Tag vor seinem Tod ohne mein Wissen fast das gesamte Stammkapital abgehoben. Es sind nur noch weniger als sechs Millionen darin. Der Treuhandfonds Ihrer Schwester ist verloren. Der Ihres Bruders Max ist leer. Edwards Vermögenswerte sind gleich null. Und falls Sie denken, das alles würde an unserem Missmanagement liegen: Ihr Vater ist der Treuhänder aller Fonds geworden, nachdem er Ihre Mutter für geschäftsunfähig hat erklären lassen. Und bevor Sie mich fragen, warum wir ihm das erlaubt haben, möchte ich Sie daran erinnern, dass er rechtmäßig gehandelt hat«, erklärte Monteverdi.

Tja. Waren das nicht schöne Neuigkeiten. Achtundsechzig Millionen waren Lane wie eine Katastrophe erschienen. Und dann die einhundertvierzig Millionen. Und jetzt ...

Hunderte Millionen waren fort.

Lane kehrte Monteverdi den Rücken zu, als er sein Glas hob. Er wollte nicht, dass der Mann seine Hände zittern sah.

Die sechs Millionen im Treuhandfonds seiner Mutter waren für die meisten Menschen ein unvorstellbarer Reichtum. Aber schon allein durch Easterlys Haushaltsausgaben wäre die Summe in einem halben Jahr aufgebraucht.

»Ich wollte es Ihrem Bruder erklären«, murmelte Monteverdi, »aber er war nicht geneigt, mir zuzuhören.«

»Sie waren erst bei ihm und dann bei Babcock.«

»Können Sie das nicht verstehen?«

»Hat Babcock Ihnen gesagt, was mein Vater mit dem ganzen Geld gemacht hat?« Lane schüttelte den Kopf. »Vergessen Sie die Frage. Wenn ja, wären Sie nicht hier.«

In Lanes Kopf drehte sich alles, dann blickte er auf die Bourbonflasche, die er gerade in der Hand gehalten hatte.

Zumindest wusste er, wo er etwas Geld auftreiben konnte.

»Wie viel Zeit bekomme ich, wenn ich Ihnen zehn Millionen bezahle?«, hörte er sich fragen.

»Die haben Sie nicht ...«

»Behalten Sie Ihre Meinung für sich und beantworten Sie meine Frage.«

»Ich kann Ihnen noch eine Woche geben. Aber ich brauche eine Überweisung. Bis morgen Nachmittag.«

»Und die wird die Schuld auf dreiundvierzig Millionen reduzieren.«

»Nein. Das ist der Preis dafür, dass ich für Ihre Familie meinen Ruf riskiere. Der Schuldenstand bleibt gleich.«

Lane warf einen wütenden Blick über seine Schulter. »Sie sind ein echter Gentleman.«

Der distinguierte Herr schüttelte den Kopf. »Nehmen Sie das hier nicht persönlich, Mr Baldwine. So läuft das Geschäft. Und aus geschäftlicher Sicht kann ich ... die Dinge für eine kurze Zeit aufschieben.«

Danke, du Bastard, dachte Lane. »Sie kriegen Ihr widerliches Geld. Morgen.«

»Dafür wäre ich Ihnen sehr verbunden.«

Nachdem Monteverdi Lane die entsprechenden Kontodaten gegeben hatte, verbeugte er sich tief und ging allein zur Tür. In der darauffolgenden Stille holte Lane sein Handy heraus.

Er wusste, woher er das Geld bekommen würde. Aber er brauchte Hilfe dabei.

14

»Du musst das für mich machen.«

Als Edward sich den Hörer ans Ohr hielt, klang die Stimme seines Bruders Lane düster – genau wie die Neuigkeiten. Alles futsch. Die Treuhandfonds leergefegt. Konten geplündert. Ein über Generationen aufgebautes Vermögen verpufft.

»Edward? Du musst zu ihr fahren.«

Aus irgendeinem Grund sah Edward nun bewusst in die Küche. Shelby stand am Herd, rührte etwas in einem Topf, das unglaublich gut roch.

»Edward.« Lane fluchte. »Hallo?«

Eine Haarsträhne hatte sich aus Shelbys Pferdeschwanz gelöst, und sie schob sie sich wieder hinters Ohr, als würde sie sie stören, während sie hinunter in die Suppe blickte. Den Eintopf. Die Soße. Was auch immer es war.

Sie hatte die Jeans gewechselt, aber nicht die Stiefel, das Hemd, aber nicht die Fleecejacke. Sie war immer eingepackt, als wäre ihr kalt, bemerkte er geistesabwesend.

Wann hatte er angefangen, diese Details an ihr wahrzunehmen?

»Also gut«, blaffte Lane. »Dann kümmere ich mich eben selbst darum.«

»Nein.« Edward verlagerte sein Gewicht und drehte sich von der Küche weg. »Ich fahre hin.«

»Ich brauche die Überweisung bis morgen. Monteverdi hat mir die Bankleitzahl und die Kontonummer gegeben. Ich schick sie dir per SMS.«

»Ich hab kein Handy. Ich sag dir Bescheid, wo du die Kontodaten hinschicken kannst.«

»Okay. Aber da ist noch etwas.« Es folgte eine Pause. »Es wurde etwas gefunden. Von Vater. Ich hab vorher schon mal versucht, dich anzurufen.«

»Ach ja? Hat der Mann noch ein kleines Stück von sich zurückgelassen? Hat es irgendeinen finanziellen Wert? Wir können jede Hilfe gebrauchen.«

»Warum sagst du das so?«

»Du hast mir gerade mitgeteilt, dass es im Prinzip nirgendwo mehr Geld gibt. Also übe ich mich in Optimismus, wenn man bedenkt, wie knapp wir bei Kasse sind.«

Es folgte wieder Schweigen. Und dann erklärte Lane, was in einem Efeubeet gefunden worden war.

Als Edward nichts erwiderte, murmelte sein Bruder: »Du wirkst nicht überrascht. Über nichts von alldem, ehrlich gesagt.«

Edwards Blick ging zu den vorgezogenen Vorhängen.

»Hallo?«, fragte Lane. »Du wusstest es, stimmt's? Du wusstest, dass das Geld weg ist, oder?«

»Ich hatte einen Verdacht.«

»Sag mir eins. Wie hoch war Vaters Lebensversicherung?«

»Fünfundsiebzig Millionen«, hörte Edward sich antworten. »Schlüsselkraftversicherung durch das Unternehmen. Zumindest hatte er die, als ich da war. Ich fahre jetzt los. Ich melde mich bei dir.«

Edward legte auf und holte tief Luft. Für einen Augenblick drehte sich das Cottage um ihn, aber er riss sich zusammen.

»Ich muss weg«, sagte er.

Shelby blickte über ihre Schulter. »Wohin gehst du?«

»Geschäftstermin.«

»Geht es um die neue Stute, über die du mit Moe und seinem Sohn geredet hast?«

»Ja. Hebst du mir was auf zum Abendessen?« Als sie die Augenbrauen hochzog, spürte er mitten in der Brust einen Schmerz wie von einem Messerstich. »Bitte.«

»Kommst du sehr spät zurück?«

»Ich glaube nicht.«

Edward war schon auf dem Weg zur Tür, als ihm einfiel, dass er kein Auto hatte. Sein Porsche verstaubte im Garagenkomplex von Easterly.

»Dürfte ich deinen Pick-up ausleihen?«, fragte er.

»Fährst du nicht zusammen mit Moe oder Joey?« Als er nur die Achseln zuckte, schüttelte Shelby den Kopf. »Er hat eine manuelle Gangschaltung.«

»Ich komm klar. Meinem Knöchel geht's schon besser.«

»Der Schlüssel steckt, aber ich glaube nicht ...«

»Danke.«

Als er hinkend das Cottage verließ, hatte er kein Handy bei sich, kein Portemonnaie, keinen Führerschein und nichts im Bauch, was ihm Kraft geben konnte, aber er war nüchtern und wusste genau, wo er hinmusste.

Das Lenkrad in Shelbys altem Pick-up war von der Benutzung schon ganz glatt, das Armaturenbrett ausgebleicht, und die Fußmatten hatten so wenige Noppen, dass sie fast als Fliesen durchgehen konnten. Aber die Reifen waren neu, der Motor startete problemlos und lief wie eine Eins, und alles war blitzsauber.

Er nahm die Route 42 und fuhr in die Vorstadt. Die Kupplung war gar nicht so steif, aber der Knöchel und das Knie taten ihm trotzdem höllisch weh, sodass er lange im dritten Gang fuhr. Insgesamt war er auf der Fahrt irgendwie betäubt. Na ja, emotional betäubt.

Nach etlichen Kilometern wurden die Häuser allmählich größer, und die Landschaft war professionell gepflegt, als wäre sie ein Innenraum, keine Fläche im Freien. Es gab kunstvolle Tore, Steinmauern und Skulpturen auf hügeligem Rasen. Lange Einfahrten und besondere Bäume. Sicherheitskameras. Rolls-Royces und Bentleys auf der Straße.

Das Anwesen von Sutton Smythes Familie lag oben auf der linken Seite. Der Hügel war nicht so hoch wie der, auf dem Easterly stand, und die georgianische Backsteinvilla war erst im frühen zwanzigsten Jahrhundert erbaut worden, aber die Gesamtfläche betrug an die dreitausend Quadratmeter und war somit größer als Edwards altes Zuhause.

Er näherte sich dem Tor, kurbelte von Hand das Fenster herunter und streckte sich dann, um den Zugangscode einzutippen. Nachdem sich das hohe Eisengitter in der Mitte geteilt hatte, fuhr er den gewundenen Weg hinauf, und das Herrenhaus erschien vor ihm, umgeben von kurz geschnittenem Rasen. Magnolien umrahmten das Haus genau wie auf Easterly, und weitere riesige Bäume standen auf dem Grundstück. Auf der einen Seite war ein Tennisplatz diskret hinter einer Hecke versteckt, und die Garagen verschwanden in der Ferne.

Die Einfahrt bildete vor der Villa einen Kreis, und dort parkten in einer Reihe ein schwarzes Town Car, ein Mercedes C63, ein bescheidener Camry und zwei SUVs mit verdunkelten Scheiben.

Edward stoppte Shelbys Truck so nah am Eingang wie möglich, stieg aus und humpelte dann hinüber zur geschnitzten Tür der Villa. Als er den Messingklopfer betätigte, erinnerte er sich an die vielen Male, als er im Smoking hergekommen und einfach hineingegangen war. Aber zwischen Sutton und ihm war es nicht mehr wie früher.

Mr Graham, der Butler der Smythes, öffnete ihm. Der Mann war zwar gefasst, machte aber dennoch große Augen, und das nicht nur, weil Edward in Jeans und einem Arbeitshemd statt im Anzug erschienen war.

»Ich muss zu Sutton.«

»Es tut mir leid, Sir, aber sie hat Besuch ...«

»Geschäftlich.«

Mr Graham neigte den Kopf. »Aber selbstverständlich. Darf ich Sie ins Gesellschaftszimmer begleiten?«

»Ich kenne den Weg.«

Edward hinkte hinein, durch das Foyer und an einem Arbeitszimmer vorbei, und ging dann in die entgegengesetzte Richtung, weg von dem Cocktail-Umtrunk, der gerade im Hauptempfangszimmer stattfand. Die beiden identischen SUVs deuteten darauf hin, dass der Gouverneur von Kentucky zum Dinner vorbeigekommen war, und Edward konnte sich gut vorstellen, worüber gesprochen wurde. Das Bourbon-Geschäft. Möglicherweise Spendensammlungen. Schulen.

Sutton pflegte enge Verbindungen zu so gut wie allen im Staat.

Vielleicht würde sie eines Tages für das höchste Amt kandidieren.

Er würde sie definitiv wählen.

Als er das Gesellschaftszimmer betrat, sah er sich um und dachte daran, dass er seit langer Zeit nicht mehr in genau diesem Raum gewesen war. Wann war er zum letzten Mal hier hereingekommen? Er konnte sich nicht richtig erinnern ... Während er die zitronengelbe Seidentapete, die frühlingsgrünen Damastvorhänge, die mit Quasten verzierten Sofas und die Ölgemälde von Sisley und Manet und Morisot betrachtete, stellte er fest, dass die Häuser von Familien mit Stammbaum ähnlich wie Luxushotels etwas Anonymes hatten: keine moderne Kunst, alles perfekt aufeinander abgestimmt und unbezahlbar, kein Plunder oder Nippes, nur ein paar gestellte Familienfotos in Sterlingsilberrahmen.

»Was für eine Überraschung.«

Edward drehte sich um und humpelte zu ihr, und für einen Augenblick schwieg er einfach. Sutton trug ein rotes Kleid und hatte ihre braunen Haare zu einem Chignon zusammengesteckt, und ihr Parfüm war wie üblich »Must de Cartier«. Aber vor allem trug sie die Rubine, die er ihr geschenkt hatte.

»Ich erinnere mich an diese Ohrringe«, sagte er leise. »Und an die Brosche.«

Sie griff mit einer ihrer feingliedrigen Hände an ihr Ohrläppchen. »Ich mag sie immer noch.«

»Sie stehen dir immer noch.«

Unsichtbar eingefasste burmesische Schönheiten mit Diamanten, von Van Cleef & Arpels. Er hatte ihr das Set überreicht, als sie zur Vizepräsidentin der Sutton Distillery Corporation ernannt worden war.

»Was ist mit deinem Knöchel passiert?«, fragte sie.

»Bei so viel Rot sprichst du heute Abend wohl über die UC.« Die University of Charlemont. Los, Eagles. Scheiß-Tigers. »Geht es um Stipendien? Oder eine Erweiterung des Papa-John's-Stadions?«

»Du willst also nicht über dein Hinken reden.«

»Du bist ... wunderschön.«

Sutton zupfte noch einmal an ihrem Ohrring und trat vom einen Fuß auf den anderen. Das Kleid war vermutlich von Calvin Klein, aus der Haute-Couture-Linie, nicht den Kollektionen für den Massenmarkt.

Der Schnitt war so klar, so elegant, dass die Frau, die es trug, im Mittelpunkt stand, nicht die Seide.

Sie räusperte sich. »Ich glaube nicht, dass du hergekommen bist, um mir zu gratulieren.«

»Zu was?«, fragte er.

»Vergiss es. Warum bist du hier?«

»Du musst diese Hypothek auszahlen.«

Sie zog eine Augenbraue hoch. »Ach, tatsächlich. Das sind ja ganz neue Töne. Das letzte Mal, als du sie erwähnt hast, wolltest du, dass ich das Ding in Stücke reiße.«

»Ich habe die Kontonummer für die Überweisung.«

»Was ist denn passiert?«

»Wohin soll ich die Kontodaten schicken?«

Sutton verschränkte die Arme und kniff die Augen zusammen. »Ich habe die Sache mit deinem Vater gehört. Heute in den Nachrichten. Ich wusste nicht, dass er sich ... Es tut mir leid, Edward.«

Er ließ ihre Worte im Raum stehen. Er würde auf keinen Fall mit irgendjemandem über den Tod seines Vaters sprechen, erst recht nicht mit ihr. Und in der Stille betrachtete er ihren Körper, erinnerte sich daran, wie es sich anfühlte, sie zu berühren, stellte sich vor, wie er ihr wieder ganz nah war und ihr Haar roch, ihre Haut – nur diesmal würde er wissen, dass wirklich sie es war.

Gott, er wollte sie nackt vor sich ausstrecken, wollte nichts mehr wahrnehmen als glatte Haut und Stöhnen, während er sich auf sie legte.

»Edward?«

»Zahlst du die Hypothek aus?«, drängte er.

»Manchmal hilft es zu reden.«

»Dann lass uns darüber reden, wo du die zehn Millionen hinschicken kannst.«

Als er draußen im Flur Schritte hörte, drehte er den Kopf.

Na, wer sagt's denn, dachte er, als der Gouverneur persönlich durch den verzierten Torbogen kam.

Gouverneur Dagney Boone war in der Tat ein Nachkomme des

großen Daniel Boone, des »Vaters von Kentucky«, und er hatte die Art von Gesicht, die auf einen Zwanzig-Dollar-Schein passte. Mit seinen siebenundvierzig Jahren hatte er noch dichtes, von Natur aus dunkles Haar, einen vom Tennisspielen durchtrainierten Körper und die Ausstrahlung lässiger Macht eines Mannes, der gerade mit einem Erdrutschsieg seine zweite Amtszeit gewonnen hatte. Er war dreiundzwanzig Jahre mit seiner Highschool-Liebe verheiratet gewesen und hatte drei Kinder. Dann hatte er seine Frau vor vier Jahren an Krebs verloren.

Seither war er Single, soweit in der Öffentlichkeit bekannt war.

Aber er sah Sutton nicht mit dem Blick eines Politikers an. Sein Blick verweilte eine Spur zu lange, so als würde er respektvoll die Aussicht genießen.

»Also ist das hier ein Date«, sagte Edward gedehnt. »Mit Staatspolizisten als Anstandswauwaus. Wie romantisch.«

Boone blickte zu ihm – und musste zweimal hinschauen, als hätte er Edward zuerst überhaupt nicht erkannt.

Der Gouverneur ignorierte die Stichelei, überspielte den Schock und kam ihm mit ausgestreckter Hand entgegen. »Edward. Ich wusste gar nicht, dass Sie zurück in Kentucky sind. Mein Beileid zum Ableben Ihres Vaters.«

»Nur ein Teil von mir ist zurückgekehrt.« Edward schüttelte die ihm angebotene Hand nur, weil Sutton ihn mit Blicken durchbohrte. »Glückwunsch zu Ihrem Wahlsieg. Mal wieder.«

»Es gibt noch viel Arbeit.« Der Gouverneur sah zu Sutton. »Tut mir leid, wenn ich störe, aber deine Bediensteten haben gefragt, ob du mit dem Abendessen noch warten möchtest? Oder ob sie vielleicht für eine Person mehr decken sollen? Ich habe mich angeboten nachzufragen.«

»Er bleibt nicht.«

»Ich bleibe nicht.«

»Einstimmig.« Der Gouverneur lächelte. »Gut. Dann lasse ich euch mal allein. Hat mich gefreut, Sie zu sehen, Edward.«

Edward nickte. Ihm entging nicht, wie der Mann Sutton leicht die Hand drückte, bevor er den Raum verließ.

»Neuer Freund?«, fragte er gedehnt, als sie wieder allein waren.
»Geht dich nichts an.«
»Das ist kein Nein.«
»Wohin soll ich das Geld schicken?«
»Warum beantwortest du meine Frage nicht?«
»Weil ich nicht will.«
»Also *ist* es ein Date.«

Beide verstummten plötzlich, aber die Luft zwischen ihnen sprühte Funken, war geladen mit Wut und etwas höchst Erotischem – zumindest hatte es von Edwards Seite aus eine sexuelle Komponente. Er konnte nicht anders. Sein Blick glitt an ihrem Kleid nach unten, und er zog sie in Gedanken aus, sah sie nackt vor sich in all ihrer Pracht.

Doch sie verdiente etwas Besseres. Etwas Besseres als ihn. Sie verdiente einen rechtschaffenen Kerl wie diesen beschissenen Dagney mit seiner ganzen rechtschaffenen Vergangenheit und seinem Schönlings-Aussehen und seiner Machtposition. Der Gouverneur war der Typ Mann, der bei all ihren öffentlichen Auftritten an ihrer Seite sein, ihr den Stuhl zurechtrücken und aufstehen würde, wenn sie aufs Klo musste, um sich den Lippenstift nachzuziehen. Er würde ihr sagen, was sie hören musste, aber auch, was sie von ihm hören wollte. Er würde ihr geschäftlich und mit ihrem Vater helfen. Und als Paar würden sie Großes für den Staat vollbringen.

Und ja ... der Scheiß-Dagney würde sie ganz sicher auch auf Arten verwöhnen, an die Edward gar nicht zu denken wagte.

Er schloss die Augen und holte tief Luft. »Also, die Hypothek. Hältst du deinen Teil der Vereinbarung ein? Du hast keinen Grund, das nicht zu tun. Der Zinssatz ist günstig, und du bekommst einen primären und alleinigen gesicherten Anteil an Easterly. Dir kann nichts passieren.«

»Was hat dich dazu gebracht, deine Meinung zu ändern?«
»Ist das ein Ja?«

Sie zuckte mit einer ihrer eleganten Schultern. »Ich habe den Handel in gutem Glauben abgeschlossen und habe das Geld parat.«

»Gut.«

Während er ihr ruhig erklärte, dass Lane ihr eine Nachricht mit den Kontodaten schicken würde, dachte er daran, wie der Gouverneur auf der anderen Seite des Flurs ungeduldig darauf wartete, dass sie zurückkehrte und gut aussah und verführerisch war, und zwar nicht, weil sie sich wie ein leichtes Mädchen verhielt, sondern weil sie so schön und klug war, dass ein Mann das unmöglich nicht bemerken, begehren, ersehnen konnte.

Und mit einem Mal verspürte Edward den heftigen Drang, in jenen Raum zu stürmen und einen Mord zu begehen, indem er dem Gouverneur von Kentucky eine Suppenterrine an den Kopf warf. Natürlich würde er zu Recht dabei erschossen werden, aber das würde eine Menge Probleme lösen, nicht?

»Der Betrag wird am Vormittag da sein«, sagte sie. »Bis elf Uhr.«

»Danke.«

»Ist das alles?«

»Ja, zehn Millionen reichen.«

Edward wandte sich zum Gehen, drehte sich dann aber noch einmal um und stellte sich vor Sutton. »Sei vorsichtig mit unserem edlen Gouverneur. Politiker sind nicht für ihre Skrupel bekannt.«

»Im Gegensatz zu dir?«

Er streckte eine Hand aus und strich ihr mit dem Daumen über den Mund. »Überhaupt nicht. Sag mir eins. Bleibt er über Nacht?«

Sutton schob seine Hand weg. »Es geht dich zwar rein gar nichts an, aber nein, tut er nicht.«

»Ich glaube, er würde gern.«

»Du spinnst. Und hör auf damit.«

»Weil ich feststelle, dass er dich attraktiv findet? Inwiefern ist das eine Beleidigung?«

»Er ist der Gouverneur von Kentucky.«

»Als würde das einen Unterschied machen. Er ist immer noch ein Mann.«

Sie hob das Kinn und blickte über seine Schulter hinweg. »Du hast bekommen, was du wolltest. Du kennst den Weg zur Tür.«

Bevor sie um ihn herumgehen konnte, erwiderte er: »Wenn er versucht, dich am Ende dieser Party zu küssen, denk daran, dass ich es dir gesagt habe.«

»Ach, ich werde bestimmt an dich denken. Aber nicht so.«

»Dann stell dir vor, dass ich derjenige an deinem Mund bin.«

15

Als Lane durch die Räume von Easterly lief, war alles um ihn herum still. Das kam selten vor. Wenn man über siebzig Voll- und Teilzeitbedienstete und ein halbes Dutzend Familienmitglieder unter einem Dach hatte, wuselte normalerweise immer irgendwo jemand herum.

Sogar dieser englische Butler war *in absentia*. Auch wenn das weniger unheimlich als vielmehr erfreulich war.

Draußen brach der Abend herein, die Dunkelheit legte sich über die Landschaft und verwischte mit grauen und schwarzen Pastelltönen die Umrisse von Charlemonts außergewöhnlichen Bäumen und dem flüssigen Band des Ohio.

Lane schaute auf sein Handy und fluchte, weil Edward immer noch nicht angerufen hatte. Um sich zu beruhigen, öffnete er eine doppelte Glastür und trat hinaus auf die Terrasse oberhalb des Gartens und des Flusses tief unten. Während er hinüber ans Geländer ging, hallten seine Slipper so laut auf den Steinplatten, dass er schon wieder fluchen wollte.

Es schien unvorstellbar, dass die Pracht um ihn herum, die gepflegten Blumen- und Efeubeete, die alten Steinstatuen, die blühenden Obstbäume, das Poolhaus, das prunkvolle Business-Center ... irgendetwas anderes als unerschütterlich waren. Fortdauernd. Unveränderlich.

Er dachte an all die Dinge im Inneren des Hauses. Die Gemälde der alten Meister. Die Aubusson- und Perserteppiche. Die kristallenen Baccarat-Kronleuchter. Das Tiffany-, Christofle- und sogar Paul-Revere-Silber. Das Porzellan aus Meißen und Limoges und Sèvres. Das Royal-Crown-Derby-Geschirr und unzählige Waterford-Gläser. Und dann erst der Schmuck seiner Mutter, eine so riesige Sammlung, dass man dafür einen begehbaren Safe brauchte, der so groß war wie die Kleiderschränke mancher Menschen.

All diese Vermögensgegenstände mussten siebzig oder achtzig Millionen Dollar wert sein. Gut das Dreifache, wenn man die Bilder mitzählte – schließlich hatten sie drei vollständig dokumentierte Rembrandts, dank der Begeisterung seiner Großeltern für den Künstler.

Das Problem? Nichts davon war in Form von Bargeld verfügbar. Und bevor es sozusagen »flüssig« wurde, müssten Wertermittlungen, Schätzungen und Auktionen organisiert werden, und das alles wäre so schrecklich öffentlich. Außerdem müsste man einen Prozentsatz an Christie's oder Sotheby's zahlen. Vielleicht wären mit Privatverkäufen schnellere Veräußerungen möglich, aber auch die mussten vermittelt werden und erforderten Zeit.

Es war, als wollte man ein Feuer mit Eisblöcken löschen. Hilfreich, aber nicht schnell genug.

»Hey.«

Er drehte sich zum Haus um. »Lizzie.«

Als er die Arme ausbreitete, kam sie bereitwillig zu ihm, und für einen Augenblick ließ der Druck nach. Sie war eine Brise in seinem Haar, wenn es heiß war, die süße Erleichterung, wenn er eine Last ablegte, der tiefe Atemzug, bevor er die Augen schloss und in den ersehnten Schlaf sank.

»Willst du heute Nacht hier bleiben?«, fragte sie und streichelte ihm den Rücken.

»Ich weiß es nicht.«

»Das können wir, wenn du willst. Oder ich kann gehen und dir etwas Ruhe lassen.«

»Nein, ich will dich bei mir haben.« Und während er mit der Hand über ihre Taille strich, wollte er ihr nur noch näher sein. »Komm her.«

Er nahm sie an der Hand und führte sie um die Ecke in den Garten, den sie geplant und bepflanzt hatte. Sie gingen am klassischen Gewächshaus vorbei und nahmen den Backsteinweg zum Pool. Sein Körper heizte sich noch mehr auf, als sie sich dem Umkleidehaus mit den Markisen und der Veranda, den Liegestühlen, der Bar und dem Grill näherten. Der türkisfarbene Glanz des von unten erleuchteten Pools wurde immer intensiver, während die letzten Sonnenstrahlen hinter Indiana auf der anderen Seite des Flusses verschwanden.

Die Grillen zirpten, aber es war noch zu früh im Jahr für Glühwürmchen. Doch der Zauber des milden, warmen Abends war überall, eine Melodie, die in ihrer Unsichtbarkeit so erotisch war wie ein nackter Körper.

Im Inneren des Poolhauses gab es drei Umkleidekabinen, jede mit eigenem Duschraum und Toilette, und er wählte die erste, weil sie am größten war. Er zog Lizzie auf die Sitzbank, machte die Tür zu und schloss sie ab.

Das Licht ließ er ausgeschaltet. Im Schein des Pools, der durch die Fenster hereinleuchtete, sah er genug.

»Ich warte schon den ganzen Tag auf diesen Moment.«

Während er sprach, zog er sie an seinen Körper, spürte sie an seiner Brust, ihre Hüften an seinen, ihre Schultern unter seinen Händen.

Ihr Mund war weich und süß, und als er mit der Zunge eindrang, flüsterte sie stöhnend seinen Namen, sodass er so viel schneller so viel weiter gehen wollte. Aber es gab Dinge, die er ihr sagen musste. Vermutungen, die ihm Angst machten, in die er sie aber einweihen musste. Pläne, die geschmiedet werden mussten.

»Lizzie ...«

Sie strich ihm durch die Haare. »Ja?«

»Ich weiß, das hier ist der falsche Zeitpunkt. In vielerlei Hinsicht.«

»Wir können zurück ins Haus gehen, in dein Zimmer.«

Lane löste sich von ihr und fing an, in dem engen Raum auf und ab zu gehen. Was in etwa so aussichtsreich war, wie einen Spaziergang durch einen Spind zu machen. »Ich wollte, dass das hier perfekt wird.«

»Dann lass uns zurückgehen.«

»Ich wünschte, ich könnte dir mehr bieten. Und das werde ich. Wenn das alles vorbei ist. Ich weiß nicht, wie es aussehen wird – aber in der Zukunft wird es etwas geben.« Er merkte, dass er wirr drauflosredete, mehr mit sich selbst als mit Lizzie. »Vielleicht die Farm aus deinen Träumen. Oder eine Autowerkstatt. Oder ein Imbiss-Restaurant. Aber ich verspreche dir, es wird nicht immer so sein wie jetzt.«

Und er wäre geschieden. Verdammt, vielleicht sollte er warten?

Nein, beschloss er. Das Leben erschien ihm im Moment sehr zerbrechlich, und er hatte immer bereut, dass sie so viel Zeit verloren hatten. Damit zu warten, das Richtige zu tun, das, was man für sich selbst und seine Liebste tun wollte und musste, diesen Luxus konnten sich nur die glücklichen Ahnungslosen leisten, die noch keine Schicksalsschläge erlitten hatten.

Und er wollte Lizzies und seine Zukunft fern von Easterly und Charlemont genau hier, genau jetzt beginnen. Er wollte, dass sie tief im Inneren wusste, dass sie für ihn auch eine Priorität war. Selbst während Rom brannte, war sie wichtig, aber nicht, weil sie für ihn eine Art Flugticket aus der Hölle hinaus war. Sondern weil er sie liebte und es gar nicht erwarten konnte, mit ihr zusammen ein Leben aufzubauen.

Er sehnte sich von ganzem Herzen nach der Freiheit, die er durch diesen schrecklichen Kampf erlangen wollte.

Als er zu Lizzie blickte, schüttelte sie nur den Kopf und lächelte ihn an. »Ich brauche nichts außer dir.«

»Gott ... ich liebe dich. Und das hier sollte perfekt sein.«

Es sollte an einem anderen Ort stattfinden. Mit einem Ring. Und Champagner und einem Streichquartett ...

Nein, dachte er, als er seine Lizzie richtig ansah. Sie war nicht Chantal. Sie interessierte sich nicht für diese Klischee-Checkliste, nur damit sie sich in der Hochzeitsolympiade mit ihren Freundinnen messen konnte.

Lane sank auf ein Knie, nahm ihre Hände und küsste sie beide. Ihre Augen leuchteten auf, als hätte sie plötzlich eine Ahnung, was folgen würde, und könnte es nicht glauben. Er musste lächeln.

Ein Poolhaus. Wer hätte gedacht, dass es in einem Poolhaus stattfinden würde?

Zumindest besser, als angesichts des halben Charlemont Metro Police Departments, das die Waffen auf ihn richtete.

»Willst du mich heiraten?«, fragte er.

16

Edward nahm den langen Weg nach Hause, über die Landstraßen, die sich um die berühmten Gestüte von Ogden County schlängelten. In der Hügellandschaft waren die Scheinwerfer von Shelbys Pick-up das einzige Licht weit und breit. Er hatte das Fenster neben sich ganz heruntergekurbelt, die Luft strömte ihm warm und sanft ins Gesicht, und er atmete tief durch ... aber seine Hände umklammerten das Lenkrad, und er hatte Magenkrämpfe.

Er konnte nicht aufhören, an Sutton und ihren Politiker zu denken.

Der Scheiß-Dagney war in der Tat nach allem, was Edward gehört hatte, ein echter Gentleman. Der Gouverneur war seiner Frau treu gewesen, und im Gegensatz zu vielen anderen Männern hatte er sich nach ihrem Tod nicht mit irgendeinem fünfundzwanzigjährigen Callgirl vergnügt. Stattdessen hatte er sich auf seine Kinder und den Staat konzentriert.

Und das alles konnte man tatsächlich glauben, denn wenn irgendetwas Gegenteiliges der Fall gewesen wäre, hätten die Zeitungen darüber berichtet oder seine Gegner hätten es während der Wahlkämpfe ausgeschlachtet.

Also, ja, anscheinend durch und durch ein Gentleman. Aber das bedeutete nicht, dass er vom Hals abwärts tot war. Verdammt, ein Mann müsste geisteskrank sein, um Sutton nicht als Vollblutfrau zu erkennen. Und die Tatsache, dass sie über einige Milliarden Dollar verfügte, schadete auch nicht.

Aber selbst mittellos wäre sie ein unglaublicher Fang gewesen. Sie war besonnen. Witzig. Leidenschaftlich. Lustig und niedlich und klug. Fähig, sich gegen einen Mann zu behaupten und ihm seine Dummheit vor Augen zu führen, während sie ihn gleichzeitig jedes Milligramm Testosteron in seinem Körper spüren ließ.

Aber in einer Sache täuschte sie sich. Dieser Mann, amtierender Gouverneur hin oder her, würde es heute Abend bei ihr versuchen.

Der Dreckskerl.

Das wirklich Tragische jedoch war, dass Edward sich eigentlich gar nicht für die Liebesbedürfnisse des Gouverneurs interessierte. Sondern – sosehr er es auch hasste, das zuzugeben – Suttons berechtigte Reaktion darauf war der wahre Grund, weshalb er hier draußen ziellos durch die Gegend fuhr.

Fazit: Der Scheiß-Dagney war ein großartiger Mann und unbestreitbar ihrer würdig. Und das würde sie erkennen.

Und Edward konnte rein gar nichts dagegen tun.

Und das *sollte* er auch nicht, Herrgott noch mal. Verdammt, was stimmte nicht mit ihm? Warum zur Hölle sollte er ihr keine potenziell erfüllende, glückliche, gesunde Beziehung wünschen?

Weil ich sie für mich haben will.

Als seine innere Stimme sich mit einem Megafon Gehör verschaffte, wäre er am liebsten gegen einen Baum gerast, nur um sie zum Schweigen zu bringen. Das Einzige, was ihn davon abhielt, war die Tatsache, dass er kein Recht hatte, Shelbys Pick-up zu Schrott zu fahren.

Also beschränkte er sich darauf, ein paar Mal aufs Lenkrad zu hauen und wiederholt lautstark zu fluchen.

Viele, viele Kilometer später, als Edward endlich beschloss, wirklich zum Red-&-Black-Gestüt zurückzufahren, statt weiter durch die Gegend zu kurven wie ein Sechzehnjähriger, dessen Cheerleader-Freundin mit einem anderen Footballer auf den Abschlussball ging, stellte er fest, dass er es geschafft hatte, Shelbys halben Tank zu verbrauchen. Er fuhr zu einer Tankstelle, hielt an einer der drei freien Zapfsäulen und wollte seine Kreditkarte herausholen – Fehlanzeige. Kein Portemonnaie.

Er stieg fluchend wieder ein und fuhr weiter zum Haupteingang des Red & Black. Als er die beiden Steinsäulen passierte, hatte er immer noch keinen Frieden gefunden, aber die ganze Nacht herumzugondeln und Shelbys Tank vollständig leer zu machen, war auch keine Lösung. Das würde ihm nichts weiter bringen, als eine Fahrt per Anhalter und ein peinliches Gespräch, wenn sie und Moe und/oder Joey ihren Pick-up nach Hause bringen mussten.

Nachdem Edward vor Stall B geparkt hatte, zog er den Schlüssel heraus und ging dann noch einmal zurück, um das Fenster hochzukurbeln. Er humpelte hinüber zum Cottage, öffnete die Tür und erwartete, es leer vorzufinden.

Stattdessen schlief Shelby in seinem Sessel, die Beine an die Brust gezogen und den Kopf zur Seite geneigt. Als er an ihr vorbeiblickte, sah er, dass die Küche aufgeräumt war, und er hätte den letzten Rest seiner Mobilität darauf verwettet, dass im Kühlschrank eine Schüssel mit diesem Eintopf auf ihn wartete.

Er schloss leise die Tür. »Shelby?«

Sie erwachte und sprang mit beneidenswerter Leichtigkeit aus dem Sessel auf. Ihr Pferdeschwanz war verrutscht, und sie zog das Gummi heraus, sodass ihr die Haare um die Schultern fielen.

Sie waren länger, als er gedacht hatte. Und blonder.

»Wie spät ist es?«, fragte sie, während sie die welligen Strähnen wieder zusammenfasste und hochband.

»Fast zehn Uhr.«

»Jetzt kommt die Stute wohl nicht mehr, oder?«

»Nein.«

»Ich hab dir Essen in den Kühlschrank gestellt.«

»Ich weiß.« Er verfolgte unwillkürlich jede ihrer Bewegungen, von der leichten Verschiebung ihrer Füße bis zu der Art, wie sie sich eine lose Locke hinters Ohr schob. »Ich weiß, dass du das gemacht hast. Danke.«

»Dann also bis morgen.«

Als sie an ihm vorbeiging, hielt er sie am Arm fest. »Geh nicht.«

Sie sah ihn nicht an. Ihre Augen ... Sie blieben auf die Dielenbretter unter ihren Stiefeln gerichtet. Aber ihr Atem beschleunigte sich, und er wusste, wie ihre Antwort ausfallen würde.

»Bleib heute Nacht bei mir«, hörte er sich sagen. »Nicht für Sex. Bleib ... einfach bei mir.«

Shelby regte sich eine Ewigkeit nicht.

Aber schließlich nahm sie ihn an der Hand, und er folgte ihr in das dunkle Schlafzimmer. Die Sicherheitsbeleuchtung an den Ställen schien durch die handgenähten karierten Vorhänge herein und ließ die einfache Kommode und das bescheidene Doppelbett, das nicht mal ein Kopfbrett hatte, weiche Schatten werfen.

Er war sich nicht sicher, ob es bezogen war.

Seit er hier wohnte, hatte er oft im Sessel geschlafen. Oder, genauer gesagt, er war in dem verdammten Ding bewusstlos geworden.

Edward ging auf die Toilette und putzte sich dann die Zähne. Als er wieder aus dem Bad kam, hatte Shelby die Bettwäsche gewechselt.

»Ich hab die hier gestern gewaschen«, sagte sie, während er sich der anderen Seite des Bettes näherte. »Ich war mir nicht sicher, ob du darin schläfst.«

»Du solltest dich nicht um mich kümmern.«

»Ich weiß.«

Sie schlüpfte als Erste unter die Decke, vollständig angezogen, und wieder einmal beneidete er sie um ihre geschmeidigen Bewegungen, darum, wie sie ohne Knacken die Beine streckte, wie sie ohne Schwierigkeiten oder Atemnot den Rücken nach hinten lehnte. Sein Trip in die Horizontale hingegen war von Ächzen und Fluchen begleitet, und er musste nach Luft schnappen, als er endlich den Kopf auf das dünne Kissen legte.

Shelby drehte sich zu ihm und strich mit einer Hand über seinen mageren Bauch. Er erstarrte, obwohl er ein T-Shirt trug. Und einen Fleecepulli.

»Du bist ganz kalt«, sagte sie.

»Ach ja?« Er drehte den Kopf zur Seite, um sie anzusehen. »Ich glaube, du hast recht ...«

Sie küsste ihn, legte ihre weichen Lippen auf seine.

Dann wich sie zurück und flüsterte: »Du musst es nicht sagen.«

»Was denn?«

»Du schuldest mir nichts außer diesem Job. Und ich brauche auch sonst nichts von dir.«

Er hob stöhnend den Arm, um mit einer Fingerspitze über ihren

Kiefer und bis zu ihrer Kehle hinunterzustreichen. Er war froh, dass es so dunkel war.

»Ich kann niemandem irgendwas geben.« Edward nahm ihre raue Hand und legte sie in die Mitte seiner Brust. »Und mir ist kalt.«

»Ich weiß. Und ich weiß auch sonst noch eine Menge über dich. Ich arbeite schon mein ganzes Leben mit Tieren. Von einem Pferd erwarte ich nichts Besseres oder Schlechteres, als es sein kann. Und es gibt auch keinen Grund, dass Menschen anders sind, als sie sein können.«

Es war ganz seltsam. Seit er in jenem Hotel in Südamerika gekidnappt worden war, war sein ganzer Körper angespannt gewesen. Zuerst vor Angst. Später vor Schmerz, nachdem Folter und Hunger ihn zermürbt hatten. Und dann, nach der Rettung, hatte sein Körper in vielerlei Hinsicht nicht mehr richtig funktioniert – und er hatte kämpfen müssen, um seinen Verstand davon abzuhalten, sich selbst zu zerstören.

Aber jetzt, in dieser stillen Dunkelheit, spürte er eine tiefe Lockerung.

»Ich merke, dass du mich anstarrst«, sagte er leise.

»Weil es stimmt. Und das ist okay. Wie gesagt, du schuldest mir nichts. Ich erwarte nichts von dir.«

Aus irgendeinem Grund musste er an Moe Browns Sohn Joey denken. Ein gut aussehender, kräftiger Junge genau in ihrem Alter. Großartig im Umgang mit den Pferden, gutherzig und nicht dumm.

Sie sollte ihre Nachtstunden mit jemandem wie ihm verbringen.

»Und warum machst du das hier dann?«, murmelte er.

»Das ist nun mal meine Entscheidung. Meine Sache, die ich vor niemandem rechtfertigen muss, auch nicht vor dir.«

Ihre ruhige, unverblümte Erklärung, zusammen mit dem Gedanken, dass er einfach genauso akzeptiert wurde, wie er war ... trug zu der seltsamen und wunderbaren Lösung in seinem Inneren bei.

Und je länger er neben Shelby lag, umso mehr entspannte sich sein Körper. Oder vielleicht war es seine Seele. Aber Shelby war auch die einzige Person, die ihn nicht damit verglich, wie er gewesen war. Sie hatte keine Vergangenheit mit ihm zu betrauern. Sie hoffte nicht darauf, dass er sein Unglück bewältigte, wieder in die BBC eintrat, zum Familienoberhaupt wurde.

Er war ein Pferd, das sich von einer Verletzung erholte, draußen auf der Weide, den Elementen ausgesetzt. Und sie war bereit, es zu füttern und zu pflegen. Wahrscheinlich wusste sie nicht, was sie sonst tun sollte, wenn sie mit Leid konfrontiert war.

Er atmete so tief aus, dass er um Jahre jünger wurde. Eigentlich hatte er gar nichts gewusst von der Last, die er im Herzen trug. Oder dem Groll gegenüber allen in seinem alten Leben. Eigentlich ... In Wahrheit hasste er sie alle, hasste jeden Einzelnen, der ihn mitleidig und schockiert und traurig anstarrte. Er wollte sie anschreien, dass er sich ja nicht ausgesucht hatte, was ihm passiert war oder wie er aussah oder wo er gelandet war – und dass sein Unglück sie verdammt noch mal nichts anging.

Sie fanden es verstörend, ihn zu sehen? Und wennschon. Schließlich war er derjenige, der das alles durchgemacht hatte und jetzt damit leben musste.

Und ja, er nahm es sogar Sutton übel, obwohl sie auch nicht mehr Schuld traf als irgendjemanden von den anderen.

Aber Shelby ... Shelby war frei von alldem. Sie war rein, nicht verseucht wie die anderen. Sie war eine frische Brise auf einer Müllhalde. Sie war ein Guckloch in einer fensterlosen Zelle.

Edward stöhnte, als er ihr seinen Oberkörper entgegenhob und ihren Kuss erwiderte. Und ihr Mund unter seinen Lippen war so offen und ehrlich wie sie. Er wurde augenblicklich steif.

Aber statt unter ihr Sweatshirt und in ihre Jeans zu greifen, wich er zurück und zog sie an sich.

»Danke«, flüsterte er.

»Wofür?«

Er schüttelte nur den Kopf. Und dann schloss er die Augen.

Zum ersten Mal seit gefühlt einer Ewigkeit schlief er stocknüchtern ein.

»Was, heiraten?«

Lizzie stand vor Lane, nahm sein Gesicht in die Hände und lächelte so sehr, dass ihr die Wangen wehtaten. Gott, er war so gut aussehend, so unfassbar attraktiv, selbst mit den Augenringen und dem spätabendlichen Anflug von Bartstoppeln und dem ungleichmäßig herausgewachsenen Haarschnitt.

»Du machst mir einen Heiratsantrag?«, hörte sie sich ein bisschen atemlos fragen.

Er nickte. »Und darf ich noch was sagen? Dein Lächeln jetzt gerade würde ich am liebsten für immer sehen.«

»Weißt du« – sie strich ihm durch die Haare – »ich gehöre nicht zu den Frauen, die mit fünf Jahren angefangen haben, ihre Hochzeit zu planen.«

»Das überrascht mich nicht.«

»Ich weiß noch nicht mal, ob ich überhaupt ein Kleid anziehen will, und ich heirate nicht kirchlich.«

»Ich bin Atheist, also kein Problem.«

»Und je kleiner, desto besser. Das Letzte, worauf ich Lust habe, ist so ein gesellschaftliches Großereignis.«

Er glitt mit den Händen an den Rückseiten ihrer Beine auf und ab, massierte, streichelte, erregte sie. »Alles klar.«

»Und deine Scheidung ...«

»Eigentlich ist es eine Annullierung. Und Samuel T. kümmert sich um alles.«

»Gut.«

Als Lane wie in der Schule die Hand hob, machte sie: »Hmm?«

»Ist das ein Ja?«

Sie bückte sich und drückte ihre Lippen auf seine. »Das ist absolut ein Ja.«

Und schon legte er sie auf die Chaiselongue und seinen schweren, warmen Körper auf ihren, und dann küssten sie sich innig und lachten und küssten sich weiter. Und dann war sie nackt und er auch.

Sie stöhnte seinen Namen, als er in sie eindrang, und, Oh Gott, er war so gut, so tief in ihr, dehnte sie, beherrschte sie. Sie hatte ihm nie gesagt, wie sehr sie das Gefühl von ihm auf ihr mochte, wie sehr sie es genoss, wenn er ihre Handgelenke packte und sie niederdrückte, wie das Liebesspiel sie erregte, wenn er stürmisch und ein kleines bisschen grob war.

Aber er wusste es.

Denn Lane wusste alles über sie, und dieser Heiratsantrag war perfekt. Nichts Aufsehenerregendes oder Glamouröses, und nein, sie wollte auch keinen dicken Diamanten von ihm. Sie brauchte nur ihn. Sie wollte einfach nur mit ihm zusammen sein.

Also starteten sie diese Verlobung aus ihrer Sicht genau richtig.

Ja, Lane war von Chaos umgeben. Ja, man konnte unmöglich wissen, wie das alles jemals wieder in Ordnung kommen sollte. Und nein, die meisten halbwegs vernünftigen Frauen würden sich nicht auf jemanden mit seiner Vorgeschichte einlassen – und jetzt nicht mal mehr die, die es nur auf sein Geld abgesehen hatten.

Aber die Liebe hatte die seltsame Eigenart, einem Vertrauen in denjenigen einzuflößen, der die eigenen Gefühle erwiderte. Und nichts war sicher im Leben, weder Reichtum noch Gesundheit. Letztendlich musste man sich einfach fallen lassen. Und der beste Ort für die Landung war in den Armen eines guten Mannes.

Als Lizzie vom Genuss durchströmt wurde, rief sie seinen Namen und spürte, wie er den Kopf an ihren Hals lehnte, während er fluchte und tief in ihr zuckte. So schön. So perfekt. Besonders, als er sie danach fest umarmte.

»Gott, ich liebe dich«, flüsterte er ihr ins Ohr. »Das mit dir ist zurzeit das Einzige, was Sinn ergibt.«

»Ich habe keine Angst«, flüsterte sie zurück. »Du und ich, wir werden eine Lösung finden. Irgendwie. Und wir werden es überstehen. Alles andere spielt für mich keine Rolle.«

Als er leicht zurückwich, sprachen seine blauen Augen Bände – respektvoll, aufrichtig, voller Liebe. »Ich besorg dir noch einen Ring.«

»Ich will gar keinen.« Sie strich ihm wieder übers Haar, glättete es, wo sie es verstrubbelt hatte. »Ich hab nicht gern was an meinen Händen oder Handgelenken. Nicht bei meinem Job.«

»Also ist eine Diamantuhr auch raus?«
»Definitiv ...«

Sein Handy klingelte in seiner Tasche, und er schüttelte den Kopf. »Mir egal, wer das ist. Ich werde nicht ...«

»Du solltest wahrscheinlich ...«

Er beendete das Thema, indem er sie küsste und sein Körper sich wieder bewegte. Und Lizzie machte mit. Es gab so viel Schlimmeres im Leben, als an einem warmen Abend in Kentucky mit seinem frisch Verlobten zu schlafen.

Die Probleme würden warten müssen, bis sie fertig waren. Dieses kleine Stückchen Himmel gehörte nur ihnen allein.

Eine Party, zu der sonst niemand eingeladen war.

17

Bis die Crème Caramel abgeräumt wurde, hätte Sutton schreien können. Es lag nicht am Gespräch. Gouverneur Dagney Boone und Thomas Georgetow, der Präsident der University of Charlemont, waren eine großartige Gesellschaft. Die beiden gehörten nicht nur zu den mächtigsten Männern des Staats, sondern waren auch alte Freunde, die sich dementsprechend einen unterhaltsamen Schlagabtausch lieferten. Auch die übrigen Leute am Tisch waren wundervoll: Georgetows Frau Beryline war eine echte Südstaaten-Lady und erfrischend wie ein Eistee an einem heißen Nachmittag. Reverend Nyce und seine Frau, die Leiter der größten baptistischen Gemeinde im Staat, waren solide wie Granit und erhebend wie ein Sonnenstrahl.

Unter allen anderen Umständen hätte Sutton den Abend genossen. Er hatte zwar einen bestimmten Zweck, aber es waren alles gute Menschen, und der Familienkoch hatte sich selbst übertroffen.

Edward hatte es jedoch geschafft, ihr das Abendessen zu verderben. Wenn der Mann nachts wachbleiben würde, um sich zu überlegen, wie er sie am besten ärgern konnte, hätte er es nicht besser machen können.

Dagney hatte *kein* Interesse an ihr. Das war absurd.

»Also ...« Der Gouverneur lehnte sich rechts neben Sutton auf dem Stuhl im Queen-Anne-Stil zurück. »Ich finde, wir sollten uns bei Miss Smythe für die Gastfreundschaft bedanken.«

Als alle ihre Kaffeetassen hoben, schüttelte Sutton den Kopf. »Es war mir ein Vergnügen.«

»Nein, das Vergnügen war ganz unsererseits.«

Der Gouverneur lächelte ihr zu – und, verdammt noch mal, sie konnte im Kopf nur Edwards Stimme hören. Und das führte zu anderen Dingen, anderen Erinnerungen. Vor allem an das letzte Mal, als sie ihn besucht hatte und sie ...

Das reicht, ermahnte sie sich.

»Wir haben heute Abend deinen Vater vermisst«, sagte der Gouverneur.

»Ja, wie geht es ihm?«, fragte Reverend Nyce.

Sutton holte tief Luft. »Sie werden alle morgen offiziell davon erfahren. Er muss zurücktreten. Und ich werde die neue Chefin.«

Es folgte einen Augenblick Stille, und dann sagte Dagney: »Glückwunsch und gleichzeitig mein Mitgefühl.«

»Danke.« Sie neigte den Kopf nach unten. »Es ist privat eine schwierige Zeit, aber geschäftlich weiß ich genau, was ich tue.«

»Die Sutton Distillery Corporation könnte nicht in besseren Händen sein.« Der Gouverneur lächelte und prostete ihr mit seinem koffeinfreien Kaffee zu. »Und ich freue mich darauf, dir einige unserer neuen Steuergesetzvorschläge vorzustellen. Ihr gehört zu den größten Arbeitgebern im Staat.«

Es war merkwürdig. Sie konnte förmlich spüren, wie die Leute am Tisch, sogar der Gouverneur, sie nun mit anderen Augen sahen. Sie hatte es zum ersten Mal an diesem Morgen bei der Sitzung des Finanzausschusses gemerkt, und dann den restlichen Tag über bei den Gesprächen mit dem Führungsstab. Sie befand sich nun in einer sogenannten Machtposition – die Fackel war an sie weitergereicht worden, und aufgrund ihrer Beförderung gehörte ihr nun auch der Respekt, der ihrem Vater gegolten hatte.

»Und deshalb habe ich Sie alle hierher eingeladen«, sagte sie.

»Ich wäre gern auch nur für das Dessert gekommen«, warf Reverend Nyce ein und deutete auf seinen leeren Teller. »Meiner Meinung nach war das ein Beweis für die Existenz des Herrn.«

»Amen«, erwiderte Georgetow. »Ich würde ja um einen Nachschlag bitten ...«

»Aber ich würde es seinem Arzt erzählen«, beendete Beryline den Satz an seiner Stelle.

»Sie ist mein Gewissen.«

Sutton wartete, bis das Gelächter abgeebbt war, und stellte dann fest, dass sie mit den Tränen kämpfte. Sie räusperte sich und riss sich zusammen.

»Mein Vater bedeutet mir alles.« Sie blickte zu dem Porträt von ihm, das am anderen Ende des Raums an der Wand hing. »Und ich möchte seinem Engagement für diesen Staat und die Stadt Charlemont auf bedeutsame Weise ein Denkmal setzen. Ich habe lange darüber nachgedacht und mich entschlossen, in seinem Namen einen Lehrstuhl für Wirtschaftswissenschaften an der University of Charlemont zu stiften. Ich habe dafür einen Scheck über fünf Millionen Dollar ausgestellt und möchte diesen Betrag heute Abend spenden.«

Der Präsident schnappte nach Luft – und zwar aus gutem Grund. Sie wusste nur zu gut, dass die Uni nicht jeden Tag Spenden in solcher Höhe erhielt, und erst recht nicht ohne dass die Hochschule dafür einen massiven Aufwand betrieb. Und nun warf Sutton ihm einfach einen solchen Scheck in den Schoß. Nachdem sie ihm sein Lieblingsdessert serviert hatte.

Georgetow setzte sich kerzengerade hin. »Ich bin ... ich hatte ja keine Ahnung ... danke. Die Universität ist Ihnen sehr dankbar, und es wird uns eine Ehre sein, den Namen Ihres Vaters noch enger mit der Hochschule zu verbinden.«

Eine ebensolche Spende würde auch an die Kentucky University gehen, aber das würde Sutton bei diesem Abendessen nicht erwähnen: Sie und ihre Familie waren Fans des KU-Basketballteams – doch auch darüber wurde in Georgetows Anwesenheit nicht gesprochen.

Sutton blickte zu Reverend Nyce. »Mein Vater ist nicht religiös, aber er respektiert Sie mehr als jeden anderen Geistlichen im Staat. Ich möchte daher in seinem Namen einen Stipendienfonds für afroamerikanische Schüler einrichten, über den Sie verfügen sollen. Aus dem Fonds sollen das Schulgeld und die Bücher für jede staatliche Schule in Kentucky bezahlt werden.« Sie hielt scherzend in Georgetows Richtung eine Hand hoch. »Und ja, sogar für die Kentucky University. Wir brauchen mehr qualifizierte Arbeitskräfte im Staat, die ihre Karriere hier begründen und fortsetzen wollen. Außerdem setzt sich mein Vater schon lange für Benachteiligte ein, besonders im West End. Das hier wird helfen.«

Reverend Nyce beugte sich zu ihr und griff nach ihrer Hand. »Die

Söhne und Töchter des Staats danken Ihnen und Ihrer Familie für diese Großzügigkeit. Und ich werde dafür sorgen, dass diese Chance im Namen Ihres Vaters gut verwaltet wird.«

Sie drückte ihm die Hand. »Daran habe ich keine Zweifel.«

»Schicken Sie sie zuerst zu uns«, scherzte Georgetow. »Sie und Ihre werte Frau sind schließlich beide Alumni.«

Der Reverend hob seine Kaffeetasse. »Selbstverständlich. Mein Blut ist leuchtend rot.«

»Meine Herren, denken Sie bitte auch an die übrigen Anwesenden.« Sutton deutete auf sich selbst und wandte sich dann an den Gouverneur. »Und schließlich möchte ich dem Staat im Namen meines Vaters ein Geschenk machen.«

Dagney lächelte. »Ich bin nicht wählerisch.«

»Ich habe heute Nachmittag im Osten von Kentucky zwölftausend Hektar gekauft.«

Der Gouverneur erstarrte auf seinem Stuhl. »Du ... du warst das.«

»Vier Bergketten. Vier schöne, unberührte Bergketten ...«

»Die demnächst im Tagebau ausgebeutet werden sollten.«

»Ich möchte sie dem Staat im Namen meines Vaters schenken und das Grundstück zu einem Park machen, der für immer naturbelassen bleibt.«

Dagney starrte buchstäblich für einen Augenblick auf den Tisch. »Das ist ...«

»Mein Vater hat sein Leben lang gejagt. Wild. Tauben. Enten. Draußen in der Natur war er immer am glücklichsten. Ich habe jetzt noch Fleisch im Gefrierfach, das er für seine Familie nach Hause gebracht hat, und ich bin mit dem Essen aufgewachsen, mit dem er uns selbst versorgt hat. Er kann nicht ... Er ist dazu nicht mehr in der Lage, aber ich versichere Ihnen, sein Herz ist immer noch draußen in jenen Wäldern.«

Gipfelabsprengung war eine effiziente und kostengünstige Art, an die Kohle heranzukommen, die so oft in den Hügeln der östlichen Countys von Kentucky zu finden war. Und die Kohleindustrie bot vielen Menschen Arbeitsplätze in Gegenden, die so arm waren, dass

Familien im Winter hungern mussten und sich keine gute Gesundheitsversorgung leisten konnten. Sutton verstand das alles; die Kohleindustrie war ein komplexes Problem und nicht einfach nur schlecht für die Umwelt. Aber ihr Vater liebte diese Landschaft, und auf diese Weise wusste sie, dass wenigstens jene vier Bergketten exakt so bleiben würden wie seit Jahrtausenden.

Und dafür hatte sie mit den sieben Familien, denen das Land gehört hatte, monatelang verhandelt – selbst die vielen Millionen, die sie ihnen bezahlt hatte, waren nichts im Vergleich dazu, was die Kohleunternehmen ihnen geboten hatten. Aber die Besitzer hatten genau das gewollt, was Sutton ihnen außer dem Geld noch versprochen hatte, und dieses Versprechen löste sie nun ein.

Für immer naturbelassen. Für immer so, wie der liebe Gott die Berge geschaffen hat – wie ihr Vater Reynolds gesagt hätte.

»Also«, fuhr sie lächelnd fort, »glaubst du, der Staat kann eine Gedenktafel stiften, wenn ich dir all diese Hektar schenke?«

Dagney beugte sich zu ihr und berührte sie am Arm. »Ja, ich schätze, das lässt sich einrichten.«

Für einen Moment hätte sie schwören können, dass sein Blick an ihren Lippen hängen blieb – aber nein, das hatte sie sich eingebildet.

Verdammt sollst du sein, Edward.

Die Gesellschaft ging kurz darauf auseinander, Georgetow mit einem Fünf-Millionen-Dollar-Scheck in der Tasche und der Reverend mit einem Termin bei Suttons Anwälten.

Dagney blieb zurück, während die anderen den Weg vor dem Haus hinuntergingen, in ihre Autos stiegen und davonfuhren.

»Tja«, sagte sie und drehte sich zu ihm. »Es wird mir schwerfallen, jetzt noch eine Zugabe zu liefern.«

»Deine Familie war schon immer so großzügig, nicht nur hier in Charlemont, sondern in ganz Kentucky.«

Sutton sah den letzten Bremsleuchten nach, die den Hügel hinunter verschwanden. »Wir wollen uns nicht damit rühmen. Ganz sicher nicht in diesem Fall mit meinem Vater und mir. Ich habe all diese ... Gefühle, und ich muss irgendwas damit machen. Ich kann sie nicht in meinem Inneren behalten, und ich kann eigentlich auch nichts darüber sagen, denn sie sind zu sehr ...« Sie berührte ihr Brustbein. »Sie sind zu tief hier drin.«

»Ich weiß genau, wie sich das anfühlt.« Dagneys Gesicht verspannte sich. »Ich hab das auch schon mal durchgemacht.«

»Mein Vater ist noch nicht gestorben, aber ich habe das Gefühl, ihn immer mehr zu verlieren.« Sie konzentrierte sich auf die Baumwipfel in der Ferne, betrachtete die wellige Linie, wo sich die belaubten Äste mit der samtigen Dunkelheit des Nachthimmels trafen. »Ich sehe ihn jeden Tag schwächer werden, aber es geht nicht nur um das jetzige Leiden. Es ist ein Vorbote des Schmerzes, der kommen wird, wenn er stirbt, und ich hasse das ... und doch zählt jetzt jeder Augenblick mit ihm. Besser als genau jetzt wird es ihm nicht mehr gehen.«

Dagney schloss die Augen. »Ja, ich erinnere mich, wie das ist. Es tut mir so leid.«

»Nun ja.« Sie bereute ihre Offenheit. »Ich hätte nicht weitersprechen sollen.«

»Rede, so viel du willst. Manchmal ist das das die einzige Möglichkeit, um nicht durchzudrehen. Wenn man derjenige ist, der zurückbleibt, ist das auch eine Art Hölle.«

Sutton sah ihn an. »Er ist mein Ein und Alles.«

»Du bist nicht allein. Nicht, wenn du das nicht willst.«

»Wie auch immer.« Sie strich sich über die Haare und hoffte, ihr Lachen klang nicht so unbeholfen, wie es sich anfühlte. »Beim nächsten Mal bekommst du nur ein Abendessen.«

»Und wann wird das sein?«, fragte er leise. »Ich bin sehr geduldig, aber ich hoffe, ich muss nicht zu lange warten.«

Sutton spürte, wie ihre Augenbrauen hochgingen. »Bittest du ... mich um ein Date?«

»Ja, Ma'am. Das tue ich tatsächlich.« Als sie den Blick abwendete, lachte Dagney. »Zu schnell? Tut mir leid.«

»Nein, ich, ähm ... Nein, ich hab nur ...«

»Tja, ich fürchte, meine Absichten waren ehrbar, aber nicht unbedingt platonisch, als ich heute Abend hergekommen bin.«

Verdammt sollst du sein, Edward, dachte sie wieder.

Und plötzlich bemerkte sie die drei Staatspolizisten, die diskret ein paar Meter entfernt standen. Ebenso wie die Tatsache, dass sie errötete.

»Ich wollte die Dinge nicht komplizierter machen«, sagte Dagney und griff nach ihrer Hand. »Und wenn ich das hier schwierig gemacht habe, können wir vergessen, dass ich diese Grenze je überschritten habe.«

»Ich, ähm...«

»Wir vergessen das hier einfach, okay?«, schloss der Gouverneur ganz ohne Bitterkeit. »Ich sehe es als eine Erfahrung und finde mich damit ab.«

»Erfahrung?«

Er rieb sich mit dem Daumen übers Kinn. »Ich habe noch nicht viele Frauen um ein Date gebeten. Seit meine Marilyn gestorben ist, meine ich. Und weißt du, statistisch gesehen erhöht das hier meine Chancen, irgendwann ein ›Ja‹ zu hören, und weil ich ein Optimist bin, werde ich das als etwas Positives von heute Abend mitnehmen – zusammen mit den vier Bergketten.«

Sutton lachte. »Dann hast du also von anderen Frauen schon einen Korb bekommen? Das kann ich mir kaum vorstellen.«

»Na ja, eigentlich bist du die Erste, die ich gefragt habe. Aber wie gesagt, jetzt hab ich schon mal ein ›Nein‹ hinter mir und hab's überlebt.« Er lächelte und berührte ihr Gesicht. »Dir ist der Mund offen stehen geblieben.«

»Ich bin nur überrascht.« Sie lachte. »Dass ich deine Erste bin – ich meine ... ach Mist.«

Der Gouverneur stimmte in ihr Lachen ein und wurde dann ernst. »Es war unheimlich schwer, als ich Marilyn verloren habe, und danach hat es lange gedauert, bis ich andere Frauen überhaupt wahrgenommen habe, um ehrlich zu sein. Und auch wenn ich damit jetzt nicht gerade heldenhaft rüberkomme ... Ich habe zwei Monate gebraucht, um den Mut aufzubringen, dich zu fragen.«

»Zwei *Monate?*«

»Erinnerst du dich, als ich dich im März im Staatskapitol gesehen habe? Damals habe ich beschlossen, dass ich dich um ein Date bitten würde. Und dann hab ich gekniffen. Als du mich für heute Abend hierher eingeladen hast, habe ich mir fest vorgenommen, es durchzuziehen. Aber keine Sorge. Ich bin ein großer Junge, ich komm damit klar ...«

»Ich liebe einen anderen«, platzte sie heraus.

Der Gouverneur wich zurück. Und fluchte dann leise. »Entschuldige. Ich wusste nicht, dass du vergeben bist. Ich hätte deine Beziehung auf jeden Fall respektiert ...«

»Wir sind nicht zusammen.« Sie winkte ab. »Es gibt keine Beziehung. Eigentlich ist es gar nichts Richtiges.«

»Nun ja ...« Dagney sah ihr in die Augen. »Dann ist Edward Baldwine ein Trottel.«

Sutton öffnete den Mund, um zu widersprechen, aber der Mann vor ihr war nicht dumm. »Es läuft nichts zwischen uns, und das muss ich wohl noch in meinen Kopf bekommen. Und auch aufgrund meiner neuen Rolle ist das jetzt kein guter Zeitpunkt für mich.«

»Vielleicht ist das ein bisschen dreist: Ich bin auch in Zukunft noch bereit, dein Lückenbüßer zu werden.« Er lachte. »Ja, das klingt verzweifelt, aber ich habe echt keine Übung in so was, und du bist eine sehr intelligente, sehr schöne Frau, die einen guten Mann verdient.«

»Es tut mir leid.«

»Mir auch.« Er reichte ihr die Hand. »Aber wenigstens werden wir uns oft sehen, besonders durch deinen neuen Job.«

»Ja, das werden wir.«

Sie schüttelte ihm nicht die Hand, sondern trat auf ihn zu, um ihn zu umarmen. »Und ich freue mich darauf.«

Er drückte sie kurz und leicht und wich dann zurück. »Jungs? Gehen wir.«

Die Staatspolizei eskortierte den Gouverneur hinüber zu den beiden ganz schwarzen SUVs, und einen Augenblick später bildete sich die Fahrzeugkolonne, der zwei Polizeimotorräder folgten.

Von hinten legte sich eine Traurigkeit um Sutton, sodass ihr die milde Nachtluft kühl erschien.

»Verdammt sollst du sein, Edward«, flüsterte sie in den Wind.

18

Am nächsten Morgen verließ Lane seine Suite auf Easterly in bester Laune. Die verflüchtigte sich, als er in den Flur blickte und vor dem Zimmer seines Großvaters Gepäck sah.

»Oh nein, das wirst du nicht.«

Er lief zu den aufgetürmten Taschen und hielt sich nicht damit auf, an die halb geöffnete Tür zu klopfen. »Jeff, du reist *nicht* ab.«

Sein alter College-Zimmergenosse schaute von einem gewaltigen Stapel Papiere auf dem alten Schreibtisch auf. »Ich muss zurück nach New York, Kumpel ...«

»Ich brauche dich!«

»... aber ich habe schon alles für die Feds vorbereitet.« Er deutete auf verschiedene Ausdrucke und hielt einen USB-Stick hoch. »Ich habe eine Zusammenfassung der ...«

»Du bist unglücklich an der Wall Street, das weißt du doch.«

»... Abhebungen erstellt, die ich gefunden habe. Es ist alles da. Eigentlich musst du ihnen nur diesen Stick geben, sie wissen dann schon, was sie damit machen sollen. Bei Fragen können sie mich anrufen. Ich lasse meine Visitenkarte und meine private Handynummer da.«

»Du musst bleiben.«

Jeff fluchte und rieb sich die Augen. »Lane, ich bin kein magischer Glücksbringer, der all das hier wegzaubern kann. Ich bin nicht mal der Geeignetste für diese Sache. Und ich habe keine offizielle Funktion im Unternehmen und keine rechtlichen Befugnisse.«

»Ich vertraue dir.«

»Ich habe schon einen Job.«

»Den du hasst.«

»Nimm's mir nicht übel, aber meine Gehaltsschecks sind üppig und platzen nicht.«

»Du hast mehr Geld, als du brauchst. Du wohnst zwar in einer bescheidenen Midtown-Wohnung, aber du besitzt ein Vermögen.«

»Weil ich keine Dummheiten mache. Zum Beispiel, eine wirklich gute Arbeit aufzugeben ...«

»Eine *deprimierende* Arbeit.«

»... für ein Strohfeuer.«

»Na ja, wenigstens wird dir nicht kalt. Und wir können Marshmallows grillen. Was sagst du dazu?«

Jeff lachte auf. »Lane.«

»Jeff.«

Lanes Freund verschränkte die Arme vor der Brust und schob die metrosexuelle Brille auf seiner Nase nach oben. In dem weißen durchgeknöpften Oxford-Hemd und der schwarzen Hose sah er aus, als hätte er vor, direkt nach der Landung am Flughafen in Teterboro, N.J., ins Büro zu gehen.

»Sag mir eins«, begann Jeff.

»Nein, ich kenne die Quadratwurzel von gar nichts. Ich kann nicht die n-te Potenz von Pi berechnen, und wenn du mich fragst, warum der gefangene Vogel singt, würde ich jetzt gerade antworten, weil man dem verdammten Federvieh eine Pistole an den Kopf hält.«

»Warum hast du die Feds noch nicht verständigt?«

Lane ging hinüber zu der Reihe von Fenstern, aus denen man auf die seitlichen Gärten und den Fluss blickte. Tief unten glänzte der Ohio in der Morgensonne wie ein wunderschöner, schimmernder Pfad ins Geschäftsviertel von Charlemont, als wären jene Wolkenkratzer aus Glas und Stahl eine Art Nirwana.

»Es wurden Verbrechen begangen, Lane. Schützt du deinen Vater, obwohl er tot ist?«

»Ganz sicher nicht.«

»Dann geh zur Polizei.«

»Wir sind kein börsennotiertes Unternehmen. Wenn strafbare Handlungen stattgefunden haben, wurde meine Familie geschädigt. *Unser* Geld ist verloren, nicht das von Tausenden Aktionären. Das Problem geht niemanden sonst irgendwas an.«

»Das soll wohl ein Witz sein.« Sein alter Mitbewohner starrte ihn an, als würde auf Lanes Stirn ein Horn wachsen. »Es wurden Gesetze gebrochen, indem falsche Bilanzen beim Justizministerium und dem Finanzamt eingereicht wurden. Ich habe Unstimmigkeiten in den verpflichtenden Geschäftsberichten gefunden. Du könntest vom Staat wegen Vertuschung angeklagt werden, Lane. Verdammt, das könnte sogar mir passieren, weil ich jetzt ein Mitwisser bin.«

Lane blickte über seine Schulter. »Reist du deswegen ab?«

»Vielleicht.«

»Was ist, wenn ich dir verspreche, dich zu schützen?«

Jeff verdrehte die Augen und ging zu einer Reisetasche auf dem Bett. Er zog den Reißverschluss zu und schüttelte den Kopf. »Ihr privilegierten Arschlöcher glaubt, dass die Welt sich nur um euch dreht. Dass die Regeln anders sind, nur weil ihr aus einer Familie stammt, die Geld hat.«

»Das Geld ist weg, schon vergessen?«

»Hör zu, entweder du rufst die Polizei oder ich sehe mich dazu gezwungen, es selbst zu tun. Du bist für mich wie ein Bruder, aber ich bin nicht bereit, für dich ins Gefängnis zu gehen …«

»Hier unten werden die Dinge anders geregelt.«

Jeff hielt inne und wandte den Blick zu Lane. Machte den Mund auf. Machte ihn wieder zu. »Du klingst wie ein Mafioso.«

Lane zuckte die Achseln. »So läuft es nun mal. Aber wenn ich sage, ich kann dich beschützen, dann meine ich auch gegen die Regierung.«

»Du spinnst.«

Lane sah seinen alten Freund nur eindringlich an. Und je länger er ihm durch die Brille in die Augen blickte, desto blasser wurde dieser.

Schließlich setzte sich Jeff aufs Bett und stützte die Hände auf die Knie. Er warf einen Blick durch das elegante Zimmer und sagte leise: »Shit.«

»Nein, nicht Shit. Du bleibst hier, findest heraus, was genau passiert ist, und ich regele das Ganze privat. Das ist der Weg, den wir einschlagen.«

»Und wenn ich mich weigere?«

»Du bleibst hier.«

»Ist das eine Drohung?«

»Natürlich nicht. Du bist einer meiner ältesten Freunde.«

Aber sie kannten beide die Wahrheit. Der Mann würde nirgendwo hingehen.

»Herrgott noch mal.« Jeff legte eine Hand an seine Schläfe, als hätte er Kopfschmerzen. »Wenn ich gewusst hätte, was für ein Fass ohne Boden das hier ist, wäre ich niemals hergekommen.«

»Ich kümmere mich um dich, auch ohne Geld. Es gibt noch zu viele Leute, die meiner Familie etwas schuldig sind. Ich habe jede Menge Ressourcen.«

»Willst du die etwa auch nötigen?«

»So läuft es nun mal.«

»Verdammte Scheiße, Lane.«

»Lass uns das hier zu Ende bringen, okay? Du machst fertig, was du angefangen hast. Das dauert vielleicht noch eine Woche, und dann kannst du gehen und die Sache vergessen. Das ist, als wärst du nie her gewesen. Danach übernehme ich.«

»Und wenn ich jetzt gehe?«

»Das kann ich unmöglich zulassen. Tut mir leid.«

Jeff schüttelte den Kopf, als wollte er aus einem Albtraum aufwachen. »Die Welt funktioniert nicht mehr so, Lane. Wir leben nicht mehr in den Fünfzigern. Leute wie ihr Bradfords könnt nicht mehr alles kontrollieren wie damals. Ihr könnt eure Rechenschaftspflicht nicht im Garten vergraben, nur weil sie unbequem ist oder weil ihr glaubt, eure Privatsphäre wäre wichtiger als geltendes Recht. Und was mich anbelangt: Bedräng mich nicht. Zwing mich nicht zu so etwas.«

»Du bist aber nicht der Einzige, der über Informationen verfügt.« Lane ging hinüber zum Schreibtisch und griff nach dem USB-Stick. »Ich glaube eher nicht, dass es deiner Karriere oben in Manhattan guttun würde, wenn herauskommt, dass du im College einen Glücksspielring geleitet hast. Studenten an fünf Universitäten haben Hunderttausende Dollar durch dich und dein Wettsystem laufen lassen. Und bevor du jetzt behauptest, das wäre Schnee von gestern, möchte ich dich daran erinnern, dass es illegal und so groß angelegt war, dass du deine Hände auch nicht in Unschuld waschen kannst.«

»Halt die Klappe.«

»So läuft es nun mal.«

Jeff blickte eine Weile hinunter auf die Manschetten seines Geschäftshemds. Dann schüttelte er wieder den Kopf. »Mann, du bist genau wie dein Vater.«

»Ein Scheiß bin ich.«

»Du erpresst mich. Du bist total irre!«

»Es geht hier ums Überleben! Glaubst du etwa, ich tue das gerne? Glaubst du, ich habe Spaß daran, einen meiner besten Freunde unter Druck zu setzen, damit er mit mir in diesem Vipernnest sitzen bleibt? Meinem Vater hätte das gefallen – ich hasse es! Aber was soll ich sonst machen?«

Jeff stand auf und brüllte zurück: »Ruf die Feds, verdammt. Verhalte dich normal, nicht wie irgendein Südstaaten-Tony-Soprano.«

»Das geht nicht«, entgegnete Lane grimmig. »Tut mir leid, aber das geht nicht. Sorry, aber ich brauche dich und sehe mich leider gezwungen, alles Nötige zu tun, damit du hierbleibst.«

Jeff zeigte mit einem Finger durch die spannungsgeladene Luft. »Du bist ein Dreckskerl, wenn du das durchziehst. Und daran ändert sich auch nichts, nur weil du mir jetzt auf die Mitleidstour kommst.«

»Du würdest an meiner Stelle das Gleiche tun.«

»Nein, würde ich nicht.«

»Das kannst du nicht wissen. Glaub mir. So eine Scheiße ändert alles.«

»Da hast du allerdings recht«, erwiderte Jeff bissig.

Erinnerungen an sie beide als Studenten an der University of Virginia, im Verbindungshaus, in Seminaren, in Urlauben, die Lane bezahlt hatte, gingen ihm durch den Kopf. Pokerspiele, Streiche, Frauen und noch mehr Frauen ... besonders auf Lanes Seite.

Er hatte sich nie vorstellen können, einmal nicht mehr mit Jeff befreundet zu sein. Aber er hatte keine Zeit, keine Wahl und war am Ende seiner Kraft.

»Ich bin *nicht* wie mein Vater«, sagte Lane.

»Dann wird Selbsttäuschung bei euch also auch vererbt. Ihr habt da einen schönen Genpool, wirklich einen schönen Genpool.«

»Hier ist die Telefonliste des Unternehmens. Dort ist das Telefon. Ähm ... der Computer. Das hier ist ein Schreibtisch. Und ... jepp, das da ist ein Stuhl.«

Als Mack nicht mehr weiterwusste, sah er sich im Empfangsbereich vor seinem Büro in der alten Brennerei um. Als könnte möglicherweise jemand hinter den rustikalen Möbeln hervorspringen und ihm eine Rettungsleine zuwerfen.

Die perfekte Beth, wie er sie bereits in Gedanken nannte, lachte nur. »Keine Sorge. Ich komme schon klar. Habe ich einen Benutzernamen und ein Passwort, um mich ins System einzuloggen?« Auf seinen fragenden Blick hin tippte sie auf die Telefonliste. »Okaaaaay, dann rufe ich mal in der IT-Abteilung an und kümmere mich darum. Oder macht das schon die Personalstelle?«

»Ähm ...«

Sie nahm ihre Tasche von der Schulter und stellte sie unter den Schreibtisch. »Kein Problem. Ich kläre das alles. Hast du überhaupt schon Bescheid gesagt, dass ich eingestellt wurde?«

»Ich ...«

»Okay, wie wär's, wenn du eine Mail schickst? Und der Personalabteilung sagst, dass ich herumtelefonieren werde, um alles in die Wege zu leiten?«

»Bitte glaub mir, dass ich, auch wenn ich gerade unfassbar inkompetent erscheine, in vielen Dingen großartig bin. Vor allem in der Bourbonherstellung.«

Als sie ihn anlächelte, ertappte sich Mack dabei, wie er ihr etwas zu lange in die Augen sah. In ihrer roten Bluse und dem schwarzen Rock und den flachen Schuhen wirkte sie kompetent, attraktiv und clever.

»Tja, ich bin auch gut in meinem Job«, sagte Beth. »Deshalb hast du mich eingestellt. Also kümmer du dich um deine Sachen, ich kümmere mich um meine, und dann läuft alles.«

Die Holztür der alten Brennerei ging auf, und Lane Baldwine kam herein. Er sah aus, als hätte er einen Verkehrsunfall gehabt und die Verletzungen nicht behandeln lassen: Sein Gesicht war angespannt, das Haar zerzaust, die Bewegungen so koordiniert wie eine Handvoll in alle Richtungen rollende Murmeln.

»Wir machen einen Ausflug«, sagte er finster. »Komm mit.«

»Beth Lewis, meine neue Chefassistentin. Und das ist Lane Baldwine. Ja, er ist der, für den du ihn hältst.«

Als Beth eine Hand hob, bemühte sich Mack zu ignorieren, wie fasziniert sie wirkte. Aber Lane war schließlich mehrmals einer der begehrtesten was auch immer des »People«-Magazins gewesen. Und in der Zeit, als er Schauspielerinnen gedatet hatte, war er im Fernsehen und in Zeitschriften und online aufgetaucht. Und dann hatte es diesen »Vanity-Fair«-Artikel über die Familie gegeben, in dem er die Rolle des bindungsunwilligen sexy Playboys gespielt hatte.

Und zwar verdammt überzeugend.

Aber zum Glück hatte der Kerl sich verändert und führte jetzt eine feste Beziehung, sonst hätte Mack ihm am liebsten eine reingehauen.

»Hi«, sagte sie. »Mein Beileid wegen Ihres Vaters.«

Lane nickte, schien sie aber nicht bewusst wahrzunehmen. »Willkommen an Bord. Mack, wir sind spät dran.«

»Ich wusste gar nicht, dass wir einen Termin haben.« Aber anscheinend mussten sie los. »Ach, Mist. Beth, kannst du statt mir diese E-Mail schreiben?«

Während Mack ihr seine Log-in-Daten gab, ging Lane schon wieder zur Tür hinaus und hinüber zu seinem Porsche. »Und du musst ihn entschuldigen. Es ist viel los zurzeit.«

Beth nickte. »Das verstehe ich vollkommen. Und ich kümmere mich um alles. Keine Sorge – oh, gibst du mir auch noch deine Handynummer? Falls irgendwas ist, womit ich nicht klarkomme.«

Mack schnappte sich einen BBC-Notizblock und einen Stift und schrieb ihr seine Nummer auf. »Bei mir sind heute keine Meetings geplant – aber ich wusste ja auch nicht, dass dieses hier stattfinden würde, also wer weiß, was sonst noch passiert.«

»Ich melde mich, wenn ich dich brauche.«

»Ich weiß nicht, wie lange ich weg bin. Und ich weiß nicht, wo ich hinfahre.«

»Sei optimistisch. Vielleicht ist es Disneyland.«

Als er sich lachend wegdrehte, nahm er sich vor, nicht zurückzuschauen. Und er schaffte es fast zur Tür hinaus, ohne noch einmal über die Schulter zu schielen.

Fast.

Beth hatte sich inzwischen an den Computer gesetzt, und nun flogen ihre Finger über die Tasten. Ihre Haare waren im Nacken zu einem Pferdeschwanz zusammengebunden, und ihr Gesicht strahlte professionelle Konzentration aus – und war dabei bildhübsch.

»Bist du zufällig U-of-C-Fan?«, platzte er heraus.

Sie blickte mit ihren blauen Augen vom Bildschirm auf und lächelte. »Gibt es denn noch ein anderes College in diesem Staat? Meines Wissens nicht.«

Mack grinste und winkte ihr zu.

Doch während er auf den Porsche zulief und einstieg, lachte er nicht mehr. »Was zur Hölle ist hier los, Lane? Du rufst mich nicht zurück, und dann tauchst du einfach hier auf und bist genervt, weil ich spät dran bin für irgendwas, wovon ich nichts wusste ...«

»Ich löse dein Getreideproblem, das ist los.« Der Kerl setzte sich eine Wayfarer-Brille auf. »Und du kommst mit, denn jemand muss unserem Retter sagen, wie viel du brauchst. Na, immer noch sauer?«

Als Lane aufs Gas trat und über den Kiesparkplatz schlitterte, schnallte Mack sich an. »Solange du mir den nötigen Mais besorgst, kannst du mir auch einen toten Fisch ins Gesicht klatschen, wenn du willst.«

»Ich mag es, wenn ein Mann kreativ denkt. Und in meiner aktuellen Stimmung kann es sein, dass ich so eine Fischattacke nur aus Prinzip in die Tat umsetze.«

19

Der internationale Flughafen von Charlemont lag südöstlich vom Stadtzentrum. Lane nahm den Patterson Expressway um die Vororte herum, statt sich durch den Verkehr am Autobahnkreuz zu quälen. Der Himmel über ihm war strahlend blau und die Sonne hell wie ein Bühnenscheinwerfer. Der Tag begann, als könnte er für niemanden irgendetwas Böses verheißen.

Aber natürlich konnte der Schein trügen.

»Du kennst doch John Lenghe, oder?«, fragte Lane gegen die Brise, als er die erste Ausfahrt zum Flughafen nahm und auf den Umgehungsring fuhr.

»Klar weiß ich, wer das ist«, rief Mack zurück. »Aber ich hab ihn noch nie persönlich getroffen.«

»Tja, dann setz mal dein Zahnpastalächeln auf.« Als er die Geschwindigkeit des Cabrios verlangsamte, wurden der Motor und der Wind leiser. »Und lass deinen Charme spielen. Wir haben höchstens zwanzig Minuten, um ihn dazu zu bringen, dass er uns deinen Mais vorstreckt.«

»Moment mal, was? Ich dachte ... Du meinst, wir kaufen nichts von ihm?«

»Wir können es uns nicht leisten, ihn zu bezahlen. Also versuche ich einen ›Kauf jetzt, zahl später‹-Deal zu organisieren.«

Lane nahm eine Ausfahrt mit dem Schild FÜR UNBEFUGTE VERBOTEN und fuhr weiter zum Rollfeld, wo die Privatjets starteten und landeten.

»Also gar kein Druck«, murmelte Mack, als sie am Checkin-Automaten anhielten.

»Nope. Kein bisschen.«

Der uniformierte Wachmann winkte Lane durch. »Morgen, Mr Baldwine.«

»Morgen, Billy. Wie geht's Nells?«
»Gut. Danke.«
»Grüß sie von mir.«
»Auf jeden Fall.«

Lane fuhr weiter zum modernistischen Pförtnerhaus und vorbei an Flugzeughallen mit runden Dächern, in denen Jets im Wert von Hunderten Millionen Dollar geparkt waren. Die Chauffeureinfahrt zu den Start- und Landebahnen war ein automatisch aufgehendes Tor in einem knapp vier Meter hohen Maschendrahtzaun, und er raste hindurch, sodass der 911 über den Asphalt schoss wie in einer Zeitschriftenwerbung.

John Lenghes Embraer Legacy 650 rollte gerade heran. Lane trat auf die Bremse und schaltete den Motor aus. Während sie warteten, musste er an seinen Streit mit Jeff denken.

Mann, du bist genau wie dein Vater.

Lane warf Mack einen Blick zu und sagte: »Ich hätte vorher anrufen und dich informieren sollen, worum es geht. Aber jetzt gerade ist so viel los, dass ich gar nicht mehr weiß, wo mir der Kopf steht.«

Mack zuckte mit den Schultern. »Wie gesagt, für mich ist alles in Ordnung, solange meine Silos voll werden. Aber erklär mir eins.«

»Was?«

»Wo zur Hölle steckt der Führungsstab? Es ist ja nicht so, als würde ich die Dreckskerle vermissen, aber gestern ist bei jedem Einzelnen von ihnen der Anrufbeantworter rangegangen. Hast du sie alle gefeuert? Und wenn du mir jetzt auch noch sagst, dass sie geheult haben wie Babys, ist mein Tag gerettet.«

»So ziemlich. Jepp.«

»Moment mal – was? Das war ein Witz, Lane.«

»Sie kommen so bald nicht wieder. Zumindest nicht ins Business-Center auf Easterly. Und was die anderen unten im Hauptsitz machen? Keinen Schimmer – wahrscheinlich überlegen sie, wie sie mich von einer Brücke werfen können. Aber sie sind die nächsten auf meiner spaßigen To-do-Liste heute.«

Während seinem Master Distiller die Kinnlade herunterklappte, stieg Lane aus dem Cabrio und zog sich die Hose zurecht. Lenghes Jet ähnelte denen, die zur Sechserflotte der BBC gehörten, und Lane überlegte, was es wohl einbringen würde, den ganzen fliegenden Haufen Stahl und Glas zu verkaufen.

Wahrscheinlich um die sechzig Millionen.

Aber er würde Makler brauchen, um den Verkauf richtig abzuwickeln. So etwas wie einen Embraer setzte man nicht in die Kleinanzeigen.

Mack stellte sich vor ihn und versperrte ihm mit seinem breiten Körper den Weg. »Und wer führt das Unternehmen?«

»Jetzt gerade? In diesem Moment?« Lane legte einen Finger an den Mund und hielt den Kopf schief wie die Comicfigur Deadpool. »Ähm ... niemand. Jepp, wenn ich mich recht entsinne, hat derzeit niemand die Leitung.«

»Lane ... *Shit*.«

»Lust auf einen Bürojob? Denn ich hab ein paar Stellen zu vergeben. Die Voraussetzungen sind unter anderem eine hohe Toleranz gegenüber Machtspielchen, ein Kleiderschrank voller maßgeschneiderter Anzüge und eine Abneigung gegen Familienmitglieder. Moment. Das war mein Vater, und davon hatten wir schon genug. Also reichen auch Jeans und ein guter Sprungwurf aus dem Mittelfeld. Sag mal, spielst du immer noch so gut Basketball wie früher?«

Die Tür des Jets ging auf, und eine Treppe fuhr herunter auf den Asphalt. Der etwa sechzigjährige Mann, der ausstieg, hatte den stämmigen Körperbau eines ehemaligen Footballspielers und ein kantiges Kinn wie ein klassischer Comic-Superheld. Er trug ein Set aus Golfshorts und Poloshirt, das man ohne Schutzbrille eigentlich gar nicht richtig ansehen konnte.

Neonfeuerwerk auf schwarzem Grund. Aber irgendwie stand es dem Typen.

Andererseits, wenn man an die drei Milliarden Dollar schwer war, konnte man anziehen, was auch immer man wollte.

John Lenghe telefonierte, während er aufs Rollfeld herunterkam. »... gelandet. Jepp. Okay, in Ordnung ...«

Sein Akzent war so breit wie die Prärien des Mittleren Westens, aus denen der Mann stammte, die Wörter so lässig wie seine leichtfüßigen Schritte. Aber man durfte sich nicht täuschen lassen. Lenghe verfügte über sechzig Prozent der Mais- und Weizen-produzierenden Farmen des Landes – sowie fünfzig Prozent aller Milchkühe. Er war buchstäblich ein Getreidegott, daher überraschte es nicht, dass er sogar, während er eine Treppe hinunterlief, nebenbei noch Geschäfte führte.

»... ich komme heute Abend später nach Hause. Und sag Roger, dass er nicht meinen Rasen mähen soll. Das ist mein Job, verdammt – was? Ja, ich weiß, dass ich ihn bezahle, und deshalb kann ich ihm auch sagen, was er nicht tun soll. Ich liebe dich. Was? Natürlich mache ich dir die Schweinekoteletts, Schatz. Du musst nur fragen. Also, tschüs.«

Okaaaaaay, dann war das am Telefon also seine Frau.

»Jungs«, rief er. »Was für eine Überraschung.«

Lane ging auf den Mann zu und streckte ihm die Hand entgegen. »Danke, dass du dir für uns Zeit nimmst.«

»Mein Beileid wegen deinem Dad.« Lenghe schüttelte den Kopf. »Ich hab meinen vor zwei Jahren verloren und bin immer noch nicht darüber hinweg.«

»Kennst du Mack, unseren Master Distiller?«

»Bisher nicht persönlich.« Lenghe lächelte und klopfte dem Master Distiller auf die Schulter. »Ich bin schon lange ein Fan von deinem Bourbon und dem deines Dads.«

Mack antwortete höflich. Und dann folgte eine Pause.

»Also«, begann Lenghe und zog seine Feuerwerks-Shorts nach oben, »vor etwa einer halben Stunde hat mich dein Vorstandsvorsitzender angerufen, Junge. Willst du im Vertrauen darüber reden?«

»Ja, unbedingt. Das alles hier muss unter uns bleiben.«

»Verstehe. Dieses Gespräch hat sozusagen nie stattgefunden. Aber ich habe nicht viel Zeit. Ich muss zum Abendessen wieder zu Hause in Kansas sein, und davor muss ich noch zwei Zwischenstopps einlegen. Sollen wir mein kleines Papierflugzeug als Konferenzraum benutzen?«

»Sehr gerne, Sir.«

Im Inneren hatte Lenghes Jet nicht die geringste Ähnlichkeit mit den Flugzeugen der BBC. Statt cremefarbenem Leder und Wurzelholz hatte der Getreidegott eine persönliche, gemütliche Einrichtung gewählt, von den handgeknüpften Decken bis zu den Dekokissen mit dem Logo der University of Kansas. Eimer mit Popcorn, nicht Kaviar, standen bereit, und statt Alkohol gab es Softdrinks. Keine Stewardess. Und wenn doch, wäre es zweifellos seine Frau gewesen, nicht irgendeine vollbusige Tussi.

Als Lenghe ihnen Cola anbot, hatte er eindeutig vor, ihnen selbst einzuschenken.

»Nein danke«, erwiderte Lane und nahm an einem kleinen Konferenztisch Platz.

Mack setzte sich neben ihn, und Lenghe nahm den Sitz gegenüber, faltete die breiten Hände und beugte sich vor, wobei seine hellblauen Augen in dem gebräunten Gesicht blitzten.

»Wie ich höre, ist der Führungsstab nicht glücklich mit dir«, sagte Lenghe.

»Nein, ist er nicht.«

»Dein Vorstandsvorsitzender hat mir gesagt, du hättest alle aus ihren Büros ausgesperrt und den Unternehmensserver abgeschaltet.«

»Das hab ich.«

»Und warum?«

»Es ist leider nichts Erfreuliches. Ich versuche gerade, alles aufzuklären, aber ich habe Grund zu der Annahme, dass jemand das Unternehmen bestiehlt. Und ich fürchte, manche oder alle dieser Anzugträger wissen Bescheid. Aber ich weiß noch nicht genug, um mehr sagen zu können.«

Lüüügner, alter Lüüüüügner.

»Also hast du nicht mit dem Vorstandsvorsitzenden gesprochen?«

»Solange ich noch nicht die ganze Geschichte kenne? Nein. Außerdem schulde ich ihm keine Erklärung.«

»Tja, Junge, ich glaube, da ist er anderer Meinung.«

»Ich rede mit ihm, sobald ich so weit bin. Wenn man Beweise für Diebstahl in dieser Größenordnung hat, kann man niemandem trauen.«

Lenghe griff nach einem Eimer Popcorn. »Ich bin süchtig nach dem Zeug, wisst ihr. Aber besser das als Zigaretten.«

»Und eine Menge andere Dinge.«

»Weißt du, du redest ziemlich gut um den heißen Brei herum, Junge, also werde ich es einfach direkt ansprechen. Hast du endlich von den Minen deines Vaters erfahren?«

Lane beugte sich auf seinem Sitz vor. »Sorry ... was?«

»Ich hab William gesagt, er soll diesen Mist lassen mit den Diamantminen in Afrika. Ganz dumme Idee. Weißt du was? Ich war letztes Jahr mit meiner Frau dort. Ich wette, dein Dad hat dir nicht gesagt, dass ich sie mir angesehen habe, oder? Nein? Es sind nicht mal Löcher im Boden. Entweder, er hat sich beschwindeln lassen, oder – na ja, an die andere Möglichkeit will ich gar nicht erst denken.«

»Diamantminen?«

»Und das ist noch nicht alles. Unter dem Dach von WWB Holdings gab es viele verschiedene Unternehmen. Er hat gesagt, er hätte Ölquellen in Texas, und Rohöl kann man jetzt natürlich nicht verschenken. Eine Eisenbahn oder zwei. Restaurants in Palm Beach, Naples und Delray. Und dann irgendein Technik-Start-up, aus dem meines Wissens nie etwas geworden ist. Irgendwas mit einer App? Keine Ahnung, warum die Leute ihre Zeit mit so einem Scheiß vergeuden – sorry, dass ich mich so ausdrücke. Es gab auch ein paar Hotels in Singapur und Hongkong, ein Modehaus in New York City. Ich glaube, er hat sogar in einen oder zwei Spielfilme investiert.«

Lane war deutlich bewusst, dass er seine Stimme unter Kontrolle halten musste. »Wie hast du von alldem erfahren?«

»Wenn man auf einem Golfplatz achtzehn Löcher zu spielen hat, kommt einiges zur Sprache. Ich habe William immer gesagt, bleib beim Kerngeschäft. Diese ganzen tollen Ideen klingen verlockend, aber sehr wahrscheinlich sind es nur schwarze Löcher, vor allem, wenn man die jeweilige Branche nicht kennt. Ich bin schlicht und einfach Bauer. Ich kenne mich aus mit den Jahreszeiten, dem Boden, dem Getreide und einer einzigen Art Kühe. Ich glaube, dein Vater ... Na ja, über Tote soll man nicht schlecht reden.«

»Ich pfeife auf sein Andenken. Ich muss es wissen. Alles, was du mir sagen kannst, hilft.«

Lenghe schwieg eine Weile. »Er hat mich immer in den Augusta National Golf Club mitgenommen. Willst du wissen, warum?« Als Lane nickte, fuhr der Mann fort: »Weil die Jungs da einen Kerl mit dreckigen Fingernägeln wie mich niemals als Mitglied aufnehmen würden. Und während wir gespielt haben, hat er mir von diesen ganzen Investitionen erzählt. Er musste bei allem der Beste sein – und das ist keine Kritik. Ich gewinne auch gern. Aber der Unterschied zwischen uns ist, dass ich haargenau weiß, wo ich herkomme. Und ich schäme mich nicht dafür. Deinem Vater war schmerzlich bewusst, dass alles, was er hatte, eigentlich nicht ihm gehört hat. Die Wahrheit ist, wenn er deine Mom nicht geheiratet hätte, dann hätte der Augusta NGC ihn auch nicht als Mitglied aufgenommen.«

»Das glaube ich auch.«

»Ich habe mich immer gefragt, woher er das Geld für diese Projekte nimmt. Das findest du wohl jetzt erst heraus, nachdem er nicht mehr lebt.«

Lane nahm aus Reflex eine Handvoll Popcorn und schluckte das Zeug hinunter, obwohl er nichts davon schmeckte. »Weißt du«, murmelte er, »ich hatte immer den Eindruck, dass er meiner Mutter etwas übel nimmt.«

»Ich glaube, deshalb war er so versessen darauf, andere Geschäftsmöglichkeiten zu finden. Ich meine, ich kriege auch andauernd Angebote von Freunden, Geschäftspartnern, Finanzberatern. Ich werfe sie alle in den Müll. Dein Vater hat immer etwas gesucht, was ganz ihm gehört, eine Art Fundament. Ich? Ich war nur im Augusta NGC, weil mir der Platz gefällt und ich gern Golf spiele.« Lenghe zog seine kräftigen Schultern hoch, sodass die Nähte seines Poloshirts Mühe hatten, all die Muskeln zu halten. »Das Leben macht viel mehr Spaß, wenn man selbst den Rasen mäht. Ich meine ja nur.«

Lane schwieg eine Weile und sah durch das ovale Fenster zu den in Braun und Gold beschrifteten UPS-Flugzeugen, die nacheinander in einem anderen Teil des Flughafens starteten. Charlemont lag genau in der Mitte des Landes und eignete sich deshalb perfekt als Versandzentrum. Wie die BBC und die Sutton Distillery Corporation war UPS einer der größten Arbeitgeber der Stadt und des Staats.

Es war fast unvorstellbar, dass das Unternehmen seiner Familie pleitegehen konnte. Gott, der Lebensunterhalt so vieler Menschen hing davon ab.

Darüber hatte er noch nie nachgedacht.

»Hast du irgendwelche Informationen über diese Geschäfte?«, fragte er. »Irgendwelche Namen? Orte? Ein Kumpel von mir geht die Unternehmenskonten durch und hat die Überweisungen gefunden, aber als er nach Details über WWB Holdings gesucht hat, konnte er nichts finden.«

»Dein Dad war da ziemlich vage, aber er hat mir schon einiges erzählt. Ich denk darüber nach und kann dir mailen, was ich weiß.«

»Das wäre toll.«

»Also, was kann ich für euch tun, Jungs? Ihr seid bestimmt nicht hergekommen, um mich über Dinge auszufragen, von denen ihr vorher noch nichts wusstet.«

Lane räusperte sich. »Na ja, wie du dir denken kannst ... Da ich den Führungsstab ausgesperrt habe und diese interne Untersuchung durchführe, befindet sich das Geschäft in einer Übergangsphase, die ...«

»Wie viel Getreide braucht ihr beide auf Kredit?«

Mack meldete sich zu Wort. »Sechs Monate wäre toll.«

Lenghe pfiff. »Das ist viel.«

»Wir bieten dir exzellente Bedingungen«, sagte Lane. »Einen hohen Zinssatz, und du kannst als Sicherheit ein ganzes Lagerhaus voller Bourbonfässer haben. Und denk daran, egal, was intern passiert: Unser Produkt verkauft sich gut, Bourbon ist zurzeit sehr gefragt. Langfristig ist unsere Zahlungsfähigkeit nicht in Gefahr.«

Lenghe summte, und man konnte praktisch Rauch aufsteigen sehen, während er überlegte.

»Du und ich, wir haben einen gemeinsamen Bekannten«, sagte er. »Bob Greenblatt?«

»Der Investmentbanker?« Lane nickte. »Den kenne ich.«

»Er sagt, du bist ein ganz guter Pokerspieler.«

»Ich habe ein paar Mal mit ihm gespielt.«

»In Wahrheit hast du ihm ganz schön Geld abgeknöpft.« Lenghe lehnte sich zurück und lächelte, während er sich an einer Papierserviette die Finger abwischte. »Ich weiß nicht, ob du das schon mitbekommen hast, aber ich spiele auch ganz gern. Meine Frau ist eine gute Christin. Sie ist nicht recht einverstanden – aber sie drückt ein Auge zu, weißt du.«

Lane sah ihn durchdringend an. »Was genau hast du vor?«

»Na ja, ich habe eine Einladung zur Totenwache deines Vaters bekommen. Von eurem Butler. Ich war etwas überrascht, dass sie per E-Mail kam, aber das spart definitiv Porto, also warum nicht? Jedenfalls komme ich dafür in die Stadt, und wie wär's, wenn wir beide dann eine kleine freundschaftliche Wette abschließen und eine Runde Texas Holdem spielen würden? Wir könnten um Getreide spielen. Die Sache ist nämlich folgende: Deine Familie war mein erster großer Kunde.« Lenghe nickte Mack zu. »Und dein Daddy hat dafür gesorgt, dass ich den Auftrag bekommen habe. Ich bin mit dem Bus quer durch drei Staaten gefahren, weil ich kein Geld für ein Auto hatte, und Big Mack, wie wir ihn nannten, hat sich mit mir getroffen. Wir waren sofort auf einer Wellenlänge. Er hat bei mir ein Viertel von seinem Maisbedarf bestellt. Dann die Hälfte. Innerhalb von drei Jahren war ich der einzige Maislieferant, und später kam noch Gerste hinzu.«

»Mein Dad hatte immer Respekt vor dir«, sagte Mack.

»Das Gefühl hat auf Gegenseitigkeit beruht. Jedenfalls« – er konzentrierte sich wieder auf Lane – »finde ich, wir sollten darum spielen.«

»Ich komme immer noch nicht richtig mit.«

Was nicht ganz stimmte. Er war zwar nicht direkt an der Bourbonherstellung beteiligt, aber er war auch kein kompletter Laie. Sechs Monate Getreide war ein hoher Einsatz. Und da sein Vermögen zu neunundneunzig Prozent aus BBC-Anteilen bestand und das Unternehmen in etwa so gesund war wie ein Asthmatiker in einem Heufeld …

hatte er keine Ahnung, wie er genug Geld zusammenkriegen sollte, um in das Spiel einzusteigen.

Lenghe zuckte wieder mit den Schultern. »Ich versorge dich sechs Monate lang kostenlos mit Mais, Roggen und Gerste, wenn du gewinnst.«

»Und wenn ich verliere?«

»Dann musst du mich später dafür bezahlen.«

Lane runzelte die Stirn. »Hör mal, ich will dir ja keinen Deal ausreden, der für mich günstig ist, aber wie soll das fair sein? Du bekommst dabei nur, was ich dir sowieso angeboten hätte.«

»Erstens mag ich Herausforderungen. Und zweitens sagt mir mein Instinkt, dass du momentan in einem sehr, sehr tiefen finanziellen Loch steckst. Du musst das nicht bestätigen oder abstreiten, aber ich glaube nicht, dass du es dir jetzt gerade oder in der näheren Zukunft leisten kannst, mich zu bezahlen. Und selbst wenn ich mir tausend Fässer als Sicherheit geben lasse? Du wirst den Erlös davon brauchen, damit die Bradford Bourbon Company weiterlaufen kann, denn ohne Geld aus dem Verkauf hast du kein Einkommen, um deine Angestellten oder die Kosten deiner Auslieferer zu bezahlen. Deshalb mache ich es. Na ja, und da gibt es noch einen Grund.«

»Und der wäre?«

Lenghe zuckte die Achseln. »Deine Familie produziert ganz einfach den besten Bourbon der Welt. Mein Eigenkapital beträgt weit über eine Milliarde Dollar – also kann ich es mir leisten, das Unternehmen zu unterstützen, dem ich meinen Lieblingsdrink verdanke.« Der Mann beugte sich noch einmal vor und lächelte. »Und die Fähigkeit, das zu tun? Die ist so viel mehr wert, als in einen Country Club reinzukommen. Glaub mir.«

Gin betrat den klassischen Amdega-Machin-Wintergarten von Easterly. Die feuchte Luft war erfüllt vom Duft süßer Hyazinthen und lieblicher Lilien. Auf der anderen Seite des hohen verglasten Raums, zwischen den Schnittblumenbeeten und den zarten Blüten seltener Orchideen, stand ihre zukünftige Schwägerin. Sie griff mit beiden

Händen in einen Haufen Erde, und ihre Kakishorts war am Hintern auch schon damit beschmiert. Außerdem trug Lizzie kein Make-up und hatte sich die Haare offensichtlich mit einem Gummiband zusammengebunden.

Allen Ernstes mit einem Band. Aus Gummi.

Und diese Gärtnerin sollte bald zu ihren Verwandten gehören. Lane wollte sie tatsächlich heiraten. Wenn man jedoch in Betracht zog, wie liebenswürdig seine erste Frau Chantal war, wäre wohl alles außer einem Bauernhoftier eine Verbesserung, überlegte Gin.

»Du bist aber fleißig.«

Lizzie blickte über ihre Schulter, nahm die Hände aber nicht von dem Blumentopf. »Oh, hallo.«

»Ja.« Gin räusperte sich. »Ich meine, hallo.«

»Kann ich irgendwie helfen?«

»Zufällig ja. Ich brauche Blumen für meine Hochzeit. Wir warten bis nach der Totenwache, also findet die Feier am Samstag statt, nach der standesamtlichen Hochzeit am Freitag. Ich weiß, dass das sehr kurzfristig ist, aber du kannst bestimmt eine Expressbestellung aufgeben.«

Lizzie klopfte sich die Hände ab, konnte aber nur die lose Erde abschütteln, bevor sie sich ganz umdrehte. »Hast du schon mit Lane darüber gesprochen?«

»Warum sollte ich? Das hier ist mein Haus. Meine Feier. Er ist nicht mein Vater.«

»Ich dachte nur, bei all den finanziellen Schwierigkeiten ...«

»Alles in Elfenbein- und Pfirsichtönen. Und bevor du mir jetzt von Einsparungen erzählst: Ich halte die Feier klein, nur vierhundert Leute. Also brauchen wir höchstens vierzig Tische im Garten. Ach, da fällt mir ein, kannst du dich bitte auch um die Bestellung der Tische und Stühle kümmern? Und um ein Zelt und das Silbergeschirr und die Gläser. Ich traue Mr Harris nicht recht über den Weg. Und Miss Aurora soll die Bestellungen für das Essen organisieren.«

»Wer bezahlt das alles?«

»Wie bitte?«

»Eine solche Veranstaltung kostet gut fünfundsiebzigtausend Dollar. Denn zusätzlich zu alldem brauchst du auch noch Servicepersonal. Einparker und Busse. Und Miss Aurora braucht Hilfe in der Küche. Wer wird das bezahlen?«

Gin machte den Mund auf. Und dann fiel ihr ein, dass Rosalinda tot war. Also konnte sie nicht wie üblich den Namen der Rechnungsprüferin nennen.

»*Wir* werden es bezahlen.« Sie hob das Kinn. »Die Kosten werden gedeckt.«

»Ich denke, du solltest besser mit Lane sprechen.« Lizzie hielt ihre schmutzigen Handflächen hoch. »Und mehr sage ich dazu nicht. Wenn er meint, er kann sich das jetzt gerade leisten, tue ich gern alles Nötige, damit es funktioniert.«

Gin streckte die Finger und inspizierte ihre Maniküre. Keine Absplitterungen. Perfekt gefeilt. Blutrot und glänzend wie ein neuer Sportwagen.

»Du schläfst zwar mit meinem Bruder, Schätzchen, aber wir wollen mal nichts überstürzen, ja? Du gehörst immer noch zu den Angestellten, und als solche geht dich das überhaupt nichts an, oder?«

Ja, es gab ... Schwierigkeiten. Aber so eine kleine Party konnte ja wohl nicht das Budget sprengen? Und es waren notwendige Ausgaben. Sie war eine Bradford, verdammt noch mal.

Lizzie wandte den Blick ab und senkte den Kopf. Als sie wieder aufschaute, sagte sie leise: »Nur damit das zwischen uns klar ist: Ja, ich bin zwar eine Angestellte, aber ich muss im Gegensatz zu dir nicht mehr aufgerüttelt werden. Mir ist deutlich bewusst, in welcher Situation sich dieser Haushalt befindet, und wenn es dir Spaß macht, mit mir »Downton Abbey« zu spielen, ist das okay. Aber es wird nichts daran ändern, dass du dir deine ›bescheidene‹ Hochzeitsfeier im Moment nicht leisten kannst. Und ohne das Einverständnis deines Bruders werde ich nicht mal eine Pusteblume bestellen.«

Gin spürte, wie ihr die Äste ihres alten Stammbaums den Rücken stärkten. »Also, ich habe noch nie ...«

»Hallo, Mutter.«

Der Klang dieser unbekümmerten Stimme traf sie im Nacken wie ein Hammerschlag, und Gin drehte sich nicht sofort um. Sie blickte auf die Glasscheibe vor ihr und sah, wer hinter ihr hereingekommen war. Das Gesicht, das sich darin spiegelte, hatte sich verändert, seit sie es im September zuletzt gesehen hatte. Der Teint war derselbe, und das lange, dichte braune Haar war noch genau wie Gins eigenes – und ja, auch der Ausdruck war exakt, wie sie ihn in Erinnerung hatte. Aber die Wangenknochen wirkten höher, entweder aufgrund der körperlichen Reife oder weil Amelia abgenommen hatte.

Was nie schlecht war.

Gin drehte sich auf dem Absatz um. Ihre Tochter trug Skinny Jeans, in denen ihre Beine wirkten wie Strohhalme, eine schwarze Chanel-Bluse mit weißem Kragen und weißen Manschetten und ein Paar Ballerinas von Tory Burch.

Ihre Unverschämtheit hin oder her – sie sah aus wie direkt aus den Straßen von Paris.

»Amelia. Was machst du hier zu Hause?«

»Ich freue mich auch, dich zu sehen.«

Gin sah über ihre Schulter und wollte Lizzie auffordern zu gehen, aber die Frau war bereits durch eine der hinteren Glastüren, die sich nun mit einem leisen Klicken schloss, in den Garten verschwunden.

Einen Augenblick lang schossen Gin Bilder von Amelia als Kind durch den Kopf, sodass sie nicht mehr die Gegenwart, sondern die Vergangenheit sah. Doch die war auch nicht besser als die jetzige Entfremdung. Die Distanz, die zu solch einer greifbaren Feindschaft führte, war in den Jahren entstanden, in denen Gin sich eher wie eine Schwester als wie eine Mutter verhalten hatte.

Eine boshafte Schwester.

Wobei es für sie noch viel komplizierter war.

Allerdings hatte es sich in der letzten Zeit deutlich beruhigt. Doch Amelia war nicht nur für ihre Ausbildung nach Hotchkiss geschickt worden, sondern auch, um den Sturm abzuwenden, der jedes Mal losbrach, wenn sie und Gin sich im selben Raum befanden.

»Es ist wie immer wunderbar, wenn du zu Hause bist.«

»Ach ja?«

»Aber ich bin überrascht. Ich dachte nicht, dass die Sommerferien so früh anfangen.«

»Tun sie auch nicht. Ich bin von der Schule geflogen. Und bevor du versuchst, einen auf empörte Erziehungsberechtigte zu machen, darf ich dich daran erinnern, dass ich nur deinem Beispiel folge.«

Gin blickte hilfesuchend nach oben – und da sie im Wintergarten stand, konnte sie durch das Glasdach tatsächlich den blauen Himmel und die Wolken sehen.

Erziehung war wirklich so viel leichter, wenn man selbst ein Vorbild war.

Genauer gesagt, ein positives Vorbild.

»Ich hau ab in mein Zimmer«, verkündete Amelia. »Und dann treffe ich mich heute Abend mit Freunden zum Essen. Keine Sorge. Einer von ihnen ist fünfundzwanzig und hat einen Ferrari. Ich bin in guter Gesellschaft.«

20

Nach dem Treffen mit Lenghe kehrte Lane nach Easterly zurück. Dort kam er nicht weit. Mr Harris, der Butler, verließ gerade mit einem Tablett in den Händen den Speisesaal. Darauf lagen ein halbes Dutzend Kunstobjekte aus Sterlingsilber, einschließlich der Bonbonschale von Cartier, die auf dem gebogenen Schwanz eines umgedrehten Karpfens balancierte.

Aber der Engländer hatte nicht vor, mit Lane über sein Vorgehen beim Polieren von Silber zu sprechen.

»Oh, hervorragend, Sir, ich war schon auf der Suche nach Ihnen. Sie haben Besuch. Deputy Mitch Ramsey ist in der Küche.«

»Ja, ich habe sein Sheriff-Fahrzeug draußen parken sehen.«

»Außerdem habe ich die Benachrichtigung über die Totenwache verschickt. Die E-Mail war aus zeitlichen Gründen unvermeidlich. Ich hätte natürlich einen richtigen Brief vorgezogen. Aber die Antworten treffen bereits ein, und ich glaube, Sie werden mit der Anzahl der Zusagen zufrieden sein.«

Drei Dinge gingen Lane nacheinander durch den Kopf: Hoffentlich würden die Gäste nicht viel essen und trinken – was die Leute wohl sagen würden, wenn sie die Drinks bezahlen müssten? – und schließlich, Gott, er hatte noch nie zuvor über Pro-Kopf-Kosten nachgedacht.

Dann merkte Lane, dass der Butler ihn erwartungsvoll ansah, und fragte: »Sorry, wie bitte?«

»Es gab auch eine Neuankunft im Haus.«

Damit beendete der Butler seinen Bericht, als hätte ihn Lanes mangelnde Aufmerksamkeit beleidigt und er ihn nun aus Rache zur Interaktion zwingen wollte.

»Und, wer ist es?« Der Sensenmann? Nein, Moment. Der Anlagenbetrüger Bernie Madoff auf Arbeitsfreigang. Der Krampus – nope, falsche Jahreszeit.

»Miss Amelia ist zurückgekehrt. Sie ist vor etwa zehn Minuten im Taxi angekommen, zusammen mit einigen ihrer Gepäckstücke. Ich habe mir erlaubt, sie in ihr Zimmer bringen zu lassen.«

Lane runzelte die Stirn. »Haben die Sommerferien schon angefangen? Wo ist sie?«

»Soweit ich weiß, ist sie zu ihrer Mutter gegangen.«

»Dann müsste der Atompilz ja bald am Horizont auftauchen. Danke, Mr Harris.«

»Mit Vergnügen, Sir.«

Aus irgendeinem Grund klangen diese Worte bei dem Kerl immer wie »Sie können mich mal«. Woraufhin man ihn am liebsten an seiner schwarzen Krawatte packen würde und ...

Nein, Schluss mit den Leichen, selbst in der Theorie.

Lane schob den Gedanken beiseite, durchquerte das Foyer und betrat den kahlen Flur, der zur Küche führte. Als er an Rosalinda Freelands altem Büro vorbeikam, blieb er stehen und betrachtete das Polizeisiegel, das noch immer an der Tür klebte.

Die Tatsache, dass er nicht hineingehen durfte, erschien ihm wie ein Symbol dafür, was aus seinem ganzen Leben geworden war.

Vielleicht hatte Jeff recht. Vielleicht konnte er nicht alles unter Verschluss halten, was zusammenbrach. Vielleicht lief die Welt nicht mehr so wie zur Zeit seines Großvaters oder auch seines Vaters, als Familien wie seine die Macht hatten, sich zu schützen.

Und ganz ehrlich, warum zur Hölle zerstörte er Beziehungen, die ihm wichtig waren, für den Bullshit seines Vaters?

»Hallo, Sir.«

Lane sah sich um. Eine blonde Frau in einer Zimmermädchenuniform kam mit einem Laken aus feiner Baumwolle über dem Arm aus der Waschküche.

»Ich bin Tiphanii«, sagte sie. »Mit *ph* und zwei *i*.«

»Ja, richtig. Wie geht es Ihnen?«

»Ich kümmere mich gut um Ihren Freund Jeff. Er arbeitet so hart da oben.« Es folgte eine Pause. »Kann ich auch irgendetwas für Sie tun?«

»Nein danke.« Außer sauberer Bettwäsche hatte sie nichts, was er wollte. Oder je wollen würde. »Aber ich bin sicher, mein alter Mitbewohner weiß den persönlichen Service zu schätzen.«

»Na ja, sonst sagen Sie mir einfach Bescheid.«

Als sie davontrippelte, musste er an die erste Staffel von »American Horror Story« und das Hausmädchen denken, das mal alt und mal jung war. Dieses hier war definitiv Letzteres. Das Gute daran? Wenigstens bekam Jeff die Chance, sich ein bisschen zu entspannen. Und Tiphanii war kein Gespenst, das sich zu einem unpassenden Zeitpunkt in eine alte Schrulle jenseits der Wechseljahre verwandeln würde.

Mann, du bist genau wie dein Vater.

»Nein, bin ich nicht.«

Als Lane die große, professionell ausgestattete Küche betrat, roch er Milchbrötchen und sah Miss Aurora und Officer Ramsey mit zwei Kaffeetassen und einem Teller Gebäck auf Hockern nebeneinander an der Granitarbeitsplatte sitzen. Der Deputy trug seine beige-braun-goldene Uniform, eine Waffe an der Hüfte und ein Funkgerät an seiner breiten Schulter. Miss Aurora hatte eine Schürze und eine weite blaue Hose an.

Sie wirkte dünner als bei seiner Ankunft hier, dachte Lane finster.

»Morgen«, sagte Lane, ging zu Ramsey und begrüßte ihn mit Handschlag.

»Morgen.«

»Habt ihr noch Platz für einen Dritten?«

»Immer.« Miss Aurora schob eine leere Tasse an seinen Platz und stand auf, um die Kaffeekanne aus der Maschine zu holen. »Aber ich lasse euch beide wohl besser allein.«

»Bleib doch«, sagte Lane und setzte sich. »Bitte.«

Mann, er hatte vergessen, wie kräftig Ramsey war. Lane war gut eins neunzig groß. Aber als er neben dem Deputy auf dem Hocker saß, kam er sich vor wie eine Barbiepuppe.

»Also, der Obduktionsbericht.« Mitch sah ihn an. »Der Finger hat deinem Vater gehört. Definitiv. An seiner Leiche gibt es Schnittspuren, die mit Kratzern am Knochen des Fundstücks aus eurem Vorgarten übereinstimmen.«

»Dann wurde er also ermordet.« Lane bedankte sich mit einem Nicken für den Kaffee, den Miss Aurora ihm einschenkte. »Denn so etwas tut man sich selbst nicht an.«

»Wusstest du, dass dein Vater krank war?«

»Im Kopf? Ja, sehr.«

»Er hatte Lungenkrebs.«

Lane senkte langsam seine Tasse. »Wie bitte?«

»Dein Vater litt an Lungenkrebs im fortgeschrittenen Stadium. Er hatte schon Metastasen im Gehirn. Der Leichenbeschauer meinte, er hätte höchstens noch sechs Monate gelebt – und der Krebs hätte seinen Gleichgewichtssinn und seine motorischen Fähigkeiten sehr bald so stark beeinflusst, dass er ihn nicht mehr vor anderen hätte verstecken können.«

»Diese Zigaretten.« Er blickte zu Miss Aurora. »Diese ganzen Scheiß-Zigaretten.«

»Pass auf, wie du dich ausdrückst«, sagte sie. »Aber ich wollte immer, dass er aufhört. Ich hab mir meinen Krebs nicht ausgesucht. Ich verstehe nicht, wie irgendjemand diese Krankheit wollen kann.«

Lane sah wieder zu Ramsey und fragte: »Kann es sein, dass er nichts davon wusste? Und wie lange hatte er ihn wohl schon?«

Aber sein Vater hätte Lane sowieso nie irgendwas über seine Gesundheit gesagt. Verdammt, wie er den großen William Baldwine kannte, hatte der Mann sicher geglaubt, dass er den Krebs einfach durch seine Willenskraft zurückdrängen konnte.

»Das habe ich den Leichenbeschauer auch gefragt.« Ramsey schüttelte den Kopf. »Er meinte, dass dein Vater sehr wahrscheinlich schon Symptome hatte. Kurzatmigkeit. Kopfschmerzen. Schwindelanfälle. Seine sterblichen Überreste haben nicht auf eine Operation hingedeutet, und er hatte keinen Portkatheter oder so – aber das heißt nicht, dass er keine Chemotherapie oder Bestrahlung gemacht haben kann. Wir haben Gewebeproben losgeschickt und eine toxikologische Untersuchung beauftragt – aber bis wir die Ergebnisse bekommen, wird es noch dauern.«

Lane massierte sich den Kopf. »Dann kann es also wirklich Selbstmord gewesen sein. Wenn er wusste, dass er sterben würde, und nicht leiden wollte, hätte er von der Brücke springen können.«

Aber der Finger? Der Ring? Die Tatsache, dass das Ding auf dem ganzen riesigen Anwesen mit so vielen versteckten und offensichtlichen Orten ausgerechnet direkt unter dem Fenster seiner Mutter vergraben gewesen war?

»Oder dein Vater wurde hinuntergeworfen«, schlug der Deputy vor. »Nur weil der Mann krank war, heißt das nicht, dass ihn nicht jemand ermordet haben kann – und in den Lungen wurde Wasser gefunden, was beweist, dass er, als er auf dem Fluss aufgekommen ist, noch gelebt hat und wenigstens einen einzigen tiefen Atemzug genommen hat.« Ramsey blickte zu Miss Aurora. »Es tut mir leid, Ma'am, dass ich so anschaulich darüber sprechen muss.«

Lanes Momma zuckte nur die Achseln. »So ist es nun mal.«

Lane sah Miss Aurora an. »Ich war die ganze Zeit oben in New York. Hast du an ihm etwas bemerkt? War er irgendwie ... anders?«

Aber wie schlimm sein Zustand auch gewesen sein mochte, seinen Sexualtrieb hatte das nicht beeinträchtigt. Zumindest deuteten Chantal und das Baby, das sie erwartete, darauf hin.

Seine Momma schüttelte den Kopf. »Mir ist nichts Ungewöhnliches aufgefallen. Die letzten paar Monate war er viel unterwegs, aber das war auch sonst oft so. Und ihr wisst ja, wie verschlossen er war. Er ist jeden Morgen früh aufgestanden, hat das Haus verlassen, um ins Business-Center zu gehen, und ist meist erst spät zurückgekommen. Meine Zimmer sind gegenüber den Garagen, also konnte ich sehen, wie sein Chauffeur um Mitternacht oder ein Uhr morgens endlich sein Auto geparkt hat, oder ich habe ihn aus seinem Büro hierher zurückkommen sehen. Also, keine Ahnung.«

»Mit dem Geld und den Verbindungen deiner Familie hätte er sich überall in den Staaten behandeln lassen können«, warf Ramsey ein.

»Was meint die Mordkommission?«, fragte Lane.

Ramsey wiegte unschlüssig den Kopf. »Sie neigen zu Fremdeinwirkung. Der Finger ist der Schlüssel. Er ändert alles.«

Lane blieb noch eine Weile sitzen und unterhielt sich mit den beiden. Dann entschuldigte er sich, stellte seine Tasse in die Spüle und lief die Personaltreppe ins obere Stockwerk hinauf. Miss Aurora und Ramsey kannten sich, seit der Deputy noch Windeln getragen hatte, und er hatte sie schon oft in seiner Freizeit besucht. Ihr Gespräch konnte daher noch ein bisschen dauern.

Krebs.

Also war sein Vater dabei gewesen, sich mit Tabak umzubringen – bis jemand beschlossen hatte, das Verfahren zu beschleunigen und BEZAHLT auf den Zettel an seinem Zeh zu schreiben.

Unfassbar.

Wie üblich arbeiteten die Angestellten am Vormittag, nachdem die Familienmitglieder aufgestanden und aus ihren Schlafzimmern herausgekommen waren, in diesem Teil des Hauses, und Lane roch die Reinigungsmittel für die Toiletten und Duschen und Fenster. Die künstlichen Zitrus- und Minze-Aromen juckten ihn in der Nase.

Er ging weiter zum Zimmer seines Vaters, und es fühlte sich falsch an, nicht anzuklopfen, bevor er die Tür öffnete – obwohl der Mann tot war. Den stillen, dunklen, maskulinen Raum zu betreten war ein Tabu, das ihn zwang, ohne Grund immer wieder über seine Schulter zu schauen.

Es lagen kaum persönliche Gegenstände auf den Kommoden und Nachttischen, alles in der Suite war eine bewusst arrangierte und gepflegte Inszenierung, die verkündete: »Hier bettet nachts ein reicher und mächtiger Mann sein Haupt.« Wenn man von den monogrammierten Decken- und Kissenbezügen, den ledergebundenen Büchern, den Orientteppichen und der Fensterfront ausging, die gerade hinter schweren Seidenvorhängen verborgen war, hätte man auch im Ritz-Carlton in New York sein können oder auf einem englischen Landsitz oder in einem italienischen Schloss.

Das Bad war vom Fußboden bis zur Decke mit altmodischem Marmor und Zierleisten verkleidet, hatte neue Sanitäreinrichtungen, und die schicke verglaste Duschecke nahm den halben Raum ein. Lane hielt inne, als er den monogrammierten Bademantel seines Vaters an einem Messinghaken hängen sah. Daneben das Rasierset: ein Pinsel mit Goldgriff und ein Rasiermesser. Der Lederriemen, um die Silberklinge zu schärfen. Der Wasserbecher aus Sterlingsilber. Die Zahnbürste.

Es gab zwei goldene Waschbecken und dazwischen eine endlos lange Marmorablage, aber Lane glaubte nicht, dass seine Mutter das freie je benutzt hatte. Darüber hing ein Spiegel, der von goldenen Wandleuchten umrahmt war.

Kein Medizinschränkchen.

Lane bückte sich und öffnete die Schubladen. In der ersten fand er einen Haufen Kondome, woraufhin er am liebsten auf etwas eingeschlagen hätte, und zwar aus etlichen Gründen. In der nächsten waren Vorräte wie Seife, Wattestäbchen, Einwegrasierer. Auf der anderen Seite befanden sich Bürsten und Kämme. Unter den Waschbecken Toilettenpapier, Taschentuchboxen, Mundwasserflaschen.

In gewisser Weise konnte Lane sich kaum vorstellen, dass sein Vater jemals so profane Dinge benutzt hatte. Wie jeder andere Mensch, der sich fertig machte, um zur Arbeit oder ins Bett zu gehen.

Der Mann war irgendwie immer von einem Geheimnis umgeben gewesen, aber nicht im positiven Sinn. Eher wie Jack the Ripper. Zwischen ihm und Lane hatte es keine Kommunikation gegeben, keine Beziehung, kein bisschen Wärme.

Lane fand die Medikamente in dem hohen schmalen Schrank neben der Fensterbank.

Dort standen sechs orangefarbene Fläschchen, jedes mit unterschiedlich vielen Tabletten oder Kapseln darin. Er erkannte weder den zuständigen Arzt noch die Namen der Medikamente, aber ausgehend von der Anzahl der Warnhinweise an der Seite, die verboten, schwere Maschinen zu benutzen oder Auto zu fahren, vermutete er, dass es sich um Schmerzmittel oder Muskelrelaxanzien handelte – oder hochkonzentrierte Präparate, die einen, zumindest kurzfristig, noch kränker machten als die eigentliche Krankheit.

Er holte sein Handy heraus und tippte den Namen des Arztes ein. Na, wer hätte das gedacht: Der Arzt arbeitete am MD-Anderson-Krebszentrum in Houston.

Sein Vater hatte gewusst, dass er krank war. Und wahrscheinlich auch, dass er bald sterben würde.

»Du bist rausgeflogen?«, fragte Gin durch die duftende Luft des Wintergartens.

»Ja«, antwortete ihre Tochter.

Großartig, dachte Gin.

In der darauffolgenden Stille überlegte sie, wie sie ihre elterliche Empörung wohl am besten ausdrücken sollte, und stellte sich vor, wie sie mit ihren High Heels aufstampfte oder vielleicht altmodisch den Zeigefinger hob. Nichts davon passte. Das Einzige, was ihr wirklich angemessen erschien, war, Edward um Hilfe zu bitten. Er wüsste, was zu tun war.

Aber nein. Dieser Weg war abgeschnitten.

Letztendlich entschied sie sich für: »Darf ich fragen, warum du aufgefordert wurdest, die Schule zu verlassen?«

»Was glaubst du denn? Ich bin schließlich deine Tochter.«

Gin verdrehte die Augen. »Alkohol? Oder wurdest du mit einem Jungen erwischt?«

Als Amelia nur das Kinn hob, erkannte Gin, dass es um einen noch schwereren Verstoß ging.

»Du hast mit einem deiner *Lehrer* geschlafen? Bist du wahnsinnig?«

»Das hast du doch auch gemacht. Und dann wurdest du von der Schule beurlaubt ...«

Die Tür zum Haus ging auf, und als Gin Lane sah, fühlte sie sich wie ein Matrose auf stürmischer See, der einen Leuchtturm entdeckte.

»Rate mal, wer von der Schule nach Hause gekommen ist«, sagte sie trocken.

»Hab ich schon gehört. Komm her, Ames. Lange nicht gesehen.«

Als das Mädchen sich von Lane umarmen ließ und die beiden ihre dunklen Köpfe aneinanderschmiegten, musste Gin wegschauen.

»Sie hat Neuigkeiten«, murmelte Gin, während sie umherwanderte und an Orchideenblättern zupfte. »Erzähl du es ihm doch.«

»Ich bin rausgeflogen.«

»Weil sie mit einem Lehrer geschlafen hat.« Gin winkte ab. »Ausgerechnet dabei musste sie meinem Beispiel folgen.«

Lane fluchte und trat einen Schritt zurück. »Amelia.«

»Oh, er benutzt deinen richtigen Namen.« Gin lächelte bei dem Gedanken, dass Lane sich anhörte wie ihr Vater. »Er meint es ernst. Können wir jemanden von Hotchkiss anrufen, Lane? Wir können ihnen das doch sicher ausreden.«

Lane rieb sich übers Gesicht. »Wurdest du dazu gezwungen? Hattest du Schmerzen?«

»Nein«, antwortete das Mädchen. »So war es nicht.«

»Es muss doch eine Möglichkeit geben, sie dort weitermachen zu lassen ...«, sagte Gin.

»Sind nicht bald Abschlussprüfungen?«, unterbrach Lane sie. »Verlierst du deine Creditpoints? Du lieber Himmel, Ames, ehrlich. Das ist schlimm.«

»Tut mir leid.«

»Ja«, murmelte Gin, »so siehst du auch aus. Brauchst du ein Taschentuch? Kannst du deine Rolle dann besser spielen?«

»Einen hübschen Diamanten hast du da am Finger«, zischte Amelia. »Also heiratest du wohl?«

»Am Tag nach der Totenwache deines Großvaters hier.«

»Nett, dass du mich angerufen und mir Bescheid gesagt hast, Mutter.«

»Die Hochzeit ist nicht wichtig.«

»Sehe ich auch so. Ich meine den Tod meines Großvaters. Mein eigener Großvater ist gestorben, und ich erfahre es aus der Zeitung.«

Lane wandte den Blick von ihr ab. »Du hast sie nicht angerufen, Gin? *Wirklich?*«

»Entschuldige mal, aber *sie* ist diejenige, die von der Schule geflogen ist. Und dann siehst du mich so an, als hätte ich etwas falsch gemacht?«

»Ich kann auch hier in Charlemont in die Schule gehen«, warf Amelia ein. »Charlemont Country Day ist eine gute Schule, und ich kann hier zu Hause wohnen ...«

»Wie kommst du darauf, dass du da jetzt noch genommen wirst?«, fragte Gin.

»Unsere Familie hat vor fünf Jahren den Ausbau gestiftet«, konterte Amelia. »Da können sie ja wohl schlecht nein sagen? Und wen heiratest du, Mutter? Lass mich raten. Er ist reich und charakterlos ...«

»Das reicht!«, blaffte Lane. »Gin, sie ist deine Tochter. Kannst du dich einmal in deinem Leben auch so verhalten? Und Amelia, das hier ist ein größeres Problem, als dir klar ist.«

»Aber es lässt sich lösen«, erwiderte das Mädchen. »In dieser Familie lässt sich alles lösen, nicht wahr?«

»Das stimmt leider nicht. Und du kannst nur hoffen, dass du diese Lektion nicht jetzt lernen musst, nachdem du diesen Mist verbockt hast.«

Als Lane sich zum Gehen wandte, fiel Gin ihre Hochzeitsfeier ein. »Warte, wir beide müssen noch etwas besprechen«, rief sie ihm nach.

»Ich werde nicht bei der Charlemont Country Day anrufen. Das machst du für sie. Es wird Zeit, dass du dich selbst um sie kümmerst.«

Gin verschränkte die Arme vor der Brust und verzog vor Schmerz das Gesicht, als sie dabei einen von Richard verursachten blauen Fleck an ihrem Ellbogen spürte. »Amelia, wärst du bitte so freundlich, zum Schmollen auf dein Zimmer zu verschwinden? Oder vielleicht hinaus an den Pool? Dein Twitter-Account hilft dir sicher, ein paar unterhaltsame Stunden damit zu verbringen, deine Freunde über deine schreckliche Rückkehr in den Schoß der Familie zu informieren.«

»Mit Vergnügen«, erwiderte sie. »Das ist definitiv besser, als weiter deine Gesellschaft zu ertragen.«

Das Mädchen stürmte nicht davon – Amelia schwebte hinweg und hinterließ einen Hauch Parfüm in der Luft, zusammen mit ihrer Verachtung.

Es war ein Wunder, dass sie und Gin sich nicht besser verstanden.

Sobald sich die Tür zum Haus geschlossen hatte, lästerte Gin: »Vielleicht sollte sie das mit der Schule einfach vergessen und als Model nach New York gehen. Sie wird mehr Glück damit haben, anstelle ihres Mundwerks ihr Gesicht zu benutzen, wenn sie es noch zu etwas bringen will.«

»Dir hat dein Mundwerk auch nicht geschadet«, sagte Lane. »Aber es hat dir auch nichts Gutes gebracht. Schau dir nur mal an, wen du heiratest.«

»Richard gehört zu den reichsten Männern im Staat, und er kann unserem Geschäft helfen.«

»Du hasst ihn.«

»Jeder hasst ihn. Das ist nichts Neues – aber so komme ich zum Thema. Dein Schätzchen Lizzie hat behauptet, ich bräuchte deine Genehmigung, um hier meine Hochzeit zu veranstalten. Ich habe ihr gesagt, dass es nichts Großes wird – höchstens vierhundert Leute ...«

»Moment mal, was?«

»Meine Hochzeitsfeier. Morgen bekommen wir die Heiratserlaubnis, und wir gehen am Freitag aufs Standesamt. Vaters Totenwache ist dann am Nachmittag, bevor am Samstag die Feier hier stattfinden wird – einfach nur Cocktails im Garten, gefolgt von einem Abendessen ...«

»Gin.«

»Was?«

»Wer soll das alles bezahlen?«

»Wir. Warum?«

Lane kniff die Augen zusammen. »Wir haben das Geld nicht, Gin. Das heißt, die Schecks werden platzen. Verstehst du, was ich dir sage? Jetzt gerade ist kein Geld da. Ich versuche das zu regeln, aber egal, ob es vierhundert oder vierzig Leute sind – wir können keine Schecks ausstellen, die nicht absolut notwendig sind.«

»Wir bezahlen doch auch Vaters Totenwache.«

»Und das ist alles. Die Partys sind vorbei, Gin. Die Privatflugzeuge. Verdammt, sogar Taxis sind gestrichen. Es gibt keine Kleider mehr, keine Bälle oder Reisen. Mit alldem ist Schluss. Das musst du verstehen.«

Sie runzelte die Stirn, als sie merkte, wie ihr Herz ziemlich besorgniserregend flatterte. Und dann flüsterte sie: »Mir fällt es schwer zu glauben, dass du die Beerdigung eines Mannes veranstaltest, den du gehasst hast, aber mir die Feier verbietest, die ich verdiene.«

Lane starrte sie einen Augenblick an. »Weißt du, Gin, ich will ganz ehrlich zu dir sein. Ich wusste immer, dass du eine selbstverliebte Egoistin bist, aber ich habe dich wirklich nie für dumm gehalten.«

»Wie bitte?«

»Wenn wir nicht die halbe Welt hierher einladen, um Abschied zu nehmen, wird es Gerüchte geben – und die werden stimmen. Ich schere mich einen Dreck um den Ruf dieser Familie, aber das Geschäft ist unsere einzige Chance, aus diesem Chaos wieder rauszukommen. Die BBC geht auf dem Zahnfleisch. Ich mache mir Sorgen, ob wir die Gehälter bezahlen können, Herrgott noch mal. Wenn die Presse irgendwas von den finanziellen Schwierigkeiten erfährt, riskieren wir, dass die Auslieferer Panik kriegen und ihr Geld verlangen oder abspringen. Der Vertrieb könnte streiken. Die Gewerkschaft könnte sich auflehnen. Das hier bedeutet so viel mehr als nur eine verdammte Feier. Die Totenwache ist strategisch notwendig. Deine Hochzeit ist das nicht.«

Gin legte eine Hand an ihre Kehle und erinnerte sich daran, wie sie mit dem Phantom Drophead an der Tankstelle unten an der River Road gewesen war – und ihre Kreditkarten nicht funktioniert hatten. Aber das war passiert, weil ihr Vater ihr den Geldhahn zugedreht hatte, und nicht, weil überhaupt keine Mittel mehr verfügbar waren.

Und dann fiel ihr ein, wie ihr Bruder sie über die schlechte Finanzsituation informiert hatte, nachdem er sie von der Polizei abgeholt hatte.

Aber sie schüttelte den Kopf. »Du hast gesagt, wir hätten Schulden von fünfzig oder sechzig Millionen. Wir haben doch bestimmt irgendwo noch andere Mittel ...«

»Die Schulden betragen mehr als das Dreifache davon. Zumindest die, von denen wir bisher wissen. Die Zeiten haben sich geändert, Gin.« Er drehte sich weg. »Wenn du eine Party willst, dann lass doch deinen Zukünftigen den Scheck ausstellen. Für ihn sind das Peanuts, und schließlich heiratest du ihn ja deswegen.«

Gin blieb reglos stehen und sah die Glastür ein zweites Mal zugehen.

In der Stille überkam sie ein seltsames Gefühl der Entfremdung von sich selbst, und sie brauchte einen Moment, um zu begreifen, dass sie dieses Gefühl jedes Mal hatte, wenn Richard ...

Oh Gott. Sie glaubte, sich übergeben zu müssen.

»Es wird alles gut«, sagte sie zu den Pflanzen. »Und Pford sollte endlich mal anfangen, sich nützlich zu machen.«

21

Der Besen marschierte den Mittelgang des Stalls entlang, schob Abfall vor sich her, wirbelte einen feinen Nebel aus Heupartikeln auf. Während Edward hinter seinem Besen herlief, schoben die Zuchtstuten ihre Mäuler über die Boxentüren, deren obere Hälfte geöffnet war, schnüffelten an seinem T-Shirt, stupsten ihn am Ellbogen an, prusteten ihm durch die Haare. Der Schweiß stand ihm auf der Stirn und lief ihm an der Wirbelsäule hinunter in den lockeren Bund seiner Jeans. Von Zeit zu Zeit blieb er stehen und wischte sich mit dem Unterarm übers Gesicht. Unterhielt sich mit Moes Sohn Joey, der die Boxen ausmistete. Streichelte über einen eleganten Hals oder glättete eine widerspenstige Mähne.

Er spürte, wie ihm der Alkohol aus den Poren rann, als hätte er in dem Zeug gebadet. Und doch hatte er, sogar während er den Fusel mit Arbeit aus seinem Körper hinaustrieb, ein paar Mal an einer Wodkaflasche nippen müssen, sonst hätte er das Zittern nicht ausgehalten.

»Sie arbeiten aber hart«, kam eine Stimme vom anderen Ende.

Edward blieb stehen und versuchte, über seine Schulter zu schauen. Als sein Körper ihm die Verrenkung verweigerte, drehte er sich ganz um und stützte sich dabei mit dem Besenstiel ab.

Er blinzelte gegen einen Sonnenstrahl und fragte: »Wer ist da?«

»Ich bin Detective Merrimack. Charlemont Metro Police.«

Laute Schritte hallten über den Beton und stoppten vor ihm, dann klappte der Mann eine Brieftasche auf und zeigte ihm einen Ausweis und eine Marke.

»Wenn Sie erlauben, würde ich Ihnen gern ein paar Fragen stellen«, sagte der Detective. »Nur eine Formalität.«

Edward blickte von dem Ausweis zu dem Gesicht, das zu dem laminierten Foto passte. Merrimack war Afroamerikaner und hatte kurz geschnittene Haare, einen kräftigen Kiefer und große Hände, die vermuten ließen, dass er möglicherweise einmal ein Ballspieler gewesen war. Er trug ein strahlend weißes Poloshirt mit dem Wappen des Charlemont Metro Police Departments auf der Brust, eine gute Hose und Lederschuhe mit Gummisohlen, die Edward auf den Gedanken brachten, dass der Typ wohl gelegentlich auch zu Fuß jemanden verfolgen musste.

»Wie kann ich Ihnen helfen, Detective?« Aus dem Augenwinkel sah Edward, wie Joey aus dem Stall schlüpfte.

Merrimack steckte seine Dokumente wieder ein. »Möchten Sie irgendwo hingehen, wo wir sitzen und uns ungestört unterhalten können?«

»Mir passt es hier.« Edward hinkte zu einem Heuballen und ließ sein Gewicht darauf fallen. »Jetzt gerade ist niemand sonst in diesem Stall. Und wenn Sie wollen, können Sie den Eimer da umdrehen und sich darauf setzen.«

Merrimack schüttelte den Kopf. Lächelte. Sah sich um. »Nicht schlecht, was Sie hier haben. Viele schöne Pferde.«

»Wetten Sie bei den Rennen?«

»Nur kleine Einsätze. Bestimmt nichts im Vergleich zu Ihnen.«

»Ich wette nicht. Zumindest nicht mehr.«

»Nicht mal auf Ihre eigenen Pferde?«

»Erst recht nicht auf meine eigenen. Also, was kann ich für Sie tun?«

Der Detective schlenderte zu der Box, deren obere Hälfte geschlossen war. »Wow. Das hier ist aber ein Prachtexemplar ...«

Edward schüttelte den Kopf. »Ich würde nicht zu nah rangehen an Ihrer ...«

Nebekanzer fletschte die Zähne und warf sich gegen die Gitterstäbe, und Merrimack schreckte so heftig zurück, dass er dabei einen besseren Stepptanz hinlegte als Savion Glover.

Nachdem sich der Mann an einer gegenüberliegenden Boxentür aufgefangen hatte, fragte Edward: »Sie kennen sich nicht aus mit Pferden, oder?«

»Ähm ... nein.« Der Detective richtete sich wieder auf und steckte sich das Shirt in die Hose. »Nein, tue ich nicht.«

»Wenn Sie in einen Stall kommen, in dem alle Boxen oben geöffnet sind, und da ist eine, nur eine einzige, die ganz geschlossen ist, dann hat das sehr wahrscheinlich einen guten Grund.«

Merrimack betrachtete kopfschüttelnd den gewaltigen Hengst, der auf der Stelle trat, als wollte er raus – und zwar nicht, um seinem Besucher höflich die Hand zu geben. »Jetzt sagen Sie nicht, dass auf diesem Biest irgendjemand reitet.«

»Nur ich. Und ich habe nichts zu verlieren.«

»Sie? Sie können in einen Sattel auf dem Rücken dieses Pferdes steigen?«

»Er ist mein Zuchthengst, nicht irgendein Pferd. Und ja, das kann ich. Wenn ich mir etwas in den Kopf gesetzt habe, ziehe ich es durch, sogar mit diesem Körper.«

Merrimack konzentrierte sich erneut auf ihn. Lächelte wieder. »Tun Sie das. Nun ja, das hilft Ihnen sicher bei Ihrer Genesung. Ich habe etwas gelesen über Ihren ...«

»Unglücklichen Urlaub? Ja, was ich durchgemacht habe, wird wohl nicht bei Trivago erscheinen. Aber wenigstens habe ich für den Hinflug meine Meilen gutgeschrieben bekommen. Allerdings nicht für den Rückweg. Was von mir noch übrig war, musste zu einem Army-Stützpunkt geflogen werden. Von dort hat mich die Air Force zurück in die Staaten gebracht.«

»Ich kann mir nicht vorstellen, wie das gewesen sein muss.«

»Oh doch, das können Sie.« Edward lehnte sich auf dem Heuballen zurück und streckte die Beine. »Also, was kann ich für Sie tun?«

»Moment, sagten Sie, die Air Force hätte Sie nach Hause gebracht?«

»Der Botschafter von Kolumbien ist ein Freund meiner Familie. Er war sehr hilfsbereit. Ebenso wie ein Deputy des Sheriffs von hier aus Charlemont, mit dem ich auch befreundet bin.«

»Hat Ihr Vater die Hilfe organisiert?«

»Nein, hat er nicht.«

»Nein?«

Edward legte den Kopf schief. »Er hatte damals andere Prioritäten. Sind Sie den ganzen Weg hierher nach Ogden County gekommen, nur um mich über meine Pferde auszufragen und mit mir über alte Zeiten zu plaudern? Oder hat das hier etwas mit meinem Vater zu tun?«

Merrimack lächelte wieder auf eine Weise, die wohl zeigen sollte, dass er nachdachte, aber nicht bedrohlich erscheinen wollte. »In der Tat. Ich habe nur ein paar Hintergrundfragen. In solchen Fällen fangen wir gern bei der Familie an.«

»Schießen Sie los.«

»Können Sie Ihr Verhältnis zu Ihrem Vater beschreiben?«

Edward bewegte den Besen zwischen seinen Knien und ließ den Stiel vor- und zurückwippen. »Es war schwierig.«

»Das kann vieles bedeuten.«

»Brauchen Sie eine Definition?«

»Nein, danke.« Merrimack zog einen Notizblock aus seiner hinteren Hosentasche und klappte ihn auf. »Sie waren sich also nicht sehr nahe.«

»Ich habe einige Jahre mit ihm zusammengearbeitet. Aber ich würde nicht sagen, dass wir eine traditionelle Vater-Sohn-Beziehung gehabt hätten.«

»Sie waren sein Nachfolger?«

»Ja, geschäftlich.«

»Aber das sind Sie nicht mehr.«

»Er ist tot. Er hat nichts mehr zu bestimmen, oder? Fragen Sie mich doch gleich, ob ich ihn umgebracht und ihm einen Finger abgeschnitten habe.«

Wieder dieses Lächeln. Und der Kerl hatte wirklich schöne Zähne, ganz gerade und weiß, aber nicht auf eine künstliche, kosmetisch unterstützte Art. »In Ordnung. Vielleicht möchten Sie Ihre eigene Frage beantworten.«

»Wie sollte ich denn jemanden umbringen? Ich kann kaum diesen Gang fegen.«

Merrimack blickte nach unten und dann wieder zu Edward. »Sie haben mir gerade gesagt, bei Ihnen wäre alles eine Frage der Motivation.«

»Sie arbeiten für die Mordkommission, da wissen Sie sicher genau, wie schwer es ist, jemanden umzubringen. Mein Vater war ein gesunder Mann und hat gut zwanzig Kilo mehr gewogen als ich in meinem jetzigen Zustand. Ich mochte ihn zwar nicht besonders, aber das heißt nicht, dass Vatermord auf meiner To-do-Liste stand.«

»Können Sie mir sagen, wo Sie in der Nacht waren, als er gestorben ist?«

»Ich war hier.«

»Gibt es irgendjemanden, der das bezeugen kann?«

»Ich kann das.«

Shelby kam so ungerührt und ruhig wie ein Buddha aus dem Vorratsraum. Obwohl sie log.

»Hallo, Miss«, sagte der Detective, ging zu ihr und streckte ihr die Hand entgegen. »Ich komme vom Charlemont Metro Police Department. Und Sie sind?«

»Shelby Landis.« Sie schüttelte ihm die Hand und trat einen Schritt zurück. »Ich arbeite hier als Stallhilfe.«

»Seit wann?«

»Noch nicht lange. Eine Woche oder so. Mein Dad ist gestorben und hat mir gesagt, ich soll herkommen.«

Merrimack blickte zu Edward. »Und in jener Nacht, der Nacht, als Ihr Vater gestorben ist, waren Sie beide ...«

»Einfach hier«, sagte Edward. »Wir haben zusammengesessen. Mehr schaffe ich nicht.«

»Nun ja, das ist sicher verständlich.« Lächeln. »Darf ich Sie etwas fragen? Was für ein Auto fahren Sie?«

Edward zuckte die Achseln. »Ich fahre eigentlich gar nicht. Mein Porsche steht noch auf Easterly. Er hat eine manuelle Gangschaltung, das ist für mich nicht mehr so praktisch.«

»Wann waren Sie zum letzten Mal zu Hause?«

»Das ist nicht mehr mein Zuhause. Ich wohne hier.«

»Gut, wann waren Sie zum letzten Mal auf Easterly?«

Edward dachte daran, wie er mit Lane ins Business-Center eingedrungen war, um die Finanzaufstellungen herauszuholen. Streng genommen war es kein Einbruch, aber Edward wäre dort ganz sicher nicht willkommen gewesen. Und ja, er hatte unternehmensinterne Informationen gestohlen.

Dann hatte er Miss Aurora gesehen, und die Frau hatte ihn in die Arme geschlossen und innerlich zerbrochen.

Auf Easterly gab es viele Sicherheitskameras. Inner- und außerhalb des Hauses. Im Business-Center.

»Ich war vor ein paar Tagen dort. Um meinen Bruder Lane zu treffen.«

»Und was haben Sie gemacht, als Sie dort waren?«

»Mit ihm geredet.« Sich heimlich ins Netzwerk eingeloggt, um an Informationen zu kommen. Beobachtet, wie sein Vater mit Sutton einen Deal abgeschlossen hat. Nachdem der Dreckskerl sie angebaggert hatte. »Wir haben uns nur unterhalten.«

»Hmm.« Lächeln. »Haben Sie sich eins der anderen Autos ausgeliehen? Ich meine, Ihre Familie hat viele verschiedene Autos, oder?«

»Nein.«

»Nicht? Denn als ich gestern dort war, habe ich hinten eine ganze Reihe Garagentore gesehen. Direkt gegenüber vom Business-Center, wo Ihr Vater gearbeitet hat.«

»Ich meinte: Nein, ich habe keins der anderen Autos genommen.«

»Die Schlüssel zu den Fahrzeugen sind in der Garage, nicht wahr? In einem Schlüsselkasten mit Zahlenschloss.«

»Ich schätze schon.«

»Kennen Sie den Code, Mr Baldwine?«

»Falls ich ihn mal kannte, habe ich ihn vergessen.«

»Das kommt vor. Die Leute vergessen ständig Passwörter und Zugangscodes, nicht? Sagen Sie mir eins: Kennen Sie irgendjemandem, der einen Groll gegen Ihren Vater gehegt haben könnte? Oder der ihm hätte etwas antun wollen? Der vielleicht einen Grund gehabt hätte, sich an ihm zu rächen?«

»Das ist eine lange Liste.«

»Tatsächlich?«

»Mein Vater hatte die Angewohnheit, sich bei anderen unbeliebt zu machen.«

»Können Sie mir konkrete Beispiele nennen?«

»Er war unbeliebt bei jedem, mit dem er je privat oder beruflich zu tun hatte. Was sagen Sie dazu?«

»In der Tat schwierig. Sie haben gesagt, Ihr Vater wäre im Vergleich zu Ihnen gesund gewesen. Aber wussten Sie von irgendwelchen Krankheiten, die er vielleicht gehabt haben könnte?«

»Mein Vater war der Ansicht, echte Männer würden nicht krank werden.«

»Okay.« Der Notizblock klappte wieder zu, ohne dass der Detective irgendwas hineingeschrieben hatte. »Also, falls Ihnen noch irgendwas einfällt, das uns helfen könnte, können Sie mich anrufen. Sie beide.«

Edward nahm die Visitenkarte, die der Mann ihm entgegenstreckte. In der Mitte war ein goldenes Siegel, das gleiche wie auf dem Shirt des Detectives. Und Merrimacks Name und diverse Nummern und Adressen waren darum herum gedruckt wie Sonnenstrahlen.

Ganz unten stand kursiv gedruckt das Motto »schützen und dienen«.

»Also glauben Sie, dass er ermordet wurde?«, fragte Edward.

»Glauben Sie das?« Merrimack reichte auch Shelby eine Karte. »Was denken Sie, Mr Baldwine?«

»Ich habe dazu keine Meinung.«

Er wollte fragen, ob er verdächtigt wurde, aber die Antwort darauf kannte er schon. Und Merrimack ließ sich ohnehin nicht in die Karten schauen.

Lächeln. »Na ja. Hat mich gefreut, Sie beide kennenzulernen. Sie wissen ja, wo Sie mich finden – und ich weiß, wo ich Sie finde.«

»Das Vergnügen war ganz meinerseits.«

Edward sah dem Detective nach, wie er ins helle Licht des frühen Nachmittags hinausschlenderte. Dann wartete er noch ein wenig, bis das Zivilfahrzeug der Polizei den Hauptweg entlang und hinaus auf die Straße fuhr.

»Du warst nicht bei mir«, murmelte Edward.

»Spielt das eine Rolle?«

»Leider ... ja.«

22

Wenigstens kam der Anwalt seines Vaters nicht zu spät.

Als Lane auf seine Piaget sah, war es exakt Viertel vor fünf, als Mr Harris den ehrwürdigen Babcock Jefferson in den Hauptsalon von Easterly führte.

»Seien Sie gegrüßt, Mr Jefferson«, sagte Lane und stand auf »Danke, dass Sie gekommen sind.«

»Lane. Mein Beileid.«

William Baldwines Testamentsvollstrecker trug einen marineblauen Anzug und dazu eine rot-blaue Fliege und ein steifes weißes Einstecktuch in der Brusttasche. Er war ein typischer über sechzigjähriger, wohlhabender Südstaaten-Gentleman. Seine Wangen hingen über den Kragen seines feinen Hemds, und der Geruch von kubanischen Zigarren und Bay-Rum-Aftershave eilte ihm voraus, als er herüberkam, um Lane die Hand zu schütteln.

Samuel T. stand vom anderen Sofa auf. »Mr Jefferson. Ich bin hier in der Eigenschaft als Lanes Anwalt.«

»Samuel T. Wie geht es Ihrem Vater?«

»Sehr gut.«

»Grüßen Sie ihn von mir. Hier ist jeder willkommen, den die Familie eingeladen hat.«

»Mr Jefferson«, meldete sich Lane. »Das ist Lizzie King, meine Verlobte.«

Uuuund das ließ so ziemlich alle im Raum verstummen: Gin verdrehte die Augen, Samuel T. lächelte und Mr Jefferson verbeugte sich tief.

Lizzie warf Lane unterdessen einen überraschten Blick zu, fing sich dann aber schnell wieder, indem sie dem Testamentsvollstrecker die Hand schüttelte und ihn anlächelte. »Es ist noch sehr frisch.«

Einen Moment lang wirkte Mr Jefferson ganz entzückt von ihr, und seine Augen funkelten freundlich.

»Na, dann herzlichen Glückwunsch!« Mr Jefferson nickte Lane zu, bevor er sich wieder auf sie konzentrierte. »Ich würde ja sagen, dass Sie eine Steigerung sind, aber das wäre respektlos gegenüber seiner vorherigen Frau. Sie sind jedoch eine deutliche Verbesserung.«

Lizzie lachte. »Und Sie sind ein Charmeur.«

»Von Kopf bis Fuß, Ma'am.« Mr Jefferson wurde wieder ernst und blickte zu Lane. »Wo sind Ihre Brüder?«

Lane setzte sich auf seinen Platz neben Lizzie. »Ich weiß nicht, in welchem Staat sich Max aufhält, und erst recht nicht, wie ich ihn erreichen kann. Edward ist ...«

»Hier.«

Edward erschien im Torbogen, und obwohl Lane ihn erst vor etwa einem Tag gesehen hatte, musste er sich immer noch an seine körperliche Erscheinung gewöhnen. Er war frisch rasiert und geduscht, sein dunkles Haar noch feucht und so wellig, wie es ihm in früheren Jahren nie erlaubt gewesen war. Seine Kakihose rutschte ihm fast von den Hüften und wurde nur durch einen Ledergürtel vom Fußboden ferngehalten. Dazu hatte er ein einfaches blaues Hemd an, ein Überbleibsel seiner Geschäftsgarderobe. Aber es war so weit, dass er wirkte wie ein Kind, das die Kleider seines Vaters anprobierte.

Und doch gebot er Respekt, als er durch den Raum hinkte und sich in einen der Lehnsessel fallen ließ. »Mr Jefferson. Schön, Sie wiederzusehen. Entschuldigen Sie meine Unhöflichkeit, aber ich muss mich setzen.«

»Ich komme zu Ihnen, Junge.«

Der Testamentsvollstrecker legte seine Aktentasche auf einen der Beistelltische und kam herüber. »Freut mich, Sie wiederzusehen.«

Edward schüttelte dem Mann die Hand. »Ganz meinerseits.«

Es folgte kein Small Talk. Das war nie Edwards Art gewesen, und Mr Jefferson schien sich daran zu erinnern.

»Ist sonst noch jemand eingeladen?«

Lanes Reflex war es, Edward antworten zu lassen, aber dann fiel ihm ein, dass er selbst derjenige war, der alle zusammengerufen hatte.

»Nein.« Lane stand auf und ging zu den Schiebetüren zum Arbeitszimmer. »Wir sind bereit.«

Er schloss die beiden Hälften und tat dasselbe beim Torbogen, der ins Foyer führte. Als er sich wieder umdrehte, fing er Lizzies Blick auf. Sie saß in ihrer Shorts und dem Poloshirt, die blonden Haare nach hinten gebunden, mit offenem Gesichtsausdruck auf dem Seidensofa.

Gott, er liebte sie.

»Fangen wir an«, hörte Lane sich sagen.

Edward legte die Fingerspitzen aneinander und stützte die Ellbogen auf die gepolsterten Armlehnen des Sessels. Auf der anderen Seite des Salons schmiegte sich sein kleiner Bruder auf dem Seidensofa an die Gartenbauexpertin Lizzie, und man musste schon sagen, die Ungezwungenheit, mit der die beiden nebeneinandersaßen, deutete auf eine Verbindung hin, die in Bradford'schen Ehen nicht oft zu finden war: Man sah es an der Art, wie er entspannt einen Arm um ihre Schultern legte. Wie sie die Hand auf seinem Knie liegen ließ. Die Tatsache, dass sie Augenkontakt miteinander suchten, als würden sie sich beide vergewissern wollen, dass es dem anderen gut ging.

Er wünschte Lane alles Gute. Von Herzen.

Gin hingegen führte mit ihrem Zukünftigen eine traditionellere Beziehung. Richard Pford war nirgends zu sehen, und das war kein Verlust. Er heiratete zwar in die Familie ein, aber das hier war privat.

»Wir haben uns hier versammelt, um William Wyatt Baldwines Testament zu hören«, begann Babcock, während er sich in den anderen Lehnsessel setzte und die Aktentasche auf seinem Schoß öffnete.

»Sollte Mutter dabei sein?«, warf Edward ein.

Der Testamentsvollstrecker blickte über die obere Hälfte seiner Tasche und sagte ruhig: »Ich glaube nicht, dass es nötig ist, sie zu stören. Ihr Vater war hauptsächlich daran interessiert, für seine Nachkommen zu sorgen.«

»Aber selbstverständlich.«

Babcock holte ein recht umfangreiches Dokument aus der Aktentasche. »Der Verstorbene hat mich in den vergangenen zehn Jahren als seinen persönlichen Anwalt beschäftigt, und während dieser Zeit hat er drei Testamente verfasst. Dies ist sein letzter Wille von vor einem Jahr. Darin sieht er vor, dass zunächst jegliche Schulden persönlicher Art sowie alle erforderlichen Gebühren und Honorare bezahlt werden sollen. Für den Großteil seines restlichen Vermögens hat er einen Treuhandfonds geschaffen. Dieser Fonds soll gleichmäßig aufgeteilt werden zwischen Miss Virginia Elizabeth Baldwine, Mr Jonathan Tulane Baldwine und Mr Maxwell Prentiss Baldwine.«

Pause.

Edward lächelte. »Ich gehe davon aus, dass mein Name absichtlich weggelassen wurde.«

Babcock nickte ernst. »Es tut mir sehr leid, Junge. Ich habe mich dafür eingesetzt, dass Sie einbezogen werden, glauben Sie mir.«

»Mich aus seinem Testament auszuschließen ist das Geringste, was mir dieser Mann angetan hat, das kann ich Ihnen versichern. Und Lane, würdest du bitte aufhören, mich so anzustarren.«

Als sein kleiner Bruder den Blick abwandte, stand Edward auf und humpelte hinüber zum Servierwagen. »Noch jemand einen Family Reserve?«

»Ich«, antwortete Lane.

»Ich nehme auch einen«, meldete sich Samuel T.

Gin blieb schweigsam, aber auch sie verfolgte jede seiner Bewegungen mit den Augen, während der Anwalt die Einzelheiten des neu eingerichteten Treuhandfonds beschrieb. Samuel T. kam herüber, um sein und Lanes Glas abzuholen, Edward nahm sein eigenes mit zu dem Lehnsessel, in dem er gesessen hatte.

Er konnte ganz ehrlich sagen, dass er nichts spürte. Keine Wut. Kein Bedauern. Kein brennendes Verlangen, die Distanz zu überwinden, wieder dazuzugehören, die Ordnung wiederherzustellen. Etwas zu reparieren.

Diese Bindungslosigkeit war hart erkämpft und das Ergebnis davon, dass er so lange mit den Widersprüchen des glühenden Hasses und der eiskalten Entfremdung seines Vaters gelebt hatte.

Und die anderen sollten auch nichts fühlen – zumindest nicht, wenn es um ihn und seine Enterbung ging. Sein wahres Verhältnis zu seinem Vater ging nur sie beide etwas an. Edward wollte nicht anderer Leute Mitleid erregen; sein Bruder und seine Schwester sollten so gleichgültig sein, wie er es war.

Vor einem Jahr, dachte er.

Warum der Mann das Testament wohl geändert hatte? Oder vielleicht war auch nie etwas für ihn vorgesehen gewesen, sodass er in den früheren Versionen auch nicht aufgetaucht war.

»... nun zu den persönlichen Zuwendungen.« An diesem Punkt räusperte sich Babcock. »Ich möchte anmerken, dass im Testament ein bedeutendes Erbe für die mittlerweile verstorbene Ms Rosalinda Freeland bestimmt war. Das Haus in Rolling Meadows, Cerise Circle Nummer 3072, das sie bewohnt hat, befand sich vollständig in Mr Baldwines Besitz, und es war sein Wunsch, dass das Grundstück urkundlich in Alleinverfügung und schuldenfrei an sie übertragen wird. Für den Fall jedoch, dass sie vor ihm sterben sollte, was in der Tat passiert ist, wurde in diesem Dokument weiter verfügt, dass der Wohnsitz, zusammen mit der Summe von zehn Millionen Dollar, ihrem Sohn Randolph Damion Freeland zugesprochen wird. Besagtes Vermögen soll in einen Treuhandfonds zu seinen Gunsten eingezahlt werden, bis er dreißig Jahre alt ist, wobei ich selbst oder ein von mir Beauftragter als Treuhänder dienen werde.«

Schweigen.

Die unangenehme Art.

Ach, also deshalb wolltest du nicht, dass meine Mutter herunterkommt, dachte Edward.

Samuel T. verschränkte die Arme vor der Brust. »Nun ja.«

Und das sagte so ziemlich alles, auch wenn niemand sonst sich äußerte. Aber es war klar, dass Lanes zukünftige Exfrau nicht die Einzige war, die William unehelich geschwängert hatte.

Vielleicht gab es auf der Welt auch noch andere Söhne und Töchter von ihm.

Doch eigentlich interessierte Edward die Antwort darauf ebenso wenig wie irgendein Erbe. Er war nicht wegen der Testamentseröffnung hergekommen. Es sollte nur so aussehen, als wäre er aus demselben Grund erschienen, aus dem sich alle anderen hier versammelt hatten.

Er musste etwas höchst Dringliches erledigen, wie seine Großmutter gesagt hätte.

23

Während Mr Jefferson lange Paragrafen juristisches Kauderwelsch vorlas, konzentrierte sich Gin nicht auf die Testamentseröffnung oder auch die Tatsache, dass Edward enterbt worden war. Sie konnte einzig und allein daran denken, dass Amelia zu Hause war – und dass sich Samuel T., der dort drüben auf dem Sofa saß und in professioneller Funktion Lanes Interessen vertrat, unter demselben Dach wie seine Tochter befand.

Selbstverständlich wusste keiner von beiden davon.

Und das war Gin zuzuschreiben.

Sie versuchte sich nicht vorzustellen, wie die beiden nebeneinander saßen. Versuchte nicht – in aller Deutlichkeit, sodass sich die Bilder in ihr Gedächtnis einbrannten – die gemeinsamen Gesichtszüge zu sehen, die ähnlichen Bewegungen, das Zusammenkneifen der Augen, wenn sie sich konzentrierten. Vor allem blendete sie die Tatsache aus, dass sie beide ihre überragende Intelligenz hinter einer lakonischen Umgänglichkeit versteckten ... als wollten sie damit nicht zu sehr angeben.

»Und hiermit wären die wichtigsten Regelungen abgeschlossen.« Mr Jefferson nahm seine Lesebrille ab. »Ich möchte diese Gelegenheit nutzen, um mögliche Fragen zu beantworten. Das Testament wird zurzeit gerichtlich bestätigt, und es wird eine Auflistung der Vermögenswerte erstellt.«

Alle schwiegen. Und dann ergriff Lane das Wort. »Ich glaube, es ist alles gesagt. Ich begleite Sie hinaus. Samuel T., kommst du mit?«

Gin senkte den Kopf und ließ ihren Blick erst dann Samuel T. folgen, als er aufstand, um für seinen Mandanten und den Testamentsvollstrecker von dessen Vater die Doppeltür zu öffnen. Er blickte nicht zu ihr zurück. Hatte sie weder begrüßt noch angesehen.

Aber das hier war Business.

Auf eins konnte man sich bei Samuel T. immer verlassen, wie wild und verrückt er nach Feierabend auch sein mochte: Sobald er in die Rolle des Anwalts schlüpfte, war er nicht aus der Ruhe zu bringen.

Gin existierte buchstäblich nicht. Ebenso wenig wie jeder andere, der nichts mit den Interessen seines Mandanten zu tun hatte.

Und normalerweise ärgerte sie diese zugegebenermaßen nachvollziehbare Abgrenzung und brachte sie dazu, ihn zu reizen und Aufmerksamkeit zu verlangen. Doch das Bewusstsein, dass Amelia irgendwo auf dem Anwesen war, bewahrte sie vor einem so unreifen Verhalten.

Solange die beiden sich räumlich so nah waren, konnte Gin die Tragweite der Verheimlichung unmöglich ignorieren. Sie war eine Verbrecherin, hatte ihnen Jahre gestohlen, die ihnen zustanden, und sie eines Wissens beraubt, auf das sie ein Recht hatten. Und zum ersten Mal verspürte sie ein so stechendes Schuldgefühl, dass sie befürchtete, innerlich zu verbluten.

Aber die Vorstellung, alles offenzulegen? Das war ein Berg, der ihr von ihrem aktuellen Standpunkt aus unüberwindbar erschien. Die Entfernung, die Höhe, das felsige Gelände, zu dem sich all die verpassten Tage und Nächte und großen und kleinen Ereignisse auftürmten – all das bedeutete eine zu beschwerliche Reise.

Ja, dachte sie. Deshalb war sie so eine Dramaqueen, dies war der Grund für ihre Eskapaden. Wer Wind säte, konnte im Sturm nichts mehr hören. Erst recht nicht das eigene Gewissen.

Ihr Gewissen.

»Wie geht es dir?«

Sie schrak zusammen und blickte zu ihrem Bruder Edward. Sie musste ein paar Tränen wegblinzeln, um ihn richtig sehen zu können.

»Nein, nein, hör bloß auf damit«, sagte er schroff.

Auch gut, wenn er dachte, dass er der Grund war. »Natürlich.« Sie trocknete sich die Augen. »Edward, du ...«

... siehst nicht gut aus, dachte sie und schob ihre eigenen Probleme beiseite.

Oh Gott, ihn so gebeugt und mager zu sehen, so anders als das Familienoberhaupt, als das sie ihn immer wahrgenommen hatte, war ein zu harter Kontrast. Es war so seltsam. In gewisser Weise war es leichter, ihren Vater zu verlieren als den Bruder, der Edward früher gewesen war.

»Mir geht es gut«, erwiderte er, als sie ihren Satz unvollendet ließ. »Und dir?«

Ich zerbreche, dachte sie. Ich bin das Vermögen unserer Familie, das zuerst im Verborgenen bröckelt – und dann vor aller Augen.

»Mir geht es gut.« Sie winkte ab. »Hör dir das an. Wir klingen schon wie unsere Eltern.«

Sie stand von ihrem Platz auf, umarmte ihn und konnte einen leisen Schreckenslaut nicht unterdrücken, als sie kaum etwas außer Knochen spürte. Er tätschelte sie verlegen und trat dann zurück.

»Wie ich höre, bist du zu beglückwünschen.« Er verbeugte sich steif. »Ich werde versuchen, zur Hochzeit zu kommen. Wann findet sie statt?«

»Ähm ... am Freitag. Nein, am Samstag. Ich weiß es nicht. Aber wir heiraten am Freitag auf dem Standesamt. Ich weiß noch nicht, ob es eine Feier gibt.«

Plötzlich war das das Letzte, was sie interessierte.

»Freitag.« Er nickte. »Also, die besten Wünsche dir und deinem Verlobten.«

Damit humpelte er hinaus, und sie hätte sich ihm am liebsten in den Weg gestellt und verlangt, dass er ihr sagte, was er wirklich dachte: Ihr richtiger Bruder Edward wäre Richard gegenüber niemals so gleichgültig gewesen. Edward hatte jahrelang mit Pford Distributors Geschäfte machen müssen und war von dem Mann nie begeistert gewesen.

Und wenn der alte Edward gewusst hätte, was hinter verschlossenen Türen vor sich ging?

Dann hätte er getobt.

Aber er hatte sich verändert, während sie entschlossen schien, nicht von ihrem Weg abzuweichen. Doch beides war nicht unbedingt eine Verbesserung.

Gin blieb allein im Raum zurück, setzte sich wieder, und eine merkwürdige Lähmung ergriff ihren Körper. Unterdessen verhallten die verschiedenen Stimmen und Schritte. Und dann begannen die beiden Anwälte und ihr Bruder draußen auf dem Rasen im Sonnenschein ein Gespräch, nicht weit von dem Ort, wo im Efeubeet diese grausige Entdeckung gemacht worden war.

Sie betrachtete Samuel T. durch das gewölbte Glas des altmodischen Fensters. Sein Gesicht schien sich nie zu verändern. Es war so glatt und perfekt geformt wie eh und je, nur die Haare waren etwas länger und gerade nach hinten gekämmt. An seinem großen schlanken Körper saß der Maßanzug wie an einem Model; die Stofffalten, Ärmel und Hosenaufschläge fielen genauso, wie vom Schneider beabsichtigt.

Sie dachte daran, wie er beim Derby-Brunch im Weinkeller ein Mädchen auf dem Tisch gevögelt hatte. Gin war hinuntergegangen, um allein zu sein, und hatte ihn dort dabei erwischt, wie er die Frau auf eine Weise genommen hatte, dass die Tussi stöhnte wie ein Pornostar.

In der Geschichte von Gins Beziehung zu Samuel T. war das nur ein weiterer Punkt auf einer langen Liste gegenseitiger Gemeinheiten, die bei ihrem ersten Kuss begonnen hatten, als sie vierzehn gewesen war, und in Amelia ihren Höhepunkt erreicht hatten.

Aber das Problem war, wenn sie aufhörten mit dem Gezanke, dem Streit, den Bösartigkeiten und Racheakten, dann konnte er ...

Einfach der großartigste, unglaublichste, dynamischste, aufmerksamste Mann sein, den sie kannte.

Und früher hätte sie gesagt, dass die Ehe sie nicht daran hinderte, mit ihm zusammen zu sein. Ihre Liebesaffäre war immer wie eine gefährliche Straßenkreuzung ohne Ampeln gewesen, mit zahlreichen Zusammenstößen, sprühenden Funken, dem Geruch von Benzin und verbranntem, verbogenem Metall und Gummi überall. Sie waren gesprengtes Sicherheitsglas überzogen von einem Spinnennetz aus Rissen, aufgeblasene Airbags, geplatzte, platte Reifen.

Aber der Rausch kurz vor dem Aufprall? Es gab nichts Vergleichbares auf der Welt, vor allem nicht für eine gelangweilte, unausgelastete Südstaatenschönheit wie sie – und es hatte nie eine Rolle gespielt, ob er oder sie gerade mit jemand anderem zusammen gewesen war. Freundinnen, Freunde, längere Affären, One-Night-Stands. Die Konstante für sie beide war der jeweils andere gewesen.

Aber sie hatte seinen Blick gesehen, als er von ihrer Verlobung erfuhr. Er hatte sie noch nie zuvor so angesehen, und diesen Gesichtsausdruck sah sie, wenn sie nachts wach lag ...

»Einen fetten Klunker hat er dir besorgt.«

Sie hob ruckartig den Kopf. Samuel T. lehnte im Torbogen. Er hatte die Arme vor der Brust verschränkt, die Augen halb geschlossen und den Mund zusammengepresst, als ärgerte es ihn, dass sie sich noch im Raum befand.

Gin versteckte den Ring und räusperte sich. »Du konntest dich wohl nicht von mir fernhalten, Herr Anwalt?«

Diese Provokation war ihr misslungen. Der ausdruckslose Ton machte die Stichelei völlig wirkungslos.

»Fühl dich nicht geschmeichelt«, erwiderte er, während er hereinkam und zum Sofa ging. »Ich hab meine Aktentasche liegen lassen. Ich bin nicht deinetwegen zurückgekommen.«

Sie machte sich auf die altbekannte aufschäumende Wut gefasst – freute sich sogar darauf, wenn auch nur, weil sie ihr so vertraut war. Doch die beißende Brühe in ihrem Inneren kochte nicht hoch, sondern verhielt sich eher wie ein unhöflicher Tischgast, der einfach nicht auftauchte und so die Gastgeberin kränkte. Samuel T. hingegen spielte nach den alten Regeln, stichelte und reizte sie mit einer Schärfe, die ihr noch schneidender erschien.

»Bitte komm nicht zur Hochzeit«, sagte sie unvermittelt.

Er richtete sich mit der alten, von seinem Großonkel geerbten Aktentasche in der Hand auf. »Oh, aber ich freue mich schon so darauf, dich mit deinem Traumprinzen zu sehen. Ich wollte mir eure Liebe als leuchtendes Beispiel nehmen.«

»Du hast keinen Grund zu kommen.«

»Na, da bin ich aber anderer Meinung ...«

»Was ist passiert? Ist es schon vorbei?«

Amelia stürmte durch den Torbogen, ihr Körper voll der Energie einer Sechzehnjährigen, mit diesem speziellen Kleidungsstil, der nicht mehr ganz nach einem jungen Mädchen aussah ... und diesen Gesichtszügen, die denen ihres Vaters immer ähnlicher wurden.

Oh Gott, dachte Gin mit einem schmerzlichen Stich.

»Ach, hallo«, sagte Samuel T. gelangweilt zu dem Mädchen. »Deine Mutter kann dich über die Einzelheiten informieren. Sie ist gerade sehr gesprächig. Ich freue mich schon, dich in ein paar Tagen wiederzusehen, Gin. In deinem weißen Kleid.«

Als er einfach davonschlenderte, ohne Amelia richtig anzusehen oder sie bewusst wahrzunehmen, konnte Gin nicht anders, als aufzuspringen und ihm nachzulaufen.

»Mutter«, rief ihr das Mädchen nach. »Was ist passiert?«

»Geht dich nichts an. Du bist keine Erbin. Und jetzt entschuldige mich.«

Amelia erwiderte etwas Respektloses, aber Gin konzentrierte sich ganz darauf, Samuel T. einzuholen, bevor er in seinem Jaguar davonbrauste.

»Samuel T.«, zischte Gin, während ihre Absätze über den Marmorboden des Foyers klapperten. »Samuel!«

Sie folgte ihm zur Eingangstür hinaus und sah gerade noch, wie der Testamentsvollstrecker ihres Vaters in einem großen schwarzen Mercedes wegfuhr und Lane hinter dem Haus verschwand.

»*Samuel!*«

»Ja«, antwortete er, ohne stehen zu bleiben oder sich umzudrehen.

»Sei nicht so unhöflich.«

Samuel T. setzte sich ans Steuer seines Cabrios, legte die Aktentasche auf den Beifahrersitz und sah zu ihr auf. »Das sagt ja gerade die Richtige.«

»Sie ist noch ein Kind ...«

»Moment mal, geht es hier um Amelia?«

»Selbstverständlich! Du bist an ihr vorbeigegangen, als würde sie nicht existieren.«

Samuel T. schüttelte den Kopf, als würde es in seinem Schädel rattern. »Lass mich eins klarstellen. Du bist sauer, weil ich das Kind, das du von einem anderen Mann hast, nicht genug beachtet habe?«

Oh Gott. »Sie ist unschuldig an alldem.«

»Unschuldig? Nur zu deiner Info, da drin wurde das Testament ihres Großvaters verlesen, kein Strafverfahren eingeleitet. Schuld oder die Ermangelung einer solchen sind nicht relevant.«

»Du hast sie ignoriert.«

»Weißt du ...« Er zeigte mit dem Finger auf sie. »Soweit ich das mitbekommen habe, bist du die Letzte, die irgendjemanden beschuldigen sollte, das Mädchen zu ignorieren.«

»Wie *kannst* du es wagen.«

Samuel T. sah nach vorne über die lange gewölbte Motorhaube des Jaguars. »Gin, ich habe keine Zeit für so was. Ich muss jetzt mit der Anwältin der Frau deines Bruders reden – und das, im Gegensatz zu deiner kleinen Show hier ...«

»Du kannst es nur nicht ertragen zu hören, dass du nicht Gott bist.«

»Nein, ich glaube eher, ich kann dich nicht ertragen. Das mit Gott ist nebensächlich.«

Er wartete keinen weiteren Kommentar von ihr ab, sondern startete den Motor, gab mehrfach Gas, um sicherzugehen, dass das Auto ansprang, und dann war er weg, folgte dem Testamentsvollstrecker den Hügel hinunter, fort von Easterly.

Gin sah ihm nach. Innerlich schrie sie.

Wegen Amelia. Wegen Samuel T. Wegen Richard.

Vor allem wegen ihrer selbst und all der Fehler, die sie gemacht hatte. Und wegen der Traurigkeit, die mit dem Wissen einherging, dass sie, im reifen Alter von dreiunddreißig, in ihrem Leben nicht mehr genug Zeit hatte, um das Unrecht wiedergutzumachen, das sie begangen hatte.

Lane lief hinters Haus in der Hoffnung, Edward noch zu erwischen, bevor er wegfuhr. Sein Bruder hatte ganz sicher die Personalzufahrt genommen, denn seit die Selbstmordgeschichte herausgekommen war, parkten Nachrichtenteams vor dem Haupttor. Und in Anbetracht des Testamentsinhalts hatte Edward es auch ganz sicher eilig, wieder zu verschwinden.

Es gab keine Worte dafür, was ihr Vater getan hatte: Seinen Erstgeborenen vom Erbe auszuschließen war einerseits völlig typisch für William und andererseits doch eine grausame Überraschung.

Ein letzter Schlag, dem man nichts entgegensetzen konnte, sodass der Tote den Trumpf mit ins Grab nahm.

Deshalb wollte Lane etwas sagen ... oder nach ihm schauen oder ... Eigentlich hatte er keine Ahnung. Ihm war zwar klar, dass Edward sich bestimmt nicht dafür interessieren würde, was er ihm sagte, aber manchmal musste man es einfach versuchen – in der Hoffnung, dass sich der andere in einem ruhigen Moment daran erinnern würde, dass man sich, wenn auch ungeschickt, bemüht hatte.

In der kurzen Reihe von Autos vor dem Business-Center stand kein Red-&-Black-Truck, aber Lane entdeckte einen alten Toyota neben dem roten Mercedes, den er Miss Aurora geschenkt hatte. Darin musste Edward gekommen sein, aber sein Bruder saß nicht am Steuer, humpelte nicht darauf zu. Sondern war nirgends zu sehen.

Nachdem Lane durch die Hintertür in die Küche gegangen war, fand er Miss Aurora am Herd. »Hast du Edward gesehen?«

»Ist er hier?«, fragte sie und drehte sich von ihrem Topf weg. »Sag ihm, er soll zu mir kommen, wenn er hier ist.«

»Ich weiß nicht, wo er ist.«

Lane sah sich schnell im Erdgeschoss um und blieb dann an der Treppe stehen. Sein Bruder hatte keinen Grund, mühsam zu den Schlafzimmern hinaufzusteigen.

»Wo bist du?«, fragte er laut.

Er lief hinaus in die Gärten und hinüber zum Business-Center. Alle Glastüren auf der Seite der Blumenbeete waren verschlossen, sodass er um das Gebäude herum zum Hintereingang mit dem Codeschloss gehen musste.

Sobald er drinnen war, wusste er, dass er Edward gefunden hatte:

Das Licht war an – also musste sein Bruder den Strom wieder eingeschaltet haben.

»Edward?«

Lane lief durch den mit Teppich ausgelegten Flur und sah in die leeren Büros. Auf seinem Handy waren massenweise Anrufe vom Vorstandsvorsitzenden, wütenden Senior-Vizepräsidenten und dem Firmenanwalt eingegangen. Aber keiner hatte es gewagt, nach Easterly zu kommen, und daraus schloss er, dass er etwas gegen sie in der Hand hatte. Selbst wenn diese albernen Anzugträger gerade damit beschäftigt waren, aus dem Firmensitz in der Stadt Beweise verschwinden zu lassen? Es spielte keine Rolle. Jeff war zwar im Moment sauer, aber der oberpingelige Zahlenfreak hatte alle Dateien gesichert, die im Netzwerk gespeichert waren, bevor Lane die Notbremse gezogen hatte.

Also waren alle Veränderungen genauso belastend wie die Vergehen, die vertuscht werden sollten.

Als Lane weiter zum Büro seines Vaters ging, merkte er, dass sein Herz heftig pochte und sein Verstand in den Abwehrmodus geschaltet hatte.

So musste sich jemand fühlen, der auf die Explosion einer Bombe wartet und hinter einer Zementmauer Schutz sucht.

»Edward?«

Er verlangsamte seine Schritte, als er den Vorraum zum Büro seines Vaters erreichte. »Edward?«

William Baldwines Tür war geschlossen, aber Lane konnte sich nicht erinnern, ob er sie nach der Evakuierung am Vortag selbst zugemacht hatte. Als er nach dem Türknauf griff, hatte er keine Ahnung, was ihn dahinter erwarten würde.

Und er war nicht sicher, ob er es wissen wollte.

Er drückte die Tür auf. »Edward?«

Im Büro war es dunkel. Er betätigte den Lichtschalter an der Wand und sah, dass niemand da war. »Wo zur Hölle steckst ...«

Als er sich umdrehte, stand Edward direkt hinter ihm. »Suchst du mich?«

Lane stieß einen Fluch aus und griff sich an die Brust. »Was machst du hier?«

»Ich besuche meine früheren Lieblingsorte.«

Lane musterte Edward, um zu sehen, ob sein Bruder etwas in den Händen, in den Taschen oder hinter dem Rücken versteckt hatte. »Im Ernst. Was machst du?«

»Wo sind die Leute vom Führungsstab?«

»Unten im Firmensitz, in kleineren Büros.«

»Du hast sie gefeuert?«

»Ich hab ihnen gesagt, sie können nach Hause gehen.« Er beobachtete das Gesicht seines Bruders. »Oder ins Gefängnis.«

Edward lächelte. »Wirst du jetzt das Unternehmen führen?«

»Nein.«

Es folgte eine Pause. »Was hast du dann vor?«

»Ich wollte nur, dass sie von hier verschwinden.«

»Und du glaubst, das wird das Finanzloch stopfen?«

»Vater ist tot. Ich denke, das reicht, um es zu stopfen. Aber solange ich das nicht sicher weiß, gehe ich kein Risiko ein.«

Edward nickte. »Tja, da liegst du nicht falsch. Überhaupt nicht. Aber du solltest dir überlegen, wer nun nach seinem Tod die Führung übernehmen soll.«

»Suchst du zufällig einen Job?«

»Ich habe einen. Ich bin jetzt Alkoholiker.«

Lane sah über die Schulter seines Bruders in den leeren Empfangsbereich. »Edward. Ich muss dich etwas fragen, und jetzt sind nur wir beide hier, okay?«

»Nur dass du's weißt: Dieses ganze Gebäude ist verwanzt. Mit versteckten Kameras, verborgenen Mikrofonen. Unter diesem Dach bleibt nichts geheim, also sei vorsichtig, was du fragst.«

Lane brauchte plötzlich dringend noch einen Drink.

Nach einem angespannten Moment murmelte er nur: »Kommst du zur Totenwache?«

»Ich sehe keinen Grund, weshalb ich das tun sollte. Ich bin nicht in Trauer und habe nicht vor, dem Toten meinen Respekt zu erweisen. Sorry.«

»Kein Problem. Ich verstehe das. Aber Mutter wird wahrscheinlich dafür herunterkommen.«

»Glaubst du?«

Lane nickte und wartete, dass sein Bruder noch etwas sagte. Aber das tat der Mann nicht. »Hör zu, Edward ... Es tut mir wirklich leid wegen ...«

»Nichts. Gar nichts tut dir leid, denn nichts davon, nichts hiervon, war deine Schuld. Du kannst dich nur für deine eigenen Fehler entschuldigen. Ist das alles, kleiner Bruder?«

Als Lane sonst nichts einfiel, nickte Edward. »Dann ist das also alles. Pass auf dich auf und komm nicht zu mir, wenn du etwas brauchst. Ich bin nicht die Art von Hilfe, die dir etwas nützt.«

24

Der Porsche erregte viel Aufmerksamkeit, als Lane damit durch Rolling Meadows fuhr, aber nicht aufgrund seiner Geschwindigkeit. Schon allein der Anblick des Cabrios und das Geräusch des Motors sorgten dafür, dass die Leute, die ihre Hunde ausführten, die Kinder, die in den Einfahrten spielten, und die Mütter, die Buggys vor sich herschoben, zweimal hinschauten. Die Häuser der Siedlung standen nah beieinander, hatten aber eine gute Größe. Die meisten waren aus Backstein und hatten Kuppeln oder Erker im Erdgeschoss und Dachgauben oder schmale Balkons im ersten Stock, um sich voneinander abzuheben – ähnlich wie Geschwister, die den gleichen Teint, aber unterschiedliche Gesichtszüge hatten. In den kurzen Einfahrten parkten Volvos oder Infinitis oder Acuras, über den Garagentoren hingen Basketballkörbe und hinter den Häusern gab es Terrassen mit Grills.

Die spätnachmittägliche Sonne schien auf postkartenwürdige Bäume herab, die Rasenflächen leuchteten grün, und Kinder rannten in Scharen durch die Vorgärten – eine Zeitreise in die Generation vor der Digitalisierung.

Das Navi des 911 führte Lane mit ruhiger Beharrlichkeit durch das Labyrinth von Straßen, die nach Arten von Bäumen, Blumen und schließlich Obstsorten benannt waren.

Der Cerise Circle unterschied sich nicht von den übrigen Straßen, Wegen und Gassen der Siedlung. Und als Lane bei dem Haus ankam, das er gesucht hatte, entdeckte er nichts, wodurch es sich von den anderen seiner Art abgrenzte.

Lane ließ das Cabrio auf der anderen Straßenseite ausrollen. Da das Verdeck geöffnet war, hörte er das rhythmische Dribbling eines Basketballs hinter der Garage. Das Doing-doing-doing hallte vom Nachbarhaus wider.

Er schaltete den Motor ab, stieg aus und lief über den Bürgersteig auf das Geräusch zu. Der Junge, der da einen auf LeBron James machte, war noch nicht zu sehen, und Lane wäre am liebsten einfach wieder ins Auto gestiegen und weggefahren.

Aber nicht, weil er es nicht ertragen konnte, dem lebenden, atmenden Beweis für die Untreue seines Vaters gegenüberzutreten. Er hatte auch keine Angst, in ein Gesicht zu blicken, das seinem eigenen so sehr ähnelte. Und nein, die Tatsache, dass irgendein Fremder mit ihm verwandt war und im Testament stand, brachte ihn auch nicht aus der Fassung.

Der wahre Grund für sein Zögern? Er war einfach zu erschöpft, um sich noch um eine weitere Person zu kümmern. Das Problem war, dass dieser Junge ganz ohne eigenes Verschulden in das schwarze Loch der Bradfords hineingesogen werden würde, und Lane fühlte sich verpflichtet, dem armen Kerl dabei wenigstens ein bisschen beizustehen.

Er hatte da ein verdammt großes Los gezogen. Vor allem jetzt, nachdem das Geld weg war.

Wenig Grund für Optimismus.

Die Einfahrt war nur knapp zehn Meter lang, gerade mal ein Parkplatz auf Easterly. Und während Lane sie entlangging, kam nach und nach der Achtzehnjährige mit dem Basketball in Sicht.

Groß. Würde noch größer werden. Dunkelhaarig. Jetzt schon breite Schultern.

Der Junge setzte zum Dunking an, und der Ball prallte am Rand ab.

Lane fing ihn auf. »Hey.«

Randolph Damion Freeland hielt überrascht inne. Dann kam der Schock.

»Du weißt also, wer ich bin«, sagte Lane leise.

»Ja, ich hab schon Fotos von dir gesehen.«

»Weißt du auch, warum ich hier bin?«

Als der Junge die Arme verschränkte, war noch ziemlich viel Platz zwischen den Brust- und Oberarmmuskeln, aber das würde sich bald ändern. Er würde noch stärker und kräftiger werden.

Gott, seine Augen hatten exakt dasselbe Blau wie Lanes.

»Er ist gestorben«, murmelte der Junge. »Ich hab's in der Zeitung gelesen.«

»Also weißt du ...«

»Wer mein Vater war? Ja.« Er senkte den Blick. »Wirst du mich ...«

»Was?«

»Mich festnehmen oder so?«

»Was? Warum das denn?«

»Keine Ahnung. Du bist ein Bradford.«

Lane schloss kurz die Augen. »Nein, ich will dir etwas Wichtiges sagen. Und dir mein Beileid zum Tod deiner Mutter aussprechen.«

»Sie hat sich umgebracht. In deinem Haus.«

»Ich weiß.«

»Es heißt, du hättest ihre Leiche gefunden. Das hab ich auch gelesen.«

»Das stimmt.«

»Sie hat sich nicht von mir verabschiedet. Sie ist einfach an dem Morgen weggegangen, und dann war sie fort. Also, weißt du, für immer.«

Lane schüttelte den Kopf und drückte auf den Ball zwischen seinen Handflächen. »Es tut mir wirklich leid ...«

»Wagen Sie es ja nicht. Wagen Sie es ja nicht!«

Eine ältere Frau stürmte mit hochrotem Kopf auf die Veranda, das Gesicht so wutverzerrt, dass sie keine Waffe brauchte. »Lassen Sie ihn in Ruhe! Lassen Sie ihn ...«

»Oma, hör auf! Er redet nur ...«

Der Junge stellte sich zwischen die beiden, aber die Großmutter versuchte weiter, sich wild mit den Armen fuchtelnd auf Lane zu stürzen. »Verschwinden Sie! Wie können Sie es wagen herzukommen ...«

»Er ist ein Erbe. Deshalb bin ich hier.«

Nachdem Großmutter und Enkel ihr Gerangel unterbrochen hatten, nickte Lane. »Ihm stehen dieses Haus und zehn Millionen Dollar zu. Ich dachte, das würden Sie wissen wollen. Der Testamentsvollstrecker wird sich bei Ihnen melden. Ich weiß nicht genau, wie viel Geld da ist, aber ich verspreche Ihnen beiden, dass ich darum kämpfen werde, dass dieses Haus im Besitz Ihres Enkels bleibt.«

Schließlich bestand ja auch noch die Möglichkeit, dass es ebenfalls verkauft werden musste, je nachdem, wie sich die ganze Schuldensituation entwickelte. Und wo sollte der Junge dann hin?

Kaum hatte die Großmutter ihre Überraschung überwunden, fuhr sie auch schon mit ihrer Hasstirade fort. »Kommen Sie nie wieder hierher.«

Lane sah dem Jungen in die Augen. »Du weißt, wo ich wohne. Wenn du Fragen hast, wenn du reden willst ...«

»Niemals!«, schrie die Frau. »Er wird nie zu Ihnen kommen. Sie können ihn mir nicht auch noch wegnehmen!«

»Babcock Jefferson«, sagte Lane und legte den Ball in der Einfahrt ab. »So heißt der Anwalt.«

Bevor er sich wegdrehte, brannte sich das Bild des Jungen, der die alte Frau festhielt, in sein Gedächtnis ein, und bei Gott, in jenem Moment hasste er seinen Vater aus ganz neuen Gründen.

Wieder bei seinem Porsche angekommen, setzte er sich ans Steuer und fuhr los. Er wollte am liebsten die Reifen quietschen lassen, scharf um die Kurven fahren, ein paar geparkte Autos rammen, einige Fahrräder überfahren. Aber das tat er nicht.

Er fuhr gerade aus der Siedlung hinaus, als sein Handy klingelte. Er erkannte die Nummer nicht, aber er ging ran, denn sogar ein Telefonverkäufer wäre eine willkommene Abwechslung gewesen.

»Ja?«

»Mr Baldwine?«, fragte eine weibliche Stimme. »Mr Lane Baldwine?«

Er betätigte den Blinker nach links. »Am Apparat.«

»Mein Name ist LaKeesha Locke. Ich bin die Wirtschaftsreporterin beim ›Charlemont Courier Journal‹ Ich wollte fragen, ob wir uns irgendwo treffen könnten.«

»Worum geht es?«

»Ich schreibe darüber, dass die Bradford Bourbon Company ernsthaft verschuldet ist und vor einem möglichen Bankrott steht. Der Bericht erscheint morgen früh. Ich dachte, Sie möchten vielleicht etwas kommentieren.«

Lane biss die Zähne zusammen, um nicht zu fluchen. »Warum sollte ich das wollen?«

»Na ja, soweit ich weiß, und das ist ziemlich offensichtlich, ist das Privatvermögen Ihrer Familie untrennbar mit dem Unternehmen verbunden, oder etwa nicht?«

»Aber ich bin nicht an der Geschäftsführung beteiligt.«

»Heißt das, Ihnen waren keine Schwierigkeiten bekannt?«

Lane zwang sich, seine Stimme unter Kontrolle zu halten. »Wo sind Sie? Ich komme zu Ihnen.«

Der Gärtnerschuppen auf dem Bradford Family Estate ähnelte weniger einem Schuppen als vielmehr einer Flugzeughalle. Er lag etwas unterhalb des Hauptgebäudes im hinteren Teil des weitläufigen Grundstücks, unweit des Personalparkplatzes und neben einer Reihe von Bedienstetenhäusern aus den Fünfzigern, die seit Jahrzehnten von Servicepersonal, Arbeitern und anderen Angestellten genutzt wurden.

Als Lizzie die düstere, nach Benzin und Öl riechende Höhle betrat, hallten ihre Stiefel laut über den fleckigen Betonboden. Die Traktoren, Großflächen-Rasenmäher, Mulcher und Pickups waren ordentlich geparkt, außen sauber und ihre Motoren perfekt instand gehalten.

»Gary? Bist du da?«

Das Büro des Chefgärtners lag in der anderen Ecke, und hinter den trüben Glasscheiben brannte Licht.

»Gary?«

»Nicht da drin. Auch nicht hier.«

Sie wechselte die Richtung und umrundete einen Hackschnitzler und ein paar Schneepflugteile, die so groß waren wie ihr alter Yaris.

»Oh Gott, heb das nicht hoch«, rief sie.

Lizzie eilte zu ihm, aber Gary McAdams ignorierte sie und hievte einen Teil eines alten Motorblocks vom Fußboden auf einen der Arbeitstische. Was an sich schon eine beeindruckende Leistung war, aber wenn man bedachte, dass der Mann dreißig Jahre älter war als sie?

Doch Gary war gebaut wie eine Bulldogge, stark wie ein Ochse und vom Kentucky-Wetter gegerbt wie ein Zaunpfahl.

»Dein Rücken«, murmelte sie.

»Schon okay«, antwortete er mit seinem Südstaatenakzent. »Womit kann ich dienen, Miss Lizzie?«

Er sah sie nicht an, aber das bedeutete nicht, dass er sie nicht mochte. Die beiden arbeiteten sogar sehr gut zusammen. Als Lizzie hier anfing, hatte sie sich auf einen Streit gefasst gemacht, der jedoch nie ausgebrochen war. Der selbsterklärte Redneck hatte sich unter der rauen Schale als ein herzensguter Kerl erwiesen.

»Also, du weißt ja von der Totenwache«, sagte sie.

»Jepp, weiß ich.«

Sie setzte sich auf den Arbeitstisch, ließ die Beine baumeln und sah zu, wie seine schwieligen Hände das Maschinenteil fachmännisch betasteten und sich schnell und sicher über das alte Metall bewegten. Aber er machte kein großes Aufhebens um sein Können, und das sah ihm so ähnlich. Soweit Lizzie wusste, hatte er mit zwölf angefangen, auf den Feldern zu arbeiten, und war seither hiergeblieben. Hatte nie geheiratet. Sich nie freigenommen. Trank nicht. Wohnte unten in einem der Bedienstetenhäuser.

Herrschte mit fairer, aber eiserner Hand über gut dreißig Arbeiter.

»Brauchst du den Schraubenschlüssel?«, fragte Lizzie.

»Jepp.«

Sie reichte ihm das benötigte Werkzeug, nahm es zurück, als er fertig war, und gab ihm das nächste, bevor er danach fragen musste.

»Jedenfalls«, fuhr sie fort. »Die Totenwache findet morgen statt, und ich wollte nur sichergehen, dass am Vormittag beim Haupteingang noch mal frisch gemäht wird, dass wenn möglich heute Nachmittag die Buchsbaumhecke unten an der Straße geschnitten wird und dass die Vordertreppe und der Vorplatz frei von Laub sind.«

»Alles klar. Hast du für die Gärten hinten Wünsche?«

»Ich glaube, die sind in einem guten Zustand. Aber ich sehe mit Greta noch mal nach.«

»Einer von meinen Jungs mäht auch noch draußen am Pool.«

»Gut. Steckschlüssel?«

»Jepp.«

Während sie wieder Werkzeuge tauschten, fragte er: »Die anderen sagen, du hättest etwas gefunden. Stimmt das?«

»Greta hat es gefunden. Aber ja, es stimmt.«

Er wandte den Blick nicht von seiner Arbeit ab. Seine breiten dickadrigen Hände waren unablässig im Einsatz. »Hmpf.«

»Ich weiß nicht, Gary. Bisher dachte ich, so wie alle anderen, er wäre gesprungen. Aber jetzt nicht mehr.«

»War die Polizei da?«

»Ja, ein paar Leute von der Mordkommission. Die, die auch nach Rosalindas Tod hier waren. Ich habe heute Morgen eine Weile mit ihnen geredet. Wahrscheinlich wollen sie auch mit dir und allen anderen sprechen, die zum etwaigen Todeszeitpunkt auf dem Grundstück waren.«

»Traurige Sache.«

»Sehr. Auch wenn ich den Mann nie mochte.«

Sie dachte an die Testamentseröffnung. Gott, das war wie in einem alten Film gewesen: die Erben in einem eleganten Raum versammelt, während ein distinguierter Anwalt mit Charlton-Heston-Stimme die Verfügungen verlas.

»Was haben sie dich gefragt? Diese Kommissare?«

»Nur, wie wir den Finger gefunden haben. Wo ich in den letzten Tagen war. Wie gesagt, sie werden bestimmt mit allen sprechen.«

»Jepp.«

Sie reichte ihm eine Zange. »Das Personal ist auch eingeladen.«

»Zur Totenwache?«

»Mhm. Alle dürfen ihm die letzte Ehre erweisen.«

»Die wollen keine Schmiermaxen wie mich da im Haus.«

»Du bist willkommen. Versprochen. Ich gehe auch hin.«

»Weil's der Papa von deinem Kerl ist.«

Lizzie spürte, wie sie rot wurde. »Woher weißt du, dass ich mit Lane zusammen bin?«

»Hier passiert nichts, was ich nicht mitbekomme, Mädchen.«

Er unterbrach seine Tätigkeit und griff nach einem alten roten Lappen. Während er sich die Hände abwischte, sah er sie schließlich an, und sein verwittertes Gesicht wurde sanft.

»Wehe, wenn Lane nicht gut zu dir ist. Ich wüsste schon, wohin mit der Leiche.«

Lizzie lachte. »Ich würde dich jetzt umarmen, aber dann würdest du in Ohnmacht fallen.«

»Ach, da bin ich mir nicht so sicher.« Doch er trat vom einen Fuß auf den anderen, als wäre er verlegen. »Aber ich glaube, er ist ganz okay – sonst wärst du nicht mit ihm zusammen. Außerdem habe ich gesehen, wie er dich anschaut. Der Junge himmelt dich schon seit Jahren an.«

»Du bist viel sentimentaler, als man meinen könnte, Gary.«

»Ich war nicht in der Schule, vergiss das nicht. Ich weiß nicht, was diese komplizierten Wörter bedeuten.«

»Ich glaube, das weißt du ganz genau.« Lizzie boxte ihn leicht in den Arm. »Und falls du doch zur Totenwache kommen willst, kannst du dich zu Greta und mir gesellen.«

»Ich muss arbeiten. Hab keine Zeit für so was.«

»Verstehe.« Sie sprang vom Arbeitstisch hinunter. »Also, ich muss los. Ich hab schon alles bestellt, und Miss Aurora kümmert sich natürlich um das Essen.«

»Wie läuft's mit dem affigen Butler?«

»Er ist gar nicht so schlimm.«

»Kommt drauf an, womit man ihn vergleicht.«

Sie winkte ihm zum Abschied lachend zu und machte sich auf den Weg nach draußen ins Helle. Aber sie kam nicht weit, bevor er ihr nachrief: »Miss Lizzie?«

Sie drehte sich um und steckte sich das Poloshirt wieder in den Bund ihrer Shorts. »Ja?«

»Ist für Little V.E.s Geburtstag dieses Jahr irgendwas geplant? Soll ich da was vorbereiten?«

»Oh Gott. Den hatte ich ganz vergessen. Ich glaube, letztes Jahr haben wir auch nichts gemacht, oder?«

»Sie wird fünfundsechzig. Nur deswegen frage ich.«

»Das ist ein Meilenstein.« Lizzie dachte an Lanes Mutter dort oben in ihrem Schlafzimmer. »Ich erkundige mich. Ach Mist, und morgen muss ich ihre Blumen auffrischen.«

»Es kommen ein paar frühe Pfingstrosen rein.«

»Daran hab ich auch gedacht.«

»Sag Bescheid, wenn ich sonst noch was erledigen soll.«

»Selbstverständlich, Gary. Selbstverständlich.«

25

Als Lane gefühlt nach Jahren bei dieser Reporterin endlich nach Easterly zurückkehrte, ging er direkt in den ersten Stock, ließ das im Speisesaal angerichtete Abendessen aus und ignorierte Mr Harris, der wieder einmal viel Aufhebens um irgendetwas machte.

Vor der Tür seines Großvaters angekommen, klopfte er einmal und öffnete sie weit ...

Drüben auf dem Bett setzte Tiphanii sich hastig auf und nahm die Tagesdecke mit, um zu verbergen, was sichtlich nackt war.

»Wenn Sie uns bitte entschuldigen würden«, sagte er zu ihr. »Er und ich haben etwas Geschäftliches zu besprechen.«

Jeff nickte der Frau zu, dass sie gehen sollte, und sie ließ sich weiß Gott alle Zeit der Welt, schlenderte mit dieser Tagesdecke herum, während Jeff sich die Bettdecke überzog und sich aufsetzte.

Nachdem sie kurz im Bad verschwunden war, kam sie in ihrer Uniform wieder heraus und verschwand aus der Tür. Lane war sich absolut sicher, dass sie ihren schwarzen Slip absichtlich neben dem Fußende des Bettes auf dem Boden liegen gelassen hatte.

»Es war total einvernehmlich«, brummte Jeff. »Und ich darf mich ja wohl auch mal etwas entspannen ...«

»Die Lokalzeitung weiß alles. Alles.«

Als Jeff den Mund öffnete, blaffte Lane: »Ich hätte nicht gedacht, dass du mich dermaßen hintergehen würdest.«

»Du denkst, ich habe mit der Presse geredet?« Jeff warf den Kopf in den Nacken und lachte. »Du glaubst wirklich, ich hab dich verpfiffen und ihnen etwas gegeben ...«

»Sie haben die Informationen, mit denen *du* arbeitest. Seite für Seite. Erklär mir, wie das passieren konnte. Ich dachte, ich könnte dir vertrauen ...«

»Also hör mal, du beschuldigst mich einer Straftat, nachdem du mich erpresst hast, das für dich zu machen? Ist das dein Ernst?«

»Du hast mich beschissen.«

»Okay. Erstens: Wenn ich dich so übers Ohr hauen wollte, wäre ich damit zum ›Wall Street Journal‹ gegangen, nicht zum ›Charlemont Herald Post Ledger‹ oder wie auch immer euer Provinzblatt heißt. Ich kann dir ein halbes Dutzend Reporter im Big Apple nennen, aber dir nicht sagen, wen ich hier im gottverdammten Kentucky anrufen müsste. Und, noch wichtiger, wenn dieser kleine Albtraum hier vorbei ist, gehe ich schließlich nach Manhattan zurück. Denkst du nicht, ich könnte es gut gebrauchen, dass Leute mir einen Gefallen schulden? Der Scheiß über deine Familie und deine kleine Bourbonklitsche sind doch Riesennews, Arschloch. Größer als so ein kleines Gratis-Provinzblatt. Also, wenn ich hier irgendwas leaken wollte, würde ich es so machen, dass für mich persönlich auch was dabei rausspringt.«

Lane atmete heftig. »Jesus Christus.«

»Den würde ich auch nicht anrufen. Allerdings, weil ich Jude bin.«

Lane ließ den Kopf hängen und rieb sich die Augen. Dann ging er im Zimmer herum, vom Bett zum Schreibtisch. Vom Schreibtisch zu einem der hohen Fenster. Vom Fenster zum Sekretär.

Schließlich kam er wieder bei den Fenstern an. Noch war es nicht dunkel geworden, aber es würde bald so weit sein, die Abendsonne senkte sich zum Horizont und verlieh der Erdkrümmung einen pink- und lilafarbenen Schein. Am Rand seines Blickfeldes war Jeffs ganze Arbeit, die Notizen, die Computer, die Ausdrucke, wie ein Schrei in seinem Ohr.

Und dann war da die Tatsache, dass sein alter College-Mitbewohner auf der anderen Raumseite nackt war und ihn mit einem unnahbaren Gesichtsausdruck anstarrte: Hinter all der Wut, die gerade aus Jeffs Mund explodiert war, lag Schmerz. Jeff war wirklich verletzt.

»Tut mir leid«, flüsterte Lane. »Tut mir leid. Ich habe vorschnell die falschen Schlüsse gezogen.«

»Danke.«

»Und es tut mir auch leid, dass ich dich zwinge, das alles zu tun. Es ist nur ... Ich verliere hier gerade meinen verdammten Verstand. Ich komme mir vor wie in einem brennenden Haus, und jeder Ausgang steht in Flammen. Ich brenne, bin verzweifelt und habe diese ganze Scheiße sowas von satt.«

»Ach verdammt«, brummte sein alter Freund in seinem New Jersey-Akzent. »Siehst du, du tust es schon wieder.«

Lane sah über die Schulter. »Was?«

»Du bist einfach so nett. Das hasse ich an dir. Zuerst machst du mich wütend und treibst mich zur Weißglut, aber dann kommst du mir mit Aufrichtigkeit, und ich kann deinen jämmerlichen, weißen privilegierten Arsch nicht mehr hassen. Nur damit du's weißt, ich habe es genossen, wütend auf dich zu sein. Es war die einzige Action, die ich hier hatte – nun ja, mal abgesehen von Tiphanii.«

Lane lächelte ein wenig und konzentrierte sich dann wieder auf die Aussicht. »Aufrichtigkeit also. Du willst, dass ich ehrlich bin? Dir etwas erzähle, was ich niemandem sonst erzählt habe?«

»Ja. Je besser ich darüber Bescheid weiß, was hier passiert, desto mehr kann ich helfen und desto weniger ärgere ich mich darüber, hier eingesperrt zu sein.«

In der Ferne schwebte ein Falke auf unsichtbaren Strömungen dahin, flog in scharfem Zickzackkurs über den Himmel und stieß immer wieder schnell herab, als wäre die Abenddämmerung voller Highways und Nebenstraßen, die nur Vögel sehen konnten.

»Ich denke, mein Bruder hat ihn getötet«, hörte Lane sich sagen. »Ich denke, Edward hat es getan.«

Jeff hatte seinen gerechten Zorn sowas von genossen. Er war klar und intensiv gewesen, das Brennen in seiner Brust ein unerschöpflicher Benzintank, der ihn die ganze Nacht wach hielt, konzentriert auf die Zahlen, während er sich durch die Daten arbeitete.

Aber er und Lane, das Arschloch, waren im Lauf ihrer langen Freundschaft schon oft so aneinandergeraten, wenn Phasen von Fehlkommunikation oder Blödheit sie entzweit hatten. Und irgendwie war es diesem Südstaatenmann da drüben immer gelungen, die Distanz zu überwinden.

Und tatsächlich hatte er es schon wieder geschafft. Besonders mit seiner aufrüttelnden kleinen Blitzmeldung eben.

»Scheiße«, sagte Jeff und lehnte sich in die Kissen zurück. »Ist das dein Ernst?«

Bescheuerte Frage.

Denn das war nichts, was jemand einfach so dahersagte, nicht einmal aus Spaß, in Anbetracht dessen, was in diesem Haushalt passierte. Und schon gar nichts, was Lane über seinen vergötterten großen Bruder auch nur gedacht hätte. Es sei denn, er hatte einen wirklich guten Grund.

»Warum?«, murmelte Jeff. »Warum würde Edward so etwas tun?«

»Er ist derjenige mit dem wirklichen Motiv. Mein Vater war ein schrecklicher Mann, und er hat einer Menge mächtiger Leute schreckliche Dinge angetan. Aber würde Monteverdi ihn wegen der Schulden töten? Nein. Der will nur sein Geld zurück. Und Rosalinda war es auch nicht. Sie war schon tot, bevor mein Vater den Wasserfall hinunterstürzte. Gin hat ihn ihr Leben lang gehasst, aber sie würde sich nicht die Hände schmutzig machen. Meine Mutter hatte immer Grund genug, aber nie die Fähigkeit dazu. Wer sollte es sonst gewesen sein?«

»Aber dein Bruder ist körperlich nicht fit genug. Ich meine, ich habe mir was zu essen geholt und bin gerade wieder hochgekommen, als er ins Haus kam. Er hinkt, als wäre sein Bein gebrochen. Er sieht aus, als schafft er es kaum, die verdammte Tür zu schließen, und schon gar nicht, jemanden von einer Brücke zu werfen.«

»Er kann Helfer gehabt haben.« Lane sah über seine Schulter, und ja, Jeffs gut aussehendes Gesicht sah schwer mitgenommen aus. »Die Leute draußen auf der Farm sind ihm treu ergeben. Mein Bruder hat so etwas an sich, und er weiß, wie man Dinge erledigt bekommt.«

»Ist er denn hier gewesen? Hier im Haus?«

»Weiß ich nicht.«

»Es gibt doch Sicherheitskameras, oder? Hier auf dem Anwesen.«

»Ja, und das weiß er. Er hat das gottverdammte System selbst installiert, und wenn man etwas löscht, fällt es auf. Es gibt Logins, die sich nachverfolgen lassen.«

»Haben die Detectives die Aufnahmen verlangt?«

»Noch nicht. Aber das werden sie.«

»Wirst du sie ihnen geben?«

Lane fluchte. »Habe ich eine Wahl? Und ich weiß nicht ... Ich war heute mit Edward allein. Ich hätte ihn fast gefragt.«

»Warum hast du nicht? Hattest du Angst, dass er sauer wird?«

»Unter anderem hatte ich Angst vor seiner Antwort.«

»Und was hast du jetzt vor?«

»Abwarten. Die Detectives lassen nicht locker. Sie werden zu ihm auf die Farm rausfahren. Und wenn er es war ...«

»Du kannst ihn nicht retten.«

»Nein, kann ich nicht.«

»Aber warum genau würde dein Bruder deinen Vater töten wollen? Das ist ein ziemlicher Aufwand, nur weil man als Kind ein paar Mal Hausarrest bekommen hat.«

»Vater hat versucht, ihn in Südamerika ermorden zu lassen.«

»Was?«

»Du hast richtig gehört. Edward ist heute in dieser Verfassung wegen dem, was ihm dort unten angetan wurde. Und es gab schon vorher eine Menge böses Blut zwischen ihnen. Verdammt, Vater hat ihn sogar aus seinem Testament gestrichen. Außerdem ist mein Bruder keiner, mit dem man sich anlegt. Er hat seine Mittel und Wege.«

Herr im Himmel, dachte Jeff.

Im nun folgenden Schweigen dachte er an seinen Bruder und seine Schwester, die auch beide in Manhattan lebten. Beide waren verheiratet. Mehrere Kinder. Seine Eltern verbrachten ihre Zeit in Florida und Connecticut, aber hatten eine Zweitwohnung in Soho. Die ganze Familie traf sich an allen Feiertagen, und dann herrschten Wärme, Konflikte und Freude, Tränen und Gelächter.

Es wurde immer viel gelacht.

Lane hatte ein schönes Haus. Mit einer Menge schöner Sachen darin. Tolle Autos.

Kein Vergleich, nicht wahr.

Lane ging zum Schreibtisch hinüber und setzte sich. »Wie auch immer, genug davon. Also, wenn du das nicht geleakt hast, wer dann?«

»Die Geschäftsleitung. Wer denn sonst. Ich habe meine Informationen aus ihren Quellen. Die Tabellen, aus denen ich meine Analyse mache, sind von ihnen erstellt worden.«

Lane rieb sich den Kopf, als schmerzte er. »Natürlich.«

»Sieh mal, Kumpel, du kannst diese Anzugträger nicht ewig rausekeln, und wenn sie sich deshalb nicht an die Regeln halten, ist das auch keine Überraschung. Jetzt ist kein guter Zeitpunkt, keinen Steuermann zu haben.«

»Stimmt, ich brauche jemanden, der das Unternehmen vorübergehend leitet. Der Vorstandsvorsitzende will sich mit mir treffen. Er dürfte das genauso sehen.«

»Nun, nur für den Fall, dass ich mich nicht klar genug ausgedrückt habe – solange du das Steuer nicht selbst übernimmst, sind es die Leute von der Geschäftsleitung, die im Unternehmen das Sagen haben – genau die Arschlöcher, die du rausgeschmissen hast.«

»Aber ich bin nicht qualifiziert. Ich bin nur schlau genug, um zu wissen, dass ich von einem Unternehmen dieser Größenordnung einen Dreck verstehe.« Lane ballte die Hände zu Fäusten. »Verdammt nochmal, ich kann mir darüber jetzt keinen Kopf machen. Ich muss die Aufbahrung morgen überstehen, und dann sehen wir weiter. Verflucht, Edward sollte doch das Unternehmen übernehmen.«

Als alles still wurde, strich Jeff die Bettdecke über seinen Schenkeln glatt, weil er nicht wusste, was zum Teufel er sonst tun sollte. Schließlich sagte er, halb im Scherz: »Wann kriege ich die Hausangestellte zurück? Und nicht, um das Bad zu putzen.«

»Deine Sache. Ich bin ihr Arbeitgeber, nicht ihr Zuhälter.«

»Also bist du das Familienoberhaupt, was?«

»Sonst reißt sich ja keiner um den Job.« Lane stand auf. »Vielleicht deshalb, weil das mit dem letzten Typen passiert ist, der es versucht hat.«

»Das kriegst du hin, mein Alter. Du schaffst das.«

Lane kam zu ihm hinüber und hielt ihm die Hand hin. »Es tut mir wirklich leid, dass ich dich in diese Lage gebracht habe. Ehrlich. Und wenn das alles vorbei ist, rufe ich dich nie wieder an, weil ich etwas von dir will, versprochen.«

Einen Augenblick lang betrachtete Jeff die angebotene Hand. Dann ergriff er sie. »Denk bloß nicht, dass ich dir verziehen habe.«

»Warum gibst du mir dann die Hand?«

»Weil ich einer von der Sorte bin, die schnell vergessen. Ich weiß, ich weiß, es ist altmodisch. Aber bisher bin ich damit gut gefahren – und so bist du aus dem Schneider, also lass mich mit deinen beschissenen Prinzipien in Frieden.«

26

»So ist es schon besser.«

Als Richard Pford an diesem Abend gegen neun in den Familiensalon von Easterly kam, hätte Gin fast die Augen verdreht und ihm eröffnet, dass die spießigen Fünfziger lange vorbei waren. Aber die Wahrheit war, dass sie tatsächlich zu Hause geblieben war, um mit ihm zu reden. Als sie ihm jetzt zusah, wie er direkt zur Bar weiterging, als wäre er der Herr des Anwesens, wurde sie wieder daran erinnert, wie sehr sie ihn verachtete.

Nachdem er sich einen Bourbon eingegossen hatte, kam er herüber und setzte sich in den ochsenblutfarbenen Ledersessel neben dem Sofa, auf dem sie mit angezogenen Beinen saß. Der Raum war nicht groß, und die Ölgemälde von preisgekrönten Bradford-Vollblütern an den getäfelten Wänden ließen ihn noch kleiner wirken. Und dazu noch Pfords physische Nähe ... Dadurch schrumpfte der Raum so zusammen, dass der Breitbild-Fernseher, auf dem eine Wiederholung von »The Real Housewives of Beverly Hills« lief, sich ihr förmlich ans Gesicht presste.

»Warum schaust du diesen Mist?«, sagte er.

»Weil ich es mag.«

»Zeitverschwendung.« Er nahm die Fernbedienung und wechselte den Sender zu irgendeinem Finanzexperten mit roter Krawatte und hellblauem Hemd. »Du solltest dir Sachen von Wert ansehen.«

Dann musst du mir erlauben, den Blick von dir abzuwenden, dachte sie.

»Wir müssen über den Empfang reden.« Sie kniff die Augen zu Schlitzen zusammen. »Und ich muss dich Amelia vorstellen.«

»Wem?«, sagte er, ohne den Blick von dem NASDAQ-Lauftext zu nehmen.

»Meiner Tochter.«

Damit hatte sie seine Aufmerksamkeit. Er sah herüber und hob eine dünne Augenbraue. »Wo ist sie? Ist sie von der Schule nach Hause gekommen?«

»Ja.«

Gin streckte die Hand nach dem Haustelefon aus. Es war diskret hinter einer Lampe versteckt, die aus einer Renntrophäe aus Sterlingsilber für Dreijährige Stuten aus der Zeit um 1900 gemacht war. Sie nahm den Hörer ab und rief den Anschluss des Butlers an.

»Mr Harris? Holen Sie Amelia und bringen Sie sie her. Danke.«

Sie legte auf und sah Richard an. »Ich möchte, dass du den Hochzeitsempfang bezahlst, den wir am Samstag hier abhalten. Du kannst den Scheck auf mich ausstellen. Es dürften etwa fünfzigtausend werden. Wenn es mehr wird, gebe ich dir Bescheid.«

Richard stellte sein Glas ab und konzentrierte sich wieder auf sie. »Warum zahle ich für irgendetwas?«

»Weil wir heiraten. Wir beide.«

»In deinem Haus.«

»Also wirst du keinen finanziellen Beitrag leisten?«

»Das habe ich schon.«

Sie betrachtete ihren Ring. »Richard, du wohnst unter diesem Dach, wirst von uns verköstigt ...«

Er lachte und ließ seinen Bourbon im Glas kreisen. »Das willst ausgerechnet du mir ankreiden?«

»Du stellst mir diesen Scheck aus, und damit hat sich's.«

»Ich schlage vor, du erwartest nicht zu viel, bevor die Tinte trocken ist, Liebling.« Richard prostete ihr zu. »Das wäre doch mal eine wirklich sehenswerte Show.«

»Wenn du nicht zahlst, sage ich die Party ab. Und werde nicht lügen. Du freust dich doch über die öffentliche Aufmerksamkeit.«

Schließlich brauchten Trophäen eine Präsentationszeremonie.

Richard beugte sich vor, und von der Bewegung knarrte der Ledersitz unter seinem Hintern leise. »Ich weiß, du bist darüber nicht auf dem Laufenden, aber im Unternehmen deiner Familie gibt es Probleme.«

»Ach wirklich.« Sie stellte sich dumm. »Hat jemand den Schlüssel zu einem Schrank für Bürobedarf verloren? Oh, welche Tragödie.«

Schließlich hatte sie nichts davon, ihn in ihren finanziellen Rückschlag einzuweihen. Zumindest nicht, bevor ihr Trauschein ausgestellt war.

Er lächelte, und zum ersten Mal trat so etwas wie Freude in seine Augen. »Rate mal, wer mich heute angerufen hat? Eine Freundin von mir beim ›Charlemont Courier Journal‹. Und willst du wissen, was sie mir erzählt hat?«

»Dass sie eine Enthüllungsstory über Penisimplantate bringen und dich dafür interviewen wollen?«

»Ich bitte dich.«

»Naja, ich denke, es könnte helfen.«

Richard lehnte sich zurück und schlug die Beine übereinander, sein Kiefer spannte sich an. »Erstens ist es eine Frau im Singular, nicht im Plural. Und zweitens hat sie mir gesagt, dass es ernste Probleme in eurem Unternehmen gibt, Gin. Große finanzielle Probleme. Sie bringen morgen früh eine Story darüber. Also komme mir nicht mit der List, dass du einen auf dich ausgestellten Scheck für den Empfang brauchst, damit die Dinge zwischen uns fair laufen. Dein Vater ist tot, und sein Testament wird gerade eröffnet. Der Trust deiner Mutter ist erst verfügbar, wenn sie verstirbt, und die BBC kämpft um ihr Überleben, deshalb sind deine Dividenden gesunken. Wenn du hier eine Benefizveranstaltung abhalten willst und erwartest, dass ich etwas beisteuere, siehst du besser zu, dass du als gemeinnützig anerkannt wirst, damit ich es von der Steuer absetzen kann. Anderenfalls kriegst du keinen Cent von mir. Liebling.«

»Ich weiß nicht, wovon du redest.«

»Ach nein? Nun, dann lies es morgen früh in der Zeitung nach, und du lernst etwas dazu.« Er zeigte auf den Fernseher. »Oder noch besser, komm hierher und schaue diesen Sender. Ihr dürftet morgen auf allen Kanälen sein.«

Gin hob ihr Kinn, auch als ihr Herz in ihrer Brust wild zu schlagen begann. »Wir haben jede Menge Geld hier im Haus, und ich finde es nicht unangemessen, dass du für etwas bezahlst – wenn du also nicht bereit bist, dich an den Kosten zu beteiligen, findet der Empfang eben nicht statt.«

Richard trank von seinem Bourbon. »Ein Tipp für Verhandlungsführungen: Wenn du Drohungen aussprechen willst, stelle sicher, dass für die andere Partei auch wirklich etwas Kompromittierendes auf dem Spiel steht.«

»Du willst mit mir prahlen. Du willst beweisen, dass du mich bekommen hast. Tu nicht so, als wäre ich keine Trophäe für dich.«

»Aber sobald die Tinte trocken ist, gehörst du mir doch. Und auch das wird in der Zeitung stehen. Alle werden es lesen. Ich brauche keine Cocktailparty, um es zu beweisen.«

Gin schüttelte den Kopf. »Du bist so oberflächlich.«

Das Gelächter, das den Raum erfüllte, erzeugte bei ihr erneut den Wunsch, etwas nach ihm zu werfen. Sie beäugte die Lampe aus Sterlingsilber.

»Das sagst gerade du?«, fragte er. »Meine Teuerste, der einzige Grund, warum du mich heiratest, sind die vorteilhaften Bedingungen, die ich dem Unternehmen deines Vaters gewähre. Und ich wünschte, ich hätte vom Niedergang des Unternehmens gewusst. Angesichts der finanziellen Lage hätte ich dich vermutlich umsonst haben können, nur für diesen Ring.«

In diesem Augenblick wurde an die Tür geklopft, und Mr Harris kam mit Amelia herein.

Das Mädchen hatte sich umgezogen und trug jetzt einen Hosenanzug von Gucci, und ihr Kopf war auf ihr Handy gesenkt, ihre Finger glitten über das Display.

»Miss Amelia, Madam«, verkündete der Brite. »Kann ich sonst noch etwas für Sie tun?«

»Nein danke«, entließ Gin ihn.

»Mit Vergnügen.«

Als der Butler hinausschlüpfte und die Tür sich schloss, blickte das Mädchen nicht auf.

»Amelia«, sagte Gin scharf. »Das ist mein Verlobter, Richard.«

»Ja«, sagte das Mädchen. »Weiß ich.«

»Da du ihn nicht gegrüßt hast, finde ich das schwer zu glauben.«

»Ich hab's im Internet gelesen.« Schulterzucken. »Wie auch immer, gratuliere, euch beiden. Freut mich wahnsinnig.«

»Amelia«, blaffte Gin. »Was zur Hölle ist so faszinierend?«

Das Mädchen drehte ihr Handy um und hielt es ihr entgegen, das Display hell erleuchtet wie ein altmodisches Lite-Brite-Spielzeug. »Diamonds. Diamanten.«

»Gegen die finde ich schwer etwas einzuwenden«, murmelte Gin. »Aber du bist unhöflich.«

»Es ist ein neues Spiel.«

Gin wies auf Richard. »Sagst du zumindest richtig Hallo.«

»Ich kann die Ähnlichkeit sehen«, sagte Richard entgegenkommend. »Du bist ziemlich schön.«

»Soll ich mich jetzt geschmeichelt fühlen?« Amelia legte den Kopf schief. »Oh, vielen herzlichen Dank. Ich habe es sowas von eilig, irgendwas mit ihr gemeinsam zu haben. Es ist mein großes Ziel im Leben, wie meine Mutter zu sein, wenn ich erwachsen bin. Wenn ihr mich jetzt entschuldigt, ich bin lieber in einer virtuellen Realität mit falschen Diamanten unterwegs als irgendwo in ihrer Nähe, oder in der Nähe von jemandem, der sie freiwillig heiratet. Viel Glück damit.«

Eine Sekunde später war Amelia aus der Tür, aber nicht, weil sie rannte.

Amelia lief vor nichts weg.

Sie schlenderte von hier nach da. Genau wie ihr Vater.

»Auftrag ausgeführt.« Richard stand auf und ging zur Bar zurück. »Da fällt der Apfel nicht weit vom Stamm. Und erlaube mir zu wiederholen, dass ich dir keinerlei Scheck ausstellen werde. Sage den Empfang ab, wenn du willst, und wir heiraten nur auf dem Standesamt. Für mich ist das unerheblich.«

Gin konzentrierte sich auf den Fernsehbildschirm, ihre Gedanken in Aufruhr. Und sie starrte immer noch ins Leere, als Richard sich vor ihr aufstellte.

»Dass du mir eines nicht vergisst«, sagte er. »Du hast eine Tendenz, kreativ zu werden, wenn du so still bist wie jetzt. Darf ich dich daran erinnern, dass ich von dir kein respektloses, beleidigendes Verhalten dulde – und du weißt ja, welcher Art die Konsequenzen sind.«

Ach, aber du genießt es doch, du kranker Dreckskerl, dachte Gin bitter. Du genießt jede Minute davon.

»John, du hast geliefert. Guter Junge.«

Als Lizzie Lane reden hörte, sah sie von ihrem fast leeren Kühlschrank auf. Er saß am anderen Ende der Küche ihres Farmhauses an ihrem runden Tisch und redete mit dem aufgeklappten Laptop, der vor ihm stand, die Brauen gerunzelt wie die zwei Hälften einer fest geschlossenen Schiebetür.

»Wie bitte?«, sagte sie und schloss den Kühlschrank.

»John Lenghe. Der Getreidegott. Er wollte mir alle Informationen zu den an WWB Holdings beteiligten Unternehmen schicken, die er hat. Und hier sind sie.«

Als er den Bildschirm zu ihr hindrehte, beugte sie sich hinunter und sah eine E-Mail, die so lang aussah wie ein Buch. »Wow. Eine Menge Namen.«

»Jetzt müssen wir sie finden.« Lane lehnte sich zurück und streckte die Arme über den Kopf, und etwas knackte so laut, dass sie zusammenzuckte. »Ich schwöre dir, das ist wie eine unendliche Achterbahnfahrt von der Art, die auch dann nicht anhält, wenn dir schlecht wird.«

Sie trat hinter ihn und massierte ihm die Schultern. »Du hast wieder mit dieser Reporterin geredet?«

»Habe ich.« Er sackte zusammen. »Oh Gott, fühlt sich das gut an.«

»Du bist total verspannt.«

»Ich weiß.« Er atmete aus. »Ja, ich habe gerade mit ihr geredet. Sie bringt die Story. Ich kann es nicht verhindern. Einer von diesen Vorstandsleuten muss gesungen haben. Sie wusste so verdammt viel.«

»Aber wie kann sie diese Informationen öffentlich machen? Die Bradford Bourbon Company ist kein staatliches Unternehmen. Ist das kein Verstoß gegen den Datenschutz?«

»Es gibt kein Gesetz zum Schutz der Privatsphäre, wenn es um Unternehmen geht. Und solange sie die Dinge auf eine bestimmte Art präsentiert, kommt sie damit durch. So wie sie allem das Wort ›mutmaßlich‹ voranstellen, wenn sie über Verbrechen berichten.«

»Wie geht es jetzt weiter?«

»Ich weiß nicht und bin wirklich über den Punkt hinweg, wo ich mir darüber Gedanken mache. Ich muss die Aufbahrung morgen überstehen, und danach widme ich mich mit ganzer Aufmerksamkeit der nächsten Krise.«

»Nun, da sind wir dran. Mr Harris und ich haben uns um das zusätzliche Personal gekümmert, Miss Aurora ist in der Küche fertig. Das gesamte Grundstück ist in Schuss, und die letzten Verbesserungen werden morgen früh gemacht. Mit wie vielen Gästen rechnest du?«

»Tausend vielleicht. Mindestens so viele wie beim ... oh, genau da. Jaaa.« Als er seinen Kopf auf die andere Seite fallen ließ, bewunderte sie seinen starken, schön geschwungenen Nacken. »Mindestens so viele wie beim Derby-Brunch. Worauf ist immer Verlass, besonders wenn du dein Geld verloren hast? Dass die Leute es einfach lieben, berühmte Kadaver nach ihrem Niedergang zu begaffen. Und nach diesem Artikel morgen werden wir genauso aussehen – wie ein Kadaver auf der Fleischertheke.«

Lizzie schüttelte den Kopf. »Erinnerst du dich an meine Fantasie, wo wir das alles hinter uns lassen?«

Lane drehte sich zu ihr um und zog sie auf seinen Schoß. Als er ihr das Haar zurückstrich und sie ansah, erreichte sein Lächeln fast seine Augen. »Ja, oh ja. Erzähl mir nochmal, wie das ist.«

Sie streichelte seinen Kiefer, seinen Hals, seine Schultern. »Wir wohnen auf einer Farm weit weg. Du arbeitest tagsüber als Basketballtrainer. Ich pflanze Blumen für die Kommune an. Jeden Abend sitzen wir zusammen auf unserer Veranda und schauen zu, wie die Sonne über den Maisstängeln untergeht. Samstags gehen wir zum Flohmarkt. Vielleicht verkaufe ich Sachen dort. Oder vielleicht du. Wir kaufen in einem kleinen Lebensmittelgeschäft ein, wo man Ragù für eine ausländische Delikatesse hält. Im Winter koche ich jede Menge Suppe und im Sommer mache ich Kartoffelsalat.«

Seine Lider senkten sich, und er nickte. »Und Apfelkuchen.«

Sie lachte. »Apfelkuchen auch. Und wir springen nackt in unseren Badeteich – der ist direkt hinter dem Haus.«

»Oh, der Teil gefällt mir besonders.«

»Dachte ich mir.«

Seine Hände begannen zu wandern, umschlossen ihre Taille, wanderten höher. »Kann ich dir was beichten?«

»Na klar.«

»Es wird aber kein gutes Licht auf meinen Charakter werfen.« Er runzelte die Stirn. »Aber da gibt es ja einiges im Moment.«

»Was ist es denn?«

Es dauerte eine Weile, bis er antwortete. »Als du und ich im Büro meines Vaters waren, hätte ich am liebsten alles von seinem Schreibtisch gefegt und auf dem verdammten Ding Sex mit dir gehabt.«

»Wirklich?«

»Ja.« Er zuckte mit den Achseln. »Verdorben?«

Lizzie bedachte das hypothetische Szenario mit einem Lächeln. »Eigentlich nicht. Wobei ich nicht entscheiden kann, ob das erotisch ist oder bloß Chaos auf dem Fußboden anrichtet, das ich dann zwanghaft aufräumen will.«

Als er lachte, stand sie auf und blieb mit gespreizten Beinen stehen. »Aber ich hätte da eine Idee.«

»Ach ja?«

Sie machte einen Buckel, zog ihr Hemd aus der Hose und dann langsam über den Kopf. »Da haben wir doch einen Tisch – und obwohl da bloß dein Laptop draufsteht, und den fegst du besser nicht auf den Boden, könnten wir trotzdem ... du weißt schon.«

»Oh jaaa!«

Als Lizzie sich auf ihrem Küchentisch ausstreckte, war Lane sofort auf ihr, beugte sich über sie und küsste sie mit wilder Leidenschaft.

»Übrigens«, keuchte sie, »in meiner Fantasie tun wir das oft ...«

27

Als Lane sich am nächsten Morgen der Big-Five-Brücke von der Indiana-Seite aus näherte, musste er den Fuß vom Gas nehmen, weil der morgendliche Berufsverkehr den Highway verstopfte. Das Radio in seinem Porsche war ausgeschaltet. Er hatte nicht auf sein Handy gesehen. Und auch nicht in seinen Laptop, bevor er von Lizzie weggefahren war.

Die Sonne schien wieder hell von einem größtenteils klaren blauen Himmel, nur ein paar Wolkenschlieren zogen am Rand vorbei. Aber das schöne Wetter würde nicht halten. Ein Tiefdruckgebiet war im Anzug und brachte Stürme mit.

Was irgendwie sehr passend war.

Lane schaltete erst in den dritten Gang herunter, dann in den zweiten und sah, dass die Verzögerung weiter vorne nicht nur die morgendliche Rushhour war. Im Bereich vor ihm gab es eine Baustelle, und wo die Autoschlangen sich vereinten, bildeten sie einen Engpass, der in der Sonne blinkte und Hitzewellen ausstrahlte. Er fuhr im Schneckentempo voran und wusste, dass er sich verspäten würde, aber ließ sich deshalb nicht aus der Ruhe bringen.

Er hätte gut auf dieses Treffen verzichten können. Aber man hatte ihm keine Wahl gelassen.

Als der Verkehr einspurig wurde, ging es zügiger voran, und er hätte fast laut gelacht, als er neben den Arbeitern in orangefarbenen Warnwesten, Bauhelmen und Jeans ankam.

Sie installierten auf der Brücke einen Maschendrahtzaun, um die Leute vom Abgrund fernzuhalten.

Hier würde keiner mehr springen. Oder zumindest würde einer, der es unbedingt versuchen wollte, zuerst hinaufklettern müssen.

Er fuhr auf das Autobahnkreuz, nahm eine enge Kurve, schoss unter einer Überführung hindurch und kam auf die Fernstraße 91. Zwei

Abfahrten später fuhr er bei der Dorn Avenue hinunter auf die River Road.

Die Tankstelle an der Ecke war die übliche Kombination aus Drugstore, Supermarkt, Schnapsladen und Zeitungsstand.

Und er wollte eigentlich daran vorbeifahren, während er rechts abbog. Schließlich würde es die heutige Ausgabe des »Charlemont Courier Journal« auch auf Easterly geben.

Aber schließlich trafen seine Hände die Entscheidung für ihn. Sie rissen das Steuer nach rechts, er schoss auf die Tankstelle, vorbei an den Zapfsäulen, und parkte neben der silbernen Tiefkühltruhe mit der zweiflügeligen Tür, auf der die Aufschrift EIS und das Bild eines Comic-Pinguins mit rotem Schal um den Hals prangten.

Die Baseballmütze, die er sich tief ins Gesicht zog, zierte vorne das U-of-C-Logo.

Bei den Zapfsäulen tankten gerade ein paar Typen ihre Pick-ups auf. Einer gehörte der Kommune. Ein Laster mit Hebebühne vom Strom- und Gasunternehmen Cincinnati. Eine Frau in einem Civic mit Baby auf dem Rücksitz, nach dem sie immer wieder sah.

Er hatte das Gefühl, dass alle ihn anstarrten. Aber er täuschte sich. Wenn sie in seine Richtung blickten, dann nur, um seinen Porsche abzuchecken.

Eine blecherne Glocke ertönte, als er die Tür in den kalten Verkaufsraum aufstieß, und da war es: eine ganze Reihe von »Charlemont Courier Journals«, alle mit der gefürchteten Schlagzeile in Riesenbuchstaben über der Falte:

BRADFORD BOURBON BANKROTT

Die »New York Post« hätte es nicht besser machen können, dachte er, und holte einen Dollarschein und einen Vierteldollar heraus. Er nahm sich eine Zeitung, legte das Geld auf die Ladentheke und klopfte mit den Knöcheln darauf. Der Typ an der Kasse sah von dem Kunden herüber, den er gerade bediente, und nickte.

Wieder beim Porsche angekommen, setzte Lane sich ans Steuer und strich die Titelseite glatt. Er überflog die ersten Spalten, schlug die Zeitung auf und las den Rest des Artikels.

Großartig. Sie hatten einige der Dokumente abgedruckt. Und jede Menge Kommentare dazu. Sogar ein Leitartikel zur Profitgier der Unternehmen und den nicht vorhandenen Rechenschaftspflichten der Reichen, in hämischer Kombination mit Karma.

Er warf das Blatt auf den Beifahrersitz, fuhr rückwärts aus dem Parkplatz und trat das Gaspedal durch.

Beim Haupttor des Anwesens angekommen drosselte er das Tempo, aber nur, um die Übertragungswagen zu zählen, die auf dem graswachsenen Seitenstreifen parkten, als erwarteten sie jede Sekunde, dass über Easterly ein Atompilz aufstieg. Er fuhr weiter und nahm die Personalzufahrt an der Rückseite des Anwesens, vorbei an den Gemüsefeldern, die Lizzie für Miss Auroras Küche bewirtschaftete, den Gewächshäusern und schließlich den Häuschen und dem Gartenbau-Schuppen.

Der Personalparkplatz war voller Autos, denn alle möglichen Aushilfen waren bereits auf dem Gelände angekommen, um alles für die Aufbahrung vorzubereiten, die mehrere Stunden dauern würde. Der asphaltierte Weg führte weiter den Hügel hinauf, parallel zum Fußweg, auf dem das Personal zum Haus kam. Oben waren die Garagen, die Rückfront des Business-Centers und die Hintereingänge des Herrenhauses.

Er parkte neben dem rotbraunen Lexus, der auf einem der für die Geschäftsleitung reservierten Parkplätze stand.

Kaum war Lane ausgestiegen, entstieg auch Steadman W. Morgan, der Vorstandsvorsitzende der Bradford Bourbon Company, seiner Limousine.

Er war für eine Golfpartie gekleidet, aber nicht wie Lenghe, der Getreidegott, es gewesen war. Steadman trug die weiße Kluft des Charlemont Country Club, das Wappen der privaten Einrichtung in Königsblau und Gold auf seiner Brust, um die Hüften ein gestickter Gürtel mit dem Princeton-Tiger. Seine Schuhe waren dieselbe Art von Slippern wie Lane sie trug, ohne Socken. Armbanduhr von Piaget. Die Sonnenbräune vom Golfplatz, nicht aufgesprüht. Seine Vitalität war das Resultat von guter Erziehung, gewissenhafter Diät und der Tatsache, dass der Mann sich nie hatte fragen müssen, woher seine nächste Mahlzeit kam.

»Ein Artikel, der es in sich hat«, sagte Steadman, als sie sich gegenübertraten.

»Verstehen Sie, warum ich alle zum Teufel gejagt habe?«

Sie schüttelten sich nicht die Hände. Keine Formalitäten wurden gewahrt, keine Höflichkeiten ausgetauscht. Aber der gute alte Steadman war es nun mal nicht gewöhnt, auf der Prioritätenliste von anderen an zweiter Stelle zu stehen, und deshalb auf hundertachtzig.

Andererseits hatte er auch eben erst erfahren, dass er zu einem sehr ungünstigen Zeitpunkt in der Unternehmensgeschichte den Vorsitz führte. Da konnte Lane seinen Unmut weiß Gott nachvollziehen.

Mit ausladender Geste wies Lane zur Hintertür des Business-Centers und öffnete sie mit dem neuen Zugangscode. Im Gehen schaltete er die Lichter an und ging voran in den kleinen Konferenzraum.

»Ich würde Ihnen ja einen Kaffee anbieten«, sagte Lane und setzte sich. »Aber ich koche miesen Kaffee.«

»Ich möchte sowieso keinen.«

»Und für Bourbon ist es noch etwas früh, sonst würde ich mir jetzt einen genehmigen.« Lane verschränkte die Hände und beugte sich vor. »Also. Ich könnte Sie fragen, woran Sie gerade denken, aber das wäre reine Rhetorik.«

»Es wäre nett gewesen, wenn Sie mich vorgewarnt hätten. Über diesen Artikel. Über die Probleme. Das Finanzchaos. Und warum zum Teufel Sie die Geschäftsleitung ausgesperrt haben.«

Lane zuckte die Schultern. »Ich versuche selbst immer noch, den Dingen auf den Grund zu gehen. Also habe ich nicht viel zu sagen.«

»Dieser verdammte Artikel enthielt eine Menge Interna.«

»Nicht meine Schuld. Ich war nicht die Quelle, und mein ›kein Kommentar‹ war so kugelsicher wie Kevlar.« Obwohl die Reporterin ihm als Steilvorlage unzählige Informationen präsentiert hatte. »Ich kann Ihnen aber sagen, dass ein Freund von mir aus New York hier ist, ein Investmentbanker, der auf die Analyse von multinationalen Konzernen spezialisiert ist. Er ist gerade dabei, das alles herauszubekommen.«

Steadman schien sich zu sammeln. Was ein wenig so war, als versuchte eine Marmorstatue, keine Miene zu verziehen: Es kostete ihn nicht viel Mühe.

»Lane«, begann der Mann in einem Tonfall, gegen den der altehrwürdige Nachrichtensprecher Walter Cronkite wie der Komiker Pee-wee Herman wirkte. »Sie müssen verstehen, dass die Bradford Bourbon Company zwar den Namen Ihrer Familie trägt, aber kein Limonadenstand ist, den Sie nach Belieben schließen oder verlegen können, nur weil Sie zur Familie gehören. Es gibt Unternehmensabläufe, Weisungslinien ...«

»Meine Mutter ist die Hauptaktionärin.«

»Das gibt Ihnen nicht das Recht, das Unternehmen in eine Diktatur zu verwandeln. Es ist absolut notwendig, dass die Geschäftsleitung wieder Zutritt zu ihren Räumen erhält. Wir müssen einen Ausschuss einberufen, um einen neuen Geschäftsführer einzustellen. Für den Übergang muss eine Führungskraft ernannt und verkündet werden. Und vor allem muss eine interne Buchprüfung erfolgen, um dieses finanzielle Chaos zu ...«

»Lassen Sie mich eines absolut klarstellen: Mein Vorfahre, Elijah Bradford, hat dieses Unternehmen gegründet. Und ich werde es definitiv schließen, wenn ich muss. Wenn ich will. Ich bin hier derjenige, der das Sagen hat, und es wird so viel effizienter sein, wenn Sie das anerkennen und mir nicht im Weg stehen. Oder ich werde auch Sie ersetzen.«

Steadman kniff die blauen Augen zu Schlitzen zusammen, vom weißen angelsächsisch-protestantischen Äquivalent mörderischer Wut erfüllt. Was erneut keine große Veränderung bedeutete. »Sie wissen nicht, mit wem Sie es zu tun haben.«

»Und Sie haben keine Ahnung, wie wenig ich zu verlieren habe. Ich werde derjenige sein, der den Nachfolger meines Vaters ernennt, und es wird keiner der Vizepräsidenten aus dem Vorstand sein, die hier jeden Morgen ankamen, um ihm in den Arsch zu kriechen. Ich werde herausfinden, wohin die Gelder geflossen sind. Und ich werde im Alleingang dafür sorgen, dass wir im Geschäft bleiben, auch wenn das bedeutet, dass

ich in die Brennerei gehen und die Kessel selbst in Gang halten muss.«
Er stieß Steadman einen Finger vor das gerötete Gesicht. »Sie arbeiten für *mich*. Der Vorstand arbeitet für mich. Jeder Einzelne der zehntausend Angestellten, der einen Gehaltsscheck bekommt, arbeitet für mich – weil ich der Hurensohn bin, der die Karre aus dem Dreck ziehen wird.«

»Und wie genau beabsichtigen Sie, das zu tun? Laut diesem Artikel fehlen Millionen.«

»Das werden Sie schon noch sehen.«

Einen Augenblick lang starrte Steadman über den glänzenden Tisch. »Der Vorstand wird ...«

»... mir aus dem Weg gehen. Hören Sie, jeder von Ihnen bezieht ein Gehalt von hunderttausend Dollar nur fürs Herumsitzen und Däumchendrehen. Ich garantiere jedem Einzelnen von Ihnen eine Viertelmillion dieses Jahr. Das ist eine Gehaltserhöhung von hundertfünfzig Prozent.«

Der Mann hob das Kinn. »Versuchen Sie, mich zu bestechen? Uns zu bestechen?«

»Alternativ kann ich den Vorstand auflösen. Ihre Entscheidung.«

»Es gibt eine Geschäftsordnung ...«

»Sie wissen, was mein Vater meinem Bruder angetan hat, korrekt?« Wieder lehnte Lane sich vor. »Denken Sie, ich hätte nicht dieselben Kontakte wie mein alter Herr hier in den Staaten? Glauben Sie ehrlich, ich könnte Ihnen allen nicht jede Menge Schwierigkeiten machen? Die meisten Unfälle passieren zu Hause, aber auch Autos können heikel sein. Boote. Flugzeuge.«

Offenbar zahlte es sich aus, dass er regelmäßig die »Sopranos« geschaut hatte.

Und das wirklich Gruslige war: Während er die Worte aussprach, war er nicht sicher, ob er bluffte oder nicht. Als er so dort saß, wo sein Vater gesessen hatte, fühlte Lane sich absolut fähig, einen Mord zu begehen.

Abrupt hatte er wieder das Gefühl, von der Brücke zu fallen, das Wasser auf sich zukommen zu sehen, in diesem Limbo zwischen Sicherheit und Tod zu sein.

»Also, wie hätten Sie's gerne?«, murmelte Lane. »Gehaltserhöhung oder Grab?«

Steadman nahm sich alle Zeit der Welt, und Lane ließ den Mann in seine Augen starren, solange er nur wollte.

»Ich bin mir nicht sicher, ob Sie hier nicht mehr versprechen, als Sie halten können, Junge.«

Lane zuckte die Achseln. »Die Frage ist doch, ob Sie es drauf ankommen lassen wollen, nicht wahr?«

»Wenn die Informationen in diesem Artikel korrekt sind, wie wollen Sie dann an so viel Geld kommen?«

»Das lassen Sie mal meine Sorge sein.« Lane lehnte sich zurück. »Und ich verrate Ihnen ein kleines Geheimnis.«

»Und das wäre?«

»Der Ringfinger meines Vaters wurde gefunden, vergraben draußen vor dem Haus. Es ist noch nicht an die Presse gegangen. Also machen Sie sich nichts vor. Es war kein Selbstmord. Jemand hat ihn getötet.«

Jetzt war etwas Geräusper zu hören. Und dann sagte der gute alte Steadman: »Wann genau könnten wir mit dem Geldeingang rechnen?«

Ich hab dich, dachte Lane.

»Also, wir machen es folgendermaßen«, hob er an.

Jeff nahm sein Frühstück oben in der Suite von Lanes Großvater ein und hing dabei die ganze Zeit über am Telefon. Er sprach mit seinem Vater. Als er schließlich auflegte, lehnte er sich in dem antiken Sessel zurück und sah auf den Rasen im Garten hinaus. Die Blumen. Die blühenden Bäume. Es war wie ein Bühnenbild für den Denver-Clan, damals in den Achtzigern. Dann nahm er sich das Exemplar des »Charlemont Courier Journal«, das er unten aus der Küche hatte mitgehen lassen, und starrte den Artikel an.

Zunächst hatte er ihn online gelesen.

Als er hinuntergegangen war, um sich einen Kaffee und ein Plunderstückchen zu holen, hatte er Miss Aurora gefragt, ob er die gedruckte Ausgabe mitnehmen könnte. Lanes Momma, wie sie genannt wurde, hatte nicht von ihrer Arbeitsfläche aufgesehen, wo sie gerade irgendetwas klein hackte. »Schaffen Sie es mir aus den Augen«, hatte sie nur gesagt.

Jeff hatte sich so ziemlich jedes Wort, jede Zahl und alle abgebildeten Dokumente eingeprägt.

Jemand klopfte, und er antwortete: »Ja?«

Lane kam herein, mit einem Kaffee für sich selbst. Obwohl er sich rasiert hatte, sah er scheiße aus. »Also – ach so«, sagte er. »Du hast es schon gesehen.«

»Ja.« Jeff legte das gottverdammte Ding hin. »Üble Sache. Das Problem ist, nichts ist falsch dargestellt.«

»Ich werde mir deshalb keine Sorgen machen.«

»Solltest du aber.«

»Ich habe eben den Vorstand bestochen.«

Jeff zuckte zurück. »Wie bitte? Was hast du?«

»Du musst mir zweieinhalb Millionen Dollar besorgen.«

Jeff hielt sich die Hände vors Gesicht, verkniff sich einen Fluch und schüttelte den Kopf. »Lane, ich arbeite nicht für die Bradford Bourbon Company ...«

»Dann bezahle ich dich eben.«

»Womit denn?«

»Nimm dir ein Gemälde von unten.«

»Nichts für ungut, aber ich mag keine Museen, und gegenständliche Kunst hasse ich. Alles, was ihr habt, wurde vor dem Aufkommen des Fotoapparats gemalt. Es ist langweilig.«

»Aber wertvoll.« Als Jeff nicht antwortete, zuckte Lane die Achseln. »Na gut, dann gebe ich dir eben was vom Schmuck meiner Mutter ...«

»Lane.«

Sein College-Mitbewohner ließ sich nicht umstimmen. »Oder nimm den Phantom Drophead. Ich überschreibe ihn dir. Alle Autos hier gehören uns. Wie wär's mit meinem Porsche?«

»Du bist doch wahnsinnig.«

Lane machte eine allumfassende Geste. »Hier ist Geld. Überall. Willst du ein Pferd?«

»Herr im Himmel, als würdest du einen Garagenflohmarkt veranstalten.«

»Was willst du haben? Es gehört dir. Und dann hilf mir, dieses Geld aufzutreiben. Ich brauche jeweils zweihundertfünfzigtausend für zehn Leute.«

Jeff schüttelte den Kopf. »So funktioniert das nicht. Du kannst nicht einfach aus einer Laune heraus Gelder zweckentfremden ...«

»Das ist keine Laune. Hier geht es ums Überleben.«

»Du brauchst einen Plan, Lane. Einen umfassenden Plan, der mit sofortiger Wirkung Kosten reduziert, die Produktion gewährleistet und eine mögliche Ermittlung durch die Bundesbehörden vorauskalkuliert – besonders jetzt, nachdem dieser Artikel erschienen ist.«

»Womit wir bei meinem zweiten Grund wären, weshalb ich hier bin. Du musst mir beweisen, dass mein Vater das alles getan hat.«

»Lane – spinnst du? Verdammt, denkst du, ich kann mir dieses Zeug einfach aus dem Ärmel ...«

»Ich bin nicht naiv, und du hast recht. Nach diesem Artikel haben wir bald die Behörden am Hals, und ich will ihnen eine klare Spur zu meinem Vater präsentieren.«

Jeff atmete aus. Ließ die Fingergelenke knacken. Fragte sich, wie es sich wohl anfühlen würde, seine Stirn auf die Tischplatte zu knallen. Ein paar hundert Mal. »Nun, wenigstens das dürfte ein Kinderspiel sein.«

»Das ist das Schöne daran. Es ist mir gerade aufgegangen. Mein Vater ist tot, also werden sie ihn nicht ausbuddeln und einsperren. Und nach allem, was er sich geleistet hat, liegt mir nichts daran, sein Andenken zu wahren. Soll der Dreckskerl doch in Flammen untergehen für alles, was er angerichtet hat, und dann machen wir das Unternehmen wieder flott.« Er trank einen Schluck aus seinem Kaffeebecher. »Oh, da fällt mir ein, ich habe dir gemailt, was Lenghe mir zu den WWB Holdings-Unternehmen geschickt hat. Es ist mehr, als wir bereits wussten, aber trotzdem nicht annähernd genug.«

Jeff konnte ihn nur anstarren. »Weißt du was, entweder bist du durch deinen privilegierten Status größenwahnsinnig geworden oder einfach so verzweifelt, dass du deinen gottverdammten Verstand verloren hast.«

»Beides. Aber ich kann dir sagen, Letzteres trifft es eher. Privilegiert sein ist schwer, wenn du für nichts bezahlen kannst. Und was deine Vergütung betrifft, geht das wirklich nur als Notverkauf. Also nimm dir einen Laster und belade dir das verdammte Ding bis unters Dach. Was immer du für fair hältst.«

Jeff sah wieder auf die Zeitung hinunter. Es passte ins Bild, dass der Artikel all die Arbeit wiedergab, die er hier gemacht hatte.

»Ich kann nicht für immer hier sein, Lane.«

Aber da gab es wirklich noch etwas, um das er sich selbst kümmern musste. Zusätzlich zu Lanes neustem Forderungskatalog und seinen genialen Ideen.

»Was ist mit der Geschäftsleitung?«, fragte er. »Hast du die auch bestochen?«

»Absolut nicht. Diesen Haufen Schlipsträger habe ich für den nächsten Monat unbezahlt beurlaubt. Ich dachte mir, es liegen genügend Beweise vor, die das rechtfertigen, und der Vorstand schickt ihnen die Kündigungen raus. Die mittlere Führungsebene wird einspringen, bis ich einen vorläufigen Geschäftsführer finde.«

»Wird schwierig sein, nach diesem Artikel.« Jeff tippte auf die Titelseite. »Nicht gerade die beste Stellenanzeige.«

Als Lane ihn einfach nur ansah, spürte Jeff, wie ihn die sprichwörtliche eiskalte Dusche traf. Er hob abwehrend die Hände und begann, vehement den Kopf zu schütteln. »Nein. Kommt überhaupt nicht infrage ...«

»Du wärst der Boss.«

»Der Kapitän eines torpedierten Schiffes.«

»Du hättest völlig freie Hand.«

»Was in etwa dasselbe ist, wie mir zu sagen, ich könnte ein Haus neu einrichten, das mitten in einer Schlammlawine steckt.«

»Ich beteilige dich am Unternehmen.«

Wie auf ein Stichwort ertönte das Geräusch quietschender Reifen vor dem Haus. »Was hast du da gesagt?«

Lane wandte sich ab und ging zur Tür. »Du hast mich richtig verstanden. Ich biete dir eine Beteiligung an der ältesten und edelsten Spirituosenfirma der Vereinigten Staaten an. Und bevor du mir sagst, dass ich das nicht darf und blablabla, möchte ich dich daran erinnern, dass ich den Vorstand gekauft habe. Ich kann verdammt nochmal alles machen, was ich will und muss.«

»Solange du das Geld auftreibst, um sie zu bezahlen.«

»Denk darüber nach.« Der aalglatte Mistkerl sah über die Schulter. »Dir kann etwas gehören, Jeff. Statt nur über Zahlen zu sitzen für eine Investmentbank, die dich dafür bezahlt, ein besserer Taschenrechner zu sein. Du kannst der erste Teilhaber der Bradford Bourbon Company sein, der nicht zur Familie gehört, und unsere Zukunft aktiv mitgestalten.«

Jeff starrte wieder auf den Artikel. »Hättest du mir das je angeboten, wenn die Dinge gut laufen würden?«

»Nein. Aber nur deshalb, weil ich in diesem Fall mit dem Unternehmen überhaupt nichts zu tun hätte.«

»Und was passiert, wenn das alles vorbei ist?«

»Kommt darauf an, wie ›vorbei‹ aussieht, oder? Das könnte dein Leben verändern, Jeff.«

»Ja, toller Vorschlag. Schau, was es mit dir gemacht hat. Und übrigens, als du das letzte Mal wolltest, dass ich bleibe, hast du mich bedroht. Und jetzt versuchst du, mich zu bestechen.«

»Und, funktioniert's?« Als Jeff nicht antwortete, öffnete Lane die Tür zum Gang. »Ich habe dich nicht gern so unter Druck gesetzt. Wirklich nicht. Und du hast sowas von recht. Ich schlage hier um mich wie ein Idiot. Aber mir gehen die Möglichkeiten aus, und kein Erlöser kommt vom Himmel herabgestiegen und lässt das alles durch ein Wunder verschwinden.«

»Das liegt daran, dass sich das nicht wegzaubern lässt.«

»Was du nicht sagst. Aber ich muss damit fertigwerden. Ich habe keine Wahl.«

Jeff fluchte. »Ich weiß nicht, ob ich dir vertrauen kann.«

»Was brauchst du von mir, damit du es kannst?«

»Nach alldem hier? Ich bin mir nicht sicher, ob ich dir überhaupt jemals wieder vertrauen kann.«

»Dann sei eigennützig. Wenn dir ein Teil von dem gehört, was du rettest – und wenn es hier einen enormen Vorteil gibt, dann diesen –, ist das alles an Anreiz, was du brauchst. Denk darüber nach. Du bist Geschäftsmann. Du weißt genau, wie lukrativ das werden kann. Ich gebe dir die Aktien jetzt, und wenn der Aufschwung kommt? Es gibt Bradford-Cousins, die alles geben werden, um den Mist zurückzukaufen. Das ist deine einzige und beste Chance, zu achtstelligem Kapital zu kommen – außer Lottospielen vielleicht.«

Und weil der Mistkerl genau wusste, wann er seinen strategischen Abgang machen musste, ging Lane und schloss geräuschlos die Tür.

»Zur Hölle mit dir«, murmelte Jeff in die Stille.

28

Lizzie zog ihre Kakishorts aus und legte sie auf die Ablage in Lanes Bad, neben ihr Arbeitshemd. Als sie sich aufrichtete, zeigte ihr der Spiegel einen Anblick, der vertraut, aber auch seltsam war: Ihr Haar war wirr von ihrem Pferdeschwanz, ihre Haut glänzte stark von der Sonnencreme, die sie früher am Nachmittag aufgetragen hatte, und sie hatte Augenränder.

Aber das alles war normal.

Sie hob das schwarze Kleid vor ihr auf, zog es sich über den Kopf und dachte, okay, jetzt wird's unheimlich.

Bei der letzten großen Party auf Easterly, noch keine Woche her, hatte sie noch eindeutig zum Personal gehört. Jetzt war sie diese seltsame Hybride, zum Teil Familienmitglied, weil sie mit Lane verlobt war, aber gleichzeitig stand sie immer noch auf der Gehaltsliste und war sehr in die Vorbereitungen und Durchführung der Aufbahrung involviert.

Sie zerrte das Gummi heraus und bürstete sich das Haar durch, aber vom Haargummi war eine Welle darin, und es sah offen nicht gut aus.

Vielleicht war noch Zeit für …

Nope. Als sie auf ihr Handy sah, zeigte das Display 15:43 Uhr. Nicht einmal genug Zeit für eine ihrer Blitzduschen.

In siebzehn Minuten würden die ersten Leute kommen, und die Busse würden sie vom Parkplatz unten an der River Road den Hügel hinauf zu den herrschaftlichen Pforten von Easterly bringen.

»Du siehst perfekt aus.«

Sie sah zur offenen Tür hinüber und lächelte Lane an. »Du bist voreingenommen.«

Lane trug einen marineblauen Anzug mit hellblauem Hemd und korallenfarbener Krawatte. Sein Haar war noch nass von der Dusche, und er roch nach dem Rasierwasser, das er immer benutzte.

Lizzie konzentrierte sich wieder auf sich selbst, strich das schlichte Futteralkleid aus Baumwolle glatt. Gott, sie fühlte sich, als ob sie die Kleider von jemand anderem trug – und so war es ja auch. Hatte sie sich dieses Kleid nicht vor zehn Jahren von ihrer Cousine geliehen, auch für eine Beerdigung? Das Ding war so oft gewaschen worden, dass es an den Säumen schon ausgeblichen war, aber sie hatte nichts anderes im Schrank gehabt.

»Ich würde auf dem Event lieber nur arbeiten«, sagte sie.

»Ich weiß.«

»Denkst du, Chantal kommt auch?«

»Das würde sie nicht wagen.«

Lizzie war sich da nicht so sicher. Lanes baldige Exfrau gierte nach Aufmerksamkeit, und das war eine erstklassige Gelegenheit für sie, sich wieder Geltung zu verschaffen, Ehe-Aus hin oder her.

Lizzie wuschelte sich das Haar durch und zupfte es nach vorne. Was nichts gegen diese nervige Welle ausrichtete.

Scheiß drauf, dachte sie. Ich lasse es offen.

»Bist du soweit?«, sagte sie und ging zu ihm hinüber. »Du siehst besorgt aus. Wie kann ich dir helfen?«

»Nein, alles bestens.« Er bot ihr den Arm. »Komm. Auf in den Kampf.«

Er führte sie aus seinem Schlafzimmer und auf den Gang hinaus. Als sie vor der Suite seiner Mutter ankamen, wurde er langsamer. Und blieb stehen.

»Willst du reingehen?«, fragte sie. »Ich warte unten auf dich.«

»Nein, ich lasse sie besser in Ruhe.«

Als sie zur großen Treppe weitergingen und sich an den Abstieg machten, kam sie sich wie eine Betrügerin vor – bis sie die Anspannung in seinem Arm spürte und erkannte, dass er sich auf sie stützte.

»Ich könnte das nicht ohne dich durchziehen«, flüsterte er, als sie unten ankamen.

»Musst du auch nicht«, sagte sie leise, als sie von der Treppe auf den Marmorboden traten. »Ich weiche nicht von deiner Seite.«

Überall standen Kellner in schwarzen Krawatten und Jacketts mit

Silbertabletts bereit, um die Getränkebestellungen der Gäste aufzunehmen. Zwei Bars waren aufgebaut worden, eine im Esszimmer links und eine weitere im vorderen Salon auf der rechten Seite, wo es nur Bradford Family Reserve, Weißwein und Erfrischungsgetränke gab. Blumen, die sie bestellt und arrangiert hatte, waren der zentrale Blickfang in jedem Raum, und mitten im Eingangsbereich stand ein antiker runder Tisch mit einem Kondolenzbuch und einem Silberteller für Karten.

Gin und Richard waren die nächsten Angehörigen, die erschienen, sie kamen zusammen die Treppe herunter, zwischen ihnen die Entfernung eines Footballfeldes.

»Schwester«, sagte Lane, als er sie auf die Wange küsste. »Richard.«

Die beiden schlenderten davon, ohne Lizzie zu grüßen, aber für sie war das ein Glücksfall. Alles, was sie sagen oder tun würden, lief wahrscheinlich sowieso nur auf Herablassung hinaus.

»Das ist nicht okay«, murmelte Lane angesichts der Kränkung. »Ich werde sie …«

»Du tust gar nichts.« Lizzie drückte seine Hand, um seine Aufmerksamkeit zu bekommen. »Hör mir gut zu: Es macht mir nichts aus. Überhaupt nichts. Ich weiß, wo ich stehe, und ob deine Schwester mich akzeptiert oder ablehnt, ist mir sowas von schnurz.«

»Es ist respektlos.«

»Es ist High School-Zickenkrieg-Niveau. Und das habe ich seit fünfzehn Jahren hinter mir. Außerdem ist sie so, weil sie unglücklich ist. Du könntest hier neben Jesus Christus, Gottes Sohn persönlich, stehen, und sie würde sich darüber aufregen, dass er Gewand und Sandalen trägt.«

Lane lachte und küsste sie auf die Schläfe. »Und wieder einmal erinnerst du mich daran, warum genau ich mit dir zusammen bin.«

»Warte. Dein Schlips sitzt schief.«

Mack sah sich um. Sein Büro war mit Dusche, Waschbecken und Toilette ausgestattet, und er hatte sich nicht die Mühe gemacht, die Tür zu schließen, als er hineingegangen war, um zu … nun, um sich diese seidene Henkersschlinge schief um den Hals zu binden.

Beth legte einige Papiere auf seinen Schreibtisch und kam zu ihm herüber.

Der beengte Raum wurde noch enger, als sie zu ihm hineintrat. Er roch ihr Parfum, als sie die Hände hob und seinen Krawattenknoten löste.

»Ich glaube, das passt farblich gar nicht zusammen«, sagte er und versuchte, sich nicht auf ihre Lippen zu konzentrieren. »Das Hemd, meine ich.«

Mann, wie weich sie aussahen.

»Tut es auch nicht.« Sie lächelte. »Aber es ist schon okay. Du wirst nicht nach deinem Modegeschmack beurteilt.«

Für den Bruchteil einer Sekunde stellte er sich vor, die Hände um ihre Taille zu legen und sie vor seine Hüften zu ziehen. Dann würde er den Kopf senken und herausfinden, wie sie schmeckte. Vielleicht würde er sie auf den Waschbeckenrand setzen und ...

»Und?«, fragte sie ermunternd, als sie über seinem Herzen das eine Krawattenende um das andere schlang.

»Was?«

»Wofür wirfst du dich so in Schale?«

»Für William Baldwines Aufbahrung auf Easterly. Ich bin spät dran. Es beginnt um vier.«

Das Gezerre an seinem Hals war erotisch, obwohl es ihn auf falsche Gedanken brachte: Wenn Beth seine Kleider in Unordnung brachte, wäre ihm lieber, sie zöge sie ihm aus.

»Oh. Wow.« Mehr Gezerre. Dann trat sie zurück. »Besser.«

Er lehnte sich zur Seite und begutachtete sich im Spiegel. Das verdammte Ding lag so schnurgerade wie die Mittellinie eines Highways, und der Knoten war direkt am Kragen – und auch nicht zerknautscht und mit Schlagseite. »Sehr beeindruckend.«

Beth trat aus dem Bad, er sah ihr nach, und dann rief er sich zur Ordnung. Bis er sich wieder konzentrieren konnte, war sie drüben an seinem Schreibtisch, zeigte auf dies und das und redete.

Sie war wieder in Rot, und das Kleid endete über dem Knie, aber nicht zu weit oben, und war ausgeschnitten, aber nicht zu tief. Kurze Ärmel.

Strümpfe? Nein, anscheinend nicht – und verdammt, waren das schöne Beine. Flache Schuhe.

»Und?«, sagte sie wieder.

Okay, er musste mit dem Unsinn aufhören, bevor sie das angespannte Betriebsklima registrierte, das er ausstrahlte.

»Wie bitte?«, fragte er und kam aus dem Bad.

»Denkst du, ich könnte dich begleiten? Ich habe zwar nicht für den Mann gearbeitet, aber ich bin ja jetzt auch beim Unternehmen.«

Das ist kein Date, dachte er, als er nickte. Absolut nicht.

»Klar.« Er räusperte sich. »Es ist öffentlich. Ich nehme an, es kommen eine Menge Leute von der BBC. Aber wir sollten besser dein Auto nehmen. Mein Pick-up taugt nicht für eine Lady.«

Beth lächelte. »Dann gehe ich mal meine Handtasche holen. Ich fahre gern.«

Mack blieb noch eine Sekunde stehen, als sie hinaus zu ihrem Schreibtisch ging. Er zwang sich, all die Etiketten an den Wänden anzusehen, und erinnerte seinen halben Ständer daran, dass sie seine Chefassistentin war. Und ja, sie war wunderschön, aber er hatte gerade wichtigere Sorgen als sein derzeit nicht existierendes Liebesleben.

Zeit, mal wieder irgendwo eine flachzulegen, dachte er. In letzter Zeit war er zu sehr mit der verdammten Arbeit beschäftigt gewesen, und dann passierte eben so etwas: Ein notgeiler Typ, zusammen mit einer mehr als nur halbwegs annehmbaren Frau, und schon war man völlig schwanzgesteuert.

»Mack?« rief sie hinüber.

»Ich komme ...« Hör auf. »Nein, ich meine ... ich, äh ...«

Herrgott nochmal.

29

Niemand kam.

Etwa eine Stunde und zwanzig Minuten nach dem Beginn der Aufbahrung waren statt einer langen Reihe von Menschen, die sich zur Haustür schlängelte, und einem Karussell von Bussen, die den Hügel hätten hinauf- und hinabfahren sollen, nur ein paar Versprengte da gewesen, die allesamt einen Blick auf die gähnende Leere im Herrenhaus geworfen und direkt einen hastigen Abgang gemacht hatten.

Als wären sie in Halloween-Kostümen zu einem Ball gekommen. Oder trügen Weiß nach dem Labor Day.

Oder wären bei einer großen Veranstaltung an den Kindertisch gesetzt worden.

Da hatte er sich wohl getäuscht, dass die Leute die Mächtigen nach ihrem Niedergang ganz aus der Nähe sehen wollten.

Lane verbrachte eine Menge der Zeit damit, von Raum zu Raum zu wandern, die Hände in den Hosentaschen, weil er Lust auf einen Drink hatte und wusste, dass es eine schlechte Idee war. Gin und Richard waren irgendwohin verschwunden. Amelia war erst gar nicht heruntergekommen. Edward war verschollen.

Lizzie blieb die ganze Zeit über bei ihm.

»Entschuldigen Sie bitte, Sir.«

Lane drehte sich zu dem uniformierten Butler um. »Ja?«

»Kann ich irgendetwas tun?«

Vielleicht war es ja der britische Akzent, aber Lane hätte schwören können, dass Mr Harris klammheimlich erfreut war über diese Schmach. Und hatte Lust, ihm mit der Hand durch die gelackte Frisur zu fahren, bis sie so chaotisch aussah wie ein Weizenfeld nach einem Tornado.

»Ja, sagen Sie den Kellnern, sie sollen die Bars zusammenpacken, und dann können sie nach Hause gehen.« Wozu sie fürs Herumstehen bezahlen. »Und schicken Sie die Einparker und die Busse weg. Wenn doch noch jemand kommt, kann der einfach vor dem Haus parken.«

»Natürlich, Sir.«

Als Mr Harris sich dematerialisierte, ging Lane zum Fuß der Treppe hinüber und setzte sich. Er starrte zur offenen Haustür in den verblassenden Sonnenschein hinaus und dachte an das Treffen mit dem Vorstandsvorsitzenden zurück. Die Szenen mit Jeff. Das Treffen mit John Lenghe.

Der hier in einer Stunde aufkreuzen würde, aber wer wusste das schon.

Jeff hatte recht. Er setzte Menschen unter Druck und kontrollierte sie – und er kontrollierte Geld. Natürlich, offiziell tat er es, um der Familie zu helfen – Scheiße, um sie zu retten. Aber beim Gedanken, dass er sich womöglich in seinen Vater verwandelte, geriet ihm der Magen in Aufruhr.

Schon komisch, als er zu dieser Brücke gegangen war und sich über das Geländer gelehnt hatte, hatte er eine Art von Verbindung oder Verständnis für den Mann gesucht. Aber jetzt war ihm klar, dass man vorsichtig sein musste mit dem, was man sich wünscht. Zu viele Parallelen zeigten sich einfach in der Art, wie er sich verhielt.

Was, wenn er sich in den Hurensohn verwandelte ...

»Hey.« Lizzie setzte sich neben ihn und schob sich ihren Rock unter die Schenkel. »Wie geht's dir? Vermutlich eine dumme Frage.«

Er beugte sich vor und küsste sie. »Mir geht's gut ...«

»Habe ich es verpasst?«

Beim Klang einer vertrauten Stimme, die er seit sehr langer Zeit nicht mehr gehört hatte, erstarrte Lane und drehte sich langsam um. »Mutter?«

Oben auf dem Treppenabsatz, zum ersten Mal seit Jahren, stand seine Mutter, auf ihre Pflegerin gestützt. Virginia Elizabeth Bradford Baldwine, oder Little V.E., wie sie in der Familie genannt wurde, trug ein langes weißes Chiffonkleid, Diamanten an den Ohren und Perlen um den Hals. Ihr Haar war perfekt frisiert und ihre Gesichtsfarbe blühend –

obwohl das eher der Person zu verdanken war, die sie so vollendet geschminkt hatte, und weniger ihrer Gesundheit.

»Mutter«, wiederholte er, stand auf und sprang die Treppe hinauf, zwei Stufen auf einmal nehmend.

»Edward, Liebling, wie geht es dir?«

Lane blinzelte ein paar Mal. Und dann nahm er den Platz der Pflegerin ein und bot seiner Mutter den Arm, den sie bereitwillig nahm. »Möchtest du herunterkommen?«

»Ich denke, das gehört sich so. Aber oh, ich bin zu spät gekommen. Ich habe alle verpasst.«

»Ja, sie sind schon weg. Aber das ist schon in Ordnung, Mutter. Gehen wir hinunter.«

Der Arm seiner Mutter war wie der eines Vogels, so dünn unter ihrem Ärmel, und als sie sich an ihn lehnte, spürte er ihr Gewicht kaum. Sie gingen langsam die Treppe hinunter, und die ganze Zeit über hätte er sie am liebsten hochgehoben und getragen, weil es ihm sicherer vorkam.

Wenn sie stürzte? Er hatte Angst, dass sie am Fuß der Treppe zerschellen würde.

»Dein Großvater war ein großer Mann«, sagte sie, als sie unten auf dem schwarz-weißen Marmorboden des Foyers ankamen. »Oh, sie räumen schon die Getränke weg.«

»Es ist spät.«

»Ich liebe die Sonnenstunden im Sommer, du nicht auch? Es ist so wunderbar lange hell.«

»Möchtest du dich in den Salon setzen?«

»Bitte, Liebling. Danke dir.«

Der Gang seiner Mutter ähnelte eher einem Schlurfen als einem Gehen, und als sie endlich bei den Seidensofas vor dem offenen Kamin angekommen war, setzte Lane sie auf das von der Haustür abgewandte.

»Oh, der Garten.« Sie lächelte, als sie aus der Glastür am anderen Ende des Raumes blickte. »Er sieht so wundervoll aus. Weißt du, Lizzie arbeitet so hart daran.«

Lane verbarg seine Überraschung, indem er zum Servierwagen der Familie hinüberging und sich einen Bourbon eingoss. Es war höchste Zeit, dass er seinem Verlangen nachgab. »Du kennst Lizzie?«

»Sie bringt mir meine Blumen – oh, da sind Sie ja. Lizzie, Sie kennen doch meinen Sohn Edward, nicht?«

Lane blickte rechtzeitig auf, um zu sehen, wie Lizzie zweimal hinsah und die Überraschung dann gut überspielte. »Mrs Bradford, wie geht es Ihnen? Wie schön, Sie auf den Beinen zu sehen.«

Obwohl der Familienname seiner Mutter offiziell Baldwine lautete, war sie auf dem Anwesen immer Mrs Bradford gewesen. So waren die Dinge nun einmal – zweifellos eines der ersten Dinge, die sein Vater zu hassen gelernt hatte.

»Gut, danke, meine Liebe. Also, Sie kennen Edward?«

»Aber natürlich«, sagte Lizzie sanft. »Wir sind uns schon begegnet.«

»Sagen Sie mir, helfen Sie bei der Party aus, meine Liebe?«

»Ja, Ma'm.«

»Ich habe sie offenbar verpasst. Man hat mir immer gesagt, ich würde mich noch zu meiner eigenen Beerdigung verspäten. Anscheinend habe ich mich auch bei der meines Vaters verschätzt.«

Als ein paar von den Kellnern hereinkamen und anfangen wollten, die Bar in der Ecke abzubauen, schüttelte Lane den Kopf in ihre Richtung, und sie schlüpften wieder hinaus. In der Ferne konnte er das Klirren von Gläsern und Flaschen hören und das Stimmengemurmel des Personals, das im Esszimmer alles abräumte – und er hoffte, dass ihr Gehirn das als den Ausklang der Party interpretierte.

»Ihre Farbauswahl ist immer perfekt«, sagte seine Mutter zu Lizzie. »Ich liebe meine Blumensträuße und freue mich immer auf die Tage, an denen Sie sie auswechseln. Immer eine neue Kombination von Blüten, und nie ist eine fehl am Platz.«

»Vielen Dank, Mrs Bradford. Wenn Sie mich jetzt entschuldigen würden?«

»Natürlich, meine Liebe. Es gibt viel zu tun. Wir hatten sicher einen schrecklichen Ansturm von Leuten.« Seine Mutter winkte mit der Hand, so anmutig wie eine Feder, die durch die Luft schwebte, ihr riesiger birnenförmiger Diamant blitzte auf wie eine elektrische Christbaumkerze. »Und jetzt, Edward, sag mir doch, wie stehen die Dinge in der alten Brennerei? Ich fürchte, ich war eine Weile nicht ganz auf dem Laufenden.«

Lizzie drückte seinen Arm, bevor sie die beiden alleine ließ, und Gott, was hätte er nicht dafür gegeben, ihr aus dem Raum zu folgen. Stattdessen setzte er sich ans andere Ende des Sofas, und Elijah Bradford auf dem Bild über dem offenen Kamin schien wütend auf ihn hinunterzustarren.

»Alles ist bestens, Mutter. Wirklich bestens.«

»Du warst schon immer ein so wunderbarer Geschäftsmann. Du kommst ganz nach meinem Vater, weißt du.«

»Das ist ein großes Kompliment.«

»So ist es auch gemeint.«

Ihre blauen Augen waren blasser als in seiner Erinnerung, aber das konnte auch daran liegen, dass sie nicht richtig fokussierten. Und ihr Haar mit der Queen-Elizabeth-Frisur war nicht mehr so dicht wie früher. Auch ihre Haut schien so dünn wie Papier und so durchscheinend wie feine Seide.

Sie sah aus wie fünfundachtzig statt fünfundsechzig.

»Mutter?«, sagte er.

»Ja, Liebling?«

»Mein Vater ist tot. Das weißt du, oder? Ich habe es dir gesagt.«

Sie runzelte die Brauen, aber keine Falten erschienen, und nicht, weil sie eine Botox-Behandlung gehabt hätte. Ganz im Gegenteil, sie war in einer Ära aufgewachsen, in der junge Damen ermahnt wurden, nicht in die Sonne zu gehen – nicht, weil die Gefahren von Hautkrebs damals schon bekannt gewesen wären, und nicht wegen irgendwelcher Sorgen um das wachsende Ozonloch. Sondern vielmehr, weil Sonnenschirme und Muße elegante Accessoires für die Töchter der Reichen gewesen waren.

Die Sechziger im reichen Süden waren näher dran an den Vierzigen als überall sonst.

»Mein Mann ...«

»Ja, Vater ist gestorben, nicht Großvater.«

»Es ist schwer für mich, zu ... Heutzutage bereitet die Zeit mir Schwierigkeiten.« Sie lächelte auf eine Weise, die ihm keinen Hinweis darauf gab, ob sie irgendetwas empfand, oder ob sie das, was er sagte, überhaupt aufnahm. »Aber ich werde mich darauf einstellen. Bradfords können sich auf alles einstellen. Oh, Maxwell, Liebling, du bist gekommen.«

Als sie die Hand ausstreckte und aufsah, fragte er sich, wen zur Hölle sie da mit seinem Bruder verwechselte.

Er drehte sich um und verschüttete fast seinen Drink. »Maxwell?«

»Ja, bitte dort lang. Und hinaus in den Vorraum.«

Lizzie zeigte einem Kellner mit einem Tablett von gemieteten, aber unbenutzten Clubgläsern den Weg in Richtung Küche. Dann machte sie sich wieder daran, die ungeöffneten Weißweinflaschen in die Fächer einer Getränkekiste auf dem Boden zu stellen. Gott sei Dank gab es etwas aufzuräumen. Wenn sie noch länger in all diesen leeren Räumen herumstehen müsste, würde sie noch durchdrehen.

Lane schien es überhaupt nichts ausgemacht zu haben, dass im Grunde genommen niemand gekommen war.

Sie bückte sich, wuchtete die Kiste hoch und trug sie hinter dem mit Tischwäsche übersäten Tisch hervor. Sie ging durch die Schwingtür aus dem Esszimmer und stellte die Kiste zu den drei anderen im Personalkorridor. Vielleicht konnte man sie zurückgeben, weil die Flaschen nicht geöffnet waren?

»Schließlich brauchen wir jeden Cent«, sagte sie zu sich selbst.

Sie wollte damit anfangen, die Bar auf der Terrasse abzubauen, und zögerte an einer der Türen, die für das Personal freigegeben war. Wenn sie sie benutzte, bedeutete das für sie einen Umweg durch das halbe Haus.

Familienmitglieder konnten auf Easterly jederzeit nach Belieben kommen und gehen. Das Personal hingegen war reglementiert.

Andererseits ...

»Ach, was soll's.«

Sie machte sich diese Mühe nicht, weil sie eine Angestellte war, sondern weil der Mann, den sie liebte, einen wirklich beschissenen Tag hatte und sie das kaum mitansehen konnte. Und sie musste hier irgendetwas Hilfreiches tun, auch wenn es nur das Set-up für eine Veranstaltung war, die nie stattgefunden hatte.

Sie ging durch die hinteren Räume und durch die Glastür der Bibliothek nach draußen und blieb auf der Terrasse mit Blick auf den Fluss und den tiefen Abgrund hinunter zur River Road stehen. All die altmodischen schmiedeeisernen Möbel und Glastische waren an den Rand geschoben worden, damit die ganzen Leute dort Platz fanden, die nicht gekommen waren.

Der hier draußen stationierte Barkeeper hatte seinen Posten aufgegeben, und sie ging hinüber und hob die leinene Buffetschürze der Bar an. Darunter waren leere Schachteln für die Stielgläser und Kisten für Bourbon und Wein ordentlich aufgereiht. Sie zog ein paar von ihnen heraus.

Gerade, als sie anfangen wollte zu packen, bemerkte sie den Mann, der stumm und reglos direkt neben einem der Fenster saß – und ins Haus blickte, statt die Aussicht zu genießen.

»Gary?«

Beim Klang ihrer Stimme sprang der Chefgärtner so schnell auf, dass der Metallstuhl, auf dem er gesessen hatte, quietschend über den Steinboden schrammte.

»Ach Mensch, tut mir leid.« Sie lachte. »Ich denke, heute sind alle nervös.«

Gary trug einen frischen Overall, und seine Arbeitsstiefel waren mit dem Schlauch abgespritzt worden, befreit von Erde und Schmutz. Seine abgetragene alte Baseballmütze mit dem Logo von Momma's Mustard, Pickles & BBQ hielt er in der Hand, setzte sie jetzt aber schnell wieder auf.

»Du musst nicht gehen«, sagte sie und begann, Whiskytumbler kopfüber in eine Kiste zu stellen.

»Ich wollte überhaupt nicht kommen. Aber als ich gesehen habe ...«

»Dass keine Autos da sind, nicht. Als du gesehen hast, dass niemand kommt.«

»Die Reichen setzen schon komische Prioritäten.«

»Das kannst du laut sagen.«

»Na, dann mache ich mich mal wieder an die Arbeit. Es sei denn, du brauchst irgendwas?«

»Nein, ich beschäftige mich hier nur. Und wenn du mir hilfst, werde ich bloß schneller damit fertig.«

»So schlimm also, was?«

»Ja, tut mir leid.«

Er knurrte etwas. Dann trat er vom hinteren Rand der Terrasse und ging den Weg hinunter, der um die Basis der steinernen Befestigungsmauer herumführte, die das Grundstück des Herrenhauses davor bewahrte, von seiner hohen Warte auf dem Hügel abzurutschen.

Später, viel später, würde Lizzie sich fragen, was sie veranlasst hatte, hinter der Bar hervorzutreten und hinüberzugehen, wo der Mann gesessen und so aufmerksam gestarrt hatte. Aber aus irgendeinem Grund konnte sie dem Drang nicht widerstehen. Andererseits sah man Gary selten stillsitzen, und er hatte so seltsam kraftlos ausgesehen.

Sie lehnte sich gegen die alte Fensterscheibe – und sah Lanes Mutter elegant auf diesem Seidensofa sitzen, so wunderschön wie eine Königin.

30

Lane stand auf und ging auf seinen Bruder Maxwell zu. Er wollte ihn umarmen, hatte aber keine Ahnung, mit welchem Empfang er zu rechnen hatte.

Max kniff die hellgrauen Augen zu schmalen Schlitzen zusammen. »Hallo, Bruder.«

Er war schon immer größer und breiter als Lane und Edward gewesen. Das hatte sich über die letzten Jahre noch stärker ausgeprägt. Und seine untere Gesichtshälfte war hinter einem Bart verschwunden. Die Jeans war so ausgewaschen, dass sie an ihm hing wie ein Lufthauch, die Jacke war zwar irgendwann mal aus Leder gewesen, aber völlig abgeschabt. Die Hand, die sich ihm entgegenstreckte, war schwielig, mit Dreck oder Öl unter den Nägeln. Und unter dem Ärmelaufschlag auf dem Handgelenk lugte ein Tattoo hervor.

Die förmliche Begrüßungsgeste war ein Anachronismus aus ihrer gemeinsamen Kindheit, vermutete Lane.

»Willkommen daheim«, hörte er sich sagen, als sie sich die Hände schüttelten. Seine Augen konnten nicht aufhören zu wandern, als er versuchte, aus physischen Anzeichen zu deuten, wo sein Bruder gewesen war und was er die letzten Jahre getrieben hatte. Automechaniker? Müllmann? Straßenbauarbeiter? Irgendetwas mit körperlicher Arbeit jedenfalls, so muskulös, wie er war.

Die Berührung ihrer Handflächen dauerte nur einen Moment, dann trat Max zurück und sah zu ihrer Mutter hinüber.

Sie lächelte auf ihre leere Art, ihr Blick leicht verschleiert. »Und wer sind Sie, junger Mann?«

Und das, obwohl sie ihn doch eben noch erkannt hatte.

»Äh, es ist Maxwell, Mutter«, sagte Lane, bevor er sich zurückhalten konnte. »Das ist Maxwell.«

Als er seine Hand auf diese mächtige Schulter legte, als wäre er ein

Teleshopping-Moderator, der einen Toaster im Sonderangebot präsentierte, blinzelte Little V.E. ein paar Mal. »Aber natürlich. Wie geht es Ihnen, Maxwell? Sind Sie länger hier?«

Sie schien also nicht mehr zu erkennen, dass Maxwell ihr Sohn war – und nicht nur aufgrund des hippen Holzfällerbarts, sondern weil nicht einmal der Name ihr noch etwas sagte.

Max atmete offenbar tief durch. Und ging zu ihr hinüber. »Mir geht es gut. Danke.«

»Vielleicht möchten Sie duschen, ja? Und sich rasieren. Zum Abendessen kleiden wir uns hier auf Easterly förmlich. Dann sind Sie also ein guter Freund von Edward?«

»Äh, ja«, sagte er vage. »Bin ich.«

»Guter Junge.«

Als Max sich zu ihm umsah wie nach einem Rettungsfloß, räusperte sich Lane und nickte in Richtung Torbogen. »Komm, ich zeige dir dein Zimmer.«

Obwohl sein Bruder zweifellos nicht vergessen hatte, wo es war.

Lane nickte der Pflegerin zu, die in der Ecke bereitstand, dass sie übernehmen sollte, und dann zog er Max ins Foyer. »Überraschung, Bruder.«

»Ich habe es in der Zeitung gelesen.«

»Wir hatten die Aufbahrung im »CCJ« doch gar nicht angekündigt.«

»Nein, den Todesfall.«

»Ach so.«

Und dann war da nur noch Schweigen. Max sah sich um, und Lane gab ihm eine Sekunde, um alles in sich aufzunehmen, und dachte daran zurück, wie er selbst erst vor Kurzem nach zwei Jahren hierher zurückgekommen war. Nichts hatte sich auf Easterly verändert, und vielleicht war es das, was einen so entwaffnete, wenn man aus dem Exil zurückkehrte: Die Erinnerungen waren zu deutlich, weil die Kulissen unverändert geblieben waren. Und auch die Akteure waren noch genauso, wie er sie verlassen hatte – mit Ausnahme von Edward.

»Also bleibst du?«, fragte Lane.

»Ich weiß nicht.« Max blickte zur Treppe hinüber. Dann wies er mit dem Kopf zu der schäbigen Reisetasche, die er einfach neben der offenen Tür abgestellt hatte. »Wenn ich bleibe, dann nicht hier.«

»Ich kann dir ein Hotel besorgen.«

»Stimmt es, dass wir bankrottgehen?«

»Wir sind mittellos. Der Bankrott hängt davon ab, was als Nächstes passiert.«

»Er ist also von einer Brücke gesprungen?«

»Vielleicht. Es gibt einige mildernde Umstände.«

»Oh.«

Jetzt starrte Max wieder in den Salon, zu ihrer Mutter, die gerade liebenswürdig zu ihrer Pflegerin auflächelte, als die Frau ihr ein Wasser reichte.

»Geht es mit ihr auch zu Ende?«, fragte Max.

»Schon möglich.«

»Und, ähm, wann beginnt die Veranstaltung?«

»Ich beende sie gerade.« Lane strich seine Krawatte glatt. »Eine Schicksalswende ist eine soziale Krankheit, gegen die es keine Impfung gibt. Es ist niemand gekommen.«

»Schade.«

»Wo zur Hölle hast du bloß gesteckt, Max?«, warf Lane ein. »Wir haben dich gesucht.«

Max sah abrupt zu ihm herüber, und zum ersten Mal schien er Lane zu bemerken. »Weißt du was, du siehst älter aus.«

»Was du nicht sagst, Max. Nach drei Jahren.«

»Du siehst zehn Jahre älter aus.«

»Vielleicht weil ich endlich erwachsen werde. Während dein Ziel offensichtlich ist, dich mit genauso rasantem Erfolg in eine Hecke zu verwandeln.«

In diesem Augenblick hielt ein Wagen vor dem Haus. Zuerst bemerkte Lane gar nicht, wer es war, denn er war zu sehr mit dem Gedanken beschäftigt, seinen Bruder zu verprügeln, weil er verschwunden war. Aber als ein eleganter Afroamerikaner ausstieg, musste Lane ein wenig lächeln.

»Ach schau mal an. Timing ist alles.«

Max blinzelte in die verblassende Sonne. Dann riss er schlagartig die Augen auf und trat sogar zurück, als hätte er einen Schlag bekommen.

Aber es gab kein Entkommen mehr.

Reverend Nyce hatte den Mann schon erblickt, der seiner Tochter das Herz gebrochen hatte. Und der Prediger war zwar ein frommer Mann, aber selbst Lane als unbeteiligter Dritter machte sich lieber dünn, als der Mann sein Augenmerk auf den verwahrlosten Herumtreiber richtete, mit dem er noch ein Hühnchen zu rupfen hatte.

»Dann lasse ich euch mal alleine, ihr beiden habt euch sicher viel zu erzählen«, brummte Lane und ging in den Salon zurück.

Edward nahm nicht den Haupteingang von Easterly, um zur Aufbahrung zu gelangen. Nein, er fuhr Shelbys Pick-up die Personalzufahrt hinauf und parkte hinter dem Küchenflügel, genau wie am Tag zuvor. Er stieg aus, steckte sich das T-Shirt in die Kakihose, strich sich das Haar glatt und war froh, dass er sich die Mühe gemacht hatte, sich zu rasieren. Aber sein verletzter Knöchel fühlte sich an, als hätte er eine Eisenkugel am Bein, und sein Herz schlug komisch. Aber die gute Neuigkeit war, dass seine Entzugserscheinungen sich nach zwei Schlucken aus einer Ginflasche vor seiner Abfahrt von Red & Black wunderbar gelegt hatten. Den vollen Flachmann, den er dabeihatte, hatte er noch nicht gebraucht.

Sein Herz beruhigte sich zu einem produktiveren Rhythmus, als er sich dem Kücheneingang auf der Rückseite von Easterly näherte. Das Fliegengitter knarrte beim Öffnen und ihm stieg ein Hauch des typischen süßen, brotigen würzigen Duftes in die Nase und versetzte ihn schlagartig in seine Kindheit zurück. Drinnen saß Miss Aurora an der Arbeitsfläche, die Absätze in die unterste Sprosse des Hockers verkeilt, die Schürze auf die Schenkel hinaufgezogen. Sie sah alt und müde aus, und in diesem Augenblick erfasste ihn wilder Hass auf ihre Krankheit.

Er wandte den Blick ab, um nicht emotional zu werden, und sah Stapel von Einmal-Aluschalen mit geschlossenen Deckeln – das abholbereit verpackte Essen, das offensichtlich der Obdachlosenhilfe gespendet werden sollte.

»Sind weniger Gäste gekommen als geplant?« Er ging hinüber und spähte unter einen der Deckel.

Vom Duft ihrer Lamm-Empanadas knurrte ihm der Magen.

»Ist das etwa deine Art von Begrüßung?«, blaffte sie. »Wo sind deine Manieren, Junge?«

»Tut mir leid.« Er drehte sich um und verbeugte sich vor ihr. »Wie geht es dir?«

Als sie nur etwas knurrte, richtete er sich wieder auf und nahm sie wirklich in Augenschein. Ja, dachte er. Sie weiß, warum ich gekommen bin.

Zwar war er nicht ihr Liebling gewesen – dieser Platz in ihrem Herzen gehörte Lane –, aber sie war trotzdem immer einer der wenigen Menschen gewesen, die in ihm lesen konnten wie in einem Buch.

»Möchtest du Tee?«, sagte sie. »Steht dort drüben.«

Er hinkte hinüber zu dem Glaskrug, auf den sie zeigte. Es war derselbe, den er als Kind benutzt hatte, mit quadratischem Boden und dünnem Hals, und dem gelb-orangenen Blumenmuster aus den Siebzigern, das sich allmählich abrieb.

»Lässt du diesen Krug extra für mich draußen stehen?«, sagte er und goss sich ein.

»Ich will nicht, dass du dich in meine Angelegenheiten mischst.«

»Zu spät.«

Aus dem schlichten Eimer neben dem Krug holte er sich mit der Plastikzange Eiswürfel. Probeweise nahm er einen Schluck und schloss die Augen.

»Schmeckt immer noch wie früher.«

»Warum auch nicht?«

Er humpelte zu ihr hinüber und setzte sich auf den Hocker neben ihr. »Wo sind alle deine Kellner hin?«

»Dein Bruder hat sie nach Hause geschickt, und er hatte recht.«

Edward runzelte die Stirn und sah zur Schwingtür hinüber. »Also ist wirklich niemand gekommen.«

»Nope.«

Er musste lachen. »Ich hoffe, es gibt einen Himmel, und mein Vater sieht das. Oder dass es ein Teleskop in der Hölle gibt.«

»Ich habe nicht die Energie, um dir zu sagen, dass du nicht schlecht von den Toten reden sollst.«

»Also, wie lange hast du noch?«, sagte er unvermittelt. »Und ich werde es Lane nicht sagen, das verspreche ich dir.«

Miss Aurora sah ihn mit schmalen Augen an. So lange, bis er einen Muskelkrampf im Hintern bekam. »Vorsicht, Edward. Noch habe ich meinen Kochlöffel, und ich habe vielleicht Krebs, aber du bist auch nicht mehr so schnell wie früher.«

»Das ist allerdings wahr. Jetzt beantworte die Frage – und wenn du mich anlügst, finde ich es heraus, das kannst du mir glauben.«

Miss Aurora spreizte ihre starken Hände auf der Küchentheke. Die dunkle Haut war immer noch wunderschön und glatt, und wegen ihres Jobs trug sie die Nägel immer kurz und keine Ringe.

Im nun folgenden Schweigen wusste er, dass sie ein Szenario durchging, in dem sie ihn doch anlog. Aber er wusste auch, dass sie letztendlich nicht schummeln würde. Es war ihr wichtig, dass jemand es Lane beibrachte, und mit einer Sache würde sie richtigliegen: Dass es für Edward, obwohl er sich von der Familie zurückgezogen hatte, mindestens zwei Dinge gab, vor denen er sich nicht drücken würde.

»Ich habe mit der Behandlung aufgehört«, sagte sie schließlich. »Zu viele Nebenwirkungen, und es hat sowieso nicht angeschlagen. Und darum ist es mein Ernst, wenn ich sage, lass dich nicht hineinziehen.«

»Zeit. Wie viel noch?«

»Ist das denn wichtig?«

So wenig also, dachte er. »Nein, eigentlich nicht, schätze ich.«

»Ich habe keine Angst, weißt du. Ich bin geborgen in der Hand meines Erlösers.«

»Bist du sicher? Sogar jetzt noch?«

Miss Aurora nickte und hob eine Hand zu ihren kurzen krausen Locken. »Besonders jetzt. Ich bin bereit für das, was auf mich zukommt. Ich bin vorbereitet.«

Edward schüttelte langsam den Kopf – und dachte sich dann, wenn sie ehrlich sein konnte, konnte er es auch sein. Mit einer Stimme, die nicht wie seine eigene klang, hörte er sich sagen: »Ich will wirklich nicht wieder in diese Familie hineingesaugt werden. Sie hat mich schon einmal fast umgebracht.«

»Du bist frei.«

»Durch eine Foltertaufe in diesem Dschungel.« Er fluchte. »Aber wie du weißt, kann ich meinen Bruder nicht leiden sehen. Du und ich leiden an einer ähnlichen Schwäche, was Lane angeht, nur aus anderen Gründen.«

»Nein, es ist derselbe Grund. Liebe ist Liebe. So einfach ist das.«

Es dauerte eine Weile, bis er sie ansehen konnte. »Mein Leben ist ruiniert, weißt du. Alles, was ich geplant hatte ... Es ist alles vorbei.«

»Du wirst dir einen neuen Weg suchen. Und was das hier angeht?« Sie deutete um sich herum. »Rette nicht, was nicht gerettet werden muss.«

»Lane wird sich von deinem Verlust nicht erholen.«

»Er ist stärker, als du weißt, und er hat seine Lizzie.«

»Die Liebe einer guten Frau.« Edward nahm noch einen Schluck Tee. »Klang das so verbittert, wie ich dachte, dass es klang?«

»Du brauchst kein Held mehr zu sein, Edward. Lass die Dinge hier ihren Lauf nehmen und vertraue darauf, dass das Ergebnis vorherbestimmt ist und alles so kommt, wie es kommen muss. Aber ich erwarte von dir, dass du dich um deinen Bruder kümmerst. Was das angeht, enttäusche mich nicht.«

»Ich dachte du hast gesagt, ich brauche kein Held mehr zu sein.«

»Werd mir nicht frech. Du kennst den Unterschied.«

»Nun, ich kann nur sagen, dein Glaube hat nie aufgehört, mich zu erstaunen.«

»Und mit deiner Selbstbestimmung bist du immer gut gefahren?«

Edward prostete ihr zu. »Touché.«

»Wie hast du es erfahren?«, fragte Miss Aurora nach einem Augenblick. »Woher hast du es gewusst?«

»Ich habe meine Mittel und Wege, Ma'm. Ich bin vielleicht angezählt, wie man so schön sagt, aber noch nicht am Boden.« Er runzelte die Stirn und sah sich um. »Moment mal, wo ist die alte Uhr hin? Die auf dem Kühlschrank stand, den du hattest, bevor hier alles renoviert wurde?«

»Die so laut getickt hat?«

»Weißt du noch, dieses Geräusch?« Sie lachten beide. »Ich habe es gehasst.«

»Ich auch. Aber ich lasse sie gerade reparieren. Sie ging vor einer Weile kaputt, und sie fehlt mir. Schon lustig, wie verloren man sich fühlen kann ohne etwas, das man hasst.«

Er trank sein Glas leer. »Nicht, was meinen Vater angeht.«

Miss Aurora strich die Ränder ihrer Schürze glatt. »Ich glaube, es gibt nicht viele, die ihn vermissen. Die Dinge geschehen nicht ohne Grund.«

Edward stand auf und brachte sein Glas zur Spüle hinüber. Er stellte es ab und sah aus dem Fenster. Gegenüber waren die Garagen, und links davon erstreckte sich das Business-Center, ein Flügel, der größer war als die meisten stattlichen Villen.

»Edward, lass das auf sich beruhen. Es kommt alles, wie es kommen muss.«

Wahrscheinlich ein guter Rat, aber das war nun einmal nicht seine Natur. War es zumindest früher nicht.

Und so wie es aussah, waren einige Teile seines früheren Selbst doch noch nicht tot.

31

Als Suttons Limousine vor den Toren von Easterly zum Stehen kam, runzelte sie die Stirn und beugte sich vor, um mit ihrem Fahrer zu sprechen. »So wie es aussieht, können wir direkt hinauffahren?«

»Ja, Ma'm, ich denke schon. Der Weg ist frei.«

Normalerweise richteten die Bradfords für Großveranstaltungen wie William Baldwines Aufbahrung einen Pendelverkehr mit Bussen ein, die den Hügel hinauf- und hinunterfuhren, und die geladenen Gäste ließen ihre Fahrzeuge von den Einparkern auf den Wiesen parken. Aber da waren keine uniformierten Einparker. Keine kastenförmigen Minibusse mit zwölf Sitzen waren auf dem Weg hinauf oder herunter. Keine weiteren Besucher kamen an.

Wenigstens war nirgends Presse zu sehen. Zweifellos hatten diese Aasgeier hier ihr Lager aufgeschlagen, sobald der Artikel erschienen war. Aber offensichtlich waren sie verscheucht worden, aus Rücksicht auf das Recht eines Grundstückeigentümers, die eigene Wiese als Parkplatz zu benutzen.

»Ich kann nicht glauben, dass gar niemand da ist«, murmelte sie.

Oh, Moment, Samuel Theodore Lodge in seinem Cabrio war hinter ihr.

Sie ließ ihr Fenster herunter und lehnte sich hinaus. »Samuel T.?«

Er winkte. »Ach, Miss Smythe. Wie geht es Ihnen?«

Wie immer war Samuel T. nach der neusten Mode gekleidet. Mit seinem steifen Strohhut mit blau-braunem Hutband, der Fliegersonnenbrille und dem Seersucker-Anzug mit Fliege sah er aus, als sei er zur Pferderennbahn unterwegs oder als käme er eben von dort.

»Umso besser, weil ich Sie sehe«, antwortete sie. »Wo sind denn alle? Die Uhrzeit stimmt doch, oder?«

»Soweit ich weiß.«

Sie starrten einander einen Augenblick an, stellten und beantworteten sich selbst Fragen über die Titelstory.

Dann sagte Samuel T.: »Fahren Sie voran, ich folge Ihnen.«

Sutton ließ sich wieder in ihren Mercedes sinken und nickte. »Fahren wir hinauf.«

Die Limousine fuhr an, und Sutton rieb ihre Handflächen aneinander. Sie waren etwas verschwitzt, und sie gab dem Impuls nach, einen Schminkspiegel aus ihrer Handtasche zu nehmen und ihren Lippenstift zu überprüfen. Und ihr Haar.

Hör doch auf, sagte sie sich.

Als sie oben um die Kurve kamen, lag Easterly in seiner ganzen Majestät vor ihnen. Schon komisch, sie war eben erst beim Derby-Brunch auf dem Anwesen der Bradfords gewesen, und doch war sie beeindruckt. Zu Recht druckten sie dieses herrschaftliche weiße Haus auf ihre Bourbonflaschen. Es sah aus, als lebte der König von Amerika dort, wenn es denn einen gäbe.

»Möchten Sie, dass ich warte?«, fragte der Fahrer.

»Das wäre wunderbar. Danke – nein, steigen Sie nicht aus. Ich öffne mir selbst.«

Als Don sich hinter dem Steuer wand, stieg sie allein aus dem Wagen und lächelte Samuel T. in seinem Jaguar-Oldtimer zu. »Schönen Wagen haben Sie, Herr Anwalt.«

Samuel T. stellte seinen Motor ab und zog die Handbremse. »Es ist eine Sie. Ich mag sie sehr. Die beständigste Frau in meinem Leben, außer meiner lieben Mutter.«

»Sie klappen mal besser das Verdeck hoch.« Sie wies mit dem Kopf zur dicker werdenden Wolkendecke über ihnen. »Da zieht ein Gewitter auf.«

»Ich dachte, die machen Spaß.«

Sutton schüttelte den Kopf. »Glaube ich nicht.«

Der Mann stieg aus, zog das kleine Stoffverdeck mit ein paar Griffen zu und befestigte es mit einer Klammer an beiden Seiten der Windschutzscheibe. Dann kurbelte er die Fenster hoch, kam zu ihr herüber und küsste sie leicht auf die Wange.

»Übrigens«, sagte er weihevoll, »Sie sehen hervorragend aus, Frau

Präsidentin – oder soll ich sagen, Geschäftsführerin? Gratuliere zur Beförderung.«

»Danke. Ich bringe mich gerade auf den neusten Stand.« Er bot ihr seinen Arm, und sie schlang den ihren hindurch. »Und Sie? Wie läuft das Geschäft?«

»Es floriert. In dieser Stadt gibt es immer Leute, die in Schwierigkeiten kommen. Schlecht für sie, gut für mich.«

Als sie sich der offenen Tür des Anwesens näherten, fragte sie sich, ob Edward auch da war. Er würde doch sicher nicht die Aufbahrung seines Vaters verpassen?

Nicht, dass sie gekommen war, um ihn zu sehen.

»Reverend Nyce«, sagte sie beim Eintreten. »Wie geht es Ihnen – Max! Bist du das?«

Die beiden Männer standen nah zusammen, und Max löste sich mit sichtlicher Erleichterung aus einem offenbar angespannten Gespräch. »Sutton, schön dich zu sehen.«

Junge, hatte der sich verändert. Dieser Bart war erstaunlich. Und waren das etwa Tattoos unter seiner abgewetzten Jacke?

Andererseits war er immer der Wilde gewesen.

Samuel T. trat vor und begrüßte die anderen, Hände wurden geschüttelt, Höflichkeiten ausgetauscht ... und dann blickte der Reverend wieder zu Max.

»Ich denke, du und ich haben uns verstanden, nicht wahr?« Reverend Nyce machte eine dramatische Pause. Und dann lächelte er Sutton an. »Und Sie und ich haben ein Treffen später diese Woche.«

»Stimmt. Ich freue mich schon darauf.«

Nachdem der Reverend sich verabschiedet hatte, unterhielten sie, Samuel T. und Maxwell sich weiter – und dabei versuchte sie, möglichst unauffällig die leeren Räume zu inspizieren. Wo waren alle? Die Aufbahrung war bis um sieben Uhr angesetzt. Das Haus sollte eigentlich völlig überfüllt sein.

Sie sah um den Torbogen herum in den Salon, und keuchte fast auf. »Ist das Mrs Bradford? Die da bei Lane sitzt?«

»Zumindest das, was von ihr übrig ist«, sagte Max knapp.

Sutton entschuldigte sich und betrat den wunderschön ausgestatteten Raum – und sobald Edwards Mutter sie sah, lächelte die Frau und streckte ihr die Hand entgegen.

»Sutton. Mein Liebes.«

So zerbrechlich und doch so majestätisch und elegant, dachte Sutton, als sie sich hinunterbeugte und eine gepuderte Wange küsste.

»Komm, setz dich und plaudere mit mir«, forderte Edwards Mutter sie auf.

Sutton lächelte Lane an, als sie sich auf den seidenen Polstern niederließ. »Sie sehen gut aus, Mrs Bradford.«

»Danke dir, mein Liebes. Sag mir, bist du schon verheiratet?«

Aus dem Nichts durchzuckte sie ein seltsamer Hitzeschauer – und Sutton blickte zur anderen Raumseite auf. Edward war aus dem Arbeitszimmer an den Rand des Salons gekommen, lehnte sich haltsuchend an den Torbogen und sah ihr direkt in die Augen.

Sutton räusperte sich, versuchte, sich zu erinnern, was sie gefragt worden war. »Nein, Ma'm. Ich bin nicht verheiratet.«

»Oh, aber wie kann das sein? Eine so nette junge Lady wie du. Du solltest bald Kinder haben, bevor es zu spät ist.«

Eigentlich habe ich derzeit alle Hände voll damit zu tun, einen Milliardenkonzern zu leiten. Aber herzlichen Dank für den Rat.

»Und wie geht es Ihnen, Mrs Bradford?«

»Oh, sehr gut, danke. Edward kümmert sich rührend um mich, nicht wahr?«

Als Mrs Bradford mit ihrer schwer beringten Hand auf Lane deutete, nickte und lächelte der Mann, als hätte er schon eine Weile mitgespielt. Sutton verbarg ihre Überraschung und blickte wieder zum Torbogen hinüber.

Der echte Edward sah überhaupt nicht mehr nach Edward aus, zumindest nicht nach den Maßstäben, die Mrs Bradford offensichtlich von ihrem ältesten Sohn in Erinnerung hatte.

Aus irgendeinem Grund trieb diese Diskrepanz Sutton die Tränen in die Augen.

»Ich bin sicher, er kümmert sich hervorragend um Sie«, sagte sie heiser. »Edward kümmert sich immer gut um alles.«

Ladys trugen eigentlich Strumpfhosen unter ihren Röcken.

Gin saß am Rand des Pools im hinteren Garten, bewegte ihre nackten Füße in trägen Kreisen durch das warme Wasser – und war froh, dass sie nie welche trug. Oder Slips. Oder Handschuhe.

Obwohl die beiden letzteren heutzutage passé waren. Und das galt wohl auch für die L'eggs-Sachen, seit es die figurformende Wäsche von Spanx gab – obwohl Frauen wie ihre Mutter sicher niemals ohne Nylonstrümpfe aus dem Haus gingen.

Aber sie war nicht ihre Mutter. Auch wenn sie denselben Namen hatten.

Und ja, es war heiß hier am gefliesten Poolrand. Kein Lüftchen drang in diesen Teil des Gartens, dank der hohen Ziegelmauer, die die geometrisch angelegten Blumenbeete und Wege umschloss. Vögel zwitscherten aus den blühenden Obstbäumen, und hoch über ihr, auf den Strömungen eines Sturmes, der sich offenbar zusammenbraute, kreiste ein Falke, zweifellos auf der Suche nach seiner nächsten Beute.

Amelia war zu Chesterfield Markum gegangen, zumindest hatte Mr Harris das Gin vor der Aufbahrung mitgeteilt. Und es war ihr ganz recht. Hier war schließlich niemand, den es zu treffen lohnte, und Field und Amelia waren Sandkastenfreunde. Es war nichts Romantisches oder Sexuelles zwischen ihnen.

Ein Lehrer. Gott, Gin fand das Rauswurf-Debakel völlig glaubhaft und gleichzeitig absolut unbegreiflich. Andererseits kannte sie ihre Tochter nun einmal nicht besonders gut – was wahrscheinlich der Grund für diese Liaison war. Oder vielleicht schrieb sie sich und ihrer ständigen Abwesenheit eine zu wichtige Rolle zu: Ihre eigenen Eltern hatten im Alltag keine große Rolle in ihrem Leben gespielt, aber sie hatte Miss Aurora gehabt.

Und bin ich nicht wunderbar geraten.

Gin fühlte sich matt. Sie zog ihre kurze Jacke aus, aber behielt ihren Hermès-Schal an. Sie erwog halb, in den Kleidern in den Pool zu springen – und in einer früheren Inkarnation ihres rebellischen Selbst hätte sie das auch getan. Jetzt hatte sie einfach nicht die Energie dafür. Vor allem aber kein Publikum.

»Ist die Hochzeit abgesagt oder nur der Empfang?«

Beim Klang der allzu vertrauten Stimme schloss Gin kurz die Augen. »Samuel T. Ich dachte, du kommst nicht.«

Als sich hinter ihr seine Schritte näherten, weigerte sie sich, ihn anzusehen oder zu begrüßen.

»Wie könnte ich deiner Familie nicht meinen Respekt erweisen«, meinte er gedehnt. »Oh, oder redest du von deiner Hochzeit?«

Ein schnickendes Geräusch, und dann wehte aromatischer Tabakduft zu ihr herüber.

»Immer noch die kubanischen«, murmelte sie und konzentrierte sich auf die kreisenden Bewegungen ihrer Füße im aquamarinblauen Wasser.

»Also, was wurde abgesagt? Die E-Mail, die du mir erst vor einer halben Stunde geschickt hast, war da nicht konkret. Es waren auch zwei Schreibfehler drin. Muss ich dir zeigen, wo in Outlook die Rechtschreibprüfung ist?«

»Ich heirate ihn. Aber es wird keinen Empfang geben.« Sie wies mit der Hand über die Schulter auf das Haus. »Wie du siehst, sind wir bei den Leuten momentan in Ungnade gefallen. Wie sagt man doch gleich? Oh, wie tief die Mächtigen fallen können.«

»Ach. Nun, ich bin sicher, du findest einen Weg, die Gelder anders zu nutzen. Vielleicht für ein paar Kleider? Oder einen kleinen Klunker, der zu deinem Ring passt – ach nein, das ist ja Richards Job, nicht wahr, und er macht ihn definitiv gut. Was wiegt dieser Diamant? Ein Pfund? Drei?«

»Ach, geh doch zum Teufel, Samuel.«

Als er nichts sagte, drehte sie sich um. Aber er war nicht gegangen. Ganz im Gegenteil, er stand über ihr, die Augenbrauen unter seiner Fliegersonnenbrille tief gesenkt, einen steifen Strohhut in einer Hand, die Zigarre in der anderen.

»Was?«, blaffte sie, als er sie einfach nur weiter anstarrte.

Er zeigte mit der Zigarre auf sie. »Was ist das da auf deinem Arm?«

Sie drehte sich wieder zum Wasser um und schüttelte den Kopf. »Nichts.«

»Das ist ein Bluterguss.«

»Nein, ist es nicht.«

»Doch, ist es.«

Ohne Vorwarnung ging er neben ihr in die Hocke und packte ihr Handgelenk.

»Lass mich los!«

»Das ist ein Bluterguss. Was zur Hölle ist da los, Gin?«

Sie riss sich los und zog sich die Jacke wieder an. »Ich hatte etwas zu viel getrunken und mich gestoßen.«

»Ach wirklich. Warum sieht das dann wie der Handabdruck eines Mannes aus?«

»Das bildest du dir ein. Es war ein Türrahmen.«

»Blödsinn.« Er zog sie zu sich herum, und dann wanderte sein Blick von ihrem Gesicht zu ihrem Hals. »Was ist unter dem Schal, Gin.«

»Wie bitte?«

»Nimm den Schal ab, Gin. Oder ich tue es für dich.«

»Du hast nicht mehr das Recht, mich auszuziehen, Samuel T.« Sie stand auf. »Und du kannst jetzt gehen. Oder ich gehe. Wie auch immer, dieses Gespräch ist ...«

»Du hast nie Schals getragen, als wir zusammen waren.« Abrupt brachte er sein Gesicht ganz nah an ihres. »Was ist los, Gin?«

»Nichts.«

»Ich bringe ihn um, wenn er dich anrührt. Ich bring den Scheißkerl um, verdammt.«

Samuel T.s Gesicht verzog sich zu einer wütenden Grimasse, und in diesem Augenblick sah sie ihn als den Jäger, der er war: Er mochte zwar einen seiner patentierten Seersucker-Anzüge tragen, und ja, er sah so gut aus wie F. Scott Fitzgerald – aber sie hegte keinen Zweifel daran, dass er fähig war, Richard Pford, oder jede andere lebende Kreatur, vorzeitig ins Grab zu schicken.

Aber er würde sie nicht heiraten. Sie hatte ihn schon gefragt, und er hatte nein gesagt.

Gin verschränkte die Arme. »Er hat mich nur festgehalten, damit ich nicht falle.«

»Ich dachte, du hast gesagt, es war ein Türrahmen.«

»Ich habe mich zuerst am Türpfosten gestoßen, und dann hat Richard mich festgehalten.« Sie verdrehte die Augen. »Denkst du ehrlich, ich würde jemanden heiraten, der grob zu mir ist – ohne dass ich ihn explizit darum gebeten habe?«

Als Erwiderung paffte Samuel T. nur an der Zigarre und atmete zur Seite aus, damit sie den Rauch nicht ins Gesicht bekam.

»Was?«, blaffte sie. »Ich hasse es, wenn du mich so ansiehst. Sag's einfach, was immer es ist.«

Er ließ sich alle Zeit der Welt, und als er endlich redete, klang seine Stimme trügerisch ruhig. »Gin, deine Situation ist nicht so hoffnungslos, wie du denkst. Diese finanziellen Geschichten – das alles wird sich regeln. Die Leute werden weiter euren Bourbon kaufen, und deine Familie wird wieder auf die Beine kommen. Mach jetzt keine Dummheiten.«

»Richard kann sich mich leisten.« Sie zuckte die Schultern. »Und das macht ihn wertvoll, egal ob meine Familie Geld hat oder nicht.«

Samuel T. schüttelte den Kopf, als schmerzte er. »Wenigstens versuchst du noch nicht mal so zu tun, als ob du ihn liebst.«

»Ehen wurden schon auf weit weniger begründet. Genau genommen ist es in meiner Familie alte Tradition, gut zu heiraten. Und keine Ärzte ... oder Anwälte. Sondern wirkliches Geld.«

»Ich hätte wissen sollen, dass das kommt.« Er fluchte und lächelte kalt. »Und du enttäuschst mich nie. Hab Spaß mit deinem Mann, besonders wenn du dich zurücklehnst und an England denkst. Oder eher an ein Luxuskaufhaus?«

Sie hob das Kinn. »Er behandelt mich wunderbar, weißt du.«

»Du hast dir da einen echten Siegertypen ausgesucht.« Er murmelte etwas vor sich hin. »Nun, dann werde ich mal wieder gehen. Mein Beileid zum Verlust deines Vaters.«

»Es war kein Verlust.«

»Genau wie deine Skrupel, was?«

»Pass auf, Samuel T. Deine Gehässigkeit lässt auf verborgene Schwächen schließen. Bist du sicher, dass du nicht eifersüchtig bist auf einen Mann, auf den du herabschaust?«

»Nein, er tut mir leid. Es ist der größte Fluch im Leben eines Mannes, eine Frau wie dich zu lieben. Der arme Trottel hat keine Ahnung, was auf ihn zukommt.«

Als er sich abwandte, brandete eine Woge von Emotionen in ihr auf. »Samuel.«

Langsam drehte er sich wieder um. »Ja.«

Wenn du nur nicht nein gesagt hättest, dachte sie. Wenn doch nur du derjenige wärst, an den ich mich wenden kann.

»Geh nicht mit dieser Zigarre durchs Haus. Meine Mutter ist unten, und sie kann sie drinnen nicht ausstehen.«

Samuel T. blickte auf das glimmende Zigarrenende. »Natürlich.« Und dann ... war er fort.

Aus irgendeinem Grund begannen Gin die Beine zu zittern, und sie schaffte es kaum zu einem der Brown-Jordan-Liegestühle, die an den Längsseiten des Pools aufgereiht standen. Als sie praktisch in die Liege hineinfiel, musste sie die Jacke wieder ausziehen.

Als ihr die Luft wegblieb, nahm sie den gottverdammten Schal ab. Darunter war ihr Hals wund, besonders auf der rechten Seite, wo die schlimmsten Quetschungen waren.

Yoga-Atemübung. Vollatmung in drei Stufen. Sie musste nur ... tief einatmen ...

»Gin?«

Sie sah auf zu Lanes Freundin – Verlobten – was auch immer. »Ja«, sagte sie rau.

»Bist du okay?«

»Natürlich«, blaffte sie. Aber dann verrauchte ihre Wut. »Mit mir ist alles bestens.«

»In Ordnung. Aber hör mal, wir kriegen schlechtes Wetter.«

»Ach ja?« Gott, sie fühlte sich, als wäre sie in den Pool gefallen und ertrank. »Ich dachte, es wäre sonnig.«

»Ich gehe rein und hole dir ein Glas Wasser. Rühr dich nicht vom Fleck.«

Gin wollte sich schon halbherzig mit ihr streiten, aber ihre Zunge fühlte sich an, als wäre sie in ihrem Mund geschwollen, und dann begann sich ihr wirklich der Kopf zu drehen.

Wenig später kam Lizzie mit einem hohen Glas Limonade zurück. »Trink das.«

Gin streckte die Hand aus, aber sie zitterte nun so heftig, dass sie nichts halten konnte.

»Komm, ich mach das.«

Lizzie hob Gin das Glas an die Lippen, und Gin nahm einen Schluck. Und dann noch einen. Und einen dritten.

»Keine Angst«, sagte Lanes Verlobte. »Ich frage nicht.«

»Danke«, murmelte Gin. »Das weiß ich wirklich zu schätzen.«

32

Edward hätte den Rest der Aufbahrung nur damit verbringen können, zuzusehen, wie Sutton und seine Mutter zusammen auf diesem Seidensofa saßen. Im Gegensatz zu Lanes frostiger Beziehung mit der Frau, die sie geboren hatte, brachte Edward ihrer Mutter wenig Bitterkeit entgegen – hauptsächlich deshalb, weil er, der so eng mit ihrem Vater zusammengearbeitet hatte, einen gesunden Respekt für all das besaß, was Little V.E. hatte durchmachen müssen.

Warum sollte man da nicht Trost in einem Tablettenfläschchen suchen?

Besonders wenn man betrogen, verhöhnt und in seinem eigenen Haus praktisch zu einer Tiffanyvase reduziert worden war.

Und jetzt schien es so, als würde seine Schwester Gin mit Pford in genau dieselbe Falle tappen.

Sutton dagegen ... Sutton würde so etwas nie tun, sich für eine Zweckehe rekrutieren lassen, nur um ihren Lebensstil beizubehalten. Tatsächlich brauchte sie überhaupt keinen Mann, um sich zu definieren. Ihr Lebensplan hingegen? Sie würde ein multinationales Unternehmen leiten wie ein Firmenboss.

Als ob sie wüsste, dass er gerade über sie nachdachte, blickte sie kurz in seine Richtung und konzentrierte sich dann wieder auf seine Mutter.

Er starrte Sutton weiter an, sein Blick verweilte auf ihrem Haar, auf der Art, wie es im Nacken aufgesteckt und aus dem Gesicht frisiert war. Ihre Ohrringe waren dicke Perlen, von glitzernden Diamanten eingefasst, und in einem wirklich lieblosen Moment fragte er sich, ob der Scheißkerl Dagney die für sie gekauft hatte. Sie passten hervorragend zu ihrem hellblauen Kostüm, aber solch sanfte Juwelen wurden ihr nicht gerecht.

Sie war eine Frau für Rubine.

Seine Rubine.

Aber ob in Geschmeide aus dem Orient oder aus Burma, von einem anständigen Verehrer oder einer üblen Fußnote in ihrem Liebesleben, sie war trotzdem noch von eindrucksvoller Schönheit – die neue Geschäftsführerin der Sutton Distillery Corporation. Und doch hatte sie trotzdem noch die Anmut und Klasse, sich die Zeit zu nehmen und behutsam mit einer verwirrten, verlorenen Seele wie seiner Mutter zu reden. Aber wenn sie hier fertig war? Dann würde sie wieder in ihre Limousine steigen, in ihrem Mondlicht-auf-verschneitem-Feldblauen Kostüm und ihren Perlen, die hoffentlich nicht vom Gouverneur waren, und sich direkt wieder mit ihren leitenden Angestellten und Vertriebschefs treffen oder vielleicht einem japanischen Investor, dessen freundliches Übernahmeangebot sie mit einem charmanten, aber völlig unmissverständlichen Nein ablehnen würde.

Ja, er hatte auf dem Herweg im Radio gehört, dass sie das Unternehmen ihrer Familie übernehmen würde. Und es könnte nicht in besseren Händen sein.

Ein Mann betrat den Salon, warf einen Blick auf Edward und kam zu ihm herüber – und ob mit oder ohne den ungepflegten Bart und den abgewetzten Kleidern, Edward hätte seinen Bruder Maxwell überall erkannt. Andererseits hatte er auch Grund dazu.

»Edward«, sagte Max vage.

»Max, du siehst gut aus, wie immer«, antwortete Edward trocken. »Aber du musst mich entschuldigen, ich muss los.«

»Sag Moe, ich lasse ihn grüßen.«

»Natürlich.«

Er ging um seinen Bruder herum und hinkte in den eigentlichen Salon. Es wirkte unerträglich unhöflich, sogar für ein Arschloch wie ihn, seine Mutter nicht wenigstens zum Abschied zu grüßen.

Aber er hatte keine Ahnung, was er sagen sollte.

Als er sich dem Sofa näherte, sah Sutton zuerst zu ihm auf. Und dann auch seine Mutter.

Als er nach den passenden Worten suchte, lächelte Little V.E. ihn so wunderschön an wie ein Porträt von Thomas Sully. »Wie reizend, dass das Gartenpersonal gekommen ist, um die letzte Ehre zu erweisen. Wie ist Ihr Name, junger Mann?«

Als Sutton erbleichte, beugte Edward den Kopf. »Ed, Ma'm. So heiße ich.«

»Ed? Oh, ich habe einen Sohn namens Edward.« Sie wies auf Lane, und Gott, der arme Mistkerl sah aus, als wäre er am liebsten im Erdboden versunken. »Und wo arbeiten Sie auf dem Anwesen?«

»Im Gestüt, Ma'm.«

Ihre Augen hatten exakt denselben Blauton wie seine eigenen, und sie waren so wunderschön wie eine Ackerwinde in der Julisonne. Gleichzeitig waren sie so trüb wie eine Fensterscheibe an einem frostigen Morgen. »Mein Vater hat seine Pferde geliebt. Wenn er in den Himmel kommt, wird es dort Vollblüter in Hülle und Fülle für seine Galopprennen geben.«

»Ganz bestimmt. Mein Beileid, Ma'm.«

Er wandte sich ab und machte sich auf den Weg aus dem Salon, der ihm sehr lang vorkam, als er sie sagen hörte: »Oh, und dieser arme Mann ist ein Krüppel. Mein Vater hatte immer eine Schwäche für die Armen und Glücklosen.«

Es dauerte eine Weile, bis Edwards Bewusstsein von dem Ort zurückkehrte, an den es sich vorübergehend verflüchtigt hatte – und er entdeckte, dass er zum Haupteingang hinausgegangen war statt zurück zur Küche, wo er Shelbys Pick-up geparkt hatte.

Er stand auf der Treppe von Easterly. Die einzigartig schöne Aussicht auf den Fluss unter ihm war etwas, was er die ganze Zeit über, die er im Herrenhaus gelebt hatte, erfolgreich ignoriert hatte. Sowohl als Kind als auch als junger Erwachsener und später als der Wirtschaftsführer, der er geworden war.

Und doch, als sein Blick das alles jetzt in sich aufnahm, war er nicht etwa von Ehrfurcht ergriffen von der Schönheit der Natur oder beseelt von der Weite der Landschaft oder auch nur traurig über das, was er verloren hatte und ihm derzeit fehlte. Nein, ihm fiel ein, dass seine Mutter, die ihn für einen schnöden Stallburschen hielt, nicht gutgeheißen hätte, dass er durch den Haupteingang hinausgegangen war.

Personal durfte nur bestimmte vorgeschriebene Zugänge benutzen, die allesamt im hinteren Teil des Hauses lagen.

Er hatte die offizielle Tür genommen.

Seine Beine waren schwach, als er einen Schritt hinunterging. Und dann noch einen. Und dann einen letzten auf das Kopfsteinpflaster der runden Einfahrt und des Parkplatzes.

Er schleppte sich davon, zur Rückseite des großen weißen Herrenhauses, zum Auto einer Fremden, das ihm mit der Großzügigkeit eines Familienmitglieds geliehen worden war.

Oder zumindest, wie man sich wünschte, dass ein Familienmitglied einem ...

»Edward ... Edward!«

War ja klar, dachte er und ging weiter. Aber natürlich war ihm kein einfacher Abgang gegönnt.

Sutton holte ihn problemlos ein. Und als sie seinen Arm berührte, wollte er weitergehen, aber seine Füße blieben stehen: Wie immer hörte sein Körper auf sie, mehr als auf alles und jeden anderen, einschließlich ihm selbst. Und oh, ihr Gesicht war vor Aufregung gerötet, ihr Atem zu schnell für die kurze Distanz, die sie gekommen war, ihre Augen so groß.

»Sie hat dich nicht erkannt«, sagte Sutton. »Sie hat dich bloß nicht erkannt.«

Gott, wie schön sie war. Diese roten Lippen. Dieses dunkle Haar. Dieser hochgewachsene, perfekt proportionierte Körper. Er hatte sie so lange gekannt, so lange über sie fantasiert, dass man meinen sollte, es würde keine neuen Offenbarungen mehr geben, wenn er sie sah. Aber so war es nicht.

Doch er würde sich mit seinen Fantasien von ihr begnügen müssen. So, wie die Dinge liefen, mit allem, was auf dem Anwesen passierte, würden sie alles sein, was ihm für lange Zeit blieb.

»Edward ...« Als ihre Stimme brach, fühlte er den Schmerz, den sie empfand, als wäre es sein eigener. »Edward, es tut mir leid.«

Er schloss die Augen und lachte rau über sich selbst. »Hast du eine Ahnung, wie sehr ich diesen Klang liebe? Dass du meinen Namen sagst? Ziemlich traurig eigentlich.«

Als er die Lider wieder hob, starrte sie ihn erschrocken an.

»Ich bin nicht recht bei Verstand«, hörte er sich sagen. »Nicht im Augenblick.«

Tatsächlich hatte er das Gefühl, dort oben in seinem Kopf fielen Dinge von Regalen, große schwere Lasten stürzten um und trafen auf dem Boden seines Schädels auf, ihr Inhalt ergoss sich und zersplitterte.

»Wie bitte?«, flüsterte sie. »Was?«

Er nahm ihre Hand. »Komm mit.«

Mit heftig klopfendem Herzen folgte Sutton Edward, der sie davonführte. Sie wollte fragen, wohin sie gingen, aber der gehetzte Ausdruck auf seinem Gesicht hielt sie davon ab. Außerdem war es ihr egal. Die Garage. Die Felder. Der Fluss.

Überallhin. Obwohl es verrückt war.

Er war einfach... Man konnte ihm einfach nichts verweigern.

Wie immer.

Als sie zur Rückseite des Hauses kamen, standen mehrere Kellner neben der Küchentür herum, ihre Fliegen hingen ihnen lose um den Hals, da und dort brannte eine Zigarette, und eine Reihe tragbarer Kühlboxen in U-of-C-Rot warteten darauf, in einen Transporter verladen zu werden.

Edward ging an ihnen vorbei und weiter zum Business-Center.

Keine teuren Limousinen parkten entlang seiner Flanke. Kein Licht in den Fenstern – aber das konnte auch daran liegen, dass die Vorhänge zugezogen waren. Heute ging hier niemand aus und ein.

Und er kam problemlos hinein, der Code, den er auf dem Tastenfeld eingab, öffnete die Tür.

Drinnen war die Luft kühl und trocken, und die Dunkelheit und die relativ niedrigen Decken gaben ihr das Gefühl, eine Höhle zu betreten. Eine sehr hübsche Höhle mit dickem Teppichboden und Ölgemälden an den Wänden und einer komplett ausgestatteten Küche, von der sie zwar gehört, aber deren Erzeugnisse sie nie gekostet hatte.

»Was machen wir hier?«, fragte sie seinen Rücken, als er immer weiterhinkte.

Er antwortete nicht, sondern führte sie einfach in einen Konferenzraum. Und schloss die Tür.

Und verriegelte sie.

Die dämmrige Sicherheitsbeleuchtung in den Raumecken gab nur ein schwaches Licht, die schweren königsblauen Vorhänge schlossen so dicht wie ein Reißverschluss, auf dem glänzenden Tisch war nichts außer einem Blumenarrangement in der Mitte, das offenbar schon einige Tage alt war.

Es gab zwölf Lederstühle.

Edward schob den an der Stirnseite des Tisches aus dem Weg und drehte sich zu ihr um. Kam zu ihr herüber. Senkte seinen Blick auf ihren Körper.

Als ihre Lungen von einem süßen Erstickungsgefühl zu brennen begannen, wusste sie genau, warum sie hier waren. Und sie wusste auch, dass sie es ihnen beiden nicht verweigern würde.

Es war sinnlos. Aber sie war verzweifelt, er war es auch, und manchmal setzte sich der Urtrieb über alle Logik und allen Selbstschutz hinweg.

»Ich will dich«, sagte er und ließ den Blick über sie wandern, heiß und gierig.

»Und ich würde dir sagen, dass ich dich brauche, aber das macht mir zu viel Angst, um es laut auszusprechen. Huch.«

Sie streckte die Hand nach ihm aus. Oder vielleicht war es auch umgekehrt.

Und oh Gott, wie er sie küsste, hungrig und fordernd, während er eine Hand um ihren Nacken schloss – und die andere um ihre Hüfte. Mit einem Ruck schob er sie rückwärts, bis sie mit der Rückseite der Oberschenkel gegen den Tisch stieß.

»Kannst du dich draufsetzen?«, stöhnte er an ihrem Mund. »Ich kann dich nicht hinaufheben.«

Wie für die Bradfords typisch, war hier alles nur vom Besten, und obwohl sie nicht leicht war, nahm der Tisch ihr nicht im Geringsten übel, dass sie auf ihn hinaufhüpfte.

Edwards Hände schoben ihren Rock höher, während er sie noch

leidenschaftlicher küsste. Und dann machte er sich zwischen ihren Schenkeln zu schaffen, fuhr mit den Fingern ihre Bluse hinauf und streifte ihr die Armani-Jacke ab. Ihr aufgestecktes Haar löste sie selbst aus seinem Knoten.

Knöpfe gingen unter seinen geschickten Fingern auf, und dann lagen ihre Brüste frei, die Spitzenkörbchen ihres BHs wurden zur Seite geschoben, als er sich hinunterbeugte und sie sogar noch schärfer machte. Sie ließ sich fallen und sank auf den glatten Konferenztisch zurück, und er folgte, blieb bei ihr, bedeckte sie mit seinem Körper.

Er strich mit den Händen an ihr hinauf und umfasste ihre Brüste, während er seine Hüften an ihr kreisen ließ, sie mit einer Erektion streichelte, die so hart, so deutlich war, dass sie nicht sagen konnte, ob er seine Hose noch anhatte. Ihr Rock war schnell ausgezogen, Edward machte sich zunutze, dass sie sich zu seinem Mund aufbäumte, um den Verschluss im Rücken zu öffnen und ihn loszuwerden.

Ihre Strümpfe folgten.

Dann ihr Slip.

Und dann verließ sein Mund ihre Brüste ... und machte sich anderswo zu schaffen.

Ihr Orgasmus war so heftig, dass ihr Kopf gegen die harte Tischplatte schlug, aber es war ihr egal. Sie drückte die Handflächen auf den Tisch, und sie quietschten an dem polierten Holz, als sie hemmungslos seinen Namen rief.

Niemand würde es je erfahren.

Niemand hörte sie.

Und nachdem sie sich jeden Tag mit den Problemen in der Konzernzentrale herumschlug, nachdem sie die besorgte Tochter, die sie war, entschlossen abgeschaltet hatte zugunsten der Geschäftsfrau, die sie im Büro sein wollte und sein musste – nachdem sie ihre Gefühle für Edward so lange verleugnet hatte –, würde sie sich jetzt nicht mehr zügeln.

»Oh Gott, schau dich an.«

Als sie ihn sprechen hörte, hob sie den Kopf. Er starrte sie an, seine Augen voller Begierde, seine Hände um ihre Brüste geschlossen.

Und dann, als wüsste er genau, was sie wollte, richtete er sich auf und öffnete den Reißverschluss seiner Kakihose.

Sie streckte die Hand nach seinem Hemd aus und machte sich daran zu schaffen ...

»Nein, nein, das bleibt an.«

Sie wollte ihn überreden. Aber dann spürte sie, wie seine stumpfe Eichel sie streichelte. Und in sie eindrang.

Wieder schrie Sutton auf, und dann war Edward auf ihr, der Sex schnell und wild, von den treibenden Stößen drohte sie vom Tisch zu gleiten. Sie schlang die Beine um seinen Unterleib und hielt sie zusammen.

Sie hasste es, dass er sein Hemd angelassen hatte. Hasste den Grund dafür. Sie wollte, dass er genauso befreit war wie sie.

Aber sie würde nehmen, was er ihr gab. Und wusste es besser, also verlangte sie nicht mehr.

Schon bald war Edwards Orgasmus so laut, wie ihrer es gewesen war, und sein keuchender Atem in ihrem Ohr, seine Flüche und wie er mit zusammengebissenen Zähnen ihren Namen sagte, brachten sie noch einmal zum Kommen.

Es schien ewig zu dauern, und nicht annähernd lange genug, bevor er zur Ruhe kam. Und das war der Punkt, an dem sie zum ersten Mal, seit er ihre Hand genommen und sie ins Business-Center geführt hatte, daran erinnert wurde, dass er nicht so stark war wie früher.

Als er auf ihr zusammenbrach, fühlte er sich fast leicht an, und sein Atem ging noch eine ganze Weile keuchend.

Sie löste ihre Beine von ihm, umarmte ihn, hielt ihn fest und schloss die Augen.

Und es fühlte sich wie die natürlichste Sache der Welt an, ihr Herz zu öffnen, auch wenn sie den Mund geschlossen hielt: So gut das eben auch gewesen war, es hatte eine unmissverständlich gestohlene Qualität an sich, und früher oder später würde sie ihre Schutzmechanismen wieder anlegen müssen, zusammen mit ihren Kleidern.

Er flüsterte ihr etwas ins Ohr, das sie nicht verstand.

»Was?«, sagte sie.

»Nichts.«

Edward hinderte sie daran, noch einmal zu fragen, indem er sie wieder küsste. Und dann bewegte er sich in ihr, seine Erektion immer noch hart, seine Hüften immer noch stark, sein Verlangen nach ihr immer noch nicht gestillt.

Aus irgendeinem Grund kamen ihr die Tränen. »Warum fühlt es sich so an, als ob du dich verabschiedest?«

»Sch...«, sagte er und küsste sie wieder.

33

»Ich hatte mit diesem Auto noch nie eine Panne. Wirklich, noch nie.«

Just in dem Moment, als Beth das zu Mack sagte, begann es zu regnen. Die Tropfen prasselten auf den Rücken seiner Anzugjacke, als er die Motorhaube öffnete und in den zischenden Motor schaute.

»Schon gut«, sagte er. »Diese Dinge passieren. Also mach mich glücklich ... und sag mir, dass du eine Flasche Wasser dabeihast.«

»Denke schon – Moment.«

Er wedelte mit den Armen die heißen, nach Öl riechenden Dampfwolken weg, während über ihnen Donner durch den Himmel rollte wie eine Bowlingkugel.

»Hier«, sagte Beth. »Gefunden.«

Er zog sein Jackett aus, wickelte einen Ärmel um seine Hand und beugte sich zum Kühler hinunter. »Geh in Deckung.«

»Nein, warte! Du ruinierst deine ...«

Als er den Deckel aufdrehte, explodierte der Druck und verbrannte ihm rasiermesserscharf die Unterseite seines Armes. »Scheiße!«

»Mack, bist du verrückt?«

Er versuchte, es wie ein Mann zu nehmen, dass er so dumm gewesen war, ließ das verdammte Jackett fallen und schlenkerte den Arm herum. »Gib mir das Wasser«, stieß er mit zusammengebissenen Zähnen hervor, als er nicht mehr doppelt sah.

Ein Blitz gewährte ihm einen erstklassigen Blick unter die Motorhaube, und der Donnerschlag, der unmittelbar folgte, machte ihm deutlich, dass das Gewitter schnell aufzog und sie direkt im Visier hatte.

»Steig wieder in den Wagen, okay?«

»Was ist mit deinem Arm?«

»Den schauen wir uns an, wenn diese Karre nicht mehr überhitzt ist. Mach schon.«

Ein sintflutartiger Regenguss schnitt den Wortwechsel ab, und Beth rannte um den Wagen herum und setzte sich wieder ans Steuer. Der Regen war kühl, was ihnen in vielerlei Hinsicht half, besonders, als ein heftiger Windstoß einen Regenschwall auf den Motor wehte. Und was sagte man dazu, den Kühler aufzufüllen lief besser als gedacht. Er schloss schnell die Motorhaube und kroch wieder auf den Beifahrersitz.

»Na, das war ein Spaß.« Er zog seine Tür zu und strich sein nasses Haar zurück. »Willst du mal versuchen, ihn anzulassen?«

»Wie geht es deinem Arm?«

»Ist noch dran. Schauen wir, ob wir weiterfahren können.«

Beth murmelte etwas und schüttelte den Kopf, als sie den Zündschlüssel umdrehte. »Ich kenne mich mit Autos überhaupt nicht aus, und nach dieser Nummer bin ich auch weiterhin nicht scharf drauf.«

Aber der Motor sprang tadellos an, und als sie mit einem Lächeln zu ihm hinübersah, vergaß Mack fast die Schmerzen in seinem Arm.

»Sei nicht zu beeindruckt«, plusterte er sich auf. »Alle Männer mit Namen wie Mack oder Joe sind laut Gesetz verpflichtet, mit solchen Situationen fertigzuwerden.«

Leider war die Atempause nur von kurzer Dauer. Als der Regen auf die Windschutzscheibe prasselte und weitere Blitze den Himmel erleuchteten wie Discokugeln, meldete sich seine schmerzende Brandwunde wieder, und er ertappte sich dabei, dass er fluchte und sich den Schaden nicht ansehen wollte.

Mit zusammengebissenen Zähnen versuchte er, seine Krawatte zu lockern, weil ihm übel war.

»Ich denke, wir sollten in die Notaufnahme«, sagte er.

»Lass mich sehen, wie schlimm es ist.«

Als er nur hilflos herumfummelte, schob Beth seine Hände aus dem Weg. »Ich mach das schon.«

Der Krawattenknoten, den sie ihm gebunden hatte, löste sich unter ihren geschickten Fingerspitzen, und dann legte er den Kopf zurück, damit sie an den obersten Kragenknopf herankam.

Aus seinem Blickwinkel konnte er sie im Rückspiegel sehen, die Brauen vor Konzentration gesenkt, ihre Lippen geöffnet.

Er wurde steif.

Nicht mit Absicht. Er wollte es gar nicht. Und er würde weiß Gott nichts dagegen unternehmen. Aber hier war sie – die Erwachsenenversion des Highschool-Jungen-Albtraums, an die Tafel gerufen zu werden, um eine Matheaufgabe zu lösen.

Mann, wenn diese Fahrt so weiterging, dann knallte ihnen gleich megamäßig was um die Ohren. Und es wären keine Champagnerkorken.

Ruckartig zog er sich den Blazer über den Schoß, sodass alles zugedeckt war, und dann arbeitete Beth sich an seinem Hemd hinunter und zog es dabei aus der Hose. Was bedeutete, dass sie eine Menge von ihm zu sehen bekam.

Nun, wenigstens war er dadurch etwas von seinem Freddy Krueger abgelenkt.

»Den Rest schaffe ich schon alleine«, sagte er schroff.

»Schaffst du nicht. Beug dich zu mir herüber.«

Langsam beugte Mack sich von der Rückenlehne vor, bis sie nah zusammen waren. Sie erzählte irgend etwas, nur Gott allein wusste, was. Sie redete und redete, als würde nichts sonderlich Bedeutendes passieren, während sie ihm Brust und Schultern entblößte.

»... Butter, weißt du? Direkt aus dem Kühlschrank. Ich weiß nicht, ob es meinem Sonnenbrand am Hals wirklich gutgetan hat, aber ich habe gerochen, als hätte ich mein Frühstück als Parfum benutzt, als ich zum Tanzen ging. Die Jungs waren verrückt nach mir.«

Lach schon, du Idiot, ermahnte er sich. »Das ist lustig«, sagte er.

»Oh, Mack.«

Als sie hinunterblickte und den Kopf schüttelte, dachte er schon einen erschrockenen Augenblick lang, sie hätte seinen Ständer bemerkt, aber nein, sein nasser Blazer verdeckte ihn immer noch.

Tatsächlich war es ihr gelungen, ihm das Hemd ganz von seiner Brandwunde abzuziehen, und nun hing es feucht von seinem unverletzten Arm herunter. Als wäre es deprimiert, weil es nicht zu einer Party gehen durfte.

»Du musst zum Arzt«, sagte sie zu dem schrecklichen roten Bombenkrater in seiner Haut.

»Das wird schon wieder.«

»Das würdest du auch noch sagen, wenn du eine arterielle Blutung hättest, oder?«

Dann sah sie ihn an.

Und schlagartig wurde sie reglos ... als wüsste sie genau, wohin sein Hirn sich verflüchtigt hatte. Und er war in Gedanken weiß Gott nicht bei ihrem Kühler, seinem Arm oder medizinischen Eingriffen jeglicher Art.

Es sei denn, sie spielte Krankenschwester für seinen Patienten, und das halbnackt.

Verdammt, er war echt ein Ferkel.

»Alles bestens«, sagte er wieder, konzentrierte sich auf ihre Lippen – und fragte sich, wie sie sich wohl anfühlten. Wie sie schmeckten.

Ihr Blick wanderte zu seinen Brust- und Bauchmuskeln. Mann, er war froh, dass er sich nie vor körperlicher Arbeit gedrückt hatte. Und in einem Basketballverein war, der zweimal die Woche hart trainierte. Und dass er spielend sein doppeltes Gewicht stemmen konnte.

Sie räusperte sich und glitt aus seiner Reichweite. »Äh ... dann also ins Krankenhaus?«

»Alles gut.« Seine Stimme war tief und heiser. Und wohin zur Hölle war der Rest seines Erwachsenenwortschatzes verschwunden? »Mach dir keine Sorgen deswegen.«

Sie legte die Hände aufs Steuer und starrte zur Windschutzscheibe hinaus, als könnte sie sich partout nicht daran erinnern, wo sie hier eigentlich angehalten hatten. Oder warum. Oder was sie überhaupt im Wagen machten.

»Nein«, sagte sie und schaltete auf Fahren. »Ich bringe dich in die Notaufnahme. Schick den Leuten eine SMS, die auf dich warten, aber zur Aufbahrung schaffen wir es nicht mehr.«

»Dann übernachte doch in einem der Personalhäuschen.«

Während Lane mit Max redete, nahm er seine Fliege ab, faltete sie zusammen und steckte sie in seine Jackentasche. Das Foyer war menschenleer, aber das war es ja schon den ganzen Nachmittag über gewesen.

Als sein Bruder nicht antwortete, nahm Lane es als ein »Scheiße, nein«. »Na komm, wieso nicht? Ich denke, ich habe von Lizzie gehört, dass das zweite Haus von hinten offen ist. Der Schlüssel liegt unter der Fußmatte, und es ist möbliert.«

Er war nicht sicher, ob Max ihn hörte oder nicht. Er starrte durch den Torbogen in den Salon, auf das Porträt von Elijah Bradford.

Im Hintergrund grollte Donner, und Blitze zuckten durch den Himmel, die offene Eingangstür schien das Gewitter nach drinnen einzuladen. Aber eigentlich war der Tornado ja schon im Haus. Schon seit den letzten paar Wochen.

»Max?«, fragte Lane ermunternd.

»Tut mir leid. Ja, okay, ich übernachte dort.« Sein Bruder blickte zu ihm hinüber. »Edward. Wie er aussieht ...«

»Ich weiß.«

»Ich hab's in der Zeitung gelesen, aber bei den Artikeln waren kaum Bilder.«

»Und ihn persönlich zu sehen ist auch nochmal anders.«

»Ich bin noch nicht daran gewöhnt.«

Als Lanes Handy in seiner Brusttasche klingelte, nahm er es heraus und war nicht überrascht, als eine SMS ihm verkündete, dass John Lenghes Flugzeug wegen des schlechten Wetters umgeleitet worden war. Auch gut. Er war erschöpft und einem monumentalen Pokerspiel gerade nicht gewachsen.

Bevor er es wieder einstecken konnte, kam eine zweite SMS, fast so, als hätte aufgrund des Gewitters ein Handymast kurz ausgesetzt und dann wieder zu funktionieren begonnen. Mack war auch verhindert. Irgendwas mit einer Autopanne.

Du verpasst nicht viel, schrieb Lane seinem alten Kumpel.

»Hast du Hunger?«, fragte er Max.

»Ich habe etwas gegessen, bevor ich gekommen bin.«

»Wie lange bleibst du?«

»Weiß nicht. Solange ich es ertrage.«

»Dann können wir uns verabschieden«, sagte Lane.

Schon lustig, das ungehobelte Äußere seines Bruders täuschte über die Tatsache hinweg, dass hinter der ungepflegten Fassade ein Yale-Studium steckte. Klarer Beweis, dass man Menschen nicht nach ihrem Äußeren beurteilen sollte, und so weiter. Aber vielleicht hatte der Typ ja so viele Drogen eingeworfen, dass die ganze höhere Bildung in seinen Hirnzellen eingerostet war.

»Weißt du ...« Max räusperte sich. »Ich habe keine Ahnung, warum ich zurückgekommen bin.«

»Nun, hier ist ein Rat. Finde das heraus, bevor du gehst. Ist effizienter. Oh, aber sag Miss Aurora Hallo, okay? Sie wird dich sehen wollen.«

»Klar. Und ja, ich weiß, dass sie krank ist.«

Für einen Sekundenbruchteil stutzte Lane, aber dann entglitt ihm die Warnung oder der Instinkt oder was immer es gewesen war. Und dann fiel ihm draußen auf der runden Einfahrt etwas Silberblaues ins Auge, das sich bewegte. Es war Sutton Smythe draußen im Regen, ihre Frisur ruiniert, ihr schickes Kostüm klatschnass, ihre High Heels planschten durch die Pfützen. Aber sie rannte nicht. Sie ging so langsam, als dämmerte ein lauer Sommerabend.

»Sutton!«, rief Lane und eilte zum Eingang. »Möchtest du einen Schirm?«

Idiotische Frage. Dafür war es längst zu spät.

Sie drehte sich aufgeschreckt zu ihm um und schien erst jetzt zu registrieren, wo sie sich befand. »Oh, äh, nein. Aber danke trotzdem. Mein Beileid.«

Ihr Fahrer sprang hinter dem Steuer des Mercedes C63 hervor, mit dem sie gekommen war. Dann machte er kehrt und tastete nach einem Schirm. »Miss Smythe!«

»Alles in Ordnung«, sagte sie, als er zu ihr hinüberrannte. »Don, alles bestens.«

Als der Mann sie auf dem Rücksitz des Wagens verstaut hatte und der Mercedes den Hügel von Easterly hinunterfuhr, blieb Lane im Eingang des Herrenhauses stehen. Der Atem des Sturmes traf ihn mit einem nassen Kuss. Als er sich schließlich wieder umdrehte, war Max fort, und auch die Reisetasche, die er mitgebracht hatte.

Zweifellos war er hinunter in die Küche gegangen.

Lane steckte die Hände in die Hosentaschen und sah sich in den leeren Räumen um. Das Servicepersonal hatte die Bars abgebaut und die Möbel zurückgestellt. Seine Mutter hatte sich wieder nach oben zurückgezogen, und er musste sich fragen, wann oder ob sie jemals wieder herunterkommen würde. Lizzie war irgendwo im Haus unterwegs, wahrscheinlich organisierte sie, dass die gemieteten Tischtücher, Servietten und Gläser zum Abholen fertig gemacht wurden, um sich abzulenken und nicht durchzudrehen.

Und Edward? Er musste gegangen sein.

Das Haus um ihn war still, als der Wind gegen den höchsten Punkt von Charlemont anstürmte, die tödlichen Blitze zuckten. Und der Donner grollte und tobte.

Lane nahm sich Sutton zum Vorbild, ging aus der Tür und hob sein Gesicht all dieser geballten Wut entgegen. Der Regen an seiner Haut war kalt und mit Hagel gespickt. Windböen peitschten auf ihn ein. Die Gefahr eines Blitzeinschlags wurde größer, als das Zentrum des Gewitters immer näher heranbrauste.

Seine Kleider klatschten und flatterten an seinem Körper und erinnerten ihn an den Sturz von der Brücke. Das Brennen in seinen Augen brachte ihn zum Blinzeln, und das Gefühl, zu fallen, ließ ihm seinen Sturz in den Fluss so nah erscheinen wie seine eigene Hand.

Aber es gab eine Binsenweisheit, die ihn auf den Beinen hielt, eine Stärke, die er sich zunutze machte, eine Kraft, die von innen kam.

So wie Easterly dem Ansturm standhielt, würde auch er es tun.

34

Edward erreichte das Red-&-Black-Gestüt, parkte Shelbys Pick-up vor dem Cottage des Verwalters, stellte den Motor ab und zog den Schlüssel aus dem Zündschloss. Er stieg nicht sofort aus. Aber nicht des Sturms wegen.

Als der Regen auf die Windschutzscheibe einprasselte, als zürnte Gott, aber könnte gerade nichts Besseres zum Werfen finden, ersetzten Bilder von Sutton, wie sie rücklings auf dem Konferenztisch lag, so herrlich nackt, und keuchte und stöhnte, sogar das überwältigende Gewitter, das über das Land fegte.

Durch den Wolkenbruch sah er zum Cottage hinüber und wusste, dass Shelby dort auf ihn wartete. Mit Abendessen. Und einer Flasche Schnaps. Und nachdem er gegessen und getrunken hatte, würden sie wieder in dieses Schlafzimmer gehen und nebeneinander in der Dunkelheit liegen, er schlafend, und sie ... nun, er wusste nicht, ob sie schlief oder nicht.

Er hatte sie nie gefragt.

Er steckte den Schlüssel in die Sonnenblende, stieg aus und wurde vom Wind gegen die nasse Seite der Ladefläche gepresst. Schnell streckte er den Arm aus, um sich abzustützen, und wollte nicht hineingehen. Aber hier draußen zu bleiben ...

Doch schlagartig war alles vergessen.

In Stall B war irgendein Chaos ausgebrochen. Zum einen brannten alle Lichter, was selten vorkam. Aber noch beunruhigender war, dass sich ein Dutzend Leute um die offenen Türen am hinteren Ende drängte.

Edward stieß sich vom Laster ab und hinkte über die Wiese auf das Drama zu, und schon bald hörte er sogar über den Wind das panische Wiehern der Pferde.

Beziehungsweise das eines speziellen Hengstes.

Als er bei der nächstgelegenen Tür ankam, humpelte er hinein, so schnell er konnte, durch die Sattelkammer und den Vorratsraum, hinaus zu den Stallboxen, den Mittelgang hinunter ...

»Was zur Hölle macht ihr da?«, brüllte er über das Wiehern und Geschrei.

Nebekanzer in seiner Stallbox war wild vor Panik, der Hengst bäumte sich auf und schlug um sich, seine Hinterhufe hatten die untere Hälfte der Stalltür zersplittert. Und Shelby – wie eine völlig Wahnsinnige – war oben auf die noch intakten Gitterstangen geklettert und versuchte, sein Zaumzeug zu fassen zu bekommen.

Stallhelfer und auch Moe und Joey waren direkt neben ihr, aber die Stangen trennten sie voneinander, und oh Gott, sie war genau in der Reichweite der knirschenden Zähne des Hengstes, der wild mit dem Kopf um sich schlug; sie war diejenige, die wahrscheinlich als Erste zu Boden geschleudert würde. Entweder würde ihr Kopf auf dem Beton zerplatzen wie eine Melone – oder diese Hufe würden sie zertrampeln.

Edward bewegte sich schon, noch bevor er sich bewusst zum Eingreifen entschieden hatte, obwohl Joey näher dran, stärker und jünger war als er. Aber bevor er es endlich dorthin geschafft hatte, bekam Shelby das Zaumzeug des Hengstes zu fassen.

Und als sie Blickkontakt mit der Bestie herstellte, schaffte sie es irgendwie, sich kopfüber in die Stallbox zu hängen, indem sie sich mit den Schenkeln an den Stangen festklammerte, und gleichzeitig beugte sie sich hinunter und begann, dem Pferd direkt in die Nüstern zu blasen. Das gab den Stallhelfern gerade genug Zeit, die ruinierte Tür zu öffnen und aus dem Weg zu räumen, damit Neb sich an den Holzsplittern nicht noch mehr verletzte, und sie durch ein robustes Nylongewebe zu ersetzen. Im selben Augenblick schob Shelby ihre Hand durch das Gitter, und einer der Männer legte eine Lichtschutzmaske hinein.

Im nächsten Sekundenbruchteil hatte sie Neb das Ding über die Augen gezogen und unter seiner Kehle befestigt.

Dann blies sie ihm weiter in die geblähten Nüstern, und der Hengst beruhigte sich, seine panischen blutverschmierten Flanken zuckten immer noch, aber schon mit gebändigter Kraft. Sein Bauch pumpte und pumpte, sogar dann noch, als seine Hufe mit den stählernen Hufeisen in den Sägespänen stillstanden.

Shelby richtete sich mit der Grazie einer Turnerin auf. Kletterte hinunter. Schlüpfte in die Stallbox.

Und zum ersten Mal seit seiner Entführung realisierte Edward, dass er schreckliche Angst hatte.

Eine der wenigen Regeln, die er Jeb Landis' Tochter gegeben hatte, als sie hier angefangen hatte, war die generelle Regel, die bei Red & Black für alle galt: Niemand außer Edward näherte sich Neb.

Und doch, da war sie, mit ihren fünfundvierzig Kilo, einen Meter siebenundsechzig groß, eingeschlossen mit diesem Killer.

Edward blieb im Hintergrund und sah zu, wie sie mit den Handflächen über den Hals des Hengstes strich und ihm gut zuredete. Aber sie war nicht dumm. Sie nickte einem der Helfer zu, der das Netz auf ihrer Seite aufhakte. Wenn Neb wieder durchdrehte, konnte sie im Handumdrehen hinaus, in Sicherheit.

Als ob sie seinen Blick spürte, sah Shelby zu Edward hinüber. In ihrem Blick war nichts Entschuldigendes. Auch nichts Überhebliches.

Sie hatte das Pferd davor gerettet, sich ernsthaft zu verletzen – oder sogar zu töten, und das auf professionelle, fachmännische Art und Weise, ohne sich einem unnötigen Risiko auszusetzen. Schließlich hätte Neb sich an den messerscharfen Splittern der ruinierten Tür eine Arterie durchstechen können, und auch sie hätte sich schrecklich verletzen können.

Es war wirklich ein wunderschöner Anblick.

Und nicht nur ihm war das aufgefallen.

Joey, Moes Sohn, stand am Rand und starrte Shelby an, und sein Gesichtsausdruck ließ darauf schließen, dass der Mann Anfang zwanzig wieder zu einem sechzehnjährigen Jungen regrediert war – und Shelby war die Ballkönigin, mit der er tanzen wollte.

Was bewies, dass Menschen jederzeit in ein jüngeres Ich zurückfallen konnten.

Und es war außerdem etwas, das Edward nicht sonderlich schätzte.

Er runzelte die Stirn und spürte einen fast unwiderstehlichen Zwang, sich zwischen diese beiden zu stellen. Er wollte eine Plakatwand sein, auf der *Finger weg!* stand. Ein lebendes, atmendes Absperrband. Ein warnendes Nebelhorn.

Aber dieser Beschützerinstinkt wurzelte in der Sorge eines großen Bruders um seine kleine Schwester.

Sutton hatte ihn daran erinnert, auf die grundlegendste Art, die es gab, dass sie für immer die einzige Frau für ihn sein würde.

Oben im Schlafzimmer dieses Bradford-Vorfahren, welcher auch immer es gewesen war, klickte Jeff auf »Drucken« und hielt die Hand vor das Gerät. Der Tintenstrahldrucker ließ ein rhythmisches Surren hören und spuckte wenig später eine perfekte Zahlenkolonne aus. Und dann noch eine. Und eine letzte.

Es war auch winziger Text auf diesen drei Seiten, Erklärungen für Einzelposten, Anmerkungen, die er die letzten zwei Stunden lang in den Laptop getippt hatte.

Aber das Bedeutsamste auf dem Blatt war der Titel:
BRADFORD BOURBON COMPANY
ZUSAMMENFASSUNG BETRIEBSDEFIZIT

Jeff legte das Dokument auf den Schreibtisch, direkt auf die Tastatur des offenen Laptops. Dann sah er zu dem Schneehaufen von Papieren, Notizen, Kontoberichten, Tabellen und Schaubildern auf dem antiken Schreibtisch hinüber.

Das war's.

Fertig.

Zumindest mit dem Teil, in dem er die Umleitung von Geldern auf Debitorenkonten und von Betriebskapital nachverfolgte.

Wenn er allerdings so drüber nachdachte ... Er hob den Bericht wieder auf und vergewisserte sich, dass er aus dem Laptop ausgeloggt war. Er hatte sein Passwort geändert. Seine ganze Arbeit verschlüsselt. Und nur an seine private E-Mail-Adresse eine elektronische Kopie geschickt.

Er zog den USB-Stick, mit dem er gearbeitet hatte, aus dem Laptop und steckte ihn in die Hosentasche. Dann ging er hinüber und setzte sich auf das Fußende des ungemachten Bettes. Er starrte den Schreibtisch an und dachte, dass dieses Szenario sehr große Ähnlichkeit mit seinem Büro in Manhattan hatte.

Wo er für einen Konzern malochte. Zusammen mit tausend anderen menschlichen Taschenrechnern, wie Lane es genannt hatte.

Auf der anderen Seite des Zimmers standen seine gepackten Koffer neben der Tür. Er hatte sie nicht ausgepackt, sondern einfach herausgezogen, was er brauchte. Schließlich hatte er nicht lange bleiben wollen.

Die verdammten Dinger sahen aus, als wären sie tödlich verwundet, und seine Kleider und Toilettenartikel quollen aus ihnen heraus wie Blut.

Es klopfte an der Tür. »Jepp.«

Tiphanii kam herein, und wow, ihre Jeans waren hauteng, und ihr weites Top so tief ausgeschnitten wie ein String-Bikini. Mit offenem Haar und Make-up war sie jung, sexy und aufregend, eine freche kleine Nummer, die sich nur zu gerne für ihn zur Schau stellte.

»Gratuliere«, sagte sie, drückte die Tür zu und schloss ab. »Und schön, dass du mir die SMS geschickt hast, dass ich kommen und mit dir feiern soll.«

»Schön, dass du da bist.« Er rückte auf dem Bett zur Seite und wies mit dem Kopf auf den Bericht. »Ich habe nonstop gearbeitet. Fühlt sich komisch an, es plötzlich hinter mir zu haben.«

»Ich habe mich die Hintertreppe hochgeschlichen«, sagte sie und stellte ihre Handtasche ab.

»Neue Louis Vuitton?«, fragte er gedehnt.

»Die da?« Sie hob die bedruckte LV-Schultertasche wieder hoch. »Ist es wirklich. Du hast Geschmack. Ich liebe Männer aus der Großstadt.«

»Das ist meine Heimat.«

Tiphanii machte einen Schmollmund. »Heißt das, du reist bald wieder ab?«

»Werde ich dir fehlen?«

Sie kam herüber und streckte sich neben ihm auf dem Bett aus, rollte sich auf die Seite und zeigte ihm ihre nackten Brüste. Kein BH. Und sie war jetzt schon sichtlich erregt.

»Ja, wirst du«, sagte sie. »Aber vielleicht kannst du mich ja mal zu dir holen, auf einen Besuch?«

»Vielleicht.«

Jeff begann sie zu küssen, und dann zog er sie aus. Und dann sich. Sie hatten das inzwischen so oft gemacht, dass er wusste, wie sie es gerne hatte. Wusste genau, was er tun musste, um sie schnell zum Kommen zu bringen. Und er war scharf. Es war schwer, es nicht zu sein. Obwohl er sich keine Illusionen darüber machte, warum sie hier war, was sie wollte und wie genau sie ihn zu benutzen gedachte – mit Währungstausch und Wechselkursen kannte er sich aus.

Schließlich war er Banker.

Und nachdem sie die Nacht mit ihm verbracht hatte? Nachdem sie früh am Morgen hinausgeschlüpft sein würde, um ihre Uniform anzuziehen und so zu tun, als wäre sie nicht mit ihm im Bett gewesen? Dann würde er sich mit Lane hinsetzen und ihm seinen vollständigen Bericht präsentieren. Außerdem war da noch eine geschäftliche Angelegenheit, um die er sich würde kümmern müssen.

Als er Tiphanii bestieg und sie ihm ins Ohr schnurrte, war er immer noch nicht sicher, was er mit dem Aktien-Angebot tun sollte. Lane hatte es offenbar ernst gemeint, und Jeff kannte das Unternehmen jetzt in- und auswendig. Aber es barg Risiken. Mögliche Ermittlungen durch das US-Bundeskriminalamt. Und er hatte noch nie andere Leute gemanagt.

Es war ein The-Clash-Problem: Should I Stay or Should I Go ...

35

Der Detective von der Mordkommission der Metro Police kam am nächsten Morgen um neun. Lane kam herunter, als er den Türklopfer aus Messing hörte, und weil er Mr Harris nirgends sah, der im Butlermodus auf die hallenden Schläge zueilte, öffnete er selbst.

»Detective Merrimack. Was kann ich für Sie tun?«

»Mr Baldwine. Haben Sie einen Moment?«

Merrimack trug dieselbe Uniform wie beim letzten Mal: dunkle Hosen, weißes Polohemd mit Polizeiwappen, ein professionelles Lächeln. Er hatte sich das Haar noch kürzer trimmen lassen, und sein Aftershave war angenehm. Nicht so penetrant.

Lane trat zur Seite und bedeutete ihm, einzutreten. »Ich war eben dabei, mir einen Kaffee zu holen. Möchten Sie auch einen?«

»Ich bin im Dienst.«

»Ich dachte, das ist nur ein Problem bei Alkohol, nicht Koffein?«

Lächeln. »Können wir uns irgendwo ungestört unterhalten?«

»Bleiben wir doch gleich hier. Wo Sie schon den Starbucks Morning Blend in meiner Küche abgelehnt haben. Also, was brauchen Sie? Meine Schwester Gin ist keine Frühaufsteherin, wenn Sie also mit ihr reden wollen, kommen Sie besser am Nachmittag wieder.«

Merrimack lächelte. Wieder einmal. »Eigentlich sind es Ihre Sicherheitskameras, die mich interessieren.« Er wies mit dem Kopf zu den diskreten Gehäusen an der Decke neben der Stuckleiste. »Sie haben hier eine Menge davon, nicht wahr.«

»Ja, es ist ein großes Haus.«

»Und sie sind sowohl an der Außenseite als auch innen im Haus, korrekt?«

»Ja.« Lane steckte die Hände in die Hosentaschen, damit er nicht am Armband seiner Piaget herumfummelte. Oder an seinem Hemdkragen. »Suchen Sie etwas Spezielles?«

Was denn sonst, Idiot.

»Was passiert mit den Aufnahmen? Wo werden sie aufgezeichnet und gespeichert?«

»Fragen Sie mich, ob Sie sie ansehen können?«

»Wissen Sie was, genauso ist es.« Lächeln. »Es wäre hilfreich.«

Als Lane nicht sofort antwortete, lächelte der Detective noch etwas breiter. »Hören Sie, Mr Baldwine, ich weiß, dass Sie uns helfen wollen. Sie und Ihre Familie sind während dieser Ermittlung sehr offen gewesen, und meine Kollegen und ich wissen das zu schätzen.«

Lane runzelte die Stirn. »Um ehrlich zu sein, ich bin nicht sicher, wo die aufbewahrt werden.«

»Wie ist das möglich? Sie wohnen doch hier.«

»Und ich weiß nicht, wie man da rankommt.«

»Zeigen Sie mir die Computer, und ich kümmere mich darum.« Eine weitere Pause. »Mr Baldwine? Gibt es einen Grund, weshalb Sie nicht wollen, dass ich die Aufnahmen der Überwachungskameras auf Ihrem Anwesen einsehe?«

»Ich muss zuerst mit meinem Anwalt reden.«

»Sie sind kein Verdächtiger. Sie sind nicht einmal eine Person von besonderem polizeilichen Interesse, Mr Baldwine. Sie waren bei uns auf dem Revier, als Ihr Vater getötet wurde.« Merrimack zuckte die Schultern. »Also haben Sie nichts zu verbergen.«

»Ich melde mich bei Ihnen.« Lane ging zur Tür zurück und öffnete sie weit. »Wenn es Ihnen nichts ausmacht, würde ich jetzt gerne frühstücken.«

Merrimack ließ sich alle Zeit der Welt, als er zur Tür hinüberging. »Ich besorge mir eine richterliche Anordnung. Ich komme da ran.«

»Dann haben Sie ja eine Lösung, nicht wahr.«

Der Detective trat über die Schwelle. »Wen schützen Sie, Mr Baldwine?«

Irgendetwas an seinem Gesichtsausdruck deutete an, dass Merrimack genau wusste, um wen Lane sich Sorgen machte.

»Schönen Tag noch«, sagte Lane und schloss die Tür von Easterly vor diesem wissenden Lächeln.

Gin inspizierte im Spiegel ihres Ankleidezimmers ihren Hals. Die Blutergüsse, entschied sie, waren so verblasst, dass sie mit etwas Make-up niemandem mehr auffallen würden.

»Marls.« Sie setzte sich auf den Stuhl, den sie benutzte, wenn sie geschminkt wurde. »Wo ist Tammy? Ich warte.«

Ihre Suite war in Weißtönen dekoriert. Weiße Seidengardinen hingen vor antiken Fenstern mit weißen Rahmen. Im Schlafzimmer weißer Teppichboden, so dick wie Zuckerguss auf einem Törtchen, und weißer, goldgeäderter Marmor im Bad. Sie hatte ein ganz weißes Bett, auf dem man wie auf einer Wolke schlief, und diese begehbare Ankleideenklave voller Spiegel, ebenfalls ausgelegt mit dem Teppichboden. Beleuchtet von Kristalllüstern und Kristall-Wandleuchten, die wie Harry Winston-Ohrringe an den vorteilhaftesten Stellen angebracht waren – aber sie waren neu, nicht die hässlichen alten Baccarat-Lampen wie unten und überall sonst im Haus.

Sie hatte genug von langweiligen Orientteppichen und Ölgemälden, die wie dunkle Flecken an den Wänden waren.

»Marls!«

Dieser Ankleidebereich verband ihr Badezimmer mit dem Ort, wo ihre Kleider hingen, und sie nutzte ihn schon lange als ihren Styling-Bereich, schon vor dem Viertelmillion-Dollar-Umbau. Es gab eine professionelle Friseurausrüstung, um ihr Haar zu schneiden, zu färben und zu waschen, einen Schminktisch, der mit der Chanel-Theke im Nobelkaufhaus Saks in Manhattan konkurrieren konnte, und genug Parfumflakons, Lotionen und Mittelchen, um Gwyneth Paltrows Lifestyle-Blog »Goop.com« in den Schatten zu stellen.

Es gab sogar ein hohes Fenster mit Blick über die Gärten hinter dem Haus, für den Fall, dass man irgendetwas in natürlichem Licht betrachten wollte. Oder Blumen. Oder was auch immer.

Sie trommelte mit ihren manikürten Fingerspitzen auf der verchromten Armlehne und drehte den Stuhl mit einem Schubs ihres nackten Fußes herum. »Marls! Wir müssen in einer halben Stunde los zum Standesamt. Mach schon. Ruf sie an.«

»Ja, Madam«, antwortete ihr Dienstmädchen mit einem nervösen Unterton von drüben aus der Suite.

Tammy war die Visagistin der Stadt. Sie nahm Gin immer vor ihren anderen Kundinnen dran, aus mehreren Gründen: Erstens war Gin großzügig mit dem Trinkgeld; zweitens konnte die Frau damit werben, dass sie Gins Make-up machte; und drittens erlaubte Gin Tammy, die Partys auf Easterly und anderswo zu besuchen wie ein Gast.

Während Gin wartete, inspizierte sie ihre Make-up-Sammlung, die in einer professionellen Halterung vor ihr ausgebreitet war, die komplette Palette von MAC-Lidschatten und Rouges war der reinste Erwachsenenspielplatz. Die Rolltische mit den Grundierungen, Pflegelotionen und Pinseln sahen aus wie etwas, das man nur mit Doktortitel benutzen konnte. Vor ihr rahmten zwei Reihen von Theaterleuchten den Spiegel ein, und über ihr war ein Deckenbogen, dessen Farbton man anders einstellen konnte, je nachdem ob man die Rot-, Gelb- oder Blautöne einer bestimmten Haarfarbe oder eines Make-up-Looks sehen wollte.

Direkt hinter ihr hing an einem Chromhaken ihr sogenanntes »Hochzeitskleid«. Es sah schrecklich unscheinbar aus. Nur ein Armani-Kostüm mit asymmetrischem Kragen – immerhin war das Ding weiß, weil sie, jawohl, die verdammte Braut war.

Darunter standen beigefarbene Stuart-Weitzman-Slingpumps bereit.

Und auf einem ausziehbaren Regal barg eine dunkelblaue, an allen vier Ecken abgewetzte Samtbox von Tiffany's die massive Art-Déco-Brosche, die ihre Großmutter anlässlich ihrer Heirat mit E. Curtinious Bradford 1926 erhalten hatte.

Die Frage war, ob sie die beiden Hälften à la Bette Davis aus der Broschenfassung nehmen oder sie als ganzes Stück auf diesem dramatischen Kragen tragen sollte.

»Marls!«

Im Spiegel erschien ihr Dienstmädchen in der Tür und sah so nervös aus wie eine Maus, die kurz davor war, eine dumme Bewegung vor einer Falle zu machen. Sie hielt ihr Handy in der Hand. »Sie kommt nicht.«

Langsam drehte Gin den Stuhl noch weiter herum. »Was soll das heißen?«

Marls hielt das Handy in die Höhe, als ob das irgendetwas bewies. »Ich habe eben mit ihr gesprochen. Sie sagte, sie kommt nicht.«

»Und warum nicht?« Aber Gin überlief es kalt, denn sie wusste es. »Was war ihr Grund?«

»Hat sie nicht gesagt.«

Diese kleine Schlampe.

»Gut, dann mache ich es eben selbst, verdammt. Du kannst gehen.«

Gin stürzte sich auf das Make-up und trug es auf wie eine Professionelle, und eine hypothetische Zwiesprache mit Tammy heizte ihre Wut weiter an, als sie sich vorstellte, wie sie dieser – wie hieß das noch ... nichtsnutzigen! – dieser nichtsnutzigen kleinen Hure, zu der sie all die Jahre nur gut gewesen war... All diese Galas, zu denen Tammy kostenlos Zugang erhalten hatte, diese Mittelmeer-Kreuzfahrt im letzten Jahr, wo die Frau für ihre verdammte Luxuskabine nichts weiter hatte tun müssen, als Gin jeden Tag etwas Mascara ins Gesicht zu klatschen. Oh, und was war mit diesen Ski-Trips nach Aspen? Und jetzt lässt sie sich nicht blicken.

Nach dreißig Minuten unzusammenhängendem innerem Monolog war Gin fertig geschminkt, trug ihr Kostüm und diese Brosche, ihr Haar fiel ihr offen auf die Schultern, und ihre Slingpumps machten sie die entscheidenden paar Zentimeter größer. Dem Make-up-Sortiment war es nicht annähernd so gut ergangen wie ihr. Überall waren Pinsel, Wimperntuschen und falsche Wimpern verstreut. Ein Chaos von Kajalstiften wie bei einer begonnenen Mikado-Partie. Und sie hatte eine ihrer Puderdosen zerbrochen, das hautfarbene Puderstück war zerbröselt und über den ganzen Rolltisch verstreut.

Marls würde es aufräumen.

Gin ging in ihr Schlafzimmer hinüber, nahm sich die helle gesteppte Chanel-Schultertasche aus ihrer Kommode und öffnete die Schlafzimmertür.

Richard wartete auf dem Gang. »Du bist sechs Minuten zu spät.«

»Und du kannst die Uhr lesen. Gratuliere.«

Sie reckte das Kinn, wollte an ihm vorbeigehen und war nicht überrascht, als er sie am Arm packte und herumriss.

»Lass mich nicht warten.«

»Ich habe gehört, dass Zwangsstörungen heutzutage sehr effizient medikamentös behandelt werden können. Du könntest es zum Beispiel mit Zyanid versuchen. Oder Schierling – wir haben welchen im Garten, wie Rosalinda ja für uns herausgefunden hat ...«

Zwei Türen weiter kam Lizzie aus Lanes Suite. Sie trug ihre Arbeitskluft, Kakishorts und ein schwarzes Poloshirt mit dem Easterly-Wappen. Mit ihrem Pferdeschwanz, der mal wieder von einem Gummi zusammengehalten wurde, und ungeschminkt sah sie beneidenswert jung aus.

»Guten Morgen«, sagte sie beim Näherkommen. Sie blickte strikt geradeaus, als wäre sie auf den Straßen von New York City unterwegs und entschlossen, keinen Ärger zu machen oder sich welchen einzuhandeln.

»Stehen Sie immer noch auf der Gehaltsliste«, sagte Richard, »oder stellt er Ihnen jetzt keine Schecks mehr aus, wo Sie ihm nicht mehr nur Blumen ins Schlafzimmer bringen?«

Lizzie zeigte keinerlei Reaktion. »Gin, du siehst wunderbar aus wie immer.«

Und ging einfach weiter.

Gin sah Richard scharf an. »Sprich nicht so mit ihr.«

»Warum? Sie ist weder Personal noch Familienmitglied, oder etwa nicht? Und angesichts eurer finanziellen Lage ist es sehr angebracht, Kosten zu senken.«

»Sie steht nicht zur Diskussion. Du lässt sie in Ruhe. Und jetzt bringen wir das hinter uns.«

36

Kopfschüttelnd ging Lizzie die große Treppe hinunter. Gin nahm sie in Schutz. Wer hätte das je für möglich gehalten?

Sie würde deshalb nicht gleich zum Einkaufszentrum düsen und ihnen Beste-Freundinnen-fürs-Leben-Armbänder kaufen. Aber mit dieser deutlichen Rückendeckung war sehr viel leichter umzugehen als mit der Herablassung und dem unverhohlenen Spott zuvor.

Unten im Foyer ging sie in den hinteren Teil des Hauses. Es war Zeit, frische Blumensträuße zu binden – jetzt, wo so viele späte Frühlingsblumen blühten, fielen keine Floristenkosten an, und etwas Schönes zu gestalten würde ihr das Gefühl geben, zur Verbesserung der Lage beizutragen.

Auch wenn es nur ihr allein auffallen würde.

Sie betrat den Personalkorridor und ging auf Rosalindas altes Büro und Mr Harris' Suite zu ...

Sie schaffte es nicht zur Küche.

Vor der Wohnung des Butlers auf dem Gang standen Koffer aufgereiht. Eine Kiste mit Fotos und Büchern. Ein Kleiderständer auf Rollen, an dem eine Menge Kleiderhüllen hingen.

Sie steckte den Kopf durch die offene Tür und runzelte die Stirn. »Mr Harris?«

Der Butler kam aus dem Schlafzimmer. Obwohl er sichtlich mitten in der Abreise war, trug er einen seiner Anzüge, sein Haar war mit reichlich Pomade in Form gebracht, und sein glattrasiertes Gesicht wirkte, als hätte er eine Schicht heller Schminke aufgetragen.

»Guten Tag«, sagte er knapp.

»Verreisen Sie?«

»Ich habe eine andere Stellung angenommen.«

»Was?«

»Ich habe gekündigt. In etwa zwanzig Minuten werde ich abgeholt.«

»Moment mal – ohne die Kündigungsfrist einzuhalten?«

»Heute früh ist mein Gehaltsscheck auf der Bank geplatzt. Ihr Freund, oder was immer er für Sie ist, und seine Familie schulden mir zweitausendneunhundertsiebenundachtzig Dollar und zweiundzwanzig Cents. Ich denke, Zahlungsverzug gibt mir Grund genug, die Vertragsklausel mit der Kündigungsfrist zu ignorieren.«

Lizzie schüttelte den Kopf. »Sie können doch nicht einfach so gehen.«

»Ach nein? Ich würde Ihnen empfehlen, meinem Beispiel zu folgen, aber Sie scheinen geneigt, sich in dieser Familie eher mehr zu engagieren als weniger. Wenigstens machen Sie den Anschein, emotional wirklich involviert zu sein. Ansonsten wäre Ihre Selbstausbeutung lachhaft.«

Als Lizzie sich abwandte, sagte Mr Harris: »Sagen Sie Lane, dass ich mein Kündigungsschreiben hier auf dem Butler-Schreibtisch lasse. Und bitte, spielen Sie jetzt nicht die beleidigte Leberwurst.«

Draußen in der Halle hob Lizzie seine Kiste auf und lächelte ihm zu. »Oh, ich bin keine beleidigte Leberwurst – oder wie auch immer Sie das nennen. Ich helfe Ihnen gerne, aus diesem Haus zu kommen. Und ich sage Lane mit Vergnügen, wo er Ihren Brief findet. Ich hoffe nur, dass Ihre neue Adresse oder wenigstens eine Telefonnummer draufsteht. Sie stehen immer noch auf der Befragungsliste der Charlemont Metro Police.«

Gut, dann komme ich eben zu dir, dachte Lane, als er den Porsche durch das Tor von Samuel T.s Farm lenkte.

Der Weg führte weiter in eine Allee, die Samuel T.s Urgroßeltern vor fünfundsiebzig Jahren gepflanzt hatten. Die dicken Stämme mit der rauen Rinde trugen mächtige Baumkronen mit eindrucksvollen grünen Blättern, die Schattensprenkel über den hellen Kies der Einfahrt warfen. In der Ferne, mitten im sanften hügeligen Ackerland gelegen, wirkte das Farmhaus der Lodges nicht im Mindesten rustikal. Ein holzverkleideter Bau mit Walmdach, elegant, perfekt proportioniert, fast so alt wie Easterly und mit der größten umlaufenden Veranda der Welt.

Lane parkte neben dem alten Jaguar, stieg aus und ging zur Haustür, die weit offen stand. Er klopfte ans Fliegengitter und rief: »Samuel T.?«

Im Inneren des Hauses war es dunkel, und als er einfach hineinging, gefiel ihm der Duft dort. Nach Zitrone. Altem Holz. Etwas Süßem, wie frisch gebackene Zimtbrötchen in der Küche.

»Samuel T.?«

Ein Rascheln erregte seine Aufmerksamkeit, und er folgte dem Geräusch in die Bibliothek hinüber ...

»Oh, verdammt!«

Abrupt drehte er sich von der Tür weg, wandte sich ab vom Bild einer splitternackten Frau auf einem Ledersofa, die auf Samuel T. saß.

»Ich habe geklopft«, rief Lane.

»Schon okay, mein Alter.«

Es schien Samuel T. nicht im Geringsten zu stören, und auch die Blondine wirkte völlig unbekümmert: Soweit Lane aus dem äußersten Augenwinkel sehen konnte, machte sie sich nicht einmal die Mühe, sich anzuziehen. Aber vielleicht waren ihre Kleider ja in einem anderen Teil des Hauses. Oder draußen auf dem Rasen. Oder hingen an einem Baum.

»Warte oben auf mich«, befahl Samuel T.

Die Frau murmelte etwas, ein Kussgeräusch folgte. Dann schlenderte das Model – denn sie war so gut aussehend und so hochgewachsen – in einem von Samuel T.s Businesshemden an ihm vorbei.

»Hi«, sagte sie lässig mit einer Stimme wie Whisky, die wahrscheinlich auf eine Menge Männer berauschend wirkte.

»Ja, Wiedersehen.« Lane ignorierte sie und ging zu seinem Freund hinein.

Samuel T. zog gerade die Kordel eines schwarzen seidenen Morgenmantels zu und setzte sich mit benebelter Miene auf. Er fuhr durch sein wirres Haar, gähnte und sah aus dem Fenster. »Also ist es schon Morgen, verstehe. Wo ist nur die Nacht hin.«

»Auf einer Skala von eins bis zehn – eins ist Sonntagsgottesdienst und zehn die letzte Verbindungsparty, auf der du warst –, wie betrunken bist du gerade?«

»Sonntags in der Kirche war ich eigentlich auch immer betrunken. Aber ich würde mir eine Sechs geben. Solange ich nicht ins Röhrchen pusten muss. Dann vielleicht siebeneinhalb.«

Lane setzte sich und hob eine leere Flasche Bradford Family Reserve vom Boden auf. »Wenigstens trinkst du den guten Stoff und bleibst uns treu.«

»Immer. Also, was kann ich für dich tun? Und denk dran, ich bin über der zulässigen Promillegrenze, also verlange bitte nichts zu Schwieriges von mir.«

Lane rollte die Flasche in den Händen und ließ sich in den Sessel zurücksinken. »Detective Merrimack ist gleich heute früh bei uns aufgekreuzt. Ich habe dich sofort angerufen.«

»Tut mir leid.« Samuel T. zeigte zur Decke. »Ich glaube, da war ich gerade mit ihrer Schwester zugange.«

Lane verdrehte die Augen, urteilte aber nicht über ihn. Mit dieser Mann-und-Huren-Phase war er in seinem Leben schon durch, und obwohl er damals seinen Spaß gehabt hatte, würde er nichts davon gegen das eintauschen, was er mit Lizzie hatte.

»Sie wollen die Aufnahmen der Überwachungskameras auf dem Anwesen.«

»Wundert mich nicht.« Samuel T. rieb sich die Stoppeln an seinem Kinn. »Hast du es ihnen erlaubt? Wo ist übrigens der Security-Raum?«

»Es gibt zwei. Einen Überwachungsraum im Personalkorridor auf Easterly und dann die eigentliche Systemhardware im Business-Center. Und nein, habe ich nicht. Ich habe ihnen gesagt, sie sollen sich einen richterlichen Beschluss besorgen.«

Samuel T. wirkte schlagartig stocknüchtern. »Hast du irgendeinen speziellen Grund? Und ich darf dich daran erinnern, dass ich dein Anwalt bin. Technisch gesehen nur für deine Scheidung, aber solange du nicht aktiv planst, ein Verbrechen zu begehen, kann man mich nicht vorladen, um gegen dich auszusagen. Also kannst du ganz offen sein.«

Lane konzentrierte sich auf das Etikett der Bourbonflasche. Fuhr die berühmte Tuschezeichnung von Easterlys Vorderfassade nach.

»Lane, was ist auf diesen Aufzeichnungen?«

»Ich weiß es nicht.«

»Was befürchtest du, was drauf ist?«

»Mein Bruder. Und vielleicht noch jemand. Wie sie meinen Vater entführen.«

Samuel T. blinzelte nur einmal. Was ein Zeichen war, dass er das selbe gedacht hatte. Oder vielleicht ein Anzeichen für seinen Alkoholpegel. »Hast du mit Edward darüber geredet?«

»Nein.« Lane schüttelte den Kopf. »Ich rede mir derzeit ein, dass ich nur paranoid bin.«

»Und, funktioniert das?«

»Ganz gut.« Lane stieß einen Fluch aus. »Also, kann ich sonst irgendwas tun, um mir die Polizei vom Hals zu halten?«

»Die kommen definitiv mit einem richterlichen Beschluss zurück.« Samuel T. zuckte die Schultern. »Sie haben einen hinreichenden Verdacht, wegen dem, was du in der Erde gefunden hast. Wenn du sie dir wirklich hättest vom Hals halten wollen, hätte ich dir geraten, sie erst gar nicht anzurufen.«

»Machen Sie oft in Strafvereitelung, Herr Anwalt? Und glaube nicht, dass ich mir nicht wünsche, ich hätte den Mund gehalten. Oh, und halte dich fest: Sie haben herausgefunden, dass mein Vater Lungenkrebs im Endstadium hatte. Er wäre sowieso gestorben – was nur ein Grund mehr ist, die Selbstmordtheorie zu unterstützen. Vorausgesetzt, man vergisst das Stück von ihm, das unter dem Fenster meiner Mutter vergraben wurde.«

Das Tapsen von sexy Füßen wurde lauter und blieb dann im Eingang zum Zimmer stehen. Noch eine nackte Frau.

Aber Samuel T. schüttelte den Kopf. »Ich bin hier noch nicht fertig.«

»Oh mein Gott«, sagte sie. »Ist das ...?«

»Ein Freund von mir? Ja, ist er. Und jetzt entschuldige uns bitte.«

Als die Lady verschwand, sagte Lane: »Wie viele von denen hast du im Haus?«

»Fünf? Vielleicht sechs? Es gab ein Cheerleading-Event im Kentucky-Kongresszentrum in der Innenstadt. Sind alles Trainerinnen, keine Sorge.«

»Das kriegst doch nur du hin, Samuel T.«

»Stimmt nicht. Du warst doch auch kein Kind von Traurigkeit.«

»Also, wie läuft die Selbstmedikation? Lenkt dich das davon ab, was meine Schwester gerade macht?«

Der Anwalt wandte schnell den Blick ab.

Als nur Schweigen folgte, fluchte Lane. »Ich wollte kein Arschloch sein, ich schwör's dir. Das habe ich nur so dahergesagt.«

»Ich weiß.« Samuel T. sah ihn wieder an, sein Blick intensiv. »Heiratet sie ihn wirklich? Moment mal, ist das nicht ein Lied? Geht sie wirklich mit ihm auuus...«

»Ja, sie sind gerade auf dem Standesamt.«

»Also ist es passiert«, sagte Samuel T. abwesend.

»Aber du kennst Gin. Ihre Version von Ehe wird eine Drehtür sein, und nicht, weil sie shoppen geht. Obwohl, mit Richard und seinem Geld wird sie wohl auch shoppen gehen.«

Samuel T. nickte. »Allzu wahr.«

»Aber, Mann, wie die sich streiten.«

»Was sagst du?«

»Bei diesen beiden fliegen wirklich die Fetzen. Man kann sie durch die Wände hören, und Easterlys Mauern wurden für die Ewigkeit erbaut, wenn du verstehst, was ich meine.«

Samuel T. runzelte die Stirn. Nach einem Augenblick sagte er: »Weißt du, was das wirkliche Problem mit deiner Schwester ist?«

»Sie hat da so einige. Gibst du mir einen Hinweis, auf welchen Lebensbereich du anspielst?«

»Das Problem mit deiner Schwester ist«, Samuel T. tippte sich an die Schläfe, »dass ihr trotz all ihrer Fehler keine andere Frau jemals das Wasser reichen kann.«

Genauso geht es mir mit meiner Lizzie, dachte Lane.

Allerdings hatte seine Lizzie keine Fehler.

»Samuel«, flüsterte er traurig.

»Ich kann das Mitleid in deiner Stimme hören.«

»Gin ist ein harter Brocken.«

»Ich auch, mein lieber Freund. Ich auch.« Der Anwalt beugte sich vor.

»Und wir werden diesen kleinen Austausch«, Samuel T. wedelte mit der Hand zwischen ihnen hin und her, »darunter verbuchen, dass ich stockbesoffen bin. Wenn du das je wieder erwähnst, werde ich es leugnen. Könnte auch gut sein, dass ich mich überhaupt nicht mehr an dieses Gespräch erinnere. Und das wäre ein Segen.«

»Wow, Hardcore für eine Sechs auf der Suff-Skala.«

»Vielleicht habe ich mich zu niedrig eingestuft.« Samuel T. strecke die Hand zu einem Beistelltisch aus und schenkte sich Bourbon in ein Whiskyglas. »Zurück zu deinem Kameraproblem. Sie werden reinkommen und sichten, was da ist. Außerdem wird ihnen auffallen, wenn etwas fehlt oder verändert wurde. Ich rate dir, die Aufnahmen nicht zu manipulieren.«

»Und trotzdem hast du mir geraten, den Mund über das Ding in diesem Efeubeet zu halten?«

»Der Unterschied ist, wenn du sie damals nicht gerufen hättest, hätten sie nie davon erfahren. Aber wenn du versuchst, etwas aus den Aufnahmen herauszuschneiden oder sie zu schwärzen, zu verändern oder zu löschen, werden sie es merken. Es ist eine Sache, so zu tun, als ob etwas nie gefunden wurde. Eine völlig andere, ihre IT-Abteilung austricksen zu wollen, wenn du ein Laie bist und sie eine Einheit von Computerfreaks haben, die in ihrer Freizeit Anonymous-Mitglieder sind.«

Lane stand auf und ging zu den Fenstern hinüber. Die Scheiben waren genau wie die auf Easterly, das wunderschöne Ackerland dahinter wegen der Blasen im antiken Fensterglas verzogen und fleckig.

»Weißt du«, sagte er, »als Edward in Südamerika war, in den Händen dieser Dreckskerle? Ich konnte eine Woche nicht schlafen. Von dem Moment da an, als die Lösegeldforderung reinkam, bis er schließlich gerettet und in die Staaten zurückgebracht wurde.« Erinnerungen aus der Vergangenheit wurden wie die alten Fensterscheiben, sie verdunkelten, was vor ihm war. »Edward hat uns immer vor Vater beschützt, als wir in diesem Haus aufwuchsen. Edward hatte immer das Sagen. Er wusste immer, was zu tun war. Wenn ich da unten gekidnappt worden wäre? Er wäre gekommen und hätte mich rausgeholt.

Wären die Rollen vertauscht gewesen, wäre er in diesen Dschungel runtergeflogen und hätte sich zur Not mit der Machete zu mir durchgekämpft.«

»Dein Bruder war ... ist, entschuldige bitte – dein Bruder ist ein Mann von Rang.«

»Ich konnte nicht schlafen, weil ich nicht das selbe für ihn tun konnte. Und es hat mich innerlich aufgefressen.«

Es dauerte eine Weile, bis Samuel T. wieder etwas sagte. »Du kannst ihn jetzt nicht retten, Lane, wenn er wirklich getan hat, was du vermutest. Und wenn es Beweise auf Video gibt? Dann wirst du ihn nicht retten können.«

Lane drehte sich um und fluchte. »Mein Vater hat es verdient, okay? Mein Vater hat verdammt nochmal verdient, was mit ihm passiert ist. Man hätte ihn schon vor Jahren von einer verfluchten Brücke werfen sollen.«

Samuel T. hob die Hände. »Denk nicht, der Gedanke wäre mir nicht auch schon gekommen. Und ja, dein Bruder hat allen Grund der Welt – in einem Game-of-Thrones-Szenario. Aber nicht laut den Gesetzen von Kentucky hinsichtlich Tötungsdelikten, und in dieser Situation zählen nur die. Selbstverteidigung gilt nur, wenn man dir gerade ein Messer an die Kehle oder eine Pistole an den Kopf hält.«

»Wenn doch bloß ich diesen verdammten Finger gefunden hätte. Ich hätte einfach wieder Erde draufgekippt.«

Aber er hätte Lizzie und Greta nicht in die Lage bringen wollen, die Behörden anzulügen. Besonders nicht, da auch noch Richard Pford mit Gin aus dem Haus gekommen war. Dieser Scheißkerl würde seine eigene Mutter benutzen, wenn er sich einen Vorteil davon versprach.

»Weißt du«, Samuel T.s Gesicht nahm eine philosophische Miene an. »Dein Bruder hätte deinen Vater einfach zu sich aufs Gestüt einladen sollen. Und ihn erschießen, sobald er einen Fuß über seine Schwelle setzt.«

»Was sagst du da?«

»So bringt man hier in Kentucky Leute um die Ecke. Wir haben ein Heimstättengesetz, das dir das Recht gibt, deinen Besitz gegen Eindringlinge zu verteidigen, egal ob man dich mit einer Waffe bedroht oder nicht. Vorausgesetzt, dass derjenige das Grundstück ohne deine Erlaubnis betreten hat. Es gibt nur zwei Vorbehalte. Du musst den Eindringling töten. Und er darf nicht dem Ausgang zugewandt oder auf dem Weg nach draußen sein.« Samuel T. hob drohend den Zeigefinger. »Aber das ist die Methode. Solange keiner davon gewusst hätte, dass dein Vater gebeten wurde, ihn da draußen zu treffen, wäre Edward damit durchgekommen.«

Als Lane zu seinem Anwalt hinüberstarrte, winkte Samuel T. mit der Hand, als wolle er das eben Gesagte wegwedeln. »Aber natürlich befürworte ich dieses Vorgehen nicht. Und bin betrunken, wie du weißt.«

Nach einem Augenblick murmelte Lane: »Erinnere mich daran, nie ohne schriftliche Einladung hier rauszukommen, Herr Anwalt.«

37

Auf dem Rücksitz des Phantom Drophead, dessen Verdeck aus Rücksicht auf ihre Frisur geschlossen war, saß Gin neben ihrem zukünftigen Ehemann und sah aus dem Fenster. Der Fluss war von den Gewittern des vorigen Nachmittags und Abends trübe und angeschwollen, der Wasserstand so gestiegen, dass es aussah, als versuchte der Fluss Teile von Indiana zu verschlingen.

Vor ihnen lag die Innenstadt, die Hochhäuser glänzten in der Sonne, die Asphaltbänder der Highways umschlossen ihre stählernen und gläsernen Hälse wie Halsketten. Es gab Bauarbeiten auf der Strecke, der Chauffeur ihres Vaters musste immer wieder abrupt bremsen, aber die Verzögerung würde sie nicht viel Zeit kosten.

Als sie sich der Big-Five-Brücke näherten, starrte sie auf ihre fünf Bögen, auf die Kabel, an denen sich die Fahrbahn über das Wasser spannte, und erinnerte sich an den Streit mit ihrem Vater über ihre Heirat mit Richard. Sie hatte sich geweigert – nur um festzustellen, dass er ihr den Geldhahn zugedreht hatte und sie auf einer einsamen Insel der Insolvenz festsaß.

Also hatte sie klein beigegeben.

Und hier war sie nun.

Sie schloss die Augen und stellte sich Samuel T. draußen beim Pool vor, während der Aufbahrung, die so wenige Besucher gehabt hatte.

»Unterschreib das mal.«

Sie öffnete ihre Augen und blickte über die cremefarbenen Ledersitze zu Richard hinüber. Er hielt ihr irgendein Dokument von etwa zwanzig Seiten sowie einen seiner schwarz-goldenen Montblanc-Füller mit Monogramm entgegen.

»Wie meinen?«

»Es ist ein Ehevertrag.« Er schob ihr beides hin. »Unterschreib das.«

Gin lachte und sah nach vorne zum Chauffeur. Der uniformierte

Mann mit der kecken kleinen Mütze würde eine höllische Show geboten bekommen.

»Ich werde nichts dergleichen tun.«

»Doch, wirst du«, sagte Richard.

Sie starrte wieder aus dem Fenster und zuckte die Schultern. »Dann lass den Wagen umdrehen. Blas die Sache ab. Tu, was immer du tun musst, aber auf meine Rechte als deine Ehefrau werde ich nicht verzichten.«

»Darf ich dich an die Hilfe beim Vertrieb erinnern, die ich in dein Unternehmen einbringe? Angesichts der finanziellen Schwierigkeiten werdet ihr diese günstigen Bedingungen brauchen. Und sie können schnell zurückgezogen werden, wenn ich das so will.«

»Angesichts unserer finanziellen Schwierigkeiten wird es nächstes Jahr vielleicht gar keine Bradford Bourbon Company mehr geben. Also ist dein Privatvermögen die bessere Option für mich.«

Da zuckte er zurück, und in seinem dünnen Hals spielten die Muskeln auf eine Art, die sie an ein ausgehungertes Pferd erinnerte. »Hast du denn gar kein Schamgefühl?«

»Nope.«

»Virginia Elizabeth ...«

»So hat nicht einmal mein Vater mich genannt.« Auf der Standspur raste ein Porsche heran, und als er an all dem zähflüssigen Verkehr vorbeischoss, erkannte sie, dass es ihr Bruder war. »Nicht, dass ich es so überzeugend gefunden hätte, wenn er es getan hätte.«

»Das ist ein Standardvertrag, weißt du. Und wenn du damit nicht vertraut bist, er macht alles sehr einfach. Du behältst alles, was dir gehört. Ich behalte alles, was mir gehört. Gütertrennung eben.«

»Einfach, wirklich? Hat er deshalb die Länge von ›Krieg und Frieden‹?« Sie blickte zu ihm hinüber. »Und wenn das alles so einfach ist, warum hast du mir dann nicht die Möglichkeit gegeben, den Vertrag zuerst durchzulesen und mit einem Anwalt zu besprechen?«

Wie Samuel T., zum Beispiel. Obwohl sie sich lebhaft vorstellen konnte, wie das gelaufen wäre.

»Du brauchst dich nicht mit Juristenjargon zu befassen.«

»Ach ja? Es könnte dich interessieren, dass ich mich bereits eingehend mit dem Scheidungsrecht beschäftigt habe. Willst du wissen, mit welchem Resultat?«

»Gin, ernsthaft ...«

»Dass ich dir sehr treu sein werde.« Als er wieder zurückzuckte, murmelte sie: »Weißt du, ich sollte wirklich gekränkt sein, wie überrascht du bist. Aber bevor du dich zu sehr darüber freust, dass ich dich in irgendeiner Weise respektiere – ich habe erfahren, dass Scheidungen in Kentucky zwar verschuldensunabhängig sind, aber Beweise für Untreue benutzt werden können, um Ehegattenunterhalt zu reduzieren. Also waren diese beiden Piloten, die ich neulich gefickt habe, meine letzten Ausflüge in die Gefilde der ehelichen Untreue. Ich werde dir eine achtbare Gattin sein und kann dich nur ermutigen, mich beschatten und fotografieren zu lassen. Verwanze mein Schlafzimmer, meine Autos, meinen Schrank, meine Unterwäsche. Ich werde dir keine Gelegenheit geben, mein Verhalten zu beanstanden.«

Sie beugte sich vor. »Ich kann diesen Juristenjargon schon ganz gut, nicht? Und du wirst diesen Wagen nicht wenden lassen, denn so sieht es aus: Ich unterschreibe nicht, und wir heiraten trotzdem. Dein ganzes Leben lang hast du nichts Neues geschaffen. Nie etwas Eigenes geleistet. Dir wird nicht deiner Verdienste wegen Respekt entgegengebracht, sondern nur deines Erbes wegen. Du wirst mich heiraten, weil du dann auf Cocktailpartys und Galas den Kopf hoch tragen kannst. Schließlich bist du immer noch der Junge, den in der Grundschule keiner in seinem Team haben wollte, aber du kannst derjenige sein, der die berühmte Gin Baldwine zähmt. Und das wird für dein Ego wertvoller sein als alles, was ich mir je aus deinem Bankkonto holen kann.« Sie lächelte liebenswürdig. »Also kannst du dir deine fünf Kilo Standardvertrag in den Hintern schieben, *Liebling*.«

Als in seinen Augen die reine Mordlust aufblitzte, blickte sie wieder auf den Ohio River hinaus. Sie wusste verdammt gut, was ihr blühte, sobald er heute Abend von der Arbeit zu Hause sein würde, aber auf ihre eigene Art juckte es sie, es auszufechten.

Außerdem war sie im Recht.

»Oh, und da wäre noch etwas zu bedenken«, murmelte sie, als ein Geräusch ihr sagte, dass die Unterlagen wieder in seiner Aktentasche verstaut wurden. »Eheliche Gewalt ist keine gute Strategie vor dem Scheidungsrichter. Nicht besser, als eine Hure zu sein. Weißt du, alles in allem ist es schon ein Wunder, dass wir zwei nicht besser miteinander auskommen.«

Lane raste weiter, vorbei an der Autoschlange, die sich in Richtung Stadt am Engpass auf dem Autobahnkreuz gebildet hatte. Einmal glaubte er aus dem Augenwinkel den Drophead seiner Familie zu sehen.

Zweifellos Gin und Richard im Hochzeitsexpress.

Sie war verrückt, diesen Idioten zu heiraten, aber es war sinnlos, ihr irgendetwas ausreden zu wollen. Für seine Schwester war Kritik nur ein zusätzlicher Anreiz, die Dinge zu tun, von denen man ihr sagte, dass man sie für keine so tolle Idee hielt. Außerdem hatte er wie immer andere Sorgen.

Das Parkhaus, das er suchte, war an der Ecke Mohammad Ali und Second Street, und er stellte den 911 auf dem erstbesten Parkplatz ab, der nicht auf beiden Seiten von Idioten in SUVs verschrammt war, die nicht einparken konnten.

Schon lustig, normalerweise parkte er aus Prinzip defensiv, weil er seinen Lack schützen wollte. Aber jetzt? Er wollte nicht für die Reparatur von abgeplatztem Lack und Beulen bezahlen müssen.

Oder die Versicherung beanspruchen, die dann womöglich seine Beiträge erhöhte.

Und apropos Versicherung ...

In der Nacht, als er nicht schlafen konnte, war er zum Business-Center hinübergegangen und hatte im Archiv herumgestöbert. Und dort, versteckt zwischen den Arbeitsverträgen der Geschäftsleitung – die er allesamt mitgenommen hatte – und der originalen Geschäftsordnung – die er sich komplett durchgelesen hatte, zusammen mit den nachträglichen Änderungen – und auch einer streng geheimen Personalakte, die einige schockierende Fälle von schwerem Fehlverhalten enthielt, hatte er die betriebliche Lebensversicherungspolice seines Vaters gefunden.

Nachdem er sie dreimal durchgelesen hatte, hatte er am Morgen das zuständige Versicherungsbüro angerufen und mit diesem einen Termin für einen netten kleinen Plausch vereinbart.

Manche Dinge erledigte man besser persönlich.

Die Englishman, Battle & Castelson-Versicherungsgesellschaft hatte ihren Sitz im zweiunddreißigsten Stock des alten National-Charlemont-Gebäudes, und als er in diesen schwindelnden Höhen aus dem Lift trat, stellte er fest, dass er die Aussicht auf ganz neue Art zu schätzen wusste.

Weil er jetzt wusste, wie sich freier Fall anfühlte.

Zehn Minuten später saß er mit einer Cola in einem Konferenzraum und wartete auf ...

»Tut mir leid, dass ich Sie habe warten lassen.« Robert Englishman, der Englishman-Teil des Namens, kam mit einem Notizblock, einem Lächeln und professioneller Miene herein. »Es war ein verrückter Morgen.«

Wem sagst du das, dachte Lane.

Sie schüttelten sich die Hände. Und dann gab es das übliche Vorgeplänkel, mit Beileidsbekundung. Lane kannte Englishman nicht sehr gut, aber sie waren gleich alt, und Lane hatte ihn immer gemocht, wenn sich auf gesellschaftlichen Veranstaltungen ihre Wege gekreuzt hatten. Robert war der Typ Mann, der beim Golf Shorts mit applizierten Walen, zum Derby rosafarbene Seersucker-Anzüge und zur Arbeit perfekt gebügelte dunkelblaue Brooks-Brothers-Anzüge mit Klubkrawatte trug – was auch immer er anhatte, er schien stets im Begriff, in einem Hacker-Craft-Boot aus den Dreißigern davonzusegeln. Zu einer Party, wo Hemingway vorbeischaute. Und Fitzgerald sich in der Ecke mit Zelda betrank.

Er war Old School meets New School, der typische Oberschicht-Weiße ohne die herablassende Haltung und die Vorurteile, so klassisch gutaussehend wie einer Ralph-Lauren-Werbung entsprungen und dabei so bodenständig wie der Vater aus einer Familienserie.

Als die Höflichkeiten verhallten, schob Lane seine Cola zur Seite und nahm die zusammengefalteten Unterlagen aus der Brusttasche seines Leinenjacketts. »Ich dachte, ich komme vorbei und bespreche das mit Ihnen.«

Robert nahm die Papiere entgegen. »Wessen Police ist es?«

»Die meines Vaters, über die Bradford Bourbon Company. Ich bin als Begünstigter eingetragen, zusammen mit meinem Bruder und meiner Schwester.«

Mit gerunzelter Stirn begann der Mann, die Bedingungen durchzulesen.

»Im Unterschied zu den Medienberichten«, unterbrach ihn Lane, »glauben wir, dass er möglicherweise ermordet wurde. Ich weiß, dass es eine Klausel gibt, die im Selbstmordfall des Versicherungsnehmers die Auszahlung ausschließt, aber meinem Verständnis nach, wenn den Begünstigten kein Verschulden nachgewiesen werden kann ...«

»Tut mir leid, Lane.« Robert klappte die Dokumente zu und legte die Hand darauf. »Aber diese Police wurde vor etwa sechs Monaten wegen Nichtzahlung gekündigt. Wir haben mehrfach versucht, Ihren Vater zu kontaktieren, aber er hat uns nie zurückgerufen oder auf unsere Anfragen reagiert. Die Versicherungsgesellschaft MassMutual ließ die Sache auf sich beruhen – und es war eine Schlüsselkraft-Versicherung, die das Unternehmen vor dem Verlust eines wichtigen Mitarbeiters absichert. Hier wurde kein Kapital angespart.«

Als Lanes Handy klingelte, dachte er, tja, da gehen fünfundsiebzig Millionen den Bach runter.

»Gibt es sonst noch etwas, womit wir Ihnen helfen können?«

»Gab es irgendwelche weiteren Policen? Persönliche vielleicht? Ich habe das hier nur gefunden, weil ich die Firmenunterlagen durchgesehen habe. Mein Vater war über seine Angelegenheiten ziemlich verschwiegen.«

Persönlich und geschäftlich.

»Er hatte zwei Personenversicherungen. Eine Risikolebensversicherung, viel kleiner als diese hier.« Wieder tippte Robert auf die Unterlagen.

»Aber er hat sie nicht verlängern lassen, als das vor ein paar Monaten fällig war.«

Natürlich, dachte Lane. Weil er die vorgeschriebene medizinische Untersuchung nicht bestanden hätte, und das wusste er.

»Und die andere?«, fragte er.

Robert räusperte sich. »Nun, die andere begünstigte eine dritte Person. Und diese dritte Person hat sich gemeldet. Ich fürchte, ich kann Ihnen keine Informationen über ihre Identität oder die Police geben, weil Sie nicht damit in Zusammenhang stehen.«

Wieder klingelte Lanes Handy. Und für einen Sekundenbruchteil hätte er das Ding am liebsten gegen die Fensterfront auf der anderen Seite des Tisches geschleudert.

»Verstehe. Alles klar.« Er nahm die Unterlagen, faltete sie wieder zusammen und steckte sie in seine Brusttasche. »Danke, dass Sie sich die Zeit genommen haben.«

»Ich wünschte, ich könnte hilfreicher sein.« Robert stand auf. »Ich schwöre, ich habe versucht, Ihren Vater zum Handeln zu bewegen, aber er wollte einfach nicht. Obwohl er wusste, dass es zum Besten seiner Familie gewesen wäre.«

So hatte er es sein ganzes Leben lang gehandhabt.

Oh, Vater, dachte Lane. Wenn du nicht schon tot wärst ...

38

Während Lane in der Innenstadt die Sache mit der Versicherungspolice überprüfte und versuchte, etwas Geld an Land zu ziehen, wartete Jeff draußen vor Easterly auf seine hoffentlich siegreiche Rückkehr, die Sonne im Gesicht, und die steinernen Stufen, auf denen er saß, wärmten ihm angenehm den Hintern. Gerade als er anfing, über die Vorzüge von Sonnencreme nachzudenken, hörte er den Motor des Porsches am Fuß des Hügels. Kurz darauf parkte Lane vor ihm und stieg aus dem Wagen.

Jeff fragte erst gar nicht, Lanes Gesicht sprach Bände. »Also kein Erfolg.«

»Nichts.«

»Verdammt.« Jeff stand auf und klopfte sich den Hosenboden ab. »Hör mal, wir müssen reden.«

»Gibst du mir eine Minute?« Als Jeff nickte, sagte Lane: »Warte hier. Bin gleich wieder da.«

Anderthalb Minuten später kam Lane wieder aus dem Haus. »Komm mit.«

Jeff runzelte die Stirn. »Ist das ein Hammer?«

»Jepp, und ein Nagel.«

»Du willst etwas reparieren? Nichts für ungut, aber du bist nicht gerade der handwerkliche Typ. Wer weiß das besser als ich. Bin ich auch nicht, und ich habe lange mit dir zusammen gewohnt.«

Lane ging zurück zu seinem Wagen und lehnte sich über die Beifahrertür. Er ließ das Handschuhfach aufschnappen und ...

»Moment mal, ist das eine Pistole?«, fragte Jeff.

»Jepp. Mensch, du bist ganz schön aufmerksam. Komm mit.«

»Wohin gehen wir? Und werde ich danach noch selbst gehen können?«

Lane ging über den Hof, aber in keine Richtung, die Sinn ergab. Es sei denn, man wollte in den Wald hinaus. Um einen alten Mitbewohner abzuknallen.

»Lane, ich hab dich was gefragt.« Aber Jeff folgte, bevor er eine Antwort bekam. »Lane.«

»Natürlich kannst du danach noch gehen.«

»Ich will hier nichts Illegales mitmachen.«

»Da sind wir schon zwei.«

Als Lane den Waldrand erreichte und weiterging, immer tiefer in Ahorne und Eichen hinein, blieb Jeff bei ihm, einfach nur, weil er wissen wollte, was zum Henker er vorhatte.

Nach weiteren fünfzig Metern blieb Lane schließlich stehen und sah sich um. »Das dürfte reichen.«

»Wenn du jetzt auf mich losgehst und mir befiehlst, mir mit bloßen Händen mein eigenes Grab zu schaufeln, ist es endgültig aus mit uns.«

Aber Lane ging nur zu einem abgestorbenen Baum hinüber, dessen skelettartige Äste und der teilweise hohle Stamm einen starken Kontrast zu seiner grünenden und blühenden Umgebung darstellten. Er steckte die Pistole in die Außentasche seines Leinenjacketts, nahm ein Bündel Papiere heraus ... und nagelte es an die vermodernde Rinde.

Dann ging er zurück zu der Stelle, an der Jeff stehen geblieben war, steckte zwei Finger in den Mund und pfiff so schrill, dass es noch Jeffs Ururgroßmutter in ihrem Grab hören konnte. Oben in New Jersey.

»Fore!«, brüllte er.

»Ist das nicht der Warnruf beim Golf ...?«

Päng! Päng! Pängpängpängpäng!

Lane war ein hervorragender Schütze, die Kugeln zerfetzten die Papiere, und ein weißes Gestöber regnete auf das faulende Laub und den hellen grünen Unterwuchs hinab.

Als die Pistolenmündung sich endlich wieder senkte, sah Jeff hinüber. »Mann, ihr irren Südstaatler mit eurer Nationalen Schusswaffenvereinigung. Nur mal so aus Neugier, was war das denn?«

»Die Schlüsselkraft-Risikolebensversicherung meines Vaters über fünfundsiebzig Millionen Dollar bei MassMutual. Wie sich herausgestellt hat,

hat er aufgehört, seine monatlichen Beiträge einzuzahlen, also ist sie geplatzt.«

»Okay. Gut zu wissen. Zu deiner Information: Die meisten Leute würden das Ding einfach in den Müll schmeißen. Nur mal so als Randbemerkung.«

»Schon, aber so war es ungleich befriedigender, und ich habe allmählich genug von schlechten Neuigkeiten.« Lane drehte sich um. »Also, du wolltest mir was erzählen?«

»Sind da noch Kugeln drin?«

»Nope. Alle verschossen.«

Lane machte ein paar kunstvolle Bewegungen mit der Waffe und zog irgendein Schiebedings heraus, das, jepp, offenbar wirklich leer war. Nicht, dass Jeff das mit Gewissheit sagen konnte.

»Also?«, fragte Lane.

»Ich habe beschlossen, dein kleines Jobangebot anzunehmen, John Wayne.«

Als sein alter College-Mitbewohner die magischen Worte aussprach, war Lanes Erleichterung so groß, dass er die Augen schloss und zusammensackte. »Ich danke dir, mein Herr und Heiland …«

»Und ich habe zweieinhalb Millionen Dollar für dich aufgetrieben.«

Lane packte seinen alten Freund und zog ihn in eine feste Umarmung. Dann schob er ihn von sich. »Ich wusste, wenn ich nur lange genug warte, müssen einfach gute Neuigkeiten kommen. Ich wusste es.«

»Nun, freu dich nicht zu früh.« Jeff trat zurück. »Es gibt Bedingungen.«

»Raus damit. Was immer sie sind.«

»Zuallererst habe ich das Nachrichten-Leak gestopft.«

Lane blinzelte. »Was?«

»Morgen früh wirst du in der Zeitung lesen, dass das, was wie die Zweckentfremdung von Geldern ausgesehen hat, in Wirklichkeit Teil eines Diversifizierungsprojekts war, genehmigt vom Vorstandsvorsitzenden,

William Baldwine. Diese Projekte sind gescheitert, aber geschäftliche Fehlentscheidungen in einem privaten Unternehmen sind ja nicht illegal.«

Lane ließ sich die Worte ein paar Mal durch den Kopf gehen, nur um sicherzugehen, dass er sie richtig verstanden hatte. »Wie hast du das hingekriegt?«

Jeff sah auf seine Uhr. »Wenn du das wirklich wissen willst, besorg mir einen Wagen um fünf Uhr. Und nicht deine Art Wagen – einen unauffälligen. Ich zeig's dir.«

»Abgemacht. Aber, also, *wow*.«

»Und ich habe beschlossen, dass ich in dein kleines Bourbon-Imperium investieren will.« Er zuckte die Schultern. »Wenn es zu einer Ermittlung durch das US-Bundeskriminalamt kommt, mit der ganzen Negativpresse, dann sinkt in dieser moralistischen Facebook-und-Twitter-Shitstorm-Ära der Umsatz. Und was ich brauche, wenn ich das Unternehmen retten soll, ist Zeit. Betriebseinnahmen geben mir Zeit. Eine Ermittlung kostet mich Zeit. Und du hast recht. Deine Familie stellt die einzigen Aktionäre. Wenn das Unternehmen verschuldet ist, bankrottgeht? Dein Vater hat euch alle beschissen, niemand sonst.«

»Ich bin so froh, dass du die Dinge siehst wie ich. Aber was ist mit diesen zweieinhalb Millionen für den Vorstand?«

Jeff griff in seine Brusttasche und hielt Lane einen gefalteten Scheck hin. »Hier sind sie.«

Lane nahm ihn und faltete ihn auseinander. Sah seinen Freund an. »Das ist dein Konto.«

»Ich habe dir doch gesagt, ich investiere in dein Unternehmen. Ich habe es schon überwiesen und den Scheck auf dich persönlich ausgestellt, also tauchen diese Boni in den Firmenbüchern vorerst nicht auf. Zahle sie privat aus.«

»Ich weiß nicht, wie ich dir danken soll.«

»Keine Sorge, dazu komme ich gleich. Ich bin mit meiner Analyse fertig und konnte sämtliche Gelder nachverfolgen, auch alle abgezweigten, einschließlich diesem Kredit von Prospect Trust an dein persönliches Haushaltskonto. Sie belaufen sich auf einhundertdreiundsiebzig Millionen achthundertneunundsiebzigtausend und fünfhundertelf Dollar. Und zweiundachtzig Cent. Wobei die zweiundachtzig Cent natürlich der Clou sind.«

Scheiße. Und das zusätzlich zu den hundert Millionen, die aus dem Trust seiner Mutter verschwunden waren.

Die Dimension war so überwältigend, dass Lane ihre Wirkung körperlich spürte, auch wenn Verluste nur ein gedankliches Konzept waren. Aber wenigstens war jetzt die absolute Talsohle erreicht. »Ich hatte gehofft ... Nun, es ist, wie es ist.«

»Ich bin bereit, übergangsweise an Bord zu kommen und alles in Ordnung zu bringen. Ich will deine komplette Geschäftsleitung loswerden ...«

»Ich habe mir letzte Nacht ihre Arbeitsverträge durchgelesen. Jeder einzelne enthält eine Verschwiegenheitsverpflichtung. Also können wir sie feuern, weil sie die unzulässige Zweckentfremdung von Geldern nicht mitbekommen haben, was ein Kündigungsgrund ist, und auch wenn hier laut Medienberichten etwas anderes läuft, können sie nichts dagegen sagen. Es sei denn, sie wollen mörderische Sanktionen. Was sie ganz bestimmt nicht wollen. Diese Mistkerle werden ja auf Jobsuche sein, und keiner stellt Spitzel ein.«

»Sie könnten es inoffiziell machen.«

»Das würde ich herausfinden. Das kannst du mir glauben.«

Jeff nickte kurz. »In Ordnung. Mein Ziel ist, dass die Züge pünktlich fahren, das Geld hereinkommt und alles wieder rundläuft. Denn im Moment könntet ihr auch in einer feindlichen Übernahme sein, was die Stimmung bei den Mitarbeitern angeht. Und wir haben keinen Spielraum für Verspätungen bei Lieferungen, Schuldentilgung und der Bearbeitung von Bestellungen. Die Angestellten werden positive Motivation brauchen.«

»Das kannst du laut sagen.«

Lane wandte sich ab und begann, durch den Wald zurück zum Haus zu gehen.

»Wohin gehst du?«, rief Jeff ihm nach.

»Zurück zu meinem Wagen.« Lane ging einfach weiter. Ein paranoides Gefühl, dass Jeff es sich doch noch anders überlegen könnte, machte ihn nervös. »Du und ich, wir gehen jetzt sofort in die Zentrale ...«

»Als Gegenleistung will ich ein Jahresgehalt von zweieinhalb Millionen Dollar – und ein Prozent des gesamten Unternehmens.«

Er hatte die Worte ausgesprochen, als ließe er eine Bombe platzen, aber Lane wedelte nur mit der Hand, während er weiter aus dem Wald hinausmarschierte.

»Abgemacht«, sagte er über die Schulter.

Jeff packte Lane am Arm und drehte ihn wieder zu sich herum. »Hast du gehört, was ich gesagt habe? Ein Prozent des Unternehmens.«

»Hast du gehört, was ich gesagt habe? Abgemacht.«

Jeff schüttelte den Kopf und schob sich die Brille höher auf die Nase. »Lane. Dein Unternehmen, sogar in seiner Notlage, ist wahrscheinlich drei bis vier Milliarden Dollar wert, wenn es zum Kauf stünde. Ich verlange hier zwischen dreißig und vierzig Millionen, je nach Bewertung. Für eine anfängliche Investition von zweieinhalb Millionen.«

»Jeff.« Er antwortete im selben scharfen Ton. »Dein Geld ist alles, was ich in diesem Schuldensumpf habe, und ich weiß nicht, wie man ein Unternehmen leitet. Du willst ein Prozent, um der Übergangs-Geschäftsführer zu sein? In Ordnung. Prima. Du kriegst es, verdammt nochmal.«

Als Lane wieder weiterging, hielt Jeff mit ihm Schritt. »Weißt du was, wenn ich eine Ahnung gehabt hätte, dass du dich so einfach breitschlagen lässt, hätte ich drei Prozent verlangt.«

»Und ich hätte dir fünf gegeben.«

»Spielen wir hier eine Szene aus ›Pretty Woman‹?«

»Das würde ich ungern so sehen, wenn es dir nichts ausmacht. Feindseliges Arbeitsumfeld. Du könntest mich verklagen. Oh, und da gibt es noch eine Sache zu unseren Gunsten.« Sie traten aus dem Wald heraus auf den gepflegten Rasen. »Ich lasse mich vom Vorstand zum

Vorsitzenden ernennen. So wird es für uns beide einfacher sein, die ganze Arbeit zu erledigen.«

»Dein Stil gefällt mir, Bradford.« Jeff wies mit dem Kopf auf die Pistole. »Aber ich denke, die hier sollten wir besser im Handschuhfach lassen. Als dein neuer Geschäftsführer würde ich gerne mit einer versöhnlichen Note anfangen, wenn es dir nichts ausmacht. Der zweite Verfassungszusatz ist ja was Tolles und so, aber es gibt ein paar fundamentale Management-Techniken, die ich vorher gerne ausprobieren würde.«

»Kein Problem, Boss. Gar kein Problem.«

39

Mit einem erleichterten Seufzer spritzte Lizzie sich kühles Wasser in ihr verschwitztes Gesicht. Sie war so froh, aus der Sonne heraus und in der Suite zu sein, die sie mit Lane teilte, wo die trockene Luft der Klimaanlage den Schweiß auf ihrem überhitzten Körper trocknete. Es war ein langer Arbeitstag im Garten gewesen. Sie und Greta hatten sich die Beete um den Pool mit stressbedingter Begeisterung vorgenommen, die berechtigt, aber letztlich nutzlos war, außer wenn es ums Unkrautjäten ging. Keine von ihnen hatte etwas zur Aufbahrung gesagt, und auch das Thema Verlobung war nicht groß zur Sprache gekommen.

Greta blieb Lane gegenüber misstrauisch, und nichts außer der Zeit würde das ändern.

Blind griff Lizzie nach einem Handtuch, drückte sich den weichen Stoff auf Stirn, Wangen und Kinn, und als sie aufsah, stand Lane hinter ihr.

Mann, sah er gut aus in diesem Leinenjackett und mit offenem Hemdkragen, die Fliegersonnenbrille in der Brusttasche, sein Haar auf eine Art zerzaust, die bedeutete, dass er mit offenem Verdeck herumgefahren war. Und er roch nach seinem Rasierwasser. Lecker.

»Du Augenweide«, sagte er mit einem Lächeln. »Komm her.«

»Ich müffle.«

»Ach was.«

Sie legte das Handtuch hin und kam in seine Arme. »Du siehst gerade richtig glücklich aus.«

»Ich habe ein paar gute Neuigkeiten. Aber ich habe auch ein Abenteuer für dich.«

»Sag schon, sag schon.«

»Hättest du Lust, mit mir und Jeff spionieren zu gehen?«

Lizzie lachte und trat zurück. »Okay, mit so etwas hatte ich nicht gerechnet. Aber verdammt, klar. Ich steh voll auf Spionage.«

Lane schlüpfte aus seinem Jackett und verschwand im begehbaren Schrank. Als er wieder herauskam, brachte er einen Golf-Visor, eine U-of-C-Baseballmütze und eine Skimütze mit Ohrenklappen mit.

»Ich nehme die hinter Tür Nummer zwei«, sagte sie und griff nach der roten Mütze.

Lane klatschte sich den Ski-Albtraum auf den Kopf. »Aber wir müssen deinen Truck nehmen.«

»Kein Problem. Solange ich nicht diejenige bin, die wie Bigfoot aussehen muss.«

»So schlimm?«

»Schlimmer.«

Lane warf sich in Pose, eine Hand auf der Hüfte, die andere in die Luft gestreckt. »Vielleicht kann ich mir von meiner Schwester einen ihrer Derby-Hüte ausborgen?«

»Perfekt. Dann fällst du gar nicht mehr auf.«

Sie ging in den begehbaren Schrank und kam wieder heraus. »Da war doch noch diese Eagles-Mütze irgendwo.«

»Ja, aber ich wollte, dass du mich süß findest.«

Lizzie schlang ihm die Arme um den Hals und lehnte sich an ihn. »Ich finde dich immer süß. Und sexy.«

Als er seine Hände zu ihrer Taille wandern ließ, brummte er: »Nichtjetztnichtjetzt. Nichtjetztnichtjetzt.«

»Was?«

Er küsste sie leidenschaftlich und hielt sie an seinen Körper gedrückt, obwohl er die Mützen noch in der Hand hatte. Und dann fluchte er und trat zurück. »Jeff wartet.«

»Na dann komm. Gehen wir.«

Es fühlte sich gut an, zu lachen, frei zu sein und ausnahmsweise mal nicht so auszusehen, als trüge er die Last der ganzen Welt auf seinen Schultern. Okay, vielleicht war er jetzt sexuell unbefriedigt, aber sogar das war irgendwie fröhlich.

»Also, was ist los?«, fragte sie, als sie auf den Gang hinausgingen.

»Nun, ich bin gerade aus der BBC-Zentrale zurück, und ...«

Als sie unten im Foyer angekommen waren, sah sie ihn mit offenem Mund an. »Ihr macht also Fortschritte. Und du bist der neue Vorstandsvorsitzende?«

»Du bist mit einem Mann zusammen, der einen Job hat. Zum ersten Mal in seinem Leben.«

Er hob die Hände, damit sie ihm High-Five gab, und sie tat es mit viel Schwung. »Weißt du, ich habe dich schon geliebt, als du nur ein Pokerspieler warst.«

»Der Terminus technicus ist Falschspieler. Und ja, mir ist klar, dass ich kein Gehalt dafür bekomme«, er hob einen Finger, »aber es wird eine Menge Arbeit mit sich bringen. Und ich habe sogar ein Büro in der Innenstadt. Oder hier. Oder wo auch immer.«

»Und jetzt bist du auch noch Spion.«

»Null-null-Baldwine.« Sie gingen zu seinem alten Mitbewohner hinüber, der bei der Tür wartete. »Und hier ist Jeff, mein Verbrecher-Kumpel. Na ja, nicht direkt Verbrechen. Finanzwirtschaftliche Verantwortung.«

Lizzie umarmte Jeff kurz. »Also, was steht an, Jungs?«

Minuten später hatten sie sich auf den Vordersitz ihres Toyota-Trucks gequetscht und fuhren den Easterly-Hügel auf der Personalzufahrt hinunter, alle drei maskiert mit Mützen. Sie saß am Steuer, und Lane klemmte auf der Mittelkonsole fest, sein Kopf stieß fast an die Wagendecke.

»Fahr ganz den Hügel runter und versteck dich hinter dem letzten Gewächshaus, mit Nase in Richtung Stadt«, sagte Lane. »Und mach schnell. Es ist schon Viertel vor fünf.«

»Auf wen warten wir?«

Auf der anderen Seite meldete sich Jeff zu Wort. »Wenn ich richtigliege, die Hausangestellte aus dem ersten Stock. Tiphanii.«

»Was?« Sie drehte sich zu ihm um. »Ihr Jungs denkt, sie klaut Klopapier oder so?«

»Die klaut ganz andere Sachen.«

»Moment mal, das ist ihr Wagen!« Lizzie wies mit dem Kopf zum Rückspiegel. »Hinter uns.«

»Sie macht zu früh Schluss«, sagte Lane mit einem Fluch. »Kann ich ihr die fünfzehn Minuten vom Lohn abziehen?«

»Als jemand, der deine finanzielle Situation kennt?« Jeff nickte. »Solltest du, definitiv.«

Lizzie schüttelte den Kopf. »Nur damit ich das richtig verstehe. Ihr betreibt diesen ganzen Aufwand, nur um zu sehen, ob sie bis um fünf Uhr arbeitet?«

»Fahr weiter«, sagte Lane. »Und wir werden sehen, wo sie abbiegt. Wir müssen an ihr dranbleiben.«

»Irgendeine Idee, wohin sie fährt?« Lizzie war an der River Road angekommen. »Wartet, ich weiß, was wir machen.«

Sie bog rechts ab und beschleunigte so gemütlich, als hätte sie alle Zeit der Welt – was mit zusätzlichen hundertachtzig Kilo Mann im Wagen nicht nur reine Strategie war.

Lizzie pfiff leise vor sich hin. »Perfekt, sie biegt links ab. Festhalten, Gentlemen.«

Als die Jungs sich wappneten, beschleunigte sie, so schnell sie konnte, schoss eine unbefestigte Straße hinunter und legte eine Kehrtwendung hin. Das Heck des Trucks schleuderte herum, als sie hart auf die Bremse trat und das Steuer herumriss. Jemand stieß sich und fluchte, aber sie hatte zu viel damit zu tun, wieder auf die River Road hinauszurasen – sodass Tiphaniis kleiner Saturn jetzt vor ihnen war.

Bis sie an der Ampel neben der Tankstelle an der Dorn Avenue ankamen, waren zwei Autos zwischen ihnen. Tiphanii bog links ab und fuhr die vierspurige Straße hinauf. Sie blieb auf dieser, überquerte die Broadsboro Lane und fuhr weiter zur Hilltop, der Halloween-Straße, wo die Häuser im Oktober alle ihr Äußerstes gaben. Über die Eisenbahnschienen und dann rechts auf die Franklin, wo alle möglichen kleinen Läden und Cafés waren, die von Einheimischen betrieben wurden.

Als Tiphanii vier Blocks vor ihnen am Straßenrand parkte, fuhr Lizzie an ihr vorbei, und alle drei starrten unbeteiligt nach vorne zur Windschutzscheibe hinaus – mit tief ins Gesicht gezogenen Mützen.

Drei Wackel-Dackel, die nicht wackelten.

An der nächsten Ampel bog sie bei Gelb scharf links ab und fuhr die Gasse hinter den Restaurants und Geschäften hinunter. Als sie dachte, dass sie weit genug gefahren war, trat sie hart auf die Bremse und hatte Glück, denn sie fand sofort einen Parkplatz.

»Auf geht's«, sagte sie knapp, stellte den Motor ab und öffnete schwungvoll ihre Tür. »Und macht euch drauf gefasst, den Hunden Hallo zu sagen.«

»Was?«, fragte Jeff und stieg aus. »Hunde?«

Lane salutierte ihr, sobald er sich aus dem Führerhaus befreit hatte. »Was immer sie sagt, wir machen es.«

Lizzie ging voran durch eine Gasse, die kaum breiter als ihre Schulter war. Kurz bevor sie am Ende ankam, blieb sie abrupt stehen. »Oh mein Gott, da ist sie.«

Auf der anderen Seite der Franklin Avenue war Tiphanii eben aus ihrer Klapperkiste gestiegen und sprintete nun durch den Verkehr. Lizzie, im Schatten verborgen, lehnte sich ein wenig vor, damit sie sehen konnte, wohin genau die Frau ging.

»Wusste ich's doch. Sie geht ins Blue Dog, das Hundecafé. Kommt.«

Lizzie sprang hinaus unter die Fußgänger, die den Gehsteig entlangbummelten, und beugte sich keine fünf Meter später über eine Englische Bulldogge, die, wie der Hundemarke an ihrem Halsband zu entnehmen war, auf den Namen Bicks hörte. Inzwischen war Tiphanii im Café und stand direkt vor dem Schaufenster.

Sie schüttelte einer hochgewachsenen Afroamerikanerin die Hand.

»Das ist die Reporterin, mit der ich mich getroffen habe«, sagte Lane, als er und Jeff sich um Bicks drängten. Alle drei winkten dessen offensichtlichem Frauchen zurück, das ihnen aus dem Secondhandladen nebenan lächelnd zunickte. »Und jepp, sie gibt ihr etwas. Irgendwelche Papiere.«

Jeff nickte. »Volltreffer.«

»Was sind das für Unterlagen?«, fragte Lizzie.

Jeff sprach mit gedämpfter Stimme, als er sich bückte, um eine Promenadenmischung namens Jolene zu kraulen. »Ein falscher Bericht, den ich gestern Abend für sie habe liegen lassen. Es gibt einen Kopierer weiter unten auf dem Gang, im Arbeitszimmer im ersten Stock. Sie brauchte sich nur rauszuschleichen, die Kopien zu machen und das Dokument wieder zurückzulegen. Eine Sache von zwei Minuten.«

»Sie ist über Nacht geblieben?«, sagte Lizzie. »Bei dir?«

»Äh ...«

Lizzie lachte. »Ich frage das als Teil unseres Einsatzes hier, nicht aus moralischen Gründen.«

Der Mann wurde rot, was sie daran erinnerte, wie gern sie ihn hatte.

»Okay, ja, ist sie.« Er schob sich die Brille hoch. »Das gehörte zum Plan. Und wir wollen doch, dass diese Informationen große Schlagzeilen machen, besten Dank auch.«

Lane lehnte sich an sie und küsste sie. »Gute Arbeit, uns hier herzubringen. Und jetzt entschuldigt mich bitte eine Minute.«

»Wo willst du hin?«

»Dieser Reporterin Hallo sagen. LaKeesha und ich sind alte Freunde, seit sie mich zwei Stunden lang gegrillt hat. Und damit ihr's wisst, sie hat nichts falsch gemacht. Es ist nicht ihre Schuld, dass sich Quellen mit Informationen bei ihr melden, die sie irgendwo gefunden haben – und welche bessere Art gibt es, unseren Kontakt zu pflegen, als ihr von unseren Umstrukturierungen und Beförderungen zu erzählen. Jeff, ich werde mit ihr ein Treffen für heute Abend um sieben für dich vereinbaren. Ich will nicht, dass sie ihren Ersteindruck von dir hat, wenn du aussiehst wie ein Penner. Du brauchst eine Rasur und einen frischen Anzug, bevor du mein Unternehmen vor der Presse repräsentierst. Oh, und es ist Zeit, Tiphanii mit zwei i's am Ende zu feuern. Nur nicht vor meiner guten Freundin, der Reporterin.«

»Lass mich das machen«, sagte Lizzie.

»Das wäre eine große Hilfe.«

Nachdem er sie noch einmal geküsst hatte, richtete er sich zu seiner vollen Größe auf und betrat das Café.

Durch das große Glasfenster sah Lizzie zu, wie die beiden Frauen sich zu ihm umdrehten und Tiphanii zurückstolperte. Aber Lane strahlte über das ganze Gesicht, schüttelte Hände, redete. Die Reporterin sah ihn aufmerksam an – und dann wandte Lane sich der jungen Frau zu.

Er hatte sich voll im Griff, und sie konnte sich seine ruhige Stimme vorstellen, als er die Hausangestellte bat, sie zu entschuldigen und sie im Ungewissen schmoren ließ.

Er zieht das durch, dachte Lizzie voller Stolz.

Ihr zukünftiger Ehemann mauserte sich zum Anführer. Zum Familienoberhaupt. Zu einem Mann statt einem Playboy.

Einen Augenblick später trat Tiphanii aus dem Café, kam aber nicht weit, weil Jeff ihr den Weg versperrte. Lizzie wollte ihnen etwas Privatsphäre geben, aber wenn schon Bulldogge Bicks und Jolene das Drama anstarrten, konnte sie es wohl auch tun.

»Äh.« Die Hausangestellte war tomatenrot angelaufen. »Jeff. Also, äh, es ist nicht, wonach es aussieht ...«

»Ach komm schon.« Er schüttelte den Kopf. »Hör auf. Ich respektiere dich mehr, wenn du nicht versuchst, mir etwas vorzumachen.«

»Und es tut mir leid, Tiphanii«, sagte Lizzie, »aber deine Dienste werden auf Easterly nicht länger benötigt. Du bist hiermit fristlos gekündigt. Und wenn du klug bist, gehst du einfach.«

Das Gesicht der Frau verzog sich zu einer hässlichen Fratze. »Ich weiß allerhand. Und nicht nur über die Finanzen. Ich weiß eine Menge darüber, was in diesem Haus vor sich geht. Ich bin nicht die Art von Feindin, die diese Familie sich gerade leisten kann.«

»In deinem Vertrag ist eine Verschwiegenheitsklausel«, blaffte Lizzie. »Das weiß ich, weil auch in meinem Vertrag eine ist.«

»Ihr denkt, das macht mir was aus.« Tiphanii hob sich eine sehr teure Tasche auf die Schulter. »Ihr werdet noch von mir hören.«

Als sie in den Verkehr davonstapfte, schüttelte Lizzie den Kopf. »Prima gelaufen.«

»Vielleicht wird sie ja überfahren, wenn sie über die Straße geht – nee, sie hat's geschafft. Schade.« Als Lizzie ihm einen scharfen Seitenblick zuwarf, hob er eine Hand. »Was willst du von mir, ich bin aus New York.«

40

Eine halbe Stunde später, als er, Lizzie und Jeff in ihrem Truck nach Easterly zurückfuhren, war Lane in Hochstimmung. Die Dinge liefen gut: LaKeesha konnte es kaum erwarten, den neuen Geschäftsführer zu treffen, und Lizzie war Tiphanii losgeworden. Fantastisch.

Aber seine Freude war von kurzer Dauer. Als sie oben auf dem Hügel vor dem Eingang des Herrenhauses ankamen, standen ein Zivilfahrzeug und ein SUV der Charlemont Metro Police im Hof.

Merrimack stieg aus ersterem, noch bevor Lizzie ihren Truck angehalten hatte.

»Scheiße«, murmelte Lane. »Um die muss ich mich kümmern.«

»Ich liebe dich«, sagte Lizzie, als Jeff ausstieg, um Lane herauszulassen.

»Ich dich auch.« Er beugte sich zu ihr. »Ich hatte gehofft, wir könnten heute Abend nach Indiana fahren.«

»Von mir aus jederzeit, aber ich bin auch gerne hier. Wie es am praktischsten ist.«

Einen Augenblick starrte er in ihre Augen, holte sich Kraft aus ihrem Rückhalt. Und dann küsste er sie, schloss die Tür und zog sich die Hose hoch.

Als er sich umdrehte, hatte er sein Pokerface aufgesetzt. »Sehr erfreut, Sie wiederzusehen, Detective.«

Merrimack lächelte auf seine übliche Art und streckte ihm beim Näherkommen die Hand entgegen. »Ach wirklich?«

»Sind Sie zum Abendessen hier? Und wer ist Ihr Freund?«

Ein Typ in Zivil, dem das Weichei ins Gesicht geschrieben stand, schlurfte heran. »Pete Childe. Ich bin Ermittler.«

»Und ich habe einige Unterlagen für Sie, Mr Baldwine«, sagte Merrimack.

»Sie kennen Jeff Stern.« Lane trat zurück, um die Herren bekannt zu machen. »Gut, dann wollen wir mal Ihre Einkaufsliste durchgehen. Eier und Butter nicht vergessen?«

Während Jeff ins Haus zurückging, überflog Lane den richterlichen Beschluss, auch wenn er nicht wusste, wie einer aussehen musste. Aber im Wesentlichen war es ein Gutschein für legalen Hausfriedensbruch, mit Stempeln und Unterschriften.

Und auf dem Ding stand ausdrücklich, dass es beschränkt war auf Aufnahmen von Sicherheitskameras aus dem Zeitraum vom Tag vor dem Tod seines Vaters bis zum Tag danach.

»Ich bin nicht sicher, ob Sie das wissen«, sagte Merrimack, als Lane bei der letzten Seite angekommen war. »Aber Ihre Haustür stand sperrangelweit auf. Ich habe lange geklopft. Irgendwann kam schließlich eine Hausangestellte herunter. Ich habe Sie auch etliche Male angerufen.«

»Das Handy ist im Wagen.« Lane ging zum Porsche hinüber und nahm das Ding aus der Konsole. »Also, bringen wir das hinter uns, ja?«

»Gehen Sie voran.«

Lane ging mit dem Detective und Pete um das Haus herum zur Rückseite – und es war der längste Gang seines Lebens. Unter seinem Pokerface, unter seiner Gelassenheit schrie er innerlich, als stünde er am Straßenrand, während zwei Autos auf vereister Fahrbahn aufeinander zurasten – doch so laut er auch brüllte, die Fahrer konnten oder wollten seine Warnung nicht beherzigen.

Aber im Hinterkopf hatte er seit dem Augenblick, als er Merrimack weggeschickt hatte, gewusst, dass ihm dieser Showdown bevorstand.

An der Hintertür des Business-Centers gab er den Zugangscode ein und geleitete sie hinein.

»Die Security für das ganze Anwesen wird von den Computern hier gesteuert.« Er ging nach links den Korridor hinunter zu den Betriebsräumen. »Hier befindet sich das Motherboard oder wie immer man das nennt.«

Er blieb vor einer Stahltür ohne Aufschrift stehen und gab einen weiteren Code ein, und nachdem das Bolzenschloss mit einem gewichtigen Klacken aufschnappte, öffnete er die schwere Tür weit.

Als die automatischen Deckenleuchten angingen, hatte er eigentlich weiterreden wollen. Sich bewegen wollen. Aber eine plötzliche Erkenntnis setzte ihn vorübergehend außer Gefecht.

»Mr Baldwine?«

Er gab sich einen Ruck und sah über seine Schulter zu dem Detective zurück. »Entschuldigen Sie, wie bitte?«

»Stimmt etwas nicht?«

»Äh, nein.« Er trat zur Seite, gab ihnen den Weg frei und wies auf die Workstation mit ihrer Reihe von Monitoren, Tastaturen und Bürostühlen. »Tun Sie sich keinen Zwang an.«

Pete machte sofort auf Captain Kirk, setzte sich hinter die Ansammlung von Technologie, als wäre er ganz in seinem Element. »Also, ich brauche Zugang zu den Aufnahmen. Können Sie mich einloggen?«

Lane schüttelte den Kopf, um wieder klar denken zu können. »Wie bitte?«

»Ich brauche ein Login und ein Passwort zum Netzwerk.«

»Das habe ich nicht.«

Merrimack lächelte, als hätte er schon damit gerechnet. »Sie besorgen uns besser eines. Und zwar sofort.«

»Geben Sie mir eine Minute, ja?«

Er trat wieder in die Halle hinaus, ging etwas weiter weg und zog sein Handy heraus. Als er das glänzende Display anstarrte, konnte er nur den Kopf schütteln.

Denn jetzt wusste er, was sein Bruder während der Aufbahrung gemacht hatte. Verdammt nochmal.

Lane atmete tief durch und wählte das Verwalter-Cottage von Red & Black. Es klingelte. Zweimal. Dreimal.

»Hallo?«

Als Edwards Stimme in der Leitung war, schloss Lane die Augen. »Edward.«

»Kleiner Bruder, wie geht es dir?«

»Ging mir schon besser. Die Polizei ist hier mit mir im Business-Center. Sie haben einen richterlichen Beschluss für die Aufnahmen der Sicherheitskameras.« Als am anderen Ende nur Schweigen antwortete, murmelte er: »Hast du gehört, was ich gesagt habe?«

»Ja. Und?«

Für einen Sekundenbruchteil wollte er Edward schon sagen, dass er sich so viel Bargeld schnappen sollte, wie er nur konnte, sich einen Wagen besorgen und schleunigst aus der Stadt verschwinden. Er wollte brüllen. Fluchen.

Und er wollte die Wahrheit wissen.

Aber er brauchte auch die Illusion, dass alles okay war und sein Bruder sich kein sprichwörtliches Gefängnis für ein buchstäbliches eingetauscht hatte im Namen der Rache.

Lane räusperte sich. »Sie müssen sich ins Netzwerk einloggen, damit sie die Dateien kopieren können.«

»Gib ihnen mein Login.«

Was zur Hölle hast du getan, Edward? Edward, die finden das raus, wenn du da was manipulier...

»Kommen Sie voran, Mr Baldwine?«

Als Merrimack sich aus dem Sicherheitsraum lehnte, sagte Lane in sein Handy: »Schick sie mir per SMS, okay?«

»Du hast mich auf einem Telefon mit Wählscheibe angerufen, weißt du noch?« Edwards Stimme war so ruhig wie immer, als er ihm die Details durchgab. »Hast du's?«

»Ja.«

»Die wissen, wo sie mich finden, wenn sie irgendwelche Fragen haben. Ist Merrimack bei dir? Er ist vor ein paar Tagen zu mir herausgefahren und hat mir einen Besuch abgestattet.«

»Ja, er ist der Detective.«

Es gab eine kurze Pause. »Alles wird gut, kleiner Bruder. Hör auf, dir Sorgen zu machen.«

Und dann hatte Edward aufgelegt.

Lane ließ sein Handy sinken. »Ich habe, was Sie brauchen.«

Merrimack lächelte wieder. »Ich war mir sicher, dass Sie meiner Anordnung nachkommen würden. War das Ihr Bruder Edward?«

»Ja.«

Merrimack nickte. »Netter Kerl. Schlimm, ihn in dieser Verfassung zu sehen. Hat er Ihnen gesagt, dass ich bei ihm draußen war?«

»Hat er.«

»Wissen Sie, er sieht Ihnen gar nicht ähnlich.«

Lane trat um den Detective herum und betrat den Überwachungsraum. »Früher schon.«

Draußen in Ogden County bei Red & Black legte Edward den Hörer des Wandtelefons neben der Küche auf, gerade als Shelby zur Haustür des Cottages hereinkam. Sie hatte geduscht, ihr Haar trocknete auf ihren Schultern, ihre Jeans waren sauber, ihr kurzärmliges Hemd war blau-weiß kariert.

»Was?«, fragte sie, als sie sein Gesicht sah.

»Was meinst du?«

»Warum schaust du mich so an?«

Er schüttelte den Kopf. »Tu ich nicht. Aber hör mal, ich möchte heute Abend essen gehen. Und ich will, dass du mitkommst.«

Als sie ihn nur stumm ansah und blinzelte, verdrehte er die Augen. »Na gut. Dann nochmal höflicher. Bitte. Geh mit mir essen. Ich würde mich sehr über deine Gesellschaft freuen.«

»Nein, das ist es nicht.« Sie klopfte auf ihr Hemd. »Ich bin nicht angezogen für was Elegantes.«

»Ich auch nicht. Ich hab Lust auf ein gutes Hähnchen, also sollten wir zu Joella's.«

Er humpelte zur Tür hinüber und öffnete sie weit. »Also, hast du Lust? Sechs Schärfegrade, jeder einzelne schmeckt göttlich – und das war jetzt keine Blasphemie.«

»Willst du auch Moe fragen?«

»Nee, ich will nur dich. Um mit mir essen zu gehen, meine ich.«

Als er nach draußen in die freie Natur wies, gab es eine Pause ... und dann ging Shelby als Erste hinaus. Als sie an ihm vorbeikam, atmete er tief ein und musste ein wenig lächeln. Sie roch nach altmodischem Prell-Shampoo, und er fragte sich, wo sie das Zeug wohl bekommen hatte. Wurde es überhaupt noch hergestellt? Vielleicht war es von ihrem Vater übrig geblieben, oder vielleicht hatte es der letzte Bewohner der Wohnung stehen lassen, drüben in Stall B, wo sie wohnte.

Bevor Edward ihr hinausfolgte, schnappte er sich das Geld, das er auf der Kommode hatte liegen lassen, an dem Abend, als Sutton gekommen war und er sie verwechselt hatte mit einer ...

Er stoppte dieses kleine Erinnerungsfeuerwerk, schloss die Tür des Cottages und sah zum Himmel auf. Einen Augenblick blieb er stehen, um die Weite und die Farbabstufungen vom Schein des Sonnenuntergangs im Westen bis hin zum samtigen Blau des frühen Nachthimmels im Osten zu ermessen. Wieder atmete er tief ein und roch das süße Gras, die gute Erde und einen vagen Geruch von Holzrauch, als würden Moe und Joey draußen hinter einem der Ställe Burger grillen.

Das Gefühl der unbewegten Luft auf seiner Haut glich einer Segnung.

Seltsam, dass er das alles nie zu schätzen gewusst hatte. Und so war es schon, als er noch draußen in der Welt gewesen war.

Damals war er so konzentriert gewesen auf die Arbeit, das Unternehmen, den Wettbewerb.

Und danach in zu vielen Schmerzen und zu viel Bitterkeit versunken.

So viele versäumte Gelegenheiten.

»Edward?«, sagte Shelby.

»Ich komme.«

Er ging zu ihrem Laster hinüber, um ihn herum und öffnete ihr die Tür, und obwohl ihr die Geste oder die Vorstellung, dass jemand sie irgendwohin fuhr, sichtlich nicht vertraut war, sprang sie auf den Beifahrersitz. Dann hinkte er um den Wagen herum und setzte sich ans Steuer.

Er ließ den Motor an, fuhr rückwärts hinaus und in Richtung Stadt. Zuerst waren nur wenige andere Autos mit ihnen auf der Straße, und er musste sogar einen Traktor überholen, der am Seitenstreifen entlangtuckerte. Aber bald waren da richtige Autos und sogar einige Ampeln.

Als sie in die eigentlichen Vororte kamen, ertappte er sich dabei, dass er sich genau umsah, Veränderungen an Ladenfronten registrierte. An ganzen Wohnvierteln. Er erkannte neue Automodelle. Plakatwände. Die Bepflanzung auf den Mittelstreifen und ...

»Oh mein Gott, sie haben den ›White Castle‹ abgerissen.«

»Was sagst du?«

Er zeigte auf ein völlig anonymes neues Gebäude, in dem sich eine Bank befand. »Hier war früher ein White-Castle-Burgerladen. Schon seit Ewigkeiten. Ich bin als Kind mit dem Rad hingefahren und habe von meinem gesparten Taschengeld für meine Brüder und mich Sliders gekauft, diese kleinen eckigen Burger, die es nur dort gibt. Ich musste sie ins Haus schmuggeln, weil ich Miss Aurora nie das Gefühl geben wollte, dass wir ihr Essen nicht mögen. Wir haben es geliebt. Aber es hat mir Spaß gemacht, ihnen etwas zu bringen, was sie glücklich macht. Gin hat nie einen gegessen. Sie hat schon mit drei Jahren angefangen, sich um ihre Linie zu sorgen.«

Edward behielt die Tatsache für sich, dass er diese Ausflüge immer dann gemacht hatte, nachdem ihr Vater zum Gürtel gegriffen hatte. In neun von zehn Fällen war Max der Auslöser gewesen. Ob er auf dem Garagendach Feuerwerkskörper zündete oder mit einem Pferd durch Easterlys Eingangstür ritt oder sich einen Wagen der Familie schnappte und in den Maisfeldern am Fuß des Hügels seinen Vierradantrieb testete.

Er lächelte. In anderen Familien wäre Letzteres sicher keine so große Sache gewesen. Aber Rolls-Royces, wenngleich in jeder Hinsicht überragende Fahrzeuge, waren gebaut, um damit zu Opernpremieren und Polospielen zu fahren. Nicht, um den Augustmais zu ernten.

Gott, er sah den brandneuen Corniche IV von 1995 immer noch vor sich, der zahnlückige Kühlergrill voller Maishülsen und Stängel. William Baldwine war weitaus weniger erheitert gewesen, sein neues Spielzeug ruiniert zu sehen – und danach hatte Max eine Woche nicht sitzen können.

Um den Teil der Erinnerung zu verscheuchen, sagte er: »Ich war ziemlich beeindruckt von dem, was du gestern Abend getan hast.«

Shelby sah hinüber. Sah wieder weg. »Neb ist nicht so schlimm. Er will das Sagen haben und es auch beweisen, wenn er muss. Man kommt mit ihm am besten klar, wenn man *mit* ihm arbeitet, statt ihm den eigenen Willen aufzuzwingen.«

Edward lachte – und Shelbys Kopf fuhr wieder zu ihm herum. Als sie ihn nur anstarrte, sagte er: »Was?«

»Ich habe dich noch nie ... Ach, egal.«

»Lachen gehört? Ja, du hast wahrscheinlich recht. Aber heute Abend ist anders. Ich habe das Gefühl, als wäre eine Last von mir genommen.«

»Weil Neb nichts passiert ist? Das waren nur oberflächliche Schnittverletzungen, und seine Vorderbeine werden auch wieder. Hätte schlimmer kommen können.«

»Was wir dir zu verdanken haben.«

»Keine große Sache.«

»Weißt du, ich liebe diesen Hengst. Ich weiß noch genau, wann ich ihn gekauft habe. Gleich nachdem ich aus der Reha-Klinik hier angekommen bin. Ich hatte solche Schmerzen.« Edward hielt an einer Ampel neben einer großen weißen Kirche, deren Turm ein Messingdach hatte. »Mein rechtes Bein fühlte sich an, als würde es jedes Mal neu brechen, sobald ich es belastete. Und ich war dermaßen auf Opiaten, dass mein Verdauungstrakt komplett ausgefallen war.« Als die Ampel grün wurde, trat er aufs Gas und sah zu ihr hinüber. »So genau willst du das gar nicht wissen, aber Verstopfung wegen Opiaten ist fast so schlimm wie das, was du damit behandelst. Gott, einfache Körperfunktionen hatte ich vorher nie zu schätzen gewusst. Niemand tut das. Man läuft herum in diesen Fleischsäcken, die unsere grauen Zellen transportieren sollen, hält alles für selbstverständlich, wenn einem nichts fehlt, meckert über die Arbeit, und wie schwer es ist, oder ...«

Edward sah zweimal zu seiner Beifahrerin hinüber: Shelby starrte ihn immer noch an, und, so wahr ihr Gott helfe, mit offenem Mund.

Sie hatte weniger überrascht ausgesehen, als sie mit diesem Hengst zu tun hatte.

»Was?«, fragte er.

»Bist du betrunken? Darfst du überhaupt fahren?«

»Bin ich nicht. Den letzten Drink hatte ich ... gestern Abend? Oder davor. Ich weiß nicht mehr. Warum?«

»Du bist so gesprächig.«

»Soll ich aufhören?«

»Nein, überhaupt nicht. Es ist nur ... schön. Mal was anderes.«

Edward erreichte eine Kreuzung. Und musste wirklich überlegen, wo sie nun lang mussten. »Ich glaube, es ist da unten links.«

Sie fuhren an einer Ladenzeile mit einem Juwelier vorbei, einem Friseursalon, einem Pilates-Studio und einem Lampengeschäft. Dann folgte ein Abschnitt von Wohnblöcken, zweistöckig und aus Backstein, die schmalen Parkplätze neben den Eingängen vollgeparkt.

So viel Leben, dachte er. Der Planet wimmelt davon.

Schon komisch, als er von seinem hochmütigen Bradford-Status aus mit der Welt interagierte, hatte er all diese Leute ignoriert, die so geschäftig ihr Leben lebten. Es war nicht so, dass er sie offen verachtet oder nicht respektiert hätte, aber seiner vielen Nullen vor dem Komma wegen hatte er sich ungleich wichtiger gefühlt.

Die Schmerzen und diversen körperlichen Gebrechen hatten ihn von dieser Arroganz geheilt.

»Hier ist es«, sagte er triumphierend. »Wusste ich's doch.«

Er parkte am Straßenrand gegenüber von dem Flachbau, in dem das gemütliche kleine Restaurant war. Dann versuchte er, zu Shelbys Tür zu kommen, um sie für sie zu öffnen, konnte sich aber mit seinem Knöchel und dem kaputten Bein nicht schnell genug bewegen – und so stieg sie alleine aus. Zusammen warteten sie auf eine Lücke im Verkehr und überquerten die Straße, und beim Eintreten hielt er ihr die Tür auf.

Als er den Duft von Gewürzen und Brathähnchen tief einatmete, begann sein Magen laut zu knurren.

»Moe hat mir von diesem Laden erzählt«, sagte er, als er das volle Innere des Restaurants inspizierte. »Das war vor ein paar Jahren, und schließlich hat er Essen nach Hause mitgebracht. Das war, bevor ich ... vor Südamerika.«

Sie wurden zu einem Tisch im hinteren Teil geführt, was ihm nur recht war. Er hatte sich optisch sehr verändert und stammte nicht aus diesem Viertel, aber er wollte keine Aufmerksamkeit. Heute Abend wollte er einfach nur sein wie alle anderen hier: ein Teil der Menschheit, nicht besser, nicht schlechter, nicht reicher, nicht ärmer.

Er klappte die Speisekarte auf, und hätte am liebsten sofort die Hälfte der Gerichte bestellt.

»Wie lange kennt ihr euch schon, du und Moe?«, fragte Shelby über die Geräuschkulisse der anderen Gäste.

»Seit Jahren. Er hat mit vierzehn oder fünfzehn bei Red & Black angefangen, hat Heu geschleppt und Ställe ausgemistet. Ein kluger Bursche.«

»Er spricht mit großem Respekt von dir.«

Edward klappte seine Speisekarte wieder zu. »Beruht ganz auf Gegenseitigkeit. Moe ist für mich in vieler Hinsicht wie ein Bruder. Und Joey, sein Sohn? Ich kenne den Jungen schon sein ganzes Leben.«

Tatsächlich war Joey der Grund dafür, dass sie jetzt hier waren.

Edward hatte darüber nachgedacht, mit welchem Gesichtsausdruck der Junge Shelby zugesehen hatte, wie sie Nebs kleinen Ausraster handhabte.

Normalerweise mischte Edward sich nicht auf diese Art in die Angelegenheiten anderer Leute ein. Aber er merkte, dass er, was Shelby anging, das Richtige tun wollte.

Bevor alles anders würde.

Ihre Kellnerin kam vorbei, und nachdem sie bestellt hatten, trank er von seinem Wasser. »Also. Apropos Joey.«

»Ja?« Shelbys Augen blickten offen und arglos. »Was ist mit ihm?«

Edward spielte mit seiner Gabel. »Wie findest du ihn so?«

»Ich denke, er ist echt gut mit den Pferden. Verliert nie die Geduld. Er kann das.«

»Denkst du, er ist ...«

»Du willst ihn doch nicht feuern wegen gestern Abend, oder? Es war nicht seine Schuld. Dafür konnte keiner was, und ...«

»Was? Gott, nein.« Edward schüttelte den Kopf. »Joey ist ein guter Junge. Ich habe mich nur gefragt, was du von ihm hältst, weißt du.«

Shelby zuckte die Schultern. »Er ist ein guter Mann. Aber wenn du mich fragst, ob ich gern mit ihm zusammen wäre, ist die Antwort nein.«

Als sie verstummte, dachte Edward, natürlich findest du nichts an ihm. Er ist kein verkorkster Typ auf einem Selbstzerstörungstrip.

»Shelby, ich muss dir etwas beichten.«

»Was denn?«

Er holte tief Luft. »Du hast recht. Ich bin in jemanden verliebt.«

41

Das Presbyterianische Priesterseminar von Charlemont beanspruchte fast fünfzehn gepflegte Hektar direkt neben einem der prachtvollen Parks der Stadt, im neunzehnten Jahrhundert angelegt von dem Landschaftsarchitekten Olmsted. Mit seinen repräsentativen Backsteingebäuden und Laternen, die in der zunehmenden Dunkelheit orangefarben glühten, stellte Gin sich den pittoresken Campus als einen Ort vor, wo niemand trank, Safer Sex kein Thema war, weil alle ohnehin Jungfrau waren, und das beste Äquivalent einer Verbindungsparty der lärmende Schachclub war, wo gelegentlich der eine oder andere Red Bull serviert wurde.

Darum fand sie es ziemlich ironisch, dass sie in diese Einfahrt fuhr, in Anbetracht dessen, mit wem sie sich hier treffen würde.

Die Studenten waren schon alle für den Sommer fort, zweifellos fanden sie für die warmen Monate wertvolle Praktikumsstellen, um das Werk des Herrn zu tun. Auch spazierten hier keine Leute von der Verwaltung und keine Dozenten mehr herum. Die hübschen gewundenen Wege, die sie an Friedhofswege erinnerten, waren leer, wie auch die Wohnheime und Seminarräume.

Sie fuhr den Drophead auf einen Parkplatz, stieg aus und roch frisch gemähtes Gras. Sie warf die schwere Tür zu und überprüfte ihr Aussehen in der Fensterscheibe. Dann schloss sie den Wagen ab und sah zu, wie die Kühlerfigur Spirit of Ecstasy in ihrem sicheren kleinen Rückzugsort im Kühlergrill verschwand.

Der Garten der Besinnung des Priesterseminars war ein beliebtes Fotomotiv und eine ziemlich berühmte Einrichtung in Charlemont, und obwohl er nicht direkt öffentlich zugänglich war, war er auch kein ausdrückliches Privatgrundstück. Mit je einem Tor an allen vier Seiten bildete er das Mittelstück der Schule. Dies war der Ort, wo Diplomverleihungen und offizielle Versammlungen abgehalten wurden und manchmal ehemalige Studenten heirateten und Leute hingingen, um zu ... nun, sich zu besinnen.

Ihre Handflächen schwitzten, während sie zu einem hobbitartigen Eingang mit Kuppeldach ging, und als sie den altmodischen Riegel aufschob und die Tür aufdrückte, fühlte sie sich leicht benommen.

Für einen Augenblick waren die Schönheit und die Stille so herrlich, dass sie tief einatmete. Obwohl erst Mai war, blühten überall Blumen, die Blätter waren grün, und es gab gepflasterte Wege, die alle zu dem Rasenviereck in der Mitte führten. Brunnen entlang den efeubewachsenen Backsteinmauern erzeugten eine Symphonie beruhigender Geräusche, und als das letzte Licht der Sonne verblasste, fühlte man sich im pfirsichfarbenen Schein der Laternen auf ihren hohen schmiedeeisernen Pfosten wie im viktorianischen London.

Ohne Jack the Ripper.

»Hier drüben.«

Beim Klang der Männerstimme sah sie nach rechts.

Samuel T. saß auf einer der Steinbänke und starrte vor sich auf den Rasen, die Ellbogen auf die Knie gestützt, sein Gesicht ernster, als sie ihn je zuvor gesehen hatte.

Mit ihren Stilettos musste sie auf dem gepflasterten Fußweg vorsichtig sein, sonst riskierte sie, den Seidenbezug ihrer Absätze abzuwetzen – oder noch schlimmer, zu stolpern und hinzufallen wie eine Idiotin.

Als sie sich ihm näherte, stand er auf, weil er vor allen Dingen ein Gentleman war und es für einen Mann undenkbar war, eine Lady nicht angemessen zu begrüßen.

Nach einer schnellen, steifen Umarmung wies er auf den leeren Platz neben sich. »Bitte.«

»So förmlich.«

Ihrer Stimme fehlte die übliche Gehässigkeit. Als sie sich auf dem Stein niederließ, fühlte sie sich veranlasst, ihren Rock auf die Knie hinunterzuziehen und sich sittsam hinzusetzen, die Beine unter der Bank, die Knöchel überkreuzt.

Eine Weile schwieg er. Sie auch.

Gemeinsam starrten sie auf die gespenstischen Schatten, die die Blumen warfen. Die Brise war so sanft wie eine Liebkosung und so duftend wie Badewasser.

»Hast du es getan?«, fragte er, ohne sie anzusehen. »Hast du ihn geheiratet?«

»Ja.«

»Gratuliere.«

Unter jeden anderen Umständen hätte sie bissig gekontert, aber sein Ton war so ernst, dass sie keine Wut in sich aufkommen spürte, um zurückzuschießen.

Im folgenden Schweigen fingerte Gin an ihrem Verlobungsring und dem schmalen Platinring herum, den sie jetzt auf demselben Finger trug.

»Gott, warum hast du das getan, Gin?« Samuel T. rieb sich das Gesicht. »Du liebst ihn doch nicht.«

Obwohl sie das Gefühl hatte, dass er eigentlich mit sich selbst sprach, flüsterte sie: »Wenn Liebe eine Voraussetzung für die Ehe wäre, hätte die menschliche Spezies keinen Bedarf an dieser Institution.«

Nach einem weiteren langen Schweigen murmelte er: »Also, ich muss dir etwas sagen.«

»Ja, das dachte ich mir«, sagte sie.

»Und ich rechne nicht damit, dass es gut läuft.«

»Warum machst du's dann?«

»Weil du, mein Liebling, auf mich wirkst wie Giftefeu. Obwohl ich weiß, dass es alles nur noch schlimmer macht, muss ich einfach kratzen.«

»Oh, diese Komplimente.« Sie lächelte traurig. »Du bist so charmant wie immer.«

Als er schwieg, blickte sie abrupt wieder zu ihm hinüber und musterte sein Profil. Er war wirklich ein schöner Mann, mit ebenmäßigen Zügen, vollen Lippen, einem Kiefer, der markant war, ohne schwer zu sein. Sein Haar war dicht und auf der Seite gescheitelt. Mit seiner Fliegersonnenbrille, die er in den offenen Kragen seines edlen, handgemachten und mit seinen Initialen versehenen Button-down-Hemdes gehakt hatte, sah er aus wie ein Polospieler, ein Yachtbesitzer, eine alte Seele in einem jungen Körper.

»Du bist sonst nie so still«, trieb sie ihn an, obwohl ihr jetzt mulmig wurde, was er sagen würde. »Nicht so lange.«

»Das ist, weil … Scheiße, ich weiß nicht, Gin. Ich weiß nicht, was ich hier mache.«

Sie war nicht sicher, warum sie es tat – nein, das war eine Lüge: Als sie die Hand ausstreckte und ihm auf die Schulter legte, tat sie es, weil sie erkannte, dass sie beide litten. Und sie hatte genug davon, so stolz zu sein. Genug davon, einen Kampf zu kämpfen, den keiner von ihnen gewinnen konnte. Genug von … allem.

Und statt sie wegzustoßen, im wörtlichen oder übertragenen Sinn, drehte Samuel T. sich zu ihr. Und dann hielt sie ihn in den Armen, während er sich zusammenkrümmte und ihr fast im Schoß lag.

Es fühlte sich so gut an, ihm mit langsamen Kreisen den Rücken zu streicheln und sich dabei ebenso selbst zu trösten wie ihn. Und oh, sein Körper. Sie war oft mit ihm zusammen gewesen, an vielen Orten und auf viele Arten und kannte jeden Quadratzentimeter seiner muskulösen Gestalt.

Und doch fühlte es sich an, als seien sie seit einer Ewigkeit nicht mehr zusammen gewesen.

»Was bringt dich so aus der Fassung?«, murmelte sie. »Sag's mir.«

Schließlich richtete er sich wieder auf, und als er sich mit den Handflächen die Augen wischte, war sie wirklich alarmiert. »Samuel T. – was ist los?«

Seine Brust dehnte sich aus, und als er ausatmete, sagte er: »Du musst mich das einfach sagen lassen, okay? Einmal in deinem Leben – und ich bin nicht auf Streit aus –, höre mir bitte einmal in deinem Leben einfach nur zu. Antworte nicht spontan. Wahrscheinlich ist es sogar besser, wenn du gar nicht antwortest. Ich muss nur … Es ist mir wichtig, dass du wirklich verstehst, was ich dir sage, okay?« Er blickte zu ihr hinüber. »Gin, okay?«

Abrupt wurde ihr bewusst, dass ihr Herz raste wie verrückt und ihr am ganzen Körper der Schweiß ausgebrochen war.

»Gin?«

»In Ordnung.« Sie schlang sich die Arme um den Bauch. »Okay.«

Er nickte und spreizte die Hände. »Ich denke, Richard schlägt dich.« Er hob eine Hand. »Nicht antworten, weißt du noch? Ich habe schon entschieden, dass er es tut, und du kennst mich besser als jeder sonst. Wie du mir so oft gesagt hast, ist schon ein Bundesgesetz nötig, um mich von meiner Meinung abzubringen, wenn ich mich einmal entschieden habe. Du kannst also nichts tun, um mich von dieser Schlussfolgerung abzubringen.«

Gin konzentrierte sich wieder auf die wunderschönen Blumen und versuchte, das Gefühl zu ignorieren, dass sie nicht atmen konnte.

»Ich denke, diese Blutergüsse waren von ihm, und du trägst Schals, um sie zu verdecken.« Seine Brust hob und senkte sich. »Und obwohl ich mit Überzeugung sagen kann, dass du mich oft, sehr oft an den Rand des Wahnsinns getrieben hast, wäre mir nie eingefallen, Hand an dich zu legen. Oder an irgendeine andere Frau.«

Sie schloss kurz die Augen. Und hörte sich niedergeschlagen sagen: »Dazu bist du zu sehr Mann.«

»Die Sache ist die, ich muss dir sagen, der Gedanke, dass jemand – und es ist mir egal, wer zum Teufel es ist – dich schlägt, oder herumstößt, oder ... Oh Gott, ich kann den Gedanken gar nicht ertragen, was sonst noch ...«

Sie hatte nie erlebt, dass ihm die Worte fehlten. Hatte diesen arroganten, unerträglichen, eigenwilligen Mann noch nie so völlig vernichtet gesehen.

Samuel T. räusperte sich. »Ich weiß, du hast ihn geheiratet, weil du denkst, deine Familie ist mittellos, und das macht dir Angst. Denn letztendlich hast du nichts anderes gelernt, als reich zu sein. Du hast keine Ausbildung. Du hättest fast die Schule abgebrochen, um dieses Kind zu bekommen. Du bist herumgeflattert wie ein Irrlicht, und dein Lebensinhalt war, Dramen zu kreieren. Also dürfte die Vorstellung, auf dich selbst angewiesen zu sein, ohne ein Sicherheitsnetz von unermesslichem Reichtum, wirklich erschreckend für dich sein, wenn nicht sogar völlig unbegreiflich.«

Sie öffnete den Mund.

Und schloss ihn wieder.

»Was ich wirklich sagen will, sind zwei Dinge«, fuhr er fort. »Erstens will ich, dass du weißt, dass du besser bist als das, und nicht, weil du eine Bradford bist. Die Wahrheit ist: Egal was mit dem Geld passiert, du bist eine starke, kluge, fähige Frau, Gin – und bis jetzt hast du diese Eigenschaften schlecht und idiotisch eingesetzt, weil, ganz ehrlich, du dich noch nie realen Herausforderungen stellen musstest. Du warst eine Kriegerin ohne Schlachtfeld, Gin. Eine Kämpferin ohne Gegner und hast jahrelang gegen alles und jeden um dich herum gekämpft, nur um dich auszupowern.« Seine Stimme wurde unerträglich heiser. »Nun, ich will, dass du das alles jetzt in andere Bahnen lenkst. Ich will, dass du aus den richtigen Gründen stark bist. Ich will, dass du Verantwortung für dich übernimmst. Auf dich aufpasst. Du hast Leute, die dich lieben. Die dir helfen wollen. Aber den ersten Schritt musst du selbst tun.«

Als er verstummte, registrierte Gin, dass in ihren eigenen Augen Tränen brannten, und dann begann ihre Kehle zu schmerzen, weil sie zu schlucken versuchte, ohne ein Schluckgeräusch zu machen.

»Du kannst mich anrufen«, sagte er rau. »Jederzeit. Ich kenne dich, und ich habe nicht zu dir gepasst. Wir tun einander nicht gut, in jeder relevanten Hinsicht, aber du kannst mich anrufen. Tag oder Nacht. Egal wo du bist, ich komme und hole dich. Ich werde keine Erklärungen fordern. Ich werde dich nicht anbrüllen oder maßregeln. Ich werde nicht über dich urteilen – und wenn du darauf bestehst, werde ich Lane nichts erzählen. Und auch sonst niemandem.«

Samuel T. rückte zur Seite und zog sein Handy aus der Hosentasche. »Ab jetzt werde ich es auch nachts anlassen und neben dem Bett haben. Keine Fragen, keine Erklärungen nötig, kein Wort währenddessen oder danach. Du rufst mich an, schickst mir eine SMS, sagst meinen Namen mitten auf einer Party, und ich bin für dich da. Haben wir uns verstanden?«

Als sich ihr eine Träne die Wange hinunterstahl, strich er sie weg, und seine Stimme brach. »Du bist besser als das. Du hast etwas Besseres verdient. Die ruhmreiche Vergangenheit deiner Familie ist es nicht wert, dass ein Mann dich in der Gegenwart schlägt, nur weil du Angst hast, dass du ohne das Geld nichts bist. Du bist unbezahlbar, Gin, egal was auf deinem Konto ist.«

Jetzt war er derjenige, der sie an sich zog und an seine Brust drückte.

Sein Herzschlag unter ihrem Ohr brachte sie nur umso heftiger zum Weinen.

»Pass auf dich auf, Gin. Tu, was du tun musst, damit du in Sicherheit bist.«

Er wiederholte diese Worte, in einem endlosen Strom, als hoffte er, die Wiederholungen würden zu ihr durchdringen.

Als sie sich schließlich aufrichtete, nahm er sein Taschentuch aus der Gesäßtasche und drückte es ihr an die Wangen. Und als er sie mit traurigen Augen anstarrte, fand sie es schwer zu glauben, dass er nach allem, was sie miteinander durchgemacht hatten, so für sie da war.

Aber vielleicht war ja alles, was sie miteinander durchgemacht hatten, die Erklärung.

»Und was war das zweite, was du sagen wolltest?«, murmelte sie, den Blick auf ihre Füße gesenkt.

Als er nicht sofort antwortete, sah sie wieder zu ihm hinüber – und zuckte zurück.

Seine Augen waren kalt geworden, und sein Körper schien sich zu verändern, obwohl er sich überhaupt nicht regte.

»Das zweite ist ...« Samuel T. fluchte und ließ den Kopf in den Nacken fallen. »Nein, ich denke, das behalte ich besser für mich. Es spielt keine Rolle.«

Aber sie konnte es sich denken. »Ich liebe dich auch, Samuel.«

»Denk einfach daran, wie stark du bist. Bitte, Gin.«

Nach einem Augenblick streckte er die Hand aus und drehte den riesigen Diamanten herum, bis er verborgen war. Dann hob er ihr Handgelenk und drückte ihr einen Kuss auf den Handrücken. »Und denke daran, was ich gesagt habe.« Er stand auf und zeigte ihr wieder sein Handy. »Ab jetzt immer eingeschaltet. Keine Fragen.«

Mit einem letzten Blick zu ihr steckte er die Hände in die Taschen und ging davon, eine ernste Gestalt, in pfirsichfarbenen Laternenschein gebadet.

Und dann war er verschwunden.

Gin blieb, wo sie so lange miteinander gesessen hatten, die Nachtluft wurde so kalt, dass sie auf ihren Unterarmen Gänsehaut bekam.

Und doch war es ihr unmöglich, nach Hause zu gehen.

42

Als Edward in dem belebten Restaurant die magischen Worte aussprach, verblüffte ihn, wie gut sie sich anfühlten. Nur eine Aneinanderreihung von Silben, keine den Wortschatz überfordernde Leistung, aber ein enormes Eingeständnis.

Ich bin in jemanden verliebt.

Und tatsächlich hatte er Sutton die ganze Wahrheit gesagt. Im Business-Center, nachdem sie sich geliebt hatten. Nur hatte er es so leise getan, dass sie es nicht gehört hatte.

Shelby sah sich zu den anderen Gästen um. Der Kellnerin. Den Leuten hinter dem Tresen und dem Küchenpersonal im hinteren Teil. »Ist sie der Grund, warum du ... du weißt schon, nicht mit mir zusammen sein wolltest?«

»Ja.« Er dachte an diese Nächte zurück, die sie Seite an Seite in diesem Bett verbracht hatten. »Aber es gab auch noch einen anderen Grund.«

»Welchen?«

»Ich durchschaue, was du da machst. Ich erinnere mich genau, wie dein Vater war. Manchmal wiederholen wir Dinge, weißt du? Wenn wir das Gefühl haben, wir hätten sie beim ersten Mal nicht richtig gemacht.«

Hölle nochmal, genauso war es ja auch mit ihm, seinen Brüdern und ihrem Vater. Wenn Edward sich selbst gegenüber schonungslos ehrlich war, hatte er seine Geschwister immer vor dem Mann retten wollen, aber er hatte das alles nicht verhindern können. Ihr Vater hatte diese Macht besessen, gleichzeitig abwesend und alles beherrschend.

Und gewalttätig auf eine kalte Art, die irgendwie erschreckender war als Wüten und Toben.

»Ich habe das auch gemacht«, sagte er leise. »Genau genommen mache ich es immer noch – also sind du und ich uns eigentlich gleich. Wir müssen immer irgendjemanden retten.«

Shelby schwieg so lange, dass er sich schon fragte, ob sie gehen würde.

Aber dann redete sie. »Ich habe mich nicht deshalb um meinen Vater gekümmert, weil ich ihn geliebt habe. Was hätte ich denn tun sollen, wenn er sich umgebracht hätte? Ich hatte keine Mutter. Ich konnte nirgendwo hingehen. Mit seiner Trinkerei zu leben war einfacher, als mit zwölf oder dreizehn auf der Straße zu landen.«

Edward zuckte zusammen, als er versuchte, sie sich als kleines Mädchen vorzustellen, mit niemandem, der für sie sorgte. Ein kleines Mädchen, das verzweifelt versuchte, die Sucht eines Erwachsenen zu kurieren, um selbst zu überleben.

»Es tut mir leid«, platzte Edward heraus.

»Wieso? Du kannst ja nichts dafür, dass er ein Säufer war.«

»Nein, aber ich kann etwas dafür, dass ich in deiner Gegenwart betrunken war. Und dich in eine Position gebracht habe, in der du zu gottverdammt gut bist ...«

»Missbrauche nicht ...«

»Entschuldige, zu verflixt ...«

»... den Namen meines Herrn.«

»... gut bist.«

Es gab eine Pause. Und dann lachten sie beide los.

Shelby wurde wieder ernst. »Ich weiß nicht, was ich sonst mit dir machen soll. Und ich hasse es auch, andere leiden zu sehen.«

»Das ist, weil du ein guter Mensch bist. Du bist ein gott... ein wirklich, wirklich guter Mensch.«

Sie lächelte. »Du hast dich gerade noch gefangen.«

»Ich bin lernfähig.«

Ihr Essen kam, die Hähnchen in mit rot-weißem Papier ausgeschlagene Körbchen gebettet, die Pommes dünn und heiß, und die Kellnerin fragte, ob sie noch etwas zu trinken wünschten.

»Ich bin am Verhungern«, bemerkte Edward, als sie mit ihrem Essen allein waren.

»Ich auch.«

Als sie sich ans Essen machten, verstummten sie beide, aber es war ein gutes Schweigen. Und er merkte, wie froh er war, dass sie nie miteinander Sex gehabt hatten.

»Hast du's ihr gesagt?«, fragte Shelby.

Edward wischte sich den Mund mit einer Papierserviette ab. »Was? Oh ... ja. Nein. Sie führt ein völlig anderes Leben als ich. Sie ist dort, wo ich damals war, und für mich ist das für immer vorbei.«

Aus mehr als nur einem Grund.

»Du solltest es ihr wahrscheinlich sagen«, meinte Shelby zwischen zwei Bissen. »Wenn du in mich verliebt wärst, würde ich es wissen wollen.«

Es war ein wehmütiger Ton in ihrer Stimme, aber ihre Augen waren nicht glasig von irgendeiner Fantasie oder traurig von einem Verlustgefühl. Und als sie das Thema nicht weiterverfolgte, dachte er daran, was sie zuvor gesagt hatte: dass sie die Menschen einfach so akzeptierte, wie sie waren, genau wie die Pferde.

»Ich will, dass du etwas weißt.« Edward klopfte auf den Boden einer Ketchupflasche, um welchen neben seine Pommes zu geben. »Und ich will, dass du etwas tust.«

»Darf ich mir aussuchen, was von beidem du mir zuerst erzählst?«

»Klar.«

»Was willst du, dass ich tue? Wenn es um Neb geht, den Tierarzttermin für morgen Nachmittag habe ich schon vereinbart.«

Er lachte. »Du kannst meine Gedanken lesen. Aber nein, das meine ich nicht.« Wieder wischte er sich den Mund ab. »Ich will, dass du mit Joey ausgehst.«

Als sie abrupt aufsah, hob er die Hand. »Nur mal mit ihm essen gehen. Nichts Ausgefallenes. Und nein, er hat mich nicht gebeten, mit dir zu reden. Und ganz ehrlich, wenn er es wüsste, würde er dafür sorgen, dass ich noch schlimmer hinke, als ich es jetzt schon tue. Aber ich denke, du solltest dem armen Kerl eine Chance geben. Er ist total verknallt in dich.«

Shelby starrte in völliger Verwirrung über den Tisch. »Echt jetzt?«

»Ach, komm schon. Du kannst phänomenal mit Pferden umgehen und bist eine verdammt gut aussehende Frau.« Er hob den Zeigefinger. »Ich habe nicht ›Gott‹ gesagt.«

»Er ist mir einfach nie besonders aufgefallen, außer bei der Arbeit.«

»Nun, das ist ein Fehler, finde ich.«

Sie lehnte sich zurück und schüttelte den Kopf. »Weißt du, ich kann das echt nicht glauben.«

»Dass sich jemand tatsächlich von dir angezogen fühlen könnte? Oder einer, der nicht versucht, dich in sein schwarzes Loch der Selbstzerstörung hineinzusaugen?«

»Na ja, das auch. Aber ich hätte nie gedacht, dass du dich mal so öffnen würdest.«

Er nahm seine Cola und betrachtete die Sprudelblasen. »Ich schätze, Nüchternheit wirkt auf mich wie Alkohol auf die meisten Leute. Macht mich geschwätzig.«

»Es ist irgendwie ...«

»Wie? Und sei ehrlich.«

»Es ist echt toll.« Ihre Stimme wurde weich, und sie wandte den Blick ab. »Es ist wirklich schön.«

Edward musste sich räuspern. »Wunder passieren.«

»Und ich habe dich auch noch nie so viel essen sehen.«

»Ist eine Weile her.«

»Also findest du bloß mein Essen mies?«

Er lachte und schob seine Pommes weg. Eine mehr, und er würde platzen. Also sagte er: »Ich will jetzt ein Eis. Gehen wir.«

»Sie hat die Rechnung noch nicht gebracht.«

Edward lehnte sich zur Seite, nahm die tausend Dollar heraus und zählte zwei Hunderter ab. »Das sollte reichen.«

Als Shelby große Augen machte, stand er auf und hielt ihr die Hand hin. »Los, komm. Ich bin pappsatt, also brauche ich jetzt schleunigst ein Eis.«

»Das ergibt keinen Sinn.«

»Oh doch.« Er begann, zur Tür zu hinken, um die anderen Gäste an ihren Tischen herum. »Kaltes und Süßes beruhigt den Magen. Das hat meine Momma, Miss Aurora, oft gesagt, und sie hat immer recht. Und nein, es ist gar nicht so, dass mir dein Essen nicht schmeckt. Du kochst sehr gut.«

Draußen blieb er wieder einen Augenblick stehen, um die Nachtluft zu genießen. Es fühlte sich gut an, ausnahmsweise einmal ein Gefühl von Leichtigkeit in seiner Brust zu haben, ein Gefühl wie Singen – was für einen anderen Menschen Optimismus gewesen wäre, aber in seinem Fall Erleichterung.

»Nur sollte man es mit dem Eis nicht übertreiben«, dozierte er, als er zur Straße vorging, um zu sehen, ob Autos kamen. »Kleine Portion. Nur Vanille. Vielleicht mit Schokostückchen, aber nichts mit Nüssen und nichts zu Klebriges. Am besten Graeter's.«

Als der Weg über die zweispurige Straße zu ihrem Laster frei war, ging Shelby neben ihm her und machte kürzere Schritte, um sich seinem langsameren Tempo anzupassen.

»Sir! Hallo, Sir?«

Edward blickte zurück, als sie auf der anderen Straßenseite ankamen. Ihre Kellnerin war aus dem Restaurant gekommen, mit dem Geld, das er auf dem Tisch gelassen hatte.

»Ihre Rechnung macht nur vierundzwanzig Dollar und etwas Kleingeld«, sagte die Frau auf der anderen Straßenseite. »Das ist viel zu viel ...«

»Behalten Sie den Rest.« Er lächelte, als sie große Augen machte, und dann sah sie das Geld an, als wüsste sie nicht, was es war. »Ich wette, so wie Sie Ihre ganze Schicht auf den Beinen sind, haben Sie schlimme Rückenschmerzen. Mit Schmerzen kenne ich mich aus. Gönnen Sie sich einen freien Abend oder so.«

Sie sah ihn genauer an – und runzelte die Stirn. »Moment mal, sind Sie nicht ...«

»Niemand. Ich bin niemand.« Er winkte ihr zum Abschied zu und drehte sich zum Laster um. »Bloß ein Gast.«

»Also, dann vielen Dank!« rief sie. »Das ist das höchste Trinkgeld, das ich je bekommen habe.«

»Sie haben es verdient«, sagte er über die Schulter.

Er ging um das Führerhaus herum, öffnete Shelby die Tür und half ihr hinein, obwohl sie keine Hilfe brauchte.

»Das war wirklich nett von dir«, sagte sie.

»Nun, das war wahrscheinlich das beste Essen, das ich gegessen habe, seit ... Nichts für ungut.«

»Kein Problem.« Sie legte ihm die Hand auf den Arm, bevor er die Tür schließen konnte. »Was war es, was du mir sagen wolltest?«

Bevor er antwortete, lehnte Edward sich gegen die Tür, um seinen schmerzenden Knöchel zu entlasten. »Du wirst immer einen Job bei Red & Black haben. Solange du willst, wirst du immer den Arbeitsplatz und die Wohnung haben. Hölle nochmal, ich sehe schon vor mir, dass du und Moe das Ding mal zusammen leitet – egal ob du dich von seinem Sohn zu einem Date ausführen lässt oder nicht, und egal ob du Joey magst oder nicht.«

Shelby wandte den Blick ab, wie sie es offenbar immer machte, wenn sie gerührt war. Und als Edward ihr Gesicht musterte, dachte er: Hm, so muss es sich wohl anfühlen, eine richtige kleine Schwester zu haben.

Mit Gin war es eher so, wie eine Todesfee im Haus zu haben.

Oder einen Tornado.

Im Grunde genommen hatte er sich dieser Frau, sosehr er sie auch liebte, nie besonders nahe gefühlt. Er war sich nicht sicher, ob überhaupt irgendjemand Gin jemals nahekam.

Und deshalb war es schön, sich jemandem gegenüber fürsorglich, aber nicht besitzergreifend zu fühlen. Es war schön, mal etwas Gutes zu tun. Mal etwas anderes als Wut und Verbitterung in die Welt hinauszuschicken.

Abrupt sah sie ihn an.

»Warum kriege ich den Eindruck, dass du weggehst?«, fragte sie grimmig.

Gin fuhr schließlich nach Easterly zurück, weil sie nicht wusste, wohin sie sonst hätte fahren sollen. Sie parkte den Drophead auf seinem Stellplatz in der Garage, ging hinüber zum Kücheneingang und durch das Fliegengitter ins Haus.

Wie immer war alles sauber und aufgeräumt, keine Töpfe standen im Spülbecken, die Geschirrspülmaschine lief leise, die Arbeitsflächen glänzten. Ein süßer Duft nach der altmodischen Seife, die Miss Aurora immer benutzte, hing in der Luft.

Mit klopfendem Herzen ging Gin weiter zur Privatwohnung der Frau. Sie ballte eine Hand zur Faust, aber zögerte noch, zu klopfen.

»Komm rein, Mädchen«, kam es gebieterisch von der anderen Seite. »Steh nicht so rum.«

Gin öffnete die Tür und ließ den Kopf hängen, weil sie nicht wollte, dass die Tränen in ihren Augen zu sehen waren. »Woher hast du gewusst, dass ich es bin?«

»Dein Parfüm. Außerdem habe ich auf dich gewartet. Und den Wagen herfahren sehen.«

In Miss Auroras Wohnzimmer war alles genau wie immer, zwei große Polstersessel vor den langen Fenstern, Regale voller Bilder von Kindern und Erwachsenen, eine kleine Küche, die so makellos und ordentlich war wie ihre große, professionell ausgerüstete. In Schlafzimmer und Bad war Gin nie gewesen, noch wäre ihr je eingefallen, darum zu bitten, sie zu sehen.

Schließlich sah Gin auf. Miss Aurora saß auf dem Sessel, auf dem sie immer saß, und zeigte auf den freien. »Setz dich.«

Gin ging hinüber und tat wie geheißen. Als sie ihren Rock glattstrich, dachte sie daran, wie sie es getan hatte, als sie mit Samuel T. im Garten der Besinnung gewesen war.

»Es heißt Annullierung«, sagte Miss Aurora abrupt. »Und du solltest es sofort tun. Ich bin zwar gläubige Christin, aber ich sage dir frei heraus, dass du einen schlechten Mann geheiratet hast. Andererseits handelst du nun mal, bevor du nachdenkst, bist rebellisch, auch wenn niemand dir Unrecht tut, und deine Version von Freiheit ist, außer Kontrolle zu sein, statt Entscheidungen zu treffen.«

Gin musste lachen. »Weißt du, du bist heute Abend schon die Zweite, die mich abkanzelt.«

»Nun, der Herr denkt offensichtlich, dass du die Message zweimal hören musst.«

Gin dachte daran, wie sie ständig durchdrehte. Erinnerte sich daran, wie sie und Richard sich erst kürzlich in ihrem Zimmer gestritten hatten und wie sie nach dieser Imari-Lampe gegriffen hatte. »Ich bin in letzter Zeit ziemlich durch den Wind.«

»Das kommt davon, weil dir der Boden unter den Füßen bebt. Du weißt nicht, worauf du stehst, und da kann einem schon angst und bange werden.«

Sie vergrub das Gesicht in den Händen und schüttelte den Kopf. »Ich weiß nicht, wie lange ich das noch aushalte.«

Auf ihrer Heimfahrt vom Priesterseminar hatte sie geschwankt zwischen diesem emotional schwierigen, aber klarsichtigen Gespräch mit Samuel T. und ihrem Drang, mit demselben kalkulierten Wahnsinn weiterzumachen wie bisher.

»Es gibt nichts, das sich nicht rückgängig machen lässt«, sagte Miss Aurora. »Und deine wahre Familie wird dich nicht verlassen, auch dann nicht, wenn das Geld alle ist.«

Gin dachte an das riesige Haus, in dem sie waren. »Ich habe als Mutter versagt.«

»Nein, du hast es gar nicht erst versucht.«

»Es ist zu spät.«

»Wenn ich das damals gesagt hätte, als ich in dieses Haus kam und euch vier kennengelernt habe, wo würdet ihr alle sein?«

Gin dachte an all die Abende zurück, als sie zu fünft zusammen in der Küche gegessen hatten. Während ein Heer von Kindermädchen zyklisch kam und ging, weil sie sich ihnen gegenüber wie Plagegeister aufführten und sie ihnen zahlenmäßig unterlegen waren, war Miss Aurora der einzige Mensch gewesen, der mit ihr und ihren Brüdern fertigwurde.

Gin sah die Fotos auf den Regalen durch, und bekam schon wieder nasse Augen, als sie mehrere von sich selbst sah. Sie zeigte auf ein Bild von ihr mit Rattenschwänzchen. »Das war auf dem Weg zum Sommerferienlager.«

»Du warst zehn.«

»Ich habe das Essen gehasst.«

»Ich weiß. Als du nach Hause kamst, musste ich dich einen Monat lang aufpäppeln – und du warst nur zwei Wochen fort.«

»Das hier ist Amelia, nicht?«

Miss Aurora drehte sich ächzend auf ihrem Sessel zu ihr herüber. »Welche? Die in Rosa?«

»Ja.«

»Sie war siebeneinhalb.«

»Du bist auch für sie da gewesen.«

»Ja, war ich. Sie ist wie eine Enkelin für mich, weil du wie eine Tochter für mich bist. Oder jedenfalls sehr nahe dran.«

Gin wischte sich die Augen. »Ich bin froh, dass sie dich hat. Sie ist von Hotchkiss geflogen, weißt du.«

»Das hat sie mir jedenfalls gesagt.«

»Ich bin so froh, dass sie zu dir kommt, wenn sie reden will ...«

»Du weißt, dass ich nicht ewig hier sein werde, nicht?« Als Gin zu ihr hinübersah, blickten Miss Auroras dunkle Augen ruhig. »Wenn ich nicht mehr da bin, musst du bei ihr für mich einspringen. Niemand sonst wird es tun, und sie steht mit einem Bein in der Kindheit, mit dem anderen im Erwachsensein. Es ist ein kritisches Alter. Du kümmerst dich um sie, Virginia Elizabeth, oder ich schwöre, ich werde dich heimsuchen. Hörst du mich, Mädchen? Ich werde als dein Gewissen zurückkommen und dir keine Ruhe lassen.«

Zum ersten Mal sah Gin Miss Aurora richtig an. Unter ihrem Hausmantel war sie dünner als je zuvor, ihr Gesicht abgehärmt, mit Augenrändern.

»Du kannst nicht sterben«, hörte Gin sich sagen. »Das darfst du einfach nicht.«

Miss Aurora lachte. »Das entscheidet Gott. Nicht du oder ich.«

43

Lane wollte das Business-Center nicht verlassen, bevor die Detectives fertig waren. Darum durchwanderte er die Büros und schlug die Zeit tot, bis er sich schließlich dabei ertappte, wie er ins Büro seines Vaters ging und sich in den Sessel setzte, in dem sein lieber alter Dad immer gesessen hatte.

Und dort hatte er ein Aha-Erlebnis.

Er lümmelte sich auf den ledernen Thron, schüttelte den Kopf und fragte sich, warum es ihm nicht früher aufgefallen war.

Hinter dem Schreibtisch standen Regale, vollgepackt mit den üblichen ledergebundenen Bänden und gerahmten Diplomen und der männlichen Habe eines Lebens, das gelebt wurde, um andere Leute mit Geld zu beeindrucken: Segelpokale, Pferdefotos, Bourbonflaschen, die ungewöhnlich oder selten waren. Aber nichts davon interessierte ihn.

Nein, was er plötzlich bemerkt hatte und worum es ihm ging, waren die handgefertigten Einbauschränke mit den Holztüren hinter dem Ego-Display.

Er beugte sich hinunter, versuchte einige von ihnen zu öffnen, aber sie waren alle verriegelt – und nirgends konnte er Schlösser oder Displays erkennen, wo Schlüssel hineingesteckt oder Codes eingegeben werden könnten.

Eine der Glastüren zur Terrasse öffnete sich. Lizzie kam herein, zwei Gläser süßen Tee in den Händen und etwas in der Tasche ihrer Shorts, das wie eine Packung Feigenkekse aussah.

»Ich bin hungrig«, sagte sie. »Und habe Lust, meinen Reichtum mit dir zu teilen.«

Als sie zu ihm herüberkam und ihm einen Kuss auf die Lippen drückte, zog er sie auf seinen Schoß und half ihr, die Kekse herauszunehmen. »Klingt gut.«

»Wie läuft's hier drin?«

»Keine Ahnung. Ich rechne ständig damit, dass sie sagen, sie haben die Dateien kopiert und gehen, aber so weit sind sie noch nicht.«

»Die sind schon ganz schön lange da drin.« Sie öffnete die Plastikverpackung und bot ihm einen Keks an. Er schüttelte den Kopf, also steckte sie ihn selbst in den Mund. »Aber sonst haben sie nichts verlangt?«

»Nein.« Er nahm einen Schluck von dem, was sie mitgebracht hatte, und seufzte. »Oh, toll. Das ist lecker.«

»Ich habe eine Idee.«

»Und was für eine?«

»Ich befördere mich.« Als er lachte, nickte sie. »Ich ernenne mich zur Haushaltschefin.«

Sein erster Gedanke war, Gott sei Dank. Denn, jawohl, die Rechnungsberge wurden immer größer, und das Personal musste gemanagt und der unendliche Detailkram des Anwesens musste erledigt werden, auch trotz Ausgabenstopp. Aber ...

»Warte mal, du hast doch so schon so viel Arbeit. Der Garten und ...«

»Mr Harris hat gekündigt.«

Lane schüttelte den Kopf. »Weißt du was, da bin ich eigentlich erleichtert.«

»Ich auch. Sogar beim Auszug habe ich ihm heute geholfen. Ich wollte dich nicht damit belasten, denn er war fest entschlossen, und es war auch sonst so viel los. Aber sein Scheck war nicht gedeckt, und da habe ich mich gefragt, wie es wohl auf eurem Haushaltskonto aussieht – dieses Anwesen ist im Unterhalt sicher kostspielig, und es sind viele Einzelheiten zu berücksichtigen. Ich meine, wir müssen diese ganzen Kellner bezahlen. Wir können sie nicht einfach hängenlassen. Die Schecks für die Gärtner gehen alle automatisch raus, ich weiß bloß nicht, wann. Und wenn schon für Mr Harris nicht genug auf dem Konto ist, dann reicht es auch nicht für andere Leute.«

»Scheiße, daran habe ich gar nicht gedacht.«

»Ich weiß, du willst hier alle anständig behandeln. Also müssen wir

Geld auf das Haushaltskonto kriegen und Personalpläne machen. Wenn wir Einsparungen machen müssen, müssen wir Leute entlassen. Wir können doch die Leute nicht schädigen, die hier in gutem Glauben arbeiten.«

»Bin ganz deiner Meinung.« Er küsste sie wieder. »Hundertprozentig.«

»Aber ich finde das heraus. Ich sehe alles durch und lasse dich wissen, wo wir stehen. Ich weiß allerdings nicht, wo wir das Geld herkriegen sollen.«

»Also, ich eigentlich schon. Ich kümmere mich gleich morgen früh darum, bevor Lenghe kommt.«

»Lenghe?«

»Ja. Morgen Abend pokere ich um hohe Einsätze. Und bevor du mich einen Spinner nennst, darf ich dich daran erinnern, dass ich mit dem arbeiten muss, was ich habe – und viel ist es ja nicht.«

»Wer ist Lenghe?«

»Wir nennen ihn den Getreidegott – das ist selbsterklärend. Du wirst ihn wirklich mögen. Er ist ganz dein Fall, eine gute Seele, sehr erdverbunden. Und denk dran, ich spiele schon seit dem College Poker. Das ist alles, was ich an Kompetenzen habe.«

Sie legte ihm die Arme um den Hals. »Ich denke, du hast da schon noch ein paar andere ...«

»Unterbreche ich hier irgendetwas?«

Lane drehte den Stuhl in Richtung Tür. Mal wieder verdammt typisch, dass Merrimack sich ausgerechnet diesen Augenblick für seinen Auftritt ausgesucht hatte. »Sind Sie da drin fertig, Detective?«

Und prompt knipste er sein Lächeln wieder an. »Wir kommen voran. Ma'am, freut mich, Sie wiederzusehen.«

Lizzie stand auf, blieb aber bei Lane stehen. »Ebenso.«

»Nun, ich dachte, Sie wüssten gerne, dass ich das Polizeisiegel am Büro der Rechnungsführerin entferne.« Merrimack lächelte. »Von hier haben wir alles, was wir brauchen.«

»Gut«, sagte Lane.

»Darüber hatten wir uns schon den Kopf zerbrochen«, murmelte Lizzie.

»Ach ja? Was für ein Zufall.« Der Detective zog einen kleinen Block heraus. »Also, ich hätte gerne eine Liste der Personen, die Zugang zum Sicherheitssektor des Computernetzwerks haben. Wissen Sie, wer diese Informationen hat?«

»Keine Ahnung.« Lane zuckte die Schultern. »Aber ich frage gerne die IT-Abteilung in der Zentrale. Vielleicht wissen die das.«

»Oder Ihr Bruder Edward.«

»Möglich.«

»Sagen Sie mir eins, war er in die Installation der Sicherheitsprogramme involviert?«

»Weiß ich nicht.« Okay, das war gelogen. »Warum?«

»Sie wissen nicht, ob er involviert war oder nicht?«

»Ich hatte mit diesem Haushalt oder dem Unternehmen bis vor Kurzem nicht viel zu tun. Also kann ich es Ihnen wirklich nicht sagen.«

»Okay.« Der Detective ließ den Block gegen seine offene Handfläche klatschen. »Dann rufe ich Ihren Bruder einfach direkt an.«

»Er hat kein Handy. Aber ich kann ihm ausrichten, dass er sich bei Ihnen melden soll.«

»Nicht nötig. Ich weiß, wo er wohnt.« Der Detective blickte sich um. »Schon sehr imposant hier.«

»Ist es.«

»Sie müssen Ihren Vater vermissen.«

Jeder, der sich von dieser beiläufigen Columbo-Nummer einwickeln ließ, war ein Idiot, dachte Lane. »Oh, natürlich. Ich vermisse ihn wahnsinnig.«

»Vater und Sohn. Eine ganz besondere Beziehung.«

»Ja.«

Es gab eine Pause, und als Lane auf das Thema Vater nicht weiter einging, lächelte Merrimack erneut. »Wie ich höre, ist Ihr Bruder Max wieder zu Hause. Das kommt irgendwie überraschend. Er ist lange nicht mehr auf Easterly gewesen, nicht wahr?«

»Ja.«

»Aber er ist schon einige Tage in Charlemont.« Als Lane die Stirn runzelte, hob der Detective eine Braue. »Das wussten Sie nicht? Wirklich?

Nun, ich habe ein paar Zeugen, die sagen, dass er mit Edward zusammen war. Am Nachmittag des Tages, an dem Ihr Vater starb. Wussten Sie, dass die beiden sich treffen wollten?«

Lane spürte, wie ihm ein Fluch in der Kehle aufstieg, aber er bremste sich mit bloßer Willenskraft. »Damit bringen Sie mich in Verlegenheit, das ist Ihnen doch klar?«

»Ach ja? Es ist nur eine einfache Frage.«

»Nichts für ungut, Detective, aber Sie ermitteln in einem Mordfall. Da stellt man keine einfachen Fragen.«

»Nicht, solange Sie die Wahrheit sagen und nicht versuchen, jemanden zu decken. Decken Sie jemanden, Mr Baldwine? Oder haben Sie vielleicht selbst etwas zu verbergen? Wir haben eine Menge brauchbare Informationen zusammenbekommen. Ich rate Ihnen wirklich, so offen und ehrlich wie möglich zu sein.«

»Soll das etwa heißen, ich bin verdächtig?«

»Wenn Sie es wären, würde ich auf dem Revier mit Ihnen reden. Und so weit sind wir ja noch nicht.« Lächeln. »Aber mich interessiert wirklich, ob Sie wussten, dass Ihre beiden Brüder sich getroffen haben.«

Lane atmete tief in seinen Bauch, um den Drang zu unterdrücken, aufzuspringen, zum Cottage zu rennen, wo Max sein Lager aufgeschlagen hatte und den Burschen so lange durchzuprügeln, bis er herausfand, was zur Hölle hier gespielt wurde.

Der Detective lächelte wieder. »Nun, ich schätze, es ist ziemlich klar, dass Sie nicht davon wussten. Die Zeugen sagen, dass es nur die beiden waren. Sie wurden auf der Indiana-Seite des Flusses gesehen. Unterhalb des Wasserfalls. Übrigens genau dort, wo die Leiche Ihres Vaters gefunden wurde.«

Lane lächelte zurück. »Vielleicht haben sie nur die Aussicht auf den Fluss genossen.«

»Oder vielleicht darüber geredet, was mit einem Körper passiert, der von der Big-Five-Brücke geworfen wird.« Merrimack zuckte die Schultern. »Aber vielleicht auch nur über die Aussicht. Sie haben recht.«

»Wo warst du?«

Als Gin ihre Schlafzimmersuite betrat, war sie nicht überrascht, Richard in einem ihrer weißen Seidensessel vorzufinden. Sein Gesicht war vor Wut verzerrt, und seine schlaksigen Arme und Beine zuckten, als wäre es ein persönlicher Affront für ihn, wenn sie abends alleine aus dem Haus ging.

Als würde ihm jemand die Reifen aufschlitzen. Sein ganzes Büro mit Graffiti verschandeln. Vor seiner Nase eine Bibel anzünden.

Sie schloss die Tür und wartete darauf, dass ihr der übliche Wahnsinn, der sie in seiner Gegenwart immer erfüllte, wie Benzin in die Adern schoss. Sie wappnete sich gegen den kraftvollen Schub, der ihr half, diese Situationen zu überstehen. Machte sich bereit für die schneidenden Worte, die ihr aus dem Nichts in den Sinn kamen, und dass ihr das hinterhältige, gehässige Lächeln ins Gesicht trat.

Nichts davon geschah.

Stattdessen senkte sich eine erdrückende Last auf ihren ganzen Körper, sodass sie sich nicht rühren konnte, nicht einmal, als er vom Sessel hochschoss und über den weißen Teppich auf sie losging. Nicht, weil sie Angst vor ihm hatte – zumindest glaubte sie nicht, dass es das war, was mit ihr geschah. Vielmehr hatte ihr Körper sich in einen empfindungslosen Klotz verwandelt, während ihr Bewusstsein über diesem unbeweglichen Stein schwebte, zu dem ihr Fleisch geworden war.

Von einem Punkt irgendwo über ihrer rechten Schulter aus sah sie zu, wie er geiferte und tobte, sie am Arm packte, schüttelte, aufs Bett schleuderte.

Über sich selbst schwebend war sie Zeugin dessen, was als Nächstes passierte, während sie nichts davon spürte, nichts tat. Sie sah sogar seinen Hinterkopf, seine Schultern und seine Beine von ihrem hohen Blickwinkel aus, als er an ihren Kleidern riss und an ihren Gliedern zerrte.

Unter ihrem Körper wurde die Bettdecke zerwühlt, die bisherige Ordnung ruiniert, die feine ägyptische Baumwolle knitterte, als er auf ihr schwitzte.

Gin konzentrierte sich vor allem auf ihr eigenes Gesicht. Ihre Züge waren eigentlich sehr schön. Aber die Augen waren völlig leer, mit dem inneren Licht und Leben von zwei Pflastersteinen. Ihre Fassung war bewundernswert, nahm sie an. Leg dich zurück und denk an England, oder so.

Luxuskaufhaus hatte Samuel gesagt?

Als Richard fertig war, sackte er zusammen und löste sich von ihr. Und Gins Körper lag einfach nur da, während er noch einige Dinge sagte. Dann drehte er sich auf dem Absatz herum und ging mit gerecktem Kinn davon. Wie ein Junge, der seinen Sandkasten erfolgreich gegen die älteren Kinder verteidigt hatte und ihn jetzt zufrieden verlassen konnte, weil es ihm ums bloße Gewinnen, nicht um den eigentlichen Besitz gegangen war.

Nach einer Weile senkte sich die schwebende Gin aufs Bett herunter und setzte sich neben die reale Gin. Aber noch wollte sie nicht in ihren Körper zurück. Es war besser, von alldem getrennt zu sein. Einfacher.

Als sie den flüchtigen Gedanken hatte, dass sie sich zudecken sollte, bewegte sich der Arm der realen Gin und zog sich die Bettdecke über ihren gemeinsamen Unterleib.

In der Stille überlegte Gin, dass sie vielleicht verdiente, was sie bekam. Sie hatte jeden um sich herum mit Spott behandelt, absichtlich und demonstrativ jede nur erdenkliche Regel gebrochen, war nur zum Spaß voreingenommen und grausam gewesen, hatte den Zickenclub angeführt in jeder Klasse, jedem Ferienlager und jeder Schule, auf der sie je gewesen war – und jetzt, wo alle Klassenzimmer und das Anhäufen von Diplomen hinter ihr lagen, stand sie an der Spitze der gehässigen Luxusweibchen.

Nun, zumindest war das bislang der Fall gewesen.

In Anbetracht der niederschmetternden Menge von Leuten, die sich bei der Aufbahrung ihres Vaters nicht hatten blicken lassen, und dass Tammy nicht mehr kommen wollte, war sie offensichtlich degradiert worden.

Also war es vielleicht Karma.

Vielleicht ging es einem so, wenn man schlechte Energien in die

Welt hinausschleuderte. Vielleicht war das der Tsunami, der auf das Erdbeben ihrer Taten folgte und jetzt zurückkam, um ihre Küste unter sich zu begraben.

Andererseits – vielleicht hatte sie einfach ein Arschloch geheiratet, aus all den falschen Gründen, und Richard war schlicht ein sadistischer Vergewaltiger, und dafür waren schließlich nie die Opfer verantwortlich zu machen. Nun lag es an ihr, scharfsichtig und mutig zu sein und das zu beenden, bevor er sie umbrachte.

Denn genau darauf lief es hinaus: Sie hatte Richards Augen gesehen, in denen Erregung aufflammte wie in denen eines Jägers. Mit der Zeit würde er sich mit ihrem derzeitigen Gewaltniveau nicht mehr zufriedengeben. Er würde es immer weiter steigern, weil ihn die Schmerzen und die Unterwerfung anturnten – aber nur, wenn etwas daran immer neu war, blieb es wirklich aufregend für ihn.

Er hatte aus der Opferperspektive gelernt, andere zu tyrannisieren. Und jetzt gab es ihm einen Kick, selbst derjenige zu sein, der andere bedrohte.

Vielleicht sollte sie ihn einfach zuerst töten?

Das war ihr letzter Gedanke, als der Schlaf beide Teile von ihr ergriff, ihren Körper und ihre Seele, und die Decke der Besinnungslosigkeit den Stau in ihrem Kopf linderte: Ja, vielleicht war der Ausweg einfach, ihn loszuwerden.

Und zwar nicht durch eine Annullierung.

44

Am nächsten Morgen ließ Lane Lizzie in dem riesigen Bett auf Easterly weiterschlafen, duschte kurz und zog sich an. Bevor er ging, verbrachte er einen Augenblick damit, sie in ihrem Schlummer zu betrachten und sich zu denken, dass er sich definitiv die richtige Frau ausgesucht hatte.

Und dann war er unterwegs, stapfte mit großen Schritten über den Gang, die Haupttreppe hinunter und zum Haupteingang hinaus.

Der Porsche sprang tadellos an, und er raste zum Fuß des Hügels hinunter, bog links ab und fuhr zur Tankstelle. Einen großen Kaffee und ein pappiges Frühstückssandwich später war er zur lokalen Bankfiliale unterwegs, überholte Radfahrer, blieb hinter einem Schulbus stecken und fluchte, als ein Kleinbus voller Jugendlicher ihn fast plattgemacht hätte.

Aber das konnte auch seine Schuld gewesen sein. Er hatte nicht gut geschlafen, und die Wirkung des Kaffees hatte noch nicht eingesetzt.

Was zur Hölle hatten seine beiden Brüder dort am Flussufer getrieben? Und warum verdammt nochmal hatte keiner das bisher erwähnt?

Weil sie etwas zu verbergen hatten.

Ach nee.

Nachdem Detective Merrimack und der Computerfreak Pete das Business-Center endlich verlassen hatten, hatte Lane den Impuls gehabt, zu Red & Black hinauszufahren. Aber er war nicht sicher gewesen, ob das Team der Polizei nicht gerade selbst dorthin unterwegs war. Schließlich ging Edward nur selten ans Telefon, egal wer anrief, und der Detective hatte die Konzentration und Zielstrebigkeit eines Bluthundes auf heißer Fährte.

Das Letzte, was Lane wollte, war, vor dieser Provinzbullenparade streitlustig zu wirken – und gerade hatte er höllische Lust, sich seine beiden Brüder vorzuknöpfen.

So waren er und Lizzie auf dem Anwesen geblieben, hatten sich wieder im Poolhaus geliebt und dann oben in der Wanne. Und im Bett.

Hervorragender Stressabbau. Auch wenn sich dadurch nichts änderte.

Er fuhr auf den Parkplatz der Bank, fand einen freien und erkannte, dass er sich denselben ausgesucht hatte wie bei seinem letzten Besuch, als er von den Problemen erfahren hatte.

Fast wäre er rückwärts wieder hinausgefahren und hätte den Wagen woanders abgestellt.

Aber er wusste, dass magisches Denken ihm nicht helfen würde. Er stand auf und ließ das Verdeck unten, obwohl der Himmel voll dicker Regenwolken war und der Wetterkanal eine Tornadowarnung ausgegeben hatte. So war das eben in Kentucky. Es gab kein jahreszeitliches Wetter: Man konnte den Morgen in Shorts und T-Shirt beginnen, brauchte gegen Mittag seine Platzregen-Ausrüstung und beendete den Nachmittag in Parka und Schneestiefeln.

Sein Handy klingelte, er nahm es aus der Tasche des Leinenjacketts, das er schon gestern getragen hatte. Als er sah, wer es war, hätte er fast die Mailbox rangehen lassen.

Mit einem Fluch nahm er den Anruf an. »Ich besorge Ihnen das Geld.«

Auch wenn er keine Ahnung hatte, wie.

Ricardo Monteverdi machte sich fast in die Hosen, die Zehn-Millionen-Dollar-Spritze von Sutton hatte Lane weniger Tage Frieden erkauft, als er laut Absprache gedacht hatte. Wieder einmal zog der Mann seine Wir-haben-keine-Zeit-mehr-rette-meinen-Arsch-bevor-ich-deine-Familie-ruiniere-Nummer ab, und als er weiter vor sich hinleierte, warf Lane wieder einen prüfenden Blick zum Himmel.

Lenghes Flugzeug sollte in fünfundvierzig Minuten landen – und wenn es nicht pünktlich war, würde es Stunden und Stunden Verspätung haben.

»Muss Schluss machen«, sagte Lane. »Sie hören von mir.«

Er legte auf, wartete, bis ein SUV an ihm vorbeigefahren war, und ging dann zügig zur Flügeltür hinüber. Die örtliche PNC-Filiale war der übliche standardisierte eingeschossige Kasten mit Glasfront, und als er hineinging, kam ihm diese attraktive blonde Bankdirektorin entgegen, um ihn zu begrüßen.

»Mr Baldwine, wie nett, Sie wiederzusehen.«

Er schüttelte ihr die Hand und lächelte. »Hätten Sie eine Minute Zeit für mich?«

»Aber natürlich. Kommen Sie herein.«

Er ging in ihr Büro und setzte sich auf den Kundenstuhl. »Also, mein Vater ist verstorben.«

»Ich weiß.« Sie nahm hinter ihrem Schreibtisch Platz. »Mein Beileid.«

»Ich werde mich nicht damit aufhalten – danke, vielen Dank. Also, ich werde nicht versuchen, die Bevollmächtigten des Haushaltskontos ändern zu lassen. Ich will ein neues eröffnen und werde schnellstmöglich dreihunderttausend Dollar darauf überweisen. Wir werden die automatischen Gehaltsüberweisungen für alle Easterly-Angestellten mit sofortiger Wirkung auf das neue Konto übertragen müssen, und ich brauche eine Liste von allen, deren Gehälter wegen mangelnder Deckung nicht mehr vom alten Konto überwiesen werden konnten. Es ist ein riesiger Schlamassel, aber ich will das heute alles veranlassen, auch wenn das Geld erst am Montag kommt.«

Lizzie würde heute Vormittag zusammen mit Greta die Personalsituation in den Griff bekommen, und hoffentlich konnten sie alles auseinanderklamüsern und sofort Leute von der Gehaltsliste nehmen. Je schneller sie Personal reduzieren konnten, desto weniger Ausgaben würden sie haben.

»Natürlich, Mr Baldwine.« Die Bankdirektorin begann auf ihrer Tastatur zu tippen. »Ich brauche einen Ausweis von Ihnen. Und sagen Sie mir, woher die Gelder kommen?«

Aus dem Nichts hörte er Jeffs Stimme in seinem Kopf: Ich investiere in dein kleines Bourbon-Unternehmen.

Zum Teufel, wenn sein Freund einen Scheck ausstellen konnte, konnte er es auch. Und zur Not konnte er auch noch Gelder aus seinem Trust nehmen, aber danach würde er anfangen müssen, Aktien zu verkaufen. Entscheidend war, sicherzustellen, dass seine Mutter auf Easterly auch weiterhin ein Dach über dem Kopf hatte, dass das Stammpersonal, das sie auf dem Anwesen behalten würden, sein Gehalt bekam, dass Essen in der Speisekammer war und ihnen Strom und Wasser nicht abgestellt wurden. Oh, und auch Sutton Smythes Hypothek wollte bedient sein.

Und danach?

Bis sie das nicht alles hinbekommen hatten, war alles andere unwesentlich.

Als er ihr seinen Führerschein und seine Kontonummer bei J.P. Morgan reichte, lächelte sie. »Wie Sie wünschen, Mr Baldwine. Ich werde das alles sofort für Sie veranlassen.«

Etwa zwanzig Minuten später verließ Lane die Bank. Er hatte alles Nötige unterschrieben, die Überweisung getätigt und Lizzie angerufen, um sie auf den neusten Stand zu bringen. Die Gehaltsüberweisungen durchzusehen würde eine Weile dauern, und Lizzie würde die Bankdirektorin wissen lassen, wer blieb und wem gekündigt wurde ...

Lane blieb mitten auf dem Parkplatz stehen.

Direkt neben seinem Wagen, mit einem Mountainbike an seiner Seite und einem viel zu erwachsenen Gesichtsausdruck ... stand Rosalinda Freelands Sohn.

Lizzie beendete ihr Telefonat mit Lane und setzte sich auf den erstbesten Stuhl im Büro der Rechnungsführerin, der ihr ins Auge fiel. Erst als sie ihre Hände auf die gepolsterten Armlehnen legte und sich zurücklehnte, wurde ihr klar, dass es der gepolsterte Stuhl war, auf dem man die tote Rosalinda Freeland gefunden hatte.

Sie sprang wieder auf und wischte sich den Hosenboden ab, obwohl der Schonbezug entfernt und die Polster gereinigt worden waren.

»Also, was denkst du?«, fragte sie Greta.

Die Deutsche sah vom Laptop auf Rosalindas altem Schreibtisch auf. Wie auch im übrigen Büro, das so fröhlich und lichterfüllt wie die

Höhle eines Erdhörnchens war, befanden sich auf dem Schreibtisch keinerlei nicht-funktionale Gegenstände. Da war nichts außer einer Lampe, einem Stifthalter voller blauer Kugelschreiber und eines Ablagekörbchens für eingehende Post auf der Schreibunterlage.

So hatten nach dem Todesfall auch keine persönlichen Gegenstände entfernt werden müssen. Und nicht etwa, weil die Frau vor der Tragödie ihr Büro ausgeräumt hatte.

»Ihre Buchhaltung war spitzenmäßig.« Hinter Gretas knalliger pinkfarbener Lesebrille mit den kreisrunden Gläsern waren ihre hellblauen Augen aufmerksam und konzentriert. »Komm, schau's dir an. Alles da.«

Lizzie ging zu ihrer Partnerin hinüber und spähte ihr über die Schulter. Auf dem Laptopmonitor war eine Tabelle mit Namen, Kontaktinformationen, Stundensätzen und Bonuszahlungen. Indem sie nach links scrollte, konnte Greta alles aufrufen, was in den letzten fünf Jahren an die Mitarbeiter ausgezahlt worden war, in monatlicher Auflistung.

»Sehr gut. Das ist sehr gut.« Greta nahm die Brille ab und lehnte sich zurück. »Ich sage die einzelnen Namen, und du sagst mir, was wir mit ihnen machen.«

»Wie viele Leute sind es?«

Greta griff nach der Maus und scrollte. Und scrollte.

Und scrollte immer weiter.

»Dreiundsiebzig. Nein. Zweiundsiebzig.«

»Wow. Okay, gehen wir sie einzeln durch.« Lizzie schnappte sich einen weißen Block mit geprägtem EASTERLY-Schriftzug oben auf der Seite und einen Kuli vom Tisch. »Ich schreibe mit.«

Greta hob die Hand. »Ich höre auf. Also ein Gehalt zu beziehen, meine ich. Setz mich ganz oben auf die Liste.«

»Greta, hör mal ...«

»Nein, Jack und ich sind nicht darauf angewiesen, dass ich arbeite. Meine Kinder sind aus dem Haus, sie kommen alleine klar. Ich habe das Gehalt bekommen, weil ich es verdient habe, und das gilt nach wie vor.« Greta zeigte auf den Bildschirm. »Aber diese Leute hier brauchen das Geld nötiger als ich. Arbeiten werde ich natürlich weiterhin. Was sollte ich auch sonst mit mir anfangen?«

Lizzie atmete tief durch. Weil sie die Farm abgezahlt hatte, hatte auch sie entschieden, vorübergehend kein Geld mehr anzunehmen, aber ihrem Gefühl nach war das etwas anderes.

Das war jetzt ihre Familie.

»Wir werden dich bezahlen«, sagte sie. »Im Nachhinein, sobald wir können.«

»Wenn du dich dann besser fühlst.«

Lizzie hielt ihr die Hand hin. »Nur unter dieser Bedingung bin ich einverstanden.«

Als Greta einschlug, blitzte ihr riesiger Diamantring auf, und Lizzie schüttelte den Kopf. Ihre Partnerin war wahrscheinlich die einzige Gartenbauexpertin im Land, die fast so reich war wie die Anwesen, für die sie »arbeitete«. Aber die Frau war einfach nicht dafür gemacht, herumzusitzen und Däumchen zu drehen.

Und außer Lane war sie auch der einzige Mensch, der Lizzie vor dem Wahnsinn bewahrte.

»Ich weiß nicht, wie lange es dauern wird«, sagte Lizzie, als sie sich die Hände schüttelten. »Könnte sein, dass ...«

»Wo ist euer Butler?«

Beim Klang einer allzu bekannten Frauenstimme sah Lizzie auf.

Und stieß prompt eine Salve von Flüchen in ihrem Kopf aus: In der Tür, mit einer Miene, als gehörte ihr hier alles, stand Lanes Exfrau. Oder vielmehr Fast-Exfrau.

Chantal Baldwine war immer noch so blond, wie sie gewesen war, als Lane sie rausgeschmissen hatte – was so viel hieß, dass sie kunstvolle Strähnchen hatte. Und genauso hatte sie ihre zarte Bräune, die kurze, perfekte Maniküre und ihren Dresscode »reich, jung, gesellschaftlich überlegen« beibehalten.

So war ihr heutiges Outfit pfirsichfarben und pink, luftig wie eine Brise, und es saß ihr wie auf den Leib geschneidert. Was bedeutete, dass es um ihren schwangeren Unterbauch ein klein wenig spannte.

»Kann ich Ihnen helfen?«, fragte Lizzie ruhig.

Gleichzeitig legte sie Greta die Hand auf die Schulter und drückte sie auf ihren Stuhl. Die Frau hatte Anstalten gemacht, aufzustehen, aber es war schwer zu sagen, ob sie Lizzie und Chantal etwas Privatsphäre geben oder der anderen Frau aus Prinzip eine reinhauen wollte.

»Wo ist Lane?«, blaffte Chantal. »Ich habe ihn zweimal angerufen. Meine Anwältin hat ihn wiederholt aufgefordert, mir Zugang zu meinem persönlichen Eigentum zu gewähren, aber er hat nicht geantwortet. Also bin ich jetzt hier, um meine Sachen zu holen.«

Lizzie warf Greta einen eindringlichen Bleib-bloß-sitzen-Blick zu und ging zu Chantal hinüber. »Ich begleite Sie gerne nach oben, aber ich kann Sie nicht unbeaufsichtigt auf das Anwesen lassen.«

»Also bist du jetzt auch die Security? Hast ja ganz schön zu tun. Übrigens, ich hörte, dass niemand zu Mr Baldwines Aufbahrung gekommen ist. So eine Schande aber auch.«

Lizzie ging an der Frau vorbei und ließ Chantal keine Wahl, als ihr zu folgen. »Haben Sie Umzugshelfer mitgebracht? Kartons? Einen Laster?«

Chantal blieb in der Mitte des Personalkorridors stehen. »Wovon redest du?«

»Sie sagten doch, Sie sind hier, um Ihre Sachen zu holen. Wie wollen Sie sie transportieren?«

Es war, als sähe man einem Erstklässler zu, der sich in höherer Physik versuchte.

»Mr Harris kümmert sich um das alles«, antwortete Chantal schließlich.

»Nun, der ist nicht hier. Also, was ist Ihr Plan?«

Als das wunderschöne Gesicht wieder diesen leeren Taschenrechner-ohne-Batterien-Ausdruck annahm, war Lizzie versucht, die Frau für die nächsten zwölf Stunden einfach stehen und ihren mentalen Totalausfall genießen zu lassen. Aber sie hatte zu viel zu tun, und ehrlich gesagt war es ihr unangenehm, Chantal im Haus zu haben.

»Mit was für einem Wagen sind Sie gekommen?«, fragte Lizzie.

»Mit einer Limousine.« Als wäre alles andere undenkbar.

»Greta?«, rief Lizzie. »Könntest du wohl ein paar ...«

Die Deutsche kam heraus und ging auf die Kellertreppe zu. »... Kunststoffboxen holen. Klar. Schon unterwegs.«

Sie hatte natürlich zugehört, und es hatte sie fast umgebracht, das Problem nicht aus der Welt schaffen zu können. Mit einer Schrotflinte vielleicht.

»Gehen wir«, sagte Lizzie. »Ich bringe Sie hinauf. Wir kriegen das schon irgendwie hin.«

Einem Wichtigtuer – Mr Harris – hatte sie schon beim Auszug geholfen. Wenn sie so weitermachte, entwickelte sie hier noch ganz neue Kernkompetenzen.

»Randolph.« Lane begann, auf seinen Wagen zuzugehen – und seinen Halbbruder. »Wie geht es dir?«

»Eigentlich heiße ich Damion.« Der Junge zupfte nervös an seiner offenen Jacke. »Und ich bin deinem Wagen nicht gefolgt. Ich bin dir nicht gefolgt – also, ich bin auf dem Weg zur Schule hier vorbeigekommen.«

»Auf welche Schule gehst du?« Obwohl Lane es dank der Kakihose, dem weißen Hemd und der blau-grünen Krawatte schon wusste.

»Charlemont Country Day.«

Lane runzelte die Stirn. »Fährst du da keinen Umweg?«

Der Junge sah weg. Sah ihn wieder an. »Ich nehme die lange Strecke, weil ich sehen wollte ... sehen will, wie es ist. Weißt du, das Haus, wo er wohnt. Wohnte.«

»Das ist absolut nachvollziehbar.«

Damion starrte auf den Asphalt. »Ich dachte, du würdest wütend auf mich sein oder so.«

»Warum? Du kannst doch nichts dafür. Du hast um nichts von alldem gebeten. Und nur, weil ich mich nicht mit manchen Dingen befassen will, die mein Vater getan hat, bedeutet das nicht, dass ich mit dir ins Gericht gehe.«

»Meine Großmutter hat mit gesagt, ihr würdet mich alle hassen.«

»Ich kenne sie nicht und werde nicht respektlos über sie sprechen, aber das stimmt nicht. Was ich gesagt habe, war mein Ernst. Du kannst jederzeit kommen – ich würde dich jetzt gleich dorthin mitnehmen, aber ich muss jemanden vom Flughafen abholen.«

Als Damion den Easterly-Hügel hinaufblickte, überlegte Lane, dass es wirklich schwer sein würde, den Jungen ins Haus zu bringen, wo seine Mutter noch lebte und im Obergeschoss lag. Aber inzwischen erkannte sie nicht einmal ihre eigenen Kinder und verließ kaum noch ihr Zimmer.

»Ich bin sowieso schon spät dran. Wir haben eine Veranstaltung an unserer Schule.«

Nach einer unbehaglichen Pause sagte Lane: »Wir werden ihn beerdigen. Eigentlich sollten wir es heute tun, aber wegen dem Wetter und aus ein paar anderen Gründen ist es verschoben worden. Wie kann ich dich erreichen? Ich sage dir Bescheid – und du kannst auch deine Großmutter mitbringen. Was immer du möchtest.«

»Ich habe kein Handy. Und ich weiß nicht. Ich glaube, ich will da nicht hin. Ist mir zu schräg. Weißt du ... ich habe ihn kaum gesehen. Er kam nie vorbei.«

Und hier war es wieder. Noch ein Sohn, der Schmerzen litt wegen diesem Mann.

Lane fluchte innerlich. »Das tut mir wirklich leid. Er war ... ein sehr komplizierter Mann.«

Meint: Komplettes Arschloch.

»Aber ich will vielleicht später mal hingehen.«

»Machen wir's doch so.« Lane beugte sich in den Wagen und nahm die Verpackung seines Frühstückssandwichs heraus. »Hast du einen Stift?«

»Klar.« Der Junge nahm seinen Rucksack ab und zog einen Bleistift mit dem Schriftzug Charlemont Country Day heraus. »Hier.«

Lane schrieb seine Nummer auf. »Ruf mich an, wann immer du willst. Ich werde dir genau sagen, wo er beigesetzt wird. Und lass mich auch wissen, wann du ins Haus kommen willst.«

Ja, Easterly war zwar das Erbe seiner Mutter, aber William Baldwine hatte jahrzehntelang dort gewohnt. Wenn Lane in der Lage dieses Jungen wäre und seinen Erzeuger kaum gekannt hätte, würde er auch sehen wollen, wo der Mann gearbeitet und geschlafen hatte, selbst wenn es erst nach seinem Tod war.

»Okay.« Damion sah die Verpackung an. Dann steckte er sie in seinen Rucksack. »Es tut mir leid.«

Wieder runzelte Lane die Stirn. »Was denn?«

»Ich weiß nicht. Ich schätze, weil du auch eine Mom hast. Und sie ... er ...«

»Ich gebe dir einen Rat, und es ist an dir, ob du ihn befolgen willst oder nicht.« Er drückte dem Jungen die Schulter. »Versuche nicht, dir Probleme oder Fehler zu eigen zu machen, die nicht deine sind. Das ist keine gute Langzeitstrategie.«

Damion nickte. »Ich rufe dich an.«

»Mach das.«

Lane sah zu, wie der Junge auf sein Rad stieg und davonradelte. Und als ihm aufging, dass er keinen Helm trug, hätte er Damion fast zurückgerufen und ihn sicher zur Schule gefahren.

Aber vielleicht sollte er seinen eigenen Rat befolgen. Damion hatte einen Vormund, und, hypothetisch gesprochen, zehn Millionen Dollar, je nachdem wie die Dinge ausgingen. Lane hingegen hatte sowieso schon zu viel um die Ohren und konnte sich nicht um alles kümmern. Er war jetzt schon an der Grenze seiner geistigen und körperlichen Belastbarkeit.

Er setzte sich ans Steuer, ließ den Motor an und raste auf die Dorn Street hinaus, dann über die Landstraße zum Flughafen, um das Autobahnkreuz zu vermeiden. Als er schließlich durchs Tor zum Rollfeld der Privatjets fuhr, stieg John Lenghe eben aus dem Flugzeug. Wow. Dieses Mal waren seine Golfshorts aus einem Stoff mit Grasmuster. Hellgrüne Halme auf schwarzem Hintergrund. Tausende davon.

Es war ein Look, den sich nur jemand mit seinem Reinvermögen leisten konnte.

Der Mann winkte ihm mit seiner freien Hand zu, in der anderen hielt er den Griff eines abgenutzten alten Koffers.

»Ich dachte mir schon, dass ich hier festsitzen werde«, sagte der

Mann, als er zum Porsche herüberkam und auf sein Gepäck zeigte. »Bei dem Wetter nimmt man besser eine Zahnbürste mit.«

»Wir haben jede Menge Gästezimmer. Und meine Momma kocht das beste Soul Food weit und breit. Magst du Soul Food?«

Lenghe stellte seinen Koffer auf den fünfzehn Zentimeter breiten Rücksitz. »Ist Jesus mein Herr und Erlöser?«

»Dein Stil gefällt mir.«

Als der Mann einstieg, sah er Lanes Leinenjackett und gebügelte Hose an. »Wirklich? Bist du dir da ganz sicher, mein Junge?«

Lane legte den Gang ein und trat aufs Gas. »Ich sage nicht, dass ich deine Garderobe tragen könnte. Aber an dir? Sieht spitze aus.«

»Du bist mir schon ein alter Schmeichler, weißt du?« Lenghe zwinkerte. »Bist du ausgeschlafen? Bereit für eine Pokerpartie?«

»Immer, alter Mann, immer.«

Lenghe lachte laut heraus, und während Lane sie zurück nach Easterly fuhr, war die Konversation überraschend entspannt. Als sie am Fuß des Hügels darauf warteten, dass das Tor sich öffnete, beugte Lenghe sich vor und sah zu der ausgedehnten weißen Fassade von Easterly hinauf.

»Genau wie auf den Flaschen.« Er schüttelte den Kopf. »Alle Achtung, Jungs. Nicht übel, eure Hütte.«

Besonders wenn wir es schaffen, dass sie in der Familie bleibt, dachte Lane ironisch.

Gerade als sie oben auf dem Hügel ankamen, begann es zu regnen – aber Lane vergaß das Wetter, als er die lange schwarze Limousine erblickte, die direkt vor dem Vordereingang stand.

»Wer zum Teufel ist das?«, sagte er laut.

Nachdem John mit seinem Gepäck ausgestiegen war, klappte Lane das Verdeck hoch und ging zu dem uniformierten Fahrer hinüber. Der ließ das Fenster herunter. Lane kannte ihn nicht.

»Kann ich Ihnen helfen?«

»Guten Tag, Sir. Ich bin mit Chantal Baldwine hier. Sie holt ihre Sachen ab.«

Scheiße. Auch das noch.

45

»Nein, ich mache das ohne Seidenpapier.«

Lizzie öffnete eine Kleiderschublade nach der anderen und dachte bei sich, nicht nur wickle ich dein Zeug nicht in beschissenes Seidenpapier ein, sondern du kannst von Glück sagen, dass ich nicht einfach ein Fenster öffne und anfange, die Sachen auf deine Limo zu schmeißen.

»Aber das knittert doch.«

Lizzie drehte abrupt den Kopf in Chantals Richtung. »Knitterfalten sind gerade Ihr kleinstes Problem. Und jetzt los, an die Arbeit. Ich mache das nicht allein.«

Chantal sah beleidigt aus, als sie über den fünf Plastikboxen stand, die Greta in den begehbaren Kleiderschrank gebracht hatte. »So etwas mache ich normalerweise nicht selbst, weißt du.«

»Was Sie nicht sagen.«

Lizzie schnappte sich eine der Boxen und begann, zusammengelegte Sachen hineinzulegen – Hosen, Jeans, Yogaklamotten –, effizient und gleichmäßig. Dann machte sie mit der nächsten Schublade weiter. Unterwäsche. Die hatte sie schon einmal durchgesehen, als sie sich hereingestohlen hatte, um das Hemdchen, das sie unter William Baldwines Bett gefunden hatte, mit etwas von Chantals Sachen abzugleichen.

Verstohlen sah sie zum Toilettentisch hinüber.

Das Blut auf dem gesprungenen Spiegel war entfernt worden. Aber das Glas war immer noch kaputt.

Sie konnte sich den Streit zwischen William und Chantal nur vorstellen. Aber das ging sie nichts an. Was sie dagegen sehr interessierte: die Frau so weit von Lane und Easterly weg zu bringen wie nur irgend möglich.

Es war in etwa, wie ein Efeubeet zu jäten, entschied sie. Unkraut raus, Efeu behalten.

»Fangen Sie mit den hängenden Sachen an«, befahl sie der Frau, »oder ich zerre das alles auf einmal von der Stange.«

Das brachte Chantal dann doch in Bewegung. Ihre manikürten Hände öffneten die Glastüren und nahmen Kleidungsstücke heraus, jeden Bügel einzeln. Aber immerhin machte sie einen Haufen, der aus der Suite gebracht werden sollte.

Lizzie war bei der dritten Box, als Lane mit großen Schritten ins Ankleidezimmer kam.

Chantal drehte sich um, sah ihn an – und legte die Hand auf ihren Unterbauch.

Jaja, wir wissen alle, dass du schwanger bist, Schätzchen, dachte Lizzie. Wie könnten wir das vergessen?

»Das sind meine Sachen«, sagte Chantal selbstgefällig. »Und ich beabsichtige, sie von hier zu entfernen.«

Sie klang so hochnäsig wie Maggie Smith persönlich.

Okaaay, hier brauchte jemand definitiv ein Snickers, entschied Lizzie. Und zwar nicht jene Schönheitskönigin dort.

Schließlich gab es keinen Grund, zickig zu werden. Es würde in dieser Situation überhaupt nichts bringen, und es gab unter diesem Dach weiß Gott schon genug andere Probleme.

»Jepp«, sagte Lane und kam herein. »Du solltest sie mir wirklich aus dem Haus schaffen.«

Er ging hinüber zu einem der Schränke mit Glasfront, riss die Türen auf und legte sich mit seinem ganzen Oberkörper in die aufgehängten Kleider. Als er wieder auftauchte, waren seine starken Arme voll mit bunten, teuren Bahnen von Seide, Taft und Organza.

»John!« rief er. »Kannst du hier mal mit Hand anlegen?«

»Was machst du?« Chantal eilte auf ihn zu. »Was tust du da?«

Ein untersetzter älterer Mann kam herein, in absolut beeindruckenden Golfshorts. Wer hätte gedacht, dass man aus Gras Kleider machen konnte?

»Tag zusammen«, sagte der Mann mit dem nasalen Akzent des Mittleren Westens und einem breiten, herzlichen Lächeln. »Wie kann ich helfen?«

»Schnapp dir was und trage es runter in die Limousine.«

»Aber sicher, mein Junge.«

»Das können Sie nicht! Ich kann nicht ...«

»Oh, und das ist meine Verlobte Lizzie.« Lane lächelte in ihre Richtung. »Ich denke nicht, dass du sie schon kennengelernt hast.«

»Verlobte?« Chantal stampfte mit ihrem Stiletto auf. »Verlobte?«

Als sie ein weiteres Mal mit dem Fuß aufstampfte, dachte Lizzie, wow, ich hatte immer gedacht, diese Bewegung ist für Folgen von »Friends« reserviert.

»Das ist mein Freund John«, sagte Lane zu Lizzie. »Du erinnerst dich, der Getreidegott?«

»Hallo.« Sie winkte dem Mann zu. »Danke fürs Helfen.«

»Ich bin Farmer, Ma'am. Ich scheue keine Arbeit.«

Er sah Chantal an, die immer noch am Ausflippen war, und dann trat er um sie herum, öffnete das nächste Schrankteil und zerrte etwa zwei Dutzend bodenlange Abendkleider heraus.

Es war, als umarmte er einen Regenbogen.

Als die beiden Männer mit den Kleidern den Raum verließen, folgte Chantal ihnen und stolperte über die gepolsterten Kleiderbügel, die hinter ihnen zu Boden fielen wie eine Brotkrumen-Spur.

Lizzie lächelte in sich hinein und machte sich wieder ans Packen.

Selten hatte sich ein Hausputz so gut angefühlt.

Vor Gins Schlafzimmer bewegte sich eine Art Tumult den Gang hinunter.

Aber sie war zu sehr damit beschäftigt, ihr Handy zu suchen, um darauf zu achten. Das letzte Mal hatte sie es benutzt, als ... Die Piloten! Sie hatte es benutzt, als sie im Cockpit von Richards Flugzeug gewesen war. Hatte sie das Ding verloren?

Es war nicht auf dem Nachttisch. Auch nicht unter dem Bett oder auf der dekorativen Kommode.

Und es war auch nicht in ihrer Handtasche.

Sich entfernt bewusst, dass Panik in ihr aufstieg, ging sie hinüber in ihr Ankleidezimmer. Das Chaos, das sie an ihrem Schminktisch hinterlassen hatte, war aufgeräumt – und einen Moment hielt sie inne und dachte, wie viel Arbeit es gewesen sein musste, das alles sauber zu machen. Auf dem Rolltisch war alles voller Puder und Schlieren von verschmierten Kajalstiften gewesen, Lippenstifthülsen und Eye-Liner hatten herumgelegen. Außer alles noch Verwendbare zurückzuräumen, musste Marls sich auch Glasreiniger oder so etwas geholt haben, Papierhandtücher und wer weiß was sonst noch alles.

Sogar der Teppich darunter, der weiße Teppichboden, war makellos.

»Danke«, flüsterte sie, obwohl sie allein war.

Sie ging zu den offenen Regalen hinüber, wo sie ihre Sammlung von Gucci-, Vuitton-, Prada- und Hermès-Handtaschen aufbewahrte, und versuchte sich daran zu erinnern, welche sie mitgenommen hatte ...

Von einem Klingelton fuhr ihr Kopf herum.

Sie folgte dem Klingeling zur Hängesektion des Raumes, öffnete die Schranktür, hinter dem das Geräusch zu hören war, und zog einen pink-, weiß- und cremefarbenen Akris-Seidenmantel heraus.

Sie fand das Handy in der Tasche und nahm den Anruf an, obwohl der Anrufer nicht in ihren Kontakten registriert war.

Vielleicht war es ja Gott, um ihr zu sagen, was sie als Nächstes tun sollte.

Schließlich war es absolut vorstellbar, dass Miss Aurora so einen Draht nach oben hatte.

»Hallo?«

»Ms Baldwine?«, sagte eine Frauenstimme.

»Ja?«

»Guten Tag, ich bin Jules Antle. Die Etagenbetreuerin Ihrer Tochter in ihrem Wohnheim.«

»Oh. Ja. Ja, natürlich.« Das erklärte die Vorwahl, 860. »Sie rufen mich an, damit ich veranlasse, dass Amelias Sachen abgeholt werden?«

Scheiße, Mr Harris war fort. Wer konnte so etwas ...

»Wie bitte? Ihre Sachen abholen?«

»Ja, ich werde jemanden schicken und ihre Sachen sofort abholen lassen. In welchem Wohnheim ist sie nochmal genau?«

»Das Semester ist noch nicht vorbei.«

»Dann würden Sie vorziehen, dass wir damit warten, bis die anderen Schüler gehen?«

»Ich ... Bitte entschuldigen Sie, aber ich kann Ihnen nicht folgen. Ich habe angerufen, um zu fragen, wann sie zurückkommt. Ich habe mir erlaubt, mit ihren Lehrern zu reden, und wenn sie die Abschlussprüfungen nach ihrer Lernpause von zu Hause aus machen möchte, kann sie das sehr gerne tun.«

Gin runzelte die Stirn. »Prüfungen?«

Ms Antle oder Jules oder Mrs Etagenbetreuerin sprach nun langsamer. Offenbar dachte sie, Gin sei geistig beschränkt. »Ja, die Prüfungen vor den Sommerferien. Die Termine sind bald.«

»Aber warum sollte sie ... Tut mir leid, ich hatte das so verstanden, dass Amelia gebeten wurde, die Schule zu verlassen.«

»Amelia? Nein. Warum das denn? Sie ist eine unserer Lieblingsschülerinnen hier. Ich kann sie mir als Vertrauensschülerin vorstellen, wenn sie in die Oberstufe kommt. Sie greift anderen immer unter die Arme, gibt sehr großzügig Nachhilfe, ist immer für andere da. Das ist wahrscheinlich auch der Grund, warum sie zur Jahrgangssprecherin gewählt wurde.«

Gin blinzelte. Wie sie jetzt bemerkte, hatte sie sich so hingedreht, dass sie sich in einem der Spiegel neben dem Friseurstuhl sehen konnte. Und Herr im Himmel, sie sah schrecklich aus. Aber sie war ja auch mit ihrem ganzen Make-up eingeschlafen, und obwohl ihr Haar nicht allzu zerzaust war, sah ihr Gesicht aus wie ein Gruselclown mit gehetztem Blick.

Ziemlich ironisch, dass sie wie ein Wrack aussah, während sie herausfand, dass das Leben ihrer Tochter eigentlich ganz gut lief.

»Hallo?«, fragte Miss Wie-auch-immer ermunternd. »Ms Baldwine?«

Es gab keinen Grund, mit der Frau zu erörtern, dass Amelia sie angelogen hatte. »Tut mir leid. Hier ist derzeit eine Menge los.«

»Ich weiß, und das tut uns so leid. Als Amelia hörte, dass ihr Großvater gestorben ist, wollte sie unbedingt nach Hause zur Beerdigung. Wenn sie noch bleiben und bei ihrer Familie sein möchte, verstehen wir das wie gesagt und sind bereit, ihr entgegenzukommen. Aber wir müssen wissen, was sie vorhat.«

»Ich rede mit ihr«, hörte Gin sich sagen. »Und rufe Sie sofort zurück.«

»Das wäre wunderbar. Wie gesagt, wir halten große Stücke auf sie. Sie ziehen da eine wunderbare junge Frau heran, die eine Menge Gutes in der Welt bewirken wird.«

Als Gin den Anruf beendete, starrte sie weiter ihr Spiegelbild an. Dann ging sie zum Frisier- und Schminkstuhl hinüber und setzte sich.

Wie sehr sie sich wünschte, dass es einen Guru gäbe, zu dem man gehen könnte und der einem alles im Leben in Ordnung brachte. Wo man unterschiedliche Lösungsstile ausprobieren konnte: treu sorgende Mutter; charismatische Berufstätige; sinnliche, aber moralisch nicht korrumpierte Dreiunddreißigjährige.

Gegen das, woran sie litt, halfen Chanel-Produkte einfach nicht.

Klar, wahrscheinlich konnte sie einfach ihrem ersten Impuls folgen: zu Lane gehen und ihn herausfinden lassen, warum Amelia es für eine tolle Idee gehalten hatte, sie anzulügen, dass sie von der Schule abging. Und dann sollte er sich darum kümmern, das Mädchen zurück nach Hotchkiss zu bringen, damit sie ihre Abschlussprüfungen machte. Aber schlagartig verlor der Gedanke seinen Reiz.

Gott, sie wusste nicht einmal, wo diese Schule eigentlich war, kannte nur die Ortsvorwahl.

Und sie wusste erst recht nicht, wo ihre Tochter steckte.

Sie klickte sich durch ihre Adressenliste, fand Amelia und rief an. Als sich die Mailbox meldete, legte sie auf, ohne eine Nachricht zu hinterlassen.

Wo steckte das Mädchen?

Gin stand auf, ging in Strümpfen in ihr Schlafzimmer hinüber und öffnete die Tür zum Hauptkorridor im ersten Stock. Was immer vorhin das Drama gewesen war, entweder war es gelöst worden oder spielte sich an einem anderen Ort ab, also war sie allein, als sie den Gang hinunterging und an Amelias Tür klopfte.

Als keine Antwort kam, öffnete sie die Flügeltür einen Spalt und sah hinein. Das Mädchen lag in seinem Bett und schlief tief – oder tat zumindest so – und trug keine Schlafwäsche. Sie hatte ein Hotchkiss-T-Shirt an und lag auf der Seite, das Gesicht zur Tür gewandt, ihre Wimpern, die genau so lang wie die von Samuel T. waren, auf ihre Wangen gesenkt.

Amelia runzelte die Stirn und zuckte mit den Brauen, dann drehte sie sich auf den Rücken. Und gleich weiter auf die andere Seite.

Mit einem tiefen Seufzer schien sie wieder in den Schlaf zu sinken.

Gin zog sich leise zurück.

Wahrscheinlich sollte sie sich erst einmal restaurieren, bevor sie versuchte, jemanden zur Vernunft zu bringen.

Wieder in ihrer eigenen Suite angekommen, ging sie weiter ins Bad und zog das Kleid aus, in dem sie geschlafen hatte. Sie knüllte es zusammen und warf es weg und ging dann unter die Dusche.

Als sie sich mit einem monogrammierten Waschlappen den Arm hinauffuhr, blitzte der gigantische Diamant an ihrer linken Hand im Licht der Deckenstrahler auf, als zwinkerte er ihr zu.

Aus dem Nichts hörte sie Samuel T.s Stimme in ihrem Kopf: Du musst für dich sorgen.

46

»Du bist verlobt?« fragte Chantal gebieterisch, als Lane den Kofferraum der Limousine schloss.

»Ja«, antwortete Lane. Zum etwa hundertsten Mal.

Das Thema Verlobung war ihre Erkennungsmelodie gewesen, während sie wie eine höllische Fruchtfliege um die anderen herumgeschwirrt war, die derweil so viel von ihren Kleidern, Make-up und Modeschmuck in die Limousine quetschten, wie nur hineinpasste. Und jetzt waren sie und Lane allein, bis auf den Fahrer – der im Wagen saß, alle Türen geschlossen, sein Gesicht tief über sein Handy gesenkt, als wollte er aus der Schusslinie bleiben.

Viel Glück bei dem Versuch, ihr ein Trinkgeld abzuluchsen, dachte Lane.

»Also wirklich, Lane«, sagte Chantal, als es wieder zu regnen begann. »Du konntest noch nicht mal warten, bis die Tinte auf unseren Scheidungspapieren trocken war ...«

»Ich hätte gleich sie heiraten sollen«, unterbrach Lane sie. »Und du in deiner Position hast nicht das Recht, über irgend etwas empört zu sein.«

Als er demonstrativ auf ihren Unterbauch blickte, lächelte Chantal mit dem ganzen Liebreiz einer Neunmillimeter-Pistole. »Wann ist die Testamentseröffnung?«

»Meines Vaters?«

»Nein, vom Papst. Natürlich die deines verdammten Vaters!«

»Sie war schon. Im Testament stand keine Regelung für dich oder dein Kind. Wenn du es anfechten willst, nur zu, aber das dürfte in etwa so lukrativ werden wie deine berufliche Karriere – oh, Moment mal. Du hast ja gar keine, nicht wahr? Oder zumindest keine legale.«

Sie stieß ihm den Finger vors Gesicht. »Ich behalte dieses Baby.«

»Anders als meins, nicht wahr?« Er ignorierte den Schmerz in seiner

Brust. »Oder machst du wieder diesen Trip in die Klinik in Cinci, wenn du herausfindest, dass es dir keine Vorteile einbringt?«

»Vielleicht wollte ich nur das Kind deines Vaters.«

»Wahrscheinlich. Ich glaube wirklich, das stimmt sogar.« Er öffnete die hintere Tür der Limousine. »Der Testamentsvollstrecker ist Babcock Jefferson. Geh zu ihm, ruf ihn an, stell dich hinten in die Schlange – und prozessiere wegen dem Nachlass oder nicht. Was immer dich glücklich macht.«

Als sie einstieg, sagte sie: »Du hörst von meiner Anwältin.«

»Das sagst du gerne, hm? Ich freue mich auf den Anruf – solange du dich hier nicht blicken lässt. Und Tschüss.«

Er schlug die Tür zu und schnitt damit ab, was immer sie noch sagen wollte, aber er nahm sich die Zeit, ihrem Fahrer zuzuwinken. Dann ging Lane ins Haus zurück. Als er die schweren Türflügel von Easterly schloss, hatte er keine Ahnung, wie spät es war.

Es fühlte sich an wie ein Uhr nachts.

Er ging tiefer in das Herrenhaus und fand John Lenghe und seine Gras-Shorts im Spielzimmer. Aber der Mann krümmte nicht die Finger über den zwei Kartendecks auf dem filzbezogenen Pokertisch. Er stellte auch keine Billardkugeln auf dem antiken Poolbillardtisch auf. Weder spielte er auf dem Marmorschachbrett mit den handgeschnitzten Figuren eine Partie gegen sich selbst noch hantierte er mit dem Backgammon-Spielbrett herum.

Lenghe stand an der gegenüberliegenden Wand und starrte das Gemälde an, das genau in der Mitte der unglaublichen Eichentäfelung hing.

Das Antlitz Jesu Christi, durch einen Strahler von oben beleuchtet, war in Elfenbein- und tiefen Brauntönen ausgeführt, die niedergeschlagenen Augen des Erlösers so realistisch dargestellt, dass man das göttliche Opfer praktisch spüren konnte, das er gleich bringen würde.

»Nicht übel, was?«, sagte Lane leise.

Lenghe fuhr herum und griff sich ans Herz. »Tut mir leid. Ich hatte nicht vor, hier herumzustromern. Aber ich dachte, du und diese Lady wollt lieber unter euch sein.«

Lane kam in den Raum und blieb beim Poolbillardtisch stehen. Die Kugeln waren im Rack und einsatzbereit, aber er konnte sich nicht daran erinnern, wann jemand zum letzten Mal gespielt hatte.

»Das weiß ich zu schätzen«, sagte er. »Und deine Hilfe. Du hast dieses Debakel erheblich verkürzt.«

»Nun, bei allem Respekt vor der Lady kann ich irgendwie nachvollziehen, warum du sie ermutigst, ihre Zelte in glücklicheren Gefilden aufzuschlagen.«

Lane lachte. »Ihr Leute aus dem Mittleren Westen habt die netteste Art, jemanden runterzumachen.«

»Kann ich dich etwas fragen?« Lenghe drehte sich wieder zu dem Gemälde um. »Dieses Namensschild hier. Was da draufsteht ...«

»Ja, es ist ein Rembrandt. Und er wurde durch mehrere Quellen authentifiziert. Die ganze Dokumentation ist irgendwo im Haus. Tatsächlich hat ein Privatsammler, der letztes Jahr zum Derby-Brunch kam, meinem Vater fünfundvierzig Millionen dafür geboten – oder zumindest habe ich das gehört.«

Lenghe steckte die Hände in die Hosentaschen, als sorgte er sich, dass sie die Oberfläche des Ölgemäldes berühren könnten.

»Warum versteckt ihr es hier drin?« Er blickte sich um. »Nicht, dass es kein eindrucksvoller Raum wäre. Ich verstehe nur nicht, warum so ein Meisterwerk nicht an prominenterer Stelle ausgestellt wird, vielleicht in diesem hübschen Salon vorne im Haus.«

»Oh, dafür gibt es einen guten Grund. Meine Großmutter, Big V.E., wie sie genannt wurde, billigte Spielen, Trinken und Rauchen nicht. Sie hat das Gemälde in den Fünfzigern in Europa gekauft und hier aufhängen lassen, zur Mahnung für meinen Großvater und seine Kumpels. Jedes Mal, wenn sie Lust zur Sünde verspürten, sollte es sie daran erinnern, wen sie da enttäuschten.«

Lenghe lachte. »Kluge Frau.«

»Sie und mein Großvater sammelten alte Meister. Sie sind im ganzen Haus verteilt – aber dieses hier ist wahrscheinlich eines der Wertvollsten, obwohl es ja eher kleinformatig ist.«

»Ich wünschte, meine Frau könnte es sehen. Ich könnte ein Foto mit meinem Handy machen, aber es würde ihm nicht gerecht. Man muss selbst davorstehen. Es sind die Augen, weißt du?«

»Sie ist hier jederzeit willkommen.«

»Nun, meine Frau reist nicht gern. Nicht weil sie Angst vor dem Fliegen hätte oder so. Sie lässt nur sehr ungern ihre Kühe und Hühner alleine. Was die und die Hunde angeht, traut sie keinem. Nicht einmal mir. Diese Viecher sind ihre Babys.«

Als Lenghe sich mit wehmütigem Gesichtsausdruck wieder dem Meisterwerk zuwandte, runzelte Lane die Stirn und setzte sich mit einer Hüfte auf den Billardtisch.

»Es gefällt dir sehr, stimmt's?«, fragte Lane.

»Und wie.«

Lane nahm die weiße Billardkugel in die Hand, warf sie einige Male in die Luft und fing sie wieder auf, während er nachdachte.

»Weißt du«, sagte er, »bei der Bradford Bourbon Company hat sich einiges verändert, seit wir uns zuletzt gesehen haben.«

Lenghe sah über die Schulter. »Ich habe in der Zeitung davon gelesen. Neuer Übergangs-Geschäftsführer, ein Auswärtiger. Kluger Schachzug – du brauchst so einen Zahlenakrobaten, wenn du die Finanzen in den Griff bekommen willst. Und ich hätte dir sofort gratulieren sollen, Herr Vorstandsvorsitzender.«

Lane senkte den Kopf. »Danke. Und ja, wir entwickeln gerade einen Plan, um den Cashflow zu optimieren. Ich denke, ich sehe einen Weg, der uns aus unserem Schuldenloch herausführt, Jeff sei Dank.«

Als ein Donnerschlag die Glastür erschütterte, nickte Lenghe. »Ich glaube an dich, Junge.«

»Was ich damit sagen will: Ich denke, wenn du uns nur zwei Monate Getreide vorschießen kannst, dürften wir aus dem Schneider sein. Natürlich zu günstigen Bedingungen. Aber Jeffs Plan zufolge sollte das wirklich ausreichen, um das Unternehmen wieder flottzukriegen.«

»Soll das etwa heißen, dass du nicht mit mir zocken willst, Junge?«

»Überhaupt nicht.« Lane kniff die Augen zu Schlitzen zusammen. »Tatsächlich habe ich einen anderen Spieleinsatz, der dich interessieren könnte.«

Dank der Gewitter, die sich über den flachen Feldern des Mittleren Westens zusammenbrauten und über Indiana und Kentucky hinwegzogen, hatte sich die Nachmittagshitze zum Glück etwas abgeschwächt.

Und das bedeutete, dass Edward seine Arbeit draußen bei Red & Black genoss.

Aber heute schwang er keinen Kehrbesen. Nicht dieses Mal.

Als aus dem purpurfarbenen und grauen Himmel wieder einmal der Regen zu fallen begann und die Blitze ihre Machtdemonstrationen verstärkten, ließ er den Hammer sinken und wischte sich mit dem freien Arm über die Stirn. Es war Jahre her, seit er Zäune repariert hatte, und so, wie seine Schultern schmerzten, wusste er schon, dass er tagelang für diese Dummheit büßen würde. Aber als er den braun gestrichenen Holzzaun mit fünf Zaunriegeln entlangsah, der diese Weide durchschnitt, und die Nägel zählte, die er verbraucht und die losen Latten, die er wieder befestigt hatte, durchströmte ihn eine Welle von schlichtem Stolz.

Ja, er war erst eine Stunde zugange und würde auch gleich wieder aufhören. Und natürlich machten richtige Männer Feldarbeit acht oder zehn Stunden am Stück.

Aber es war ein Anfang.

Unmittelbar vor dem Ende.

Als er mit seinem Sack voller Nägel zu dem roten Red-&-Black-Pick-up zurückhinkte, dachte er an den Wodka, den er mitgebracht, aber im Führerhaus gelassen hatte.

Jetzt brauchte er welchen. Aber nur einen kleinen.

Er setzte sich ans Steuer, schloss die Tür und nahm seinen Flachmann heraus. Einen Schluck. Zwei. Dann spülte er den Wodka mit Gatorade hinunter wie Medizin. Seine Entzugserscheinungen ließen zunehmend nach, also dürfte er in zwei Tagen aus dem Schneider sein. Aber er war nicht sicher, ob ihm diese Zeit noch blieb.

Er ließ den Motor an und machte sich auf die Rückfahrt zum Cottage, holperte über das abgeweidete Rispengras, erregte die Aufmerksamkeit eines Falken, der hoch auf einem der schattenspendenden

Bäume neben dem Wassertrog saß, und scheuchte aus einem Nest auf einem tiefhängenden Ast ein paar Spatzen auf.

Edward prägte sich die ganze sanfte Hügellandschaft sorgfältig ein. Wie die Zäune menschengemachte Linien in den duftenden, weiten grünen Raum schnitten und wie die majestätisch aufragenden roten Stallungen mit den grauen Schieferdächern ihn an seinen Großvater erinnerten. Obwohl ihm der Schweiß zwischen den Schulterblättern hinunterrann, stellte er die Klimaanlage im Führerhaus nicht an. Jeder, der jemals körperliche Arbeit geleistet hatte, wusste, dass man sich nicht zu schnell abkühlen durfte. Die kurzfristige Erleichterung im Laster würde alles nur noch schlimmer machen, sobald man wieder in die Hitze hinausmusste.

Außerdem fühlte es sich gut an, zu schwitzen.

Er stellte den Pick-up am hinteren Ende von Stall B ab und stieg mit dem Sack voller Nägel und seinem Hammer aus. Beides kam ihm etwa zwanzig Kilo schwerer vor als zu Beginn seiner Arbeiten. Hölle nochmal, seit er sie für die Heimfahrt ins Führerhaus gelegt hatte.

Als er durch den offenen Vorraum hineintrat, hörte er Stimmen, eines Mannes und einer Frau, und blieb stehen.

Shelby und Joey standen nebeneinander vor Nebs Box. Shelby redete sichtlich über den Hengst – wahrscheinlich darüber, wie sie die neuste Schlechtwetterperiode mit ihm handhaben sollten. Und Joey stimmte ihr in allem zu, was sie sagte. Wahrscheinlich, dass es eine gute Idee gewesen war, Neb die Lichtschutzmaske wieder aufzusetzen und aufzulassen.

Kluge Maßnahme. Genau was auch Edward hatte tun wollen.

Joey sagte etwas. Sie antwortete etwas.

Shelby sah Joey an. Und sah weg.

Joey sah Shelby an. Und sah weg.

Edward lehnte sich an einen der robusten Trägerbalken des Stalles, stellte den Sack ab, verschränkte die Arme vor der Brust, lächelte und richtete sich abrupt wieder auf.

Während er die beiden beobachtete ... stand im offenen Vorraum drüben am vorderen Ende des Stalles eine Gestalt.

Und beobachtete ihn.

»Moment mal. Was hast du da eben gesagt?«

In Easterlys Spielzimmer hatte John Lenghe sich von dem Rembrandt weggedreht, und seinem Gesichtsausdruck nach hätte Lane jetzt eine Rauchbombe mitten auf den Poolbillardtisch werfen können, ohne dass der Mann es gemerkt hätte.

Lane nickte zum Gemälde seiner Großmutter. »Lass uns um das Bild spielen.«

»Das kann nicht dein Ernst sein.«

»Warum? Weil es mindestens fünfundvierzig Millionen wert ist und zu viel auf dem Spiel steht?«

»Überhaupt nicht. Aber von so einem Schatz will man sich doch nicht trennen.«

Ja, nur ein Milliardär konnte so etwas mit unbewegter Miene sagen. Und es auch noch ernst meinen.

Über so etwas musste man einfach lächeln, dachte Lane.

»Du wärst also interessiert.« Er hob eine Hand. »Natürlich unter der Voraussetzung, dass ich dir die Möglichkeit gebe, die Dokumentation durchzusehen, die Versicherungspolice, die wir dafür haben, und dass du vorher mit deiner Frau sprichst. Ja, ich weiß, dass du sie fragen willst, aber denke daran: Wenn du mich schlägst, darfst du es ihr nach Hause bringen.«

Lenghe rieb seinen starken Kiefer, sein mächtiger Bizeps zog sich zusammen. »Nur damit ich dich richtig verstehe. Ich setze fünfundvierzig Millionen. Du das Gemälde.«

»Es müssten fünfundvierzig Millionen sein, zuzüglich der Vermögenszusatzsteuer, die für mich anfällt. Und die fünfundvierzig muss ich noch abklären. Ich kann einen Steuerexperten anrufen und dir die genaue Summe geben. Und dieses Gemälde gehört nicht zum Erbe meines Vaters. Es ist im Besitz meiner Mutter, ihr geschenkt von ihrer Mutter, als Big V.E. auszog und meine Mutter die Herrin von Easterly wurde. Also kann ich dir ganz legal das Eigentumsrecht übertragen.«

»Wird deine Mutter nicht …«

»Es hat ihr nie etwas bedeutet. Sie steht mehr auf die neoklassischen Ideallandschaften von Maxfield Parrish. Der Geschmack ihrer Mutter war ihr immer zu schwer.«

Es konnte zwar ein Problem mit der Geschäftsfähigkeit seiner Mutter geben, aber das würde trotzdem kein Hindernis sein: Dazu musste Samuel T. Lane nur eine Vollmacht ausstellen und rückdatieren – was sein alter Freund im Handumdrehen tun würde.

Lane fasste noch einmal alles zusammen: »Fünfundvierzig Millionen zuzüglich langfristige Vermögenszusatzsteuer gegen dieses Gemälde. Fünf offene Karten, Texas hold'em. Gleiche Anzahl Pokerchips. Wir spielen Mano-a-Mano, bis einer von uns draußen ist. Ich gebe dir die ganze Dokumentation, die wir haben – und falls du es aus irgendeinem Grund schätzen lässt und es nicht so viel Geld wert ist, wie ich brauche, bekommst du als Zugabe so viele andere Gemälde von mir, wie ich habe, um die Differenz auszugleichen.« Lane zeigte auf das Gemälde. »Aber ich sage dir eins. Der Kurator für alte Meister des Museum of Fine Arts in Boston war letztes Jahr beim Derby-Brunch. Mein Vater hat den Typen gefragt, ob er für fünfundvierzig verkaufen soll, und die Antwort war nein, weil es etwa sechzig wert ist.«

John wandte sich wieder dem Gemälde zu.

»Es wird nie weniger wert sein«, sagte Lane. »Dein Geld könnte nicht sicherer investiert sein. Oder schöner. Mal angenommen, du gewinnst gegen mich.«

Es dauerte eine Weile, bis Lenghe sich wieder zu Lane umdrehte.

Mit grimmiger Stimme, als wünschte er wirklich, seine Antwort könnte eine andere sein, sagte der Getreidegott: »Ich rufe mal besser meine Frau an. Und du besorgst mir diese Unterlagen.«

47

Sutton gönnte sich eine Pause zwischen zwei Besprechungen.

Ehrlich.

Zwischen zwei Terminen hatte sie einfach spontan beschlossen, von der Zentrale der Sutton Distillery Corporation in der Innenstadt von Charlemont den ganzen Weg nach Ogden County hinauszufahren.

Wo ihr Mercedes ganz von selbst nach links auf einen perfekt asphaltierten Weg abgebogen war, bei dem es sich zufällig um die Einfahrt des altehrwürdigen Red-&-Black-Gestüts handelte. Danach war die Limousine dem Weg durch die Felder gefolgt, vorbei an den perfekt ausgestatteten Stallungen und weiter zum kleinen Cottage des Verwalters, wo Edward wohnte.

Danach war sie auf den flachen Parkplatz eingebogen, den sie schon einmal benutzt hatte, und war ausgestiegen mit dem Vorsatz, zu ... Ach verdammt, so weit hatte sie nicht vorausgedacht. Aber sie war zur Haustür hinübergegangen, hatte ein paarmal geklopft, und als keine Antwort kam, war sie einfach eingetreten.

Sie hatte zum Sessel in der Raummitte geblickt und halb damit gerechnet, Edward dort zu finden, aufrecht und bewusstlos. Oder schon tot, weil seine Verletzungen, der Alkohol und die Verbitterung ihm den Rest gegeben hatten.

Aber nein.

Mit dem Gefühl, dass sie davor bewahrt worden war, sich zur Idiotin zu machen, war sie zurückgewichen und hatte die Tür geschlossen. Wenn sie sich jetzt sofort wieder in ihren Wagen setzte und aufs Gas trat, blieb ihr immer noch genug Zeit für ein Workout vor dem Geschäftsessen mit Richard Pford heute Abend, der über neue Vertriebskontakte für Sutton-Produkte mit ihr verhandeln wollte. Worauf sie sich keineswegs freute. Der Mann war so charismatisch wie ein Abakus, aber es ging um Millionen von Dollar, und mindestens vier Anwälte und drei Mitglieder ihrer Geschäftsleitung würden dabei sein.

Ein Workout war also genau, was sie vorher brauchte.

Ein Red-&-Black-Pickup, der hinter dem nächstgelegenen Stall hielt, fiel ihr ins Auge. Und als Edward ausstieg und hineinging, ohne sie zu sehen, war sie hin- und hergerissen.

Schließlich ging sie trotz des Regens zum offenen Vorraum an der Vorderseite hinüber.

Sie hatte das Licht im Rücken und sah eine Frau, die etwas mehr als auf halber Höhe neben einer Stallbox stand und mit jemandem redete. Edward war stehen geblieben und starrte die Frau an, die Arme vor der Brust verschränkt, mit dem Körper an die Tragebalken der Öffnung gelehnt.

Dieser Ausdruck auf seinem Gesicht ...

Den hatte Sutton noch nie zuvor an ihm gesehen. Warm. Sanft. Leicht wehmütig.

Und das brachte sie dazu, sich die Frau noch einmal genauer anzusehen. Sie war klein und sehr kräftig gebaut, ihre Jeans spannten an den Schenkeln, ihre Stiefel waren abgetragen, ihr blondes Haar zu einem praktischen Pferdeschwanz zusammengefasst. Es war schwer, nur anhand des Profils ihre Züge zu beurteilen, aber ihre Haut war von der Sonne geküsst, und sie strahlte ohne jeden Zweifel Jugend und Gesundheit aus und war in diesem Stall ganz offensichtlich in ihrem Element.

Hin und wieder wandte sie sich zu dem Mann neben ihr.

Sie schien Edward nicht zu bemerken.

Und Edward hatte definitiv Sutton nicht bemerkt ...

Als hätte er ihre Gedanken gelesen, hob er den Blick und richtete sich auf. Und im selben Augenblick bemerkten auch die Frau und der Mann, dass sie nicht mehr allein waren, und schreckten zusammen.

Sutton schlüpfte so schnell aus dem offenen Vorraum, dass sie mit ihren Stilettos fast den Halt verloren hätte – wenn das mal keine Erinnerung daran war, dass sie im Gegensatz zu der Frau vor dieser Stallbox, die sichtlich an diesen Ort gehörte, hier draußen verloren war. In diesem Chanel-Kostüm war sie genauso wenig fähig, ein Pferd zu reiten, wie in ihren Louboutins eine Box auszumisten.

Und das war Edwards neues Leben. Er hatte immer Interesse an Pferden gehabt, aber jetzt war er professioneller Züchter und schickte seine Tiere auf die Rennbahn.

Diese Frau, mit ihrer natürlichen Schönheit und ihrem fitten Körper, war perfekt für die Farm. Perfekt für sein neues Selbst.

Sutton hingegen, mit dem Mercedes und ihren Vorstandssitzungen und Unternehmensstrategien, stand für das Leben, das er hinter sich gelassen hatte.

Sie hätte nicht herkommen sollen.

»Sutton!«

Als er ihren Namen rief, war sie versucht, noch schneller zu ihrem Wagen zu gehen, aber sie sorgte sich, dass er sich beim Versuch, ihr zu folgen, verletzen würde.

Sie blieb im Regen stehen und konnte fast nicht ertragen, sich umzudrehen: Seit sie zusammen gewesen waren, hatte sie ständig an ihn gedacht, aber inzwischen war er hier draußen gewesen, mit dieser Frau – und selbst wenn sie derzeit nicht seine Geliebte war? So, wie er sie angesehen hatte, würde sie es schon sehr bald sein.

Sutton reckte die Schultern und drehte sich auf dem Gras um. Und für einen Moment war sie verblüfft.

Edwards Gesichtsfarbe war gut, seine Haut hatte nicht mehr diesen Grauton wie zuvor, sondern war gerötet von ...

Ach verdammt, vielleicht war es ihm einfach nur peinlich, dass er ertappt worden war. Nur dass er nichts Falsches getan hatte, nicht wahr. Sie hatte ihn nur in einem heimlichen Moment ertappt, und sie führten ja schließlich keine Beziehung.

»Es tut mir leid«, sagte sie. »Ich hätte nicht kommen sollen.«

Er blieb vor ihr stehen. »Es regnet.«

»Ach ja?« Als er sie seltsam ansah, winkte sie ab. »Ich meine, natürlich regnet es. Ja.«

»Komm rein.«

Als er sie am Ellbogen nahm, schüttelte sie den Kopf. »Nein, ehrlich, ist schon in Ordnung ...«

»Ich weiß. Aber komm rein. Es blitzt ...«

Die Helligkeit und der gewaltige Knall, als ein Blitz in etwas Hölzernes einschlug, fühlten sich an, als wäre Gott entschlossen, ihr eine Lektion zu erteilen. Aber sie wusste beim besten Willen nicht, was er ihr damit sagen wollte.

Wem wollte sie eigentlich etwas vormachen? Sie musste sich diese ganze Sache mit Edward ein für alle Mal aus dem Kopf schlagen. Das war es, was sie begreifen musste.

»Komm schon«, drängte er. »Bevor wir hier draußen noch umkommen.«

Während sie zum Cottage hinübergingen, erinnerte sie sich daran, dass der Gouverneur von Kentucky sich angeboten hatte, als ihr Date einzuspringen, und vielleicht war das ja gar keine so schlechte Idee.

Im Haus machte Edward das Licht an, und die Wand mit den Silbertrophäen erstrahlte.

»Ich hole dir ein Handtuch.«

»Alles bestens.« Wirklich? War mit ihr wirklich alles bestens? »Ehrlich, ich hätte nicht kommen sollen.«

Scheinbar hatte ihre Platte einen Sprung.

Er ignorierte ihren Protest und reichte ihr etwas Himbeerfarbenes. Oder früher einmal Himbeerfarbenes, bevor es hundertmal gewaschen worden war. Aber der Frotteestoff war so weich wie Sämischleder, und als sie ihn ans Gesicht drückte, um ihr Augen-Make-up nicht zu verschmieren, befand sie, dass ihre teuren Matouk-Handtücher nicht mithalten konnten.

Und sie wusste auch, dass seine kleine Freundin draußen im Stall sich einfach nur abrubbeln würde und fertig. Oder sich vielleicht überhaupt nicht abtrocknete und deshalb so taufrisch aussah.

Zwanzig. Höchstens zweiundzwanzig. Und Sutton mit ihren achtunddreißig fühlte sich wie hundert.

»Ich wollte dich anrufen«, sagte Edward, als er in die kleine Küche ging.

Die Geräusche von Schränken, die geöffnet und geschlossen wurden, erschienen ihr so laut wie ein Düsentriebwerk beim Abheben.

»Ich brauche nichts zu trinken.«

Er kam zurück und überreichte ihr ein Glas, und sie runzelte die Stirn, als ihr ein verräterischer Duft in die Nase stieg. »Ist das meine Limonade?«

»Ja. Zumindest nahe dran.« Er hinkte zu seinem Stuhl hinüber und stieß einen Fluch aus, als er sich setzte. »Ich habe mich an das Rezept erinnert. Von deiner Großmutter.«

Sie nippte probeweise. »Oh, du hast es gut hinbekommen.«

»Hat ewig gedauert, die Zitronen auszupressen.«

»Sie müssen frisch sein.«

»Das ist das Geheimnis.« Er blickte zu ihr auf, ließ seine Augen über ihr Gesicht wandern. »Du siehst ... so gut aus.«

»Ach, komm schon, mein Haar ist nass, und ich ...«

»Nein, du bist so wunderschön wie immer.«

Sutton starrte in die Limonade, als sie seinen Blick auf sich spürte. »Warum schaust du mich so an?«

»Ich will mir alles an dir neu einprägen.«

»Und warum tust du das?«

»Ich brauche etwas, was mich nachts warmhält.«

Sie dachte an diese Frau draußen im Stall und hätte ihn fast gefragt, was zwischen ihnen war. Aber dieses Recht hatte sie nicht. Oder vermutlich wollte sie es lieber nicht wissen.

»Sutton, ich wünschte wirklich ...«

»Was?«

Er fluchte leise. »Ich wünschte, ich könnte dir geben, was du verdienst. Das tue ich wirklich. Du bist einer der wunderbarsten Menschen, die ich je getroffen habe. Und das hätte ich dir früher sagen sollen. Ich wünschte, ich hätte es getan. Ich wünschte, ich hätte ... nun, eine Menge Dinge getan. Aber es ist ... Das Leben hat sich für mich geändert, wie du weißt. Ich werde nie mehr so sein wie früher. Die Dinge, die ich getan habe, der Mensch, der ich war, das Unternehmen, das ich geführt habe ... Hölle nochmal, das Unternehmen, für das ich gearbeitet habe. Das alles ist für mich vorbei und kommt nie zurück.«

Sutton schloss die Augen. Und als sich zwischen ihnen Stille ausbreitete, als wartete er darauf, dass sie antwortete, konnte sie nur nicken: Denn wenn sie versuchte, etwas zu sagen, würde das Schluchzen, das sie zurückhielt, aus ihr hervorbrechen.

»Was du von einem Mann brauchst, kann ich dir nicht geben. Ich tauge nicht für dein öffentliches Image ...«

»Es ist mir egal, was die Leute denken.«

»Es darf dir nicht egal sein. Du bist die Chefin dieses ganzen Unternehmens. Du bist die Sutton Distillery Corporation. Vielleicht wäre es nicht so schlimm, wenn du nicht deinen eigenen Namen verkaufen würdest, wenn du Geschäft und Privatleben voneinander trennen könntest, aber so ist es nicht. Außerdem brauchst du Stabilität in deinem Leben. Du verdienst jemanden, der dich nachts in den Armen hält, an den Feiertagen für dich da ist und bei deinen öffentlichen Auftritten neben dir steht. Mach dir nichts vor, Sutton. Du weißt, dass ich recht habe.«

Sie trank noch einmal von der Limonade. »Warum hast du mich vorgestern geliebt?«

»Weil ich ein schwaches Arschloch bin. Und wir Dinge manchmal einfach tun müssen, auch wenn es eigentlich falsch ist.«

»Ach so.«

»Ich werde dich nie vergessen, Sutton. Niemals.«

»Bei dir hört es sich so an, als wäre Ogden County am anderen Ende der Welt.«

Aber nicht die geografische Entfernung war hier das Problem.

»Wenn du mich hassen willst«, sagte er rau, »dann werde ich dir deshalb keinen Vorwurf machen.«

»Das will ich nicht.« Sie ging hinüber und konzentrierte sich auf die Trophäen, weil sie nicht wollte, dass er ihre Augen sah. »Eines musst du mir noch sagen.«

»Was?«

»Wenn ich dich irgendwo sehe, weißt du, wir uns zufällig über den Weg laufen ...«

»Wirst du nicht.«

Unvermittelt stellte sie sich vor, dass er ihr beim Derby aus dem Weg ging, indem er davonrannte und sich hinter Stützpfeilern und Toilettentüren versteckte.

»Du wirst mich nicht sehen, Sutton.«

»Also machst du wirklich mit mir Schluss, was?« Sie drehte sich wieder um und zeigte auf ihr Glas. »Macht es dir etwas aus, wenn ich das irgendwo abstelle? Eigentlich habe ich gar keinen Durst.«

»Ich nehme es.«

Sie reckte das Kinn, ging hinüber und gab ihm das Glas in die Hand. Es schien nur angemessen, dass ein Donner das Cottage erschütterte, als sie zurücktrat.

»Tust du mir einen Gefallen?«, sagte sie heiser.

»Was?«

»Versuch nicht, mich zu meinem Wagen zu bringen oder vorzuschlagen, dass ich auch nur eine einzige Minute länger bleibe. Lass mich mit etwas Würde gehen, okay?«

Seine Augen, diese verdammten Augen, starrten mit solcher Intensität zu ihr auf, als fotografierte er sie mit langer Belichtungszeit.

Er nickte einmal.

Sie blinzelte heftig und flüsterte: »Leb wohl, Edward.«

»Leb wohl, Sutton.«

Aus dem Cottage. Hinaus in den Sturm.

Der prasselnde Regen war kalt, und sie hob das Gesicht zum Himmel, als sie zu ihrem Mercedes ging, und dachte, dass sie wegen ihm jetzt schon zum dritten verdammten Mal durch den Regen ging. Und nachdem sie sich hinters Steuer gesetzt und die Tür zugeschlagen hatte, packte sie das Lenkrad, während der Hagel über das Metall und Glas marschierte, die ihr Obdach boten, wie eine winzige Armee mit unzähligen kleinen Stiefeln.

Anders als beim ersten Mal, als sie mit dem C63 allein hier herausgefahren war, kannte sie sich jetzt mit der Gangschaltung aus. Kein hilfloses Suchen nach dem Rückwärtsgang mehr, sodass eine Prostituierte, die genau wie sie aussah, ihr erklären musste, was sie zu tun hatte.

Während sie zur Landstraße hinausfuhr, die sie zurück in ihre Welt bringen würde, atmete sie so oft tief durch, dass ihr schwindlig wurde.

Gottverdammt nochmal, sie hatte immer noch den Geschmack dieser Limonade im Mund.

Als Edward hörte, wie Suttons Wagen anfuhr und davonraste, atmete er lang und langsam aus. Dann sah er die beiden Gläser in seinen Händen an.

Er goss den ganzen Inhalt seines Glases in ihres, stellte das leere zur Seite und trank, was ihre Großmutter sie gelehrt hatte, an heißen Kentucky-Nachmittagen zuzubereiten: Man nehme ein Dutzend Zitronen. Auf einem Holzbrett mit einem dicken Messer in Hälften geschnitten. Das klare, mineralreiche Wasser von Kentucky.

Zucker. Vollrohrzucker. Aber nicht zu viel.

Das Eis in die Gläser, nicht in den Krug. Den Krug im Kühlschrank aufbewahren, luftdicht mit Alufolie verschlossen, damit die Limonade nicht den Geschmack des übrigen Kühlschrankinhalts annahm.

Man trank sie zusammen mit den Menschen, die man liebte.

Er schloss die Augen und sah Bilder von ihr aus der Vergangenheit vor sich, wie damals mit zwölf, als er ihr in der Schule nachgestellt hatte, weil sie in der ersten Mädchenklasse war, die es auf der Charlemont Country Day gab. Oder als sie sechzehn war und dieses Arschloch sie beim Abschlussball hatte sitzenlassen. Er hatte dem Mistkerl die Fresse poliert. Und dann noch später, mit einundzwanzig, als sie nach ihrem Collegeabschluss im Sommer nach Hause gekommen war und zum ersten Mal wie eine voll erblühte Frau ausgesehen hatte.

Und dann fielen ihm die Geschichten über Suttons Großmutter ein, eine Frau, die alles andere als »elegant« gewesen war. Vielmehr war ihr Großvater als junger Mann in den Westen gegangen, um gegen den Willen seiner vornehmen Familie Viehwirtschaft zu betreiben –

und hatte dort eine wunderschöne junge Frau getroffen, die besser reiten, schießen und mit Vieh umgehen konnte als er.

Als er sie nach Hause gebracht hatte, hatte sie diese vornehme Familie dazu gebracht, sich ihrem Willen zu beugen. Nicht umgekehrt. Und es war, wie Sutton immer gesagt hatte, die Liebesgeschichte des Jahrhunderts gewesen.

Diese Liebe blieb lebendig in der Limonade, die er gerade trank.

Als sich die Tür des Cottage öffnete, wusste er sofort, dass es nicht Sutton war. Sie würde nicht zurückkommen, weder jetzt noch jemals, und obwohl ihm das Herz blutete, war das für sie beide die einzig richtige Lösung.

Shelby schloss die schwere Tür und strich sich nasse Haarsträhnen aus dem Gesicht.

Er räusperte sich. »Ist Neb okay?«

»Ja, er benimmt sich. Joey ist bei ihm.«

»Danke, dass du deshalb herübergekommen bist.«

»Deshalb doch nicht.« Es gab eine Pause. »War das deine Frau?«

Als er nicht antwortete, pfiff Shelby leise. »Sie ist wunderschön. Ich meine, sie sieht fast überirdisch aus. Ich sehe nicht oft Leute wie sie. Außer in Zeitschriften vielleicht.«

»Oh, es gibt sie wirklich.«

»Wo ist sie hin?«

»Nach Hause.«

»Warum? Warum hast du sie gehen lassen?«

Edward nahm einen Schluck aus Suttons Glas. »Weil es so das beste ist.«

»Ist das die Limonade, die du den ganzen Morgen lang gemacht hast? Hast du sie für sie gemacht?«

»Nein, ich wusste nicht, dass sie kommt.« Er blickte auf sein Glas. »Ich habe sie gemacht, weil ich sie unbedingt trinken wollte.«

Ein letztes Mal.

»Lässt du dich von Joey ausführen?«, fragte er, ohne aufzusehen.

Es gab eine Pause. »Ja.«

Edward lächelte. »Du bist rot geworden. Ich höre es dir an.«

»Bin ich gar nicht.«

»Unsinn.«

Als sie eingeschnappt schaute, zwinkerte er ihr zu. »Ach komm, ich musste nur dafür sorgen, dass du mir zuhörst. Und da war nichts mit ›Gott‹ drin.«

Shelby starrte ihn wütend an. Dann begann sie, zu lächeln. »Ach, aber der Herr ist überall. Und weißt du was?«

»Was denn?«

»Ich bin froh, dass er dich und mich zusammengebracht hat.«

Edward schüttelte den Kopf. »Das war dein Vater, weißt du noch?«

»Vielleicht war es der mit dem großen ›V‹.«

»Wir sagen es anders, aber meinen dasselbe.«

»Okay.« Sie blickte sich um. »Dann gehe ich mal wieder zurück in die Wohnung. Es sei denn, du brauchst irgendwas? Ich habe dir die Reste vom Mittag fürs Abendessen in den Kühlschrank gestellt.«

»Nett von dir, danke. Und nein, ich brauche nichts. Aber trotzdem, danke.«

Mit der Hand auf der Türklinke sah Shelby über ihre Schulter. »Bist du morgen früh noch hier?«

»Natürlich.« Er ließ den Kopf zurückfallen und machte ein mentales Foto von ihr. »Wo sollte ich sonst sein?«

Er gab ihr reichlich Zeit, seinen Gesichtsausdruck, seine Energie, seine Absichten mit ihrem ganzen Pferdegespür zu lesen und zu deuten – und er musste den Test bestanden haben, denn sie nickte und flitzte in den Sturm hinaus.

Zu Joey.

Es ist gut, zu sein, wo man hingehört, dachte Edward, und starrte die Trophäen an. Und am besten ist es, die Dinge zu tun, mit denen man leben kann.

Auch wenn es einen irgendwann umbrachte.

48

Berkley Sedgwick Jewelers war das drittälteste Juweliergeschäft in den Vereinigten Staaten. Im Herzens eines Viertels mit Wohn- und Geschäftshäusern gelegen, verbarg es sich in einem charmanten alten viktorianischen Wohnhaus mit vergitterten Fenstern, Sicherheitskameras an jedem Dachvorsprung und einem ehemaligen Army Ranger, der auf dem Grundstück seine Runden drehte.

Gin war hier seit Jahren treue Kundin – und hatte auch ihren Spaß dabei gehabt, mehr über diesen speziellen Mann in Uniform zu erfahren.

Auch ohne die Uniform.

Aber alles an Spiel und Spaß schien für sie eine Million Jahre in der Vergangenheit zu liegen, als sie den Drophead auf dem Parkplatz hinter dem Haus abstellte. Es war acht Uhr abends, also waren die anderen Parkplätze leer – bis auf einen riesigen schwarzen SUV, tragischerweise mit Kentucky-University-Nummernschild am Heck.

Was aber wirklich das Einzige war, was ihr an Ryan Berkley, dem Eigentümer, nicht gefiel.

Das Geschäft war für reguläre Kunden geschlossen, aber es war nicht das erste Mal, dass sie nach Geschäftsschluss kam, und noch bevor sie an die verriegelte Stahltür an der Rückseite klopfen konnte, öffnete Ryan sie für sie.

»Ich bin so froh, dass du mich angerufen hast«, sagte er, als sie herüberkam.

Ryan war direkter Nachfahre des einen Gründers, und weil sie das in Bezug auf ihr eigenes Familienunternehmen mit ihm gemeinsam hatte, hatte sie immer ein Gefühl von Verbundenheit mit ihm gehabt. Aber ihr Verhältnis zueinander beschränkte sich darauf, dass sie manchmal Schmuck bei ihm kaufte: Obwohl Ryan groß und muskulös war und immer noch so fit wie der Basketballspieler der höchsten Spielklasse, der er im College gewesen war – leider für die Universität von Kentucky – und obwohl er ein gutaussehendes Gesicht, einen tollen Haarschnitt und U-of-K-blaue Augen hatte, war zwischen ihnen nie etwas gewesen.

Ryan war ein guter Mann, mit einer ehemaligen Miss Kentucky verheiratet und nur an seiner Frau, seinen vier Kindern und seinem Laden interessiert.

»Als würde ich mich einem anderen anvertrauen«, sagte Gin beim Eintreten.

Nachdem er hinter ihr abgeschlossen hatte, schob Ryan sie rasch durch das Büro und den Lagerbereich, als wäre es ihm nicht recht, dass ein Kunde die weniger offiziellen Teile seines Geschäftes zu Gesicht bekam. Der eigentliche Laden dahinter war in Königsblau gehalten, mit einem dicken Teppich und schweren Vorhängen, die diskret geschlossen waren. Glasvitrinen erstreckten sich auf beiden Seiten des langen schmalen Raumes mit hoher Decke, und im Licht der antiken Kronleuchter und diskreten Deckenbögen glitzerten und funkelten die unglaublichen Juwelen um die Wette.

Ryan schlug seine großen Hände zusammen. »Also, was kann ich für dich tun?«

»Hast Du Champagner da?«

»Für dich? Immer. Dom Pérignon Rosé?«

»Du kennst meinen Geschmack.«

Als er wieder im hinteren Teil verschwand, schlenderte sie weiter und blieb bei den Vitrinen für antiken Schmuck stehen. Millionen von Dollar standen zum Verkauf, in Form von Tuttifrutti-Armbändern von Cartier, Stabbroschen von Tiffany und Ringen mit Mittelsteinen so groß wie Daumennägel.

Da war sogar eine besonders atemberaubende Schlumberger-Halskette aus pinken und gelben Saphiren, mit Akzenten aus Türkisen und Diamanten. Späte Sechziger. Jede Wette.

»Du findest immer das beste Stück«, sagte Ryan, als er mit einem Sektglas zu ihr trat. »Das habe ich eben hereinbekommen.«

»Ist es das, das letzten Monat von Christie's angeboten wurde?«

»Genau.«

»Du hast circa neunhundertachtzigtausend plus Kaufprämie bezahlt. Was verdienst du daran? Ich denke nämlich, du hast zu viel bezahlt.«

Er lachte. »Weißt du was, wenn dir als Salonlöwin je langweilig werden sollte, kannst du jederzeit bei mir als Beraterin anfangen.«

»Es ist nur ein Hobby.«

Obwohl er recht hatte. Schmuck war eine ihrer Obsessionen, und das ganze Jahr über wälzte sie all die Kataloge von Christie's und Sotheby's für deren Verkäufe in New York, Genf und Hongkong. Früher war sie eine regelmäßige Käuferin gewesen.

Aber das war vorbei.

Gin sah zu Ryan auf. »Ich möchte dich bitten, etwas diskret für mich zu erledigen.«

»Immer.« Er zeigte auf zwei Stühle, die neben der Diamantenvitrine standen. »Komm, sag mir, was du brauchst.«

Sie folgte ihm hinüber, setzte sich und stellte das Sektglas auf die Glasvitrine. Dann nahm sie ihren Verlobungsring ab und hielt ihn ihm entgegen.

»Ich möchte, dass du diesen Stein entfernst und mit einem identisch geschliffenen Zirkon ersetzt.«

Ryan nahm den Diamanten, aber sah ihn nicht an. »Warum machen wir dir nicht einfach eine Reisekopie? Ich kann bis morgen früh um zehn eine für dich fertig haben ...«

»Ich will, dass du mir den Stein abkaufst. Heute Abend. Gegen Gold.«

Ryan lehnte sich zurück und steckte den Ring auf seine Zeigefingerspitze. Und doch sah er ihn immer noch nicht an. »Gin, du und ich haben eine Menge Geschäfte miteinander gemacht, aber ich bin nicht sicher ...«

»Ich denke, er hat die Farbe H, Reinheitsgrad VVS2. Auf dem Reif steht Harry Winston, und ich denke, er hat ihn neu gekauft. Der Stein dürfte an die zwanzig Karat haben, vielleicht etwas mehr oder weniger. Verkaufswert im Einzelhandel etwa anderthalb Millionen, Auktionswert eine Million. Ich will fünfhunderttausend dafür – etwas mehr als den Großhandelspreis, ich weiß. Aber erstens bin ich eine treue Kundin von dir, und zweitens weiß ich, dass du die Zeitungen gelesen hast. Ich könnte bald in die Lage kommen, einige Stücke aus der Sammlung meiner Mutter verkaufen zu müssen, und wenn du nicht willst, dass ich damit zu den Auktionshäusern nach New York gehe, machst du mir hier einen anständigen Deal.«

Er untersuchte immer noch nicht den Ring, sondern sah sie weiter an. »Du weißt, dass ich dir helfen will, aber es ist nicht so einfach, wie du denkst. Es gibt steuerliche Konsequenzen ...«

»Für mich, nicht für dich. Und der Ring gehört mir. Er wurde mir mit Aussicht auf die Eheschließung geschenkt, und ich habe Richard Pford gestern geheiratet. Auch wenn wir uns morgen scheiden lassen sollten, bleibt er rechtlich gesehen mein Eigentum.«

»Aber du bittest mich hier, Komplize bei einem Versicherungsbetrug zu sein. Ein Vermögenswert wie dieser Ring muss doch versichert sein.«

»Das ist wiederum mein Problem, nicht deines. Und um die Dinge einfacher zu machen, sage ich dir hier und jetzt, dass ich die Versicherung kündige, wie hoch und wo immer sie auch ist. Du hast keinen Grund, an dieser Aussage zu zweifeln, und selbst wenn ich es doch nicht tue, kannst du es nicht wissen.«

Jetzt endlich sah er den Stein an, hielt ihn vor sein bloßes Auge.

»Das ist ein gutes Geschäft für uns beide«, sagte sie.

Ryan stand auf. »Lass mich ihn unter dem Mikroskop ansehen. Aber dafür muss ich ihn aus der Fassung nehmen.«

»Natürlich. Tu, was du tun musst.«

Sie ließ den Champagner stehen und folgte ihm in ein Vorzimmer, das zu den Geschäftszeiten für individuelle Kundenberatungen genutzt wurde, üblicherweise von Männern, die Diamanten für ihre Freundinnen kauften.

Richard, du verdammter Geizkragen, dachte sie. Weh dir, wenn dieser Stein nicht echt ist.

Wieder auf Easterly angekommen, betrat Lane die Küche und folgte dem rhythmischen Hackgeräusch zu Miss Aurora, die gerade einem Netz Karotten kurzen Prozess machte, sie zu perfekt gleichmäßigen fünf Millimeter dicken orangen Scheiben reduzierte.

»Okay«, sagte er. »Also, zum Abendessen wären da Lizzie, du, ich, John und Jeff. Ich denke nicht, dass Max kommt, und habe keine Ahnung, wo Gin oder Amelia sind.«

Um Zeit totzuschlagen, während Lenghe sich die gesamte Rembrandt-Dokumentation durchsah, war Lane zu der Reihe von Häuschen hinuntergegangen, um mit Max zu reden. Als er ihn tief schlafend angetroffen hatte, hatte er Edward angerufen, aber der war nicht rangegangen – und weil Lane nicht wusste, wann er eine Antwort von seinem potenziellen Pokergegner bekommen würde, wollte er das Anwesen nicht verlassen.

»Das Abendessen ist fertig und steht warm«, sagte Miss Aurora und griff nach einer weiteren Karotte aus dem Netz. »Ich habe uns ein Roastbeef mit Kartoffelbrei und gedünsteten Bohnen gemacht. Die hier sind für Gary. Mein Püree ist das einzige Gemüse, das er isst, und er kommt auch zum Essen.«

»Hast du noch Cobbler übrig?«

»Ich habe frischen gemacht. Dachte mir, ihr Jungs werdet hungrig sein.«

Lane stützte seine Handflächen auf die Granitplatte, beugte sich vor und sah zu, wie Miss Aurora das Messer so gleichmäßig hob und senkte wie ein Metronom sein Pendel, immer im selben Rhythmus.

Er räusperte sich. »Also, Lizzie und Greta haben eine Liste der Angestellten gemacht, die wir entlassen müssen.«

»Ach ja?«

»Eine Menge Leute müssen gehen.«

»Wer bleibt?«

»Du, Lizzie, Reginald, Greta und Gary. Gary wird Timbo behalten wollen, was auch sinnvoll ist. Alle anderen müssen gehen. Offenbar liebt Greta Papierkram – sie wird die neue Rechnungsführerin, halbtags. Lizzie sagt, sie wird das Putzen im Haus übernehmen und Gary und Timbo mit dem Rasenmähen helfen.«

»Tolles Mädel.« Miss Aurora hörte auf zu hacken und sah auf. »Und das ist ein gutes Team. So schaffen wir das.«

Lane atmete aus vor Erleichterung. »Das denke ich auch. Mutter wird natürlich ihre Pflegerinnen behalten.«

»Ich würde sie nicht zu sehr verärgern. Dort oben sollte alles beim Alten bleiben.«

»So sparen wir jeden Monat ... fast hunderttausend Dollar. Aber ich fühle mich mies deswegen, weißt du? Ich werde es jedem Einzelnen persönlich beibringen.«

»Du wirst sie wieder einstellen. Keine Sorge.«

»Da bin ich mir nicht so sicher, Miss Aurora.«

»Du wirst schon sehen.«

Als sie wieder zu hacken begann, runzelte sie die Stirn und ließ die Schulter kreisen, als wäre sie steif. Und dann hörte Miss Aurora auf, legte das Messer hin, und es wirkte so, als müsse sie sich an der Arbeitsfläche festhalten, um nicht das Gleichgewicht zu verlieren.

»Miss Aurora? Bist du okay?«

»Alles bestens, Junge. Alles bestens.«

Sie schüttelte den Kopf, wie um ihn wieder klar zu bekommen, nahm sich das Messer und atmete tief durch. »Jetzt geh deinen auswärtigen Freund holen. Sonst trocknet mir mein Braten im Warmhalteofen aus, und es wäre schade um das ganze Fleisch.«

Lane musterte ihr Gesicht. Gott, es kam ihm so vor, als hätte sie jedes Mal, wenn er sie ansah, schon wieder abgenommen. »Miss Aurora ...«

»Der Auswärtige ist da«, sagte Lenghe und kam in die Küche. »Und hat Hunger mitgebracht – und Lust auf Poker.«

Lane drehte sich um und machte sich eine mentale Notiz, bei Miss Aurora später noch einmal nachzuhaken. Vielleicht brauchte sie mehr Hilfe in der Küche?

»Also bist du dabei?« Lane klatschte in die Hände. »Wir machen es?«

»Die Dokumentation könnte nicht beeindruckender sein.« Lenghe setzte sich an die Küchentheke, nachdem er Miss Aurora mit einem »Ma'am« begrüßt hatte. »Und der Wert ist da.«

»Ich habe auch meinen Steuerexperten angerufen.« Einen von Jeffs Kumpels in New York. »Bei unserem Steuersatz, dem höchsten, beträgt der langfristige Vermögenszuwachs auf Sammlerstücke achtundzwanzig Prozent. Meine Großmutter, wie du aus den Unterlagen weißt, hat für das Gemälde damals eine Million Dollar bezahlt. Dementsprechend will der Fiskus von mir zehn Millionen neunhundertzwanzigtausend haben.«

»Also fünfzig Millionen neunhundertzwanzigtausend ist die magische Zahl.«

»So sieht's aus.«

Lenghe streckte ihm die Hand hin. »Dein Einsatz ist das Gemälde, und ich bin bereit, diese Summe am Montagmorgen auf das Konto deiner Wahl zu überweisen, wenn ich verliere. Oder wenn du es lieber über einen Treuhänder im Ausland machen willst, wo gerade ein Markt geöffnet ist, können wir auch das tun.«

Lane schüttelte dem älteren Mann die Hand. »Abgemacht. Kein Treuhänder nötig, ich vertraue dir.«

Als sie sich die Hände schüttelten, sah Lenghe zu Miss Aurora hinüber. »Sie sind unsere Zeugin, Ma'm.«

»Ja.« Dann wies sie mit dem Kopf auf Lane. »Und so gern ich unsere Gäste hier auf Easterly bewirte, werden Sie mir nachsehen, dass ich stattdessen für meinen Jungen bete, während Sie spielen.«

Lenghe senkte den Kopf. »Ich würde nichts anderes erwarten.«

»Wascht euch die Hände vor dem Abendessen«, befahl sie, legte das Messer hin und drehte sich zum Herd um. »Heute Abend serviere ich familiär im kleinen Speisezimmer.«

Lane machte sich zur Spüle auf, und Lenghe ging folgsam neben ihm her. Als Lane das Wasser andrehte, sich die Hände einseifte und dem Getreidegott die Seife reichte, musste er lächeln. Nur Miss Aurora brachte es fertig, angesichts eines Pokerspiels um über fünfzig Millionen keine Miene zu verziehen – und genauso unbekümmert einem Milliardär zu befehlen, sich die Hände zu waschen, bevor er sich an ihren Tisch setzte.

Wie sehr er seine Momma liebte.

49

Ryan Berkley ließ sich Zeit am Mikroskop, und so ging Gin ihr Sektglas holen, kam zurück und nippte an ihrem Dom Pérignon, während sie wartete. Ab und an warf sie einen Blick in die Vitrinen im privaten Bereich des Geschäfts, wo die Diamanten noch riesiger waren als im öffentlichen Teil. Und doch waren sie Peanuts im Vergleich zu dem, den Richard ihr gekauft hatte.

Vorausgesetzt, das Ding war echt.

Als Ryan sich schließlich von seinem Gerät aufrichtete, sagte sie: »Nun?«

»Du hast recht. Reinheitsgrad VVS1. Farbe H oder vielleicht Farbe I mit mittelblauen Lichtern, die die Farbe um eine Abstufung aufhellen.«

Er ging zu einer anderen Maschine hinüber, ein Infrarotlicht blitzte auf, und er nickte. »Nein, es ist wirklich Farbe H. Du hast ein verdammt gutes Auge, Gin.«

»Danke.«

Ryan atmete tief durch. »Okay. Wir sind im Geschäft.«

Um ihre Erleichterung zu verbergen, nahm sie noch einen Schluck Champagner. »Gut. Wunderbar.«

»Dir ist klar, dass fünfhunderttausend in Gold knapp über elf Kilo wiegen?«

»Zwei Beutel zu je fünfeinhalb kann ich problemlos tragen.«

Ihr Juwelier runzelte die Stirn. »Das ist eine Menge Geld, um einfach damit aus dem Laden zu spazieren. Passiert dir auch nichts? Wo willst du es aufbewahren?«

»Ist alles schon organisiert. Kein Grund zur Sorge.«

Ryan nickte. »In Ordnung. Ich werde es dir in Barren und Münzen geben müssen. Ich habe von beidem nicht genug da. Und laut der amerikanischen Edelmetallbörse beträgt der aktuelle Kilopreis 40 188,40 Dollar. Möchtest du den Bericht sehen?«

»Nein. Und ich bin nicht kleinlich, du darfst gerne abrunden.«
»In Ordnung.«

Er brauchte eine gute Dreiviertelstunde, um alles zu organisieren, und dann führte er sie in den Keller, wo er das Gold vor ihren Augen auf einem langen Arbeitstisch abwog. Die Goldbarren wogen jeweils ein knappes Kilo, und ihr gefiel, wie sie sich in ihrer Hand anfühlten. Die dünnen Barren mit dem Stempel EMIRATES GOLD in einem Wappen, der eingravierten Aufschrift 1 KILO, GOLD und Seriennummern hatten etwa die Größe ihres iPhones. Er gab ihr sieben Stück davon.

Der Rest des Kaufpreises bestand aus südafrikanischen Krügerrand-Münzen zu je einer Feinunze Gold von zweiundzwanzig Karat, obwohl sie, wie Ryan erklärte, etwas mehr wogen wegen der fast drei Gramm Kupferlegierung, die zugefügt wurde, um die Münzen härter und langlebiger zu machen.

So viele Münzen. Ein ganzer Piratenschatz an Münzen.

Die Säcke waren aus dickem Nylon, und unter den vergitterten Lampen über dem Arbeitstisch wurde der Glanz des Goldhaufens nach und nach schwächer, als das Gold in den Säcken verschwand.

Als alles fertig verpackt war, unterzeichnete sie die Unterlagen, stand auf und wollte gehen.

»Warte«, sagte er. »Wir müssen noch den Zirkon in die Fassung einsetzen.«

Gin schloss die Augen, als sie sich Richards Reaktion vorstellte, wenn sie mit leerer Ringfassung nach Hause kam. »Aber natürlich.«

Ryan brachte es schnell hinter sich, suchte sich einen passenden falschen »Diamanten« in Smaragdschliff und befestigte ihn in der Platinfassung. Dann reinigte er das Ding mit Dampf und gab es ihr zurück.

Sie ließ den Ring wieder auf den Finger gleiten, zu ihrem Ehering, und spreizte die Hand. »Perfekt.«

»Du musst sehr darauf achten, dass er sauber bleibt, wenn er echt aussehen soll. Zirkone sind toll, aber sobald sie Hautfett oder Seifenrückstände abbekommen, ist der Glanz weg.«

Sie nickte und nahm sich die Säcke. Ächzend hob sie sie an. »Ganz schön schwer ...«

»Darf ich sie dir bitte zu deinem Wagen tragen?«

»Um ehrlich zu sein, ja gerne. Danke.«

Sie folgte ihm aus dem Keller und zurück in den vornehmen Teil des Ladens. Und sie schafften es fast zur Hintertür.

Aber dann blieb Ryan stehen. »Ich kann nicht. Gin, das ist mir so wirklich nicht sicher genug. Ich weiß, dass St. Michael ein relativ sicheres Stadtviertel ist, aber bitte lass mich dich damit nach Hause bringen. Oder einen Personenschützer anrufen, der dich begleitet. Bitte.«

»Ich gehe nicht nach Hause.«

Seine blauen Augen blickten ernst. »Ich habe einen Waffenschein und trage immer eine Waffe bei mir, außerdem habe ich zwei in meinem Wagen. Lass mich dich heil hinbringen, wohin immer du willst – sonst werde ich mir das nie verzeihen, besonders, wenn dir etwas passieren sollte.«

Sie sah die zwei Säcke an und dachte daran, wie viel Wert sie enthielten.

Schon lustig, sie hatte ihr ganzes Leben mit riesigen Mengen von Geld verbracht, aber in erster Linie in Form von Zahlen auf Konten, von Kreditkarten, die in ihre Geldbörse passten, und Bündeln von Scheinen, die einer halben Million Dollar nie auch nur nahe gekommen waren. Selbst die kostbaren Kunstgegenstände und Antiquitäten und das Silber im Haus oder die Juwelen im Tresor betrachtete sie eher als Statements von Stil, Dekor und einem luxuriösen Leben denn als Wertgegenstände.

Goldsäcke hingegen waren etwas sehr Handfestes.

»Ich kann dich in meinem SUV fahren«, drängte Ryan. »Er ist aus Sicherheitsgründen nachgerüstet. Und dich dann wieder hierher zurückbringen, damit du deinen Wagen holen kannst.«

»Bist du sicher?«

Er verdrehte die Augen. »Ich bin ein guter katholischer Junge, dessen Vater sich im Grab umdreht, wenn er dich allein aus diesem Laden gehen lässt. Also ja, ich bin sicher.«

»Na gut. Danke dir. Vielen Dank.«

Minuten später hatte er den SUV rückwärts vor die Hintertür gefahren und sie auf den Beifahrersitz gesetzt – und stellte ihr dann die beiden Säcke in den Schoß.

»Wir fahren nur zur Bank«, sagte sie zu ihm, als er wendete.

»Dem Herrn im Himmel sei Dank«, murmelte er.

Die örtliche PNC-Filiale war nur ein Stück die Straße hinauf, und sobald sie davor hielten, öffnete ihnen die Bankdirektorin, eine attraktive Blondine, den Lieferanteneingang an der Rückseite.

Sie trug Yoga-Klamotten, hatte ihr Haar zu einem Pferdeschwanz gebunden und wirkte viel jünger als in ihren professionellen Kostümen.

»Hallo zusammen«, sagte sie, als sie ausstiegen und wieder die schweren Säcke schleppten. »Ryan, was für eine nette Überraschung. Vor zwanzig Minuten war ich noch mit deiner Stacy beim Yoga.«

»Kann ich dir einfach nur sagen, wie froh ich bin, dich zu sehen?«, sagte er und küsste die Frau auf die Wange.

»Schön zu hören.«

Sie betraten einen niedrigen dämmrigen Raum, zu dem Kunden normalerweise keinen Zutritt hatten, dann schloss die Frau die Tür und drehte an einem Rad, bis das Schloss mit einem Klirren einrastete. In den eigentlichen Geschäftsräumen der Bank waren die Lichter gedämpft, und alles war still und ordentlich.

»Die Unterlagen sind gleich dort drüben.«

Gin fühlte sich etwas benommen, als sie hinüberging und auf einem Tresen einige Papiere unterzeichnete. Der Stift war mit einer dünnen Metallkette aus winzigen silbernen Gliedern an einem Abreißkalender befestigt, und das Ding zischte wie eine Schlange, während sie ihren Namen kritzelte, hier ... und hier ... und dann nochmal hier, vielen Dank.

»Das ist Ihr Schlüssel«, sagte die Frau. »Und ich bringe Sie beide jetzt zum Schließfach.«

Ryan meldete sich zu Wort. »Möchtest du alleine hineingehen, Gin?«

»Nein, vielleicht könntest du das tragen?«

»Aber sicher.«

Zu dritt betraten sie den Tresorraum, der nur für sie geöffnet worden war, und sie wurde zu einem Schließfach am Boden geführt, das etwa die Größe eines Küchenmülleimers hatte. Die Bankdirektorin ließ sich den Schlüssel wiedergeben, beugte sich vor, steckte ihn ins Schloss und fügte dann einen eigenen Schlüssel hinzu. Erst dann ließ die Schließfachtür sich öffnen.

Die Frau zog ächzend einen viereckigen Metallbehälter aus dem Fach. »Das sind die größten, die wir haben.«

»Bitte tun Sie sich nicht weh.« Gin drehte sich zu Ryan um. »Darf ich?«

Sie wollte diejenige sein, die das Gold dort hineinlegte – und sobald es getan war, starrte sie die beiden anderen an.

»Ich möchte, dass ihr meine Zeugen seid. Das hier ist für meine Tochter. Falls mir etwas zustoßen sollte, gehört das alles Amelia.«

Gin nahm einen zugeklebten Umschlag aus ihrer Handtasche. »Ich lege diesen Brief mit hinein. Er ist für Amelia.«

Die Regelung, wer das Gold bekommen sollte, war nicht alles, was sie aufgeschrieben hatte. Auch von Samuel T. war die Rede.

Er würde zweifellos ein fantastischer Vater sein. Sobald er über den Schock hinweggekommen und sein Hass auf Gin wieder abgeflaut war.

Als sie den Brief oben auf die Nylonsäcke legte, spürte sie, dass die beiden anderen sie seltsam ansahen. Sie konnte es ihnen nicht verübeln. Schließlich hatte ihr Vater eben Selbstmord begangen – oder vielleicht auch nicht, wer wusste das schon.

Wahrscheinlich fragten sie sich, ob sie die Nächste sein würde.

»Und sollte ich tot aufgefunden werden, will ich, dass ihr wisst, dass Richard Pford es war.« Sie sah den beiden in die Augen und ignorierte die Beunruhigung, die sie auslöste. »Auch das steht in diesem Brief. Wenn ich getötet werde, hat *er* mich ermordet.«

Lizzie bekam kaum einen Bissen hinunter.

An der Gesellschaft lag es nicht. Und auch nicht an dem eleganten kleinen Speisezimmer mit seiner Sammlung von Imari-Porzellan an den Wänden mit der cremefarbenen Seidentapete und seinem Aubusson-Teppich. Und mit Miss Auroras köstlichem Essen war definitiv alles bestens.

Der Grund war vielmehr, dass ihr Liebster gleich Poker spielen würde, um einen Einsatz von insgesamt über fünfzigtausend ...

Millionen, korrigierte sie sich. Fünfzig Millionen Dollar.

Gott, diese Summe war schlichtweg unvorstellbar.

»... damals hielt ich es für eine gute Idee«, sagte Lane gerade, als er sich nach seiner zweiten Portion zurücklehnte und sich den Mund abwischte. »Der Fluss hatte Hochwasser, und Land Rovers sind schließlich robuste Autos. Ich wollte die Herausforderung. Also bin ich mit Ernie ...«

»Moment«, unterbrach sie seine Geschichte. »Wer ist Ernie?«

Lane beugte sich zu ihr hinüber und küsste sie auf den Mund. »Mein erstes Auto. Ernie.«

Am anderen Ende des Tisches meldete sich Jeff zu Wort. »Wieso habe ich nur das Gefühl, dass das für Ernie nicht gut ausging?«

»Dein Gefühl hat ganz recht.« Lane nahm einen Schluck von seinem Ginger-Ale. »Jedenfalls, ich bin runtergefahren zur River Road, habe die Polizeiabsperrung durchbrochen ...«

Miss Aurora schüttelte den Kopf, obwohl sie versuchte, ihr Grinsen zu verbergen. »Ich bin so froh, dass ich das erst jetzt erfahre, sonst hätte ich dir die Leviten gelesen, junger Mann.«

»Sie könnten Ihre Chance noch bekommen«, sagte John lachend und griff nach seiner Cola. »Die Nacht ist noch jung.«

»Jedenfalls«, warf Lane ein, »ich habe gelernt, solange man sich vorwärtsbewegt, kann man nicht untergehen. Das Wasser stieg ganz hoch, bis knapp über die Motorhaube.«

»War das ohne Schnorchel?«, fragte Lizzie. »Oder mit?«

»Ohne. Und das war dann auch irgendwie das Problem. Denn da trieb dieser Baum unter der Wasseroberfläche ...«

»Oh Gott«, murmelte Lizzie.

»... und verfing sich direkt in meinem Kühlergrill. Dadurch wurde mein Tempo gedrosselt. Das war der Moment, in dem Ernie starb. Er klemmte dort fest, bis der Flusspegel wieder sank. Und der ganze Schlamm! Innen sah der Wagen aus wie nach zwei Wochen Wüste in einem Sandsturm.«

Als die anderen lachten, musste Lizzie fragen: »Warte mal, und wie ging's dann weiter? Was hast du deinem Vater erzählt?«

Lane wurde ernst, das Lächeln wich aus seinem Gesicht. »Ach weißt du ... Edward ist gekommen und war meine Rettung. Er hatte eine Menge Geld, das er investiert hatte – kein Geld der Familie, sondern von Ferienjobs und Geburtstagsgeschenken. Davon hat er mir einen Gebrauchten gekauft, der genau wie Ernie aussah, von innen und von außen. Ein paar Kilometer mehr auf dem Buckel, aber Vater hätte ohnehin nie auf den Tacho geschaut. Ohne Edward ... Mann, das wäre nicht gut ausgegangen.«

»Auf große Brüder«, sagte John und hob sein Glas.

»Auf große Brüder«, antworteten alle.

»Also«, murmelte Lane, als alle ihre Drinks wieder auf den Tisch gestellt hatten. »Bist du bereit?«

John stand auf und nahm seinen Teller. »Sobald wir den Tisch abgeräumt haben. Ich kann's kaum erwarten. Ich spüre, dass ich heute Glück habe, mein Junge. Heute habe ich Glück!«

Auch Jeff und Miss Aurora standen auf, aber Lizzie blieb sitzen. Lane, der ihre Stimmung zu spüren schien, rührte sich ebenfalls nicht, während alle anderen der Reihe nach hinausgingen.

»Bist du sicher, dass das eine gute Idee ist?«, flüsterte sie und nahm seine Hand in ihre Hände. »Nicht, dass ich dir nicht vertraue. Es ist nur so wahnsinnig viel Geld.«

»Wenn ich gewinne, sind wir Ricardo Monteverdi und diesen Kredit von Prospect Trust größtenteils los – und dann haben wir tatsächlich so etwas wie eine Chance, weil Jeff das Unternehmen wieder auf die Beine bringt. Gott, du hättest ihn sehen sollen, unten in der BBC-Zentrale. Er ist der Wahnsinn. Einfach unglaublich. Wir werden ein paar magere Monate haben, aber Ende des Jahres haben wir unsere Rechnungen abbezahlt, und Mack wird sich nicht mehr sorgen müssen, wo er das Getreide für seine Maische hernehmen soll.«

»Ich kann gar nicht glauben, wie ruhig du bist.« Sie lachte. Oder fluchte. Es war schwer zu sagen, was für ein Geräusch es war, das sie da machte. »Ich fühle mich schon wie ein nervliches Wrack, und dabei bin ich nur Zuschauerin.«

»Ich weiß, was ich tue. Das Einzige, worum ich mir Sorgen mache, ist das Glück – und das kann man nicht kontrollieren. Aber mit Können wettmachen. Und davon habe ich jede Menge.«

Sie nahm sein Gesicht in die Hände. »Ich bin so stolz auf dich.«

»Noch habe ich nicht gewonnen.«

»Das Ergebnis ist mir doch egal – na ja, natürlich nicht. Ich bin nur ... Du tust, was du gesagt hast. Du rettest deine Familie. Du kümmerst dich um dein Unternehmen. *Du* bist wirklich Wahnsinn, weißt du das?«

Als sie sich zu ihm herunterbeugte und ihn küsste, lachte er tief in seiner Brust. »Kein aufsässiger Playboy mehr, was? Siehst du, was die Liebe einer guten Frau aus Männern machen kann?«

Sie küssten sich, und dann zog er sie auf seinen Schoß. Sie schlang ihm die Arme um den Hals und lächelte.

»Definitiv.« Lizzie strich das Haar in seinem Nacken glatt. »Und soll ich dir was verraten?«

»Was?«

Lizzie legte den Mund an sein Ohr. »Egal ob du gewinnst oder verlierst, heute Nacht ist für dich Glück in der Liebe angesagt.«

Lane stieß ein Knurren aus, seine Hände spannten sich um ihre Taille, und er ließ unter ihr seine Hüften rollen. Als er sie wieder küssen wollte, stoppte sie ihn. »Wir gehen besser ins Spielzimmer hinüber, bevor du zu abgelenkt bist.«

»Schon passiert«, sagte er trocken. »Das kannst du mir glauben.«

»Denk einfach daran«, murmelte sie, als sie sich von ihm löste. »Je schneller du es hinter dich bringst, desto eher können wir ...«

Lane schoss von seinem Stuhl hoch und warf ihn dabei fast um. Er packte ihre Hand und begann, sie in vollem Lauf aus dem Zimmer zu zerren.

»Hörst du wohl mit dieser Zeitverschwendung auf, Frau«, sagte er, als sie laut auflachte. »Ich muss hier schleunigst Poker spielen.«

50

Etwa eine halbe Stunde später saß Lane an dem runden Pokertisch im Spielzimmer, drei Stühle von Lenghe entfernt. Die Zuschauer, darauf hatten die Spieler sich geeinigt, saßen auf einer Stuhlreihe am anderen Ende des Tisches, sodass niemand ihnen über die Schulter sehen konnte. Lizzie und Miss Aurora saßen nebeneinander, Jeff und der Chefgärtner Gary rechts und links von ihnen.

Allen war klar, dass dies einer der Momente war, der in die Familienlegende der Bradfords eingehen würde. So wie damals, als einer von Lanes Vorfahren Abraham Lincoln Geld geliehen hatte, oder als ein anderer einen Brand in der Alten Brennerei mit Wasser aus dem Bewässerungssystem löschen musste, oder als beim Derby von 1956 Bradford-Pferde die ersten drei Plätze belegt hatten.

Dieser Dreiersieg hatte seinem Großvater genug eingebracht, um draußen bei Red & Black einen ganzen neuen Stall zu bauen ...

»Kommen wir zu spät?«

Lane sah zur Tür hinüber. »Mack, du bist gekommen.«

»Als würde ich mir das entgehen lassen.«

Lanes Master Distiller kam mit einer sehr aparten jungen Frau herein – oh, die Assistentin, dachte Lane. Schau an.

»Mr Lenghe«, Mack ging zu ihm hinüber. »Schön, Sie wiederzusehen.«

»Ach, wenn das nicht mein Lieblings-Distiller ist.«

Nachdem die beiden sich die Hände geschüttelt hatten, sagte Mack: »Das ist eine Freundin von mir, und meine Assistentin, Beth Lewis.«

Eine allgemeine Vorstellungs- und Begrüßungsrunde folgte, und Lane konnte nicht widerstehen, Mack hinter Beths Rücken anzusehen und mit den Augenbrauen zu wackeln. Was ihm einen Stinkefinger einbrachte.

»Kommt sonst noch jemand?«, fragte John, als die Gruppe wieder Platz nahm.

»Das sind alle«, sagte Lane.

»Kopf oder Zahl?«

»Du bist der Gast, du hast die Wahl.«

»Kopf.«

John warf eine Münze auf die Tischmitte. »Kopf also. Ich teile zuerst aus. Big Blind einhundert, Small Blind fünfzig.«

Lane nickte und sah zu, wie John die Karten mischte. Sie hatten sich zuvor auf den Wert der Stapel von roten, blauen und gelben Pokerchips geeinigt, von denen sie beide dieselbe Anzahl hatten. Es würde keine Buy-ins geben – wem die Jetons ausgingen oder wer keinen Blind setzen konnte, hatte verloren.

Lane setzte einen roten Jeton als Big Blind, John einen blauen, und dann teilte John ihnen je zwei Karten aus. Es würde eine Wettrunde geben, auf der Basis dessen, was sie in ihren Händen hatten, und dann würde der Geber eine Karte verdeckt zur Seite legen und die nächste offen auf den Tisch. Dann folgte eine weitere Wettrunde. Eine weitere verdeckte Karte und eine offen auf den Tisch. Wieder eine Wettrunde und immer so weiter, bis eine Reihe von fünf Karten übrig war, die sie beide beliebig einsetzen konnten, um damit ihre Kombinationen zu vervollständigen, zusammen mit ihren eigenen Karten, die sie geheim gehalten hatten.

Eine High Card schlug alle geringeren Werte, wenn niemand eine höhere hatte. Zwei Paare schlugen ein Paar. Ein Drilling schlug zwei Paare. Ein Flush – fünf Karten derselben Farbe – schlug einen Straight, also fünf aufeinander folgende Karten egal welcher Farbe. Ein Full House – drei gleichwertige Karten und ein Paar eines anderen Werts – schlug einen Flush. Und ein Straight Flush – fünf aufeinander folgende Karten derselben Farbe – schlug einen Vierling, dieser wiederum ein Full House.

Ein Royal Flush, bestehend aus Ass, König, Königin, Bube und Zehn derselben Farbe, schlug alles andere.

Und war wahrscheinlich ein Zeichen dafür, dass Miss Aurora tatsächlich einen direkten Draht zu Gott hatte.

Vorausgesetzt, dass Lane diese Karten hatte und nicht Lenghe.

Wenn John so etwas auf den Tisch legte? Nun, dann betete seine Frau zu Hause in Kansas offenbar noch inniger als Miss Aurora hier in Kentucky.

Lane nahm sein erstes Blatt auf. Karosechs. Kreuzzwei.

Kurzum: nichts.

Nicht einmal eine Karte, die hoch genug war, um deswegen in Aufregung zu geraten.

Der Flop, wie die ersten drei offenen Karten genannt wurden, war seine einzige Hoffnung.

Ihm gegenüber musterte John sein Paar, die Brauen gerunzelt, seine schweren Schultern nach vorne gekrümmt, als machte er sich zum Angriff bereit. Er kaute ein wenig auf seiner Lippe. Rieb sich unter der Nase. Rutschte leicht auf seinem Stuhl herum.

Aber er war eher begeistert als nervös: Mit so viel Spielzeit, die noch vor ihnen lag, ohne dass sich bereits ein Pot entwickelt hatte, und fünf Karten, die noch kamen, war es in vieler Hinsicht zu früh für den Mann, sichtlich nervös zu werden.

Lane dagegen war völlig ruhig, interessierter daran, was auf dem Stuhl seines Gegners passierte, als an seinen eigenen Karten.

Entscheidend war nämlich, sich die unwillkürlichen kleinen Bewegungen und Zuckungen seines Gegners zu merken. Einige von ihnen würde er im Lauf des Spiels ablegen, wenn sie sich eingespielt hatten und routinierter wurden. Aber eine oder zwei würde er beibehalten – oder dagegen ankämpfen, sie zu zeigen.

Oder vielleicht würde auch etwas ganz anderes ans Licht kommen.

Aber wie Lane vor langer Zeit gelernt hatte, gab es drei Dinge, die am Spieltisch sogar noch wichtiger waren, als die Summe an Geld, die man selbst oder der Gegner zur Verfügung hatte: Die Mathematik der Karten im Spiel, die sich Mano-a-Mano nur schwer mit Genauigkeit anwenden ließ, weil es keine anderen Spieler gab, die setzten; die Karten, die man selbst hatte, und die im Flop; und die physischen Reaktionen des Gegners in Gesicht und Körper bei seinen Wettmustern.

John konnte gerne glauben, dass er heute Glück haben würde.

Ob das ausreiche, würde sich zeigen.

Nur zehn Minuten, nachdem Ryan Berkley Gin wieder bei ihrem Rolls hinter seinem Geschäft abgesetzt hatte, fuhr sie das Cabrio auf seinen angestammten Parkplatz in der Garage und sah auf die Uhr.

Perfektes Timing. Halb zehn.

Richard hatte ihr gesagt, dass er ein äußerst wichtiges geschäftliches Treffen hatte und es spät werden würde, und das bedeutete, dass sie zu Hause war, bevor er irgendwas merkte.

Sie ging zur Vorderseite des Hauses herum und kam an den Fenstern des alten Spielzimmers vorbei, das kaum noch benutzt wurde. Durch die halb zugezogenen Vorhänge sah sie ihren Bruder und einen älteren grauhaarigen Mann, den sie nicht kannte, am Pokertisch, mit Karten in den Händen, neben sich Stapel von bunten Pokerchips auf dem grünen Filz.

Eine Reihe von Leuten sah ihnen zu, und alle wirkten so ernst. Ihr Bruder schien mehr Pokerchips zu haben als der andere, aber nein, jetzt hatte gerade Lanes Gegner gewonnen, der Mann zeigte seine Karten vor und zog den Haufen in der Mitte zu sich heran.

Gin ging weiter ums Haus zum prächtigen Haupteingang und sah zum ersten Stock hinauf.

Kein Licht in Amelias Zimmer.

Sie betrat das Haus, ging in den Salon und setzte sich auf das Sofa, den Blick durch den Torbogen ins Foyer gerichtet.

Sie wartete.

Und wartete.

Und wartete noch länger.

Die Geräusche des Pokerspiels brodelten durch Easterlys stille Räume. Gelegentlich ein Aufschrei, Jubel, ein Fluch. Gelächter, das seltsam klang, und wenn auch nur, weil es ihr so schien, dass in diesem Haus schon lange niemand mehr gelacht hatte.

Am Rande fragte sie sich, gegen wen Lane da spielte.

Aber sie würde nicht hinübergehen. Sie musste hier sein.

Schließlich kam Amelia nach gefühlten Ewigkeiten zur Tür herein. Das Mädchen trug wieder einmal eine Skinny Jeans und ein blusenartiges Stella-McCartney-Oberteil mit farbigen Blöcken auf der Vorderseite und Gruppen von Hashtags auf dem Rücken.

Als sie über den schwarz-weißen Marmorboden auf die Treppe zuging, rief Gin: »Bitte warte mal eben.«

Amelia erstarrte, einen flachen Schuh auf der untersten Stufe. »Was?«

»Ich habe auf dich gewartet. Bitte komm herein.«

»Ich gehe schlafen ...«

»Ich habe mit deiner Vertrauensschülerin gesprochen.«

Damit hatte sie die Aufmerksamkeit ihrer Tochter, die sich prompt umdrehte. »Was?«

»Mit deiner Vertrauensschülerin, Ms Antler.«

»Okay, das ist meine Wohnheimbetreuerin, Ms Antle. Ein Vertrauensschüler ist ein älterer Schüler, der einem im Alltag hilft. Was du wissen würdest, wenn du jemals in meiner Schule gewesen wärst.«

»Warum hast du über den Rauswurf gelogen?« Gin hob eine Hand und registrierte müßig, dass der falsche Diamant gut aussah. »Und ich stelle dich nicht zur Rede deswegen. Ich bin sicher, du hattest deine Gründe, aber ich würde sie gerne erfahren.«

Amelia marschierte in den Salon, sichtlich kampfbereit. »Ich gehe nicht zurück.«

»Das war nicht meine Frage.«

»Ich bin dir keinerlei Erklärungen schuldig.«

»Stimmt.« Das schien das Mädchen zu überraschen. »Aber ich würde gerne wissen, warum ...«

»Also gut.« Amelia verschränkte die Arme vor der Brust und reckte das Kinn. »Niemand hat angerufen und mir gesagt, dass Großvater gestorben ist. Ich habe es im Internet gelesen und musste selbst schauen, wie ich nach Hause komme – und ich gehe nicht zur Schule zurück. Ich weigere mich. Ich dachte mir, wenn ich dir sage, dass ich von selbst gegangen bin, zwingst du mich, zurückzugehen, aber wenn du denkst, man hat mich rausgeworfen, lässt du mich hierbleiben.«

»Bist du unglücklich in Hotchkiss?«

Amelia runzelte die Stirn. »Nein.«

»Ist etwas nicht in Ordnung mit den Lehrern? Dem Wohnheim? Einem Mitschüler?«

»Nein.«

»Gibt es eine andere Schule, auf die du lieber gehen würdest?«

»Ja.«

»Und auf welche ...«

»Was ist los mit dir?«, fragte Amelia – und es klang nicht feindselig. Eher so, als fragte sie sich, wer ihre wirkliche Mutter gekidnappt und durch diesen Klon ersetzt hatte. »Was geht hier ab?«

Gin hielt ihrem Blick stand, obwohl es ihr schwerfiel. »Ich bin dir keine Mutter gewesen. Und das tut mir leid. Es tut mir sehr leid. Ich war so jung, als ich dich bekommen habe, und obwohl du schon sehr reif und erwachsen bist, kann ich dasselbe nicht von mir sagen. Und ehrlich gesagt, als die Betreuerin mich angerufen hat, war mein erster Gedanke, Lane zu holen, damit er das mit dir regelt. Aber die Sache ist die: Mein Vater ist tot. Meine Mutter ist so gut wie tot. Edward ist im Grunde genommen fort. Lane hat alle Hände voll damit zu tun, sich uns allen gegenüber anständig zu verhalten. Und Miss Aurora fühlt sich nicht gut. Nun, letztendlich haben du und ich nur einander, und das ist alles. Wir haben sonst niemanden, an den wir uns wenden können.«

»Und dein neuer Ehemann?«, sagte Amelia bitter. »Was ist mit dem?«

»Er ist mein Problem, nicht deines. Tatsächlich ist er das beste Beispiel für alles, was ich immer falsch gemacht habe, und ich muss mit ihm fertigwerden.«

Gin blickte in dem vertrauten eleganten Raum umher und sah dann wieder ihre Tochter an. »Wir haben buchstäblich nur uns. Und du kannst mich hassen, so sehr du willst – ich verdiene es. Ich akzeptiere es. Ich werde es nicht zur Debatte stellen und deshalb nicht wütend auf dich sein. Aber so berechtigt dieses Gefühl auch ist, es ändert nichts daran, dass, wenn du nicht auf Hotchkiss sein willst, du und ich die Einzigen sind, die das ändern können. Und wenn du es dir anders überlegst und dortbleiben willst? Dann werden du und ich dich zurück zum Campus bringen müssen. Und wenn du die Schule abbrechen willst ... Nun, das werde ich dir nicht erlauben. Denn ob du mich respektierst oder nicht, du bist minderjährig, und ich bin deine Mutter, zumindest in rechtlicher Hinsicht. Und du wirst wenigstens deinen Highschool-Abschluss machen. Und danach, in zwei Jahren? Dann habe ich keine Entscheidungsgewalt mehr über dein Leben, außer der, die du mir freiwillig einräumst.«

Amelia blinzelte ein paarmal.

Und es war eigenartig: Sie schien vor Gins Augen jünger zu werden, obwohl sich eigentlich nichts an ihr veränderte, die schwer greifbare Regression Resultat von Gefühlen oder Gedanken oder ... Gin wusste nicht, was.

»Rede mit mir«, sagte Gin nach einem Augenblick. »Sag mir, was du denkst.«

»Ich habe Angst, dass, wenn ich dort oben bin ...« Das Mädchen wandte den Blick ab. »Ich habe Angst, dass hier alle verschwinden, wenn ich dort oben bleibe, und ich dann kein Zuhause mehr habe. Ich weiß doch über diese Geldprobleme Bescheid. Werden wir Easterly überhaupt behalten können? Und was ist mit dem Unternehmen? Schalten die uns hier den Strom ab oder was?«

»Ganz ehrlich? Ich weiß es nicht. Und es tut mir leid, dass ich dir keine Antwort geben kann. Aber ich verspreche dir, für dich ist gesorgt.«

»Wie denn?«

Gin griff in ihre Handtasche und holte den Schließfachschlüssel heraus. »Den gebe ich dir jetzt. Du kannst das Schließfach nicht öffnen, solange ich am Leben bin, und wenn ich sterbe, musst du zu deinem Onkel Lane gehen und ihm sagen, dass ich ihn dir gegeben habe. Lane ist der Vollstrecker des Testaments, das ich heute Nachmittag unterschrieben habe. Dieser Schlüssel gehört zu einem Bankschließfach in der PNC-Filiale neben Taylor's Drugstore. Ich werde dir nicht sagen, was darin ist – und, wie gesagt, an den Inhalt kommst du erst heran, wenn ich nicht mehr da bin. Aber er bedeutet, dass für dich in jedem Fall gesorgt ist, egal was hier passiert.«

Als Amelia nicht zu ihr herüberkam, hielt Gin ihr den Schlüssel entgegen. »Nimm ihn. Bewahre ihn auf, wo du willst, aber verliere ihn nicht. Na komm.«

Amelia näherte sich vorsichtig, und Gin registrierte, dass sie Tränen wegblinzelte. In all ihrer Nachlässigkeit und Selbstsüchtigkeit war ihr entgangen, welches Leid sie diesem unschuldigen Kind zugefügt hatte – und dass sie sich ihr jetzt mit solcher Vorsicht näherte, war eine so schmerzhafte Abrechnung, dass Gin nicht atmen konnte.

»Es tut mir leid«, sagte Gin rau, als der Schlüssel die Besitzerin wechselte. »Ich kann mich nicht genug bei dir entschuldigen und werde dir nicht vorwerfen, wenn du mich niemals in dein Vertrauen ziehst. Aber lass uns ... lass uns die nächsten zwei Jahre gemeinsam versuchen, für dich alles richtig zu machen. Und jetzt sag mir, auf welche Schule du möchtest.«

Amelia starrte den Schlüssel sehr lange an. »Charlemont Country Day. Field ist dort. Ich kenne eine Menge von den Kids. Es gefällt mir dort.«

»Okay. Folgender Vorschlag: Ich denke, dein Onkel Lane plant, Großvater morgen oder übermorgen beisetzen zu lassen. Deine Wohnheimbetreuerin sagte, du kannst deine Prüfungen hier oder an der Schule ablegen. Was ist dir lieber?«

»Ähmm ...«

»Wenn du sie in der Schule machen möchtest, fahre ich dich nach der Beerdigung hin, oder wir fliegen. Wenn du zu Hause bleiben und sie hier machen willst, fahre ich hin und hole deine Sachen ab.«

Amelia verdrehte die Augen. »Du kriegst doch nie meine Sachen organisiert.«

»Kartons und Tüten. Wie schwer kann das sein?«

»Das würdest du machen? Den gaaanzen weiten Weg nach Connecticut rauffahren und meine Sachen holen?«

»Ja.«

»Mit Onkel Lane, natürlich ...«

»Nein, ich würde es allein tun. Das kriege ich hin. Also, was willst du machen?«

Amelia ging zum anderen Sofa hinüber und setzte sich. »Was ist in dem Bankschließfach?«

»Das werde ich dir nicht sagen. Du wirst es herausfinden, wenn es an der Zeit ist.«

»Ich denke, ich will in die Schule zurück und meine Prüfungen dort machen. So ist es einfacher. Und ich kann mich mit weniger Hektik von den anderen verabschieden.«

»Okay. Dann fahren wir zusammen nach der Beerdigung los. Was denkst du, wie lange die Prüfungen dauern werden?«

»Oh Gott, etwa zehn Tage.«

»In Ordnung. Dann komme ich hierher zurück und fahre dann nochmal hoch, um dich und deine Sachen zu holen. Danach melden wir dich für das Herbstsemester an der Charlemont Country Day an.«

Amelias Augen waren schmal, als sie schließlich wieder aufblickte. »Wo ist der Haken?«

»Es gibt keinen. Da ist überhaupt kein Haken. Und ich habe auch gar keine Erwartungen an unsere Beziehung. Außer dafür zu sorgen, dass du die Schule nicht abbrichst.«

Das Mädchen atmete tief durch und schob dann den seltsam geformten kleinen Schlüssel in die Tasche seiner Jeans. »Okay. In Ordnung. Das ist ... unser Plan.«

Gin schloss vor Erleichterung die Augen. »Gut«, flüsterte sie ihrer Tochter zu. »Da bin ich aber froh.«

51

Es war die teuerste Wackelpartie, an der Lane jemals teilgenommen hatte.

Und John war ein verdammt guter Pokerspieler, erstaunlich gelassen, besonders als er sich eingespielt hatte. Er war schlau, entschlossen, verlor nie die Beherrschung – und hielt sich hundertprozentig an die Spielregeln.

Man bekam eine Ahnung, warum er ein so erfolgreicher Geschäftsmann war.

Schließlich, nach Stunden, standen sie Kopf an Kopf. Lane machte keine Fehler, aber auch John machte keine. Es hatte Straights und Flushes gegeben, einen Drilling, zwei Paare, Full Houses ...

Das Spielglück rollte wie eine Gezeitenwelle in die eine Richtung, korrigierte seinen Kurs und rollte dann wieder in die andere.

Drüben in der Reihe der Zuschauer war Lizzie sichtlich erschöpft. Und Miss Aurora hielt sich sogar an Lizzies Unterarm fest, als es so aussah, als würde es ewig so weitergehen.

Aber dann kam das Ende doch – und scheinbar aus dem Nichts.

»Ich gebe«, sagte der Getreidegott und strich die Karten seines letzten siegenden Blattes zusammen. »Bist du bereit?«

»Immer.«

John teilte aus, und Lane schaute sich an, was er bekommen hatte.

Er hatte ... Herzzwei. Und ... Pikass.

Okay, vielleicht bekam er hier einen Flush zusammen. Zumindest hatte er eine höchste Karte.

Er setzte seinen Big Blind. John einen Small Blind. Und dann passte John. Lane ebenso.

Die erste Karte im Flop war eine Karozehn.

Die zweite die Karoacht.

Scheiße.

Dann landete das Karoass auf dem Tisch – gute Neuigkeiten. Sozusagen.

Natürlich, auch John gefiel die Karte, oder zumindest schien es so, seinem Nicken nach. »Okay. Ich werde ...«

Lanes Herz begann heftig zu klopfen. Und er wusste es, noch bevor der Mann auch nur die Worte aussprach.

»Ich setze alles.«

Also hatte er einen Flush. Der ein Paar Asse haushoch schlug. Und auch einen Drilling. Lanes einzige Chance war ein Full House.

Als die Leute im Raum aufkeuchten, registrierte Lane vage, dass Gin und Amelia hereinkamen und sich setzten. Sie wirkten beide überrascht, und es gab einiges Geflüster, als die anderen sie aufklärten – und dann wirkten die beiden regelrecht geschockt, als sie verstanden, um was es ging.

»Ich will sehen«, sagte Lane und schob seine Pokerchips in die Mitte. »Spielen wir die Turn Card und die River Card und lassen wir Gott entscheiden.«

»Amen.«

John legte seine zwei Karten hin. Jepp, sein Karokönig und seine Karozwei waren ein mächtiges Paar. Als Antwort legte Lane sein Karoass und Karozwei auf den Tisch.

»Nicht schlecht«, murmelte John.

»Nur weil du gewinnst«, sagte Lane und zwinkerte ihm zu.

Die nächste aufgedeckte Karte war ...

Kreuzass.

»Oh, schau, schau.« John lehnte sich zurück und stützte seine freie Hand auf den Tisch. »Das ist eine große.«

»Kommt drauf an, was die letzte ist, alter Mann.«

Lane registrierte, dass sein Herz hinter seinem Brustbein zu hüpfen begann. Es gab keinen Grund für ihn, seine Reaktionen zu verbergen, weil die Einsätze gemacht waren und das Ergebnis an diesem Punkt vorausbestimmt war: Eine Karte würde beiseite gelegt werden, und was auch immer die nächste Karte war, sie würde das Spiel entscheiden. Und das war's dann, es war also kein Pokerface mehr nötig.

Und doch wollte er sich nichts anmerken lassen, weder die Angst noch die Aufregung. Sein Spieler-Aberglauben bannte ihn auf seinem Stuhl fest, als könnten seine Emotionen sein Glück doch noch zum Schlechten wenden.

Er warf einen Blick zu Lizzie hinüber und sah, dass sie auf ihn, nicht auf die Karten konzentriert war – als hätte sie vielleicht darauf gewartet, dass er zu ihr hinübersah. Und als sie mit den Lippen stumm *Ich liebe dich* formte, konnte er sie nur anlächeln und darüber staunen, dass diese Frau, die er sich ausgesucht hatte, ihn – als einen Mann, der mit großem Reichtum aufgewachsen war – immer wieder daran erinnerte, dass Geld nicht zählte. Besitztümer waren nicht, worum es im Leben ging. Der Wagen, den man fuhr, das Haus, in dem man wohnte, die Kleider, die man trug, waren nichts als Vokabeln. Sie waren nicht die wahre Kommunikation, um die es ging, nicht die Verbindungen, die wichtig waren.

Er dachte an den Augenblick zurück, als er von der Brücke gefallen war. Schon komisch, er hatte sich gegen den harten Aufprall unten auf dem Wasser gewappnet, sich zusammengerollt, um den Schlag zu überstehen, von dem er überzeugt war, dass er ihn töten würde.

Aber in Wirklichkeit war der Fall das Gefährliche. Nicht der Fluss.

Der Fluss hatte ihn gerettet.

Ich liebe dich auch, sagte er lautlos zurück.

Und dann hörte er sich sagen: »Nächste Karte?«

Der Getreidegott deckte eine Karte auf ...

Alle keuchten auf.

Herzass.

»Verdamm...« Aber Lenghe beendete den Fluch nicht, wie es seine Gewohnheit war.

Und Lane? Er sah Miss Aurora an. Sie war nicht auf das Spiel konzentriert. Sie hatte die Augen geschlossen, den Kopf zurückgelegt und bewegte stumm die Lippen.

Und später, viel später, war es dieses Bild, das ihm wieder vor Augen stehen würde. Wie sie mit beiden Händen Lizzies Arm gepackt hielt, ihr ganzer Körper angespannt wie ein Drahtseil in Andacht und Gebet, ihr Glauben an ihren Gott und Erlöser so stark, dass Lane hätte schwören können, dass sie, jawohl, dazu fähig war, ein Wunder vom Himmel herabzurufen.

Er sah zu dem Rembrandt hinüber. Die Tatsache, dass Jesus Christus seine Momma anzustarren schien, fühlte sich richtig an. »Schätze, du bleibst in der Familie«, murmelte er dem Gemälde zu.

Lauter, hallender Jubel brach los, und Lenghe nahm es wie der Gentleman, der er war. Er kam zu ihm herüber, nicht um ihm die Hände zu schütteln, sondern um ihn in eine harte Umarmung zu ziehen. Und dann war Lane sich vage bewusst, dass Mack und Jeff zu ihm herübereilten und ihn schüttelten, bis ihm die Zähne klapperten, und dass Lizzie auf und ab hüpfte und sogar Gin und Amelia sich von der Begeisterung anstecken ließen.

Lenghe war offensichtlich ein wenig erschüttert. Aber wenn man jemandem plötzlich über fünfzig Millionen Dollar schuldete, konnte einem schon etwas mulmig werden.

Wie Lane aus eigener Erfahrung wusste.

»Weißt du«, sagte Lenghe, als Lane wieder zu ihm herüberkam, »wenn ich es nicht selbst gesehen hätte ...«

»Geht mir auch so.«

»Und weißt du was, du bist ein guter Junge. Du bist eine Kämpfernatur und wirst es schaffen. Du wirst deine Sache gut machen, mein Sohn.«

Als Lenghe mit so ehrlicher Anerkennung zu ihm auflächelte, wusste Lane nicht, wie er damit umgehen sollte.

»Wir brauchen Champagner«, verkündete der Getreidegott der Menge. »Ihr Bradfords habt etwas zu feiern!«

Als eine weitere Runde Jubel ertönte, schüttelte der Mann den Kopf. »Ich dagegen habe jetzt einen wirklich harten Anruf zu machen. Mann, dafür werde ich auf der Couch schlafen müssen – monatelang.«

Lane lachte, und dann war Lizzie in seinen Armen, und sie küssten sich.

»Ich rufe Monteverdi an, jetzt gleich«, sagte Lane. »Und dann gibt's Champagner.«

Sie schmiegte sich an ihn. »Und dann?«

»Dann werde ich plötzlich wahnsinnig müde – und muss ins Bett«, sagte er und küsste sie leidenschaftlich. »Mit der Liebe meines Lebens.«

»Ich kann's kaum erwarten«, flüsterte sie an seinem Mund.

52

Am nächsten Morgen brachte Lane John Lenghe noch vor dem Frühstück mit dem Porsche zum Flughafen. Als er beim Check-in abbremste und dem Wachmann zuwinkte, sah Lenghe zu ihm hinüber.

»Weißt du was, das war ein höllisches Spiel.«

Lane trat wieder aufs Gaspedal und fuhr am Pförtnergebäude vorbei. »Das war es. Das war es wirklich.«

»Ich kann es immer noch nicht glauben. Aber so wollte es die Glücksgöttin, und dagegen kann man nichts machen.«

Lane bremste wieder ab und fuhr durch das offene Tor im Maschendrahtzaun und dann gemächlich hinüber zu Lenghes Flugzeug, das vollgetankt und startklar wartete. »Ehrlich gesagt, ich bin immer noch nicht darüber hinweg. Ich habe seither überhaupt kein Auge zugetan.«

»Ich auch nicht, aber aus einem anderen Grund«, lachte Lenghe. »Immerhin redet meine Frau noch mit mir. Sie ist nicht erfreut, aber sie liebt mich mehr, als sie sollte.«

Lane hielt ein paar Meter vor der Metalltreppe, die aus dem Flugzeug ragte wie eine glänzende Zunge. »Musst du jetzt wirklich auf dem Sofa schlafen?«

»Ach was.« Lenghe stieg aus und griff nach seinem kleinen Koffer auf dem nichtexistenten Rücksitz. »Sie hat nämlich immer kalte Füße und braucht mich, um sie an mir zu wärmen.«

Lane zog die Handbremse an und stieg auch aus. Als Lenghe um den Porsche herumkam, sagte Lane: »Das werde ich nie vergessen.«

Lenghe schlug ihm mit einer fleischigen Hand auf die Schulter. »Es war mein Ernst, was ich gestern Abend gesagt habe, mein Sohn. Du wirst deine Sache gut machen. Ich sage nicht, dass es ein Zuckerschlecken wird, aber du wirst dein Schiff wieder aufrichten. Ich bin stolz auf dich.«

Lane schloss die Augen. »Hast du eine Ahnung ...« Er räusperte sich und lachte verlegen. »Weißt du, ich hätte mich so gefreut, wenn mein Vater das nur ein einziges Mal zu mir gesagt hätte.«

Lenghe lachte, aber sein Lachen war unbefangen und entspannt. »Warum denkst du, dass ich mir die Mühe mache? Nur, weil er es nicht ausgesprochen hat, bedeutet das nicht, dass es nicht stimmt.«

Mit einem letzten Klaps auf Lanes Schulter wandte Lenghe sich ab. »Wir sehen uns, Junge. Du kannst mich jederzeit anrufen ...«

»Warte«, rief Lane. »Ich habe da noch was für dich. Als Andenken an das Spiel.«

Lenghe drehte sich mit einem Lachen wieder um. »Die vier Asse zum Einrahmen? Kannst du behalten.«

Lane lächelte und bückte sich zum Armaturenbrett auf der Fahrerseite. »Nein, die hängen ohnehin schon an meiner Trophäenwand.«

Als die Haube des Porsches aufsprang, ging Lane hinüber und hob sie an. Ein in braunes Papier verpacktes Rechteck kam zum Vorschein, etwa einen Meter lang und siebzig Zentimeter breit. Das Ding hatte kaum hineingepasst.

Mit einem Ächzen hob er das Päckchen heraus. »Hier.«

John stellte seinen Koffer ab. »Was ist das?«

Aber er wusste es in der Minute, als das Gemälde den Besitzer wechselte.

Bevor Lenghe etwas sagen konnte, hob Lane die Hand. »Bring es nach Hause zu deiner Frau. Lass sie es aufhängen, wo sie will, und jedes Mal, wenn du es ansiehst, denke daran, dass du eine Vaterfigur für einen Typen bist, der sein ganzes Leben lang eine wollte, okay? Und bevor du mich daran erinnerst, dass du verloren hast, sehen wir's doch einfach so – du hast deiner Frau ein tolles Geschenk gekauft, zu einem sehr fairen Preis – und du und ich konnten ein höllisches Pokerspiel spielen.«

Lenghe hielt das Ding lange in der Hand. Dann räusperte er sich. »Nun. Also.«

»Die Dokumentation ist mit drin. Auf der Rückseite des Gemäldes, nicht vorne.«

Lenghe räusperte sich wieder und sah in die Ferne. Nach einem Augenblick sagte er: »Hat es dein Vater dir erzählt?«

»Was denn? Und bevor du antwortest, er und ich haben kaum miteinander geredet.«

»Meine, äh ... meine Frau und ich konnten keine Kinder haben, weißt du.« Mehr Geräusper. »Also. Jetzt weißt du's.«

Irgendwie perfekt, entschied Lane. Ein Mann, der keine Söhne hatte, war ein Vater für einen Typen ohne Eltern.

Ohne einen bewussten Gedanken ging Lane zu ihm und umarmte ihn, hielt diese starken Schultern.

Als er zurücktrat, war John Lenghes Gesicht vor Emotion so gerötet, als hätte er einen Sonnenbrand vom Mähen seiner vielen Morgen Land.

»Ihr kommt zu uns nach Kansas und besucht uns«, verkündete John. »Du und dein nettes Mädel. Meine Frau wird dir persönlich danken wollen, und so etwas macht sie mit Essen. Also kommt hungrig.«

»Machen wir.«

Nach einem letzten Handschlag klemmte der Getreidegott sich seinen Rembrandt unter den Arm und hob mit der freien Hand seinen Koffer auf. Dann ging er die Gangway hinauf und verschwand in seinem Flugzeug.

Lane lehnte sich gegen den Porsche und sah durch die ovalen Fenster, wie John sich setzte und sein Handy ans Ohr hielt.

Und dann, mit einem letzten Winken und einem breiten Lächeln zum Zeichen, dass seine Frau vor Glück ganz aus dem Häuschen war, rollte das Flugzeug hinaus und hob ab.

Gerade als die Morgensonne auf seinem Rumpf aufblinkte und Lane begann, über die bevorstehende Beerdigung seines Vaters an diesem Nachmittag nachzudenken, klingelte sein Handy. Er nahm ab, ohne nachzusehen, wer es war. »Hallo?«

»Lane, Mitch Ramsey hier. Du musst zum Red & Black kommen. Sie wollen deinen Bruder wegen des Mordes verhaften. Beeil dich – mach schnell!«

Lizzie war in ihrer Arbeitskluft hinunter zur Küche unterwegs, als sie hörte, wie das Summen von Lanes Porsche den Hügel hinunter verschwand. Was für eine Nacht. Was für ein Wunder.

Und was für eine noble Geste von Lane.

Sie hatte eine Rolle braunes Packpapier gefunden und ihm geholfen, das Gemälde vorsichtig von der Wand zu nehmen und sicher zu verpacken. Dann hatten sie das Problem gehabt, ob es überhaupt in den extrem kleinen Kofferraum des Porsches unter der Kühlerhaube hineinpasste. Aber genau wie bei dem Kartenspiel war das Glück ihnen letztendlich hold gewesen – und sie konnte sich nur vorstellen, wie es den Mann freuen würde, das Meisterwerk nach Hause zu seiner Frau zu bringen.

Gott, irgendwann wollte sie Mrs Lenghe unbedingt kennenlernen. Jede Wette, dass diese Frau genauso bodenständig und liebenswürdig war wie dieser Milliardär.

Und jetzt war es Zeit, sich wieder an die Arbeit zu machen.

Der Plan für den Morgen – nachdem sie gegessen hatte, was immer Miss Aurora an Ambrosia auftischte – war, eine Runde über das Gelände zu machen und dort etwas zu mähen zu finden: Auf einem John-Deere-Rasentraktor draußen an der frischen Luft für Ordnung zu sorgen war heute ihre Vorstellung vom Paradies.

Schließlich sollte die Beerdigung von William Baldwine diesen Nachmittag stattfinden, und Lane zuzusehen, wie er seinen Vater beisetzte, würde nicht leicht sein.

Sie stieß die Tür zur Küche auf. »Miss Aurora, was brutzeln Sie heute ...«

Aber die Frau stand nicht am Herd. Und kein Kaffee lief durch. Kein Obst war herausgelegt. Kein süßer Duft nach Zimtbrötchen.

»Miss Aurora?«

Lizzie ging weiter hinein, sah im Vorraum und in der Speisekammer nach. Sie streckte sogar den Kopf zur Hintertür hinaus, ob der rote Mercedes, den Lane der Frau geschenkt hatte, noch da war – und das war er.

Sie waren natürlich alle spät ins Bett gekommen, und ihr auswärtiger Gast war auch früh abgereist, aber es waren trotzdem Leute im Haus, die ihr Essen brauchten, und selbst wenn die Frau am vierten Juli bis ein Uhr früh durchgearbeitet hatte, hatte sie das Frühstück immer pünktlich auf dem Tisch – außerdem war es schon fast acht Uhr.

Also für Miss Aurora praktisch zwölf Uhr mittags.

Lizzie ging zu ihrer Privatwohnung hinüber und klopfte. »Sind Sie da, Miss Aurora?«

Als keine Antwort kam, krampfte sich ihr vor Angst der Magen zusammen.

Sie klopfte lauter. »Miss Aurora? Miss Aurora, wenn Sie nicht antworten, komme ich rein.«

Lizzie gab ihr jede Gelegenheit, aber als keine Antwort kam, drückte sie die Klinke hinunter und öffnete die Tür. »Hallo?«

Sie ging ein paar Schritte ins Zimmer, und alles schien in Ordnung zu sein. Nichts war ...

»Miss Aurora!«

Sie rannte ins Schlafzimmer und ging neben der Frau in die Hocke, die ausgestreckt auf dem Boden lag, als wäre sie in Ohnmacht gefallen.

»Miss Aurora!«

53

Lane schaffte es in Rekordzeit zum Red & Black, und als er neben den drei Polizeifahrzeugen vor dem Verwalter-Cottage eine schlitternde Vollbremsung hinlegte, spritzte der Kies und eine Staubwolke stieg auf.

Er achtete nicht darauf, ob er den Motor abstellte. Es war ihm auch egal.

Mit einem Satz nahm er die flachen Stufen und platzte mitten in ein Bild, das er nie vergessen würde: Drei uniformierte Polizeibeamte standen mit dem Rücken zur Trophäenwand, während Deputy Ramsey drohend in der anderen Ecke aufragte und aussah, als würde er am liebsten jemanden verprügeln.

Und in der Mitte des Raumes stand Detective Merrimack über Edward gebeugt, der in seinem Sessel saß.

»... für den Mord an William Baldwine. Alles, was Sie sagen, kann und wird gegen Sie verwendet werden ...«

»Edward!« Lane eilte auf ihn zu, aber Ramsey packte ihn und hielt ihn zurück. »Edward, was zur Hölle ist hier los?«

Aber er wusste es. Gottverdammt, er wusste es doch.

»Sie können mit Ihrer Rechtsbelehrung aufhören«, sagte Edward ungeduldig. »Ich war es. Ich habe ihn getötet. Bringen Sie mich aufs Revier, verhaften Sie mich, und machen Sie sich keine Mühe, mir einen Anwalt zu besorgen. Ich bekenne mich schuldig.«

Und um Lane herum wurde das ganze Universum schlagartig still, als hätte man die Lautstärke abgedreht. Lane wurde sprichwörtlich taub, als Merrimack noch etwas sagte, und Edward antwortete, und dann folgte ein Gespräch ...

Eine blonde Frau betrat das Cottage auf dieselbe Art wie Lane eben, in heller Panik.

Aber im Unterschied zu ihm brauchte niemand sie zurückzuzerren.

Sie blieb von selbst stehen, und nachdem sie alle Anwesenden gemustert hatte, verschränkte sie die Arme vor der Brust und blieb stumm.

»Edward ...« Lane war sich nicht bewusst, gesprochen zu haben. »Edward, nicht.«

»Ich sage dir, wie ich es getan habe«, sagte sein Bruder. »Damit du deinen Frieden damit machen kannst. Aber wenn ich fertig bin, Lane, komm mich da unten nicht besuchen. Du lebst dein Leben weiter. Heiratest deine tolle Frau. Kümmerst dich um die Familie. Du schaust nicht zurück.«

Merrimack öffnete den Mund, und Edward wandte sich ihm zu. »Und Sie halten einfach die Klappe, okay. Holen Sie Ihren Notizblock heraus. Schreiben Sie mit. Oder warten Sie, bis ich das auf dem Revier hundertmal wiederhole, das ist mir egal. Aber er verdient es, die Geschichte zu hören.«

Edward konzentrierte sich wieder auf Lane. »Ich habe es allein getan. Die werden versuchen, mir Helfer anzudichten, aber ich hatte keine. Du weißt, was Vater mir angetan hat. Du weißt, dass er mich entführen und foltern ließ.« Edward zeigte auf seinen Körper. »Diese Narben, diese Schmerzen habe ich alle nur wegen ihm. Er hat das damals arrangiert und dann das Lösegeld nicht bezahlt, damit er sich als Opfer präsentieren konnte. Ich habe ihn mein ganzes Leben lang gehasst. Und dann ist das passiert, und ... sagen wir einfach, ich hatte eine Menge Zeit, darüber nachzudenken, wie ich ihn töten wollte, als ich diese Qualen ausstand und nicht mehr schlafen oder essen konnte, weil ich ruiniert bin.«

»Edward«, flüsterte Lane.

»Und schließlich konnte ich nicht mehr. Das war in der Nacht, als ich ihn getötet habe. Ich ging zu unserem Haus, um ihn zur Rede zu stellen, weil ich es einfach nicht mehr ertragen habe. Ich habe hinter dem Haus geparkt und gewartet, bis er aus dem Business-Center kam, er war wie immer lange im Büro. Zu dem Zeitpunkt dachte ich noch nicht, dass ich ihn ermorden würde, aber dann, gerade als ich aus dem Laster stieg, taumelte er, fiel zu Boden und rollte sich auf den Rücken, als wäre irgendetwas nicht in Ordnung mit ihm.« Edwards Gesicht nahm einen versonnenen Ausdruck an. »Ich ging hin und beugte mich über ihn. Ich kenne die Anzeichen eines Schlaganfalls, die Symptome, und er hatte einen. Er zuckte und zeigte auf seinen Kopf. Und dann schien seine linke Körperhälfte nicht mehr zu funktionieren, sein Arm und sein Bein wurden schlaff, als könnte er sie nicht mehr bewegen.«

»Laut Autopsie gab es wirklich Anzeichen eines Schlaganfalls«, redete der Detective dazwischen. »Wegen des Hirntumors.«

Edward nickte. »Ich habe zugesehen, wie er litt. Ich habe kein Handy und dachte daran, ins Haus zu gehen und den Notarzt zu rufen, aber weißt du was? Ich beschloss, es nicht zu tun. Es war komisch, wie er sich zusammenkrümmte ...« Edward krümmte eine Hand zu einer Klaue. »Es war genau wie bei mir. Wenn ich große Schmerzen habe und die Wirkung der Schmerzmittel noch nicht eingesetzt hat. Es fühlte sich gut an, ihn so zu sehen. Fair. Gerecht. Und ich kann dir nicht sagen, wann genau ich beschlossen habe, ihn wirklich zu töten – ich schätze, als mir klar wurde, dass er nicht hier und jetzt sterben würde.«

Edward zuckte die Schultern. »Jedenfalls ging ich zum Red-&-Black-Laster hinüber, mit dem ich gekommen war – es ist der, der jetzt hinter Stall B steht. Der Zündschlüssel steckt, und ich denke mir, ihr Jungs in Blau wollt das Ding mitnehmen. Also ja, ich bin hinübergegangen und habe den Laster rückwärts an ihn herangefahren. Außen am Führerhaus ist eine Winde angebracht. Es war etwas Seil da, und ich habe ihn an Händen und Füßen gefesselt, den Haken eingehakt und ihn auf die Ladefläche gezogen, weil ich wusste, dass ich nicht die Kraft haben würde, ihn selbst hochzuheben. Dann bin ich zum Flussufer gefahren. Das war der schwere Teil. Ich habe ihn aus dem Laster bekommen, aber ihn allein über den Boden zu ziehen? Ich habe mich am Knöchel verletzt – so schlimm, dass ein paar Tage später sie«, Edward zeigte auf die Blondine, »Dr. Qalbi zu einem Hausbesuch rufen musste.«

Lane runzelte die Stirn, als die Blondine zusammenfuhr, aber dann konzentrierte er sich wieder auf seinen Bruder.

»Aber warte mal«, warf er ein. »Er ist doch von der Brücke gefallen.«

»Nein«, sagte Merrimack. »Ist er nicht. Oder zumindest gibt es keine Videoaufnahmen, die das eindeutig beweisen. Die Überwachungskameras, die eigentlich hätten einsatzfähig sein sollen, waren in dieser Nacht nicht an – eine von mehreren technischen Pannen, die die Kommune seit der Eröffnung der Brücke hatte. Also haben wir keine Aufnahmen – und angesichts des schlechten Zustandes der Leiche kann das Ausmaß der Verletzungen an Extremitäten und Rumpf auch von längerer Zeit im Fluss herrühren.«

Edward nickte. »Dann habe ich ihn zum Wasser geschleift. Es hatte viel geregnet, und die Strömung war stark. Ich habe mir einen großen Ast gesucht und wollte ihn schon ins Wasser schieben, aber dann ging ich nochmal zum Laster zurück, holte mir ein Jagdmesser und schnitt ihm den Finger ab. Ich wollte den Ring. Er hat geschrien, also war er ganz klar noch am Leben, aber er konnte sich kaum bewegen und sich nicht wehren. Dann ein letzter Stoß mit dem Ast, und er war fort. Das Messer habe ich ihm nachgeworfen, den Finger eingesteckt und bin zurückgefahren. Ich habe ihn unter dem Schlafzimmerfenster meiner Mutter vergraben, weil er sie ihr ganzes Eheleben lang respektlos behandelt hat – er hatte mindestens ein außereheliches Kind, von dem wir wissen, und er hat deine baldige Exfrau gefickt und geschwängert! Also habe ich einfach das Ding im Efeu vergraben und bin dann wieder hierher rausgefahren. Ich lebe allein, also wusste niemand, dass ich fort gewesen war, und es wusste auch niemand, dass ich auf ihn gewartet hatte.«

»Aber dann wurde der Finger gefunden«, sagte Merrimack.

»Das war der Punkt, wo ich wusste, dass ich etwas tun musste. Ich bin zur Aufbahrung gekommen und habe mich ins Business-Center geschlichen. Ich ging zum Sicherheitsraum, habe mich ins System eingeloggt, die Aufnahmen dieser Nacht gelöscht und abgewartet, ob ihr Jungs es merken würdet.«

»Und das haben wir.« Merrimack sah sich zu den anderen Beamten um und nickte. »Wir sind Ihnen auf die Schliche gekommen.«

»Also verhaften Sie mich, bringen wir es hinter uns.«

Es gab eine Gesprächspause, und Lane glaubte zu hören, dass draußen im Wagen sein Handy klingelte – nein, Moment, es war in seiner Tasche. Er drückte den Anruf weg, ohne draufzuschauen.

»Kommen Sie schon«, sagte Edward ungeduldig. »Gehen wir.«

Sofort organisierten die Polizisten sich, und Edward stand auf. Merrimack bestand auf Handschellen, was lächerlich war, und dann wurde Edward aus dem Raum geführt.

Aber er blieb vor Lane stehen. »Lass es gut sein, Lane. Kämpfe nicht dagegen an. Du weißt, wie er war. Er hat bekommen, was er verdient hat, und ich bereue es nicht im Geringsten. Du musst dich um Gin, Amelia, Miss Aurora und Mutter kümmern, hörst du? Enttäusche mich nicht.«

»Warum musstest du das tun?«, sagte Lane heiser. »Das hättest du nicht ...«

»Ich sorge für meine Familie. Das habe ich immer getan. Das weißt du von mir. Mein Leben ist vorbei, auch das weißt du. Ich habe nichts mehr, und er war es, der mir alles genommen hat. Ich liebe dich, kleiner Bruder. Das habe ich immer und werde ich immer.«

Und dann führten sie Edward die flachen Stufen hinunter, über die Wiese, hinüber zu einem der Streifenwagen. Man half ihm auf den Rücksitz, weil er mit den Händen auf dem Rücken nur schlecht das Gleichgewicht halten konnte, und Merrimack setzte sich ans Steuer und ließ den Motor an.

Als sie abgefahren waren, stand Lane weiter einfach nur da und starrte die Staubwolke an, die sich hinter ihnen erhoben hatte.

Als sein Handy wieder zu klingeln begann, sah er zu der Blonden hinüber. »Wie sagten Sie noch war Ihr Name?«

Dabei hatte sie gar nichts gesagt.

»Shelby Landis. Ich bin einer der Stallhelfer hier.«

»Freut mich, Sie kennenzulernen. Ich bin sein Bruder Lane. Ich glaube, ich habe Sie hier schon gesehen?«

»Ja, haben Sie.«

Er sah zu Ramsey hinüber. »Was machen wir jetzt?«

Der große Mann fuhr sich mit der Hand übers Gesicht. »Das war ein höllisches Geständnis, und es ist stimmig. Das ganze verdammte Ding ergibt Sinn. Alles in allem denke ich, dein Bruder kommt für den Rest seines Lebens hinter Gitter.«

Lane sah wieder zur offenen Tür hinaus.

Als sein Handy zum dritten Mal zu klingeln begann, nahm er es heraus und hätte das verdammte Ding fast auf den Boden geworfen.

Aber dann sah er, wer es war. »Lizzie, hör mal, ich ...«

Das unverkennbare Sirenengeräusch war kaum gedämpft, und Lizzie musste dagegen anschreien. »Miss Aurora wird gerade in die Uniklinik in der Innenstadt gebracht. Ich habe sie vor etwa einer Viertelstunde gefunden, sie war neben ihrem Bett zusammengebrochen und hat kaum noch geatmet. Oh Gott, Lane, ich glaube, sie schafft es nicht. Du musst in die Notaufnahme kommen. Ich bin jetzt mit ihr im Krankenwagen – wo bist du?«

Er schloss die Augen und hatte schon wieder das Gefühl, zu fallen. »Bin gleich da.«

54

Es war so ziemlich der längste Tag seines Lebens.

Schließlich, dachte Lane, als er und Lizzie sich gegen sieben Uhr abends zur Küchentür von Easterly schleppten, kam es nicht oft vor, dass sein Bruder für den Mord an seinem Vater verhaftet wurde oder seine Momma ins Koma fiel.

Zudem hatten sie wieder einmal die hintere Einfahrt zum Anwesen nehmen müssen, weil am Haupteingang die Pressemeute lungerte.

»Ich bin am Verhungern, aber ich kann nichts essen«, sagte er, obwohl es kaum fair schien, zu jammern.

Lizzie hatte genauso viel durchgemacht wie er. Sogar noch mehr, angesichts dessen, dass sie diejenige gewesen war, die Miss Aurora gefunden hatte.

»Ich bin total erledigt«, sagte Lizzie, »aber ich denke nicht, dass ich viel schlafen werde ...«

Als sie in die Küche kamen, blieben sie beide stehen.

Ein köstlicher Duft kam aus dem Ofen. Und obwohl er ihm fremd war, hätte Lane, wenn er nicht mit eigenen Augen gesehen hätte, dass Miss Aurora unansprechbar in einem Bett auf der Intensivstation lag, gedacht, dass sie wieder gesund und munter war, zurück an dem Ort, wo sie hingehörte.

Aber nein. Wer da vor den Servierplatten voller Essen stand, war ...

»Jeff?«, sagte er.

Er fuhr herum. »Oh, dem Herrn sei Dank. Ich dachte schon, ihr schafft es nicht rechtzeitig.«

»Wofür?« Lane nahm Lizzies Hand. Da erkannte er die anderen Gestalten in der Küche. »Gin? Moment mal, kochst du etwa? Amelia? Was ist hier los?«

Amelia meldete sich zu Wort. »Das ist Se'uda schlischit.«

»Die dritte Sabbatmahlzeit«, erklärte Jeff. »Was ich gekocht habe, obwohl Sonntag ist, weil mir gerade nach Religion ist, und das ist meine Art, es auszudrücken. Wir wollten uns just zum Essen hinsetzen, also super Timing.«

»Meine Mitbewohnerin auf Hotchkiss ist orthodoxe Jüdin«, erklärte Amelia. »Also kenne ich das.«

»Sie war mir eine große Hilfe.«

»Und ich lerne«, sagte Gin. »Langsam, aber sicher. Übrigens Jeff, ich habe im Speisezimmer gedeckt ...«

»Du hast den Tisch gedeckt?«, platzte Lane heraus.

Okay, noch ein Schock.

Seine Schwester zuckte die Schultern, als wäre es gar keine große Sache, dass ein Alien von ihrem Körper und Geist Besitz ergriffen hatte. »Wie ich schon sagte, ich lerne. Oh, Gary hat mir gesagt, dass er eine letzte Runde über das Anwesen macht, ob noch mehr von diesen Paparazzi da sind. Die Schrotflinte habe ich ihm abgenommen. Es reicht, wenn einer von uns eine Mordanklage am Hals hat.« Als alle zu ihr hinübersahen, verdrehte sie die Augen. »Ach kommt schon, Leute, wir fangen besser jetzt mit dem Galgenhumor an, oder diese Truppe hat keine Zukunft ...«

Maxwell kam aus dem vorderen Teil des Hauses herein, ein paar Servietten in der Hand. »Das kannst du laut sagen, Schwester.«

Jeff begann, das Essen aufzutragen. »Also, traditionell ist das nur eine leichte Mahlzeit, aber wir umgehen die Vorschriften hier ein bisschen. Keiner von uns hat den ganzen Tag etwas gegessen, und schließlich ist ja meine Mutter nicht hier – obwohl sie allen Ernstes einfliegen wollte. Was mir ehrlich gesagt etwas Angst macht ...«

Wie sich herausstellte, war es genau das, was Lane brauchte.

Als sie sich alle um den festlichen Esszimmertisch setzten, den Gin wie durch ein Wunder perfekt gedeckt hatte, war es zwar nicht Lanes Tradition, die sie feierten, weder spirituell noch familiär, aber es war warm, real, und vor allem war es so einfach: wie eine schützende Zuflucht ohne Dach, wie Nahrung ohne Substanz, und Luft, die zu atmen man keine Lungen brauchte.

Und das war genau, was er brauchte. Sein Herz war geschunden, sein Geist erschöpft, sein Optimismus erloschen. Er hatte dieses kurze Hochgefühl auf dem Flughafen gehabt, um dann wieder unter einer erdrückenden Last zu versinken.

Aber als er sich jetzt am Tisch umsah, als er nach Lizzies Hand griff und sie festhielt, als er sah, wie seine Schwester und ihre Tochter tatsächlich miteinander redeten, ohne sich anzuschreien, als er seinen alten Freund anstarrte, der ihm immer noch zur Seite stand, und seinen lange verschollenen Bruder ... da wusste er, dass er dieses liebevoll zubereitete jüdische Mahl essen würde, um anschließend mit seiner Frau nach oben zu gehen und erschöpft ins Bett zu fallen.

Und morgen würde er aufstehen ...

Und um das Leben seiner Momma kämpfen. Und dafür, dass sein Bruder im Gefängnis eine faire Behandlung bekam. Und dass es mit dem Unternehmen weiterging. Und um das Haus und das Land seiner Vorfahren zu behalten.

Und für seine Familie.

Er war ein Krieger.

Das hatte er auf die harte Tour gelernt.

Diesen Titel hatte er sich auf die harte Tour verdient.

Als Lane den Brotlaib entgegennahm und ein Stück abbrach, dachte er an Edward und musste die Zähne zusammenbeißen, um nicht schon wieder feuchte Augen zu bekommen. Indem Edward sein letztes Opfer brachte – zu groß, um es zu begreifen, zu tragisch, um darüber nachzudenken, zu schrecklich, um es zu ignorieren –, hatte er für all das hier den Weg geebnet.

Wenn William Baldwine noch am Leben wäre, würde das alles nicht passieren.

Es war schwer, nicht dankbar zu sein. Obwohl dieses Wunder einen zu hohen Preis gekostet hatte und mit einem moralischen Kompromiss verbunden war, der die Liebe fast überschattete.

Fast.

Letztendlich war ein Krebsgeschwür aus der Familie entfernt worden, wovon sie alle profitierten. Aber Gott, dass es auf diese Art hatte passieren müssen.

Lane wusste, dass ihn das alles für immer verändert hatte, aber auch, dass er, so schwer es auch war und noch werden würde, dadurch letztendlich ein besserer Mensch geworden war. Trotz all der schwierigen Details, dem Drama und dem Schmerz wusste er, dass er sich gebessert hatte, als Mann, als Bruder, als Ehemann und, wenn Gott es so wollte, als Vater für seine und Lizzies Kinder, wenn dieses Geschenk ihnen zuteil werden sollte.

Aber das Älterwerden war ein brutaler Prozess, und er hatte das Gefühl, als hätte er Teile von sich auf dem Weg verloren.

Doch die Engel mussten ihren Anteil haben, wie es ihr Recht war und wie es ihnen zustand.

Und wenigstens diese Teile seiner Seele würden für alle Ewigkeit in guten Händen sein.

Er blickte zu seiner Lizzie hinüber und wartete, bis sie ihn ansah. Dann sagte er unhörbar *Ich liebe dich* zu ihr und begann zu essen.

Gemeinsam mit dem Rest seiner Familie.

DANKSAGUNG

Wie immer gibt es viel zu viele Leute, denen ich danken muss, und darüber kann ich mich extrem glücklich schätzen. Aber mein besonderer Dank gilt Steven Axelrod, Kara Welsh und Kerry Donovan und auch Craig Burke und Erin Galloway, zusammen mit allen anderen von New American Library. Außerdem meinem wunderbaren Team Waud, meiner engsten Familie und meinen wunderbaren Freunden. Und auch Nomers, meinem Schreibassistenten. Oh, und die Louisville Cardinals sind die Größten!